RAPHAEL

Ein Bayerwald-Thriller

von

Lothar Wandtner &

Alexander Frimberger

Personen und Handlung sind frei erfunden.
Ähnlichkeiten mit lebenden oder toten Personen
sind rein zufällig und nicht beabsichtigt.
Die (meisten) Orte des Geschehens dagegen
existieren auch in der Realität.

EDITION Golbet
Riedlhütter Schleif 14, 94566 Riedlhütte
Telefon: 08553/1044
info@edition-golbet.de

1. Auflage November 2011
2. Auflage Dezember 2011
3. Auflage März 2013
4. Auflage Dezember 2014
Druck: CPI Druck, Leck
Layout und Titelgestaltung: Alexander Frimberger, Lothar Wandtner
Titelfoto: Klaus Döhler, Zwiesel
ISBN: 978-3-9811254-8-1

www.edition-golbet.de

„Soll ich nicht hassen, Herr, die dich hassen, soll ich nicht deine Widersacher verabscheuen. Mit äußerstem Hass hasse ich sie, zu Feinden wurden sie mir“ (Psalm 139/21-22)

Eine schreckliche Mordserie erschüttert den Bayerischen Wald rund um Grafenau. Am Lusen wird eine furchtbar entstellte Leiche gefunden, Menschen verschwinden scheinbar wahllos. Keine Spuren, keine Anhaltspunkte, Kommissar Bender und sein Team tappen hilflos im Dunkeln. Der besessene Serienkiller Raphael treibt beinahe unbehelligt sein grausames Spiel - versetzt die Bevölkerung in Angst und Schrecken. Und: Jeder Verdächtige scheint ein dunkles Geheimnis zu haben.

Lothar Wandtner (Jahrgang 1965), langjähriger Redakteur, Autor und Kleinverleger lebt im beschaulichen Riedlhütte (10 Kilometer von Grafenau entfernt) am Rand des Nationalparks.
Alexander Frimberger (Jahrgang 1964), ebenfalls langjähriger Redakteur, Reisebuchautor und freier Journalist betreibt in seiner Wahlheimat Schönberg (8 Kilometer von Grafenau entfernt) ein Pressebüro.
Nach 25-jähriger Freundschaft und nicht enden wollenden Gesprächen war es an der Zeit, gemeinsam ein Buch zu schreiben. Beide Autoren sind große Fans von Krimis aber vor allem von der wildromantischen Schönheit des Bayerischen Waldes. Was lag da näher, als Raphael sein Unwesen genau hier treiben zu lassen.

Für
Susi, Waltraud, Amelie, Magdalena und Jonas,

die all zu oft auf uns verzichten müssen

PROLOG

1. Du sollst keine anderen Götter haben neben mir

2. Du sollst den Namen des Herrn nicht missbrauchen

3. Du sollst den Feiertag heiligen

4. Du sollst deinen Vater und deine Mutter ehren

5. Du sollst nicht töten

6. Du sollst nicht ehebrechen

7. Du sollst nicht stehlen

8. Du sollst nicht falsch Zeugnis reden wider deinen Nächsten

9. Du sollst nicht begehren deines Nächsten Weib

10. Du sollst nicht begehren deines Nächsten Hab und Gut

„Ich bin Raphael, ergebener Diener und Racheengel des Herrn. Meine Aufgabe auf Erden ist es, das Eitergeschwür des Unglaubens aus der verderbten Seele der Menschheit zu schneiden. Die zehn Gebote sind das Manifest des göttlichen Willens. Wer in seinem Leben ihnen folgt, der wird auferstehen im Lichte des Herrn. Wer aber fehlt, darf die Herrlichkeit des Schöpfers nicht erfahren und wird auf ewig brennen im Feuer der Verdammnis. Sein Antlitz ist nicht würdig vor Gottes jüngstem Gericht geschaut zu werden. Ihm soll die teuflische Fratze aus dem Gesicht gerissen werden, sein Blut soll durch den unreinen Boden des Erdenreichs hinab in die Hölle fließen. Sein Körper soll an den Pranger gestellt werden, weithin sichtbar für Jedermann, zur Abschreckung und zur Mahnung an die Gebote des Herrn. Und sehet das Zeichen: Ebenso soll es mit der Visage dieses Satans sein. Aus dem Körper gerissen, ist sie Warnung für die Ungläubigen und gerechte Demütigung für die Sünder. Drum fürchtet euch vor dem Bösen und kehret um, bevor es keine Rettung mehr für euch gibt. Ich, Raphael, bin nur das Werkzeug, der Herr richtet über das Schicksal für alle Ewigkeit. Amen!"

„Ich bin Raphael, ergebener Diener und Todesengel des Herrn. Ich will dich erlösen von den Qualen der irdischen Sünde. Dir, der du gottesfürchtig und fromm auf Erden gelebt hast, sollen sich die Himmelspforten auftun. Gereinigt und frei trittst du vor deinen Schöpfer. Fürchte dich nicht vor den irdischen Leiden, den Schmerzen und Qualen des Todes. Du kannst auf unseren Herrn Jesus Christus bauen, der da spricht: Ich bin die Auferstehung und das Leben. Wer an mich glaubt, der wird leben, auch wenn er stirbt; und wer da lebt und an mich glaubt, der wird in Ewigkeit nicht sterben. Das Licht des ewigen Lebens wird für dich leuchten. Die unreine Erde ist nicht würdig, deinen gesalbten Körper aufzunehmen. Ein Heiliger wirst du sein, dein Leib eine Reliquie für jene, die dereinst ihr Leben dem Geiste Jesu Christi, unseres Herrn widmen werden. Ich, Raphael, bin das Werkzeug, der Herr richtet über das Schicksal für alle Ewigkeit. Amen!

Montag, 15. März 2010, Gedenktag des Heiligen Klemens Maria Hofbauer, Stadtpatron von Wien.

Der Herr sieht ihn mit Wohlgefallen.

Heute vor zwei Jahren explodiert in Albanien ein Munitionslager im Dorf Gerdec, reißt 26 Menschen in den Tod. Hunderte werden verletzt.

...und auch an diesem Tag hatte Satan die Finger im Spiel.

„Dreh‘ das Radio lauter, ich will das hören!“
Benno brummte: „Was soll der Scheiß, ich kann dieses blöde, absolut witzfreie Gutelaunegebrabbel nicht mehr hören.“
„Ja, ja, ich weiß. Ich auch nicht. Aber scheinbar wurde eine Leiche gefunden. Oben, am Lusen“, Klaus war hellwach, obwohl ihm das Wochenende schwer in den Gliedern saß. Journalistentagung in Passau, drei Tage lang. Und vor allem die letzte Nacht hatte es in sich, da ließ er förmlich die Puppen tanzen. Ohne Benno, der gestern schon müde und zu keinem nächtlichen Weiberfang mehr aufgelegt war.
„Ha, eine Leiche am Lusen. Tausende gibt es da, tausende von Baumleichen“, versuchte Benno zu scherzen.
„Wie, was, Baumleichen? Oh Mann, dein blödes Gequatsche geht mir noch mehr auf die Nerven als diese Radio-Fuzzis. Jetzt dreh‘ das Ding schon lauter!“ Klaus hatte genug von der Diskussion.
„...handelt es sich um eine nicht identifizierte Leiche eines etwa 30-jährigen Mannes. Laut Augenzeugen, die den offenbar ermordeten Mann gefunden haben, soll der Leichnam geschändet worden sein. Von der Polizei wurden noch keine näheren Angaben zu den Umständen der Tat gemacht.“
Jetzt hatte Benno auch genug gehört. „Hey, Klaus, gib Gas. Da müssen wir hin, das ist ja die Story“, drängte er ungeduldig. Zum ersten Mal überhaupt war Benno froh um Klaus‘ Autofimmel. Der drückte das Gaspedal seines 911er Turbo kräftig durch und ein breites Grinsen wollte nicht mehr aus seinem Gesicht weichen. Nur eine halbe Stunde, dann würden sie am Tatort sein. Sie freuten sich über die Aussicht auf tolle Schlagzeilen. Was sie zu diesem Zeitpunkt noch nicht wussten - vor ihnen lag ein Verbrechen von einem Ausmaß, wie es der Bayerische Wald bislang nicht kannte: Gefährlich, rätselhaft und für viel zu viele Menschen tödlich.

Zwei Stunden zuvor stand Kriminalhauptkommissar Ralf Bender unter dem Gipfel des Lusen. Der Tag hatte noch gar nicht richtig angefangen, es war kalt. Und er hatte wieder dieses Zucken. Das linke Auge zwinkerte ständig, unkontrolliert. Diese Leiche verdarb ihm den nüchternen Magen. Nichts war mehr da von einem Gesicht. Nur nacktes Fleisch, ein paar Hautfetzen und Knochen. Kreisrund war es heraus geschnitten worden, die Haut herunter gerissen. Ein grausiger Anblick, der dem Kommissar zusetzte, obwohl dieser eigentlich hart im Nehmen war. Abgelegt war die geschändete Leiche in der gläsernen Arche, einem riesigen Kunstwerk, das in der Hand Gottes ruht. „Eine Arche in den Tod, wie sinnig", brummte Bender missmutig.

Um 7 Uhr hatte ihn das Telefon aus dem Schlaf gerissen. Wanderer hätten am Lusen einen toten Mann gefunden.

Die übliche Maschinerie setzte sich eine halbe Stunde zuvor unbeirrbar in Bewegung. Um 6.35 Uhr war auf der „112" die Meldung eines Leichenfunds eingegangen. Der Kriminaldauerdienst (KDD) mit Sitz in Passau wurde informiert und machte sich auf den Weg. Gleichzeitig schickte die Polizeiinspektion Grafenau eine Streife zum Tatort, verständigte Feuerwehr und Rettungsdienst. Notarzt, Spurensicherung, Bender, auch alle anderen erhielten den Befehl aus-, beziehungsweise anzurücken. Alle verfügbaren Streifen wurden mit einer Sofortfahndung nach Verdächtigem beauftragt. Schlichen einsame Wanderer umher? Gab es Raser oder sonstige auffällige Fahrzeuge? Verfügbare Streifen in den Nachbarlandkreisen wurden angefordert, Straßenkontrollen an den Bundesstraßen B85, B533 und B12 angeordnet, denn: Die Fluchtmöglichkeiten waren grenzenlos. In weniger als einer halben Stunde konnte der Täter über Passau, Deggendorf, Cham oder über die nahe tschechische Grenze verschwunden sein. Bundespolizisten, die nach dem Wegfall der Grenzkontrollen sonst für die Einhaltung des Schengenabkommens zuständig sind und in einem großzügigen Radius entlang der Grenze patrouillieren, wurden informiert und auch bei den tschechischen Kollegen ging ein Anruf ein.

Ausgerechnet der Bayerische Wald. Wenn es etwas gab, das Bender richtig hasste, dann war es eine frühmorgendliche Fahrt von Passau in die tiefste Provinz. Es war Montag, es war März und der sulzige Schnee auf dem Berg sickerte in Benders Schuhe. Diese Woche war eigentlich schon wieder gelaufen.

Inzwischen war es 8.12 Uhr, wie das Zifferblatt auf Benders Uhr verriet. „Irgendwelche besonderen Spuren?", fragte er ungeduldig seinen jungen Kollegen Franz Schaller, dessen erste Handlung es an jedem Tatort war, sich die Gummihandschuhe überzuziehen und der Spurensicherung tatkräftig zur Seite zu stehen. Eine Eigenart, die Bender völlig fremd war. Er würde nie auf diese Weise im Dreck wühlen.

„Ich bin noch nicht soweit, aber bisher ist da gar nichts. Ich verstehe das nicht, bei dieser Sauerei." Schaller deutete auf den Toten und robbte auf allen Vieren durch den Schnee, um alle möglichen ekligen Dinge zu suchen: ausgespuckte Kaugummis, gebrauchte Tempos, leere Flaschen. Die Spuren der Zivilisation eben. Normalerweise gab es rund um Tatorte jede Menge solcher Dinge. Hier nicht. Alles war sauber, nichts war da. Nicht einmal eine Zigarettenkippe. „Ich kann jetzt schon sagen: So sauber wie das hier ist - die Putzfrau war's. Hundert Prozent."

„Rede keinen solchen Schmarrn und wühl weiter", herrschte ihn Bender an. Den Kriminalhauptkommissar überkam die unbändige Lust auf eine Zigarette. Mechanisch klopfte er alle Taschen ab. Doch Fehlanzeige, er hatte ja vor mehreren Monaten aufgehört. Auch das trug nicht zur Besserung seiner allgemeinen Gemütslage bei.

„Jaja, ist schon Recht. Jedenfalls wurde der Kerl nicht hier oben getötet, soviel ist sicher", schnappte Schaller beleidigt zurück. „Der hat keinen Tropfen Blut mehr im Körper."

Sein Chef war aber längst schon wieder in Gedanken: Das ergab doch alles keinen Sinn. Wer schleppte eine Leiche hier hoch, in dieser Saukälte und bei dem Schnee? Den Kommissar widerte die Szene an. Das enthäutete Gesicht, die riesige hölzerne Hand, in der die Gläserne Arche ruhte und mitten drin ein lebloses Häuflein Mensch. Unerträglich für Bender war dieser starrende Blick des Toten, diese beiden schneeweißen Kugeln, die aus den Augenhöhlen heraus glotzten. Darunter die bleckenden Zähne, strahlend weiß und kalt wie der Tod.

„Wie ist er gestorben?", wendete sich Bender Schaller zu.

„Halsschlagader. Glatt aufgeschlitzt."

Der Kommissar hatte genug für diesen Morgen: „Ihr macht das schon. Und wehe ihr überseht etwas", bedeutete er seinen Kollegen. Einfach nur weg, dachte Bender. Außerdem meldete sich ein altes Problem wieder, das ihn seit seiner Kindheit verfolgte, ihm aber fast schon entfallen war: Kaum betrat er einen Wald, schon kam seine Darmtätigkeit in plötzliche Wallung. In enorme Wallung. Bender

musste dringend auf die Toilette, doch hier im Wald war weit und breit nichts zu sehen. Es musste schnell gehen, das kam noch erschwerend hinzu. Mit immer schneller werdenden Schritten eilte der Kommissar seinem Auto auf dem 500 Meter entfernten Parkplatz zu - und natürlich wusste er, dass diese Strecke nicht zu schaffen sein würde. Immer fester kniff er die Pobacken zusammen und kam sich fürchterlich unwürdig vor, wie er mit angespanntem Schließmuskel und tropfendem Schweiß im Gesicht durch den Wald stelzte. Endlich tauchte ein hölzernes Häuschen am Wegrand auf, ein Plumpsklo wie aus Opas Zeiten, das ihm der Nationalpark hier quasi als Geschenk des Himmels hingestellt hatte. Schon während er die Tür öffnete, riss er sich schon die Hose herunter - es war wirklich in allerletzter Sekunde. Da saß Bender nun, der Schweiß rann ihm von der Stirn und er wusste nicht mehr, wovor ihn mehr ekelte: Dem geschändeten Toten, seiner Darmschwäche oder dem ganzen Muff hier und rund um Passau, der ihm die Lust am Leben raubte. Missmutig blickte er auf die obszönen Schnitzereien an der Klowand. Sein massiger Körper drückte ihn tiefer auf den unbequemen Sitz und er ließ lautstark Einen fahren. Seine Gewohnheit, auf dem Klo sitzend den Abstand zwischen Bauchnabel und Knien abzuschätzen, ließ ihn vor Schreck erstarren. Wieder war er kleiner geworden. Und: Würden seine dicker werdenden Schenkel irgendwann sein bestes Stück zerquetschen? Als würde das etwas an seinem Umfang ändern, strich er mit einer Hand über den Bauch. Egal, was er jetzt brauchte, war erst einmal ein kräftiges Frühstück. Aus'zogne zum Beispiel!
Besonders in solchen Momenten fehlte Bender eine Vertrauensperson. Gut, seine Frau war dies bis zu einem gewissen Punkt immer gewesen und auch nach der Scheidung bis heute geblieben. Aber was Bender wirklich suchte war ein Seelenverwandter, jemand, dem man auch die letzten Geheimnisse anvertrauen konnte. Diesen allerbesten Freund, von dem er andere immer reden hörte. Aber wahrscheinlich war es einem emotionalen Krüppel wie ihm nicht gegönnt, dieses Glück zu genießen.

Die Leitung am Berg übernahm inzwischen Kriminalhauptkommissarin Manuela Hentschel. Ihr durchtrainiertes Äußeres war das komplette Gegenteil ihres Chefs. Solange Bender da gewesen war, hatte sie sich um die Umgebung des Tatorts gekümmert. Vom Parkplatz bis

zur Arche und im näheren Umfeld des gläsernen Kunstwerks suchte sie entlang der Wege jeden Quadratmeter ab. Sie fand keine Hinweise, keine besonderen Spuren. Hentschel genoss die eisige Luft an diesem März-Morgen, durch den lichten Wald konnte man weit hinunter bis ins Tal blicken. Und gerade, als sie die Idylle richtig eingenommen hatte, da fiel ihr der tote Mann wieder ein.
Zurück bei der Leiche kam ihr Schaller schon entgegen: „Es ist der Wahnsinn Manu, das geht eigentlich gar nicht. Aber rund um die Leiche ist nichts. Nicht einmal Schleifspuren. Kein Blut. Kein Haar. Als wäre er vom Himmel gefallen." Manu Hentschel nickte nur kurz. „Such weiter. Es muss was da sein. Wissen wir wenigstens, wer es ist?"
„Nein. Kein Ausweis, keine Papiere. Aber es könnte sich um einen Ausländer handeln. Zumindest hat er recht dunkle Haut."
„Wo ist eigentlich Bender?"
„Mann, der hat eine Laune heute", sagte Schaller mit einer wegwerfenden Handbewegung. „Er ist gegangen. Nicht ohne mir zu sagen, dass wir sauber arbeiten sollen."
„Ist besser so, manchmal geht der mir so was von auf den Senkel, der Kerl. Hat wohl wieder einen gebrauchten Tag erwischt."
Manu wandte sich den Wanderern zu, die immer noch da standen und ziemlich bedröppelt drein blickten. Sie hatten die Leiche gefunden, der Schock saß tief. Das Rote Kreuz kümmerte sich mit Tee und warmen Decken um die drei Männer und zwei Frauen. Aber sie sprachen kaum, schauten nur reglos dem Treiben der Polizei zu. „Sagen Sie, ist Ihnen irgend etwas Außergewöhnliches aufgefallen?", fragte Manu. Die fünf schüttelten den Kopf. „Haben Sie irgendetwas gehört. Motorengeräusche, Stimmen, irgendetwas?" Wieder nur Kopfschütteln.
Es war sinnlos. „Wenn ihr hier fertig seid, packt alles ein. Lasst den Toten zur Gerichtsmedizin bringen. Wir fahren nach Grafenau in die Inspektion", rief sie alle zusammen. Zu den Wanderern sagte sie: „Sollen wir Sie nach Hause bringen? Brauchen Sie jemanden zum Reden, wir haben gute Psychologen, die Ihnen zur Seite stehen können." Die fünf schüttelten wieder den Kopf.
Da meldete sich eine der Frauen: „Sie, ich glaube, ich kenne den Mann. Also kennen ist zuviel gesagt, und sicher bin ich mir auch nicht, so ohne..., na, Sie wissen schon." Sie rang nach Luft, kämpfte gegen einen Brechreiz an. „Aber diese Schuhe, die habe ich schon einmal gesehen." Tatsächlich trug der Tote auffällige Turnschuhe –

gelb, pink und blau gemustert. „Es gibt da einen Türken, der arbeitet am Recyclingzentrum, unten in Grafenau. Der hat solche Schuhe."
„Genau, das ist doch der, der immer auf der Plastikfolie nach Mekka betet, oder was diese Moslems da machen", fiel einem anderen Wanderer ein.

╬

Nie mehr vergessen würde er dieses entsetzte Staunen des vermaledeiten Türken, als er ihm den Elektroschocker ins Genick drückte. Ein kehliger Schrei des Mannes und schon sank dieser nieder. Der Rest war so einfach: Mit Kabelbindern war der Türke schnell gefesselt, jeder Widerstand gebrochen. Im Grafenauer Kurpark hatte er sein Opfer abgepasst. Er wusste, dass Yussuf kommen würde.
Es ging alles sehr schnell. Der Türke war außer Gefecht gesetzt und ins bereit stehende Auto geworfen. Er fuhr mit ihm an seinen geheimsten Ort.

╬

„Einen Namen wissen Sie nicht?", fragte Hentschel.
„Nein, ich frage nicht nach Namen, wenn ich meinen Müll wegbringe."
„Vielen Dank, wir kümmern uns darum. Vielleicht ist das ein entscheidender Hinweis", sagte Manu zu der Dame und rief den Kollegen Bertram Sendlinger zu sich, der etwas abseits stand und an seinem Handy herumfummelte: „Bert, komm mal." Sie erzählte ihm kurz von dem Hinweis auf den Türken. „Fahr doch zu diesem Recyclingzentrum und erkundige dich. Könnte ja tatsächlich ein Treffer sein. Dann kommst du nach Grafenau in die Inspektion, klar?"
Sendlinger nickte nur kurz und stapfte durch den Schnee in Richtung Parkplatz davon. Im Gegensatz zu den anderen Kollegen hatte er keine nassen Füße. Seine Frau hatte ihn an diesem Morgen gedrängt, Wanderstiefel anzuziehen. Wieder einmal hatte sein Schatz recht gehabt, wofür er dankbar war.
Manu rief bei Bender am Handy an: „Sag mal, wo bist du eigentlich? Sollte der Chef nicht am Tatort sein? Wie auch immer: Wir sind hier fertig und fahren in die PI nach Grafenau. Treffen wir uns dort in einer Stunde zur Lage? Oder hat der Herr etwas anderes vor?"

Obwohl sie 15 Jahre jünger war, ließ sich Bender diesen Ton gefallen. Sie wusste ihn zu nehmen, wenn er seine Launen hatte. Zog nicht gleich eine beleidigte Miene, wenn er im Poltermodus lief. Das gefiel ihm besser als die duckmäuserische Art der anderen Kollegen.

╬

In irgendeinem Dorf, das auf der Strecke lag, blieb er stehen und kaufte sich in einer Bäckerei eine Tasse Kaffee und einen Aus'zognen. Der Kaffee schmeckte halb verbrannt, hatte wohl den ganzen Morgen auf der Wärmeplatte auf Kundschaft gewartet. Wenigstens der Bauernkrapfen war lecker. Dafür nervte ihn die Verkäuferin unablässig. „Haben Sie schon gehört, oben auf dem Lusen? Eine Leiche, ein Mörder ist unter uns. Ohgottohgott, man weiß ja gar nicht mehr... Haben Sie es schon gehört?"
Bender wollte nicht reden, hoffte auf Kundschaft, die die Frau von ihm ablenkte. Trotzdem konnte er sich die Bemerkung nicht verkneifen: „Sagen Sie, die Nachrichten verbreiten sich hier wohl sehr schnell, junge Frau."
„Wie?"
„Naja, woher wissen Sie, was da oben am Berg passiert ist?"
„Woher, woher? Alle reden doch davon. Ohgottohgott, man traut sich ja gar nicht mehr aus dem Haus. Aber was wollen Sie eigentlich von mir? Was wissen Sie davon, mein Gott, jeder könnte doch der Mörder..." Erschrocken hielt sie inne, dann schüttelte sie den Kopf und sagte: „Oder sind Sie von der Presse, so ein Schmierer? Das wollen wir hier nicht, nein, das nicht."
„Kriminalhauptkommissar Ralf Bender, Kripo Passau. Sehe ich vielleicht aus, wie so ein Schmierfink?", sagte Bender scharf.
„Kommissar? Ach, Herr Kommissar, das ist natürlich etwas anderes. Sagen Sie, stimmt es, dass der Tote ganz nackt und ohne Kopf da oben liegt? Mein Gott, das ist ja so eklig. Ich sag ja immer, die Welt ist schlecht, so schlecht. Aber das wissen Sie ja besser als ich, Herr Kommissar. Stimmt das nun?"
Bender schüttelte nur den Kopf, würgte den Kaffee runter und wollte gehen. Aber sie ließ nicht locker: „Warum sagen Sie denn nichts? Staatsgeheimnis, oder? Ach Gott, wenn ich mir das vorstelle, so eine zerstückelte Leiche am Lusen und der Mörder könnte hier mitten unter uns... Nein. Wahrscheinlich haben sie ihm auch die Beine abgeschnitten. Herr Kommissar Binder..."

„Bender!"
„Ja, äh Bender, äh versprechen Sie mir, dass Sie ihn finden, man kann ja nicht mehr ruhig schlafen. Und das bei uns, ich werde verrückt, so etwas gibt es doch gar nicht."
Die letzten Worte hörte Bender nicht mehr. Er flüchtete ins Auto und fuhr davon. Einen Kaffee würde er sich so schnell nicht mehr kaufen, zumal er das Zeug ohnehin nicht sonderlich mochte. Und er wollte eigentlich nur noch nach Hause, ins vergleichsweise friedliche Passau.

In der Inspektion in Grafenau herrschte rege Betriebsamkeit und Bender schien es, alle würden noch eifriger, als er eintrat. Ein leicht schwitzender Inspektionsleiter Fritz Liebl begrüßte ihn: „Herr Bender, die Kollegen hier sind ziemlich durcheinander. So etwas hat es hier noch nicht gegeben, das ist neu für uns. Auch für mich."
„Schlimm, ja. Aber wir machen das schon."
Bender hatte keine Lust, mit dem Polizisten zu reden. Außerdem spürte er schon jetzt, dass er sich in der kleinen Inspektion mit dem muffigen Geruch nach gut abgelagerten Aktenbergen äußerst unwohl fühlte. Sein linkes Auge zuckte schon wieder. Wieder dieser Muff, wieder diese provinzielle Tristesse. Bender dachte nur noch daran, einfach zu flüchten, abzuhauen. Raus aus diesem Mief, rein in ein pralleres Leben. Oh, wie er dieses Niederbayern, diesen Bayerischen Wald satt hatte.
Der 60er-Jahre Charme der Polizeiinspektion versetzte ihm einen weiteren Hieb. Als Jugendlicher war er mal beim Klauen erwischt worden, musste auf der Wache warten, bis er von seinen Eltern abgeholt worden war. Vor 30 Jahren! Und es sah genauso aus wie hier. Grünlich-graue Wände, dreckig-brüchiger Linoleum-Boden, dem schon einige Ecken fehlten. Und diese unsäglich hässlichen Monsterschreibtische: Dunkles Braun, abgescheuerter Lack und dicke grüne Schreibunterlagen in denen zahllose Schmierzettel steckten. Sogar die wuchtigen Computer-Bildschirme, die die Schreibmaschinen der 70er-Jahre abgelöst hatten, waren von gestern. Die Poster, die mit platten Sprüchen für die Arbeit der Polizei warben, waren vergilbt. „Traumberuf Polizei", murmelte er grimmig. Bender ließ sich den Besprechungsraum zeigen: „Wir brauchen Sie einstweilen nicht, ich lasse Sie rufen, wenn was ist. Ach, und organisieren

Sie mir eine Kanne grünen Tee. Ich habe die Bäckerei gleich nebenan gesehen, da soll jemand Aus'zogne kaufen."
Liebl blickte dem Kommissar hinterher, schüttelte den Kopf und wandte sich einem jungen Kollegen zu: „Was für ein arroganter Depp. Naja. Geh bitte rüber zum Bäcker und hol' dem Herrn Kommissar ein paar Aus'zogne. Haben wir eigentlich grünen Tee?"
„Hä? Nö, bist du krank? Wie viele? Womit soll ich die zahlen?"
„Nimm das Geld aus der Kaffeekasse. Was weiß ich, fünf vielleicht. Und kauf' Teebeutel für diesen A.. Ach, mach einfach." Liebl sehnte sich nach einer einfachen Polizeikontrolle, nach einer Schlägerei unter Besoffenen, es durfte auch ein handgreiflicher Beziehungsstreit sein. Mord gehörte dagegen nicht zu seinen Favoriten. Immerhin: Die junge Kommissarin schien ein nettes Mädel zu sein. Aber dieser Kommissar? „Arsch!"

╬

„Manu, Schaller, was gibt es Neues? Habt ihr was herausgefunden?"
„Es ist alles nicht so einfach, Ralf. Relevante Spuren gibt es da oben auf dem Berg nicht. Du weißt ja, ein Haufen Wanderer ist da unterwegs, Fußspuren kannst du also völlig vergessen. Auch rund um dieses Boot ist der Schnee komplett zertrampelt, das sind tausend verschiedene Abdrücke, da gibt's nichts zu holen. Außerdem sieht es aus, als habe jemand aufgeräumt." Manu zuckte mit den Schultern.
„Und auch mit der Leiche ist nichts Außergewöhnliches", sagte Schaller.
„Soso. Nur keine Haut im Gesicht, kein Blut im Körper. Also alles ganz normal", blaffte Bender zurück.
„Komisch ist, dass der Typ komplett angezogen war, aber kein Tröpfchen Blut in der Kleidung zu finden ist, zumindest sieht man oberflächlich nichts", fuhr Schaller unbeirrt fort. „Wir haben auch noch unten am Parkplatz alles auf den Kopf gestellt. Nichts, was uns irgendwie weiterhelfen könnte."
Schaller bemerkte, dass Bender angestrengt versuchte, das Blinzeln am linken Auge zu unterdrücken. Ein sinnloses Unterfangen.
„Nimm deine Magnesiumtabletten“, hätte Benders Frau jetzt zu ihm gesagt.
„Übrigens, etwas ist doch auffällig am Toten: Er hat Striemen an den Hand- und Fußgelenken. Vielleicht ist er gefesselt worden, teilweise

hat er da sogar Schnittwunden. Schaut her, ich habe es fotografiert", deutete Schaller auf den Bildschirm seines Laptops.
„An den Fußgelenken sind die Spuren breiter, oder täusche ich mich?", stellte Manu fest.
„Ja, sieht so aus. Aber da müssen wir wohl auf das Ergebnis der Gerichtsmedizin warten."
„Wissen wir etwas über die Identität der Leiche?", warf Bender ein.
„Nur wenig. Eine der Frauen, die ihn gefunden hat, gab uns einen vagen Hinweis. Sie will die Schuhe kennen, die er trug. Ein Türke vom Recyclingzentrum soll solche haben." Manu zuckte mit den Schultern.
„Die Schuhe?" Bender machte vor seiner Stirn den Scheibenwischer. „Identifizieren wir neuerdings die Opfer nach ihren Schuhen? So geht das also, hier im Bayerischen Wald."
„Naja, die waren schon...eigen, ja irgendwie eigen", sagte Manu. „So bunte Turnschuhe, also ich habe solche zuvor noch nicht gesehen."
„Schön. Und was ist das für ein Kerl, habt ihr da schon was?"
„Das mit dem Türken könnte stimmen", sagte Schaller. „Zumindest hat der Tote eine ziemlich dunkle Hautfarbe. Bertram kümmert sich drum, der müsste jeden Moment kommen."
„Bert. Und was macht ihr, hier rumsitzen und Däumchen drehen oder was?" Manu hatte genug von Benders beschissener Laune: „Ja sag mal. Du haust einfach vom Tatort ab, was weiß ich, was du die ganze Zeit getrieben hast und uns erzählst du was von Däumchen-Drehen. Geht's noch?"
In dem Moment kam der junge Streifenpolizist herein. Auf einem Tablett hatte er die fünf Aus'zognen drapiert, die Kanne Tee und drei Tassen. „Bitteschön, die Dame und die Herren."
Manu lächelte Bender fordernd an: „Na wenigstens hast du hier schon mal deutlich gemacht, was bei deiner Ermittlungsarbeit wichtig ist. Gell Ralfi, Zuckerschneckchen", sagte sie mit einem Blick auf die deutliche Wölbung oberhalb seines Gürtels.
„Ist schon wieder gut, war ja nicht so gemeint Frau Hentschel, Lästermäulchen." Zuckerschneckchen, das fand er witzig – und ein wenig schmeichelnd.
In dem Moment meldete sich Manus Handy, eine SMS. „Ist von Bert, wartet mal. Türke nicht zur Arbeit gekommen, nicht entschuldigt. Habe Adresse, checke das. Melde mich wieder. Name Yussuf Ökdan."
„Na also, es geht doch voran." Bender war auf einmal wieder besser

gelaunt. War es der grüne Tee, war es das Gebäck oder einfach nur die Freude über eine kleine Spur? Vielleicht war es auch nur das kurze Gespräch mit seiner Ex-Frau. Auf dem Weg in die Inspektion war er an einem Parkplatz stehen geblieben und hatte sie angerufen.
„Ich bin's. Was machst du heute Abend, hast du Lust auf Kino? So ein Schnulzenfilm, das wär doch was." Immer wenn es ihm schlecht ging, wollte er bei ihr sein. Sie wusste das und die Liebe war in ihnen nie richtig erloschen – nur der Beruf hatte die Beziehung kaputt gemacht. Wenn er ehrlich war, ging es ihm jetzt auch nicht um Kino oder große Hollywood-Gefühle. Es ging um ihn und seine Befindlichkeiten. Er brauchte sie, um zu reden und um ein paar klare Gedanken fassen zu können.
„Ja, gerne. Hol mich ab."
Seit drei Jahren war er von seiner Frau geschieden, die Kinder waren fast schon erwachsen und riefen nur noch bei ihm an, wenn sie Geld brauchten. Jeden Monat überwies er 1200 Euro auf das Konto seiner Ex-Frau. Selber konnte Bender sich keine großen Sprünge mehr leisten. Er blieb im gemeinsamen Haus alleine zurück und blechte kräftig für das Darlehen, mit dem es finanziert wurde. 44 Jahre war Bender alt. Zu jung für die Rente, an die er oft dachte. Und zu alt, etwas Neues anzufangen. Die Tretmühle des Lebens hatte ihn gut im Griff. Wohl fühlte er sich darin nur selten. Die sanften Berge des Bayerischen Waldes und auch die Einsamkeit, die die Dörfer dort auf ihn ausstrahlten, das machte ihn leicht deprimiert. Deshalb fuhr er so ungern hier her, obwohl er sich eingestehen musste, dass die spätwinterliche Landschaft auch eine beruhigende, kräftigende Wirkung auf ihn haben könnte.
Wieder und wieder hing er seinen Gedanken nach, vor allem wenn er alleine im Auto unterwegs war: Raus aus dem Trott in Passau, im Bayerischen Wald. Das einzige, das ihn hier hielt, war seine Familie, auch wenn diese längst zerbrochen war.
Ebenso schmerzlich wurde ihm bewusst, dass seine Alltagsdepressionen langsam auch im Job zum Problem wurden. Er musste aufpassen, nicht die Fäden aus der Hand zu geben.

Bertram Sendlinger kurvte indes kreuz und quer durch Grafenau. Am Recyclinghof wurde ihm schnell bestätigt, dass „der Türk" heute nicht zur Arbeit erschienen war, was man für äußerst ungewöhnlich

hielt. Ein zuverlässiger Mann sei er, dieser Yussuf. Nur ein bisschen komisch, mit seinem islamischen Glauben und dem ewigen Allah-Getue. Breitete jeden Tag zur Gebetsstunde einen Karton aus einem Container oder eine größere Plastikfolie aus, kniete nieder und pries seinen Gott. „Die meisten Leute haben den Kopf geschüttelt, wir aber haben uns längst daran gewöhnt", sagte der Betriebsleiter, ein Franke, wie Sendlinger am Dialekt unschwer erkennen konnte. „Yussuf ist ein netter Kerl, wir mögen ihn alle. Was ist eigentlich mit ihm, warum fragen Sie?"
„Polizeiliche Ermittlungen, ich kann nicht darüber reden."
„Hat er was angestellt, aber das glaube ich nicht. Der tut nix."
„Nein, er hat nichts angestellt. Reine Routine."
Sendlinger hatte, was er wollte: Einen Namen, eine Adresse. Köppelstraße, Grafenau. Dahin war Bert gerade unterwegs, als er die SMS an Manu schrieb.
Das Haus war schnell gefunden, die Klingel „Yussuf Ökdan" auch. Sendlinger läutete, aber es meldete sich niemand. Er klingelte bei den Nachbarn im Mietshaus. Eine ältere Frau krächzte in die Gegensprechanlage. „Wer?"
„Yussuf Ökdan?"
„Der wohnt neben an."
„Haben Sie ihn heute schon gesehen".
„Nein."
„Wann haben Sie ihn denn zuletzt gesehen?"
„Ich weiß nicht."
„Hat er Familie?"
„Keine Ahnung!"
Die Waidler und ihr loses Mundwerk. Sendlinger fühlte sich, als würde er in Zeitlupe durch Tiefschnee waten. Immerhin bekam er noch raus, dass der Hausverwalter einen Schlüssel für die Wohnung hatte. Und er konnte der alten Dame sogar dessen Telefonnummer entlocken.
Die Wohnung war sehr klein, aufgeräumt und sauber. Das Bett gemacht, nur in der Küche stand noch das Geschirr zum Abwasch bereit.
Keine Nachrichten auf dem Anrufbeantworter und den letzten Anruf führte Ökdan wohl mit Bekannten oder Verwandten in der Türkei, wie der Polizeibeamte mittels Wahlwiederholung feststellte. Sendlinger fand auf einem Schreibtisch den Ausweis des Mannes. Er steckte ihn ein, ebenso die Zahnbürste aus dem Bad.

„Wissen Sie etwas über Ökdan, wer waren seine Freunde, mit wem hatte er Umgang?" fragte er den Hausverwalter.
„Ich kenne ihn kaum, frag doch in der Dönerbude am Stadtplatz."
Sendlinger verabschiedete sich und fuhr los. Dem Polizisten gefiel dieses Städtchen mit seinen bunten Häusern rund um einen recht breiten Stadtplatz. Bei näherer Betrachtung war die bunte Mitte aber auch ein Signal des Niedergangs. Haus an Haus spiegelten riesige Schaufenster in Richtung Gehwege – aber fast die Hälfte dieser Fenster war mit Plakaten beklebt: „Verkaufsfläche zu vermieten". Und daneben ein großes Straßencafé, der Lebensmittelpunkt eines Ortes, der aufgrund der zahlreichen Einkaufsmärkten an seinen Rändern ansonsten auszubluten drohte, an dem aber an diesem sonnigen März-Morgen schon die ersten Gäste an den Tischen draußen saßen. Es wurde eifrig über Mode, über den FC Bayern oder die neue Freundin vom alten Zahnarzt gesprochen.
Die Dönerbude lag auf der anderen Seite des Platzes und schmiegte sich selbstbewusst zwischen zwei traditionelle, bayerische Wirtshäuser. Links und rechts davon gab es Schweinelendchen und Wiener Schnitzel, dazwischen Döner Kebab, Bulgur und Pizza mit Hackfleisch.
Hier erfuhr Sendlinger etwas mehr über Ökdan. Er war bis etwa 23 Uhr dort gesessen und anschließend nach Hause gegangen. Allein.
Als Sendlinger fast schon zur Tür draußen war, rief ihm der Wirt noch nach: „Ach so, Yussuf dreht jeden Abend noch eine Runde um den Kurparksee, bevor er nach Hause geht."
Mit diesen Informationen kam Sendlinger wenige Minuten später in der Inspektion an.

Yussuf Ökdan hatte sich schnell von dem Elektroschock erholt, konnte sich aber nicht bewegen, seine Knöchel und Handgelenke waren mit Kabelbindern gefesselt. So sehr er auch daran ruckelte und sich zu befreien versuchte, es lockerte sich nichts. Als das Auto stehen blieb, öffnete sein Entführer den Kofferraum und Yussuf sah noch, wie ein riesiger Sack auf ihn zukam. Ehe er reagieren konnte, steckte er bis zur Hüfte in dieser muffig stinkenden Hülle. Der Mann, den er doch schon lange kannte, trieb ihn eine Treppe hinunter. 59 Stufen zählte Yussuf. Er spürte heiße Tränen über seine kalten Wangen laufen, er spürte wie sich ihm der Hals zuschnürte, er spürte nur noch Verzweiflung. Der Mann stieß ihn auf einmal zu Boden und Yussuf hörte, wie sich eine Tür schloss. Der Boden war eiskalt, hart, steinig. Modrige, feuchte Luft drang durch den Sack in seine Nase. Nichts, gar nichts verstand er. Was ging hier vor? Yussuf konnte sich nicht erinnern, diesem Mann jemals Böses getan zu haben. Im Gegenteil, man verstand sich sogar recht gut. Die modrige Luft machte es für Yussuf allerdings zur Gewissheit: Es würde Schreckliches auf ihn zukommen.

Eine halbe Ewigkeit später hörte Yussuf die Tür wieder aufgehen. Der Sack wurde ihm herunter gezogen. Vor ihm stand ein Mönch, ein Henker. Yussuf wusste es nicht, jedenfalls war es eine Gestalt mit einer langen, grauen Kapuzenkutte.

„Ich bin Raphael, ergebener Diener und Racheengel des Herrn. Meine Aufgabe auf Erden ist es, das Eitergeschwür des Unglaubens aus der verderbten Seele der Menschheit zu schneiden."

Der Kuttenträger wandte sich von Yussuf ab und zündete elf dicke, rote Kerzen an. Eitergeschwür, verderbte Seele - Yussuf verstand nicht, was das alles zu bedeuten hatte.

Als sich der Mann wieder umdrehte, blitzte ein langes Messer in der rechten Hand. Er schnitt den Kabelbinder an Yussufs Händen auf und befahl: "Zieh dich aus, Unwürdiger." Yussuf wand sich wie ein Wurm, als er versuchte, aufzusitzen. Dann zog er Jacke, Hemd und Unterhemd aus. „Hose auch?", fragte er. „Leg dich hin, dreh dich um. Hände auf den Rücken", befahl der Mann, der sich Raphael nannte, statt einer Antwort. Der Türke wusste, dass das nicht sein richtiger Name war. Er spürte, wie der Mann, den er eigentlich immer gemocht hatte, auf seinen Rücken niederkniete und die Hände wieder fesselte. Er zog ihm die Schuhe aus, die Socken, löste die Fußfessel und zog ihm die Hose herunter, schließlich die Unterhose. Yussuf fühlte sich zutiefst gedemütigt. Nackt und wehrlos lag er auf einem felsigen Boden und der Mann, den er seit Jahren kannte, kniete auf ihm und drehte im Moment scheinbar völlig durch.

Was will der von mir? Der spinnt ja komplett, ging es ihm durch den Kopf. Er spürte das Unheil mit der feuchtmodrigen Luft an seinen Beinen hoch kriechen. Er wusste, egal was jetzt kommen würde, es wäre ein grausames Spiel.

Eine Schlinge wurde um Yussufs Knöchel gelegt, festgezogen. Raphael stand auf und Yussuf spürte, wie er langsam mit den Füßen zuerst hochgezogen wurde. Alle Verzweiflung war aus ihm gewichen, jetzt war nur noch Entsetzen da. Er blickte um sich. Im fahlen Ker-

zenlicht sah er diesen Raphael, der an der Kurbel einer Seilwinde drehte, die ihn immer höher zog. Yussuf sah einen riesigen Stahlbottich mitten im Raum, auf den ihn sein Mörder nun zuschob – er wusste nicht, was hier vor sich ging, aber er spürte jetzt, dass dies die letzten Momente seines Lebens sein würden. Wie im Schlachthof, dachte Yussuf, er schiebt mich am Haken durch die Gegend, wie eine tote Schweinehälfte. Jetzt wurde er kopfüber hinunter gekurbelt, bis sein Kopf knapp unter dem Bottichrand war.
„Was machst du mit mir, was soll das?", schrie er in den dunklen Raum hinein und er spürte, wie ihm das Blut ins Gesicht fuhr. Da tauchte direkt vor seiner Nase das Kreuz mit dem Körper des Christus auf, das sein Mörder ihm zitternd und mit ausgestreckter Hand hinreckte. „Hier ist die Wahrheit", hörte er Raphael brüllen und der riesige Stahlbottich begann vom Widerhall wie eine Motorsäge zu kreischen. „Schau hin und sieh, welch wunderbares Opfer unser Herr für uns gebracht hat. Du Ungläubiger, du Unwürdiger. Du sollst keine Götter neben mir haben, spricht der Herr. Zum Teufel mit deinem Allah. Amen."
Yussuf spürte ein kurzes, schmerzhaftes Brennen am Hals und gewahr, wie er mit einem Ruck tiefer in den Bottich abgesenkt wurde. Es folgte ein unerträglicher Schmerz, dann Schwindel, Yussuf hörte seinen Herzschlag in den Ohren rauschen, er spürte, wie es an seinem Hals wild pulsierte und heißes Blut aus ihm heraus schoss. Er schüttelte sich, wehrte sich, doch Yussuf ergab sich bald dem Schicksal und sah zu, wie sein Leben unaufhaltbar in den Bottich floss. Es war vorbei. "Ashhadu an lā ilāha iii...", stöhnte Yussuf noch und dann schwanden ihm die Sinne.

Der Gedanke reifte schon seit Jahren. Die letzten Wochen, Monate brodelte es in ihm. Er musste etwas tun, musste der Welt ein Zeichen setzen. Gottes Wort, jeden Tag, jede Stunde von Millionen von Menschen mit Füßen getreten, geschunden wie der gekreuzigte Leib des Gottessohnes. Wer, wenn nicht er, könnte diese Schmach wieder reinwaschen. Der Plan war so einfach. „Denkt an die Bibel, in ihr steckt unser Heil", das wollte er zu seiner Botschaft machen. So hatte er es sich ausgedacht.
„Die Arche, sie führt ihn hoffentlich auf den Weg zu Gott", lächelte er zufrieden. Aber das hatte ihn nicht mehr zu interessieren. Er hatte

sein Werk vollbracht. Ob der Türke den Himmel schauen darf, das würde dereinst am jüngsten Tag entschieden werden.
Raphael öffnete den Hahn am Bottichboden und ließ das noch warme Blut in eine silberne, große Kanne fließen. Damit verließ er den Kellerraum und betrat das nächste Zimmer. Überall flackerten Kerzen, über einen großen Felsbrocken hatte er eine weiße Decke gelegt und Blumen darüber verstreut, darauf lag ein großes, rotes, gläsernes Kreuz. Daneben stand ein kleiner Tisch, auch mit weißer Decke und elf roten Kerzen. In die Mitte stellte er den Krug.
Er breitete die Arme aus, wie ein Pfarrer beim Friedensgruß im Gottesdienst und rief: „So spricht der Herr, der uns erschaffen hat: Von der Erde bist du genommen, und zur Erde kehrst du zurück. Der Herr aber wird dich auferwecken am jüngsten Tage." Er kniete nieder, stellte den Krug auf den Boden und machte ein Kreuzzeichen: „Im Kreuz unseres Herrn Jesus Christus sei dir und uns allen Auferstehung und Heil. Der Friede sei mit dir. Ich übergebe dein Blut der Erde. Christus, der von den Toten auferstanden ist, wird auch dich zum Leben erwecken." Nach diesen Worten hob er die Kanne erneut hoch, küsste sie und goss den Inhalt in eine breite Spalte im Felsenboden, in der das noch warme Blut still versickerte.
„Herr vergib ihm seine Schuld", sagte er, machte erneut das Kreuzzeichen und ging, um den Leichnam zur Glasarche zu bringen.
Behutsam nahm Raphael den Leichnam vom Haken. Das Gesicht, die Fratze des Bösen, er konnte den Anblick nicht ertragen. Dafür hatte er das Skalpell bereit gelegt. Eine Regung in der Lendengegend lenkte ihn kurz ab und er schämte sich dafür. Seinen Hass steigerte das noch mehr. Er setzte das Skalpell an und sagte, wie im Gebet: „Dein Antlitz ist nicht würdig vor Gottes jüngstem Gericht geschaut zu werden. Dir soll die teuflische Fratze aus dem Gesicht gerissen werden." Er zog einen kreisrunden Schnitt um das Gesicht, löste die Haut mit dem Skalpell von den Wangenknochen, dann von der Stirn und riss es einfach herunter. Er sah die glasigen Augäpfel und für einen kurzen Moment überkam Raphael ein Brechreiz, doch schnell überwog wieder der Gedanke an seine Aufgabe. Er reinigte den Körper, zog ihm die Kleider und Schuhe wieder an. „Heute Nacht noch lege ich dich in die Hand Gottes, dessen ergebener Diener ich bin."

Als Klaus und Benno am Lusenparkplatz ankamen, zogen die Kriminaltechniker gerade ab. Klaus sah noch, wie Manu in ihr Auto stieg und gerade fahren wollte. „Ich versuche, die Polizistin noch aufzuhalten, vielleicht erfahre ich etwas", sagte er zu Benno, „du kannst ja schon einmal voraus gehen." Gerade noch gelang es ihm, die Kommissarin zu erreichen, bevor die aus dem Parkplatz hinausgefahren wäre. „Hallo Manu, Mensch was ist denn hier passiert, man hört ja die schrecklichsten Dinge."

„Hallo Klaus. Du weißt doch, ich kann mit dir nicht darüber reden."

„Manu, du kannst dich auf mich verlassen, ich halte doch dicht. Egal was du mir erzählst, von dir habe ich es nicht."

„Klaus, nerv mich nicht. Wir haben einen Toten, der schrecklich zugerichtet ist. Es gibt keine vernünftigen Spuren, keinen Verdacht, nichts. Wenn du mehr wissen willst, ruf die Pressestelle an."

Klaus unterdrückte eine bissige Bemerkung. Sie kannten sich von seinen nächtlichen Touren durch Passau, die er regelmäßig unternahm, wenn es ihm in Grafenau zu eng wurde. Von Manu hätte er deswegen mehr erwartet. Schließlich hatten sie schon die eine oder andere Nacht miteinander verbracht. Nichts Ernstes, nichts Festes. Einfach nur ein bisschen Spaß. Geilen, unverbindlichen Sex. Und hin und wieder waren von ihr auch ganz nützliche Infos zu holen. Dass sie in diesem Fall gar nichts sagte, gab Klaus zu denken. Entweder da war eine ganz große Sache passiert, oder aber die Polizei war wirklich absolut ratlos.

„Schlampe!", brach es noch leise aus ihm heraus.

╬

Weiträumig war der Zugang zur Glasarche mit Absperrband umgrenzt. Benno konnte aber nicht widerstehen und schlüpfte darunter durch. Diese Arche war wunderschön, sie zog ihn magisch an, er wollte sie einfach nur berühren. Er dachte an die Bibel, an die Geschichte von Noah, der mit der Arche seine Familie und Paare aller Tierarten vor der Sintflut rettete, um im Gebirge Ararat zu stranden. Benno mochte das Buch Genesis, und schöpfte vor allem aus der Geschichte Noahs die Hoffnung, dass sich im Leben alles zum Guten wenden würde, wenn man nur glaubt. Sein Glaube gab ihm Kraft und Halt, die er in der Kirche nicht fand. Fast hätte ihm das Bild der Glasarche mit der großen Hand Gottes, die sie schützend durch die Wellen trug, Tränen in die Augen getrieben. Aber was seine Religiosität anbetraf, da hatte sich Benno im Griff. Er wollte nicht, dass

irgendwer, vor allem Klaus etwas davon mitbekommen würde. Klaus, der immer so taff und selbstsicher durch die Welt ging und sich um den lieben Gott einen feuchten Kehricht scherte.
„Was machst du da, die Leiche ist bestimmt nicht mehr da", rief ihm Klaus zu und das Buch Genesis war mit einem Ruck zugeschlagen.
„Ich schau mir das nur näher an."
Benno schätzte sie auf etwa fünf Meter Länge. Sie strahlte in einem sanften Grün. Das Licht brach sich mehrfach in den hunderten von Glasscheiben, die Scheibe für Scheibe zum Bootskörper aneinandergereiht wurden. Benno hatte die Arche vor einigen Jahren eine zeitlang beruflich begleitet, als sie kreuz und quer durch den Bayerischen und den Böhmerwald reiste und in den beiden benachbarten Nationalparken ausgestellt wurde. Hier, an der Weggabelung des so genannten Böhmwegs und des Sommerwegs zum Lusen fand die Arche ihren letzten Ankerplatz und sah ähnlich gestrandet aus, wie einst das biblische Vorbild. Das gläserne Kunstwerk wurde von Glaskünstlern aus dem Bayerischen Wald gefertigt, die riesige Hand, in der es sicheren Halt erfuhr, wurde von tschechischen Holzbildhauern geschaffen. Benno fand es einfach nur faszinierend, für ihn eines der schönsten Kunstwerke aller Zeiten.
„Sag mal, träumst du oder was ist los?", setzte Klaus nach.
„Alles aufgeräumt, die Kripo hat nichts zurückgelassen", antwortete Benno schnell und rückte von der Arche ab.
„Mann, ist das öde. Ich weiß jetzt auch, was du mit den Baumleichen gemeint hast. Ist ja alles kahl hier." Klaus war sauer, weil sie zu spät von der Sache erfahren hatten. „Wir hätten schon viel früher da sein können, aber wir beiden Trottel kamen ja heute früh nicht aus den Federn. Scheiß Weiber. Mann, war die geil, diese Sau."
„Hast du wieder eine rumgekriegt?" Benno beneidete Klaus um dessen Qualitäten als Aufreißer. Er selbst konnte sich gar nicht mehr erinnern, wann er zuletzt eine Unbekannte für eine Nacht ins Bett gekriegt hatte. Nicht, dass er unter Sexmangel litt, es gab schon gute Freundinnen, mit denen auch der Spaß nicht zu kurz kam. Aber so ein One-Night-Stand, ohne Namen, ohne irgendwas. Wann war das?
„Sie hat förmlich darum gebettelt, die war schon abgeräumt, bevor sie überhaupt wusste, dass sie mich an diesem Abend treffen würde. Und glaub mir, geschlafen habe ich diese Nacht so gut wie überhaupt nicht." So sehr Benno seinen Kumpel bewunderte – dessen Überheblichkeit kotzte ihn manchmal regelrecht an.
„Können wir uns vielleicht noch ein wenig mit diesem Fall hier be-

schäftigen", forderte Benno und lenkte die Aufmerksamkeit wieder dem Verbrechen zu. Der Story, die er in seinem Kopf schon längst geschrieben hatte, wieder umschrieb, verwarf und von neuem anfing – ohne überhaupt mehr zu wissen, als das Radio zuvor vermeldete. „Reden wir mit den Leuten, die hier unterwegs sind, vielleicht haben die ja noch etwas von der Polizeiaktion mitbekommen", schlug Benno vor.

Gerade wollte Benno zwei Wanderer ansprechen, als er bemerkte, wie entrüstet die beiden sich unterhielten. „Das kann doch nicht sein, also diese Leute im Bayerischen Wald, wie die Wilden", hörte er den einen.

„Ja, so etwas Ekliges habe ich noch nie gesehen", sagte der andere. „Also die haben hier überhaupt keinen Respekt vor der Natur und dem Leben."

„Was ist denn, was regt Sie denn so auf, wenn ich fragen darf?", mischte sich Benno ins Gespräch ein.

„Ach, da oben", winkte der eine entsetzt ab. „Da ist irgendetwas Blutiges an einen Baum genagelt. Ein Tierfell oder so was. Einfach nur abscheulich. Ist das bei Ihnen hier so Brauch, dass man Tiere tötet und an Bäume nagelt. Das ist schon ein absonderlicher Menschenschlag hier", konnte sich der Tourist kaum beruhigen. „Denk nur an den komischen Kauz, den wir gestern da oben am Schutzhaus gesehen haben. Sitzt bei dieser Schafskälte auf der Terrasse und trinkt ein Bier, statt sich drinnen aufzuwärmen." Der Wanderer konnte sich gar nicht beruhigen. „Der Wirt hat uns erzählt, dass er Platzangst und ihm einmal beinahe die Bude zertrümmert hat, weil er es in geschlossenen Räumen nicht aushält. Und ausgesehen hat der, als würde er in einem Baumhaus wohnen. Abgefahren. Echt irre, die Eingeborenen."

Benno winkte Klaus herbei: „Wir müssen noch ein Stück rauf gehen, diese Leute da haben irgend etwas Ekliges, Abscheuliches gesehen."

„Vielleicht ihr eigenes Spiegelbild?", mutmaßte Klaus. „Oder ihre Frauen. So wie die beiden aussehen, möchte ich die Weiber nicht kennen lernen."

„Sag mal, hast du auch noch was anderes im Kopf? Komm, schauen wir nach." Benno ärgerte das Geschimpfe der beiden Wanderer über die Menschen im Bayerischen Wald. Er wollte wenigstens sehen, ob die einen Grund dazu hatten.

Benno liebte seine Heimat und gerade die Berghänge zwischen Lusen und Rachel ließen sein Herz seit einigen Jahren bluten. Ein

Borkenkäfer namens Buchdrucker hatte sich hier in den letzten Jahrzehnten breit gemacht und die dichten Fichtenwälder förmlich aufgefressen. Der kleine Kerl hatte die Eigenheit, unter die Baumrinde zu schlüpfen und sich dort vom Saft der Bäume zu ernähren. Die Folge: Die Bäume trockneten aus, starben ab. Übrig blieb nur noch ein Heer von frei stehenden Baumhälsen, die grau und kahl wie Mahnmale ihre Spitzen in den Himmel reckten. Der Wald war tot. Zumindest sah er im März ziemlich tot aus, weil nur diese Baumrümpfe aus dem weißen Meer heraus ragten. Nur noch wenige Wochen, dann würde es am Boden wieder grünen und alles würde ein wenig versöhnlicher aussehen.
„Diese Baumleichen sind ätzend", sagte jetzt Klaus, der zuvor noch nie auf dem Lusen gewesen war. „Wie kann so was passieren?"
„Ja, wie? Das kommt heraus, wenn Menschen Experimente machen", sagte Benno kurz. Der Lusen war Teil des Nationalparks, hier galt die Devise „Natur Natur sein lassen" und das spielte dem Borkenkäfer eine Steilvorlage zu. Seine Ernährungslage wurde durch niemanden gestört, er konnte sich frei entfalten, ohne vom Menschen aufgehalten zu werden. Nun ist es an der Natur selbst, den Schaden wieder zu reparieren. Ein neuer Wald war am entstehen - ein Generationenprojekt, das der Mensch der Natur überlassen hatte.
Schweigend gingen die beiden Journalisten weiter und sahen schon von weitem den einzigartigen Lusengipfel auf sich zu kommen. Eine riesige Kuppe, die aussah, als hätte es einen Tag lang Felsen geregnet: Wirr durcheinander lagen hier Felsbrocken und Steine auf- und nebeneinander, ausgeschüttet aus einer riesigen Kiste. Hinauf zum Gipfel führte vom Sommerweg aus, Benno und Klaus gingen ihn gerade hoch, eine steinerne Treppe - die so genannte Himmelsleiter. Kurz bevor die beiden Zeitungsschreiber diese erreichten, fiel ihr Blick auf das ausgedörrte Wurzelwerk eines umgestürzten Baumes, der hier seit Jahren verwitterte. Erstarrt und entsetzt blieben sie stehen: „Was ist das?", fasste sich Klaus als erster.
„Weiß nicht. Vielleicht ein Tier?"
„Was soll das für ein Tier sein. Keine Ahnung, fotografier das jetzt."
Benno drückte ab, von allen Seiten fotografierte er dieses Ding, das da an die Wurzeln genagelt wurde und von einem Ring aus Eiskristallen umkränzt war.
„Sieht ein bisschen aus, wie der Gekreuzigte da oben", deutete Benno in Richtung Gipfelkreuz des Lusen.
„Rede keinen Unsinn", wiegelte Klaus ab.

„Nein, schau doch. Drei Nägel: Links, rechts und unten in der Mitte."
„Benno, tut mir Leid, aber du fantasierst."
„Was tun wir, nehmen wir das mit?"
„Bist du verrückt. Ich fasse das nicht an. Komm gehen wir, wir müssen mit der Polizei reden und wir müssen unsere Arbeit machen."

╬

Mit den ausladenden, selbstsicheren Schritten des Jägers betrat Klaus die PI Grafenau. „Morgen Heinz, morgen Markus", er nickte den beiden Polizisten zu, die etwas verloren herumstanden.
Die Situation mit den Vorgesetzten im Besprechungszimmer und jetzt auch noch Klaus, der nie Ruhe gab, überforderte sie offensichtlich. Wenn auch für normale Nasen nicht spürbar, so stieg die Schweißkonzentration der Raumluft markant.
Klaus wandte sich einem dritten Polizisten zu, einem jungen Burschen, der hinter den Ohren noch genauso Grün war, wie seine Uniform. Natürlich war allen im Raum klar, warum Klaus in die PI gestürmt war. „Versuch es gar nicht erst, du weißt, dass wir nichts rauslassen dürfen", sagte der, den Klaus als Heinz begrüßt hatte.
Doch zu spät, Klaus hatte sein Opfer ausgemacht, setzte ein süßliches Lächeln auf: „Hallo Bernd, jetzt Mal Butter bei die Fische, was ist hier los, wisst ihr schon, wer der Tote ist?" Obwohl Klaus sich als waschechter Pasinger im Gegensatz zu vielen Zugezogenen tatsächlich als Münchner bezeichnen durfte und eigentlich auch diesen stets leicht arrogant wirkenden landeshauptstadt-bayerischen Dialekt pflegte, liebte er den Butter/Fische-Spruch. Wahrscheinlich, weil er aus Gründen, die er selbst nicht verstand, sein Gegenüber leicht verwirrte und ihm einen Feldvorteil verschaffte.
Bernd blickte nervös in die Runde, die Schweißkonzentration stieg weiter. Alle drei Polizisten mochten diesen überheblichen Sprücheklopfer, der trotz seiner lauten Art Charisma verströmte. Trotzdem schüttelten Heinz und Markus fast unmerklich den Kopf. Doch Bernd konnte sich Klaus nicht ganz entziehen. „Wir wissen auch nur, was die Herren Kommissare dahinten" – er machte eine abwertende Kopfbewegung in Richtung einer Tür hinter ihm – „uns erzählt haben".
Klaus Handy piepte. Er nahm das i-Phone aus der Jackentasche, warf einen kurzen Blick darauf und lächelte. „Interessant", sagte er so, wie es vielleicht Derrick vor Jahrzehnten gesagt hätte, plauderte dann

unverfänglich weiter. Nur um schließlich wie beiläufig zu fragen: „Sagt euch der Name Ökdan Yussuf etwas?“
„Woher...“
Klaus lächelte, 1:0 für ihn. Gerade als er nach der Art der Verstümmelung fragte, von der in der Radiomeldung die Rede war, ging die Tür des Besprechungsraums auf und Bender, der offensichtlich etwas von den drei Polizeibeamten wollte, steckte den Kopf heraus. „Wer sind Sie denn?“, maulte er Klaus an.
„Monn, Klaus Monn, Tagblatt“, sagte Klaus als sei er britischer Geheimagent und streckte Bender die Hand entgegen.
Der würdigte sie keines Blickes und schnauzte erst Klaus und dann seine Untergebenen an: „Sie werden früh genug erfahren, was Sie wissen müssen. Und jetzt schmeißt ihn raus.“ Dann knallte er die Tür wieder zu und war verschwunden.
„Netter Mensch“, sagte Klaus unbeeindruckt und lächelte aufmunternd in die Runde, worauf sofort stumme Verbrüderung unter den vier Personen entstand. Heinz und Markus hörten demonstrativ weg, als Bernd mit leicht rosafarbenen Ohren ohne ihn anzuschauen leise zu Klaus sagte: „Von mir hast du es nicht, aber ja, es ist der Ökdan und ihm wurde Haut aus dem Gesicht gerissen.“ Bernd blickte auf und sah in Klaus' offenen Mund. Der fing sich aber sofort wieder, als ihm schlagartig bewusst wurde, was er soeben gehört hatte. Die Sensation war perfekt. Mit dieser Story würde er seinem großen Ziel wieder ein Stück näher kommen. Und er wusste, wem er das zu verdanken hatte. Weil er außerdem wusste, dass stets eine Hand die andere waschen muss, damit der Nachrichtenfluss nicht versiegt, gab er den drei verdutzten Polizisten beim Rausgehen noch den Tipp doch mal nachzusehen, was da an dem kreuzähnlichen Wurzelwerk am Fuße der Himmelsleiter hing, die hinauf zum Lusen führt.
Damit war er raus aus der PI und wäre vor lauter kopflosem Überschwang auf der Straße beinahe über den Haufen gefahren worden. Nur wenige Minuten später stürmte er in die Redaktion. Er küsste Maria, die Redaktionssekretärin direkt auf den Mund, die daraufhin mit dem Rot des Feuerlöschers hinter ihr in ernsthafte Konkurrenz trat und betrat sein Büro.

Die Polizisten wussten indes mit der für sie wirren Information des Journalisten nichts anzufangen. Sie beschlossen, den Kripoleuten

Bescheid zu sagen, „sollen die sich doch drum kümmern, uns geht das alles ja scheinbar eh nichts an."
„Käse, alles totaler Schwachsinn. Fallt doch nicht auf diese vermeintlichen Tipps von einem Schreiberling rein. Der will sich doch nur wichtig machen", echauffierte sich Bender. Immer noch war er wütend darüber, dass dieser Kerl einfach herein marschierte und die Beamten aushorchen wollte. „Und ich sage euch, erzählt diesen Leuten von der Zeitung nichts. Da kommt nur Scheiße dabei heraus."
Bender schickte die Polizisten wieder weg und wandte sich nun an seinen Kripo-Stab. „Kennt einer von euch diesen Monn? Was ist das für einer?"
Manu zögerte ein wenig, sagte dann aber doch: „Ich kenne ihn privat ein bisschen, habe ihn schon ein paar Mal gesehen. Eigentlich ist er ein ganz netter Kerl. Ein Aufschneider vielleicht, ein Weiberheld auch. Ich glaube fast, wir sollten nachschauen, was da oben am Lusen noch sein könnte."
„Soso, Weiberheld. Meinst du also, wir sollten...", Bender widerte dieser Fall von Minute zu Minute mehr an. Der Wald, die Leiche, jetzt auch noch dieser Pressefuzzi. Ihm war zum Kotzen zumute, da half auch kein Grüner Tee mehr. Vor allem dieser Monn. Journalisten. Ihnen traute Bender ungefähr so weit, wie er einen Kleiderschrank werfen konnte.
Andererseits: Es war ein Hinweis, es könnte eine neue Spur sein. Er konnte das nicht einfach so abwiegeln. Vor allem dachte er auch gleich an seinen Chef, Kriminalrat Hans-Georg Ritter. Wie würde der sich erst aufregen, wenn er eine Spur nicht verfolgt hätte. Es half nichts mehr, aber Bender selbst hatte für diesen Tag die Schnauze gestrichen voll.
„Ich fahre jetzt nach Passau, morgen früh treffen wir uns im Büro. Schaller, es reicht, wenn du noch mal hoch fährst und nachschaust, was dieser Kerl da gesehen haben will."
Schaller war mit knapp 25 Jahren der jüngste in der Truppe, er wusste, dass er immer wieder die Fußabstreifer-Jobs abkriegte. Ein paar eindeutige Worte murmelte er in seinen Bart und dann machte er sich auf den Weg. Klaglos.
„Ich fahre noch mit", bot sich Manu an. „Da treibt mich jetzt einfach die Neugierde hoch, mal sehen, was dieser Klaus Monn gefunden haben will."
Franz Schallers Miene hellte sich schlagartig auf, und gerade noch konnte er einen kleinen Freudenschrei unterdrücken. Mit Manu auf

den Berg, das machte den Fußabstreifer-Job gleich wieder zum willkommenen Auftrag.
Bender rief Schaller noch hinterher: „Wenn ihr zurück seid, ruf mich an und sag mir, was ihr da oben gefunden habt."
Was Schaller mit seinem Liebesrauschen in den Ohren allerdings nicht mehr hörte. Das würde ihm noch leid tun.

╬

Bei der Fahrt zurück auf den Lusen war das Hauptthema des Gesprächs: der Chef. Bender.
„Manchmal frage ich mich, warum der diesen Job macht. Der hat doch scheinbar gar keine Lust mehr. Wie der uns immer anblafft. Er ist oft ein richtiger Arsch", kotzte sich Schaller aus.
„Raue Schale, weicher Kern. Lass den Bender mal so sein wie er ist. Er braucht wieder ein paar Tage, dann fängt er Feuer und gibt keine Ruhe, bis er den Täter hat. Er ist gut, richtig gut. Aber du hast schon recht, mir geht er auch auf den Sack."
„Seit wann hast du denn so einen?" Schaller blickte verschmitzt zur Kollegin auf den Beifahrersitz.
„Willst du mal nachschauen?"
„Jetzt?"
„Wann haben wir eigentlich zum letzten Mal? Muss schon ein paar Wochen her sein. Naja egal, jetzt machen wir unsere Arbeit, den Rest sehen wir dann." Manu mochte ihren Kollegen Franz und gegen ein paar neckische Abenteuer mit ihm hatte sie nichts einzuwenden, einfach nur schöner Kuschelsex. Für die härtere Gangart hielt sie sich den Macho Klaus warm.
Franz dagegen liebte die hübsche Frau beinahe abgöttisch und sehnte sich nach jedem kleinsten Anzeichen von Zuneigung. Er wusste aber auch, dass sie nicht mehr von ihm wollte, als ein paar schöne Stunden. Schade, so schön diese Zeit zu zweit auch war, so traurig war er jedesmal, wenn sie ging. Und sofort keimte die Hoffnung, dass sie ihm eines Tages doch mit Haut und Haaren verfallen würde. Eine Hoffnung, mit der er im Moment im Dienstauto in Richtung Lusen unterwegs war und eigentlich schon wieder vergaß, was sie dort tun sollten.
Es war bereits später Nachmittag und langsam setzte die Dämmerung ein. Franz Schaller kam es vor, als sei es noch kälter als am Morgen. Sie kamen an der Arche vorbei, die Absperrbänder lagen

zum Teil schon schlaff auf dem Schneeboden und ein Nebel zog auf.
„Gruselig, das ist ja wie Hollywood“, sagte Franz.
„Wirklich ein seltsamer Ort, fast mystisch.“
Ohne anzuhalten gingen sie weiter, noch etwa eine Viertelstunde, ehe sie am Fuße der Himmelsleiter ankamen. Dort sahen sie erst einmal gar nichts. „Was soll hier sein?“, fragte Franz noch einmal.
„Weiß nicht. Klaus hat scheinbar gesagt, wir sollen uns hier mal genauer umschauen.“
„Woher kennst du den eigentlich, der ist doch in Grafenau, oder?“
„Ach der ist viel in Passau unterwegs. Ich sehe ihn hin und wieder beim Weggehen.“
„Hast du was mit ihm?“
„Sag mal, spinnst du jetzt oder was? Was soll das, bist du eifersüchtig? Ich kenne viele Leute, darunter sind Männer, darunter sind Frauen und nicht mit allen schlafe ich, weil mir das zu anstrengend wäre. Nerv mich jetzt nicht mit dem Monn, schau lieber, was du findest.“
„Jawoll Chefin.“
„Arsch!“
„Zu Diensten.“
„Der hat irgendwas von einem Kreuz gesagt, oder einem umgefallenen Baum.“
„Da war einer, ein Stück weiter unten. Schauen wir da noch und dann... hauen wir ab.“ Schaller wollte jetzt ohnehin wieder weg, dieses Gespräch mit Manu, dieser Marsch auf den Berg nahm nicht den erwünschten Verlauf. Er hätte sich ohrfeigen können für seine Eifersucht. Und sie merkte es auch noch. Scheiß Gefühle. Scheiß Hormone. Seinen hageren Körper durchzuckte eine weitere Eifersuchtsattacke.
Endlich hatte Manu gefunden was sie suchten, doch sie konnten so recht nichts damit anfangen. Nur ein paar gefrorene Fetzen hingen an dem Wurzelwerk des Baumes. Sie nahm ein Plastiktütchen aus der Tasche, stülpte es vorsichtig über das Ding und zog es vom Baum. Nur widerspenstig ließ sich dieser Fetzen lösen.
Franz sah die Nägel, zog diese aus dem Baumstamm und füllte sie ebenfalls in ein Plastiktütchen. „Das war‘s wohl“, sagte er.
Ohne zu wissen, was sie da gefunden hatten, machten sie sich auf den Weg nach Passau. Der morgige Tag würde mehr Aufschluss geben, da waren sich beide sicher.

Benno saß schon an seinem Schreibtisch, wischte sich gerade letzte Reste einer zähen weißen Masse aus dem Gesicht und sah Klaus fragend an, als dieser in die Redaktion kam: „Hast du meine SMS bekommen?“, fragte er.
„Ja klar, das war ein Volltreffer, ich habe die Story des Jahres.“ Klaus setzte sich an seinen Computer und hämmerte den Anfang der Story mit fliegenden Fingern in die Tastatur.
„Wir haben die Story des Jahres“, murmelte Benno etwas beleidigt.
„Was?“ sagte Klaus, wartete aber keine Antwort ab, sondern fragte selbst: „Sag mal, woher hast du eigentlich den Namen?“
Benno berichtete, dass er sich auf dem Weg in die Redaktion noch einen Döner gekauft hatte. Der Buden-Besitzer sei noch ganz aufgeregt vom Besuch der Polizei gewesen und habe ihm erzählt, was der Beamte gefragt hatte. „Anschließend habe ich noch schnell beim Recyclinghof angerufen, dort hat der Ökdan gearbeitet. Die Polizei war auch bei denen.“ Benno erzählte alles, was er in Erfahrung gebracht hatte.
„Braver Junge“, sagte Klaus, der den leicht verärgerten Blick Bennos nicht bemerkte. Nur eine Stunde später standen Artikel und Schlagzeile. Weitere vier Stunden dauerte die Aufregung, die erst durch das Büro des Lokalchefs, dann durch die Chefredaktion und zuletzt durch die Rechtsabteilung des Blattes galoppierte. Schließlich gab es grünes Licht und am nächsten Morgen standen die Namen der Autoren der Lokalredaktion auf Seite 1 der Gesamtausgabe: Klaus’ natürlich vor dem von Benno.

Aufgeregter als sonst griff er zur Zeitung, die wie jeden Morgen im Briefkasten steckte. Würde schon etwas darin stehen, und vor allem was. Er blickte auf die erste Seite und konnte seinen Augen kaum trauen: „Die Fratze des Bösen am Lusen“, stand da in großen Lettern und eine Zeile weiter unten: „von Klaus Monn und Benno Seifeld“. Dann sah er auf das Foto und ihm stockte der Atem: Konnte es sein, konnte es wirklich sein, dass diese beiden Journalisten die Zeichen erkannt hatten, hatten sie eine Ahnung, wofür Raphael kämpfte, für wen er die Mühen auf sich nahm? Ein Glücksgefühl durchströmte ihn, eine feierliche Aufregung. Immer wieder las er diese eine Zeile: „Die Fratze des Bösen am Lusen“, verstand das Wortspiel nicht, murmelte nur immer die Zeile vor sich hin. Später, als alle Welt über die

Story sprach, sollte er immer abwinken und sagen: „Interessiert mich nicht, ist doch alles nur furchtbar aufgeblasen."

Die Fratze des Bösen am Lusen

Grausamer Mord in den frühen Morgenstunden

Von Klaus Monn und Benno Seifeld

WALDHÄUSER: Unfassbar! Gestern früh fanden Wanderer die schrecklich zugerichtete Leiche eines jungen Mannes. Ausgerechnet in der Gläsernen Arche auf dem Weg zum Lusen wurde der Tote abgelegt. Aus nicht näher benannten Polizeikreisen war zu erfahren, es handelt sich möglicherweise um den 30-jährigen Yussuf Ö. aus Grafenau, dem offensichtlich die Gesichtshaut entfernt wurde.

Die Polizei hüllt sich in Schweigen. Und lässt es offensichtlich an Sorgfalt mangeln. Unsere Recherchen vor Ort haben ergeben, dass einige hundert Meter weiter, am Fuße der Himmelsleiter, ein seltsames Objekt an einen Baum genagelt wurde. Handelt es sich dabei um die Gesichtshaut des Toten?

Tatsächlich ist Yussuf Ö. am Montag nicht an seinem Arbeitsplatz erschienen und wurde auch in seiner Wohnung nicht angetroffen. Sein Vorgesetzter bestätigte, dass dies sehr verwunderlich sei, „weil Yussuf ein sehr zuverlässiger Mitarbeiter ist, der in den vergangenen fünf Jahren nicht einmal gefehlt hat."

Über den Täter oder mögliche Mordmotive hat die Polizei offensichtlich noch keine Erkenntnisse. Jetzt geht im Grafenauer Land die Angst um. Ein brutaler Mörder lebt unter uns, und die Polizei hat keine Anhaltspunkte, wer das sein könnte. Eine Passantin sagte: „Ich habe Angst, so etwas hat es ja bei uns noch nie gegeben."

Um so unverständlicher wird die Tat, wenn man sich im Bekanntenkreis von Yussuf Ö. umhört. In seinem Stammlokal am Stadtplatz kennt man ihn als freundlichen Zeitgenossen, der mit niemandem Probleme hatte. „Der Yussuf hatte für jeden ein gutes Wort. Wir haben ihn alle gemocht", so der Wirt.

Sachdienliche Hinweise nimmt jede Polizeidienststelle entgegen.

***Kurzkommentar:** Die kommenden Tage und Wochen müssen zeigen, ob der ermittelnde Hauptkommissar Ralf Bender in der Lage ist, diese grausame Tat aufzuklären. Einen guten Start hat er versäumt. So zeigte er keinerlei Interesse an der seltsamen Entdeckung an der Himmelsleiter. Geheimniskrämerei wird in diesem Fall kein Erfolgsrezept sein. Die Bevölkerung hat ein Recht darauf, über die Ermittlungsergebnisse umfassend informiert zu werden, schon alleine, um Panik zu vermeiden. (Klaus Monn)*

Dienstag, 16. März 2010. Gedenktag Heiliger Abban von Magheranoidhe, irischer Kirchen- und Klostergründer.

Der Herr sieht ihn mit Wohlgefallen.

Heute vor 32 Jahren havariert der Öltanker Amoco Cadiz und verursacht in den folgenden Wochen eine schwere Ölpest an der bretonischen Küste.

...und auch an diesem Tag hatte Satan die Finger im Spiel.

Bender fühlte sich ausgekotzt, als er um 6 Uhr Morgens das Präsidium in Passau betrat. Und das war schon ein Fortschritt: Am gestrigen Tag im Bayerischen Wald hatte er sich zur gleichen Zeit wie zweimal ausgekotzt gefühlt. Bender betrat seinen Flur, sein Büro. Eigentlich wollte er in diesen frühen Stunden die Einsamkeit nutzen, in Ruhe ein wenig nachzudenken, Fakten zu sortieren und erste Schlüsse zu ziehen. Dementsprechend wunderte er sich, dass Paula, die Sekretärin schon da war. „Mensch Bender, ich versuche seit über einer Stunde Sie zu erreichen“, sagte sie und reichte ihm eine Tasse Kaffee. „Grünen Tee gibt's später.“
„Was ist denn los?“
„Das soll Ihnen der Chef lieber selbst sagen“, antwortete Paula.
„Der ist auch schon da? Was zum Teufel ist denn...“; schlagartig fiel ihm der dümmlich grinsende Schreiberling Klaus Monn ein und es beschlich ihn eine dunkle Vorahnung. Klar, dass sich der nicht so einfach das Maul verbieten lassen würde. „Scheiße“, sagte er und begab sich zu Ritter.
Bender wartete nicht auf das „Herein“, als er an Ritters Tür klopfte. Der leicht korpulente Mann stand in einer Verfassung hinter dem Schreibtisch, die erahnen ließ, dass er nicht gewohnt war so früh aufzustehen, geschweige denn mit größeren Problemen konfrontiert zu werden. Das schütter werdende Haar des 61-Jährigen weigerte sich standhaft Arbeitshaltung einzunehmen und stand etwas strubbelig ab. Müde Augen blickten Bender an, die Mundwinkel verzogen sich zu einem merkelschen Grinsen. Ein ordentlicher Anschiss wäre ihm lieber gewesen, als diese tiefe Enttäuschung, die aus jeder Pore Ritters zu ihm schwappte.
Der Polizeichef hob die Zeitung, die zuvor an einer schlaffen Hand an seiner Seite hing und ließ sie auf den Tisch fallen. Bender warf einen Blick darauf und sagte - auch für ihn ungewöhnlich - bereits

zum dritten Mal an diesem Morgen: „Scheiße!“
„So kann man das sagen”, bestätigte Ritter und lächelte müde: „Was ist denn da schief gelaufen, Herrgott nochmal.” Scheiße sagte er als kunstbeflissener Theatergänger natürlich nicht.
„Das war dieser verfluchte Monn. Stürmte gestern in die PI, nervte die Kollegen und offensichtlich hat sich einer verplappert. Was machen wir denn jetzt?”
„Wir machen jetzt mal gar nichts, weil Sie aus dem Fall raus sind.”
Bender klappte die Kinnlade nach unten, damit hatte er nun wirklich nicht gerechnet. Er sah Ritter sprachlos fragend an, unfähig die Situation zu erfassen.
Ritter öffnete eine Schublade und zog einen Brief heraus, wedelte damit vor Benders Nase herum: „Ihre Zukunft ist München.”
Bender glotzte noch eine Portion blöder, brachte immer noch kein Wort heraus.
Dafür sprach Ritter: „Sie hätten mir ruhig sagen können, dass Sie sich beim LKA beworben haben. Nächste Woche fangen Sie an.”

„Das hat uns doch gestern die Polizei auch schon alles gefragt, lassen Sie mich in Ruhe.“ Journalisten mochte der Chef des Recyclingzentrums nicht, die stellten immer nur dumme Fragen, zogen oft genug das Müllsystem im Bayerischen Wald durch den Dreck und ließen ihre Leser nur all zu bereitwillig Schimpftiraden über die übellaunigen Mitarbeiter auf den Recyclinghöfen ablästern. Andererseits juckte es ihn schon, das Bild von Yussuf Ökdan in der Öffentlichkeit zurecht zu rücken. Benno spürte dies und ließ sich nicht abwimmeln, während Klaus draußen am Hof mit den Leuten sprach, die hier ihre Wertstoffe ablieferten.
„Was war er denn für ein Mensch, Ihr Kollege?“, fragte Benno nach, und traf damit genau den Nerv des Müllmanns.
„Wir haben ihn alle gemocht, alle haben ihn gemocht. Wer sollte den Yussuf umbringen? Ich verstehe das nicht.“
„Hatte er auch mal Streit, haben Sie da etwas mitgekriegt?“
„Nein, eigentlich nicht. Ein paar Leute haben ihn angepöbelt, von wegen Ausländer und solche Sachen. Aber er hat da immer nur gelächelt und dann war es wieder gut. Wie ich sage: Alle haben ihn gemocht.“
„Hatte er eine Freundin?“

„Mehrere. Aber eine kam immer wieder, um ihn hier zu besuchen, brachte ihm Käsesemmeln oder wollte einfach nur ein bisschen mit ihm reden, während sie ihr Zeug in die Container schmiss. Die wohnt in Großarmschlag glaube ich, gleich gegenüber der Kirche. Nettes Mädel, die Angelika."
Benno war zufrieden. Er rief Klaus zu sich, der äußerst dankbar wirkte, von seinen Gesprächspartnern weggelockt zu werden: „Mann, das sind vielleicht Bauerntölpel hier", schnaubte er. „Lauter Deppen sage ich dir. Außer: ‚Kenn ich nicht', ‚Weiß ich nicht' und ‚da sag ich lieber nichts', war aus denen nichts herauszubekommen. Matschbirnen."
„Brauchst dich gar nicht zu wundern. So wie du hier auftrittst, mit deinem Münchner Gehabe. Da wird der Waidler misstrauisch."
Benno erzählte kurz, was er herausgefunden hatte und wenig später standen sie in Großarmschlag vor der Haustüre der jungen Frau, Angelika Simmel. Doch niemand öffnete. „Ist wohl ausgeflogen, die Süße", flötete Klaus. „Komm, fahren wir in die Redaktion."
„Warte. Ich will mir noch was anschauen."
Klaus verzog genervt das Gesicht, konnte sich im Traum nicht vorstellen, was es in diesem verschlafenen Nest zu entdecken gäbe.
Benno liebte Kirchen. Er mochte die Stimmung, das Kerzenlicht, den fahlen Schein der Sonne der durch die Glasscheiben drang. Außerdem interessierte er sich für die Geschichte und Architektur der Bauwerke, die für jedes Dorf eine Art Wahrzeichen waren. „Da war ich noch nie drin, komisch eigentlich."
„Was soll daran komisch sein? Klingt eher vernünftig. Außerdem: ich war da auch noch nicht und es ist mir völlig egal."
Benno überhörte den leisen Spott: „Während meiner Zeit beim Kirchenchor habe ich so ziemlich jede von innen gesehen. Ich will sie mir ansehen."
Sie traten durch die Tür und Klaus ließ ein genervtes „Pfah" hören. Auch Benno hätte enttäuscht sein können. Schließlich war die kleine Kirche schlicht eingerichtet. Ein einfacher, eher schmuckloser Altar und an den Seitenwänden der Kreuzweg Jesu, dargestellt auf einigen schlichten Bronzetafeln. Sicher, dieses Gebäude verströmte nicht die erhabene Herrlichkeit von La Seu. Die Kathedrale von Palma de Mallorca zu betreten, war einer Offenbarung gleichgekommen. Durch die rund 1300 Farbteile der Fensterrose in der Hauptapsis hatte die Vormittagssonne geschienen und ein buntes Lichtspektakel veranstaltet. So nah hatte Benno sich Gott noch nie gefühlt. Doch

um Gott nahe zu sein brauchte Benno all den Prunk gar nicht. Kalter Weihrauch hing in der Luft und ließ es ihm trotz der Kälte im unbeheizten Raum warm ums Herz werden. Er griff in die Innenseite seiner Jacke, die er unter dem Wintermantel trug – „du siehst aus wie ein Postbote“, hatte Klaus gefrotzelt, als er erstmals mit dem dunkelblauen, abgesteppten Mantel in die Redaktion gekommen war – und fingerte nach seiner kleinen Bibel, die er immer bei sich trug. ‚Die heilige Schrift' stand beruhigend in weißen Buchstaben auf dem Umschlag, dessen abgegriffener Zustand darauf schließen ließ, dass diese Ausgabe des Buches der Bücher in eifriger Benutzung stand.
„Was willst du denn jetzt damit“, nörgelte Klaus, der schon wieder in Richtung Ausgang drängte.
Im Gegensatz zu Benno empfand er das Gotteshaus trotz seiner weißgetünchten Wände als einen dunklen, unangenehmen Ort. Vor dem Altar brannten Kerzen, in der ersten Reihe saßen ein paar schwarzgekleidete Einheimische, vor ihnen kniete ein Mann, scheinbar tief ins Gebet versunken.
„Was ist das für ein Hanswurst? Kennst du den etwa auch, du Heiliger?“
„Sscht, nicht so laut. Ich erzähl es Dir nachher.“
„Ich halte das hier keine Minute länger aus. Gegenüber ist ein Wirtshaus. Da findest du mich.“
Benno freute sich, dass er noch einige Minuten für sich alleine haben würde. So konnte er tun, was er in jeder Kirche tat, die er zum ersten Mal betrat. Er setzte sich in die Holzbank der hintersten Reihe schloss die Augen, ließ das Buch auf den Boden fallen und tastete ohne hinzusehen danach. Ohne zu wissen, ob er von vorne oder von hinten blätterte, ließ er die Seiten durch seine Finger gleiten. Er hörte auf zu blättern, begann mit dem Zeigefinger über die nun geöffnete Seite zu fahren. An einer beliebigen Stelle stoppte er und öffnete die Augen. Manche Leute schwören auf Horoskope, andere auf Wahrsager. Benno war überzeugt, dass die Bibelstelle, die er gleich lesen würde, ein eine Botschaft der heiligen Dreiinigkeit direkt an ihn war. Und er las: „Laß dich nicht vom Bösen besiegen, sondern besiege das Böse durch das Gute“ (Römer, 12/21). Klaus, das wusste er, würde ihm heute nichts mehr anhaben können. Benno lächelte, verstaute sein Buch und verließ die Kirche.
„Und: Sagst du mir jetzt endlich, was das für ein Blödmann ist?“ Klaus war in Kampflaune: Er hatte ein Weißbier vor sich stehen und der Wirt brachte ihm gerade den zweiten Bärwurz.

„Früher wurden die Verstorbenen in den Wohnzimmern aufgebahrt, drei Tage lang wurde im Kreise der Familie gebetet, meist der Rosenkranz. Heute finden diese Totenzeremonien in den Kirchen statt, die Totengebete übernehmen Vorbeter. Er ist einer davon."
Rund eine halbe Stunde später löste sich die Anspannung in Angelika Simmel. Durch einen kleinen Spalt im Vorhang sah sie, dass die beiden Typen, die vorhin an ihrer Tür geläutet hatten, wieder wegfuhren. Sie konnte sich denken, dass sie etwas über Yussuf wissen wollten. Aber alles, was sie zu dem Fall beitragen konnte hatte sie tags zuvor schon der Polizei erzählt. Schließlich war der hübsche Südländer nicht mehr als eine Schwärmerei ihrerseits gewesen. Yussuf hatte ihre Avancen immer nett aber bestimmt abgewiesen.

╬

Machtgefühle durchströmten Xaver Schuster, während er die Schlinge mit dem Köder auslegte. Er setzte sich hinter die hohe Hecke, die sein Grundstück zur Straße hin abschirmte und wartete. Er war sicher, das Vieh würde auch heute wieder durch das Loch schlüpfen. Das hätte es auch ohne Köder getan. Doch es steigerte seine Mordlust, dass es mit der Aussicht auf die kleine Leckerei alle Vorsicht fahren lassen würde. Er musste gar nicht lange warten und das Tier, das auf leisen Pfoten angeschlichen kam, steckte den Kopf durch das Loch. Noch ein paar Augenblicke. Jetzt! Mit dem schnellen Ruck des geübten Jägers zog er die Schlinge um den Hals zu. Der Straßenkater wehrte sich verzweifelt. Zerrte, schrie, fauchte, schlug mit Krallenpfoten wild um sich. Die Schlinge zog sich nur noch enger zusammen und schnürte dem schwächer werdenden Tier die Luft ab. Als es endlich seinen Kampf aufgab, die letzte Luft aus seinen Lungen herausgepresst war, zuckte eine Pfote noch ein letztes Mal. Und dann war es tot.
Auch Xaver Schusters Erregung flaute ab. Viel zu schnell, wie er jedes Mal fand. Er zog die Schlinge vom Hals und trug den schlaffen Körper in seinen Schuppen. Als er ein Bub war, schlachtete sein Vater jeden Herbst dort die Stallhasen, die Xaver das ganze Jahr lang mit Löwenzahn gefüttert und liebevoll gehegt und gepflegt hatte. Der Vater packte die Hasen bei den Ohren und den Hinterbeinen, einen kräftigen Ruck später hatten sie ihr Leben ausgehaucht.
Xaver hatte das Messer noch immer, mit dem sein Vater die Hasen einst häutete. Er nahm das blutverschmierte Werkzeug. Gleich wür-

den die Tiere, die ohne Kopf und ausgenommen von der Decke hingen, Gesellschaft bekommen.

╬

„Meine Fresse, das gibt Ärger. Jetzt haben wir diese ganze Schrekkensarmada am Hals, da kannst du drauf warten, dass dieses Journalistengeschmeiß in den nächsten Stunden über Grafenau herfällt!" Sendlinger sprach laut aus, was im Moment alle im K1 dachten. Die Schlagzeile, ‚die Fratze des Bösen'. Sie konnten die quietschenden Reifen der Fernsehleute aus München, die sich in Richtung Bayerischer Wald aufmachten, förmlich hören.
Die Situation war angespannt. In der Zeitung mussten die Kripoleute das Foto des abstrusen Fundes vom Lusen sehen, sie lasen den Namen eines Opfers, den sie formell nicht bestätigen konnten. Obwohl alles auf ihn hindeutete. Es schien, als habe die Polizei wieder einmal alles verschlafen.
Schaller las den Artikel bereits zum dritten Mal laut vor.

╬

„Die Fratze des Bösen", murmelte Manu. „Ja, die wird hier auch gleich aufschlagen und uns erzählen, was für Deppen wir sind."
„Was meinst du?" Schaller blickte fragend in die Runde, hätte die Antwort aber eigentlich auch selbst geben können. Sein Chef Bender würde gleich auftauchen und eine Horror-Show abziehen. Der junge Polizeibeamte ließ sich von dessen Anwesenheit regelmäßig einschüchtern. Schaller stand auf. Schlich nervös um seinen Schreibtisch. Die Hose hing an dem langen Schlacks, als gehöre sie ihm nicht. Das T-Shirt mit dem Aufdruck AC/DC darüber. Ein Schnürsenkel seiner Sneakers stand offen. Bartstoppeln und Wuschelhaar. Ein liebenswerter Nerd, dessen ganzes Erscheinungsbild leichte Weltferne verriet. Trotzdem war er ein guter Polizist. Und auch wenn er gerne im Außendienst war, Tatorte durchforstete wie Fantasy-Welten in Computerspielen, so lag seine eigentliche Stärke doch eher vor dem Bildschirm. Unermüdlich konnte er in die Tasten hauen, ein Problem das er nicht lösen, ein Geheimnis, das er den Platinen nicht entlocken konnte, nahm er als persönliche Kränkung und schlug sich mit Kaffee und Cola Light lieber die Nächte um die Ohren, als aufzugeben. Dafür schätzten ihn die Kollegen. Hier lag aber auch die

große Distanz zu Bender. Ein Bulle der alten Schule, im Gegensatz dazu ein Ermittler, der nicht auf schlüpfrige Herrenwitze stand sondern eher zurückhaltend und introvertiert war. Zwei Welten prallten hier aufeinander. Manu gab die Antwort auf die Frage, die noch im Raum stand und die Schaller eigentlich nicht hören wollte.
„Bender!"
„Der ist beim Chef, ich freue mich schon auf sein sonniges Gemüt, das er uns hier gleich wieder vorführen wird", ätzte Sendlinger.
Sie saßen im großen Besprechungsraum. Im Gegensatz zu den etwas muffigen Büroräumen in der PI Grafenau, hatte die Zukunft hier bereits begonnen. Bildschirmschoner huschten über moderne Flachbildschirme, die auf geschwungenen Tischplatten standen. Die Kriminalbeamten saßen auf rückenfreundlichen Bürosesseln. Lamellenvorhänge sperrten die Sonne aus, die durch die breite Fensterfront schimmerte. Es hätte auch das Büro eines Bankvorstandes sein können, wären die Regale in den Glasschränken nicht mit polizeispezifischen Derivaten gespickt gewesen. Kleine Schildchen wiesen darauf hin, dass es sich bei den Ausstellungsstücken um Haschplatten, Kokainpulver, Crackpfeifen und ähnliches handelte. Konfiszierte Waffen Marke Eigenbau und mehr war zu sehen. Doch auch das durchgestylte Büro half im Moment nicht beim Denken. Im Gegenteil: Sie überlegten in alle Richtungen, doch sie wussten noch nichts: Familie, Bekannte, Feinde, Streit, Frauengeschichten, Nebenbuhler - alles schien möglich. Fotos, Notizen, Zettel lagen auf dem Tisch und die drei Ermittler konnten sich keinen Reim auf diesen Mord am Lusen machen. Oder könnten es Rechtsradikale gewesen sein? Wer sonst würde einen Türken, einen Moslem, so übel zurichten – wenn er es denn war. Andererseits: Nazis machen sich nicht die Mühe. Wenn schon, dann wird getreten und liegen gelassen. Doch so einfach schien die Sache in diesem Fall nicht zu sein. Nazis – es war zumindest eine Theorie. Und so wurde ein Fall schließlich immer in Angriff genommen. Mit ungezügelten Gedanken in alle Richtungen. „Lasst uns erst mal ordentlich spinnen", war der Standardsatz, mit dem Bender Denkrunden eröffnete. Das hatten sie getan, jetzt musste Struktur in den Heuhaufen.
„Komm, versuchen wir noch einmal Ordnung rein zu bringen. Der tote Türke. Das zerstörte Gesicht. Dieses Glasboot. Wie passt das alles zusammen?", Manu wollte wenigstens ein bisschen was erzählen können, wenn Bender auftaucht. „Gibt es überhaupt Nazis im Bayerischen Wald?"

„Es gibt da schon so ein paar Spinner, in Grafenau und auf den Dörfern. Ich hab das mal überprüft: Kriminelle Übergriffe sind uns keine bekannt. Raufereien mit Punks, Randale von besoffenen Rechten – mehr haben wir nicht im Computer." Franz Schaller klapperte die ganze Zeit auf der Tastatur herum, während die Drei ansonsten ratlos auf Bender warteten.
Manu nahm Sendlinger zur Seite: „Was ich dich schon lange fragen wollte. Was ist eigentlich mit Bender los? Ich bin ja auch schon häufiger in den Genuss seiner Launen gekommen. Aber gestern, das war ja wohl der Abschuss. Taucht übellaunig am Tatort auf, staucht die Kollegen zusammen und verschwindet wieder. Ermittelt so ein Chef der Mordkommission?"
Sendlinger grinste: „Willkommen in der Welt von Ralf Bender. Ich kenne ihn nicht anders. Profane Ermittlungsarbeit überlässt er anderen. Doch immer zaubert er irgendwann einen Verdächtigen aus dem Hut. Und meistens hat er Recht. Wie er das macht, weiß ich auch nicht."
„Einen Superbullen, wie ihn hier alle nennen, stelle ich mir anders vor." Manu hatte die Lehrstunden auf der Polizeischule verinnerlicht. Sie kannte Benders beeindruckende Erfolgsbilanz, aber von dem, was man ihr beigebracht hatte, war bei ihm nicht viel zu sehen. Akribisches Arbeiten gab ihr die Sicherheit, die sie brauchte. Es war höchste Zeit damit zu beginnen.
„Wir müssen so bald wie möglich wieder nach Grafenau fahren, wenn..."
Weiter kam Manu nicht, denn in diesem Moment betrat Bender den Raum. Genauer gesagt: Er rauschte herein, warf ein fröhliches „Hallo ihr Süßen" in die Runde und strahlte, als ob er gerade vom Tauchgang in einem Atomreaktor zurückgekommen wäre. Ein skurriles Bild, wenn man auf einen Anschiss wartete und mit einem äußerst mies gelaunten Chef rechnete.
Die anderen drei blickten sich stumm an, zuckten mit den Schultern und warteten auf die nun übliche, altgewohnte Explosion des Kriminalhauptkommissars.
Dieser blickte von einem zum anderen und blieb für einen langen, schweigenden Moment an Franz Schaller hängen. „Na du Held? Kann es sein, dass du gestern etwas vergessen hast?"
„Wie...ich meine, was?" Schaller schrumpfte auf Zwergengröße.
„Wie..ich meine was?" Bender äffte seinen jungen Kollegen nach und der Blick wurde eine Spur finsterer: „Du solltest mir doch noch

berichten, was ihr am Lusen gefunden habt, bevor die irgend etwas von dem Zeug drucken, das ich heute lesen musste. Tolles Gefühl vor Ritter zu stehen und von nichts zu wissen."
„Äh...ja."
„Äh...Äh...Äh! Du bist so ein unfähiger Idiot. Nicht einmal bei den kleinsten Dingen kann man sich auf dich verlassen. Aber blöde Witze reißen, das kannst du. Herrgott nochmal ich habe keine Lust, mit solchen Dilettanten zusammen arbeiten zu müssen."
„Sag mal, spinnst du jetzt? Was soll das überhaupt?", Manu gefiel der Ton ihres Chefs gerade gar nicht.
„Ist doch wahr Mensch. Ich stecke bis über die Ohren in Arbeit und kann mich doch nicht um alles kümmern. Aber der Herr Schaller, der ist nicht in der Lage, dass er mir eine kleine SMS oder einen Anruf schenkt."
Bender kam in Fahrt. Dabei war ihm durchaus bewusst, dass er Schaller zu hart anfasste. Wenn er ehrlich mit sich war, musste er zugeben, dass er gestern völlig neben der Kappe gestanden hatte. Er flüchtete zu seiner Frau, ließ sich einfach treiben und verdrängte den Fall so weit in die hinteren Regionen seines Hirns, dass nichts mehr davon an die Oberfläche treten mochte. Bender wusste das, aber diesem Schaller wollte er eine reinwürgen. Manchmal provozierte ihn dessen pure Anwesenheit, so einfach war das. Außerdem trat in solchen Momenten seine cholerische Ader zu Tage. Er sah Rot, das Adrenalin vernebelte die Sinne, er teilte aus, gnadenlos. Einmal auf dem Baum, kam er nicht mehr so leicht runter. Er polterte los, ließ verbrannte Erde zurück. Die Anfälle dauerten nicht lange, fünf Minuten, in denen er Ungerechtigkeiten herausschrie, Bosheiten platzierte. Wenig später war er wieder ganz der Alte, ging zur Tagesordnung über und konnte nicht verstehen, dass der Fall für seine Opfer damit nicht erledigt war. Mehr als einmal hatte er so auch seine Frau und die beiden Mädchen verletzt. Ohne es zu wollen. Ritter hatte seine ungezügelte Wut zu spüren bekommen, Kollegen, einfach jeder. Ein Grund, warum er beinahe zu jedem Menschen ein schwieriges Verhältnis hatte. Den größten Ärger hatte er sich eingehandelt, als er während einer Vernehmung auf einen besonders unverschämten Tatverdächtigen losgegangen war. Nur mit viel Fingerspitzengefühl konnte Ritter damals dafür sorgen, dass das darauf folgende Disziplinarverfahren weitestgehend im Sand verlief.
„Ja aber, ich war doch mit der Manu noch mal am Berg und wir haben dieses Ding gesucht. Wir...", Schaller versuchte eine Vertei-

digungslinie aufzubauen, die Bender aber gleich niederriss.
„Du und die Manu. Ja, ich weiß. Hat es dir vor lauter Schmachten das Hirn ausgeschaltet oder? Hast dir ausgemalt, wie du es mit ihr machen könntest, da kannst du freilich nicht mehr an so nebensächliche Dinge wie deinen Beruf denken. Manu, ach Manu", flötete Bender.
Schlagartig hätte Schaller mit seiner Gesichtsfarbe die gesamte Fahrzeugflotte der Passauer Feuerwehr neu streichen können. Er war nur noch sprachlos, Tränen drückte es ihm in die Augen und es schnürte ihm die Kehle zu. Es wäre noch vieles zu sagen gewesen, aber er brachte kein Wort mehr heraus. Mit dem Blick eines angeschossenen Rehs schaute er zu Manu, die auch nur etwas bedröppelt in ihrer Kaffeetasse rührte und erst einmal durchschnaufen musste.
„Hör mal Bender, das geht hier keinen was an, das hat nichts mit der Arbeit zu tun", presste sie heraus.
Sendlinger fühlte sich sekündlich schlechter. Es war, als würde er die Beschimpfungen und Ungerechtigkeiten abbekommen. Sein ausgeprägtes Gerechtigkeitsgefühl und seine Harmoniesucht wurden gerade empfindlich verletzt.
„Bender, es reicht jetzt".
Nicht nur der gescholtene Kollege sah Sendlinger erstaunt an. Ansonsten war er als Polizist nämlich nicht Fisch und nicht Fleisch. Einerseits sah er sich als Ermittler in der Tradition Benders, was er auch war, kam an dessen geniale Fähigkeiten aber nie ganz heran. Er galt als Beamter, der seine Aufgaben zuverlässig aber nicht besonders engagiert erledigte. Stets bemüht eben. Er spürte, wie der aufstrebende junge Schaller ihm langsam den Rang ablief. Das war ihm gelinde gesagt egal. Er hatte es sich in seiner Position bequem gemacht. Beruflicher Ehrgeiz über das Erreichte hinaus kannte er nicht. Schaller war der Bulle der Zukunft, ein perfekter Computer-Ermittler, ein Metier, das Sendlinger zudem völlig fremd war. Und: Außer Bender mochten Schaller alle. Auch er zählte sich dazu.
Während Manu und Franz Schaller ihren Kollegen Sendlinger noch dankbar anblickten, schaltete Bender einen Gang zurück. Fertig war er mit Schaller aber noch nicht.
„Ach, sind wir ein wenig beleidigt?", flötete er jetzt. „Ihr könnt vögeln soviel ihr wollt. Aber vergesst dabei nicht euren Job. Und der wird für euch bestimmt nicht einfacher in der nächsten Zeit."
Schaller hatte genug, wollte nur noch raus. Diese Demütigungen taten seinem Ego an diesem Morgen bestimmt nicht gut.
„Franz, bleib da", rief Manu.

„Lass mich", sagte Schaller. „Lasst mich einfach in Ruhe."
„Du bleibst jetzt hier, ich habe noch ein paar wichtige Dinge zu sagen", hielt Bender ihn zurück. „Setz dich". Schaller gehorchte. „Ich habe dich in den letzten Wochen und Monaten genau beobachtet. Um es kurz zu machen: Du passt nicht in diese Truppe, ich habe dafür gesorgt, dass du ab sofort nicht mehr im K1 bist. Nimm deine Sachen, im K3 warten sie schon auf dich. Kaugummis sammeln, Zigarettenkippen aufheben - ich glaube, da bist du besser aufgehoben."
„Was soll...", Schaller fiel in den Stuhl und stierte auf die Tischplatte. Eine kleine Welt um ihn herum brach in ihre Einzelteile auseinander.
„Ralf, Franz. Das ist doch alles nur ein Scherz, oder? Wir brauchen den Franz hier, das weißt du ganz genau Bender. Keiner kann mit dem Computer besser umgehen als er." Manu hatte sich wieder gefangen.
„Nein, ich habe das gerade alles mit Ritter so besprochen. Das ist besser so. Denn wer soll seine Fehler ausbügeln, wenn ich nicht mehr da bin?"
Stille. Fünf Sekunden, zehn Sekunden. Stille. Sendlinger nahm die Beine vom Tisch und vor seinen Augen sah man förmlich Fragezeichen tanzen. Es roch nach Veränderung und die konnte er ebenfalls nicht leiden. Schallers Blick ließ von der Tischplatte ab und verfing sich in Manus Augen. Diese wiederum rekapitulierte innerlich noch einmal Benders letzten Satz. Dann fiel ihr auf, dass der Kommissar die ganze Zeit nicht ein einziges Mal mit dem Auge zuckte, obwohl er doch fuchsteufelswild war. Irgendwas stimmte nicht, doch was?
„Was willst du damit sagen? Gehst du endlich in Pension?", Manu versuchte mit einer kleinen Portion Aggression ihre Neugierde zu überspielen.
„Nicht direkt. Ich gehe zum LKA, nächste Woche fange ich dort an. Und du, liebe Manuela Hentschel, du wirst dieses K1 leiten, bis ein neuer Chef gefunden ist. Deshalb möchte ich dafür sorgen, dass nur die besten Leute hier arbeiten. Und wenn du was brauchst, Hilfe oder Rat, ich lasse dir gleich meine neue Telefonnummer zukommen. Komm doch anschließend noch in mein Büro, wir haben einiges zu besprechen." Bender stand auf, winkte kurz, und ging.

So gute Laune hatte Klaus nicht gehabt, seit er in dieses verdammte Provinzkaff in den Bayerischen Wald verbannt worden war. Und es

kam ihm tatsächlich wie eine Verbannung vor. Misthaufen statt Szenebar, Gummistiefel statt Armani-Anzug, Gott, wie er diese Dorftrottel hasste. Benno war auch nicht viel besser. Dessen dünnes Haar, die ausgebeulten Hosen, unrasiert, Benno tat nichts für sich, das konnte ein Blinder sehen. Wenn er ihn für seinen großen Plan nicht brauchen würde, hätte er ihn schon lange aus der Redaktion gekickt. Doch der Trottel war so leicht zu beeinflussen und selbst einem so gefühlskalten Arschloch wie ihm war nicht entgangen, dass Benno nicht gegen ihn aufbegehren würde. „Braves Hündchen, hol's Stöckchen und jetzt sitz", Klaus Monn hielt seinen Kollegen für geradezu grotesk anhänglich. Der Glöckner von Notre Dame, der für Esmeralda alles tun würde. Klaus sah sich, mit seinen 1,90 m und der durchtrainierten Figur, die er mit Situps, Liegestützen und schweren Hanteln bei jeder Gelegenheit noch weiter stählte, mehr als das jugendliche Abbild von Dorian Gray.
Klaus lächelte über seinen Vergleich und warf zum hundertsten Mal einen Blick auf die Titelseite der Zeitung, die er gerade aus irgendeinem Briefkasten geklaut hatte. Seine Augen wanderten auf sein iPhone, das er nicht aus der Hand legen konnte. Noch einmal checkte er die Internetseite der Zeitung: „Die Fratze des Bösen", stand auch da in großen Lettern. Er wusste, was das bedeutete, was ihn gleich erwarten würde. Das war die Austritts-Karte aus der Provinz und die Wiedereintritts-Karte ins Spiel der großen Jungs. Das Adrenalin und die Glückshormone in seinem Körper spielten Ping-Pong, als er an diesem Morgen um 8 Uhr – zwei Stunden früher als gewohnt – die Redaktion betrat. „Einen wunderschönen Guten Morgen", rief er frohgelaunt in Richtung Maria, der Redaktionsassistentin, die schon zu dieser frühen Stunde schweißnass am Telefonhörer hing und die Kontrolle über die Situation offensichtlich längst verloren hatte. Klaus wollte ihr einen Schmatz auf die Backe drücken, überlegte es sich aufgrund ihres erbärmlichen Aussehens dann aber doch anders. Beinahe tanzte er mehr als er ging, während er sich zu seinem Redaktionstisch begab. Eigentlich hielt er es für Majestätsbeleidigung, dass er sich ein Zimmer mit Benno teilen musste – die Schreibtische Kopf an Kopf - doch heute hätte er seinen Platz mit niemandem tauschen wollen. Mit diabolischem Grinsen blickte er auf den gekrümmten Rücken seines Kollegen, der gleichzeitig versuchte zu telefonieren, sich Notizen zu machen und irgendetwas in den PC zu hämmern. „Auch `nen Kaffee?", fragte er fröhlich und ging ohne Bennos Antwort abzuwarten zur italienischen Maschine, die sogleich

lautstark eine Portion Bohnen mahlte und die braune Brühe kreischend in die Tasse entließ.
Den dampfenden Kaffeebecher in der Hand setzte er sich in seinen Stuhl, dessen Lehne die Bennos natürlich überragte. Soviel Chef-Appeal musste sein. Er warf die Beine lässig auf den Tisch, sah Benno herausfordernd an und sagte – obwohl er die Antwort längst wusste: „Und, was gibt's?“ Benno murmelte einen kurzen Gruß in den Hörer und knallte ihn auf die Gabel. Er sah Klaus mit verstörtem Blick an, wollte etwas sagen, aber das Telefon klingelte schon wieder. Gleichzeitig war vom Tresen, hinter dem Maria sonst Kleinanzeigen und kleine Berichte von Vereinen, Parteien und Kommunen entgegennahm, tumultartiges Stimmengewirr zu vernehmen. Benno wollte den Hörer abnehmen, doch Klaus sagte: „Sieh doch mal da draußen nach, ich mach das schon“. Verärgert über den gönnerhaften Ton, aber gleichzeitig dankbar, dass er eine Telefonpause erhielt, stand Benno auf und eilte in Richtung Zimmertür. Beim Rausgehen hörte er noch, wie Klaus sagte: „Hier Klaus Monn... Ah Peter, ach du hast es schon gelesen... Naja, du weißt ja, ich muss den Anfängern hier doch zeigen wie der Hase läuft.“ Und als Benno schon auf den aufgeregten Leser einredete, der wild mit der Zeitung fuchtelnd im Eingangsbereich stand, konnte er noch Klaus' kehliges Lachen hören.
Gegen 11.30 Uhr, Benno hatte seinen aufkeimenden Groll gegen Klaus im Chaos der letzten Stunden längst vergessen, saß man - Benno und Maria, sowie Redaktionsleiter Ferdinand Tietze mehr -, Klaus weniger erschöpft, um den Konferenztisch und versuchte das Erlebte zu ordnen. „Also was haben wir“, sagte Tietze.
Klaus grinste: „RTL, Sat1, Pro7, ARD, ZDF und, und, und...Für die ganzen Ü-Wagen, die bald auftauchen, beziehungsweise schon da sind, werden die hier in Grafenau wohl einen neuen Parkplatz bauen müssen. Oder wir packen sie auf den Busparkplatz, der ist für dieses Dorf ohnehin zu groß. So ein Witzbold von ntv hat mich übrigens gefragt, ob es im Bayerischen Wald überhaupt befahrbare Straßen gibt“.
„Verdammte Wixer“, knurrte Benno und erntete (fast) uneingeschränktes Kopfnicken.
„Und Bild, BZ, Süddeutsche und ungefähr 50 freiberufliche Geier, die jetzt auf den Kadaver Grafenau einhacken werden“, feixte Klaus.
„Ha, ha“, sagte Tietze bitter und wandte sich an Benno und Maria, da vom Redaktions-Sonnyboy offensichtlich kein vernünftiger Kom-

mentar zu hören war. Während der sich einen weiteren stärkenden Espresso aus der Maschine ließ, blätterte Benno in seinen Aufzeichnungen.
„Das meiste was ich reinbekommen habe, waren tatsächlich auch Anfragen von irgendwelchen Redaktionen."
Maria nickte und ergänzte: „Der Bürgermeister hat angerufen, im Rathaus läuft die Telefonleitung auch heiß. Warum die Leute meinen, dort ihre Kommentare ablassen zu müssen, verstehe ich überhaupt nicht."
„Ich auch nicht, denn außer Volksfeste einweihen und Kuchen bei runden Geburtstagen abstauben, kann unser Bürgermeister doch sowieso nichts", ließ Klaus hören. Und auch wenn den drei Kollegen die zur Schau getragene Großstadtarroganz gehörig auf die Nerven ging, sagte keiner etwas.
Ansonsten konnten Benno und Maria berichten, dass es zahlreiche Anrufe von Lesern gab, die sie wahlweise als Schmierenblatt beschimpften, irgendetwas gesehen haben wollten oder konkrete Angaben zum Täter machen konnten.
„Verdammte Denunzianten", schimpfte Benno, „die würden für ein kleines bisschen Wichtigtuerei doch sogar ihre Großmutter verkaufen."
Offensichtlich von der Situation überfordert legte Tietze nach: „Bei mir hat die Polizei angerufen, genauer gesagt der Liebl. Die finden das alles gar nicht so geil, drohen mit den üblichen Konsequenzen, blah, blah, blah. Ich habe den guten alten Fritz Liebl noch nie so wütend erlebt. Nicht mal, wenn er in der Kneipe einen „Du" verloren hat. Was mich wundert ist, dass sich unsere Chefetage aus Passau noch nicht gemeldet hat."
„Oh", Klaus war von einer Sekunde auf die andere wieder voll bei der Sache, „doch, doch, die haben angerufen. Hab ich ganz vergessen dir zu sagen Ferdi, aber die wollen ohnehin nur mich heute noch sehen. Brauchst nicht mitkommen. Du auch nicht Benno", sagte er milde lächelnd in zwei hoffnungsvoll blickende Augen. „Die haben gesagt, dass es für heute völlig reicht, wenn ich antanze. Schließlich habe ich das ganze ja ins Rollen gebracht, wir wollen die weitere Vorgehensweise besprechen. Ich ruf dich dann natürlich sofort an."
Benno sah Tietze fragend an aber der lockerte nur seine Krawatte, schnaufte hörbar durch. Er kämpfte gedanklich gegen den demütigenden Autoritätsverlust an und doch war es ihm ganz recht, der Konfrontation mit der Führungsetage aus dem Weg gehen zu können.

╬

Klaus konnte sein Glück kaum fassen: Dieser Haufen dämlicher Idioten kaufte ihm das tatsächlich ab. Natürlich war er es gewesen, der an diesem Morgen zuallererst in Passau anrief und um einen Termin bat. Ganz der charmante Junge, der er für all diejenigen war, die nicht hinter seine Fassade sehen konnten – und das hatte ein Leben lang nicht einmal seine Mutter geschafft, ehe er sie im Altersheim parkte und von Stund an nie wieder besuchte – hatte er auch die Chefredaktion im Nu um den Finger gewickelt.
Der Rest der Redaktionskonferenz war schnell erledigt. Zwei der fähigsten Freien Mitarbeiter wurden losgeschickt, ein paar Eindrücke im Ort einzufangen, die Fernsehteams zu fotografieren und bei der Arbeit zu beobachten. Schließlich erlebte Grafenau nicht alle Tage einen derartigen Auflauf. Ferdinand und Benno würden das Chaos des Tages erst in eine Form und dann ins Blatt hieven, Maria kümmerte sich um den Rest, Klaus winkte noch kurz, zog die Sonnenbrille über die Augen und war weg. Mit einer Laune, die er wohl selbst als königlich bezeichnet hätte, schwang er sich in seinen Porsche, ließ den Motor kurz aufheulen und war auch schon auf der Straße. Auf den 40 Kilometern, die zwischen Grafenau und Passau lagen, überlegte er die weitere Vorgehensweise. Er würde der Chefredaktion klar machen, dass er alles im Griff habe, schließlich habe er derartige Situationen schon häufiger erlebt. „In meinem früheren Leben“, seufzte er kurz.
Ja, sein früheres Leben: Er hatte als genialer, unerbittlicher Reporter einen kometenhaften Aufstieg hingelegt und war schließlich als Chefredakteur eines Münchner Boulevard-Blattes sanft gelandet. Bis zu dem Tag, als er auf diese verdammte Nutte reingefallen war. Die steckte ihm, dass der ehrwürdige Bischof in seiner Freizeit ein wahres Lotterleben führen würde. Mehr als einmal habe sie ihn durch die Hintertür ins Edelpuff huschen sehen. Die Hammerschlagzeile vor Augen, ließ er alle Vorsicht fahren. Im anschließenden Rechtsstreit, der das Blatt eine Unsumme kostete, musste er seinen Stuhl räumen und letztlich sogar dankbar sein, dass sein Münchner Chef dessen Verleger-Spezi in Niederbayern anrief.
Darüber, dass man ihm in der Passauer Chefredaktion Steine in den Weg legen könnte, dachte er nicht nach. Das lag ganz und gar außerhalb seiner Vorstellungskraft.

Nach dem Gespräch mit den Bossen wollte er zurück nach Grafenau und sich bei den Kollegen der anderen Blätter und Fernsehteams in Szene setzen. Wenn er bis 17 Uhr zurück war, schaffte er es noch in die Abendnachrichten. Und was konnte er schon dafür, wenn ihn die anderen fälschlicher Weise als Chefredakteur oder Redaktionsleiter bezeichnen würden. „Haben eben nicht richtig zugehört, du weißt doch, wie schlampig da im Zeitdruck oft gearbeitet wird", hörte er sich schon zu Ferdinand sagen.
Später, der Asphalt rauschte unter ihm weg, würde er einen perfekten Tag noch krönen. Und dazu gehörten unbedingt eine krankhafte Menge Gin Tonic und natürlich eine Frau. Manu fiel ihm ein, diese Polizeimaus, die zwar bestimmt auch sauer auf ihn war aber das war mehr Ansporn, als dass es ihn abschrecken würde. Ein wenig in den Hörer gesäuselt und er würde sie schon rumbekommen. Wenn er ehrlich zu sich war, musste er sogar zugeben, dass sie zu den beiden Menschen gehörte, die er mochte. Beziehungsweise einen davon liebte er und zwar sich selbst. Doch diese Kommissarin hatte etwas an sich, das ihn anzog. Zum einen war da der animalische Sex, den sie beide genossen. Zum anderen mochte er ihre spröde Art, die – das wusste er – letztlich nicht ernstgemeinten Versuche ihn abzuwimmeln. Und doch, in diesem Jammertal an menschlichen Existenzen gehörte sie in seinen Augen zu den wenigen, von der so etwas wie Charisma ausging. Und schließlich konnte er ihr – fast – immer ein paar Interna aus der Nase ziehen.

╬

„Was-Ist-Denn-Jetzt-Kaputt?" Sendlinger schaute Manu an, schüttelte den Kopf und sagte: „Ich weiß jetzt, was du mit der bösen Fratze vorhin gemeint hast. Na, den haben wir jetzt wohl los."
„Mich seid ihr auch los. Ich geh jetzt. Lasst euch von mir nicht mehr aufhalten." Schaller hatte restlos resigniert.
„Franz, bleib. Das kriegen wir schon hin. Ich will, dass du bei uns bleibst", versuchte Manu ihn aufzumuntern.
„Lass. Ich mag nicht mehr. Du bist doch auch ganz froh, wenn ich weg bin, sei doch ehrlich. Sonst hättest du etwas unternommen, als der Arsch so auf mich losgegangen ist."
„Ja, was hätte ich denn tun sollen? Ihn niederschlagen oder was?"
„Ach, was soll's. Ihr findet mich im K3." Sprach's und schlich davon.

„Wenn ich das alles recht verstanden habe, bist du jetzt meine Chefin und wir zwei sind alleine." Sendlinger blickte Manu auffordernd an.
„So sieht es aus. Ich weiß jetzt nicht, soll ich froh sein, dass Bender weg ist, oder soll ich sauer sein wegen seinem Auftritt gerade. Das ist doch alles Mist hier. Wir müssen arbeiten. Wir brauchen Leute, denn wir zwei alleine können diesen Fall nicht bewältigen."
„Also ganz ehrlich, Manu. Ich bin nur froh, dass dieses Ekelpaket weg ist. So, wie sich der in den letzten Wochen aufgeführt hat. Ich mag ihn, schließlich arbeiten wir schon seit Jahren zusammen, sind durch dick und dünn gegangen. Ein Hitzkopf war er schon immer. Aber seit das mit seiner Frau in die Brüche gegangen ist, dreht er komplett durch. München ist weit, da ist er bestens aufgehoben. Vielleicht kommt er dort wieder zu sich. Ich wünsche es ihm. Und den Schaller, vielleicht kriegen wir den ja doch wieder zurück. Scheint dir ja ein Anliegen zu sein."
Manu überhörte die kleine Anspielung, zumal Sendlinger ergänzte: „Dass wir uns nicht falsch verstehen, ich mag den Franz ebenfalls, außerdem halte ich ihn für einen guten Polizisten. Manu begann mit den Planungen für die Ermittlungsarbeit. Ungeachtet der überraschenden Wendung im Kommissariat durfte keine Zeit verloren gehen. An die Arbeit. Bender konnte warten, sie hatte keine Lust auf diesen schrägen Typen. Sie beschloss, sich mit Sendlinger in Grafenau einzuquartieren und von dort die Ermittlungen zu leiten.
„Ach komm, muss das sein." Das war schon die zweite Veränderung und die machte ihm noch wesentlich mehr zu schaffen. Sendlinger mochte seinen Beruf, aber nicht Tag und Nacht. Der Abend, so hatte er es mir seiner Frau einmal vereinbart, der Abend gehörte so weit es ging seiner Frau und den Kindern. Schließlich wollte Sendlinger nicht, dass seine Ehe so endet, wie Benders. Auf gar keinen Fall!
Sendlinger lockerte die Krawatte, die ihm, wie jeden Morgen, seine Frau rausgelegt hatte. Genauso wie die Hose, das Hemd, die Socken, einfach alles. Er liebte das. Er war von Mutters Rockzipfel direkt an den seiner Frau gewechselt. Und auch wenn sein Haar langsam Grau und dünner wurde, sich die Lachfalten an den Augen und um den Mund zusehends tiefer gruben, so schien noch immer ein kleiner, unselbständiger Junge aus seinem Gesicht zu blicken.
„Bert es hilft nichts. Da müssen wir durch. Wir sind nur noch zu zweit. Das heißt, ich rede jetzt nochmal mit Ritter. Wenn es schon nicht anders geht, dann soll er den Franz wenigstens für den Innen-

dienst hier im Kommissariat einteilen. Wir brauchen ihn, bis das K1 wieder komplett ist." Sie griff zum Telefon und zwei Minuten später war die Sache perfekt.
Noch einmal zwei Minuten später trottete Schaller wieder zurück ins K1. „Telefon ja. Das traut ihr mir noch zu?"
Sentimentalitäten konnte Manu jetzt nicht gebrauchen, sie war heilfroh, wenigstens so viel erreicht zu haben. Wenn sie ehrlich war, passte Schaller sowieso am besten an seinen Computer. Sollte sie tatsächlich Chefin werden, würde sie ihr Team ohnehin nach ihren Vorstellungen zusammenstellen und Schaller gehörte dazu.
„Und was macht ihr jetzt?" Franz behielt seinen weinerlichen Ton konsequent bei.
„Wir bleiben für die nächsten Tage mal in Grafenau. Schmeiß schon mal den Computer an und versuche alles heraus zu finden, was wir über Gewalttäter in der Region wissen und haben. Außerdem: Mein Gefühl sagt mir, dass da irgendwelche Nazis die Hände im Spiel haben könnten."

╬

Ob sie sich mit den Ermittlungen in Richtung rechte Szene verrannte? Konnte sein, doch der Hass auf diese Typen saß so tief, dass sie jede sich ihr bietende Gelegenheit nutzte, dagegen vorzugehen. Das Trauma ihrer Jugend saß tief. Einmal im Jahr marschierte die rechte Szene damals in Passau auf. Das Poltern schwerer Springerstiefel hallte durch die historische Altstadt bis hin zur Nibelungenhalle, in der schreckliche Demagogen am Vierten Reich bastelten. Noch immer hörte sie die brüllende Masse ihre Parolen skandieren. Spürte die beklemmende Angst, die diese auslösten. Damals beschloss sie zur Polizei zu gehen und die Braune Brut, wo es ging, aufzumischen. Als die Halle vor einigen Jahren abgerissen wurde, feierte sie auf der Baustelle mit einigen Freunden ein Fest der Freiheit.
Manu gab Schaller letzte Instruktionen: „Irgendwo muss doch ein Ansatz zu finden sein. Ach so: Und vergiss nicht, bei der Gerichtsmedizin nachzufragen, ob es schon Ergebnisse gibt. Ist es dieser Ökdan und was haben wir beide da oben am Lusen eingesammelt?"
Sie winkte Sendlinger zu, der verzog gequält das Gesicht und folgte seiner neuen Chefin widerwillig. „Schlurf nicht so", hätte seine Frau jetzt wohl gesagt. Die letzten Minuten führten ihm klar vor Augen,

was er auf gar keinen Fall tun würde: Sich auf Benders frei gewordenen Platz zu bewerben. Noch mehr Veränderung würde er nicht ertragen. Außerdem hieße das ja, mehr Verantwortung zu übernehmen und vielleicht noch häufiger von seinen drei Frauen getrennt zu sein. Er wusste, es würde eine Ausschreibung um Benders Posten geben und Manuela Hentschel würde nur eine von mehreren Kandidatinnen sein. Am liebsten wäre ihm aber, sie würde seine Chefin. Sie war zwar um vieles jünger als er, aber er kannte sie, konnte mit ihr umgehen. Nicht zuletzt war sie ein guter Bulle.

╬

„Oh...mein...Gott", Herbert betonte jedes Wort einzeln. Der Freie Mitarbeiter des Tagblatt stand an der Theke vor Maria, besser gesagt, beugte er sich darüber und ließ die Redaktionsassistentin in das Display seiner Kamera blicken. Dass er sie dabei immer wieder wie zufällig am Arm oder an den Händen berührte, war ihr nicht entgangen und sie mochte es. So wie sie eben Herbert mochte. Beide hatten vor 15 Jahren fast gleichzeitig bei dem Blatt angefangen, sie im Innen-, er im Außendienst. Eine tiefe Büro-Freundschaft verband die beiden, beiderseits von erotischen Fantasien begleitet, die allerdings nie in die Tat umgesetzt wurden. Einmal verabredeten sie sich nach der Arbeit beim Italiener. Aber als nach dem zweiten Glas Bardolino die Gespräche intensiver, intimer wurden, waren beide ins Stammeln geraten, bezahlten und verabschiedeten sich eilig. Irgendwie stand immer diese Theke zwischen ihnen. Und so blieb es bei gelegentlichen Berührungen zwischen Maria und dem Freien, der eigentlich schon so etwas wie ein Redaktionsmitglied war.
„Oh...mein...Gott", wiederholte Herbert. „Dieses Fernsehpack aus der Stadt, da kannst du echt einen Hass auf die eigenen Kollegen bekommen". Benno und Ferdinand waren inzwischen dazugekommen und sahen Herbert fragend an. „Das hat mit sauberer Recherche echt nix zu tun. Die halten das Mikrofon den schlimmsten Leuten unter die Nase, damit wir ja wieder überall als die hinterwäldlerischen Deppen der Nation dargestellt werden. Nicht einmal die Polizei kriegt das alles auf die Reihe, weil überall wo sie hinkommen schon ein Reporter die Leute in Beschlag nimmt." Besonders widerte Herbert das Interview mit dem stadtbekannten Säufer „Schorsch" an. Der war schon zu dieser Tageszeit volltrunken mit Bierflecken auf dem Hemd und Urinspuren an der Hose aus seinem Stammlokal ge-

wankt und durfte in das Mikrofon eines breit grinsenden Reporters lallen: „Schesss Tirgen“. Herbert hielt Benno die Kamera unter die Nase: „Schaut es euch doch selber an.“

Die Bilder zeigten das, was Benno insgeheim schon befürchtet hatte. Die Fernsehteams suchten sich die Leute aus, von denen nicht zu erwarten war, dass sie ausgewogene Kommentare von sich geben konnten. Das würde der Fluch ihrer Sensationsschlagzeile werden: Der Bayerische Wald, ohnehin nicht mit dem besten Ruf ausgestattet, würde in den Augen der Republik wieder einige Kratzer abbekommen. Seit Jahren feilte vor allem die Tourismusbranche am positiven Image des „Waldes“, hatte es sogar geschafft den furchtbaren Namen Ostbayern weitgehend aus dem Sprachgebrauch zu verdammen. „Der Bayerische Wald, erfrischend natürlich“, lautete jetzt der Slogan. Mehr als einmal versuchte er mit seiner Berichterstattung zu helfen an diesem positiven Image zu basteln. Für ihn waren dieser Landstrich und seine Menschen eine liebenswerte Einheit. Verschroben manchmal und knorrig, mit all den menschlichen Schwächen, mal liebenswert, mal weniger – und dennoch herzlich, von einnehmendem Wesen. Ein Streit konnte von einer Minute auf die andere mit unbändiger Heftigkeit entbrennen, war aber auch ebenso schnell wieder vergessen. Sicher gab es die Neidischen, die Dummen, die die sich das Maul über ihre Nachbarn zerrissen und hinter vorgehaltener Hand Bosheiten flüsterten, aber wo gab es die nicht? Andererseits konnte man erstaunt sein über das hohe Maß an Toleranz und Gelassenheit. Vom Eisernen Vorhang einst an den Rand der westlichen Zivilisation gedrängt, lag man nun im Herzen Europas und genoss diese Freizügigkeit. Europaregion lautete die Idee, ein Kollektiv aus Böhmen, Oberösterreich und Bayerischem Wald, das gemeinsam versuchte von den Fördertöpfen in Brüssel zu naschen. Herausgekommen war bisher ein bunter Mischmasch aus traditioneller Brauchtumspflege und modernen Kultur-, Musik- und Kunst-Events, die es selbst einer Heimatzeitung unmöglich machten jeden Termin wahrzunehmen. Die Arche, schoss es ihm heiß auf, war ein gutes Beispiel dafür.

Und jetzt rannten diese Haie der schreibenden und filmenden Zunft durch den Ort und – da war er sicher - ließen sich von den schlimmsten Proleten, die sie fanden, dämliche Kommentare in den Block diktieren oder filmten deren bierseligen Gesichter. „Du sollst nicht falsch Zeugnis ablegen“, dachte er kurz, bevor er sich wieder seiner heute so mühsamen Arbeit zuwendete. Als das Tagwerk verrichtet war, sprich die Zeitung mit unendlich vielen Leserbriefen, Bildern vom Tag und einem Aufmacher, der mehr Fragen aufwarf als beantwortete, fertiggestellt war, saß Benno bei Tietze im Redaktionsleiterbüro und wartete auf das, was gleich aus dem Fernseher auf sie einprasseln würde. Tietze zappte durch die Kanäle und es war schlimmer als sie erwartet hatten. Alle, so kam es Benno vor, die in ihren Redaktionsstuben schon lange kein Gehör mehr fanden, durften ihren bräsigen Senf absondern. Hängen geblieben waren sie schließlich an einem Grinsen, an das sie den ganzen Tag nicht mehr gedacht hatten...

╬

Wie fühlte sich das an? Ralf Bender war hochzufrieden mit seinem Auftritt vor den Kollegen. Sie waren sprachlos, er hatte sie überrascht und mit einem Wisch die Dinge neu geordnet. Die Vorstellung, wie sie nun über seine Beförderung diskutieren würden, machte ihn richtig stolz. Auch wenn er seine Zweifel hatte, dass sie mit der neuen Situation fertig werden konnten. Zumal er ihnen auch noch Schaller aus dem Team genommen hatte.

Schaller. Es drückte ihn das schlechte Gewissen, denn innerlich war Bender überzeugt, dass der junge Mann ein guter Polizist war, sogar ein sehr guter auf seinem Fachgebiet. Es war ungerecht und diese Frotzelei wegen Manu war nicht nötig. Er würde sich noch bei Schaller entschuldigen, bevor der Dienst in München begann. Außerdem schwor sich Bender, sich in Zukunft etwas besser unter Kontrolle zu haben. Wutausbrüche und seine Schimpfattacken, das würde er sich in München abgewöhnen.

Ach München. So schnell ändern sich die Zeiten, dachte Bender. Gestern noch total verzweifelt, motivationslos. Dann der schöne Abend mit seiner Frau - wenn es auch wieder nicht zum von ihm so heiß ersehnten Neuanfang kam. Der Kinofilm war schön, danach gingen sie noch gemeinsam auf ein Glas Wein, redeten, lachten, entspannten sich. Sie begleitete ihn sogar noch nach Hause, schlief bei ihm. Doch mehr als kuscheln, reden und gemeinsam träumen war nicht drin. Dabei hätte er sie so gerne wieder zurück gehabt - und er meinte zu wissen, dass sie das eigentlich auch wollte. Aber Sex, das war offensichtlich kein Thema für sie. Bender konnte es irgendwo verstehen, so unstet sein Leben dank des Berufs war, so unverlässlich war er selbst in einer festen Partnerschaft. Das hatte seine Frau mürbe

gemacht, die Ehe zerstört. Und doch war er frustriert. Wieder eine Gelegenheit vertan.
Er schüttelte sich kurz und besann sich wieder auf sein neues Leben. München, LKA. Kein Bayerischer Wald mehr, kein Passau, kein Mief.
Es galt, ein neues Leben zu planen, noch einmal ganz von vorne anzufangen. Noch keine zwei Stunden waren seit seinem Gespräch mit Kriminalrat Ritter vergangen, da waren die wesentlichen Eckpunkte der Zukunft schon in Beton gegossen. Er würde das Haus verkaufen, das sollte der erste Schritt sein. Weg mit dem Klotz am Bein, weg mit den Verpflichtungen in Niederbayern. Mit dem Geld würde er die Schulden abbezahlen und sich eine schöne Wohnung in München leisten können. Seiner Frau würde er vorschlagen mit zu kommen - jetzt, da ihn geregelte Arbeitszeiten und ein ruhigeres Leben erwarteten.
Das war ein richtig guter Tag.

╬

Polizeiobermeister Fritz Liebl verfluchte diesen Tag. Was für ein Aufruhr, was für ein Auflauf an Presse, Fernsehen. So etwas hat Grafenau bislang noch nicht gesehen. Und in der sonst so beschaulichen Inspektion klingelte ständig das Telefon, das nun schon wieder läutete. „Nein, ich kann Ihnen nichts dazu sagen. Ja, da müssen Sie unsere Pressestelle in Straubing anrufen. Nein, da gibt es keine Ausnahmen. Ja, das kann sein, dass Sie das in München so handhaben. Bei uns geht das anders. Nein, es macht keinen Sinn, dass Sie hierher kommen und wir unter vier Augen miteinander reden, weil ich Ihnen sowieso nichts sagen kann." Und sie bohrten und bohrten und bohrten weiter. Zwischendrin rief Liebl noch beim Grafenauer Zeitungschef Ferdinand Tietze an und machte ihm deutlich, dass die Zeitung mit ihrem Bericht weit über das Ziel hinaus geschossen sei. Natürlich erhielt er von seinem Schafkopffreund nur eine müde Abfuhr. Der Dienstplan hätte für ihn ungünstiger gar nicht sein können. Beinahe atmete Liebl schon auf, als es an der Tür klingelte und er am Monitor eine der alten Damen sah, die drei-, viermal die Woche gegenüber in der Kirche putzten. Oft genug beobachteten die Polizisten quasi aus der ersten Reihe, wie emsig die Damen rund um das Gotteshaus für Ordnung sorgten. Endlich ein vernünftiger Mensch mit einem wahrscheinlich vernünftigen Anliegen.

Helga Krammer war fahl im Gesicht, schwitzte, als sei mitten im März der Hochsommer ausgebrochen. Sie atmete schwer, als sie in die Inspektion kam und fiel auch gleich mit der Tür ins Haus: „Der Mesner ist schon seit ein paar Tagen nicht mehr da. Dem ist was passiert, Sie müssen was unternehmen! Das stimmt doch was nicht. Ich habe es jetzt nicht mehr ausgehalten. Drei Tage, oder vier. Einfach weg. Mein Gott, der arme Kerl."
„Jetzt beruhigen Sie sich erst einmal und dann alles der Reihe nach. Kommen Sie, setzen Sie sich." Liebl erschien die Frau in höchstem Maße verwirrt. „Also, Sie sagen der Mesner ist weg. Der Herr...., wie heißt er doch gleich?"
„Helmut. Helmut Schäfer. Ich habe ihn seit ein paar Tagen nicht mehr gesehen. Am Sonntag war er nicht in der Kirche, Katastrophe. Die Ministranten, der Pfarrer, beinahe wäre die Kirche zu spät angegangen. Das war doch noch nie. Und gestern dieser schlimme Mord. Die Welt wird immer verrückter. Dem Helmut ist auch was passiert, das spüre ich."
„Vielleicht ist er einfach nur ein paar Tage weg gefahren."
„Das hätte er gesagt."
„Wo wohnt er denn, hat er eine Frau?"
„Nein, er lebt ganz alleine, oben im Guldenweg. Ich sag es Ihnen: Dem ist was passiert! Er wird doch nicht auch...?"
„Liebe Frau, ich kümmere mich darum. Ich verspreche es Ihnen. Wir finden den Herrn Schober schon."
„Schäfer, er heißt Schäfer. Helmut Schäfer", die Frau hatte dicke, trübe Tränen im Auge.
Liebl tat sie Leid, aber er kannte diese Verzweiflung. Oft genug kamen Menschen und wollten eine Vermisstenmeldung aufgeben. Und immer war die Lösung ganz einfach: Die Betreffenden wollten einfach nur mal ein paar Tage Ruhe und vergaßen, ihren Freunden oder Verwandten Bescheid zu geben. Oder sie waren krank und gingen nicht ans Telefon oder machten einfach die Tür nicht auf, weil sie keine Lust dazu hatten. In der Aufregung rund um den Mord waren solche Ängste natürlich noch größer.
„Wissen Sie was, ich schicke eine Streife zum Haus von Herrn Schäfer und die schauen dort einmal nach dem Rechten. Ich bin mir sicher, das alles löst sich schnell in Wohlgefallen auf", versuchte er die alte Dame zu trösten.
„Das ist nett von Ihnen, Herr Wachtmeister. Und sagen Sie ihm bitte, er soll sich bei mir melden. Wir machen uns schon so große Sorgen."

Liebl geleitete die Frau hinaus und noch ehe er die Tür hinter ihr schloss, klingelte das Telefon schon wieder - und das nicht zum ersten Mal seit die Frau aufgetaucht war. Liebl hatte das Geläut einfach nur ignoriert, den Telefondienst den Kollegen überlassen.
Jetzt nahm er ab, wieder Presse, eine Zeitung aus Österreich! Er diskutierte, wimmelte ab, verwies auf die zuständigen Kripo-Beamten. Es nahm einfach kein Ende.

╬

Nachdem Klaus der Chefredaktion klar gemacht hatte, was Sache ist, beziehungsweise, wie er sie angehen würde, war er wieder in den Wagen gestiegen. Man traute ihm, dem alten Hasen, durchaus zu, die Situation in den Griff zu bekommen. Dies war wohl zum einen der Tatsache geschuldet, dass man sich lieber mit den Agenturen, als mit der Arbeit vor Ort beschäftigte und zum anderen konnte Klaus deutlich klarlegen, dass er sich in dem Haifischbecken wohl fühlte. Schließlich war er lange Jahre Teil der Meute. Er hatte also freie Hand und nutzte diese nun, um im Register seines Handys nach der Nummer von Manu zu suchen. „Hallo", sagte er, als sie sich meldete. Weiter kam er allerdings nicht. Die heutige Dame seines Herzens legte gleich los und beschimpfte ihn aufs Abscheulichste. Sie hatte offensichtlich einen stressigen Tag zu bestehen an dem er nicht ganz unschuldig war. Er erinnerte sich an eine Szene aus seinem Lieblingsfilm „Blues Brothers", bei der die enttäuschte Geliebte erst wild um sich schießt und dann doch in den Armen von Jake Blues dahinschmilzt und hörte sich die Szene, die ihm Manu machte, gelassen an. Als sie ihr Pulver verschossen hatte, fragte er ganz frech, ob man sich heute Abend nicht auf einen Drink treffen wollte. Klaus hörte, wie Manu aufgrund dieser unverschämten Frage nach Luft schnappte und fühlte, wie gleichzeitig ihr Widerstand bröckelte.
„Ich bin die nächsten Tage in Grafenau und wenn ich dich dort sehe, trete ich dir bestenfalls in die Eier" So, so in Grafenau, überlegte Klaus, das machte einen kleinen Strich durch seine Passau-Tour-Pläne, aber was machte das schon.
„Schatz", säuselte er in den Hörer, „du weißt doch, dass mir bei so einer Story die Gäule durchgehen und schließlich habe ich ja gestern am Parkplatz noch versucht mit Dir zu reden. Aber ihr Bullen seid ja immer so stur." Treffer, versenkt, dachte Klaus. Und tatsächlich ließ Manu ihre Deckung ein wenig sinken.

„Was ich am wenigsten brauchen kann ist ein Egomane, der sich nur für sich selbst interessiert“, schimpfte Manu schon ein bisschen weniger wütend. Klaus brauchte noch ein paar Minuten, aber als er die letzte Passauer Ampel hinter sich gelassen hatte, waren sie übereingekommen, dass man sich abends zum Informationsaustausch treffen würde.
„Aber bilde Dir nicht ein, dass das mehr als ein Geschäftsessen ist“, maulte Manu.
„Bis heute Abend, ich freue mich“, schnarrte Klaus, brach die Verbindung ab und streichelte in Gedanken schon Manus sportlich-festen Brüste. „Geile Titten“, grinste er.

Die beiden Kriminalbeamten saßen schweigend im Auto. Sie hatten noch schnell ein paar Sachen gepackt, Sendlinger hatte sich von seiner Frau verabschiedet und ab ging es Richtung Tatort.
Die junge Kommissarin fühlte sich im Moment überfordert. Sie hätte jemanden zum Reden gebraucht, nach all den Veränderungen im Kommissariat. Aber Sendlinger? Sie wusste, wie wenig Lust er auf diesen Ausflug mit ihr hatte, dass er lieber die Abende bei der Familie verbringen würde. Außerdem, würde Sendlinger ihre Schwäche akzeptieren? Oder war er gar auf ihren Stuhl aus? Jedenfalls durften sie keine Zeit verlieren. Im Bayerischen Wald lief ein brutaler Mörder herum und sie wussten nicht, wo sie ansetzen konnten. War sie der Situation gewachsen?
Mit ihren 29 Jahren war sie einerseits stolz, jetzt so große Verantwortung tragen zu dürfen. Das war immer ihr Ziel gewesen, und deshalb legte sie auch eine rasante Karriere hin, um die sie viele beneideten. Andererseits war sie unglücklich, denn sie wusste, jetzt würde ihr noch weniger Zeit bleiben, endlich einmal ihr Privatleben in den Griff zu bekommen. Manu war eine äußerst attraktive Frau. Lange braune Haare, haselnussbraune Augen und eine Figur wie aus dem Neckermann-Katalog. Gestählt in unzähligen Fitnessstudio-Trainingseinheiten. Männer gab es genug, die sich um sie bemühten, aber den Richtigen hatte sie bislang nicht gefunden.
Und so blieb ihr nicht mehr, als zwei Typen, die sie beide sehr mochte, die aber jeweils nur die Hälfte dessen verkörperten, was sie wollte. Der eine, Franz, ein lieber netter Kerl. Zuvorkommend, nett anzuschauen und stets darauf aus, ihr die Zeit so schön wie möglich

zu machen, wenn sie zusammen waren. Ein Kavalier einfach. Und dann Klaus, der stahlharte Macho, immer ein bisschen zu dick auftragend, immer ein wenig zu fordernd, immer mit dem Kopf durch die Wand. Geiler Sex, aber für den Alltag zu nichts zu gebrauchen, weil er einfach nur an sich selber dachte.
Verstohlen blickte Manu auf die Fahrerseite zu Sendlinger, den sie tief in ihrer Seele beneidete. Er hatte eine Familie, die ihm wichtiger war, als alles andere auf der Welt. Und so ruhte er in sich, ließ sich nur schwer aus der Reserve locken und strahlte eine innere Zufriedenheit aus, die sie fast schon aufreizend empfand. Sie mochte gerne zuhören, wenn er mit seiner Frau oder den Kindern telefonierte, da sprach so viel Liebe aus ihm, so viel gegenseitiges Glück. Ja, Liebe! Wie schön muss es sein, wenn man nach Hause kommt und es wartet jemand, der bedingungslos zu dir gehört. Fast hätte Manu eine Träne verdrückt, aber sie wischte die Gedanken an die heile Welt schnell beiseite.
„Was meinst du Bert, wo setzen wir an. Ehrlich gesagt, habe ich ganz schön Bammel vor dieser Ermittlung. Hast du schon mal so einen Fall gehabt?"
Sendlinger wiegte den Kopf, schien nachzudenken. „Naja, es gab schon einige Morde, die mich richtig aus der Bahn geworfen haben. Einmal hat einer seinem Opfer die Lunge aus dem Leib gerissen und roh gegessen. Es gibt schon wahnsinnige Knaller, das sag ich dir. Aber meistens hatten wir die Täter recht schnell, weil einfach gute Spuren da waren oder weil diese Spinner so verrückt waren, dass sie einfach zu finden waren. In unserem Fall hier sieht es wirklich saublöd aus. Ich denke, wir gehen zuerst noch einmal in diese türkische Kneipe, in der ich gestern kurz war. Vielleicht weiß dieser Wirt mehr über unseren Yussuf. Und dann müssen wir einfach sehen, welche Idioten sonst noch unterwegs sind im schönen Bayerischen Wald. Wir kriegen den schon, da mach dir mal keine Sorgen."
„Der Bender macht es sich schon leicht. Ein kurzes Ciao und weg war er. Auch nicht die feine Art, wenn man gerade so eine Scheiße an der Backe hat."
„Wie gesagt, der hat einfach nur auf die beste Gelegenheit gewartet. Er hat es nicht mehr ausgehalten in Passau. Die Stadt, beziehungsweise der räumliche Kontakt zu den Erinnerungen hätten ihn fertig gemacht."
„Ein Arsch ist er trotzdem", schimpfte Manu.
Sendlinger hatte immer ein neutrales, aufgrund der jahrelangen Zu-

sammenarbeit manchmal sogar freundschaftliches Verhältnis zu seinem Chef. Aber Benders Abgang brachte auch ihn aus dem Konzept. Dass Manu jetzt seine Unterstützung brauchte, das war ihm klar. Sie würde seine Erfahrung brauchen. Auf lange Sicht konnte der Fall zugleich eine Chance für Manu sein, sich zu profilieren. Und dann würde – wenn dieser hässliche Mord gelöst war – endlich wieder alles so sein wie bisher. Denn mehr als alles andere schätzte er die freie Zeit mit seiner Familie, die er in seiner bisherigen Position ungetrübt ausschöpfen konnte.

„Ein Arsch, ja du hast recht", sagte er zu Manu. „Ich möchte dir auch noch einmal sagen, dass ich es schofel finde, wie er den Franz zur Sau gemacht hat. Ich wusste übrigens nicht, dass ihr zwei ein Verhältnis habt, das fand ich zumindest interessant, auch wenn ich es nicht auf diese Weise erfahren wollte."

„Verhältnis, Verhältnis. Ich mag den Franz, ja, und er mag mich. Aber mehr wird da nicht sein, gewiss nicht."

„Ehrlich gesagt ist mir das sowieso egal. Und schließlich geht es mich auch nichts an."

Manu wechselte das Thema: „Was hältst du von der Nazi-Theorie?"

„Du bist mir ein wenig zu versessen auf diese Idee. Es kann sein, aber nur weil ein Türke ermordet worden ist, müssen da noch keine Rechten am Werk gewesen sein."

„Auch wahr. Aber ich kann mir nicht vorstellen, dass wir einen normalen Haus- und Hofmörder suchen. Wir suchen jemanden mit einem kranken Hirn."

„Na, da hätten wir ja gleich mal anfangen können bei unseren Kollegen zu ermitteln. Mir fallen da auf Anhieb zwei, drei kranke Hirne ein."

„Sag das nur nicht zu laut, der Feind hört überall mit."

Sie lächelten sich an und gingen wieder ins schon vertraute Schweigen über. Manu war froh, mit Sendlinger einen alten Haudegen bei sich zu haben. Nach dem kurzen Gespräch fasste sie wieder mehr Mut. Sie nahm sich vor, ab sofort nicht mehr an die Schwierigkeiten im Kommissariat zu denken, sondern sich einen strategischen Ermittlungsplan zurecht zu legen. Als Erstes würden sie die Döner-Bude aufsuchen. Dann die Nachbarn, die Kollegen. Mit Sicherheit würden sie langsam in das Leben des Yussuf Ökdan eintauchen, alles in Erfahrung bringen, was ihn bewegte, wer ihn bewegte und wo er sich bewegte. Und irgendwo in diesem Netz saß auch der Mörder – und er würde keine Chance haben. Mit Sicherheit würden in den nächsten Tagen unzählige Hinweise eingehen, die sie ebenfalls abarbeiten mussten. Die Arbeit würde ihnen also nicht ausgehen.

Was für ein himmlischer Genuss. Raphael beobachtete den Medien-Auflauf in Grafenau mit Wohlgefallen. Alles schien sich um seine große Tat zu drehen, die Menschen auf der Straße sprachen über nichts anderes. Auch er selbst stand auf einmal vor dem Mikrofon eines großen Fernsehsenders. Was er von diesem bestialischen Mord halte, wurde er gefragt. Er hatte sich seinen Text schon zuvor überlegt, für den Fall, dass auch er interviewt werden sollte. An jedem einzelnen Wort hatte er gefeilt, das er aussprechen würde. Dabei machte es ihm überhaupt keine Probleme, von seiner gottgegebenen Rolle als Raphael in sein irdisches Gewand zu schlüpfen und den normalen, aufgebrachten Bürger zu mimen. „Es ist schlimm, was für Menschen es auf dieser Erde gibt, so viele Verrückte, die im falschen Glauben leben, die Welt auf ihre Weise beherrschen zu müssen. Mich erschüttert das zutiefst und ich bin davon überzeugt, dass es eine gerechte Strafe geben muss."
Er war enttäuscht, dass diese Aussage nirgendwo in einer Fernsehsendung auftauchte, dass seine Worte einfach aus den Beiträgen heraus geschnitten wurden. Stattdessen sah und hörte er nur die dummen Aussagen von Betrunkenen, Unterbelichteten und Ewig-Gestrigen. In den Kanon der übelsten Stammtischparolen wollte seine Botschaft scheinbar überhaupt nicht passen. Welch armselige Kreaturen diese Fernsehleute doch waren, die nur die niederen Instinkte der verderbten Menschheit bedienen wollten. Dabei wussten die alle nicht, wie ernst seine Worte waren, denn er meinte nicht sich selbst, den Rächer des Herrn. Er meinte Yussuf Ökdan, diesen elenden Moslem, den er für seinen Irrglauben in Gottes Namen bestraft hatte. Und er sprach von all den anderen Ungläubigen, die er bald dem unendlichen Ratschluss des Herrn übergeben würde.

Kriminalhauptkommissar Ralf Bender war immer noch wie benommen von seiner Beförderung. Seine Gedanken schlugen Purzelbäume, er würde durch Passau rasen, in Richtung Klinikum, in dem seine Frau in der Verwaltung arbeitete. Sie sollte es so schnell wie möglich erfahren, dass er noch einmal ganz von vorne anfangen würde. Er malte sich aus, wie sie freudig erregt in seine Arme fallen würde und wie sie gemeinsam in eine neue Zukunft starten könnten. Endlich konnte er ihr das geben, was sie in ihrer Ehe beinahe täglich vermisst hatte: Zeit.

Zuvor plagte ihn aber noch das schlechte Gewissen. Seine Frau musste warten. Er wollte mit Schaller reden. Er fand ihn im K1, hinter dem Computer. Niedergeschlagen, traurig und still. Nicht einmal grüßen wollte er, als Bender den Raum betrat. Das machte es nicht einfacher.

„Wo sind denn die anderen?"

Keine Antwort.

„Hallo, ist jemand da? Franz, wo sind Manu und Bert?"

„Weg. Grafenau. Ermitteln."

„Aber ich wollte doch noch mit Manu sprechen, ach auch egal. Und du, warum bist du noch da?"

„Auch wenn es dem Herrn vielleicht nicht gefällt, aber ich sitze genau da, wo mich meine Chefin hinbeordert hat. Ich arbeite wieder im K1. Die Kriminaloberkommissarin wollte es so haben."

„Ja, ist ja gut, so habe ich es nicht gemeint. Warum bist du nicht dabei?"

„Ich bin zu blöd zum Ermitteln, hat mein ehemaliger Chef gesagt, aber für den Innendienst könnte es gerade so reichen."

„Jetzt sei doch nicht so eingeschnappt. Eigentlich bin ich ja nur gekommen, weil ich dir sagen will, dass es mir leid tut."

„Was? Was tut dir leid?"

„Mein Auftritt vorhin. Ich bin über das Ziel hinaus geschossen, wusste nicht einmal, was ich sagte. Ich wollte dich nicht verletzen, das war niederträchtig."

„Meine Worte."

„Diese Beförderung hat mich total durchdrehen lassen. Weiß auch nicht, wie ich mich so gehen lassen konnte. Du weißt, dass ich viel von dir halte. Du wirst bestimmt einmal ein guter Polizist, davon bin ich überzeugt. Und wenn du Probleme hast, kannst du dich jederzeit an mich wenden. Das bin ich dir schuldig."

„Aha." Franz Schaller hatte nicht das geringste Interesse, dem Geschleime seines Chefs große Bedeutung beizumessen. Zu sehr hatte er ihn gekränkt. Die beruflichen Vorwürfe hätte er ja noch geschluckt, aber dass er wegen Manu so bloß gestellt wurde, das konnte er nicht verwinden.

„Auch wenn es dir nicht gefällt, doch hier im Innendienst bist du der Dreh- und Angelpunkt der Ermittlungen. Bei dir laufen die Fäden zusammen und ich weiß, dass du das gut machen wirst. Wenn dieser Fall abgeschlossen ist, dann hast du gute Chancen, hier beim Mord richtig Karriere zu machen. Ich werde dir dabei helfen, versprochen. Komm und jetzt gehen wir einen trinken, ich lad Dich ein."
„Bender, du bist ein Arsch."
„Ja Himmelherrgott, was willst du denn noch. Ich kriech doch eh schon zu Kreuze, mehr kann ich nicht. Es tut mir leid."
„Brich dir keinen ab, Alter. Eines Tages zahle ich es dir mit gleicher Münze heim, darauf kannst du Einen lassen. Was du vorhin gesagt hast, das war das Allerletzte. Zuerst Scheiße bauen und dann kommen und um Vergebung winseln. Ehrlich Bender, das ist mir alles zu heftig. Jetzt lass gut sein, deine Entschuldigung ist akzeptiert, außerdem bist du sowieso bald weg, dann laufen wir uns ohnehin nicht mehr über den Weg." Etwas überheblich fügte Schaller an: „Und wenn doch, dann kannst du mich ja noch mal fragen, ob du mir einen ausgeben darfst." Und: Freunde, davon war er überzeugt, Freunde könnten sie nicht mehr werden.
Bender atmete auf, er hätte nicht gedacht, dass Schaller so eine harte Nuss sein würde. Doch die Gedanken an den jungen Kollegen verschwammen wieder, als er in die Krankenhaus-Parkgarage einfuhr. Er flog förmlich ins Büro seiner Frau, grüßte sie überschwänglich und küsste sie auf die Wange.
Seine Frau schaute ihn verwundert an und bemerkte schnell, dass ihr Ex-Mann aufgeregt war wie ein kleines Kind, das von der Grundschullehrerin zum ersten Mal ein Stück Schokolade als Belohnung geschenkt bekommen hatte. „Warte, sag nichts. Jetzt weiß ich es: Du bist der erste Mensch, der sich mit grünem Tee einen Rausch angesoffen hat. Stimmt's?"
Was sie alle immer nur hatten, mit diesem grünen Tee. Er mochte ihn halt, Schluss, aus, fertig. „Schatz, ich habe dir eine freudige Mitteilung zu machen."
„Hast du eine Gehaltserhöhung, kriege ich künftig einen Hunderter mehr im Monat?" Seine Frau verfiel nun in diesen leicht bissigen Gesprächston, der früher immer der Auftakt zu längeren Streitgesprächen war, die häufig damit endeten, dass Bender sein Nachtquartier auf dem Wohnzimmersofa bezog. Er fürchtete, die Szene könnte ihm entgleiten, also stieß er schnell heraus: „Wir ziehen nach München." Pause.

„Wer zieht nach München?"
„Na, du und ich."
„Hast du einen an der Waffel?"
Bender erzählte von seiner Versetzung und seinen Plänen, faselte irgendetwas von Neuanfang und von der Chance für ihre Liebe und als er das alles sagte, spürte er, wie ihm die Worte wie Mehl aus den Händen glitten. Der Blick seiner Frau verriet ihm, dass eitel Sonnenschein auf einen späteren Zeitpunkt verschoben werden musste.
„Sag einfach ja, komm einfach mit. Ich liebe dich, wir fangen ganz neu an."
„Herr Bender, hast du da nicht eine Kleinigkeit vergessen?"
„Das Haus? Das verkaufe ich, dann haben wir das nötige Startkapital."
„Nicht das Haus, mein Lieber. Vielleicht ist es ja noch nicht zu dir durchgedrungen, aber zu einer Partnerschaft gehören immer zwei. Bislang sehe ich aber nur einen, der nach München gehen wird." Ihr Ton wurde allmählich schärfer, schneidender, erstickte jeden Widerspruch im Keim. „Anders gesagt, und so verstehst es vielleicht sogar du: Ich bin Passauerin und ich bleibe Passauerin. Nach München bringen mich keine 25 Brauereirösser."
„Aber...du liebst mich doch auch..."
„Weiß ich nicht, kann gut sein. Aber mit Sicherheit will ich nicht mehr mit dir leben. Nicht in München, nicht in Passau. Nirgends. Es wird Zeit, dass du das mal blickst."
„Aber..."
„Nichts aber, Ralf, du bist ein Gemütsmensch durch und durch. Deshalb habe ich mich in dich verliebt, deswegen habe ich dich verlassen. Mit dir kann man auf Dauer nicht leben. Du bist cholerisch, neigst zu Melancholie und entscheidest alles aus dem Bauch raus. Man weiß nie woran man bei Dir ist. So war es daheim und wenn du ehrlich bist, machst du auch deinen Job so. Auch wenn ich nie verstehen werde warum, beruflich hat dich das weit gebracht. Aber für den Alltag taugst du nicht."
Bender war schockiert: Mit so einer Ansage hatte er nicht gerechnet. Ohne ein weiteres Wort drehte er sich auf dem Absatz um und stürmte aus dem Büro. Draußen klappte er den Mund wieder zu. Keuchend rannte er zu seinem Auto und konnte nicht mehr anders. Er heulte wie ein kleines Grundschulkind, dem man die Belohnungs-Schokolade aus der Tasche geklaut hatte.

Benno und Tietze glaubten nicht, was da über den Bildschirm flimmerte. Klaus spielte sich vor der Kamera auf, als gehöre ihm die Zeitung. Aber während Tietze kurz davor war, die Fernbedienung in den Bildschirm zu werfen, nötigte Benno die weltmännische Art Respekt ab, mit der Klaus die Fragen der Meute beantwortete. Sicher, er nutzte die Mikrofone und Kameras für sein Ego, aber schaffte es auch, der ganzen verfahrenen Situation einen beruhigenden Anstrich zu geben. Benno hörte, was er wollte. Die Menschen der kleinen Stadt seien geschockt, für einen so kleinen Ort sei das eine große Tragödie, schwierig für die ganze Region. Er, Klaus, könne den Ermittlungen der Polizei jetzt nicht vorgreifen. Benno meinte sogar einmal, seinen Namen gehört zu haben, als Klaus von den Rechercheerfolgen der Redaktion berichtete. Klaus hatte in seinen Augen vieles gerade gerückt. Irgendwo hat der alte Filou doch noch seine Liebe zum Bayerischen Wald entdeckt. Und dann war es für Tietze und Benno Zeit, aufzubrechen.

Vor dem Polizeigebäude stand eine Meute Journalisten und hielt ihnen von allen Seiten Mikrofone unter die Nase. Manu zückte ihren Polizeiausweis, um sich ein Durchkommen zu ermöglichen. Wenig beeindruckt prasselten die Fragen auf sie ein: „Gibt es eine Spur, haben Sie einen Verdächtigen, neue Erkenntnisse? Wer ist der Tote, stimmt es, was im Tagblatt steht?"
Mit einer weit ausholenden Armbewegung schaufelte Sendlinger die Menge zur Seite, grunzte ein kurzes „Kein Kommentar" und schob Manu durch die Tür. Drinnen empfing sie ein völlig derangierter Liebl, der sichtlich erleichtert wirkte, als er die beiden Kommissare erblickte. Endlich Unterstützung.
Manu rückte sich einen Stuhl zurecht, einer der Beamten reichte ihr wortlos eine Tasse Kaffee. „Dann mal los Liebl, klären Sie uns über den aktuellen Sachstand auf."
„Wenn das so einfach wäre. Hier läuft alles aus dem Ruder, vor allem die Journalisten verursachen ein totales Chaos. Ständig läutet das Telefon, da schon wieder..."
Sendlingers Miene verdüsterte sich: „Haben Sie denen nicht gesagt, dass sie Informationen nur von offizieller Stelle bekommen, wurde schon eine Pressekonferenz einberufen?"
„Wann denn? Außerdem ist das ja wohl eure Aufgabe."

„Schon gut, Bertram, darum müssen wirklich wir uns kümmern. Ruf doch mal bei Franz an, der soll das in die Wege leiten."
„Außerdem interessiert das die da draußen sowieso nicht. Die ziehen wie marodierende Horden durch die Stadt und quetschen jeden aus. Wenn das so weitergeht, hat bald jeder unserer 8000 Einwohner einen Kommentar abgegeben."
„Jetzt pass mal auf, ähh, wie heißt du eigentlich?"
„Fritz Liebl."
„Also Fritz, ich bin Manu, das ist Bertram. Die Siezerei macht mich wahnsinnig. Bei uns im Kommissariat läuft gerade alles drunter und drüber, weil sich unser Chef vom Acker macht. Beförderung nach München. Bert und ich sind die beiden einzigen Kripo-Leute auf absehbare Zeit. Das heißt, wir müssen uns jetzt organisieren und gemeinsam einen Schlachtplan festlegen. Deine Kollegen sind für uns von unschätzbarem Wert. Ihr kennt die Leute, ihr kennt die Gegend, das ist schon mal ein guter Anfang. Außerdem werden die Einheimischen lieber mit euch als mit uns reden."
„Das hat sich gestern bei eurem Chef aber ganz anders angehört."
„Wie gesagt, vergiss ihn." Manu hatte sich während der Fahrt nach Grafenau besagten Schlachtplan längst zurecht gelegt. Sendlinger schickte sie noch mal zur Wohnung des vermeintlichen Opfers und zu dessen Arbeitsplatz. Sie selbst wollte sich die Döner-Bude vornehmen. Den Grafenauer Beamten kam die Aufgabe zu, Ordnung in die Stadt zu bringen, den Medienauflauf in kontrollierte Bahnen zu lenken und ersten Hinweisen nachzugehen. Soweit zumindest die Theorie.
Ein Anruf aus dem Präsidium in Straubing kam ihrem Vorhaben zu Hilfe. Für 20 Uhr wurde eine Pressekonferenz anberaumt, zwei der Pressesprecher zur Unterstützung abgeordnet. „Sag mal Fritz, wo könnten wir diese PK abhalten?"
„Ich schlage vor, wir fragen im Hotel zur Post nach, die haben einen großen Konferenzraum, der sich dafür super eignet."
„OK, mach das mal klar, bitte. Und noch eine Bitte: Du könntest dort für Bert und mich gleich zwei Zimmer buchen, wir bleiben nämlich ein paar Tage."
„Da hab ich eine bessere Idee. Das Waldesruh hat hübsche kleine Zimmer. Es liegt etwas außerhalb von Grafenau. In der Kneipe trifft sich die ganze Stadt. Ist auch so etwas wie unser Vereinslokal. Wenn es Neuigkeiten gibt, da erfährst du sie zuerst."
„Gut, dann lass unser Gepäck dort hinbringen."

‡

Zwischen zwei Telefonaten, bei denen er sich vor Kollegen wichtig machte, plagte Klaus auf dem Heimweg von Passau der kleine Hunger zwischendurch. In einer Dorfmetzgerei versorgte er sich mit Wurstsemmeln. Nicht, ohne mit der Verkäuferin, die er auch schon näher kennen gelernt hatte, einen kleinen Schwatz zu halten.
Je länger er mit ihr redete, umso mehr glaubte er seinen Ohren nicht zu trauen. „Klaus, bist du eigentlich sicher, dass es dieser Ökdan war, den sie am Lusen geschlachtet haben? Wenn ja, dann pass mal auf: Der Ökdan war ein rechter Weiberheld, fast so wie du. Unter anderem hat er sich eine Bekannte von mir angelacht. Ihr Freund fand das gar nicht witzig. Da hat's mächtig Stunk gegeben. Hat ihm gar nicht gepasst, weil der Yussuf so einen süßen Arsch hat. Ich hab mal in der Disco mitbekommen, wie der Knallkopf den Yussuf bedroht hat und soviel ich weiß haben die sich sogar mal geprügelt. Und ich kann dir sagen, dass meine Freundin ganz schön Angst vor ihrem Alten hat. Ich verstehe das, weil der hat echt ein Rad ab."
„Und, wie heißt die, wo wohnt die, wo arbeitet die? Hast du eine Telefonnummer?"
Mit der Adresse und der Handynummer versorgt, klingelte Klaus wenig später an der Haustür von Petra Maier. „Hallo, bist du die Petra?"
„Ja, warum?"
„Klaus, mein Name. Ich komm vom Tagblatt, recherchiere gerade in dem Mordfall am Lusen, du hast wahrscheinlich davon gelesen."
„Und gehört, die ganze Stadt redet ja von nichts anderem. Was willst du da ausgerechnet von mir? Ich hab ihn nicht umgebracht."
Die Unsicherheit in ihrer Stimme entging Klaus nicht und innerlich feierte er bereits Weihnachten und Silvester gleichzeitig. Und das im März.
„Darf ich reinkommen?"
„Nein, wozu?"
„Ich weiß, dass du den Yussuf kennst. Vielleicht ist es besser, wenn du mit mir redest, statt mit der Polizei."
„Komm rein."
Mit belegter Stimme und zittrigen Fingern stand sie vor ihm. Ein einziges Bild des Elends. Die zierliche Frau musste mal ganz hübsch

gewesen sein. Im Moment, fand Klaus, sah sie mit ihrer verbeulten Jogginghose, den altbackenen Hausschuhen und dem zerdrückten Taschentuch in der Hand, eher aus wie ein alter Putzlumpen. Nervös zog sie an einer Zigarette und starrte ihr Gegenüber aus verheulten Augen an. Klaus brauchte nur noch die Ernte einzufahren.

╬

Eine schöne Stadt, dieses Grafenau, dachte Manu auf ihrem Weg zum türkischen Restaurant. Der grausame Mord schien überhaupt nicht in dieses Idyll zu passen. Eigentlich eher der Ort für ein erholsames Familienwochenende. Oder Händchenhalten mit Mr. Wright. An der Tür zum Lokal hatte sie die Realität wieder. Aufgeregte Gespräche, gestikulierende Gäste und mitten drin ein Wirt, der immer nur den Kopf schüttelte. Manu zeigte ihm ihren Ausweis, die Fragestunde konnte beginnen. Viel schien zunächst nicht dabei heraus zu kommen. Wilde Vermutungen, nichts was Manu nicht auch schon in anderen Fällen gehört hätte.
„Und sonst? Hat er eine Freundin?"
„Eine? Der Mann hat mehr Frauen als ich Döner am Spieß."
„Wen denn, zum Beispiel?"
„Helga, Manuela, Claudia, Karin, Karina, noch ne Claudia, noch mehr Namen gefällig?", rief ein Gast aus dem Hintergrund erheitert dazwischen.
„Gibt's auch noch was Vernünftiges, das ihr mir sagen könnt?"
„Yussuf hat in letzter Zeit immer Pfefferspray dabei gehabt, weil er von den Glatzen angepöbelt wurde. Denen passt es nicht, dass er mit deutschen Frauen rummacht."
„Was heißt angepöbelt. Wurden die auch handgreiflich?"
„Weiß nicht, neulich kam er jedenfalls mit einem blauen Auge an. Deswegen das Pfefferspray."
„Stimmt es, dass er abends immer noch eine Runde im Kurpark gedreht hat?"
„Er sagte, das brauche er, um runter zu kommen. Da sind ihm übrigens die Glatzen öfter begegnet. Die lungern und saufen da häufig auf dem Spielplatz rum."
„Hier haben Sie meine Karte. Wenn Ihnen noch was einfällt, können Sie mich jederzeit anrufen. Danke jedenfalls, das waren wichtige Informationen." Rundum bestätigt verließ sie das Lokal, rief Liebl an. „Fritz, schick doch eine Streife in den Park, da müssen auf einem

Spielplatz ein paar Nazis rumhängen. Deine Leute sollen die Personalien feststellen."
„Ach, dieses Pack. Über die haben wir eigentlich alles."
„Gut. Dann check schon mal ab, was die alles auf dem Kerbholz haben. Ich bin gleich da."
Der zweite Anruf galt Sendlinger. „Und?"
„Nix."
Wenige Minuten später hockte sie mit Liebl vor einem PC. „Wer ist das denn? Sieht eigentlich ganz nett aus."
Helmut Fendl. Laut Liebl der Schlimmste von allen, ein echter Widerling. Nach Aktenlage hatte er in Passau das Priesterseminar besucht. Irgendwann schmiss er Hals über Kopf alles hin. „Den kriegst du nicht zu fassen, weil er im Gegensatz zu seinen Kumpanen nicht dumm ist und die anderen im Griff hat. Die machen, was er will."
„Heißer Typ, das ist vielleicht unser Mann. Ladet ihn mal vor, reden wir ein bisschen. Jetzt muss ich noch den Schaller anrufen, vielleicht gibt es schon erste Ergebnisse aus der Gerichtsmedizin."
„Hallo Manu, wie läuft's?"
„Hör bloß auf, hier geht's drunter und drüber. Aber vielleicht habe ich mit meiner Theorie gar nicht so verkehrt gelegen. Haben wir was Neues aus München?"
„Die sagen, der Fetzen, den wir gestern eingetütet haben, ist mit Sicherheit Haut vom Toten. Außerdem habe ich seinen Zahnarzt ausfindig gemacht und den Zahnstatus an die Gerichtsmedizin mailen lassen. Wir können mit Sicherheit sagen, dass es der Yussuf Ökdan war. Die von der Pressestelle wissen das auch schon, sagen aber, wir sollen das erst bei der PK öffentlich machen."
„Franz, das hast du gut gemacht."
„Noch was. Der Ökdan ist tatsächlich ausgeblutet, sagt die Gerichtsmedizin. Wie ich gesagt habe, der Schnitt an der Halsschlagader. Der Tathergang ist noch nicht eindeutig, aber das Opfer wurde zuvor wohl mit einem sehr starken Elektroschocker außer Gefecht gesetzt und gefesselt. Wahrscheinlich Kabelbinder."
Zeit für ein paar Trockenübungen. Manu rekapitulierte: Ein blutleerer Toter ohne Gesichtshaut, die offensichtlich an einen Baum genagelt wurde. Ein paar Nazis, einer davon ein besonders übles Exemplar. Das Opfer, ein südländischer Frauentyp, religiös, der ins Visier der örtlichen rechten Szene geraten war. Sie griff nochmal zum Telefon. „Franz, kannst du herausfinden, ob die Nazis irgendwelche Rituale haben, die zu unserem Fall passen."

Manu hätte Benders Rat jetzt dringend gebrauchen können. So hatte sie nur diese Tafel vor sich, auf der sie akribisch Zettelchen für Zettelchen klebte. Ein Puzzle, bei dem für den Moment noch kein Teilchen zum anderen passte.
Noch eine Stunde bis zur Pressekonferenz. Um den Nazi würde sie sich wohl morgen erst kümmern können. Manu spürte ohnehin ein Loch in der Magengrube, Zeit für ein Abendessen. „Fritz? Kann man da in diesem Hotel gut essen?“
„Aber immer.“
„Kommst du mit?“
„Ja gerne, ich hab ohnehin seit drei Stunden Feierabend. Was ich dir übrigens noch sagen muss. Zu allem Überfluss wurde heute unser Kirchenpfleger vermisst gemeldet. Zwei Kollegen kümmern sich darum.“
„Klasse Fritz, danke.“
Langsam fand er Gefallen an der Passauer Kollegin.
Kurz vor 20 Uhr nahm Manu neben einem völlig frustrierten Sendlinger Platz. „Und?“
„Nix.“
Zumindest der Zwischenbericht seiner momentanen Chefin stimmte Bertram Sendlinger wieder ein wenig zuversichtlicher. Das Rad der Ermittlungen schien in Schwung zu kommen.

╬

Höchst erfreut verließ Klaus Petra Maier und bastelte an seinem Plan. Die zweite Hammerschlagzeile in zwei Tagen. „Geil!“ Erst mal in die Stadt, sich am Mikrofon vor den Kollegen ein bisschen wichtig machen. Schließlich sollten die in München sehen: „Klaus Monn ist wieder da“. Anschließend verzog er sich mit seiner Luxuskarre auf den großen Parkplatz mit Blick auf die Redaktion. Hier konnte er genau sehen, wann die Kollegen das Haus verlassen würden. Klaus öffnete den Deckel seines Laptops; in der Dunkelheit des frühen Abends leuchtete ihm das Licht des Bildschirms fröhlich entgegen. „Komm, lass die genialen Sätze fließen.“
Gegen 19.45 Uhr, Klaus hatte gerade die letzten Zeilen getippt, gingen in der Redaktion endlich die Lichter aus. Jetzt aber schnell, schließlich wollte er die Pressekonferenz nicht komplett versäumen. Der Anruf bei der Chefredaktion war wieder einmal ein voller Erfolg. Dass er den Ruhm alleine einfahren wollte, erzählte er am Telefon

freilich nicht. Stattdessen log er, er habe die beiden Kollegen Tietze und Seifeld nicht erreichen können. Der eine habe sein Handy ausgeschaltet, der andere, Benno, habe es in der Redaktion liegen gelassen. Zumindest das war keine Lüge. Dazu mischte er Zauberworte, wie „exklusiv“ und „Sensation“, die die Chefs dahinschmelzen ließen, wie die Butter auf einem ofenwarmen Brot. Zu seiner großen Freude waren die Lokalseiten schon in der Druckerei. „Sie bekommen eine halbe Seite im Bayernteil, das Söder-Interview schmeißen wir raus.“ Selten hatte ein Chef vom Dienst schönere Worte zu ihm gesprochen. Klarer Punktsieg.

╬

Als Klaus um 20.15 Uhr bei der Pressekonferenz erschien, hatte Manu gerade angefangen zu reden.
„Wir können mit Sicherheit sagen, dass es sich bei dem Opfer, wie vermutet, um Yussuf Ökdan handelt.“
Klaus, eine Spur zu laut: „Sag ich doch!“
Der Rest war reines Genießen. Die Polizei musste haarklein wiederholen, was er schon am Morgen der Öffentlichkeit präsentiert hatte. Wieder zu laut: „Die hätten auch meinen Artikel vorlesen können“.
Als sich die PK langsam auflöste, standen Benno und Tietze noch mit einem Kollegen aus München zusammen. „Ein bisschen übertrieben habt ihr heute schon, oder?“
Benno monierte, dass sogar er befragt worden sei.
Es war bereits nach 22.30 Uhr, als sich Tietze in das Lokal aufmachte, in dem Klaus schon saß und Benno den Weg nach Hause antrat. Alles in allem war Benno mit dem Tag doch noch zufrieden gewesen. Was aber noch viel wichtiger war, gleich konnte er sich in seine kleine Welt zurückziehen. Mit der Leichtigkeit der Vorfreude bewegte er seinen trägen Körper durch das nächtliche Grafenau nach Hause. Dass er dabei ein Bein ein wenig nachzog konnte niemand sehen. Bis vor wenigen Jahren war er recht sportlich gewesen. Seine Lieblingsausflüge waren die Leserreisen in die naheliegenden österreichischen Skigebiete. Und genau da passierte es: Ein Snowboardfahrer hatte ihn frontal gerammt. Trümmerbruch, ein halbes Jahr Krankenhaus und Reha, übrig geblieben war ein verkürztes, fast steifes rechtes Bein. Seither hatte Benno immer weniger auf sich geachtet. Er betrat das Treppenhaus, ging die Stufen immer schneller

nach oben. Er vergaß sogar den Inhalt seines Briefkastens zu überprüfen. Im ersten Stock angekommen, schloss er seine Tür auf und sog sofort den zarten Duft nach Weihrauch in sich auf. Achtlos warf er seine Jacke auf den Boden und fingerte in seiner Hose nach dem Schlüssel, der ihm die Tür zu seinem ganz eigenen Reich aufsperrte. Hier erfuhr er Trost und Erfüllung, kein Besucher hatte hier Zutritt.

Mit breitem Grinsen saß Klaus, der die Pressekonferenz frühzeitig wieder verlassen hatte, im Waldesruh, das auch für ihn so etwas wie eine Stammkneipe geworden war. Ein zufriedener Tag, da ging die Tür auf und herein kamen Manu und Sendlinger. Ein perfekter Tag. Hatte Klaus zumindest noch eine Sekunde zuvor gedacht. Doch dann marschierte Manu mit Sendlinger grußlos an seinem Tisch vorbei. Kleine Schlange. Aber, na warte, dich kriege ich schon. Er bestellte sich einen Gin Tonic. Sowohl den Wachholderbeerschnaps als auch die Brause hatte der Wirt erst einmal einkaufen müssen, nachdem Klaus ihn das erste Mal bestellt hatte. Tiefste Provinz eben! Dazu passte der Gastraum, wie Arsch auf Eimer. Hier fand sich alles, was Klaus nicht leiden konnte: dunkle Holzvertäfelungen, ausladende Hirschgeweihe als Deckenlampen, unzählige Bierkrüge als Dekoration in allen möglichen Nischen und derbe Holztische. Natürlich durfte auch der Herrgotts-Winkel nicht fehlen. Scheiß Katholiken. Willkommen im Wirtshaus Biedermann. Und Klaus war der Brandstifter. Doch außer der Tatsache, dass der Wirt Ernst Gallbauer der gleiche Tölpel war, wie alle anderen Waldbewohner, fand Klaus ihn ganz in Ordnung. Vor allem, seit er ihn von seinem hässlichen Furunkel befreit hatte, das in regelmäßigen Abständen auf seinem Rükken blühte. Dieser Wirt war ein wahrer Kräutergott, das belegten nicht nur die zahlreichen getrockneten Sträuße, die im Gastraum hingen, sondern auch das Gewächshaus hinterm Haus, das Klaus einmal besichtigen durfte und das sogar ihn beeindruckte. Da wuchsen Pflanzen, von denen er nicht einmal geahnt hatte, dass es sie geben könnte. Und dann hatte ihm Ernst eine kleine Dose in die Hand gedrückt. „Kostet 6,80 Euro, jeden morgen draufschmieren." Was er an Ernst noch mehr mochte: Er konnte schweigen wie ein Grab. Niemand hatte von seinem kleinen Schönheitsfehler erfahren und jetzt war er Geschichte. Im Moment stand ihm der Sinn aber mehr nach Alkohol: „Ernst, bringe er mir noch einen", winkte Klaus mit dem

Glas, so dass alle Eiswürfel klackerten. „Und bringe er dem Fräulein dort auch einen von diesem edlen Trunk.“ Klaus fand sich wahnsinnig witzig.
„Ich kann mir meine Getränke schon selbst leisten“, giftete Manu, konnte sich aber ob des provokant-arroganten Auftretens ein verstecktes Grinsen nicht ganz verkneifen. Der Kerl passte so gar nicht in die Umgebung.
„Ich brauch jetzt auch einen“, sagte Sendlinger und bestellte beim Wirt einen Whiskey Cola, das einzige „harte“ Getränk, das er noch aus seinen Disco-Zeiten kannte.
Ernst brachte die Speisekarte. Manu entschied sich für ein garniertes Wurstbrot, Sendlinger für einen weiteren Drink.
Die Tür ging ein zweites Mal auf. Klaus' perfekter Tag bekam einen Dämpfer. Tietzes Ärger war nicht zu übersehen. Bevor er richtig loslegen konnte, packte ihn Klaus schon am Arm, zischte ein: „nicht hier“ und zog seinen Redaktionsleiter aus der Kneipe.
„Sag mal spinnst du“, keifte Tietze und riss sich vor der Tür von Klaus los. „Du bist ja wohl von allen guten Geistern verlassen. Den ganzen Tag bist Du nicht zu sehen, außer im Fernsehen, und jetzt hockst du hier und schlürfst gemütlich an deinem Drink. Ich hätte gute Lust...“ Doch weiter kam er nicht.
„Jetzt hör mir doch erst mal zu, ich bin da an einer ganz heißen Story dran.“ Klaus übersah den verächtlichen Blick beinahe, ärgerte sich aber - er wusste nicht zum wievielten Mal -, dass Tietze eine einzelne Augenbraue nach oben ziehen und so seinem Unmutsblick eine ganz besondere Würze geben konnte. Ihm war das trotz akribischer Übungsstunden vor dem Spiegel noch nie gelungen.
Kurz klärte er Tietze auf, was er im Laufe des Tages herausbekommen hatte und der Blick des Redaktionsleiters verwandelte sich mit jedem weiteren Wort von Wut in Erstaunen.
„Und warum hast du uns nicht informiert, das muss doch sofort ins Blatt?“
Jetzt war es an Klaus eine verächtliche Miene aufzusetzen. „Da mach dir mal keine Sorgen, das steht morgen ganz groß im Bayernteil, dafür habe ich schon gesorgt. Und was dich und Benno betrifft, die Herren sind ja nicht zu erreichen. Bennos Handy liegt auf dem Schreibtisch im Büro und dich habe ich auch nicht erreicht.“
Tietze griff in seine Tasche, prüfte sein mobiles Telefon: „Komisch, Handy ist an, ein Netz habe ich auch!“
„Wie auch immer, ich habe mit dem Chef vom Dienst telefoniert.

Der Lokalteil war schon zu, da hat er ein Interview rausgeschmissen und uns ins Blatt gehievt." Tietze entging das „uns", das Klaus wohl gewählt hatte nicht und er entspannte sich etwas.
„Bist halt doch ein guter Junge, jetzt brauche ich aber echt eine Halbe." Mit der Ermahnung im Ohr, in der Kneipe kein Wort über die Story zu verlieren, konnte Tietze das Bier schon riechen.
Noch bevor er den ersten Schluck nehmen konnte, zog ihn Klaus vor den Tisch der Kriminalbeamten. „Darf ich vorstellen, das ist Manuela Hentschel, die ermittelnde Kommissarin in dem aktuellen Mordfall. Und das ist Ferdinand Tietze, Redaktionsleiter hier in Grafenau." Klaus setzte einen amüsierten Blick auf und nickte in Richtung Sendlinger, der ihn aus bereits trüb werdenden Augen anblickte.
„Mein Kollege Sendlinger", sagte Manu, offensichtlich nicht daran interessiert, das Thema zu vertiefen. Klaus genoss den Moment des peinlichen Schweigens und nach einem kurzen gegenseitigen Kopfnicken, verzogen sich er und Tietze an ihren Tisch, Sendlinger bestellte sich einen weiteren Drink.
„Spinnst du, warum säufst du eigentlich so", schimpfte Manu ihren mehr und mehr betrunken werdenden Kollegen, der nach einer weiteren halben Stunde folgerichtig nicht mehr in der Lage war, vernünftige Auskünfte zu geben. Irgendetwas von Heimweh, Kindern und Frau laberte er noch, dann brachte ihn Manu mit Hilfe des Wirts in sein Zimmer im ersten Stock.
Fast wollte sie schon in ihr eigenes Zimmer gehen, da zog es sie doch noch einmal nach unten.
Tietze war inzwischen ebenfalls gegangen, Klaus saß mit zufriedener Miene am Tisch und drehte die Eiswürfel im Glas. Der zehnte an diesem Abend, aber im Gegensatz zu Sendlinger verlor er auch nach Unmengen Gin nicht die Beherrschung. Im Gegenteil, jeder Schluck, so schien es ihm, machte ihn klarer. Der Mistkerl hat genau gewusst, dass ich noch einmal zurückkomme, las Manu aus dem erfreuten aber wenig erstaunten Gesicht, schnappte sich einen Stuhl, setzte sich verkehrt herum darauf, lehnte sich über den Tisch und kam so der natürlichen Distanzlinie zweier Gegenüber gefährlich nahe.
„Hallo Schatz", flüsterte Klaus, noch waren sie nicht die einzigen Gäste im Raum. Manu nörgelte noch ein wenig über seine rücksichtslose Art und in welche Schwierigkeiten er sie gebracht hatte. Klaus gelobte Besserung und wusste gleichzeitig, dass dies wohl die letzte Lüge war, die er ihr unterjubeln konnte. Er bedauerte schon ein bisschen, dass dies wohl auch ihre letzte gemeinsame Liebes-

nacht werden würde. Nach der Story, die morgen im Blatt stehen würde und dem neuerlichen Vertrauensbruch würde sie sich wohl nicht mehr besänftigen lassen. Doch für den Moment schwand Manus Widerstand mit jeder Sekunde und jedem Kompliment, schon verspürte sie wieder dieses eigentümliche Kribbeln im Bauch. Einen weiteren Weißwein und zwei Gin-Tonic später, hob Klaus zu einem inneren Wolfsjubel an. Eben ein perfekter Tag.

╬

Angetörnt vom Wein, schmolz Manu unter den Händen ihres fordernden Liebhabers und ließ sich nur zu gern von ihm in den Orgasmushimmel führen. Fast flehend warf sie ihm ihre Lenden entgegen, wand sich unter und über ihm, vergaß für eine kleine Ewigkeit ihren Namen, verlor jeden Bezug zur Realität und war nur noch Lust.

„Einen wie dich hat man nie für sich alleine“, flüsterte Manu später, als sie Rücken an Rücken aneinander lagen und sie in dieser verletzlichsten aller Situationen alle Vorsicht fahren ließ. „Ich glaube schon, dass ich dich lieben könnte, ich weiß aber auch, dass das mit uns niemals gut gehen würde.“

Wie recht du hast, dachte Klaus, der mit seinem gleichmäßigen Atem eine Tiefschlafphase simulierte.

╬

Ein mit Licht scheinbar prall gefüllter Mond schien durch die eiskalte Nacht ins Zimmer, als Klaus auf seine Uhr blickte. 5:30 Uhr zeigte das Zifferblatt seiner Breitling, die er auf dem Nachtkasten deponiert hatte. Das gleichmäßige Atmen neben ihm war diesmal keine Lüge und gab Klaus die Gewissheit, dass er sich unbemerkt davonschleichen konnte.

Vor der Tür angekommen, sogen seine Lungen reinste Morgenluft. „Der einzige Grund, diesen beschissen langweiligen Landstrich überhaupt zu besuchen“, sagte er laut. Kurz überlegte er, das Auto zu nehmen, entschloss sich dann aber, die drei Kilometer bis zu seiner Wohnung zu Fuß zu gehen. Die unbeleuchtete Straße war eng, kaum dass zwei Autos aneinander vorbeifahren konnten. Sie lag auf einem Bergkamm, von dem aus man weit ins Land hinaus blicken konnte. Ab und an hörte man es aus dem Wald knacken, Augenpaare leuchteten im Mondlicht kurz auf, ein Kauz rief - ängstlichere Gemüter hätten durchaus ins Schwitzen kommen können. Sein kleines Häuschen stand in einem Weiler und bot einen freien Blick auf die hell erleuchtete Stadt Grafenau. Klaus musste an Benno denken und verstand für einen Wimpernschlag, was dieser an seiner Heimat so liebte.

Er blickte sich auf dem Weg zu seiner Wohnung nach einer Zeitungsrolle um. Das Tagblatt müsste ja schon ausgetragen sein.

Mittwoch, 17. März 2010. Gedenktag Heilige Gertrud von Nivelles, Äbtissin.

Der Herr sieht sie mit Wohlgefallen.

Heute vor 47 Jahren bricht auf Bali der Vulkan Gunung Agung aus. 1300 Menschen finden den Tod.

...und auch an diesem Tag hat Satan seine Finger im Spiel.

Den Kopf in die Hände gestützt saß Benno an seinem Redaktionsschreibtisch und konnte nicht fassen, was er da las. Normalerweise begann er die Zeitung von hinten zu lesen. Todesanzeigen, Lokalteile und dann langsam vorarbeiten. Aber diesmal hatte er nach dem Blick auf die Titelseite sofort den Bayernteil aufgeschlagen. Da war er noch alleine in der Redaktion, wollte sich so etwas wie einen Wissensvorsprung verschaffen. Und dann das: Es schien ihm, als hätte der Name Klaus Monn wie eine Neonreklame aus der Zeitung geblinkt. Sofort wollte er zum Telefon greifen und den gemeinen Kerl zur Sau machen. Doch dann war Tietze in die Redaktion gekommen und hatte ihn aufgeklärt. Und tatsächlich, da lag sein Handy, unberührt und vergessen.
„Zwei verpasste Anrufe“, meldete der Anrufbeantworter.
Seine Wut auf Klaus war sofort in Wut auf sich selbst umgeschlagen.
„Der kriegt echt alles auf die Reihe.“ Tietze nickte, spürte wie ein Hauch Eifersucht in ihm hoch kroch, lenkte seine Gedanken deshalb schnell aufs Tagesgeschäft.
„Das wird wieder für jede Menge Trubel sorgen“.
Kaum hatte er es ausgesprochen, läutete das Telefon.
Das Durcheinander unterschied sich um keinen Deut von dem tags zuvor, als Klaus gegen neun Uhr – frisch geduscht und natürlich gut gelaunt - die Redaktion betrat.
„Du verdammter Scheißkerl“, sagte Benno anerkennend und setzte sein breitestes Grinsen auf.
„Jetzt aber bitte Einzelheiten. Ach ja, die Kommissarin hat auch schon angerufen. Ich soll dir ausrichten, dass du das noch bereuen würdest, eine Freundin von dir?“
„Wenn du mich vor ein paar Stunden gefragt hättest...“
Klaus drückte die Kaffee-Taste und warf Benno einen vorwurfsvollen Blick zu.
„Echt nicht leicht mit dir zusammenzuarbeiten, Hallo, ist das Infor-

mationszeitalter schon bei dir angekommen?"
„Ja ich weiß, tut mir ja auch leid, war alles ein bisschen viel gestern, aber jetzt erzähl' schon".

╬

Nein, nein. Es konnte einfach nicht sein. So ein Drecksack. So eine Natter. Manu wollte es einfach nicht begreifen, was sie wieder und wieder in der druckfrischen Zeitung las. Das Frühstück, das ihr der Wirt gebracht hatte, stand unberührt vor ihr. Klaus – wie hatte er sie vorgeführt. Was mag er gedacht haben, als ich mich unter ihm wand, letzte Nacht? Wie mag er innerlich jubiliert haben, was wird das für ein zusätzlicher Kick gewesen sein, mich dumme Pute zu ficken. Und er wusste, er musste es gewusst haben, dass er sie damit bis auf die Knochen demütigen würde.
Und ich sage ihm noch, dass ich ihn lieben könnte. Was für eine Blamage, was für eine unglaubliche Blödheit. Er musste es wissen, dieser Artikel würde ihr das Herz brechen. Und er nahm es in Kauf. Mistkerl. Es war garantiert das letzte Mal gewesen, ich will mit dem nichts mehr zu tun haben.
Manu fühlte sich wie das dümmste Weib nördlich des Südpols. Was sollte das alles werden, mit diesem ganzen Sexscheiß, mit diesen Männern. Sie versank in Selbstmitleid. Was ist los? Manu wollte doch einfach nur geliebt werden. Von einem Mann, der sie begehrte, der sie umgarnte, der ihr ein zu Hause gab. Einem Mann fürs Leben. Und was sah Manu vor sich? Zwei Kerle, die ihr nicht genügten und einer davon eine Drecksau, die sie nur ausnutzte. Und der andere? Weich, ein Schlappschwanz geradezu. Und viel zu lieb.
Scheiße!
Wieder las sie den Artikel und die ersten Tränen drängten an die Oberfläche. Einfach kein Glück mit Männern, immer die falschen. Es konnte doch alles nicht so schwer sein. War es aber. Sie dachte an Bender. Auch eine arme Sau. Liebte seine Frau abgöttisch. Und gleichzeitig mochte er seinen Beruf, suchte auch darin Erfüllung. Und das Ergebnis: Scheidung. Manu hatte es wohl beobachtet, wie Bender seine Frau immer noch begehrte. Auch war ihr nicht entgangen, dass die beiden immer wieder Kontakt pflegten und sehr liebevoll miteinander umgingen. Doch sie musste die Frau nur ansehen, um zu wissen, es gab kein Zurück. So leicht würde diese Frau Bender ihre Entscheidung gegen Ralf nicht umkippen. Was für eine Tra-

gödie unter Liebenden. Deshalb verstand sie seine Launen. Der war ähnlich frustriert.
Sendlinger hatte es da besser. Wie hatte er sich am Abend besoffen, und nur, weil er seine Lieben zu Hause so vermisste. Whiskey gegen den Kummer, bis zur totalen Verblödung. Manu kannte Sendlingers Familie nicht, weil dieser Beruf und Privat strikt trennte.
Die Tränen flossen immer heftiger. Alles erschien so selbstverständlich in dieser Ehe, so viel Vertrautheit, so viel Gefühl, so viel Sehnsucht. Und immer, wenn Sendlinger den Hörer auflegte, blickte er noch ein paar Sekunden auf das Telefon und die Augen sagten: „Ich möchte bei euch sein. Aber bald ist Feierabend." Und was hatte sie? Nichts davon!

╬

Raphael hatte Sendlinger einmal in der Passauer Fußgängerzone entdeckt. Sendlinger mit Frau und zwei kleinen Kindern. Ein so schönes Bild, ein gottgefälliges. Der Herr hat ihnen Liebe geschenkt. Und sie nahmen diese dankbar an. Preiset den Herrn.

╬

„Was mache ich nur falsch?" Manu konnte gegen diesen Leidensdruck nicht ankämpfen. Und sie fühlte sich wie ein feuchter Lumpen, den sich Kerle wie Monn einfach so vom Haken nehmen, um ihn zu benutzen. Und sie, willig wie ein Schaf, ließ es geschehen. Besinnungslose Hingabe an einen Menschen, der die 52 Kilogramm Fleisch unter sich schmelzen sehen wollte und der in der Nacht zuvor ein Machtspielchen mit ihr trieb. Und den Lumpen dann tags darauf mit ein paar gedruckten, mit ein paar schwarzen Buchstaben in eine dreckige Pfütze schmiss. Als sie aufwachte, war er schon weg. Sie blickte auf den leeren Platz neben sich, spürte Unheil. Weibliche Intuition. Scheiß drauf, die hätte ich mal früher haben sollen.
Auf dem Weg zu ihrem Arbeitsplatz, der ihr an diesem Morgen besonders schwer fiel, brachte sie die Bilder der letzten Nacht und die Gedanken an die Schmach, die sie erlitten hatte, nicht aus dem Kopf. Als sie auf die Hauptstraße in Richtung Grafenau einbog, hätte sie beinahe einen Mofafahrer gerammt. Die Parkplätze der beiden Supermärkte links und rechts der Bundesstraße waren bereits gut gefüllt. Beinahe mechanisch steuerte Manu ihren Wagen durch den

Kreisverkehr, verpasste anschließend die erste Grafenau-Ausfahrt. Kein Problem für einen Ortskundigen. Doch Manu, die zwei Querstraßen später dem Hinweisschild Grafenau folgte, umfuhr den Volksfestplatz, der das östliche Ende des Kurparks bildete und kannte sich erst wieder aus, als sie am Rathaus vorbei durch eine winzige Gasse fuhr und schließlich auf den ihr bekannten Stadtplatz traf. Manu bog rechts ab und stand einen tiefen Seufzer und zweihundert Meter später auf dem Parkplatz der Polizeiinspektion.

╬

Kurz nach 8 Uhr fand auch Sendlinger den Weg in die PI. Er sah aus, als habe er dem Lumpen in der Pfütze Gesellschaft geleistet. „Sag nichts. Wie kann man nur so saufen. Naja, bin halt nichts mehr gewöhnt."

„Bert. Gut, dass du da bist", Manu kamen diese Worte im selben Moment, als sie diese aussprach, unglaublich dämlich vor. Aber nun waren sie schon mal gesagt. Gut, dass Sendlinger nichts von ihrer Nacht und der Beziehung zu Klaus wusste. Der ehemaligen Beziehung, korrigierte sie sich schnell.

Sendlinger konnte mit dem Lob nicht viel anfangen, überhörte es sogar. Er beschäftigte sich noch mit dem wilden Tier, das durch seinen Schädel tobte. Liebl brachte das Aspirin, das Sendlinger bestellt hatte und dieser sah der Brausetablette ungeduldig zu, wie sie sich in dem Wasserglas langsam auflöste. „Nun mach schon", brummte er ungeduldig. Als er die sprudelnde Flüssigkeit endlich hinunter gekippt hatte, sah er sich nach einer Tasse Kaffee um und versuchte sich dann auf die Arbeit zu konzentrieren. Denn davon, das war ihm auch in diesem erbärmlichen Zustand klar, gab es jede Menge.

„Mädchen, Mädchen. Jetzt müssen wir sehen, dass wir in die Gänge kommen." Sendlinger wusste, dass er in dieser Verfassung seinen Worten keine Taten folgen lassen konnte. Deshalb setzte er sich und blickte seine Interims-Chefin erwartungsvoll an.

„Du hast das Zeug gelesen?", fragte sie.

„Klar. Einzelne Buchstaben sind mir zwar vor den Augen verschwommen. Trotzdem habe ich so viel kapiert: Was der Monn schreibt ist Quatsch. Aufgeblasener Schwachsinn. Und wir müssen dieser Spur, die er uns vor aller Welt vor die Füße geschmissen hat, auch noch nachgehen."

„Ja. Meinst du, das ist wirklich nur Quatsch. Eifersucht. Zwei Män-

ner, einer davon ein polizeibekannter Schläger, und eine Frau. Ein Klassiker sozusagen. Schaller hat mir schon alles geschickt, was wir über den wissen. Übler Kerl."
„Ich kümmere mich drum. Und was ist mit unserem Nazifreund? Ist der schon da?"
„Nein, aber eine Streife sucht ihn. Die werden bald da sein. Dann fühle ich ihm ein bisschen auf den Zahn."
„Ein ehemaliger Chef von mir ließ sich in solchen Situationen grünen Tee reichen. Würde dir das auch helfen?"
„Mach, dass du diesen Schlägertypen und seine Ex findest." Manu huschte das erste Lächeln dieses Tages über das Gesicht. Bert Sendlinger! Es überraschte sie, dass der ihr mal so gut tun würde. Das war neu. Sendlinger würgte, sprang auf, geriet leicht ins Wanken und war weg. Wenige Minuten später kam er mit blutunterlaufenen Augen und wackligen Knien zurück: „Ich musste mir den gestrigen Abend noch mal durch den Kopf gehen lassen."

Nachdem sich Helmut Fendl dagegen sträubte, freiwillig mit zur Polizeiinspektion zu kommen, wurde er von zwei Streifenbeamten festgenommen. Manu nahm sich vor, den Verdächtigen schonungslos zu behandeln, sie hasste Rechtsradikale fast noch mehr als Klaus Monn. Sie nahm Liebl mit ins Vernehmungszimmer und legte los.
„Herr Fendl, Sie wissen, warum Sie hier sind?"
„Nein. Die beiden von der Trachtengruppe haben was von Mordverdacht geschwafelt. Keine Ahnung was ihr von mir wollt."
„Die Trachtengruppe?"
„Na, deine beiden Streifenhörnchen haben mir fast den Arm gebrochen. Verstehst du das jetzt, Schätzchen?"
„Falls Sie meinen, das hier sei witzig oder ein kleines Späßchen, da täuschen Sie sich. Es geht um Mord und für Sie heiße ich immer noch Hentschel."
„Mord? Davon weiß ich nichts."
„Sie hatten öfter Ärger mit Yussuf Ökdan?"
„Ach, der Scheiß. Darum geht's also. Was ihr habt, wegen dem Türken. Ist doch gut, dass er tot ist, verstehe nicht, dass ihr da so ein Getue drum macht. Um den scheiß Kanaken ist es nicht schade. Hat unsere Mädchen angefasst, mit seinen dreckigen Pfoten."
„Wir glauben, dass Sie etwas mit diesem Mord zu tun haben."

„Scheiße, Mann. Ich würd dem Kerl echt das Eiserne Kreuz anhängen, wenn ich wüsste, wer das getan hat. Aber ich war's nicht, wasche meine Hände in Unschuld."
„Wo waren Sie in der Nacht von Sonntag auf Montag?"
„Besoffen."
„Geht es vielleicht etwas genauer?"
„Hauptsächlich Bier. Ein paar Bärwurz waren auch dabei."
Was für ein absolut borniertes Arschloch. Kam sich vor wie der große Macker und machte einen auf cool und unantastbar. Aber leider auch nicht ganz blöd, der wusste genau, wie weit er gehen durfte. Doch je weiter er alle Schuld von sich wies, um so verdächtiger wurde er in Manus Augen.
„Gut. Und nach dem fünften Bärwurz haben Sie mit Ihren Freunden dem Opfer aufgelauert und es getötet."
„Davon ist mir nichts bekannt."
„Wo haben Sie denn Bier und Bärwurz genossen?"
„Im Sitzen, weil stehen konnte ich nicht mehr."
„Dass das klar ist: Wenn Sie hier weiter darauf beharren, nur Mist zu erzählen, buchte ich Sie gleich mal für ein, zwei Tage ein."
„Weshalb? Ist saufen neuerdings auch schon verboten?"
„Wo waren Sie in der Nacht von Sonntag auf Montag?"
„Wenn ich das so genau wüsste, warten Sie mal. Vielleicht im Kurpark? Nein, da waren wir am Samstag, hmmm. Ah, jetzt weiß ich's wieder...Nein, auch nicht. Vielleicht war ich sogar zu Hause und habe Tatort angeschaut. Mit der lesbischen Kommissarin da. Ach, da könnte ich Sie doch gleich fragen: Sind alle Kommissarinnen lesbisch?"
Ihm an die Gurgel zu springen, wäre dumm gewesen. Ihn weiter zu befragen, noch dümmer. Manu spürte, dem Kerl war so nicht beizukommen und beschloss, ihn tatsächlich noch ein wenig schmoren zu lassen.
„Gut. Sie haben zur Tatzeit gesoffen und Tatort geschaut", stellte sie mit ruhiger Stimme fest. „So ein Film ist ja spätestens um zehn Uhr vorbei, wo waren Sie danach?"
„Bin ich ins Bett gegangen. Alleine, weil ich ein braver Bürger bin."
„Schön. Wir werden das überprüfen müssen. Bis dahin haben wir Ihnen einen schönes Zimmer ohne Aussicht vorbereitet. Da werden Sie es sich erst einmal gemütlich machen können."
„Du spinnst wohl, ich gehe jetzt wohin ich will."
„Das glaube ich nicht. Und übrigens, so eine kleine Beamtenbelei-

digung haben wir auch schnell zusammen gebastelt, dann kann es noch ein bisschen länger dauern. Kollegen, zeigt ihm sein Zimmer."

╬

Manu war keinen Schritt weiter gekommen. Der Tod des Türken tat ihm nicht leid, das überraschte sie wenig. Dass er sich aber gar nicht aus der Reserve locken ließ, ärgerte sie. Sie hoffte, die Zeit in der Zelle würde ihn gefügiger machen. Sendlinger könnte ein bisschen mehr erreicht haben, sie rief ihren Kollegen an.

Trotzdem, irgendwo in ihrem Kopf meldete sich eine Stimme, dass sie etwas übersehen hatte. Manu nahm sich die Videoaufzeichnung des Verhörs vor und sah sie sich an. Mehrmals. Da war es: Fendl hatte ein umgedrehtes Kreuz ins Genick tätowiert. „Du kleiner Saukerl, machst wohl auch mit den Satanisten rum".

Manu brauchte jetzt Schaller. Sie wollte alles über Nazi-Rituale und Satanismus wissen und vor allem, ob es da einen Zusammenhang gab. Sie hatte gerade wieder aufgelegt, im gleichen Moment steckte Liebl den Kopf zur Tür herein: „Anruf für dich. Ritter."

„Stell durch, das krieg ich auch noch hin."

Der Kriminalrat wirkte ziemlich aufgeregt am Telefon, den Artikel in der Zeitung hatte er offensichtlich bereits gelesen. „Sagen sie mal Hentschel, was ist da eigentlich los bei Ihnen? Ich hör nichts, ich muss nur lesen. Haben Sie schon was für mich?"

„Herr Kriminalrat. Auf diesen Schreiberling dürfen Sie nichts geben. Wir sind zwar dran, aber haben eine heißere Spur. Bei der Mühe, die sich der Mörder gemacht hat, war es wohl kaum ein Nebenbuhler."

„Sondern?"

„Das ist kein Mord im Affekt, sondern eine eiskalt geplante Tat. Derzeit ermitteln wir im rechten Milieu, haben den Rädelsführer verhaftet und gerade verhört."

„Ergebnisse?"

„Noch schweigt er, gibt sich ziemlich überheblich. Doch den kriegen wir schon klein."

„Also gut Hentschel, aber bitte informieren Sie mich in Zukunft, bevor ich irgendwelchen Unsinn aus der Zeitung erfahren muss."

Obwohl Manu wusste, dass sie gegen Klaus' Bosheiten nicht gewappnet war, versprach sie ihrem Vorgesetzten, künftig keine Überraschungen mehr zuzulassen. Sie sollte sich geirrt haben.

Bluttat am Lusen: Mord aus Eifersucht?

Nebenbuhler von Yussuf Ökdan gerät unter Verdacht

Von Klaus Monn

Grafenau: Der schreckliche Mord am Lusen hält die Region in Atem. Während die Polizei noch völlig im Dunkeln tappt, hat das Tagblatt jetzt herausgefunden, Eifersucht könnte ein mögliches Motiv für die schreckliche Tat gewesen sein. Der Tote genoss durchaus den Ruf eines Lebemannes und geriet scheinbar ins Visier des stadtbekannten Schlägers Kurt S., dessen Ex-Freundin gegenüber unserer Zeitung bestätigt: „Ja, ich habe Angst vor ihm."

Nervös zieht Petra M. an ihrer Zigarette. Ihre stark geröteten Augen zeugen von der Trauer um ihren Geliebten. Doch aus diesen Augen spricht auch die Angst vor ihrem Ex-Freund, der sie „einfach nicht in Ruhe gelassen hat", wie sie sagt. Eifersüchtig sei er gewesen, habe ihr Ärger gemacht, selbst wenn sie nur mit anderen Männern gesprochen habe. Als sie ein Verhältnis mit Yussuf Ökdan begann, sei er mehrmals ausfällig geworden. Das Drama fand seinen ersten Höhepunkt, als Kurt S. seinen Nebenbuhler in einer Diskothek brutal niederschlug. Ist er jetzt zum Mörder geworden?

Es heißt, der arbeitslose Kurt S. soll unter anderem mit Drogen handeln, „sogar so Sachen wie Einbruch und Körperverletzung werfen ihm die Leute vor", bestätigt Petra M. Sie berichtete dem Tagblatt auch, dass S. offensichtlich ein Faible für Waffen, vor allem Messer, habe. Ein Kleinkrimineller also, der aus verschmähter Liebe möglicherweise die Kontrolle über sich verloren hat.

Die Kriminalpolizei scheint davon keine Kenntnis zu besitzen, konnte bis Redaktionsschluss nicht einmal den Namen des Toten bestätigen. Ermittelt sie in die falsche Richtung?

Fakt ist, dass S. umgehend gefasst werden muss. Denn selbst, wenn er nicht der Mörder vom Lusen sein sollte, so stellt er eine Gefahr für die Öffentlichkeit und ganz konkret für Petra M. dar.

Raphael tobte: Konnte er sich so sehr in diesem Klaus Monn getäuscht haben? Der hatte wohl doch nichts verstanden. Gar nichts. Wie konnte er glauben, dass sein göttlicher Auftrag nichts weiter als eine banale Schlägerei unter geilen Tieren war? Sodom und Gomorrha! Sein Werk durfte nicht derart schändlich durch den Dreck gezogen werden. Wer Augen hat zum Sehen, der sehe. Monn sah nichts. Nur ein weiterer Ungläubiger, der nichts vom Weltenlauf verstand. Herr, leite mich in deiner Gerechtigkeit um meiner Feinde willen,

ebne vor mir deinen Pfad! Denn in ihrem Mund gibt es keine Zuverlässigkeit, Verderbtheit ist ihr Inneres, ein offenes Grab ihr Rachen, glatte Reden führen sie mit ihrer Zunge. Lass sie es büßen, Herr! Über ihre eigenen Ränke sollen sie stürzen. Verstoße sie ob ihrer zahllosen Frevel, denn dir boten sie Trotz! (Psalm 5, 9-11).
Wohin mit dieser Wut? Was könnte jetzt Linderung bringen? Das Küchenmesser. Mit gleichmäßigen Bewegungen ritzte er kleine Schnitte in seinen Oberschenkel. Das warme Blut floss die Beine hinab. Der auflodernde Schmerz vertrieb den Zorn und schenkte ihm Ruhe. Er nahm die Zeitung zur Hand und wischte sich damit behutsam das Blut von der Haut.

In der Redaktion war inzwischen eine heiße Diskussion über den Artikel entbrannt. Bennos anfängliche Anerkennung für Klaus' Husarenstück war nach und nach Zweifeln gewichen, nachdem er erfahren hatte, um welche beiden Personen es sich dabei handelte.
„Hör doch auf, der Kurt ist doch zu so einer Tat gar nicht fähig, den kenne ich schon aus der Schulzeit. Er mag ja ein Schläger und ein kleiner Krimineller sein, aber kein Mörder. Wenn, dann im Affekt, aber nicht so eine ausgefeilte Tat."
„Das weiß ich auch", erwiderte Klaus gelangweilt. „Aber die Schlagzeile war einfach zu geil. Und wenn mir die blöde Tussi das alles in den Block diktiert, selber schuld."
„Überlegst du eigentlich manchmal, was du tust? Das Mädel hast du ihrem Ex regelrecht ans Messer geliefert. Die hast du fertig gemacht. Wenn der Kerl jetzt durchdreht und sie umbringt, würde mich das nicht wundern."
„Ich denke, der ist kein Mörder?"
„Naja, aber, aber, ich meine, so geht das doch nicht."
„Du faselst."
Da kam Tietze ins Zimmer, stürmte auf Klaus zu: „Ich will dir nochmal zu diesem super Artikel gratulieren. Habe gerade mit der Chefredaktion telefoniert, die sind total begeistert, wie wir uns da in Position gebracht haben."
„Danke für die Blumen", Klaus zeigte keine spürbare Regung.
Benno, immer noch aufgebracht, wendete aber ein: „Sag mal Ferdinand, du kennst doch den Kurt auch. Der ist doch kein Psychopath, der passt doch überhaupt nicht zu diesem Mord."

„Ach was. Menschen sind zu allem fähig, vor allem wenn es um die Weiber geht."
„Wenn ihr meint. Ich glaube aber, da steckt mehr dahinter."
„Das Orakel hat gesprochen", lächelte Klaus ihm aufmunternd zu. „Benno, das war eine Schlagzeile, mehr nicht. Und das nächste Mal, punktest du wieder." Er klopfte Benno auf die Schulter und sagte mit einer Unschuldsmiene: „Ich hätte dich gestern angerufen und gerne den Artikel noch mit dir und deinen Recherchen abgestimmt. Aber leider warst du nicht mehr da und dann noch die Sache mit dem vergessenen Handy..."
„Ach Klaus, die Leute hier wollen keine solchen Räuberpistolen, wie du sie ihnen aufgetischt hast. Außerdem ist es unsere Aufgabe zu informieren, und nicht irgendwelche Halbwahrheiten zu veröffentlichen."
„Du weißt doch. Wenn es um eine Schlagzeile geht, da gehen manchmal die Pferde mit mir durch. Es ist gut, dass ich einen wie dich als Regulativ habe."
„Ich lasse mein Handy nicht mehr hier liegen, das kannst du mir glauben.

╬

Bertram Sendlinger hatte einfach kein Glück. Schnell fand er die Wohnung der fragwürdigen Informantin des Tagblatts, nur sie selbst war nicht anzutreffen. Eine Viertelstunde stand er vor dem Haus, wartete, klingelte ein paar Mal. Nichts rührte sich. Schließlich verlor er die Geduld und rief bei Manu an: „Diese Frau ist nicht zu Hause, oder sie macht nicht auf."
„Ich weiß", sagte Manu. „Sie sitzt hier bei mir. Völlig verängstigt und mit den Nerven runter. Ihr einziges Glück ist vielleicht, dass ihr Macker keine Zeitung liest und noch nichts von der Sache weiß. Fahr hin und bring ihn mit hierher."
„Nett, dass mich keiner informiert. Ich stehe mir die Beine in den Bauch und du plauderst längst mit der Tante."
Sendlinger freute sich dennoch über diese Entwicklung. Außerdem war er froh, dass ihm Schaller im Kommissariat die Hauptarbeit schon abgenommen hatte: Name und Adresse des Schlägertypen hatte er bereits, inklusive einer Wegbeschreibung. Dieser Schaller, zwei, drei Klicks auf dem Computer und alles Wichtige war beisammen. Ganz klar, er war unverzichtbar für das Team.

Wenige Minuten später war er bei der Wohnung des Tatverdächtigen angekommen. Eine schäbige Gegend in Grafenau, lauter verfallene Häuser, überall Zigarettenkippen auf dem Gehsteig und kaum Blumenschmuck in den Gärten. Sendlinger war überrascht, dass es im schönen Bayerischen Wald auch solche Ecken gab. Er ging zur Haustüre und meinte, hinter einem Vorhang eine Regung gesehen zu haben. Er klingelte. Wartete. Keine Reaktion. Er klingelte nochmal und glaubte, drinnen Schritte gehört zu haben, eine knarzende Treppe. Doch zur Haustüre kam niemand. Da hörte er, wie hinter dem Haus ein Motorrad gestartet wurde. Er lief ums Eck und sah noch eine schwere Maschine davonbrausen, konnte gerade noch das Kennzeichen entziffern. „Kruzifix“, schrie er dem Kerl hinterher und hetzte zum Auto. „Mann, ich habe keine Lust auf diesen Mist“, sagte er und ließ die Reifen quietschen. Er sah noch, wie das Motorrad vorne am Stadtplatz rechts abbog. „Hallo Kollegen“, brüllte er ins Handy, „ich verfolge gerade einen Tatverdächtigen, er ist flüchtig. Schwarze Honda, FRG AT 120. Ich brauche dringend Unterstützung. Er ist gerade in Richtung Kirche stadtauswärts unterwegs.“

Er selbst trat den Dienst-Audi, wie er es innerorts bislang noch nie getan hatte. Mit 90, 100 Sachen jubelte er den Wagen den Stadtberg hinauf, an Polizei und Kirche vorbei. Wieder sah er gerade noch, wie das Motorrad gut 200 Meter vor ihm die Kurve nahm. Hinterher, dachte er, gib Gas Bert. Doch als er oben bei der Tankstelle am Ortsausgang angekommen war, war das Motorrad weg. Der Kerl konnte überall sein – links zurück in die Stadt, oder rechts hinauf zum Schulzentrum. Sendlinger gab auf, wendete und zuckelte zur PI zurück.

„Manu, er ist mir entwischt, mit dem Motorrad. Mann, wie mich das nervt.“

„Den kriegen wir schon, wo soll er schon hin. Alle Streifen in der Umgebung sind alarmiert und halten Ausschau. Weit kommt der nicht.“ Manu schien die Sache bei weitem nicht so aufzuregen wie den schwitzenden Sendlinger, der sich erst einmal eine Tasse schwarzen Kaffee genehmigte. „Und wo ist seine Freundin, was sagt die?“

„Ich habe extra auf dich gewartet. Es ist besser, wenn wir beide mit ihr reden. Ich habe bisher nur versucht, sie zu beruhigen und gesagt, sie soll erst mal durchschnaufen. Auf jeden Fall braucht sie jemanden, der das nötige Einfühlungsvermögen hat. Ich habe da an dich gedacht“, brachte Manu ihren Kollegen wieder auf Linie. „Die ist wirklich völlig durch den Wind. Außerdem schimpft sie auf diesen ‚Schmierfinken' wie sie den Monn nennt.“

Als die beiden Kripobeamten in den Verhörraum kamen, fanden sie ein Häuflein Elend vor. Die Zigarette in ihrer Hand zitterte mit der Kaffeetasse in der anderen um die Wette. Als die Tür aufging zuckte sie regelrecht zusammen.
„Das ist mein Kollege Bertram Sendlinger. Wie ich Ihnen schon gesagt habe, Sie können ganz beruhigt sein, bei uns sind Sie sicher."
„Hallo Frau Maier, tut uns leid, was Sie da über sich ergehen lassen müssen. Glauben Sie, wir können uns ein wenig unterhalten?", nahm Sendlinger das Gespräch in die Hand.
„Ja, danke. Geht schon."
„Erzählen Sie doch mal. Diese Sache in der Zeitung, was steckt dahinter?"
„Das ist doch alles purer Bullshit", brach es aus der jungen Frau heraus. „Dieser Schmierfink hat da irgendetwas geschrieben, was ich so niemals gesagt habe. Der hat voll ausgenutzt, dass ich so fertig war. War richtig lieb zu mir, ich hätte niemals gedacht, was für ein hinterfotziger Kerl das ist."
„Sie hatten eine Beziehung mit Yussuf Ökdan?"
„Ein so netter Kerl, der tat mir richtig gut, nach der Erfahrung mit diesem brutalen Macho."
„Kurt Spendler?"
„Ja, ein richtig gemeiner Arsch. Ich weiß auch nicht, was ich an dem gefunden habe..."
„Wer versteht uns Frauen schon, wenn es um die Kerle geht?", warf Manu verständnisvoll ein und dachte – natürlich – an Klaus.
„Glauben Sie, dass er was mit dem Tod von Yussuf zu tun haben könnte?", fragte Sendlinger.
„Ich weiß nicht...nein. Er ist zwar ein rücksichtsloser Volldepp, hat mich auch verprügelt, das Schwein. Aber Mord? Nein, das glaube ich nicht. Wissen Sie, er hat schon so manche krumme Dinge am Laufen, was weiß ich. Lässt nichts hinten und schert sich einen Dreck um andere."
„Stimmt es, dass er sich mit Yussuf geprügelt hat?"
„Ja, in der Disco. Das haben alle gesehen, und alle wissen jetzt, dass ich..." Petra Maier verlor die Stimme, fing leise zu weinen an. „Ich schäme mich so."
„Haben Sie ihn wegen Yussuf verlassen?"
„Nein, da war das schon lange vorbei. Aber der Kurt hat das einfach nicht wahr haben wollen. Immer hat er mir nachgestellt. Und wenn ich mit einem Mann nur geredet habe, hat er den schon angepöbelt.

Einfach nur übel, der Kerl."
„Und Yussuf?"
„Der hat mich verstanden, bei dem fühlte ich mich so wohl, er war einfach nur lieb. Deshalb hat es auch gefunkt zwischen uns. Das hat dem Kurt überhaupt nicht gepasst – da hat er durchgedreht."
Sendlinger reichte der Frau noch eine Zigarette, berührte dabei mit diskreter Zärtlichkeit ihre Hand. Dankbar nahm sie diese Berührung an, lächelte und fuhr fort. „Ich habe das alles diesem Schmierfinken genau so erzählt. Aber dass er den Yussuf...Nein, das habe ich nicht gesagt. Und dann hat mir dieser, wie heißt er doch gleich, dieser Monn noch versprochen, über das alles, was ich ihm erzählt habe, nichts zu schreiben." Wieder liefen ihr die Tränen über die Wangen.
„Versuchen Sie das einfach zu vergessen, dem ging es nur um seine Schlagzeile, glauben Sie mir." Sendlinger und Manu blickten sich kurz an, wussten jetzt, was sie von dem Zeitungsartikel zu halten hatten.
„Frau Maier, danke für Ihre Offenheit. Sollen wir Sie nach Hause bringen?"
„Nein, bloß nicht. Nachher lauert er mir noch auf. Ich möchte einfach nur weg, zu einer Freundin nach Regensburg. Ich habe mich schon bei ihr angemeldet. Geht das?"
„Natürlich, das ist eine gute Idee. Haben Sie das Auto da, ich bringe Sie noch hin", sagte Sendlinger und begleitete die nun schon ein wenig stabiler wirkende Frau auf die Straße. „Geht es Ihnen gut, können Sie fahren?"
„Ja klar, danke. Danke für alles, Herr Kommissar."

╬

„Also, es ist schon so, dass dieser Spendler wohl nicht als Täter in Frage kommt, ich glaube dieser Frau."
Manu nickte. „Sicher. So wie sie ihn beschreibt, ist er zwar laut und brutal, aber da ist nicht mehr, als die verletzte Eitelkeit eines Machos."
„Eben, der hätte den Ökdan vielleicht verprügelt. Aber diese große Bühne am Lusen. Nein, das passt nicht. Trotzdem müssen wir uns fragen, warum er vor mir geflüchtet ist." Das war es, das den beiden Polizisten am meisten zusetzte. Wäre er so unschuldig, würde er wohl kaum das Heil in der Flucht suchen.
„Sie hat doch gesagt, dass er schon mal krumme Dinger dreht. Wir

müssen ihn auf jeden Fall kriegen, dann werden wir schnell mehr wissen. Wo ist eigentlich Liebl, der könnte uns vielleicht etwas über den Schläger sagen.“
Von einem Kollegen erfuhren sie, dass dieser sich den Vormittag frei genommen hatte. Die Beerdigung eines Bekannten.
Und dann rief Schaller an. Manu stellte das Telefon auf laut und mit wachsendem Erstaunen hörten sie, was ihr Passauer Kollege in Sachen Nazi-Rituale herausgefunden hatte. Seit geraumer Zeit verbrüderten sich Rechte und Satansjünger in zunehmendem Maße. Im Internet war Schaller auf einige Seiten gestoßen, die beide Gruppen gleichzeitig bedienten.
Ein Ideologiecocktail, dessen Auswirkungen Experten zwar nicht einschätzen konnten, der jedoch äußerst gefährlich erschien. Nazis wie Satanisten sahen sich als elitäre Zirkel, die das gleiche Feindschema bedienten: Eine Trennung der Menschen in lebenswerte und unlebenswerte Wesen.
„Ich hab noch ein wenig weiterrecherchiert und bin auf einen ziemlich ätzenden Typen gestoßen.“
Anton Szandor LaVey, bezeichnete sich selbst als Satanist und hatte in den späten sechziger Jahren des 20. Jahrhunderts unter anderem die Church of Satan gegründet. Der Gemeinschaft hatte er elf satanische Regeln der Erde diktiert.
„Besonders die Elfte könnte für euch interessant sein: ‚Wenn du in offenem Gelände unterwegs bist, belästige niemanden. Wenn dich jemand belästigt, fordere ihn dazu auf, dies zu unterlassen. Wenn er nicht damit aufhört, vernichte ihn.‘ Schaut euch das ganze Zeug einfach mal an, ich habe euch eine Mail mit den Links geschickt.“
Manu und Sendlinger waren schlichtweg beeindruckt. „Tolle Arbeit, Franz, du hast was gut bei mir.“
„Darf ich mir was wünschen?“, scherzte Schaller, dem das deutliche Lob etwas Selbstvertrauen zurückgab.
Manu freute sich schon darauf, die Neuigkeiten Fendl unter die Nase zu reiben. Für den Moment schmorte der Nazi aber in der Zelle, die Sache mit dem Nebenbuhler nahm ebenfalls ihren Lauf. Sollte es tatsächlich Versäumnisse in ihrer Ermittlungsarbeit gegeben haben, hätten sie diese an einem Vormittag locker aufgeholt. Und vielleicht war Spendler ja doch ihr Mann. Sie wollte nichts mehr übersehen und schloss deshalb keine Möglichkeit aus.
„Hunger?“, blickte sie Sendlinger fragend an.
„Immer.“

„Döner?"
„Wenn's sein muss. Aber erst essen, dann ausfragen."
„OK."

╬

Liebl konnte diesen Typen noch nie ausstehen. Der tauchte bei jeder Beerdigung auf. Sogar bei dem Rosenkranz für Liebls Freund gab er den weihevollen Vorbeter. Das war nichts Ungewöhnliches, schließlich kannte man sich auf dem Land und der Pfarrer war ganz vernarrt in ihn. Doch Jürgen Werner schmierte mit dem Öl in seiner Stimme wohl auch die Haare ein: Einfach nur widerlich, wie er sich überall an die Angehörigen ran schmiss, ihnen das Beileid aussprach und so tat, als trauere er selbst noch mehr. Als Krönung des Ganzen nahm er die Leute auch noch in den Arm und drückte ihnen einen feuchten Schmatz auf die Wange. Murmelte dabei irgend welche katholischen Sprüche, wie „der Herr wird ihn zu sich nehmen". Er gab ein abstruses Bild ab, wenn er sich mit seiner hageren Gestalt nach vorne beugte, die Hakennase sein Gegenüber zu erstechen drohte. Was Liebl aber am meisten an Werner nervte, war dieses Preißn-Bairisch – einfach fürchterlich. Viel wurde über den sauberen Herrn im feinen Zwirn geredet, vieles davon war nicht gerade schmeichelhaft. Betrug, Ehebruch – alles Mögliche wurde ihm angedichtet. Liebl nahm sich vor, Jürgen Werner in nächster Zeit mal genauer unter die Lupe zu nehmen.

╬

Zufrieden, satt und einen leichten Knoblauchduft verströmend, saßen Manu und Sendlinger in dem kleinen türkischen Lokal. Endlich taten sie das, worauf alle in dem Raum seit ihrem Eintreten warteten: Sie stellten Fragen. Viel Neues bekamen sie allerdings nicht zu hören – „der Yussuf war ein rechter Weiberheld aber ein netter Kerl, hatte Schwierigkeiten mit den Nazis und einigen Nebenbuhlern."
„Er war halt ein echter Frauenversteher, hat gebrochene Herzen geheilt und Trost gespendet. Da ist immer was für ihn abgefallen."
Auch an die Schlägerei mit Spendler konnte sich einer erinnern. Viel interessanter war für die beiden Kripoleute, dass der Gast etwas mehr über Spendler wusste: „Der macht doch alles, was Gott verboten hat. Der vertickt Drogen an der Schule, sogar meinem kleinen Bruder

wollte er schon was andrehen. Doch der Typ ist so aalglatt, dem tut keiner was. Mir kommt es sogar so vor, als würden eure Leute wegschauen."
Manu überhörte die erneute Kritik an ihrem Berufsstand und hörte lieber dem Wirt des Lokals zu: „Viele Leute haben sich darüber aufgeregt, dass Yussuf seine Gebete konsequent durchgezogen hat. Fards hat er niemals ausgelassen, egal wo er war."
„Fard?"
„Der Koran schreibt eine Anzahl an Gebeten morgens, mittags, nachmittags, abends und in der Nacht vor, die unter allen Umständen gebetet werden müssen. Im Gegensatz zu den meisten von uns hat er das eben sehr genau genommen. Da konnte es schon sein, dass er mitten auf dem Stadtplatz zu beten anfing."
Manu und Sendlinger erfuhren noch, dass genau diese Religiosität die Nazi-Bande für sich ausnutze um andere gegen Yussuf aufzuhetzen.
„Einige von den Suffköpfen, die sich in den Lokalen rumtreiben, haben in das gleiche Horn gestoßen. Doch bitte, ich will keine Schwierigkeiten haben, wir verstehen uns mit allen hier sehr gut."
„Komm, lass uns einen Verdauungsspaziergang machen. Ich wollte mir ohnehin mal ansehen, wo der Ökdan immer entlangspaziert ist."
Manu und Sendlinger schlenderten durch den Kurpark. Der Weg führte sie entlang des Sees bis zu einem kleinen Minigolfplatz. Idyllisch lag er im Winterschlaf zwischen hohen Bäumen eingebettet. Daneben plätscherte ein kleiner Bach über den eine Holzbrücke führte.
„Wie gerne würde ich jetzt eine Partie spielen und einfach die Sorgen für ein paar Stunden vergessen", sagte Manu und lehnte sich an den flachen Zaun, der den Platz säumte. Auch Sendlinger ließ den Blick schweifen, interessierte sich aber nicht für das Idyll, sondern mehr für den Dreck, der herumlag. Die Gedankenlosigkeit mancher Leute widerte ihn an. Plötzlich stach ihm ein Buch ins Auge, das im Schneematsch lag. Er hob es auf und wollte es gerade in einen Müllkorb schmeißen, da fielen ihm das Bild und die merkwürdige Schrift auf.
Er hielt es Manu hin: „Also lesen kann ich das nicht, aber das ist doch ein Moslem beim Beten."
Manu stand da wie vom Donner gerührt: „Das wird doch nicht..."
Sofort fing sie an den Platz mit den Augen abzusuchen. Sie sah Fußabdrücke und etwas, das Schleifspuren sein konnten. „Komm da raus

Bert, wir sind da schon genug herumgetrampelt. Auch wenn es ein Schuss in den Ofen sein könnte, wir rufen jetzt die Spurensicherung."
Zigarettenkippen und leere Schachteln, in Gips gegossene Fußabdrücke, der Kriminaltechniker bestätigte den vagen Verdacht: „Hinter dem Zaun hat ein Kampf stattgefunden, wahrscheinlich wurde jemand weggeschleppt." Und natürlich das Koran-Gebetsbuch – wie sich später herausstellen sollte, hatte Sendlinger tatsächlich den Ort an dem Yussuf Ökdan überfallen wurde, gefunden. Nur Blutspuren gab es auch hier nicht.

╬

Während Raphael seine Gebete sprach, drängten sich immer wieder die Bilder seiner Tat ins Bewusstsein. Wie hatte er die prickelnde Spannung genossen, als er hinter dem kleinen Kassenhäuschen auf den verdammten Moslem wartete. Wie er die näherkommenden Schritte hörte und hoffte, dass es die seinen waren. Das Hochgefühl das ihn durchströmte, als der erbärmliche Türke wie ein Häuflein Elend über den Zaun fiel und zusammensackte. Gepriesen sei der Herr, der seinem Diener den Weg ebnete. In der Hölle soll der Sünder brennen. Auge um Auge, Zahn um Zahn.

╬

Die Spurensicherung ging ihrer Arbeit nach, Manu und Sendlinger waren sich einig, jetzt auch noch den Nazis am Spielplatz einen Besuch abzustatten.
Wenig später standen sie vor der grölenden Meute. „Seid ihr eigentlich immer hier?"
„Nur wenn uns Mami rauslässt."
„Lässt euch Mami denn nachts auch raus."
„Klar, dann gehen wir Politessen jagen."
„Die schlafen aber nachts, kann es sein, dass ihr stattdessen Türken jagt?"
„He Alte, mach mal Pause, das lassen wir uns nicht anhängen, lass lieber deinen Chef da reden, vielleicht stellt der keine so bescheuerten Fragen. Was habt ihr eigentlich mit unserem Kumpel gemacht?"
„Also gut, dann vielleicht so: Wart ihr vorgestern Nacht auch hier, ist euch da was aufgefallen?"
„Was soll uns denn aufgefallen sein: Meinst Du die Schüsse, Hilfe-

schreie oder die Blitze, die vom Himmel gefahren sind?"
„Hilfeschreie? Wer hat denn nach Hilfe geschrien?"
„Mein Arsch, scheiß Bullen."
„Ok Jungs, mit eurer Intelligenz scheint es ja nicht so weit her zu sein. Dann bekommt eben jeder eine Einzeleinladung. Und du hast eine Anzeige wegen Beamtenbeleidigung am Hals. Gefällt euch das jetzt besser?"
Ohne auf eine Antwort zu warten, drehte sich Manu um und ging. Sendlinger hinterher.
Manu war jetzt richtig in Fahrt: „So und jetzt knöpfen wir uns noch mal den Deppen-Häuptling vor."

╬

Fendl saß mit dem gleichen arroganten Grinsen, wie wenige Stunden zuvor, im Vernehmungszimmer: „Na habt ihr so große Sehnsucht nach mir gehabt? Was gibt's Neues, hat's noch `nen Kanaken erwischt?"
„Es gibt tatsächlich etwas Neues, Herr Fendl, schaut nicht gut aus für Sie."
Keine sichtbare Regung im Gesicht ihres Gegenübers. „Warum, gibt's kein Bier mehr?"
„Treiben Sie sich eigentlich auch am Minigolfplatz rum?" Wieder keine erkennbare Regung.
„Hä, was soll denn die Kinderkacke, wenn Sie mir was zu sagen haben, dann lassen Sie es raus."
„Wir wissen inzwischen, dass das Opfer dort überfallen wurde. Und Sie sind unser heißester Kandidat."
„Ich glaube, Sie spinnen, den Scheiß höre ich mir echt nicht mehr länger an. Ich war es nicht, geht das in Ihren Bullenschädel nicht rein."
Sendlinger übernahm: „Wo waren Sie in der Nacht von Sonntag auf Montag. Und glauben Sie uns, wir haben Zeit."
„Hurra, der hat ja die selbe Platte auf Lager, lernt man das so in der Polizeischule?"
„Wir haben einige Spuren gefunden, welche Schuhgröße haben Sie eigentlich?"
„Das wird wohl noch dauern, kann ich ne Zigarette haben?"
„Ach, rauchen tun Sie auch, dann wird es Sie interessieren, dass wir jede Menge Kippen gefunden haben. Entweder Sie reden jetzt ver-

nünftig mit uns oder Sie gehen wieder in Ihre Zelle." Manu zog ihren nächsten Trumpf: „Fühlten Sie sich von Ökdan belästigt?"
„Darauf kannst du wetten."
„Und wer andere belästigt, den darf man natürlich platt machen. Schon mal was von den elf Regeln der Church of Satan gehört?"
„Was ist denn jetzt los?"
„Das ist doch ein umgedrehtes Kreuz, das in Ihren Nacken tätowiert ist, oder?"
„Das geht Dich gar nichts an." Auch wenn Fendl bei seiner arrogant ablehnenden Art blieb, so spürte Manu doch zum ersten Mal, dass seine Fassade bröckelte. Nervös rutsche er auf dem Stuhl herum, begann mit dem rechten Knie zu wippen. Mehrmals fragte er nach einer Zigarette.
„Was soll das Kreuz denn bedeuten?"
„Das verstehst du sowieso nicht, Alte!"
„Ach nein", Manu hielt ihm den Ausdruck mit den Regeln Satans unter die Nase. Sie ließ nicht locker. Sie hatte ihn festgenagelt. Fendls Mund wurde trocken. Er wollte, er konnte nicht reden. Nicht mit ihr, mit niemandem, nicht über dieses Thema.
„Yussuf war Ausländer, Moslem, hat Mädchen gehabt, von denen Sie nur geträumt haben. Da haben Sie sich belästigt gefühlt und den armen Kerl kalt gemacht. So wars doch, oder?"
„Hör auf", schrie Fendl, „Du hast ja keine Ahnung!"
Manu genoss den Moment: „Aber vielleicht hättest du LaVey genauer zuhören sollen. Die können nämlich weder Dummköpfe, noch Herdentiere leiden. Tja Fendl, Sie sind raus."
Zum Erstaunen der drei Polizeibeamten fing Fendl an zu schluchzen.
„Scheiße, ich hab keinen Bock mehr auf den Mist, der Service in eurem Hotel ist zum kotzen", versuchte er seine Maske wieder aufzusetzen. „Ich war den ganzen Abend mit meinen Jungs im ‚Bunker', unsere Lieblingskneipe."
„Ach, auf einmal, ich dachte, Sie haben sich beim Tatort weitergebildet."
Manu sah Liebl an, der mit den Schultern zuckte. „Ich kenne keinen ‚Bunker.'"
„Weil du genauso blöd bist, wie die zwei Typen hier. Das ist unser Treffpunkt, ein Gartenhaus auf dem Grundstück eines aufrechten Grafenauer Bürgers."
„Name, Adresse?"

„Geht dich gar nichts an."
„Das kriegen wir schon raus, einstweilen müssen Sie noch mit unserem Service Vorlieb nehmen."
Fendl kritzelte etwas auf einen Zettel: „Also gut ihr Penner, ruft doch die Nummer an, der kann es euch bestätigen. Wir waren da die ganze Nacht."
„Werden wir machen, bis dann Herr Fendl."
Unter Fendls lauten Protesten und Handgreiflichkeiten führten ihn zwei Beamte wieder in die Zelle.
Manu reichte Liebl den Zettel. „Überprüfe die Bude doch mal, frag ein paar Leute, ich fürchte aber, die werden das alles bestätigen. Trotzdem, für mich bleibt er verdächtig. Die Mischpoke hält doch zusammen."
Weniger Erfolg hatte man bei der Leitenden Oberstaatsanwältin Dr. Gundula Moosbacher. Sie hielt nichts von der Satanisten-Theorie und offensichtlich hatte Fendl ein Alibi. Mehr noch: Sie pochte auf schnelle Ergebnisse. Lieber sollten sie sich um den Flüchtigen kümmern. „Wer abhaut, hat was zu verbergen. Aber von mir aus, schauen Sie sich diesen Bunker an. Ich schicke Ihnen den Durchsuchungsbefehl."

╬

Auch in der am Rand des Kurparks gelegenen Redaktion des Tagblatts war den aufmerksamen Beobachtern der Rummel am Minigolfplatz nicht entgangen. Benno brachte von seinem kurzen Spaziergang einige aufschlussreiche Fotos mit: Abgesperrter Polizeibereich und jede Menge Beamte, die – wie es aussah – den Boden umgruben. Offensichtlich hatten auch einige Kollegen der überregionalen Medien von der Aktion Wind bekommen und tauchten den vermeintlichen Tatort in ein Blitzlichtgewitter.
Nachdem Klaus in der PI – wie erwartet – nichts erfuhr, musste eben die offizielle Pressestelle für Infos sorgen. „Wissen Sie schon, was Sie für einen Unsinn in Ihrer Zeitung schreiben. Damit behindern Sie nicht nur die Polizeiarbeit, Sie bringen Menschen in Gefahr und schüren unnötig die Angst." Blah, blah, blah, dachte Klaus und flötete ins Telefon: „Ja, aber jetzt rufe ich ja bei Ihnen an, um kompetente Auskünfte zu erhalten. Je besser die Infos, umso besser der Artikel. Jetzt sagen Sie schon, was läuft da gerade im Kurpark?"
Keine Antwort. Klaus ließ nicht locker.

„Es hat was mit dem Fall zu tun, stimmt's?"
„Wir verfolgen eine Spur, mehr kann ich Ihnen nicht sagen."
„Und der Verdächtige, den ich Ihnen präsentiert habe?"
„Nur weil Sie ihn präsentiert haben, ist er noch lange nicht verdächtig."
„Ach, kommen Sie, Ökdan spannt ihm die Frau aus, beide prügeln sich in der Disco, verdächtiger geht's doch kaum."
Eigentlich reichte Klaus das sekundenlange Schweigen am anderen Ende des Telefons schon. Aber der Polizei-Pressesprecher legte noch nach: „Wir haben keine Spur von ihm."
„Sagen sie bloß, er ist abgehauen."
„So sieht es aus. Ich kann Ihnen aber sagen, dass er nicht unser Hauptverdächtiger ist."
„Sondern?"
„Kein Kommentar, wie gesagt, Ermittlungstaktik."
Mehr musste Klaus nicht wissen, um die nächste Schlagzeile zu kreieren. Und die würde der Polizei wieder nicht gefallen.

╬

So etwas hatte Manu noch nicht gesehen: Das dritte Reich schien wieder auferstanden zu sein, in einem recht großzügig gebauten Gartenhaus im Frankenweg. Ein düsteres Stück Heimat, wie sich bald heraus stellen sollte. Von außen sah es harmlos aus, gelblich getünchte Holzbretter, rotweiß-karierte Vorhänge und ein paar Blumen links und rechts vom Eingang. Doch drinnen glich es in Manus Augen der Hölle, oder zumindest der Vorstellung, die sie davon hatte. Über die gesamte Decke waren rot-weiß-schwarze Fahnen gespannt, der deutsche Reichsadler mit dem Hakenkreuz in den Fängen prangte in einer Ecke und blickte auf den Raum herab. An der Wand gegenüber hing ein riesiges Portrait Hitlers, mit einem ausladenden Lorbeerkranz umhüllt. Es roch nach Zigarettenrauch, nach Bier und dem Mief des ewig Gestrigen. Plakate lagen herum, mit Schlachtrufen wie „Deutschland den Deutschen", „Ausländer raus!" oder einfach nur „Die Zeit ist reif!" In der Mitte des Raumes stand ein riesiger, runder Tisch mit Marmorplatte. Seine Oberfläche zeigte das Deutsche Reich, wie es zu Kriegsbeginn 1939 ausgesehen hatte.
„Guter Gott, was ist denn das?" Sendlinger fand als erster seine Stimme wieder, auch er hatte so etwas bislang noch nicht gesehen. „Was treiben Sie hier, planen Sie das vierte Reich?"

Die Frage richtete sich an den Besitzer, dem sie zuvor den Durchsuchungsbefehl unter die Nase gehalten hatten. Ein braungebrannter Mittvierziger, sehr gepflegt, Leinenanzug, italienische Schuhe, goldenes Armband, Albert Petersen. Dieser zuckte nur mit den Schultern und murmelte irgend etwas von „ich habe nichts Verbotenes getan“ und „was wollen Sie eigentlich von mir“. Ansonsten war er still. Er tippte eine Telefonnummer in sein Handy. Manu war klar, der Anruf galt seinem Anwalt.
Fritz Liebl nahm Manu zur Seite: „Der ist Stadtrat in Grafenau, bei den Freien Wählern. Ich verstehe das nicht.“
„Kennst du ihn?“
„Nicht besonders, der ist vor sieben, acht Jahren aus Schleswig-Holstein hierher gezogen, mehr weiß ich nicht. Aber er ist sehr beliebt, deshalb ist er auch so schnell in den Stadtrat gewählt worden.“
„Naja, ganz koscher ist er nicht, so viel verstehe ich, wenn ich mir das alles hier anschaue.“ Manu schüttelte den Kopf. „Rufen wir die Spurensicherung, die sollen das hier und das Haus des feinen Herrn mal auseinander nehmen. Das ganze Zeug wird konfisziert, zumindest alles das, was verboten ist.“
„Hören Sie“, fand nun auch Petersen die Fassung wieder. „Das ist mein privates Anwesen, ich kann hier machen was ich will. Ich habe Ihnen bestätigt, dass zu dem Zeitpunkt, als der Türke umgebracht wurde, meine Freunde und ich hier zusammen gesessen und gefeiert haben. Ich habe niemanden getötet und der Rest geht Sie nichts an. Verschwinden Sie jetzt von meinem Grundstück. Sie werden von meinem Anwalt hören.“
Manu blickte ihm lange in die Augen, bevor sie antwortete. Sein stechender Blick war nur schwer zu ertragen, doch sie hielt ihm stand, ehe sie sehr ruhig sagte: „Wir gehen, wenn wir hier fertig sind. Ihnen rate ich, Ihren Anwalt schnell zu Hilfe zu holen und ansonsten zu schweigen. Und merken Sie sich noch eine Kleinigkeit: Was hier in den nächsten Minuten und Stunden passiert, das liegt in meiner Hand, nicht in Ihrer.“ Sprachs, drehte sich um und ging. Wie sie diese braune Brut hasste.
Mit ein paar kurzen Anweisungen verwandelte sie die Szenerie in einen Polizeigroßeinsatz. Kein Blatt blieb auf dem anderen, alles wurde überprüft. Zum Schluss schien auf diese Weise ein braunes Nest ausgehoben zu sein. Der smarte Stadtrat scharte offensichtlich ein paar Dutzend Ultra-Rechte um und dumme Mitläufer hinter sich, die in dem Gartenhaus ihren „Deutschland, Deutschland über Alles“-

Phantasien nachhingen.
Hinweise auf Aktivitäten, die sich direkt gegen Ausländer in der Region wendeten, fanden die Polizisten nicht. Doch alleine die Plakate, Flugblätter und Parolen reichten aus, um Petersen und seinen Freunden ordentlich einheizen zu können. Manu ließ das Gartenhaus leer räumen und sämtliche Nazi-Devotionalien asservieren. Auch die Computer in Petersens Büro nahmen sie mit, was dessen heftigen Widerstand hervor rief. „Das können Sie nicht tun. Die brauche ich, da ist mein ganzes Berufsleben drin."
„Oh doch, wir können." Manu blieb unbeeindruckt. „Machen Sie halt Urlaub. Aber in Grafenau, dass das klar ist."
Ansonsten gab es in dem Biedermann-Wohnhaus nichts Verbotenes. Dort hielt er die Fassade des Edelmannes geschickt aufrecht „Wir werden Sie künftig sehr genau beobachten, das verspreche ich Ihnen. Und Sie bekommen sicher Post vom Staatsanwalt", gab sie Petersen zum Abschied noch mit. Doch in ihrem Fall kam sie keinen Millimeter weiter. Zumindest hatte sie aber nun eine Liste mit den Namen aller, die sich irgendwie im Dunstkreis der Neonazis bewegten.

╬

„Es ist so", sagte Manu zu einer Gruppe von zehn jungen Männern, die sie an der üblichen Stelle im Kurpark vorfand. „Nach alle dem, was wir in diesem Gartenhaus gefunden haben, kann ich euch alle einbuchten, das ist euch doch klar."
„Was geht uns das an? Wovon reden Sie?"
„Ich rede von euerer Nazihöhle da oben bei diesem Petersen. Ihr seid doch dort auch öfter, nicht wahr?"
„Woher weißt'n das?" Der blöde Blick der sich auf den Gesichtern breit machte, zeigte Manu, dass sie sich verraten fühlten. „Euer Anführer, Fendl, ist eingebrochen und hat uns ein Liedchen gesungen."
Hektisches Gemurmel.
„Ich will von euch wissen, was euer Kumpel Fendl in dieser Nacht gemacht hat, als Yussuf Ökdan ermordet wurde."
„Woher sollen wir das wissen? Wir waren alle bei Petersen, haben erst geredet, dann gesoffen."
„Und der Fendl war immer dabei?"
„Ja. Immer dabei."
„Wie viel habt ihr denn getrunken, habt ihr da überhaupt noch alles mitgekriegt?", warf Sendlinger ein.

„Ja, ein paar von uns sind am Tisch eingeschlafen. Aber der Fendl nicht, der war immer hellwach."
„Wenn euch noch was einfällt, hier ist meine Telefonnummer", reichte Manu einem von ihnen ihre Visitenkarte.

╬

Zwei Stunden später stand Fendl auf der Straße. Glücklich sah er allerdings nicht aus und das lag nicht an der Anzeige wegen Beamtenbeleidigung. Er hatte den Ehrenkodex gebrochen, seine Kumpels und den geheimen Treffpunkt verraten, das würden sie auch ihm nicht durchgehen lassen. Außerdem hatte ihn die Polizei an seinem wundesten Punkt getroffen. Scheiß Angst, scheiß Bullen!

Mittwoch, 24. März, 2010. Gedenktag Heilige Perpetua und Felicitas, römische Märtyrinnen.

Der Herr sieht sie mit Wohlgefallen.

Heute vor 42 Jahren stürzt eine Maschine der Aer Lingus auf dem Flug 712 von Cork nach London aus unbekannten Gründen ins Meer. Alle 61 Menschen an Bord sterben.

...und auch an diesem Tag hatte Satan die Finger im Spiel.

Helmut Fendl hatte seit Tagen nicht mehr richtig geschlafen. Seit er seine Kumpels bei der Polizei verraten hatte, verlor er den Anschluss an seine Gruppe komplett. Von Petersen war er gleich aus dem Haus geworfen worden. Nichts mit der vielgepriesenen Kameradschaft, dem Zusammenhalt bis in den Tod. Der Verräter war raus. Die Jungs im Kurpark ignorierten ihn, keiner redete mehr mit ihm, er war nur noch der dreckige Verräter.

Trost suchte er im Alkohol. Nachts schlich er durch die Straßen, wusste nichts mit seiner Zeit anzufangen. Niemand kümmerte sich um ihn.

Er lag auf seinem Bett, versuchte zu schlafen, da klingelte die Polizei an der Haustür. „Fendl, Sie sind festgenommen", hörte er den Beamten sagen.

„Was ist denn schon wieder, ich habe euch doch alles gesagt."

Wenige Minuten später saß er bei Manu und Sendlinger im Vernehmungsraum. Das Bier vom Vortrag noch im Hirn und den Frust auf der Seele.

„Hören Sie, Ihr Alibi ist wie ein alter Keks zerbröselt", begrüßte ihn Sendlinger.

„Wieso, ich war doch bei Petersen. Das haben Ihnen doch alle bestätigt, oder nicht, verdammt noch mal."

„Das stimmt so nicht ganz." Manu klärte Fendl darüber auf, dass ihn einer seiner Kumpels hingehängt hatte: Fendl habe an besagtem Abend wenig getrunken. „Laut ihrem Nazi-Freund waren Sie mal für ein paar Stunden weg. Mehr als genug Zeit, um einen Mord zu begehen und die Leiche fürchterlich zuzurichten." Manu rechnete Fendl vor, dass er ungefähr 10 Minuten gebraucht haben würde, um zum Minigolfplatz zu kommen. Wann Ökdan auftauchen würde, hätte er anhand dessen Gewohnheiten sicher herausgefunden. Ein

schneller Elektroschock und wenige Minuten später wäre das Opfer im Kofferraum verschwunden gewesen.
„Wer sagt das? Käse, Sie wollen mir doch nur was anhängen, weil ich Ihren bolschewistischen Polizeistaat nicht mag. Außerdem: Ich habe überhaupt kein Auto."
„Nein, junger Mann", widersprach Manu. „Sie werden verdächtigt, einen türkischen Mitbürger ermordet zu haben. Sie haben kein Alibi, Sie hassen Ausländer und Sie hatten mit dem Mann häufiger Streit."
„Dieser scheiß Kanake ist verreckt, na und? Ich habe ihm nichts getan."
„Wo waren Sie zur Tatzeit?"
„Sagen Sie, was anderes fällt Ihnen wohl nicht ein. Ich habe es Ihnen gesagt, mehr ist auch nicht zu sagen."
„Haben Sie Yussuf Ökdan ermordet?"
„Nein, verdammt noch mal. Nein, du blöde Bullette."
„Herr Fendl, Sie können mich beschimpfen. Sie können alles abstreiten, Sie können im Prinzip tun was Sie wollen. Aber wenn Sie uns sonst nichts zu sagen haben, wird es für Sie ziemlich eng." Manu ließ ihren Verdächtigen in die Zelle bringen. „Wir sprechen uns bald wieder, versprochen."
Nichts ging voran, gar nichts. Auch die Spuren aus der Minigolfanlage halfen der Polizei nicht wirklich weiter. Zwar fand man eine Bierflasche, die wohl von Fendl stammte – zumindest passte die DNS. Aber wirklich hilfreich war das nicht, schließlich trieb sich die braune Brut ständig im Kurpark herum.
„Manu, wir können ihn nur 24 Stunden hier behalten. Wir haben nichts gegen ihn. Was wollen wir schon mit den Aussagen von besoffenen Nazis? Außerdem merkt doch ein Blöder, dass die ihm nur eins auswischen wollen." Sendlinger verlor langsam den Mut. Eine so zähe Ermittlung hatte er bislang nur selten in seinen vielen Berufsjahren erlebt. Dabei konnten sich die beiden Kripobeamten nichts vorwerfen. Sie hatten halt nur Strohhalme, und wenn man diese ein wenig fester anpackte, knickten sie sofort um.
„Ich werde mit der Staatsanwältin reden. Vielleicht reicht es ja für einen Haftbefehl, aber wirklich Hoffnung mache ich mir auch nicht."
Manu stand vor ihrer großen Tafel, auf der sie alle bisherigen Fakten gesammelt hatten. Zettel, Fotos und Theorien standen drauf. „Es ist alles Käse, was da steht. Wir wissen nur eines: Yussuf Ökdan wurde ermordet. Schluss der Vorstellung, Ende Gelände." Sie schüttelte den Kopf, setzte sich und dachte an Bender, den alten Miese-

peter. In solchen Situationen war der einfach Klasse, zauberte aus seinem unglücklichen Schädel oft Theorien heraus, die absolut unglaublich erschienen – und doch den Weg zur Lösung von Fällen ebneten. Sie verwarf den Gedanken wieder, dafür fielen ihr ihre Männer ein. Klaus, die Drecksau. Franz, der liebestolle Schmetterling. „Scheiße Mann, ich brauche mal Abstand, muss mal raus."
„Ja Manu, mir geht es genau so. Aber wir dürfen jetzt nicht nachlassen. Ich spüre es, irgend etwas übersehen wir. Und bevor wir nicht wissen, was das ist, geht der Krampf hier weiter."
„Jawoll Meister. Haben wir von Kurt Spendler eigentlich schon was gehört?"
„Nein, spurlos verschwunden."

╬

Xaver Schuster liebte den Geruch von frisch gemähtem Gras. Er sog den würzigen Duft nach Wiesenkräutern und Blumen in sich auf. Für sein Vorhaben war aber hohes Gras besser geeignet. Schon als Bub hatte er sich häufig mit seiner Steinschleuder in der Nähe von Bäumen darin versteckt und während er wartete an Sauerampfer gekaut. Kleine Vögel interessierten ihn nicht. Ihm stand der Sinn nach Elstern, Dohlen oder Krähen. Bei seinen vielen Streifzügen verwendete er mit Vorliebe kleine Stahlkugeln. Inzwischen war seine Technik so gut, er brauchte nicht mehr als ein oder zwei Schüsse, um einen Flattermann vom Baum zu holen. Etwas enttäuscht war er, wenn er dem Tier mit seinem Schuss den Schädel zertrümmerte und es bereits tot war, wenn es auf dem Boden aufschlug. Lieber war ihm, sie flatterten noch. Dann schloss er die Faust um ihren verwundeten Körper. Ein Schnitt mit dem Messer seines Vaters und er genoss die Wärme des Blutes, das aus der Halsschlagader über seine Finger floss.

Freitag, 26. März 2010. Gedenktag Heiliger Liudger, fränkischer Bischof und Klostergründer.

Der Herr sieht ihn mit Wohlgefallen.

Heute vor 31 Jahren bricht in Nürnberg der Main-Donau-Kanal. Ein Mädchen kommt ums Leben.

...und auch an diesem Tag hatte Satan die Finger im Spiel.

Manus Verdächtiger war wieder frei. Sie hatte die Staatsanwältin zuvor angefleht, ihr alle möglichen Theorien aufgetischt, mögliche Indizien und Beweise. Aber Dr. Gundula Moosbacher zeigte sich wenig überzeugt, wischte alles mit einem Handstreich vom Tisch: „Frau Hentschel, seien Sie mir nicht böse. Aber was Sie mir vortragen ist nichts. Mag sein, dass dieser Fendl etwas mit dem Mord zu tun hat. Aber wenn wir ihn drankriegen wollen, brauchen wir bessere Beweise."
Es war nur ein Verdacht, mehr nicht.

╬

Diese Polizistin wusste nichts, spürte nichts, erkannte nichts. Hilflos sah Raphael zu, wie sie im Trüben fischte und immer den falschen Wegen folgte. Dabei war doch seine Botschaft so deutlich gewesen. Nur die Journalisten hatten es erkannt, dass er die Fratze des Bösen bekämpfen werde, dass er Gottes Wille auf dem Erdenreich erfüllen werde.
Raphael war außer sich. Er schnürte den Büßergürtel um, zog ihn noch enger, spürte wie die Dornen in sein gesundes Fleisch drangen. „Ich muss die Verderbtheit der Menschheit ausrotten. Ich muss Gottes Himmelreich auch den Irdischen zugänglich machen. Ich muss meinem Herrn dienen", sang er sich selber vor. Es hörte sich an, wie die gregorianischen Gesänge im Kloster.
Er war wieder in seinem Keller, betete zu Gott, seinem Schöpfer. „O Herr, weise mir den Weg. Führe mich zu den Sündern, auf dass ich ihnen den Weg zu dir bereite. Herr, wer soll dein nächstes Opfer sein?"
In einem kleinen Holzkästchen an seinem heiligen Altar hatte er eine Liste mit Namen hinterlegt. Die „Liste des Rächers" - dreizehn

Namen standen darauf. „Unwürdige Sünder seid ihr. Nicht würdig, auf Gottes Erde zu wandeln. Nicht würdig, einst sein wunderbares Paradies zu schauen."
Er ging die Liste durch, suchte nach dem nächsten Opfer. „Ihr habt missachtet die Gebote des Herrn, Raphael der Racheengel wird euch die gerechte Strafe zuteil werden lassen." Lange musste er nicht suchen, da fand er den richtigen Namen. Seine Miene hellte sich auf und er blickte zum Gekreuzigten: „Danke o Herr, dass du mir diesen Sünder genannt hast. Ich werde tun, was du mir aufgetragen hast. Amen."
Der Plan war gefasst. Raphael holte neue Kerzen aus dem Schrank, reinigte den Bottich sorgfältig und bereitete den Altar. „Bald, o Herr, bald werde ich dir dein nächstes Opfer darbringen."

Als Helmut Fendl die Polizeiinspektion verließ, warteten seine ehemaligen Kumpels schon auf ihn. „Na, Verräterschwein. Was hast du deiner kleinen Polizistenfreundin diesmal erzählt?"
„Mensch, Jungs. Was sollte ich denn tun, die wollen mich wegen Mord dran kriegen."
Die anderen sahen ihn nur herausfordernd an. Fendl wusste, er hatte verloren, sie waren nicht mehr seine Freunde. „Ich wollte euch doch nicht...Ach, was sollte ich denn machen?"
„Du hättest zum Beispiel dein blödes Maul halten können."
Es war zwecklos. Fendl bahnte sich einen Weg durch die Gruppe, wollte einfach nur nach Hause. Ein Bier, Schnaps. Und schlafen. Vielleicht würde er aus diesem Alptraum ja wieder aufwachen.
„Hey, fass mich nicht an. Nimm deine Pfoten weg", rief einer, als Fendl sich Platz schaffen wollte.
„Habt ihr das gesehen, der hat mich angegriffen?", rief ein anderer.
„Lasst mich. Ich will nach Hause", Fendl kämpfte gegen die Tränen. Den Triumph wollte er ihnen nicht gönnen. Schließlich ließen sie ihn passieren, er machte sich auf den Heimweg. Und immer 50 Meter dahinter folgten sie ihm. Sagten nichts, er hörte nur das Klappern ihrer schweren Stiefel auf dem Asphalt. Er drehte sich nicht um, wurde immer schneller. So also mussten sich die Ausländer gefühlt haben, wenn sie diese verfolgten. Es blieben 50 Meter Abstand. Heilfroh war er, als er endlich die Wohnungstür zugezogen hatte. Vorsichtig schielte er aus dem Fenster. Da standen sie. 15 Mann. Sie

redeten, sie lachten. Tranken Bier. Warteten. Er war allein. Er spürte die Angst. Aus dem Jäger war das Wild geworden.
Wie konnte das alles passieren. Fendl dachte zum ersten Mal angestrengt über jene Stunden nach, in denen Ökdan ermordet worden war. Sie waren in der Hütte, bei Petersen. Wie immer. Sie haben miteinander gesungen, diskutiert und eine Aktion vorbereitet. Eine Kundgebung in Cham war geplant, Fendl sollte dort sogar einer der Redner sein. Es war gesellig, das Bier floss reichlich. Doch da war noch etwas, er konnte sich nicht so recht erinnern. „Scheiß Schnaps, ich weiß es nicht mehr“, fluchte er in seine Bude hinein. Er spürte, wie die Angst in ihm hochkroch. Die Polizei hatte ihn ziemlich am Wickel und er konnte sich beim besten Willen nicht an diese Nacht erinnern. Nur ein paar Fetzen. Da waren auch Mädchen, ja genau. Die waren doch aus Cham gekommen, wegen der Kundgebung. Oder? Habe ich da nicht so eine abgeschleppt, beim Petersen im Gästezimmer? Oder war das ein anderes Mal? Fendl wollte nicht für einen Mord eingebuchtet werden, den er nicht begangen hat. Es half nichts, er zwang sich, wieder zurück zu seinen Kumpels zu gehen. Nachfragen.
Ein lautes „Ooooh, der Bullenfreund ist wieder da.“
„Hört doch auf mit dem Scheiß. Ich will mit euch reden.“
„Sing doch deiner Bullentussi was vor, vielleicht will die dir zuhören.“
„Scheiße. Die wollen mich wegsperren. Ihr wart doch auch dabei beim Petersen. Was war denn in dieser Nacht, ich habe einen Filmriss.“
„Pah. Lass uns in Frieden. Was geht uns das an, wenn du diesen Kanaken kalt machst?“
„Spinnst du. Ich habe ihn nicht umgebracht.“
Die fünfzehn Neonazis bildeten einen Kreis um Fendl. Einen Kreis, der sich immer enger zuzog. Auf einmal durchzuckte es ihn wie ein Stich – sie warteten nur darauf, dass er einen Fehler machte. „Was soll der Scheiß, ich bin doch einer von euch...“
„Du? Du bist eine Verrätersau. Du? Du bist ein Bullenfreund. Du? Du bist Dreck. Genau so ein Dreck, wie es dieser Kanake war, den du gekillt hast.“
„Pass auf, was du sagst, sonst...“ Fendl bemerkte zu spät, dass genau das der Fehler war. Ohne Kommando, ohne Vorwarnung war der Kreis geschlossen. Dreißig Stiefel traten und dreißig Fäuste droschen auf ihn ein. Erst tat es noch weh, dann spürte er gar nichts mehr,

schmeckte nur noch das Blut, das ihm aus der Nase und aus dem Mund lief. Süß schmeckt das, dachte er. Und metallisch. Eine Rippe brach.
Als er wieder zu sich kam, lag er alleine auf der Straße. Er fröstelte und kalter Nieselregen legte sich wie ein feuchter Schleier auf seine Haut. Er rappelte sich auf, schleppte sich in die Wohnung. Duschte. Holte eine Flasche Schnaps aus dem Kühlschrank.

╬

„Der tiefe Fall eines Grafenauer Stadtrats" – fassungslos blickte Petersen auf den Lokal-Aufmacher des Tagblatts. Jahrelang wollte er auf die Seite 1 der Lokalausgabe, doch nicht so. Tietze hatte ihm mit seinem Artikel den gesellschaftlichen Todesstoß versetzt. Schwarz auf weiß konnte er lesen, was die letzten Tage in seinem Leben abgegangen war. Kunden, die von seiner politischen Einstellung erfuhren, kündigten ihm postwendend die Aufträge. Der Bürgermeister legte ihm bereits den Rücktritt als Stadtrat nahe. Ehemalige Freunde zeigten ihm die kalte Schulter. Fortan würde er in Grafenau nur noch der „Nazi" sein, sein sorgsam aufgebautes Doppelleben war wie ein Kartenhaus in sich zusammengebrochen. Alles die Schuld von Fendl, dieser Kellerassel. Er beauftragte seinen Schlägertrupp, dem Typen eine ordentliche Abreibung zu verpassen. Und das, schwor er sich, war erst der Anfang.

Montag, 12. April 2010, Geburtstag Muhammad at-Taqi, 9. Imam der Reihe der Zwölfer-schiiten.

Der Herr sieht ihn mit Wohlgefallen.

Heute vor 345 Jahren, stirbt Margaret Porteous. Sie erliegt als Erste der großen Pest von London, die letztlich rund 100.000 Menschleben fordert.

...und auch an diesem Tag hatte Satan die Finger im Spiel.

Die Wut, die Kurt Spendler in sich spürte, hätte gereicht um sich mit einer kompletten Football-Mannschaft anzulegen. Er hasste seine Ex, die ihn bei der Presse angeschwärzt hatte, den Wixer, der den Mist schrieb und den scheiß Bullen, der ihn durch Grafenau jagte. Kurzum, Kurt hasste die ganze Welt. Nur seinen besten Kumpel, bei dem er seit einer Woche Unterschlupf gefunden hatte, den hasste er nicht, aber er ging ihm gehörig auf die Nerven. Und dann waren da noch die Tschechen, mit denen es einigen Klärungsbedarf gab. In den Wochen zuvor war er ziellos durch die Gegend geirrt, fror in Bushäuschen, versteckte sich in Schuppen und war schließlich sogar Richtung Norddeutschland abgehauen. Doch es waren noch so viele Rechnungen offen, deshalb war er zurückgekommen, um sich hier zu verstecken.

Wie konnte er überhaupt in diese scheinbar auswegslose Situation geraten. In der Nacht, als dieser notgeile Ökdan, der die Finger nicht von Petra lassen konnte, offensichtlich ermordet wurde, transportierte er gerade Stoff aus Pilsen nach Landshut. 2000 Euro brachte ihm das. Einen weitaus größeren Batzen wollte er später bei einer weiteren Kurierfahrt nach Würzburg absahnen. Doch dazu kam es nicht mehr.

Im Gegenteil, auf einmal überschlugen sich die Ereignisse. Der Anruf seines Kumpels, der ihn auf den Artikel im Tagblatt hinwies und dann der Typ, der wenig später an seiner Tür klingelte. Passauer Kennzeichen. Ein Bulle, keine Frage, so etwas roch er. In der Eile war der Stoff in der Wohnung liegengeblieben und fristete jetzt wahrscheinlich sein Dasein in der Asservatenkammer der Polizei. Ihm war noch nicht klar, wie er das seinen tschechischen Auftraggebern erklären sollte.

Aber er musste es tun, soviel war sicher. Sonst würde er nicht nur vor der Polizei, sondern auch vor der osteuropäischen Drogenmafia flie-

hen müssen. Wenigstens hatte er noch das Geld aus dem Landshut-Deal. Zumindest, was davon übrig geblieben war.
Hier bei seinem Kumpel fühlte er sich eingesperrt. Obwohl er nicht zimperlich war, ging ihm zudem dessen Angewohnheit, Tieren die Haut abzuziehen, dubiose Experimente damit zu machen und sie alle zu verspeisen, ziemlich an die Nieren. Und je eher er die Sache mit den Tschechen regelte, um so besser. Bald würde er aufbrechen. Nach Pilsen. Und dann: Sein war die Rache.

╬

Auch wenn sie keine konkreten Ergebnisse aufweisen konnten, zumindest war die Ermittlungsarbeit einfacher geworden. Nachdem der Mord inzwischen vier Wochen zurück lag, beruhigte sich die Situation zusehends, die meisten Pressefritzen waren abgezogen, eine andere Sau durch's Dorf treiben. Auch Petersen, der es kurzzeitig zu zweifelhafter lokaler Prominenz gebracht hatte, spielte an den Stammtischen keine Rolle mehr. Für Manu und Sendlinger ein schwacher Trost, zumal ihnen Kriminalrat Ritter gehörig Dampf machte. Aber was sollten sie tun? Fendl war nicht ihr Mann, andere Verdächtige drängten sich nicht auf. Auch wenn sie längst jeden Stein umgedreht hatten, hunderte von Zeugen befragten und allen sonstigen Hinweisen nachgingen – keine Spur vom Täter.
Der Kriminalpsychologe mühte sich redlich, ein Täterprofil zu erstellen, doch das brachte sie auch nicht weiter. Seine Aussage, dass es wahrscheinlich keine Einzeltat war, trug auch nicht gerade zu ihrer Beruhigung bei. Wann würde es wieder passieren und „wer verdammt noch mal killt einen Weiberhelden und zermetzelt ihm das Gesicht?"
„Das ist die Preisfrage", sagte Sendlinger.
Alle Spekulationen der Polizei schossen ins Kraut. Nur eines war sicher: Der Mörder stammte nicht aus dem Umfeld von Yussuf Ökdan, vielleicht war dieser sogar nur ein Zufallsopfer. Das machte die Sache noch schwieriger. Wie Bender immer sagte, waren Morderrmittlungen zumeist einfach, außer Fremde bringen Fremde um.

╬

Auch an den Stammtischen wurde ermittelt. Im Bierdunst entstanden die wildesten Theorien, wie auch Manu schon gehört hatte. Bei

einem Abendessen mit Liebl konnte sie einem Gespräch am Nebentisch lauschen. Vermutungen fielen wie Äpfel von den Bäumen, jeder verdächtigte jeden, einer sogar seine Schwiegerhexe, wie er sie nannte. Heftig gestikulierend unterhielt sich die Runde über mögliche Täter, nannte Namen, Motive, Verdachtsmomente. Es wurde orakelt, gelacht und gescherzt.
Manu unternahm einen Versuch, mit den Stammtischbrüdern ins Gespräch zu kommen, setzte sich zu ihnen und hielt ihnen ihren Polizeiausweis vor. Schlagartig verstummten die gerade noch so Mitteilungsfreudigen. Einer sagte: „Wer sich ungefragt an den Stammtisch setzt, gibt erst einmal eine Runde aus."
Einige vergebliche Versuche später saß Manu wieder bei Liebl, der sie breit angrinste.
„Sehr witzig. Die Waidler sind ein merkwürdiges Völkchen."
„So sind wir halt. Untereinander ungezügelt und kein Gerücht ist zu schlecht, um es nicht sauber auszubreiten. Doch einen Fremden geht das alles nichts an. Mir san mir und mir schreiben uns uns. Kennst du den Spruch nicht? Alte Waidler-Weisheit. Was wolltest du überhaupt wissen?"
„Der Typ da drüben, mit dem roten Schädel, hat so eine Andeutung gemacht." Manu erzählt, was sie gehört hatte. Liebl nahm sein Bier, setzte sich an den Nachbartisch und war sofort in ein angeregtes Gespräch vertieft.
Keine zehn Minuten später war er wieder zurück und berichtete ihr, was sie wissen wollte. Das blöde Glotzen in ihrem Gesicht kam weniger von der Neuigkeit, die sich als doch nicht so interessant erwies. „Und das konnten die mir nicht sagen, oder was?"
„Sag ich doch. Du bist eben keine von hier."
„Ich sehe schon, die Ermittlungen in Grafenau werden mir weiterhin viel Spaß machen. Da werde ich künftig wohl jeden verhaften müssen, von dem ich was wissen will."
Liebl grinste wieder.

╬

Die ärmste Sau in diesem Fall saß alleine in seinem Büro in Passau. Oder zumindest der, der sich dafür hielt. Kriminalrat Ritter. Musste Überstunden schieben. Seine gesellschaftlichen Verpflichtungen litten dramatisch. Ständig riefen Politiker, Landräte und vor allem seine Vorgesetzten an und wollten Ergebnisse sehen. Die konnten ihm

Hentschel und Sendlinger nicht vorweisen. Ja, mein Gott, was sollte er denn tun: Am Ende selbst in den Bayerischen Wald fahren? Er fragte sich, wie lange das mit seinen beiden Ermittlern noch gut gehen würde. Doch hatte er Alternativen? Er blickte auf die Uhr, 17.30 Uhr. Jetzt aber schnell. Zumindest heute Abend wollte er sich für seine Opferbereitschaft belohnen. Erst ins Theater – es wurde Othello gegeben - und dann mit seiner lieben Frau zum Edelitaliener. Er konnte den schweren Brunello, den er von seinen Urlauben aus der Toskana kannte, schon schmecken. Auch wenn seine Zunge bislang vergeblich nach dem vielgepriesenen Bouquet mit Nuancen von Vanille und Kakao suchte.

Dienstag, 20. April 2010, Gedenktag Heilige Hildegunde, deutsche Novizin.

Der Herr sieht sie mit Wohlgefallen.

Heute vor 121 Jahren wird Adolf Hitler geboren.

...und auch an diesem Tag hatte Satan die Finger im Spiel.

Die Wochen nach seiner Abreibung waren für Fendl ein einziger Spießroutenlauf gewesen. Nicht nur, dass ihn seine ehemaligen Freunde bei jeder Begegnung bedrohten, er wurde offensichtlich von allen Bewohnern der Stadt gemieden. In der Bäckerei wollte man ihn nicht bedienen und er hörte Wortfetzen der Leute, die hinter seinem Rücken tuschelten: „...Mörder.... Skandal...aufhängen...lebenslang..." Auf der Straße wurde er von fremden Leuten angerempelt. Einige Kinder riefen ihm unter dem breiten Grinsen ihrer Väter ganz unverhohlen hinterher: „Na, schon wieder einen umgebracht." Alte Frauen wechselten ängstlich die Straßenseite, wenn er ihnen entgegen kam. In seiner Stammkneipe konnte er sich nicht mehr blicken lassen. Einsam und verzweifelt suchte er nach einem Rettungsanker, grüßte vor der Dönerbude sogar einen Türken. Der streckte ihm nur den Mittelfinger entgegen und ging wortlos weiter. Der Rattenfänger war selbst zur Ratte geworden, die jeder zertreten wollte. Fendl trank mehr und immer noch mehr. Seine Mutter weinte, als er seine Eltern einmal besuchte, sein Vater sah ihn wortlos an, streifte sich eine Jacke über und ging. Fendls Verzweiflung wuchs, mehr als einmal dachte er an Selbstmord. Er war ein seelisches und versoffenes Wrack. Nichts und niemand konnte ihm noch helfen. Dann stand er eines abends vor der Pfarrkirche. In seiner Umhängetasche fand er eine Spraydose, die noch von einem nächtlichen Marsch durch Passau übrig geblieben war. Damals hatten sie Häuserwände besprüht. Er nahm sie heraus, stellte sich an die Kirchenmauer und sprühte in großen Lettern: „Gott ist tot!" Dann schlüpfte er durchs Kirchenportal und in einen Beichtstuhl. Trank. Er betete, weinte und trank. Er war alleine auf dieser Welt. Aus dem starken Proleten war ein wimmerndes Häufchen Elend geworden.
Fendl blickte auf das mannshohe Kreuz, das über dem Altar hing. Unter heftigem Schluchzen fiel er auf die Knie und sprach zu Jesus Christus: „Verzeih mir..."
Jahre zuvor war Fendl als junger Mann in das Passauer Priesterse-

minar eingetreten. Christlich erzogen, vom Glauben beseelt, Zweifel hatte er keine. Nach wenigen Monaten bemerkte er die Annäherungsversuche eines anderen Seminaristen. Fendl spürte, dass er nicht abgeneigt war, dem Drängen nachzugeben. Doch er, schwul? Was würden seine Eltern dazu sagen. Fendl flüchtete vor seinen Gefühlen und versuchte sie in der rauen Männergesellschaft abzustreifen. Ausländerhass, Bier, Schnaps, Weiber und Keilereien, damit kämpfte er gegen sein anderes Ich an. Doch wie sich jetzt im Verhör herausgestellt hatte, war er nicht der harte Knabe, den er gab, alles war nur Fassade.

Was blieb? Er hatte nur noch Gott, an den er immer noch glaubte. „Warum hast du mich verlassen?", rief er in das leere Gotteshaus und schämte sich trotz seines Rausches für diese Worte. Er war es doch, der Gott verlassen hatte und sich vor lauter Wut sogar das Kreuz des Teufels auf den Nacken tätowieren ließ. Auch wenn sie es nicht wissen konnte. Diese blöde Bullensau hatte alle alten Wunden wieder aufgerissen.

Helmut Fendl beschloss an diesem Tag, wieder zurück auf den Weg des Glaubens zu gehen. Ab sofort würde er jeden Tag hierher zurückkehren. Er würde zum Herrn beten und ihn um Verzeihung bitten. Er würde Buße tun. Lug und Trug, das war es, was seine Kumpel, dieser Petersen und all diese Nazis mit ihm und der Welt trieben. Sie haben ihn einfach fallen gelassen. Das tat Gott nie! Seit Wochen fühlte er sich zum ersten Mal wieder geborgen und schlief ein. Mitten in der Nacht erwachte Fendl mit einem schrecklichen Kater. Wie lange hatte er geschlafen? Egal! Seine Gedanken begannen zu rotieren. Schlagartig fielen ihm die Worte ein, die er vor wenigen Stunden an die Kirchenmauer gesprüht hatte. Eine heiße Woge der Scham überfiel ihn. Das musste er sofort rückgängig machen. Schwer angeschlagen taumelte er aus dem Gotteshaus und stand mit der Sprühdose in der Hand vor seiner gotteslästerlichen Übeltat. Die kalte, klare Nachtluft ließ seinen Magen rebellieren und er kotzte an die Kirchenmauer. Da legte sich eine warme Hand auf seine Schulter. Fendl drehte sich um: „Ach, du bist es."

„Komm mit, Helmut, ich helfe dir."

╬

Er war der Waldläufer. So nannten ihn alle. Keiner nannte ihn so, weil er Ähnlichkeit mit dem Helden Aragorn aus „Herr der Ringe" hatte. Er war der Waldläufer, weil er eben im Wald herumlief, in einer alten, fast vergessenen Hütte im Wald schlief. Kein Fernsehen, nicht mal Strom, geheizt wurde mit dem, was die Bäume auf den Waldboden warfen. Vor langer Zeit hatte er der Zivilisation abgeschworen, war an den Verpflichtungen des Alltages zerbrochen. Einser-Abitur, Studium, hoffnungsvolles Mathematiktalent und dann stellte er sich die Sinnfrage, die nach dem Sinn des Lebens. Das war nicht gut gegangen. Er hatte alles hinter sich gelassen. Sein Erbe investierte er in das kleine Waldgrundstück mit dem einfachen Häuschen darauf. Ein idyllischer Flecken Erde mit einem kleinen Bachlauf, Blumenwiesen und den mächtigen Bäumen, die ihm Schutz gaben. In deren Schatten huschte er in dieser Nacht rund um den Rachelsee herum und äugte ängstlich und fasziniert zugleich in Richtung dieses unergründlichen Sees. Würde die Wecklin aus dem Schwarzen Wasser steigen, diese böse Frau, die vor Jahrhunderten dorthinein verbannt worden war. Der Sage nach war sie einst Schlossbesitzerin vom Ramelsberg, die ihre Untergebenen schlechter als Tiere behandelte. Lieber, so ihr Credo, würde sie ihre Essensreste an die Schweine verfüttern, als anderen Menschen etwas abzugeben. Dafür wurde sie nach ihrem Tod in diesen verzauberten See verbannt, der nur zu Fuß zu erreichen war und mehr als ein Geheimnis zu bergen schien.

Und dann hörte der Waldläufer etwas. Angestrengtes Schnaufen, eilige Schritte auf dem Weg über ihm. Er zuckte vor Schreck zusammen, fing sich aber im Schutz seiner Freunde, der Bäume, sogleich wieder. War es die Wecklin? Der Mond schickte fahles Licht durch den Blätterwald und der Waldläufer pirschte sich an die Geräusche heran, die die Ruhe des Waldes störten. Er erreichte den Weg, eine Gestalt huschte eilig darüber hinweg. Und dann verrieten ihn seine Freunde. Ein falscher Schritt und ein Ast auf den er stieg knackte unüberhörbar durch die Nacht. Die Gestalt wendete sich in einer Schnelligkeit um, die ihm selbst dann Angst eingejagt hätte, wenn es taghell gewesen wäre. Der Waldläufer meinte eine Messerklinge zu erkennen und rannte, ohne einen weiteren Gedanken zu verlieren, in entgegengesetzter Richtung los. Erst auf dem Weg, dann schlug er einen Haken und versuchte im Wald zu verschwinden. Äste schlugen ihm schmerzhaft ins Gesicht, ritzten kleine Wunden in die Wangen, in Arme und Beine. Quälendes Seitenstechen zwang ihn stehen zu bleiben. Atemlos stand der Waldläufer da, konnte aber zunächst nichts hören, weil das Blut in seinen Ohren pochte. Doch konnte er einem Geist überhaupt entfliehen? Und machte ein Geist Geräusche? Dieser tat es. Deutlich konnte er durch den Blutstrom in seinen Ohren jetzt die näherkommende Gestalt hören.

Das ist kein Geist, das ist einer aus Fleisch und Blut und der will mich, schoss es dem Waldläufer durch den Kopf. Er fragte nicht nach dem Grund, warum ein verirrter Wanderer es auf ihn abgesehen hatte und rannte wieder los. Doch er war nicht schnell genug, sein Schicksal schien sich hier am Rachelsee zu entscheiden. Der Waldläufer drehte sich um, gewahr einen Schatten und geriet in Panik. Wieder rannte er, kopflos, hilflos, Schlachtvieh. Schwarze Schatten huschten über ihn hinweg, Boten des Todes? Er erreichte den unsichtbaren Pfad, den nur er kannte, der in keiner Wanderkarte verzeichnet war. Ein Fluchtweg, den die Natur geschaffen hatte. Gewunden und verzweigt. Der Waldläufer kannte ihn, wusste wohin er führte und wo er endete. Nur er? Endlose Minuten rannte er weiter, wendete sich nicht um.

Dann blieb er stehen, es hatte keinen Sinn mehr, er konnte nicht mehr rennen, seinem nahen Ende nicht entfliehen. Eine seltsame Ruhe erfasste ihn. Sollte es hier zu Ende sein, dann war es eben so. Er würde nicht kämpfen, der Vollstreckung seines Todes gelassen entgegen sehen. Der Waldläufer entspannte sich, setzte sich auf den Waldboden und...

╬

Die Zeit drängte, Raphael wollte so schnell als möglich weg von diesem Ort. Der Weg hinauf zur Kapelle über dem Rachelsee hatte ihn viel Zeit gekostet. Mehr als er gerechnet hatte. Raphael ärgerte sich über sich selbst. Seine Planung war nicht perfekt gewesen. Das durfte nicht passieren. Nicht ihm. Er hatte eine Aufgabe zu erfüllen. Fehler waren nicht erlaubt. Er trug noch den Hammer, mit dem er ein weiteres Exempel statuiert hatte, in der Hand. Raphael eilte den Weg hinab, hörte ein unerwartetes Geräusch. Eines, das nicht die Tiere des Waldes machten. Blitzschnell drehte er sich um und konnte für eine Sekunde jemanden auf dem Weg stehen sehen. Sein Zorn erwuchs ins Unermessliche und er rannte los. Meter um Meter holte Raphael auf, fast konnte er den Waldläufer – und er war es, dessen war er sicher – schon spüren. Er würde ihm den Hammer in den Kopf jagen, die Strafe Gottes, er würde ihn liegen lassen, keiner würde ihn finden. Nicht hier in diesem undurchdringlichen Urwald, den Menschen nicht betreten. Raphaels Sinne schärften sich, er würde ihn nicht entkommen lassen. Er konnte seine Nähe spüren, nur noch wenige Meter...

Mittwoch, 21. April 2010. Gedenktag Heiliger Konrad von Parzham, niederbayerischer Mönch.

Der Herr sieht ihn mit Wohlgefallen.

Heute vor 21 Jahren bringt Nintendo den ersten Game Boy auf den Markt und verführt in den folgenden Jahrzehnten Millionen Kinder und Jugendliche auf der ganzen Welt.

...und auch an diesem Tag hatte Satan die Finger im Spiel.

Geräuschloses Blaulicht, Feuerwehrwagen, die mit ihren Strahlern die gespenstische Szene hell erleuchteten, Beamte in weißen Overalls suchten nach Indizien, der Gerichtsmediziner kniete über einer Leiche – die Racheldiensthütte hatte zu einer so frühen Stunde noch nie einen so großen Auflauf erlebt. Die aufgeregten Wanderer, die einen nächtlichen Spaziergang unternommen hatten und dann am Rachelgipfel einen der legendären Sonnenaufgänge erleben wollten, wurden von einem Seelsorger betreut. Alle waren da. Nur Manu und Sendlinger nicht. Seit nunmehr einer Stunde versuchte Liebl einen der ermittelnden Beamten zu erreichen. Deren Mailbox quoll inzwischen von seinem Flehen, doch endlich am Tatort aufzutauchen, über. Doch nichts. Bei keinem von beiden. Inzwischen hatte sich Liebl auf Geheiß der Beamten des Kriminaldauerdienstes hilfesuchend an die Direktion in Passau gewendet.
Im Gegensatz zu Liebl konnte sich Ritter in seinem Passauer Büro zumindest in Bezug auf Sendlinger lebhaft vorstellen, wo dieser steckte. Schließlich war niemandem entgangen, dass er ein geradezu militanter Familienmensch war. Niemand, den Ritter kannte, war mehr verheiratet als Sendlinger. Beinahe war der sonst so besonnene Polizei-Chef über sich selbst verwundert, wie Wut von ihm Besitz ergriff. Gar nicht seine Art, doch der frühe Morgen, der ihn ohne Frühstück ins Büro holte und vor allem seine Beamten, auf die er sich offensichtlich nicht verlassen konnte, brachten ihn fast zur Weißglut. Während er die Nummer wählte, hoffte er noch, dass er im Unrecht war. Doch bereits nach dem zweiten Läuten nahm Sendlinger ab.
„Sendlinger, sind Sie denn von allen guten Geistern verlassen, im Bayerwald wurde schon wieder eine verstümmelte Leiche gefunden und sie hocken zuhause, das kann nicht ihr Ernst sein“. Sendlinger brachte keinen Ton heraus, wurde stattdessen kreidebleich. Ritter schimpfte weiter auf ihn ein und schloss nach seiner Standpauke:

„Und jetzt schwingen Sie ihren Hintern in den Bayerischen Wald, dass das Konsequenzen haben wird, darüber sind Sie sich ja wohl im Klaren."
Die Frage nach Manu konnte sich Sendlinger sparen: „Und sorgen Sie dafür, dass die Hentschel auch am Tatort auftaucht, aber ein bisschen plötzlich."
Rund 80 Kilometer, zwei ereignislose Telefonate zu Manus Anschluss, mit einer ganzen Kiste voll schlechtem Gewissen und eine Stunde später tauchte Sendlinger am Tatort auf und holte sich zur Begrüßung den zweiten Anschiss des Tages ab. Manu stand mit hochrotem Kopf bei Liebl und stürmte – als sie ihn sah - auf Sendlinger zu: Der hob entschuldigend die Arme.
Vielleicht sollte ich sie vors Gesicht nehmen, überlegte er beim Anblick von Manu, die auch schon loslegte: „Du verdammter Vollidiot, was bildest du dir überhaupt ein. Hättest du nicht wenigstens Liebl sagen können, wo du bist?"
„Tschuldigung, ich weiß, aber ich dachte, wird schon nichts sein, war ja die ganzen letzten vier Wochen nichts und meine Frau und dann hat mein Mädel am Telefon geweint und da dachte ich..." Manu wollte nicht, dass sich ihre Wut legte, aber bei dem Dackelblick und den Worten ihres Kollegen sank ihr Adrenalinspiegel rapide. Außerdem, was sollte sie auch noch sagen, außer: „Das wird Konsequenzen haben".
„Hat Ritter auch schon zu mir gesagt".
„RITTER", schrie Manu beinahe. Sendlinger erzählte ihr kurz von dem Telefonat und davon, dass Liebl bei der Direktion angerufen hatte, als er sie beide nicht erreichen konnte. „Na Bravo", Manu sah ihre Felle schon drei Kilometer weit flussabwärts treiben. „Alles, was mir jetzt noch den Tag versüßen kann, ist eine verstümmelte Leiche", sagte sie mit grimmigem Grinsen.
„Ist ja ekelhaft, an so einen Anblick werde ich mich nie gewöhnen", schnaubte Sendlinger und Manu sowie weitere in Hörweite befindliche Personen nickten beifällig.
„Was haben wir?", wollte Manu wissen.
„Männliche Leiche, ca. 1,80 groß, Kehle durchgeschnitten, absolut blutleer. Ob es mal ein hübscher Kerl war, kann ich nicht sagen, dazu fehlen entscheidende Teile des Gesichts", versuchte sich der untersuchende Gerichtsmediziner am schwarzen Pathologenhumor. „Ach ja, was mir noch gleich aufgefallen ist. Es gibt keine Spuren, kein Blut am Boden oder an der Kleidung, der sieht aus..."

„...als hätte ihn jemand aus einem Flugzeug abgeworfen“, antworteten Manu und Sendlinger gleichzeitig.
„Selbe Tat, selber Täter, da hat unser Freund wohl ein zweites Mal zugeschlagen.“ Manus Tonfall war jetzt absolut geschäftsmäßig: „Was haben wir noch? Wissen wir schon was über die Identität?“
„Nein nichts, kein Ausweis, kein Führerschein, da werden wir wohl auf die Untersuchungen warten müssen, freiwillig verrät uns dieses sympathische Grinsen nicht, wer er einmal war. Stattdessen hat er das hier im Mund gehabt.“
Der Gerichtsmediziner reichte Manu einen in Klarsichtfolie verpackten Zettel mit den Worten: „Scheint ein Witzbold zu sein, euer Mörder!“
„Möchtest du doch die Frevler töten, oh Gott! Ihr Blutmenschen, weichet von mir! Sie nennen dich zum Trug und schwören falsch bei deinen Städten. Soll ich nicht hassen, Herr, die dich hassen, soll ich nicht deine Widersacher verabscheuen? Mit äußerstem Hass hasse ich sie; zu Feinden wurden sie mir“ (Psalm 139, 19-22).“
„Ach du Scheiße, ist unser Mann etwa ein religiöser Spinner?“, warf Sendlinger in die Runde.
Manu nickte, schlagartig wurde ihr einiges klar: „Wie hieß diese komische Skulptur, in der wir den ersten Toten gefunden haben?“
„Hand Gottes!“
„Genau, scheint als sollten wir es mit einem religiösen Fanatiker zu tun haben. Und ich hatte mich so an Fendl gewöhnt.“
Manus Blick wanderte über den toten Körper und blieb an den Händen hängen. Silberner Ring mit Adlermotiv an der einen Hand und an der anderen ein „H-A-S-S“-Tattoo auf den Fingerknöcheln, keine Frage, Manu wusste wer der Tote war – auch ohne Gesichtshaut. Sie rammte Sendlinger den Ellenbogen in die Seite und deutete auf die Erkennungszeichen.
„Oh, mein Gott, jetzt killt unser Killer schon unsere Verdächtigen.“
„Genau“, antwortete Manu.
„Und schau mal, wie komisch der den Arm ausgestreckt hat, ganz so, als wolle er uns etwas zeigen.“

Nichts geschah. Alles war still. Undurchdringliche Ruhe umgab den Waldläufer. Keine Schritte, keine Schatten, nichts, er war allein. Der Wald hatte ihn – wieder einmal – gerettet.

Der Waldläufer war weg, keine Spur, kein Knacken der Äste, kein Geräusch. Suchen kam nicht in Frage, er musste weg hier. Die Zeit des Waldläufers würde noch kommen. Dafür würde er, Raphael, sorgen. Niemand durfte in die göttliche Vorbestimmung eingreifen. Das hatte auch Helmut Fendl erfahren müssen. Es war ein leichtes gewesen, den Gotteslästerer wie einen Lemming zum Auto und ins Verließ zu bringen. Das Kreuz des Satans in Fendls Nacken hatte ihn zum Sünder gemacht.

╬

Manu und Sendlinger nahmen den Toten noch einmal genauer ins Visier, da trat hinter der Racheldiensthütte eine Gestalt aus dem Wald. Als er den morgendlichen Auflauf sah, machte er auf dem Absatz kehrt und wollte wieder im Wald verschwinden. „Hinterher", schrie Manu und zwei Beamte stürzten los. Nach wenigen Metern war die Jagd zu Ende. Der Mann fluchte lautstark und wand sich im Polizeigriff. „In Gottes Namen, lasst mich los, was wollt ihr von mir, ich habe nichts getan, ihr habt kein Recht, lieber Gott hilf mir..."
„Der Waldläufer", murmelte Liebl.
„Wer?"
„Der Waldläufer. Jeder nennt ihn hier so, weil er in einer Hütte im Wald wohnt. Den Namen hat ihm die Zeitung verpasst, als sie mal eine Geschichte über ihn geschrieben hat. Ein verrückter Kerl, der den Leuten mit seiner verschrobenen Art Angst macht, aber – das haben wir bis jetzt zumindest geglaubt – eigentlich ganz harmlos ist."
„So, so, der Waldläufer und gläubig ist er auch noch, den kassieren wir ein. Fritz kannst du Bertram die Hütte zeigen? Und nehmt ein paar Leute mit, die sollen sich dort mal umsehen. Ich geb' gleich bei der Moosbacher Bescheid, wir brauchen einen Durchsuchungsbefehl."
Manu tippte Schallers Nummer und gab ihm den Auftrag die Staatsanwältin zu kontaktieren. „Außerdem könntest du noch herausfinden, ob...äh Moment... – Fritz hat dieser Waldläufer auch einen Namen? - ...wir was über einen Benedikt Hirner im Computer haben. Was? Ja, mir geht es gut, danke...Mensch Franz, ich hab' jetzt keine Zeit für dein Gewinsel, tschau". Eine kleine Spur Mitleid später war sie wieder voll bei der Sache. „Fritz, nur zur Sicherheit, lass auch die Nazifreunde und den Petersen überprüfen. Für sie war er im-

merhin ein Verräter, vielleicht haben sie die Tat nur kopiert."
Nicht nur Sendlinger war beeindruckt, welches Tempo Manu vorlegte. Im Moment kam es ihm vor, als hätten sie in der letzten halben Stunde mehr herausgebracht, als in den vergangenen vier Wochen.
Und Manu war noch längst nicht fertig: „Zuerst sollten wir uns aber noch Gedanken machen, wo der Rest von dem da ist. Wenn das – und daran gibt es wohl kaum einen Zweifel – der gleiche Täter war, dann hat er die Gesichtshaut wieder in der Umgebung deponiert. Beim ersten Mord war ich mit Schaller an der Stelle, wo die Hautfetzen hingen. Diese Baumwurzeln sahen irgendwie aus wie ein Kreuz." Auch Klaus hatte zusammen mit diesem Benno Seifeld in einem ihrer unsäglichen Schmäh-Artikel über die unfähige Polizei schon einen religiös motivierten Mord ins Spiel gebracht.
„Wo deutet die Leiche eigentlich hin? Was ist da oben, wenn man diesen Weg weitergeht?"
„Na, der Rachelsee, steht doch hier", deutete Sendlinger auf den Wegweiser.
„Rachelsee. Gibt's da noch was da oben, irgend was...religiöses?"
„Die Rachelkapelle vielleicht, über dem See", wusste Liebl.
„OK, schau ich mir an. Es würde mich nicht überraschen, wenn ich dort den Rest vom Gesicht finden würde." Manu stapfte den Wanderweg hinauf.
„Moment mal", hielt Liebl sie auf, „du weißt aber schon, dass das ein strammer Marsch von ungefähr zwei Stunden ist?"
„Oh, den ganzen Tag wollte ich eigentlich nicht im Wald verbringen. Kommt man da nicht schneller rauf, mit dem Auto zum Beispiel, hier gibt's doch sicher einen Geländewagen."
„Keine Chance, da rauf geht's nur zu Fuß. Aber vielleicht ist ja gerade ein Ranger unterwegs."
„Ein was?"
„Nationalparkwächter. Ich lasse mal einen Funkspruch los."
Tatsächlich befand sich einer gerade auf dem Weg zum Rachelgipfel. Wenig später meldete er einen Fund an der Innenwand der Kapelle.
„Wusst' ich's doch, jetzt muss ich auf jeden Fall da hoch. Sag dem Ranger, er soll niemanden reinlassen und ja nichts anfassen. Und Sendlinger, du weißt, was zu tun ist. Eins noch: Diesmal kein Wort an die Presse und am allerwenigsten an diesen Monn." Manu schnappte sich zwei Beamte, marschierte los.

Der lange Spaziergang tat ihr gut. Sie hätte Sendlinger ohrfeigen können, weil er sich nicht an die Abmachung gehalten hatte. War es denn zuviel verlangt, dass er einen Tag die Stellung hielt, während sie die Seele baumeln ließ. Aber nein, kaum war sie weg, war der Hardcore-Familienmensch auch heim gefahren. Schuld hatte sie aber selbst. Sie hätte sich denken können, dass er jede Gelegenheit nutzen würde, um heim zu Mami zu fahren. Wenn er wenigstens Liebl Bescheid gesagt hätte. Sei es drum, sie musste Morde aufklären!

So gelangweilt hatte sich Klaus schon lange nicht mehr. Seit dem Mord waren einige Wochen vergangen. Eine Zeitlang hatte er die Sache am Kochen halten können aber inzwischen beschränkten sich seine Schlagzeilen darauf, der Polizei Unfähigkeit zu attestieren. Doch wenn er ehrlich war, interessierte das nicht einmal mehr die Stammtische. Auch Benno und Tietze waren zu alter Gelassenheit zurückgekehrt und er konnte der Redaktionssekretärin wieder seinen allmorgendlichen Schmatz auf die Wange drücken, ohne Gefahr zu laufen, auf einer Schwitzspur abzugleiten. Sein Verdächtiger war abgehauen, aber er glaubte ja selbst nicht daran, dass dieser das Monster vom Lusen war. Und der Nazi? Lächerlich.
Klaus nahm sich aus blindem Aktionismus den Bücherschrank vor – „Oh, mein Gott, wenn es schon soweit gekommen ist, dass ich anfange zu lesen.“ Achtlos zog er die Bücher raus, die Benno im Zuge des Falls angeschafft hatte. „Ganz der gründliche Journalist, oder?“ schwenkte er einen dicken Schinken in Richtung seines Kollegen. Der schenkte ihm ein freundliches Lächeln. Eigentlich, so musste er zugeben, waren sie ein ganz gutes Team. Benno, der die Drecksarbeit machte, er die Schlagzeilen. Ja, wenn er sich einen Sklaven hätte halten dürfen, Benno wäre es gewesen.
Klaus fiel ein Wälzer über Psychopathen in die Hand. Auf einer zufällig aufgeschlagenen Seite las er, welche Symptome einen Psychopathen unter anderem ausmachen: „Heuchlerisch, oberflächlich, egozentrisch und grandios, Mangel an Reue oder Schuldbewusstsein, Mangel an Einfühlungsvermögen, hinterlistig, manipulativ, flaches Gefühlsleben.“[1]. Ihm fielen sofort einige Kollegen ein, auf die diese Beschreibung passte. Dass dies außerdem eine ziemlich genaue Beschreibung seiner Person war, fiel ihm nicht auf.
Klaus blieb auf einer weiteren Seite hängen: „...Der texanische Kri-

minalpsychiater James Grigson („Dr. Death") prognostiziert routinemäßig bei schweren Mordfällen, dass psychopathische Mörder weitere Morde begehen würden..."[2] und weiter: „...Die Rückfallquote psychopathischer Gewalttäter ist im Durchschnitt dreimal so hoch, wie die anderer Straftäter...".[3] Klaus durchfuhr es wie ein Blitz. Was wenn...

„Benno, das ist es, wir sind wieder da." In der sofort einberufenen Redaktionskonferenz schob Klaus Einwände, wie „spekulativ" zur Seite. „Man wird ja wohl noch überlegen dürfen. Klar kann es sein, dass der noch mal zuschlägt. Benno, weißt du was, wir statten jetzt der Polizei einen Besuch ab und stellen ein paar Fragen. Und wenn wir keine Antworten bekommen, dann spinnen wir die Story einfach um diese Zitate."

„Da wird sich vor allem die schnuckelige Kommissarin freuen", feixte Tietze. Benno konnte die Genugtuung, dass er das Buch gekauft hatte, nicht wirklich verbergen.

Was würde morgen in der Zeitung stehen, würden Sie die Zeichen erkennen? Hatte ihn der Waldläufer erkannt? Nein es war zu dunkel. Außerdem: Er hatte einen Auftrag zu erfüllen. Der Herr legte seine schützende Hand über ihn. Über ihn, Raphael den Todesengel des Herrn. Über ihn, Racheengel des Herrn. „Er, der HERR, dein Gott, wird diese Leute ausrotten vor dir, einzeln nacheinander ..." (5. Mose 7,22).

In der Polizeiinspektion Grafenau herrschte heilloses Durcheinander. Diesmal nicht, um die Pressemeute abzufertigen und wütende Anrufe zu beantworten, sondern um genau dies zu verhindern. Sendlinger war eingetroffen, den Waldläufer im Schlepptau.

„Steckt ihn erst mal in eine Zelle. Um den kümmern wir uns später." Er konnte den fragenden Blicken der Kollegen nicht ausweichen. „Ja, wir haben einen zweiten Toten, ja, er ist auch entstellt. Ja, auf die gleiche Weise, wie der Tote vom Lusen." Um so wichtiger war es, jetzt dicht zu halten, bis alles in geregelte Bahnen lief.

Sendlinger erledigte einige Telefonanrufe und hatte dann Ritter am Apparat. Nach seinem Bericht schien dieser etwas versöhnlicher, zitierte Sendlinger und Manu aber dennoch für den späten Nachmittag in sein Büro. „Es gibt Klärungsbedarf", sagte er ohne näher darauf einzugehen. „Und sorgen Sie verdammt noch mal dafür, dass nichts, aber auch gar nichts an die Öffentlichkeit dringt."

„Scheiße", murmelte Sendlinger, als er wenig später mit zwei Polizeibeamten in Richtung Waldhütte aufbrach.

Die Sonne schien durch die staubverschmierten Fenster seines Büros. Bender saß vor einem Aktenberg und hatte alles so satt. Ihm fehlte die Kleinheit Passaus, ihm fehlte sogar der Bayerische Wald. Frei bewegen auf Straßen und zwischen Menschen, die er kannte, die seine Sprache sprachen. Sicherheit, Geborgenheit. Hier in München war alles anders. Er war allein. Nicht, dass ihn die Kollegen schnitten. Er fand nur keinen Anschluss. Gespräche beschränkten sich auf das Dienstliche und die Gelegenheiten, wo ihn jemand auf ein Bier oder zu einer Feier eingeladen hatte, waren schnell weniger geworden. Er war nicht die Gesellschaft, die man sich in seiner Freizeit wünschte. Frustriert, verschlossen, deprimiert. Er fand keinen Draht zu den Kollegen, die sich betont kosmopolitisch oder weltmännisch gaben. Das war er alles nicht, der grundsolide etwas grobschlächtige Kerl aus Niederbayern. Ein klein wenig Erleichterung verschaffte ihm sein Grüner Tee oder ein Spaziergang über den Viktualienmarkt. Mit den Marktverkäufern, einfachen Leuten oder dann in der Direktion mit der Putzfrau konnte er normale Gespräche führen. Der so verhasste Bayerwald wurde in diesen Tagen zur großen Sehnsucht. Wenn er an Wochenenden manchmal heimwärts fuhr, wuchs diese Sehnsucht mit jedem Kilometer. Euphorische Gefühle durchdrangen ihn, wenn er hinter Landshut die schwarze Wand der Bayerwaldberge vor sich auftauchen sah. Heimat. Hier gehörte er hin. Und das alles hatte er weggeworfen für einen Traum, dem er nicht gewachsen war. Das Telefon läutete.

Manu fand, was sie suchte. Das grausame Corpus Delikti war auf dem Weg in die Gerichtsmedizin, doch diese Bestätigung brauchte sie eigentlich nicht. Und Klaus hat keine Ahnung, dachte sie, wäh-

rend sie sich der PI Grafenau näherte und er im gleichen Moment den Berg herauf stolzierte. Er wird doch nicht... Jetzt musste es schnell gehen. Sie würde ihm den Zutritt in die Inspektion nicht verweigern können, also musste sie Vorsichtsmaßnahmen treffen.
„Monn kommt, kein Wort, absolutes Stillschweigen“, zischte sie den Polizeibeamten entgegen. „Sonst lernt ihr mich kennen.“ Manu verschwand im Raum, der ihr in den letzten Wochen so etwas wie ein Hauptquartier geworden war. Sendlinger saß schon da, Liebl auch.
„Fritz, tu mir einen Gefallen, Monn ist auf dem Weg hierher, wiegele ihn ab, von mir aus schmeiß ihn raus, aber bitte, kein Wort, das er verwenden könnte.“
„Ich?“, Liebl war schon von der Vorstellung gegen Klaus anzutreten überfordert.
„Komm schon, erzähle ihm irgendetwas und wenn er Lunte gerochen hat, dann lache ihn von mir aus aus. Der Typ darf keine Chance kriegen, mit seinem Geschmiere wieder unsere Ermittlungen zu torpedieren.“
Während Liebl unglücklich die Tür hinter sich schloss, erstatte Manu Sendlinger Bericht und hörte sich anschließend an, was dieser zu sagen hatte. Und das war leider nicht viel. Eine runtergekommene Hütte, ein kleiner Stall, in dem der Waldläufer sein Kleinvieh unterbrachte, daneben. Außer dem obligatorischen Herrgottswinkel und ein paar katholischen Utensilien nichts, was ihn verdächtiger als jeden anderen gottgläubigen Niederbayern machen würde. Zu Sendlingers Unmut sagte seine Chefin: „Das muss ich mir selber noch mal anschauen, irgendetwas muss doch da zu finden sein.“
„Wir sollen heute Nachmittag zum Alten kommen, ich zitiere: ‚Es gibt Klärungsbedarf‘“, berichtete Sendlinger vom Telefonat mit Ritter.
„Ich habe es befürchtet, wird sicher Ärger geben, trotzdem glaube ich nicht, dass sie uns von dem Fall abziehen. Ist ja keiner da, der den Job übernehmen könnte.“
„Aber sag mal, wo warst du eigentlich heute Nacht?“
„Ich habe dir doch gesagt, dass ich eine kurze Auszeit brauche. Ich habe da so eine Art Geheimversteck. Dort kriege ich den Kopf schnell wieder klar. Die letzten Wochen waren einfach ein bisschen viel. Aber lass uns...“
Vor der Tür wurde es laut. Manu trat in die Polizeidienststelle und sah Klaus, der das Treiben sichtlich genoss, kalt an. „Ich habe dir bereits gesagt, dass es nichts zu sagen gibt. Wende dich an die Pres-

sestelle in Straubing. Dort gibt's Infos, von uns sicher nicht."
„Ach komm, wer wird denn so nachtragend sein, wir machen doch alle nur unseren Job."
„Herr Monn, Herr Seifeld, es gibt nichts, was wir zu berichten hätten, also verlassen Sie die Dienststelle."
„Holst du sonst die Polizei", feixte Klaus, konnte Manu aber nicht aus der Reserve locken. Nicht mehr, diese Zeiten waren ein für allemal vorbei.
„Raus hier, das meine ich ernst, sonst zeige ich Sie wegen Hausfriedensbruch an." Während Benno sich hinter Klaus versteckte und bereits einige Schritte in Richtung Rückzug machte, ließ sich Klaus zwar nicht aus der Fassung bringen, wusste aber – zum ersten Mal, seit er Manu kannte – nicht so recht, was er sagen sollte.
Zuhilfe kam ihm der Umstand, dass unvermittelt die Tür geöffnet wurde.
Jeder im Raum erkannte den Mann sofort: „Grüß Gott, Herr Dr. Breitenbacher, was verschafft uns die Ehre?" Liebl war zuerst auf den Passauer Universitätsprofessor im Ruhestand zugegangen und hielt ihm die Hand hin.
„Meine Frau ist seit gestern verschwunden."
Alle im Raum hielten den Atem an. Klaus versuchte sich unsichtbar zu machen, hatte aber keine Chance. Mit vereinten Kräften, polizeilichen Drohungen und unter Manus Hinweis, dass er seine Rechte auch gerne an die Zellenwand in der Inspektion schreiben könne, landeten er und Benno schließlich auf der Straße.

╬

„Kennst du dem seine Alte?", fragte Klaus.
Benno nickte: „Klar, ist der Gute Geist der Grafenauer Tafel. Hat vor einigen Jahren damit angefangen und seither stehen die Leute einmal in der Woche Schlange an der Essensausgabe. Noch dazu spendet sie sehr viel für die Jugend und, und, und. Also wenn du mich fragst, eine echte Heilige, die verschwindet nicht einfach so."
„Genau und deswegen warten wir jetzt auf den guten Herrn Doktor und wenn der uns nichts erzählen will, dann kann uns das auch egal sein."
„Der gute Geist der Grafenauer Tafel seit mehreren Tagen verschwunden: Hat der Killer vom Lusen wieder zugeschlagen?", formulierte Benno eine Schlagzeile.

„Es geschehen noch Zeichen und Wunder, du lernst es ja", nickte Klaus anerkennend.

╬

Manu bat um eine Minute Zeit und rief von ihrem Büro aus die Pressestelle an, legte die Fakten dar, man habe einen Verdächtigen, von dem zweiten Mord sei noch nichts nach außen gedrungen. Weiter wurden die Kollegen informiert, dass Klaus etwas von dem Verschwinden der Frau mitbekommen hatte. Sollten die sich doch um die Medien kümmern, war schließlich deren Aufgabe. Anschließend nahm sie mit Liebl und Sendlinger die Vermisstenanzeige von Dr. Peter Breitenbacher auf. Seine Frau sei gestern von einem Abendtermin nicht nach Hause gekommen. „Ich bin früh zu Bett gegangen. Heute morgen habe ich mir zunächst keine Gedanken gemacht, erst als mich eine Freundin von ihr anrief und mich fragte, warum sie nicht zu dem Termin erschienen war, habe ich mir Sorgen gemacht. Ja, natürlich habe ich versucht sie auf dem Handy zu erreichen. Doch da geht nur die Mobilbox dran."
Nein, bei einer Freundin oder bei Verwandten könne sie nicht sein. Erstens habe er alle denkbaren Kontakte kontrolliert und zweitens sei es gar nicht ihre Art, kommentarlos zu verschwinden.
„Haben Sie ein Foto von ihrer Frau?" Dr. Breitenbacher zog eines aus der Jackentasche und reichte es Manu.
„Also gut, wir geben eine Vermisstenanzeige raus und schicken zwei Kollegen los, die sich um die Sache kümmern. Mehr können wir im Moment leider nicht tun."
„Wenn die Herrschaften zu beschäftigt sind, meine Frau zu suchen, werde ich einen privaten Ermittler beauftragen."
„Wir glauben nicht, dass Ihrer Frau etwas zugestoßen ist aber wir informieren Sie sofort, wenn wir etwas wissen. Und bitte teilen Sie uns mit, wenn sich Ihre Frau bei Ihnen meldet. Eine Bitte noch: Draußen werden die beiden Herren vom Tagblatt stehen. Wir würden Ihnen empfehlen, nicht mit Ihnen zu reden."
Dr. Breitenbacher ließ die drei Beamten am Tisch zurück und schloss die Tür hinter sich. Er dachte nicht im Traum daran, sich gegenüber der Presse bedeckt zu halten. Zwar hätte er Klaus Monn ohnehin nichts erzählt, da er ihn für einen ekelerregenden Wurm hielt, trotzdem war er wild entschlossen, alles zu tun, um seine geliebte Frau wiederzufinden. Er würde, wenn nötig, allen Fernsehsendern und

Zeitungen, die ihm Mikrofone oder Diktiergeräte unter die Nase hielten, Auskunft geben. Er würde, wenn nötig, Himmel und Hölle in Bewegung setzen.
„Mensch was ist denn da los, jetzt haben wir zwei Tote und eine verschwundene Frau“, seufzte Manu. „Zwei Verschwundene“, sagte Liebl.
„Bitte was?“
„Erinnert ihr euch nicht. Vor einigen Wochen, ist doch schon mal einer verschwunden. Hat die Kirchenmitarbeiterin bei mir angezeigt.“ Liebl holte die Akte: „Hier steht's, verdammt stimmt ja. Der ist genau am Tag des ersten Mordes vermisst gemeldet worden. Wahrscheinlich ist das im Trubel untergegangen. Wir haben einige Leute befragt, unter anderem den Pfarrer. Helmut Schäfer, so heißt er, war Messner und so etwas wie der gute Geist der Pfarrei. Er hat noch Verwandte, doch dort ist er auch nie angekommen. Bisher haben wir kein Lebenszeichen von ihm.“
„Zwei Tote, zwei Vermisste, mann, mann, mann, langsam schafft mich der Fall“, konstatierte Manu. Ihre Laune wurde auch nicht besser, als Sendlinger sie daran erinnerte, dass sie jetzt dann noch einen Termin in Passau hätten. Zur gleichen Zeit befand sich Annemarie Breitenbacher dort, wo Helmut Schäfer nach langem Leiden zwei Wochen zuvor sein Leben ausgehaucht hatte.

Rückblende: Freitag, 19. März 2010. Gedenktag Josef von Nazareth.

Der Herr sieht ihn mit Wohlgefallen.

Heute vor 65 Jahren wird die Stadt Hanau bei einem Alliierten-Luftangriff fast vollständig zerstört.

...und auch an diesem Tag hatte Satan die Finger im Spiel.

Das Klappern des alten, rostigen Eisenrings jagte ihm noch immer einen wohligen Schauer über den Rücken, die freudige Erregung ließ die feinen Haare am Nacken beben. Die Scharniere quietschen leise, bevor durch die geöffnete Falltür der kühle, feuchtmodrige Geruch nach draußen drang und sie das schwarze Loch das sich hinter ihr verbarg, freigab. So viele Male hatte seine Hand nach dem Lichtschalter getastet, fand diesen inzwischen mühelos. Eine halbe Drehung, ein kurzes Klacken und die Steintreppe wurde von einer einzigen Glühbirne schwach erleuchtet. Er betrat die andere Welt, verschloss die Tür wieder und sperrte so die Realität aus. Kein Lebender, außer vielleicht den Ratten, die im Dunkel unsichtbar umherhuschten, würde hier je Zugang finden. „Kein Überlebender", korrigierte er sich sogleich mit einem milden Lächeln.
Die Vorfreude auf das, was ihn gleich erwarten würde, bescherte ihm den wohligen Hauch einer sanften Erektion. Das Ritual begann: „Eins und Zwei und Drei", zählte er die ersten Stufen nach unten, ließ dabei die Perlen seines Rosenkranzes durch die Finger laufen. „Vier und Fünf und Sechs", natürlich war es göttliche Fügung, dass es genau 59 Stufen waren, ehe er den Absatz erreichte. 59 Stufen, 59 Perlen am Rosenkranz – „gelobt sei Jesus Christus".
Gemessenen Schrittes bewegte er sich zielsicher durch den dunklen Gang, der in früheren Zeiten Verbindungsarm zu Folter- und Vorratskammern der mittelalterlichen Burg darüber waren, die Franz Freiherr von der Trenck mit seinen marodierenden Pandurenhorden im Jahr 1742 dem Erdboden gleichgemacht hatte und von der jetzt neben in Vergessenheit geratenen Ruinen nur noch eine detailgetreue Miniatur im Wohnzimmer eines Modellbaufreundes existierte. Noch heute erinnerten in der Region Pandurenfeste und -steige an die wilde Zeit des österreichischen Erbfolgekriegs.
Doch das war jetzt nicht wichtig. Dieser erhabene Moment gehörte nur dem Allmächtigen, seinem treuesten Diener und...

Er öffnete eine weitere Tür und trat unwillkürlich einen Schritt zurück. Nach der Düsternis im Gang traf ihn das gleißende Licht wie ein Faustschlag. Raphaels Augen benötigten einige Sekunden, um sich an die Helligkeit zu gewöhnen. Doch dann rannen ihm – wie jedes Mal, wenn er diesen Raum betrat - Tränen des Entzückens über die Wangen, so schön war es hier an der Schwelle zum Himmelreich. Und er hatte dies alles geschaffen. Gottgefällig und für die, die dem Allmächtigen reinen Gewissens gegenübertreten konnten. Eine warme Woge floss durch seinen Körper, ein Schauer der Erregung und der Liebe. Er glaubte, es sei Gott selbst, der ihn in seinem heiligen Akt begleitet. „Ja, ich bin Raphael, dein ergebener Engel des Todes", flüsterte er. „Ich führe die Menschen in dein Himmelreich."

╬

Die Wände waren mit strahlend weißen Stoffen abgehängt, Neonstrahler durchfluteten den Raum mit künstlichen Sonnenstrahlen, armdicke Kerzen brannten und aus gewaltigen Boxen erklang chorale Musik. Vasen - bestückt mit weißen Lilien, die schon in der Antike ein Symbol der Reinheit und Schönheit, aber auch des Todes waren – standen an den vier Ecken einer Empore. Auf der, der Wand zugewandten Längsseite überragte ein rund zwei Meter hohes Kruzifix die Szenerie. Die gekreuzigte Jesusfigur blickte scheinbar traurig auf das, was sich zu ihren Füßen abspielte.
Auf der altargleichen Empore lag – ebenfalls ganz in weiß gehüllt - eine leise wimmernde Gestalt. Längst hatte diese das Schreien aufgehört, das Flehen, Bitten und Fluchen, mit dem sie noch vor rund zwei Wochen versucht hatte dem jetzt unausweichlichen Schicksal zu entfliehen. Wenn man es genau nahm war es nicht einmal ein Wimmern. Eher ein Atmen, das mal gleichmäßig, mal stoßweiße aus den Lungen strömte und doch friedvoll war. Der Odem des Lebens hatte seinen Todeskampf bereits gewonnen. Und das in der gelassenen Gewissheit, dass er ihn verlieren würde.

╬

Irgendwo vor der Kirche, in der er sein allabendliches einsames Gebet genossen und anschließend das Gotteshaus verschlossen hatte, war der Erinnerungsfaden gerissen. Aufgewacht war Helmut Schäfer in einem Raum der Reinigung, wie sein Peiniger ihn einmal

nannte. Dabei war es nicht mehr als ein modriges Kellerverlies, an dessen feuchtkalten Wänden Grünspan und Schimmel wucherte. Die Bezeichnung Peiniger war allerdings nur die halbe Wahrheit. Am ersten Abend seiner finalen Gefangenschaft hatte Helmut ein seltsames Pulver zu sich nehmen müssen, das er mit – so schien es ihm – unendlich viel Wasser hinunterspülen musste. Und auch, wenn er seit diesem Zeitpunkt nichts zu essen und zu trinken bekam, sein Entführer in der Sache hart und unnachgiebig war, so behandelte er ihn doch mit einer frömmelnden und freundlichen Aufmerksamkeit. Während Helmut sich nach dem Abführ-Pulver, das ihm verabreicht worden waren, festgeschnallt auf einen thronähnlichen Stuhl entleerte, strich ihm sein Kerkermeister, er, den er schon als Kind gekannt hatte, verschwitzte Haarsträhnen aus dem Gesicht, tupfte die bald wasserentwöhnten Lippen mit einem feuchten Waschlappen ab, zog diesen aber sofort zurück, wenn Helmut anfing, gierig an ihm zu saugen. Stundenlang dauerten diese Prozeduren, bei denen ihm Gebete vorgetragen, Bibelzitate vorgelesen und Gott gepriesen wurde. Seine Schreie und unbeholfenen Verwünschungen (schließlich hatte er derartige Worte als frommer Mann fast nie verwendet – zuletzt vielleicht vor ca. 60 Jahren gegenüber einem rüpelhaften Klassenkameraden) prallten an seinem Gegenüber ab, als habe der sie gar nicht gehört. Seltsam entrückt wiederholte er stattdessen gebetsmühlenartig die ständig gleichen Worte: "Freue dich, du Glücklicher. Du kannst auf unseren Herrn Jesus Christus bauen, der da spricht: Ich bin die Auferstehung und das Leben. Wer an mich glaubt, der wird leben, auch wenn er stirbt; und wer da lebt und an mich glaubt, der wird in Ewigkeit nicht sterben."
Seltsamer Weise waren es die mit dem Horrorszenario verwendeten heiligen Worte, die Helmut einen Angstschauer über den Rücken jagten, für seinen Peiniger empfand er dagegen nur Abscheu und Ekel. Anfangs hatte Helmut das Herzrasen und die unerträglichen Kopfschmerzen bekämpft, indem er die trägen Rinnsale modrigen Wassers von der Wand leckte. Schließlich wurde er dabei ertappt und an sein karges Bett gefesselt. Und doch, trotz dieser Kerkerqualen, versuchte sein Entführer so etwas wie eine perverse Verbundenheit zu Helmut aufzubauen. „Der Herr spricht, das Fleisch muss abgetötet werden", hatte er zu Helmut gesagt, wenn er verzweifelt nach Nahrung oder Wasser flehte. Selbst legte er einen Bußgürtel an, den er sich nicht um den Oberschenkel, sondern um die Hüften legte. Dehydriert und aufgrund des Wassermangels verwirrt und agitierend

zuckend gewahr Helmut durch den Schleier des nahenden Todes, dass er aus dem Kellerloch in einen warmen, hellen Raum getragen wurde.

╬

Raphael konnte deutlich sehen, dass Helmut bald seinem Schöpfer gegenübertreten würde. Und es würde ein schöner Tod sein. Deutlich erinnerte er sich wieder an das Gespräch, das er in dem Krankenhaus vor Jahren gehört hatte, in dem er seinen sterbenden Großvater täglich besuchte. Er hörte, wie der Chefarzt zu seiner Assistentin sagte, dass der Tod durch Verdursten die humanste Art des Sterbens sei. Nach einigen quälenden Stunden würde der Mensch in eine Art angenehmen Dämmerzustand fallen, der nach drei, vier verträumten Tagen und Nächten für immer enden würde.
Fast meinte er zu erkennen, wie die sich vom Körper loslösende Seele schon gen Himmel begehrte. Und das war sein, Raphaels Verdienst, und der von Helmut selbst, der ein Leben lang gottesfürchtig gelebt hatte. Er legte den selbst angefertigten Bußgürtel an, genoss den Schmerz, den die Stahlnägel verursachten, als sie sich in sein Fleisch bohrten, zog den Gürtel enger und stöhnte leise auf. Mit einem Mal durchströmte ihn eine feierliche Ruhe, seine Sinne schärften sich und beinahe konnte er schon sehen, dass sich die Himmelpforte öffnete. Noch immer durchdrangen chorale Gesänge das gleißende Weiß des Raumes. Ein grotesker Gegensatz zu dem schwindenden Haufen Mensch, der seltsam krumm auf der Empore lag. Dorthin begab er sich jetzt, kniete auf dem weiß überzogenen Hocker nieder und blickte in das Gesicht von Helmut. Dessen Augen, die milchig weiß – das freundliche Blau, das früher aus ihnen blitzte, war längst verschwunden – aus einem faltigen Schädel blickten, der mehr an einen Schrumpfkopf als an den eines lebenden Menschen erinnerte, nahmen das Gegenüber und die Umgebung nicht mehr wahr. Der Verstand erfasste nichts mehr, die Ohren nahmen keine Worte mehr auf. Sonst hätten sie gehört, was sie in den zurückliegenden Tagen so oft hatten vernehmen müssen: "Freue dich, du Glücklicher. Du kannst auf unseren Herrn Jesus Christus bauen, der da spricht: Ich bin die Auferstehung und das Leben. Wer an mich glaubt, der wird leben, auch wenn er stirbt; und wer da lebt und an mich glaubt, der wird in Ewigkeit nicht sterben."
Die Musik verstummte und noch einmal zog Raphael den Gürtel

enger. Jetzt steckten die Nägel tief im Fleisch und bohrten jede irdische Begierde aus dem lustvoll geschundenen Körper. Die feierliche Ruhe wich einem irren Hochgefühl und er fischte in seiner Jacke nach einem schwarzen Notizbuch. Das Einmerkband verhinderte, dass er die richtige Seite lange suchen musste. Er legte sich das aufgeschlagene Buch in beide Hände und las laut:
„Im Namen des Vaters, des Sohnes und des Heiligen Geistes: Nimm Helmut Schäfer auf in dein Himmelreich. Deinen treuen Diener, der stets fromm und gottesfürchtig gelebt hat."
Es klang wie der Lebenslauf eines Bewerbungsschreiben: „Helmut Schäfer hat der Kirche 53 Jahre treu gedient." Raphael zählte die christlichen Verdienste von Helmut Schäfer auf. „Seit der Heiligen Kommunion im neunten Lebensjahr hat er als Ministrant treu und brav gedient, bei jedem Gottesdienst pflichteifrig Weihrauch in der Kirche verteilt. Keinen Sonntag hat er gefehlt, seine Mutter aufopferungsvoll bis zu deren Tod gepflegt und den Kindern, die später oft an seinem Rockzipfel hingen gottestreue Geschichten erzählt und ihnen anschließend einige Münzen für ein Eis zugesteckt. Nie hat er seine Hand erhoben oder mit lästerlichen Reden Gott gefehlt." Raphaels Hochstimmung verwandelte sich in gläubige Raserei. „Alkohol hat er gemieden, Tabak nicht angerührt, karges Brot und Wasser stets der Völlerei vorgezogen. Seelsorge hat er betrieben und wenn nötig auch mit Freude missioniert. Trotzdem, oh Herr, war er kein unzufriedener Mensch. Er war erfüllt von Liebe und Lebensfreude, die DU ihm in die Wiege gelegt hast. Darum, oh Herr, nimm ihn auf in", Raphael schrie die Worte, „DEIN HIMMELREICH. Auf das er von Stund an dir die Freude bereite, die die unwürdigen Kreaturen auf der Erde nicht verdient haben". Raphael blickte von seinem Buch auf, klappte es zu und steckte es zurück in die Tasche unter der strahlend weißen Kutte, die er trug. Er senkte wieder den Kopf, hob gleichzeitig die Arme über den schwindenden Körper und sprach erneut: „Freue dich, du Glücklicher. Du kannst auf unseren Herrn Jesus Christus bauen, der da spricht: Ich bin die Auferstehung und das Leben. Wer an mich glaubt, der wird leben, auch wenn er stirbt; und wer da lebt und an mich glaubt, der wird in Ewigkeit nicht sterben."
Helmut Schäfer zuckte leicht, fast unmerklich, sonst war sein Körper zu keiner Bewegung mehr fähig. Raphael änderte seine Körperhaltung, setzte sich auf den Hocker auf dem er gerade noch gekniet hatte und bettete Helmut auf den Rücken. Dann nahm er das Handgelenk des ihm zugewandten Armes, legte die andere Hand auf die Stelle,

unter der das schwächer werdende Herz noch schlug. In perverser Neugier fühlte er den Puls, spürte den leisen Herzschlag und fixierte mit den Augen den Mund, der ein leises Röcheln vernehmen ließ. Was würde zuerst enden: Der Herzschlag?, der Puls?, der Atem? Raphaels Erregung stieg, der Büßergürtel suchte dies schmerzhaft zu unterbinden. Herzschlag, Herzschlag, Herzschlag.....Pause...bum, bum, bum, klopfte der Puls an Raphaels Finger, die ihn nervös suchten. Mit einem Mal setzte die Atmung aus, die schon seit geraumer Zeit viel zu schwach war, um den Brustkorb heben zu können und es wurde totenstill im Raum. Der Puls war kaum noch zu spüren. Herzschlag, Pause, Herzschlag, Pause, Pause, Pause. „Es ist aus und es beginnt", wollte Raphael jubeln, doch dann...

...als habe Helmut seinen Kampf noch nicht aufgegeben, kehrte die Atmung in einer erschreckenden Heftigkeit zurück, das Herz schlug schnell, der Puls drohte sich zu überschlagen. Nach dem kurzen Aufbäumen – als habe einer den Stecker gezogen – schliefen die Funktionen langsam wieder ein. Dieses Todesspiel wiederholte sich viele Male, stundenlang, so lange, dass Raphael einen Moment daran dachte die Hand vom Herz auf Mund und Nase zu verlagern. Doch Nein, er durfte nicht ungeduldig sein, musste seine Erregung hochhalten, Gott lenkte und er gehorchte. Dann, als die Sonne schon lange wieder über den Horizont gestiegen sein musste, war es endlich soweit: Helmut Schäfer starb, plötzlich, beinahe unerwartet. Er hörte einfach auf zu atmen, das Herz setzte aus, pumpte kein Blut mehr durch die geschundenen Adern, so dass der Puls erstarb. Raphael hatte seine Neugier nicht befriedigen können, so schnell war es gegangen. „Aber das macht nichts, ich werde ja noch so viele Gelegenheiten haben", dachte er für einen Moment und dann änderte sich sein Gemütszustand ein weiteres Mal. Eine tiefe Ruhe durchströmte ihn, eine Zufriedenheit, die er so noch nicht erlebt hatte. Raphael stand auf und blickte mit leicht geneigtem Kopf auf die friedvolle Szene vor ihm. Er weinte, wollte den toten Körper in einem letzten Akt der Freundschaft umarmen, ja, und er beneidete ihn. Helmut Schäfer war dahingegangen, wo sie sich einst wiedersehen würden. Doch noch war für ihn, für Raphael den Todesengel, viel Arbeit zu tun. Raphael streifte die Kutte ab, die jetzt mit dem Blut besudelt war, an dem der Büßergürtel Schuld trug, zog die Lendendornen aus dem geschundenen Körper. Der göttliche Schmerz war leicht zu ertragen. Später würde er die Wunden versorgen, reinigen und verbinden. Schließlich konnte er nicht riskieren, einen Arzt konsultieren zu müs-

sen. Trotzdem machte ihm das stellenweise faulige Fleisch, das er nicht hatte retten können und die, wenn auch wenigen eitrigen Entzündungen, schwer zu schaffen. Er würde mehr Kräuter und Salben benötigen. Für den Moment musste eine einfache Binde reichen, die er sich fest um den Körper wickelte.
Die Ruhe gab ihm Kraft. Er löschte die Kerzen, zog die weißen Vorhänge zurück, so dass sakrale Malereien zum Vorschein kamen. Er strich Helmut das schwitzige Haar aus der Stirn und versuchte die weit geöffneten milchig weißen Augen zu schließen. Er holte aus einem sorgsam in die Ecke gestellten Koffer weitere Binden und eine Schere. Eine Bindenrolle schnitt er durch, legte sie auf die Augen, eine weitere klemmte er unter das Kinn, wickelte eine dritte um den Kopf und band den Kinnschoner so fest. Die Schleife, die er an der Stirn machte, die Binden an den Augen, der Kinnschoner, all dies gab Helmut ein groteskes Aussehen. Doch wenn erst einmal die Leichenstarre eingetreten war, würde es unmöglich sein, den Mund und die Augen zu schließen.
Er hatte noch viel zu tun, bevor er die Kellertür hinter sich schließen und in sein bürgerliches Leben zurückkehren konnte. Geschäftige Betriebsamkeit nahm von ihm Besitz. Er löschte die großen Kerzen, schaltete einige Strahler aus, verlies den Raum und kam mit einer fahrbaren Bahre zurück. „Alfredo Salafia wartet, sagte er zu der vor ihm liegenden Leiche" und lachte aufgrund seiner Bemerkung kurz auf. Er bettete Helmut auf den Leichenwagen und schob ihn hinaus. Eine weitere Tür stand offen, dorthin brachte er seine Fracht. Ein Raum schob sich ins Blickfeld. Darin standen große gläserne Glasballone, kleinere und größere Flaschen, Behältnisse, ein Tisch und ein Stuhl. Spritzen, Nadeln, medizinische Scheren, Skalpells waren sorgsam gruppiert. An einer Wand stand ein Bücherregal, das unter seiner schweren Fracht zusammenzubrechen drohte. Fast konnte man glauben, man befände sich im Labor eines mittelalterlichen Alchimisten. Er hoffte, dass er genug von dem gelesen hatte, was Alfredo Salafia selbst und was über ihn und seine Arbeit geschrieben worden war. Monate hatte er gebraucht um aus weit entfernten Laboren im benachbarten Ausland die Zutaten zu stehlen. Glyzerin, Formalin, Zinksulfat und Chloride, Alkohollösung und Salicylsäure, seien nötig, um einen Körper haltbar zu machen. Das hatte der wohl berühmteste Einbalsamierer der jüngeren Geschichte, der zu Beginn des 20. Jahrhunderts gelebt und das zweijährige Mädchen Rosalia Lombardo für die Ewigkeit präpariert hatte, der Nachwelt hinterlassen.

Bei einer Katze hatte er Salafias Methode schon probiert, war mit dem Ergebnis allerdings nicht ganz zufrieden. Unzählige Stunden hatte er seither gelesen, gelernt, medizinische Berichte und allerlei Fachliteratur gelesen. Auch deshalb hatte Helmuts Körper gereinigt werden müssen, es war ein wichtiger Bestandteil des Verfahrens. Sachlich, als habe er einen zu behandelnden Patienten vor sich, ging er ans Werk. Raphael wollte seine Taten unbedingt für die Ewigkeit erhalten. Nicht nur Gott, der Herr, sollte mit ihm zufrieden sein. Die ganze Menschheit sollte erkennen, welch große Taten Raphael vollbracht hatte. Langsam zog er eine Spritze auf, lächelte und machte sich ans Werk.

Wieder Mittwoch, 21. April 2010. Gedenktag Heiliger Konrad von Parzham, niederbayerischer Laienbruder.

Der Herr sieht ihn mit Wohlgefallen.

Heute vor 75 Jahren fordert ein Erdbeben in der Region um die Stadt Hsinchu auf Taiwan über 3000 Menschenleben.

...und auch an diesem Tag hatte Satan die Finger im Spiel.

Von Dr. Breitenbacher war nichts zu erfahren, aber das war Klaus völlig egal. Auf dem Weg zurück in die Redaktion trugen Benno und er die vermeintlichen Fakten zusammen.

„Also wir haben", sagte Klaus: „Die Zitate aus deinen Büchern. Für sich schon geil genug, dann haben wir eine verschwundene Frau, die eine wahre Wohltäterin war."

Benno hatte keine Einwände, fühlte den Enthusiasmus des Zeilenjägers in sich aufkeimen.

„Sollen wir noch ein paar Anrufe machen, ich kenne die Leute von der Polizeipressestelle ganz gut."

„Wozu, wir haben alles, was wir brauchen, zu viele Anrufe machen eine Geschichte nur kaputt."

Benno verdrängte das schlechte Gewissen, das durch seinen Körper schlich.

╬

Manu notierte an der Pinwand akribisch alle Fakten. An der Landkarte hingen die Bilder der Tatorte und der Opfer. Den verdächtigen Nazi strich sie durch. „Bleibt noch der Waldläufer, unsere derzeit heißeste Spur. Den Typen, den Monn ausgegraben hat, können wir wohl vergessen, oder?" Sendlinger widersprach: „Solange wir ihn nicht haben und nicht befragen konnten, bleibt er im Spiel. Eifersucht und verletzte Eitelkeiten waren schon immer ein Mordmotiv. Obwohl ich dir recht gebe, warum sollte der den Vollidioten Fendl gekillt haben. Ein Nebenbuhler wird er ja wohl kaum gewesen sein. Und wenn, halte ich eine rituelle Schlachtung auch für eher unwahrscheinlich. Der macht in Drogen, wie wir wissen. Und was wir so über Kurt Spendler sonst noch erfahren haben, steht er wohl nicht im Verdacht besonders religiös zu sein."

„Was mir fehlt“, ergänzte Manu, „ist der Link zu den beiden Vermissten. Da kann doch nicht ernsthaft ein Zusammenhang bestehen, oder?“
Sendlinger hob die Schultern: „Keine Ahnung, merkwürdig sind die Parallelen schon.“
Manu notierte die Namen der beiden Vermissten. Ein Polizeibeamter steckte den Kopf in die Tür: „Ihr Gefangener randaliert.“

╬

Oh, wie sanftmütig sie war, ein echter Engel, sogar den erlösenden Tod vor Augen lächelte sie noch. Ja sie weiß, dass sie das Reich Gottes erwartet. Raphael strich Frau Breitenbacher eine verschwitzte Locke aus dem Haar und zog den Büßergürtel enger. Bald würde es soweit sein, bald würde sie das Antlitz Gottes schauen. „Der Herr sprach zum Satan: Hast du auf meinen Knecht Ijob geachtet? Seinesgleichen gibt es nicht auf der Erde, so untadelig und rechtschaffen, er fürchtet Gott und meidet das Böse. (Das Buch Ijob, Kapitel 1, 8). Er, Raphael, war das Werkzeug des Herrn und er würde nicht erlauben, dass Satan die reine Seele verderbe.

╬

Klaus war zu aufgeregt um zu schreiben, er diktierte Benno den Text. Benno grinste, als er seine Schlagzeile hörte.
„Das“, sagte Klaus, als sie den Artikel beendet hatten, „lässt die nächste Bombe platzen“. Benno nickte zufrieden, weniger über den Artikel, der weitgehend aus der Feder Klaus’ stammte, sondern aufgrund des Kommentars, der, wie er fand, richtig gut gelungen war.

Hat der Killer am Lusen wieder zugeschlagen?

Grafenauers Wohltäterin Annemarie Breitenbacher spurlos verschwunden

Von Klaus Monn

Grafenau: Der Mord am Fuße des Lusengipfels hält die Bevölkerung weiter in Atem. Die Polizei tappt im Dunkeln, auch nach vier Wochen gibt es noch keine konkreten Ermittlungsergebnisse. Wie das Tagblatt jetzt erfuhr, ist Frau Annemarie Breitenbacher seit zwei Tagen spurlos verschwunden. Hat der Killer wieder zugeschlagen? Handelt es sich um die Tat eines psychopathischen Serienmörders?

Gestern um 14 Uhr betrat Dr. Klaus Breitenbacher die Polizeiinspektion Grafenau und meldete seine geliebte Ehefrau als vermisst. Annemarie Breitenbacher, die sich als wahre Wohltäterin der Region einen Namen gemacht hat, sei vorgestern Abend nicht nach Hause zurückgekehrt. Zu einer Stellungnahme, wann er seine Frau das letzte Mal gesehen hat, war Dr. Breitenbacher gegenüber unserer Zeitung nicht bereit. Fakt ist, dass vor fünf Wochen ein junger lebensfroher Mann aus unserer Mitte gerissen und schrecklich entstellt wurde. Die Tat eines Psychopathen? Wenn das stimmt, dann schwebt Frau Breitenbacher möglicherweise in höchster Lebensgefahr. Führende Geisteswissenschaftler bestätigen, dass psychisch kranke Täter zu Serienmorden neigen. So schreibt der texanische Kriminalpsychiater James Grigson („Dr. Death") in dem von der Fachwelt vielbeachteten Buch „Gewissenlos, die Psychopathen unter uns", dass psychopathische Mörder weitere Morde begehen. Doch in welchem Zusammenhang stehen die beiden Fälle? Kann es sein, dass der beschauliche Bayerische Wald von einem Serienmörder heimgesucht wird. Die Polizei tappt weiterhin im Dunkeln, eine Dunkelheit, die uns allen Angst macht.

Kurzkommentar von Benno Seifeld: Vor fünf Wochen bekam der Bayerische Wald zum ersten Mal die Fratze des Bösen zu sehen. Findet dieses schreckliche Ereignis jetzt seine Fortsetzung? Handelt es sich „nur um einen Mörder? Für sich schon schlimm genug. Dagegen spricht die Tatsache dass er sein erstes Opfer schrecklich verstümmelt hat. Oder will uns der Täter etwas mitteilen, hat er eine Botschaft? Das ist wahrscheinlicher. Vordringlichste Aufgabe der Polizei muss es nun sein, das Motiv des Mörders herauszufinden. Das wird sie der Lösung des Falles näher bringen. Alles andere ist Bodensatzleserei und führt zu nichts. Einstweilen hoffen wir inständig, dass es Annemarie Breitenbacher, dort, wo sie ist, gut geht!

Die Suche nach Annemarie Breitenbacher verlief ohne Erfolg. Die Beamten, die das nähere Umfeld durchleuchteten kamen mit den Infos zurück, die sie schon kannten. Die Frau war der Inbegriff der Hilfsbereitschaft. Sie besorgte Spenden, stattete Alten und Kranken regelmäßige Besuche ab und war die Chefin der Grafenauer Tafel. Bei Freunden und Verwandten war sie nicht aufgetaucht. Es gab keine Unfälle, in deren Zusammenhang ihr Name fiel und auch in den Krankenhäusern der Umgebung war sie nicht aufgetaucht. „Wieso verschwindet die Frau spurlos?“, überlegte Manu. „Ebenso spurlos, wie dieser andere Wohltäter“, ergänzte Sendlinger. Beiden war inzwischen klar, dass ein Zusammenhang zwischen den Morden und den verschwundenen Personen bestehen musste. Nur welcher?

„Was für ein kranker Mist geht hier vor?“ Vor Sendlingers Augen tanzten Fragezeichen.

„Wir haben zwei Tote.“ Manu versuchte ihre Gedanken zu sortieren. „Einer davon ein junger Mann, Ausländer, aber offensichtlich integriert. Gläubig und gleichzeitig lebensfroh. Er macht Frauen glücklich und schafft sich dabei Feinde bei vermeintlichen Nebenbuhlern. Der zweite Tote ist eine verkrachte Existenz. Großmaul, ehemaliger Priesterschüler, abgedriftet ins rechte Milieu. Dann verpfeift er seine saubere Nazi-Bande. Klar hat sich der auch Feinde gemacht.“

„Der Mörder hat beiden die Gesichter abgerissen und religiöse Motive verwendet. Jetzt brauchen wir nur noch Eins und Eins zusammenzählen“, ergänzte Sendlinger mit einem bitteren Grinsen.

„Und dann sind da die beiden verschwundenen Personen. Brave Menschen, die in ihrem Umfeld als Wohltäter aufgetreten sind. Den einzigen Zusammenhang, den ich bei allen Vieren herstellen kann, ist der Glaube. Auch wenn heute sicher nicht mehr in jeder Wohnung ein Kreuz hängt, so ist im Bayerischen Wald doch sicher eine größere Religiosität lebendig als anderswo.“

╬

Vielleicht konnten sie ja etwas aus dem Waldläufer herausholen. War er ihr Mann? Konnte dieser am Leben gescheiterte Verrückte der Täter sein? So wie er sich in der Zelle aufführte, durchaus vorstellbar. Zwei Stunden lang hatten sie ihn verhört. Doch außer sinnlosem Zeug, war aus ihm nicht viel herauszuholen. Obwohl Manu bezweifelte, dass er so dumm war, wie er tat. Immer wieder wiederholte er gebetsmühlenartig die gleichen Sätze: Er sei rund um den Rachelsee gegangen, habe die Seele der Wecklin aufspüren wollen. Dann habe er ein Geräusch gehört, sei von dem Verursacher des Geräusches entdeckt worden und weggerannt.

„Nicht gerade viel, was wir Ritter berichten können," erinnerte Sendlinger Manu daran, dass sie noch einen Termin in Passau hatten. „Den habe ich ganz vergessen, muss das sein?" Überflüssig diese Frage zu stellen, denn Manu wusste, dass sie sich noch ihren Anschiss abholen mussten. Nicht ganz unverdient, wie sie sich selbst zugestand. Die Fahrt nach Passau war weitgehend schweigend verlaufen. Beide Kriminalbeamte legten sich in Gedanken ihre Ausreden zurecht, sprachen sich kurz ab und hatten die Stadtgrenze schon erreicht. Gegen 18 Uhr betraten sie mit Schlachtlämmer-Mienen Ritters Büro. Lange musterte der Polizeichef seine beiden Beamten, denen, wie er zugeben musste, die Anstrengung der letzten Wochen deutlich ins Gesicht geschrieben stand. Väterlicher Beschützerinstinkt keimte in ihm auf, sein Ärger über das wenig professionelle Verhalten wurde spürbar weniger.

„Was haben Sie sich eigentlich dabei gedacht, spurlos aus Grafenau zu verschwinden", sagte Ritter. Manu und Sendlinger verspürten bei den Worten „spurlos verschwinden" gleichzeitig einen Stich in der Magengrube. „Wäre es denn zuviel verlangt gewesen, dem Dauerdienst Bescheid zu geben oder wenigstens das Handy anzulassen?" Manu wollte etwas sagen, doch Ritter hob die Hand: „Ich will keine Entschuldigungen hören. Das war unprofessionell, meine Herrschaften, was sollen sich denn die Kollegen denken. Außerdem bekomme ich ohnehin schon von allen Seiten Druck, weil wir keine Ergebnisse vorweisen können. Die Presse bombardiert uns mit Fragen, vor allem dieser Straßenköter vom Tagblatt, wie heißt er gleich?... ah, ja hier steht's...Monn ist eine echte Landplage. Nicht weil er fragt, sondern weil er es nicht lassen kann, Dreck über uns auszuschütten. Hat der ein persönliches Problem mit Ihnen?" Wieder wollte Manu den Mund aufmachen aber ein Blick von Ritter genügte, um sie zum Schweigen zu bringen. „Und der Landrat ruft mich ebenfalls jeden Tag an, weil ihn seine Bürgermeister nerven, weil die dauernd verängstigte Bürger beruhigen müssen. Und als sei das alles noch nicht genug, liegt jetzt ein zweiter Toter in der Gegend rum. Und ihr nehmt euch einen freien Tag. Fabelhaft!" Auch wenn Ritter wusste, dass der letzte Satz etwas ungerecht war, da die beiden Kriminalbeamten seit Wochen ihr Bestes gaben, legte er nach:

„Mensch, Hentschel, der Schlendrian muss ein Ende haben, wir brauchen endlich ein paar Ergebnisse."
In diesem Moment wünschte sich Manu Bender an ihre Seite. Der hätte gewusst, wie man dem Alten auf solche Ungerechtigkeiten hätte herausgeben können. Sie selbst fühlte sich im Moment dazu nicht in der Lage. Auch wenn es ihr sicherlich nicht an Selbstvertrauen mangelte, sie auch nicht auf den Mund gefallen war oder Schiss vor Autoritäten hatte, hielt sie die Klappe. Während der ganzen Standpauke überlegte sie, was sie sagen, welche Entschuldigung oder Rechtfertigung sie anbringen sollte. Aber sie kam immer wieder zum gleichen Schluss: Dazu müsste ich Sendlinger anschwärzen. Und das wollte sie nicht. Als habe dieser ihre Gedanken gelesen, lächelte er sie dankbar an.
„Was gibt's denn da zu grinsen, Sendlinger, bringen Sie mich lieber auf den neuesten Stand."
Sendlingers Mimik erstarrte.
„Ein Waldläufer also, die ganze Geschichte wird immer abstruser", sagte Ritter nachdem Manu ihren Bericht abgegeben hatte. Die Tatsache, dass die Presse von dem erneuten Mord am Morgen noch keinen Wind bekommen hatte und die Pressestelle die Mitteilung bis zum nächsten Tag zurückhalten würde, zauberte ihm ein Lächeln auf's Gesicht.
„Dann haben es die Zeitungen erst für übermorgen und der Klugscheißer vom Tagblatt kann den ganzen Tag online und in den Nachrichten verfolgen, was er nicht in der Zeitung stehen hat."
Manu nickte: „Ja schon, allerdings hat er mitbekommen, dass die Frau von Dr. Breitenbacher verschwunden ist, die Schlagzeile wird er uns morgen wohl um die Ohren hauen."
„Damit müssen wir dann wohl leben, das hätte er ohnehin ausgeschlachtet." Ritter strich sich mit der Hand übers Kinn: „Das mit den Vermissten macht die Sache nicht gerade leichter, da haben Sie schon Recht. Aber Bender wird der Sache schon auf den Grund gehen."
„Was?", riefen Manu und Sendlinger gleichzeitig und Ritter schaute in zwei dümmlich dreinblickende Gesichter.

Bender legte den Hörer auf und starrte ihn noch einige Minuten ungläubig an. Damit hätte er bei all seinem Münchner Alltags-Blues nun wirklich nicht gerechnet. Ritter hatte ihn angerufen und ohne

Umschweife inständig darum gebeten, zurückzukommen und diesen Fall zu übernehmen. „Das wächst den beiden Kollegen über den Kopf", hatte Ritter gesagt. Das verdutzte Schweigen Benders interpretierte sein ehemaliger Chef als Ablehnung und wurde lauter: „Ich befehle Ihnen zurückzukommen, Bender wir brauchen Sie hier." Nach einigem Geplänkel und den Beteuerungen Ritters, er würde sich sofort um die Abwicklung kümmern, sagte Bender schließlich zu.

Jetzt saß er da und starrte das Telefon an. Er würde nach Niederbayern zurückkehren, in seine Heimat, in die Nähe seiner Frau, seiner Kollegen, die alles in allem gar nicht übel waren, ach was, sie waren Goldes wert. Sogar auf Ritter und Schaller freute er sich. Die Melodie eines alten Kinderreimes fiel ihm ein „Ich fahre zurück in den Bayerwald, trallalala." Bender bekam einen Lachanfall, fast schon hysterisch, so groß war die Last, die von ihm abfiel. Er, der so manch scheinbar unlösbaren Fall knackte, konnte das Mysterium seiner eigenen Befindlichkeit nie ergründen und hatte sich im Spinnennetz seiner Schwermut verfangen. Jetzt war ihm mit einem Mal alles klar. Er würde niemals mehr nach München zurückkehren wollen, er war Passauer, sogar Waidler, er war alles, nur dieser Großstadt war er nicht gewachsen. „Nicht meine Welt", sagte er zu sich selbst.

„Was haben Sie gesagt?", meinte die Sekretärin, als sie mit einer Tasse dampfendem Grünen Tee das Zimmer betrat.

„Das Leben ist schön, Martha, ich nehme mir heute frei. Gibt es in dieser Stadt eine Sauna?" Martha glotzte wie ein Kugelfisch, wurde aber gleich wieder geschäftsmäßig:

„Sicher, jede Menge, aber wenn Sie mich fragen, geht nichts über die Saunalandschaft im Volksbad."

„Da fällt mir ein, ich habe gar keine Badehose, aber die brauche ich in der Sauna ja sowieso nicht, was Martha? Und einen Bademantel und zwei große Badetücher kaufe ich mir unterwegs."

Bender hüpfte auf Martha zu, nahm einen Schluck aus der Tasse, verbrannte sich die Lippen und lispelte: „Ich bin dann mal weg!"

„Dem bekommt die Großstadtluft nicht", murmelte Martha etwas zu laut.

„Damit haben Sie den Nagel auf den Kopf getroffen", witzelte Bender und war zur Tür raus.

95 Grad und Bender saß schon zehn Minuten in der finnischen Sauna. Der Schweiß drängte in Strömen aus allen seinen Poren. Ein äußerlich sichtbarer Reinigungsprozess, der ihm auch die Möglich-

keit gab, seine Gedanken zu ordnen. Und das zum ersten Mal seit...
„Ja, seit wann eigentlich...?“
Drei Jahre lag die Scheidung zurück. Damals musste es irgendwann angefangen haben mit der Unzufriedenheit. Es wurde immer enger in Passau, alles erinnerte ihn an sie. Der Italiener, bei dem sie bevorzugt speisten, die langen Spaziergänge an der Inn-Promenade, als sie noch ein frisch verliebtes Paar waren. Der Spielplatz, auf dem er mit seinen beiden Mädels gespielt hatte. Deren Kindergarten, die Schule und, und, und. Sicher, er und Sonja pflegten ein freundschaftliches Verhältnis. Auch wenn er es sich bisher nie eingestanden hatte, es gab wohl keinen Weg mehr zurück zu einem gemeinsamen Leben. Das hatte Sonja letztlich ganz deutlich gesagt, als er in einem letzten Anflug von Euphorie versuchte, sie mit nach München zu nehmen. Doch im Gegensatz zu ihm wusste sie, wo sie hingehörte.
Jetzt, der Saunameister machte gerade einen Aufguss, der Bender fast die Luft zum Atmen nahm, durchströmte ihn eine fast göttliche Ruhe. Sein Leben schien sich im Eukalyptusdampf wie von selbst zu ordnen.
Schwer atmend lag Bender wenig später mit geschlossenen Augen auf einer Liege im Freien und spürte, wie sich seine Körpertemperatur langsam auf Normalmaß reduzierte. So wie sein Körper ausdampfte, strömte die Erkenntnis in ihn hinein. Er wusste immer um seine Fehler – vor allem im menschlichen Bereich. Er war ein niederbayerischer Vorzeigegrantler, der Menschen vor den Kopf stieß. Er war aufbrausend, manchmal cholerisch, doch während sein Umfeld noch damit beschäftigt war, seine Wutausbrüche oder arrogant überheblichen Bemerkungen zu verdauen, war er schon wieder zur Normalität zurückgekehrt. All das wusste er, nur ändern konnte er es nicht. Das führte dazu, dass Freunde immer weniger wurden. Letztlich war es noch seine Ex-Frau, die sich mit ihm abgab. Das machte sie für ihn immer begehrenswerter. Und gleichzeitig wütend, weil sie nicht mehr von ihm wollte. Schließlich sollte München Besserung bringen. Weit weg von allem Ärger. Doch das war ein fataler Irrtum gewesen. Jetzt bekam er eine dritte Chance: Und die wollte er nutzen. Er tauchte in das eiskalte Becken und wusch den alten Bender endgültig ab. Ab heute, das schwor er in den Münchner Abendhimmel, würde er ein anderer Mensch sein.

Rund 200 Kilometer entfernt saßen Manu und Sendlinger wieder in ihrer kleinen Kneipe etwas außerhalb von Grafenau. Es war brechend voll. An einigen Tischen wurde Karten gespielt, an anderen mehr oder weniger aufgeregt diskutiert. Und auch der Trinker, der immer auf dem gleichen Platz in einer Ecke der Kneipe saß, war da. Er trank Weißbier. Schnell und viel, aber nicht hektisch. Soweit sich Manu erinnern konnte, saß der bärtige Kerl, der zu jedem Weißbier genau dreimal ein braunes Pulver aus einer kleinen blauen Dose schnupfte und den sie niemals betrunken sah, immer da. Er war da, wenn sie kamen und er, wie einige andere Dauergäste auch, war da, wenn sie sich auf ihre kleinen gemütlichen Zimmer zurückzogen, die genau über dem Gastraum lagen. Dort verbrachten sie in den letzten Wochen ihre Nächte. Heute konnten sie mit dem einsamen Trinker mithalten. Der Wirt servierte den vierten Weißwein für Manu, Sendlinger trank Bier.
Manu blickte sich weiter um, ließ dabei den Tisch aus, an dem die Redaktion des Tagblatt saß. Inzwischen tat auch der herausfordernde Blick von Klaus nicht mehr so weh. Die Zuneigung, die sie einst für ihn gehegt hatte, war in Hass umgeschlagen. Den anderen, den Klaus Benno nannte, fand sie eigentlich ganz sympathisch, ein eher ruhiger Typ. „Eichel sticht", tönte es vom Nachbartisch. An der triumphierenden Ansage des Spielers konnte sie erkennen, dass er sein Spiel gewinnen würde. Einen Stich nach dem anderen, steckte er ein, kassierte einen königlichen Gewinn. Einen zehn Euro-Schein schob er zu den anderen unter den Aschenbecher, der unbenutzt neben ihm stand. Das Kleingeld häufte er daneben. Gerne hätte Manu jetzt eine geraucht. Scheiß Rauchverbot. Wie auf Befehl standen einige Gäste auf, um sich vor der Tür eine Zigarette anzuzünden. An den Tischen der Zurückgebliebenen erstarben kurzzeitig die Gespräche. Neue Getränke wurden bestellt, Gallbauer fragte Sendlinger und Manu, ob sie noch eine Kleinigkeit essen wollten. Stattdessen bestellte Manu Wein, Sendlinger Bier. Die Raucher kamen zurück, „Eichel sticht" ging aufs Klo. Manu erblickte den obligatorischen Herrgottswinkel. Jesus am Kreuz, darunter ein kleiner getrockneter Blumenstrauß. Seltsame Schäfchen hast du, dachte Manu.
Sendlinger brach das Schweigen: „Ich danke dir, dass du mich beim Alten rausgehalten hast, das rechne ich dir hoch an."
„Naja, ich habe gedacht, es reicht, wenn ich eine Abreibung bekomme, irgendwie bin ich ja für unser Team verantwortlich. Zumindest war ich das in den letzten Wochen."

„Ja, es ist echt der Hammer, dass sie uns Bender wieder vor die Nase setzen. Jetzt kommt zu den ganzen Ermittlungen noch die schlechte Laune unseres Auswanderers dazu. Der wird sicher total begeistert sein, dass er wieder aus seinem gelobten Land abgezogen wird. Und auslassen wird er das alles an uns." Manu nickte.
Klaus hatte dem Gin-Tonic ordentlich zugesprochen und verlor für einen schrecklichen Moment die Beherrschung: „Na Süße", stänkerte er in Richtung Manu, „was machen die Ermittlungen?"
Sendlinger war sofort aufgesprungen: „Halt bloß dein Maul, du Arschloch, sonst bekommst du es mit mir zu tun."
„Oh, ein edler Ritter, oder hält sich Frau Kommissarin ein Schoßhündchen?"
Sendlinger ballte die Fäuste und stürmte auf Klaus zu, der den Angriff ahnte und ebenfalls aufsprang. Elegant wich er Sendlinger aus, der seinem Bierkonsum Tribut zollte, für einen Moment das Gleichgewicht verlor und beinahe gestürzt wäre. In der Sekunde, die er brauchte, um sich umzudrehen und erneut auf Klaus loszugehen, waren schon Benno, Manu, der Wirt und zwei weitere Gäste dazwischen gegangen. Einem unschönen Wortgefecht und einem harmlosen Handgemenge folgte Tietzes Aufforderung an seinen Redaktionskollegen, sofort das Lokal zu verlassen. Klaus grinste verächtlich, spuckte auf dem Boden vor dem „Scheiß Bullen" aus und ließ sich widerwillig von Tietze aus dem Gastraum ziehen. Benno setzte sich wieder – er hatte keine Lust auf Klaus' Prahlereien – ein „Herz Solo" wurde angesagt, Gespräche wurden wieder aufgenommen. Bier wurde bestellt. So schnell der Tumult entstanden war, war er auch vorbei. Sendlinger saß mit rotem Kopf und schwer atmend auf seinem Stuhl. Nicht die körperliche Anstrengung, sondern die Wut auf Klaus, aber auch auf sich selbst, dass er die Beherrschung verloren hatte, nahm ihm die Luft zu atmen.
„Als Vorgesetzte muss ich dich jetzt fragen, ob du von allen guten Geistern verlassen bist? Trotzdem danke, dass du mich vor dem Typen verteidigt hast, das war lieb von dir."
Sendlinger brachte ein schiefes Lächeln zustande.
„Sag mal, kennst du diesen Vollidioten eigentlich besser?"
Manu hatte befürchtet, dass er die Frage stellen würde. Sie erzählte, ihn von früher aus dem Passauer Nachtleben zu kennen, mehr musste Sendlinger nicht wissen.
„Ist wohl sauer, dass er bei dir nicht landen konnte. Ich brauche jetzt erst mal einen Schnaps".

Manu sagte nichts, hob ihr Glas und bekam noch mehr Wein. Sendlinger kippte den Bärwurz und schlürfte den Schaum von seinem frischen Bier.

╬

Raphael blickte sich angewidert im vollen Wirtsraum um. Seine Gedanken kreisten um die beiden Redakteure. Was würde morgen in der Zeitung stehen, hatten sie die Zeichen erkannt? Jäh wurde er aus seinen Gedanken gerissen. Der Tumult brach los. „Da erhob sich ein Kampf im Himmel: Michael und seine Engel kämpften mit dem Drachen, und auch der Drache und seine Engel kämpften. Doch sie richteten nichts aus, und es blieb kein Platz mehr für sie im Himmel. Gestürzt wurde der große Drache, die alte Schlange, die den Namen Teufel und Satan trägt, der den ganzen Erdkreis verführt, er wurde hinabgestürzt auf die Erde, und seine Engel wurden mit ihm gestürzt" (Johannesoffenbarung 12, 7-9). Satan und seine Engel hatten sie alle verführt, sie waren Verlorene. Doch er, Raphael, er, das Werkzeug des Herrn, würde die Erde reinigen. Er würde der Schlange den Kopf abschlagen. Er war Raphael, Todesengel des Herrn. Er war Raphael, Racheengel des Herrn.

╬

Wieder war es Sendlinger, der das Schweigen brach: „Sag mal, was ist das eigentlich für ein Geheimversteck, von dem du heute morgen orakelt hast."
War es der Wein und die wachsende Sympathie, die sie für Sendlinger verspürte? Sie konnte die Frage auch am nächsten Tag nicht beantworten, denn sie erzählte ihm, was sie eigentlich geheim hielt. Nicht, weil sie etwas Verbotenes oder Anrüchiges tat, sondern einfach, weil es ihr privatester Bereich war, den sie nur ganz für sich beanspruchte.
„Es ist eigentlich gar nichts besonderes. Ich habe eine Schwester in Deggendorf. Dort lebt sie mit ihrer kleinen Familie. Vater, Mutter, Kind und Hund. Ich mag sie alle so sehr. Sie stellen keine Fragen, sind einfach für mich da, lassen mich in Ruhe, wenn ich nichts sagen will und geben mir Rückhalt, wenn ich jemanden zum Reden brauche."
Jetzt war es an Sendlinger zu nicken.

„Sie nehmen dich halt so wie du bist und man fühlt sich einfach um seiner selbst Willen geliebt. Eine Oase des Glücks, die allen Ärger abwäscht."
„Genau", antwortete Manu mit schwerer Zunge.
„Genau", sagte Sendlinger.
„Du musst deine Familie sehr lieben". Statt zu antworten zog Sendlinger ein Bild aus seinem Geldbeutel und hielt es Manu hin. Sie nahm es und berührte dabei seine warme Hand. Der Hauch einer Berührung. Er genügte, dass sich zwei Augenpaare trafen und nicht mehr voneinander lassen konnten. Sie kamen sich näher. Der Tisch zwischen ihnen schien zu schmelzen. Die Gespräche um sie herum erstarben. Die Realität verschwamm im Nebel des Alkohols und in einer Woge der Zuneigung. Zwei verlorene Seelen auf der Autobahn ins Unglück.

╬

Raphael beobachtete die Szene mit wachsendem Unmut. Der Herr spricht: „Du sollst nicht Ehe brechen." Raphael schickte einen verzweifelten Gedanken an Sendlinger: „Der Frau Verderbtheit zeigt sich in den frechen Blicken, und leicht wird sie erkannt an ihren Augenwimpern" (Buch Jesus Sirach 26, 9). Doch Sendlinger hörte ihn nicht, er hörte ihn einfach nicht. Oh Herr, ich bin dein Racheengel.

╬

Es passierte etwas Verbotenes. Etwas ganz und gar Unglaubliches. Manu wusste, dass es nicht Recht war, Sendlinger wusste es auch. Und doch konnten beide nichts dagegen tun. Eine höhere Macht spann die Fäden. Manu stand auf. Sendlinger auch. „Ich spiele mit der Alten", „noch ein Bier", „Zahlen", das Leben lief weiter, zwei Menschen nahmen keine Notiz davon.

╬

Als die Tür des Gastraums hinauf zu den Gästezimmern zufiel, wuchsen die Leidenschaft und die Verzweiflung Raphaels. Du sollst nicht Ehe brechen! Und dann fasste er einen weiteren Plan...

Manu und Sendlinger erreichten den Gang zu ihren Zimmern. Hände wanden sich ineinander, zwei Körper suchten Nähe. Sie erreichten die Tür zu Manus Zimmer, die Hände tief ineinander verschlungen, sie konnte ihn riechen und begehrte ihn. Tränen liefen ihr über das Gesicht. Er würde nie ihr gehören. Niemals! Außerdem, was hier gleich geschehen würde, war Wahnsinn - hatte sie es gesagt oder nur gedacht. Kurz bevor sich ihre Lippen berührten, wurde Manu schlagartig nüchtern. Sie sah in Augen, die ebenso entsetzt blickten, wie die ihren. Eilig ließen die beiden Kriminalbeamten voneinander ab.
„Nacht", murmelte Sendlinger und war in seinem Zimmer verschwunden, bevor Manu ihm antworten konnte.

╬

Klaus tobte. Nach dem Auftritt in der Kneipe, den er immer noch genüsslich nachwirken ließ, kontrollierte er vor dem Schlafen gehen im Internet noch einmal seine Favoritenseiten. Auf seinem Bildschirm prangte auf dem Online-Auftritt einer überregionalen Zeitung, dass tags zuvor an der Racheldiensthütte ein weiterer Toter gefunden worden war. Ihm war sofort klar, dass das eine Retourkutsche von Manu war. Die Pressestelle hatte die Infos zurückgehalten, so dass er sie nicht mehr ins Blatt hatte hieven können
„Diese verdammten Scheißbullen! Verdammte Fotze!"
Klaus schleuderte sein Gin-Tonic-Glas durchs Wohnzimmer, das lautstark an einem gerahmten Warhol-Poster zerbarst.
Klaus' Wut steigerte sich in Raserei, er tobte durch die Wohnung, wie ein Geisteskranker. Und immer wieder wiederholte er die gleichen Worte:
„Das wirst du büßen, du kleine Sau!" Manu hatte Klaus auf seinem Spielplatz von der Leiter geschubst. Das würde er nicht dulden. Er brauchte einen Plan, einen Blitzkrieg, mit dem er die Schlampe ausradieren würde.

╬

In der PI Grafenau kämpften die Beamten mit anderen Problemen. Bereits zum zweiten Mal in dieser Nacht trat ein unausgeschlafener Arzt in die Zelle des Waldläufers. Die zweite Dosis Diazepam hatte endlich Wirkung gezeigt. Mahnend verabschiedete sich der Arzt mit der dringenden Empfehlung, den Waldläufer in der Geschlossenen

des Bezirksklinikums unter zu bringen. „Bis morgen ist er ruhig gestellt, aber dann sehe ich keine andere Möglichkeit.“
Inzwischen wimmerte der Waldläufer nur noch. Er zitterte am ganzen Körper, als liege er nackt auf einer Eisscholle im Rachelsee. Das Wimmern ging in einen monotonen Singsang über. „Vater unser im Himmel, dein Reich komme, dein Wille geschehe...“ Dann fiel er in einen unruhigen Schlaf, die Augen tobten hinter den geschlossenen Lidern, der Waldläufer träumte von früher, von der Zeit, als er noch Benedikt Hirner war und von dem Tag, als er sich in seinem Selbst verloren hatte. Er war wieder der smarte Beni, wie sie ihn alle liebten. Die Schule mit links geschafft, auch die Professoren an der Uni liebten sein Talent und sein smartes Wesen. Er war Stammgast auf den Uni-Partys, für jeden Spaß zu haben und hatte mit zwanzig Jahren mehr Frauen flachgelegt, als so manches niederbayerische Dorf Einwohner zählt. Und doch war da seine andere Seite. Die, die er verbarg. Die Nachdenkliche und Sensible. Saß er vor dem Fernseher ließ er den Tränen freien Lauf. So viel Krieg, Morde, Kinderschänder. Oft lief ein Film aller nur erdenklicher menschlicher Grausamkeiten in seinem Kopf ab und er konnte ihn nicht stoppen. Er wurde Vegetarier, entsagte seinen gelegentlichen Ausflügen in den Mariuhana-Himmel, trank keinen Alkohol, verzichtete auf Zigaretten, spendete Unmengen Geld für wohltätige Einrichtungen, engagierte sich beim Dritte Welt-Laden, machte freiwillige Sozialstunden im Altenheim, doch: Der Film blieb. Einzig die Ruhe der Kirche, die erhabene Größe eines Gotteshauses, der Duft von Weihrauch, eine ergreifende Rede während der Predigt, schalteten das Kopfkino ab. Hier fand er dankbar Frieden. Benedikt konnte akzeptieren, dass nicht Gott für die Gräueltaten der Menschen verantwortlich war. Es war der Mensch selbst. „Der Mensch ist des Menschen Wolf“, philosophierte er mehrmals vor denen, die noch bereit waren ihm zuzuhören. Sein Haar wurde stumpf, der Glanz wich daraus ebenso, wie der aus seinen Augen. Es war, als habe jemand den strahlenden Stern, der in seinem Kopf einst funkelte, ausgelöscht. Und an dem Tag, als er durch den Wald ging, sich im Schutz der Bäume sicher bewegte, fühlte, wie die Brise, die deren Blätter streichelte, auch seine Haut kitzelte, da betrat er erstmals die alte Hütte. Als er wieder heraustrat, war er nicht mehr Benedikt Hirner, er war der Waldläufer.
Der Waldläufer lag auf seinem schmalen Bett und entspannte sich. Er spürte das Blut in seinen Adern zirkulieren. Ihm wurde warm. Es war gut, für den Moment war es gut.

Donnerstag, 22. April 2010. Internationaler Tag der Mutter Erde.

Der Herr sieht sie mit Wohlgefallen.

Heute sinkt die Bohrinsel Deepwater Horizon im Golf von Mexico. Monatelang werden Millionen Liter Rohöl das Meer verseuchen, Tiere, Pflanzen und ganze Landstriche vernichten.

...und auch an diesem Tag hatte Satan die Finger im Spiel.

Ohne eine Minute geschlafen zu haben, stürmte Klaus am nächsten Morgen in die Redaktion.
„Die machen wir fertig“, schrie er. Benno, der ebenfalls im Internet gestöbert hatte, wusste natürlich worum es ging.
„Naja, du brauchst dich nicht wirklich zu wundern, dass die uns eine Retourkutsche verpasst haben. Bei dem Dreck, den wir über ihnen ausgegossen haben.“
„Was soll das du Arschloch, bist du jetzt auf deren Seite? Seit wann ist Nachrichtensperre oder das Zurückhalten von Ermittlungsergebnissen erlaubt?“
„Sie haben weder das Eine noch das Andere getan. Sie haben brav alles berichtet, nur eben so, dass wir nichts mehr damit anfangen konnten. Auge um Auge, Zahn um Zahn.“
Klaus stutze für den Bruchteil einer Sekunde, seit wann gab Benno contra?
„Sag mal, vögelst du die Alte oder warum nimmst du sie in Schutz?“
„Wenn du die Hentschel meinst, so wie du dich aufführst, glaube ich eher, dass sie dich nicht rangelassen hat.“
„Was weißt du schon, du kleiner Scheißer, während du dir zu Hause einen runtergeholt hast, hab ich der schon lange das Hirn aus dem Leib gevögelt.“
„Ja klar, der tolle Klaus, der alle haben kann.“
„Genau, du gehörst ja schließlich auch dazu. Und jetzt mach Platz.“
Benno errötete, ließ sich aber nicht in die Defensive drängen: „du hast hier nicht mehr zu sagen als ich und jetzt wird zur Abwechslung mal ordentlich gearbeitet.“
„Ach ja, sagt wer, du elender Wurm kannst mir doch nicht das Wasser reichen.“
Benno wollte antworten, doch Tietze betrat das Büro.
„Was ist denn hier los? Willst du dich schon wieder prügeln?“

Klaus schnaubte vor Wut, Tietze legte nach: „Die Chefredaktion hat angerufen, denen gefällt gar nicht, was in der Zeitung steht und was tatsächlich passiert ist. Ich sehe das übrigens genau so."
„Weißt du was, die Vollidioten sollen mich am Arsch lecken, schließlich bin ich hier derjenige, der die Schlagzeilen produziert und die Auflage steigert."
Benno lächelte süffisant: „Ja genau, deswegen haben sie dich ja auch in die Provinz verbannt."
Hätte Klaus eine Knarre gehabt, in diesem Moment hätte er geschossen.

Der Knackpunkt für Benno war der Abend zuvor in der Kneipe. Angewidert beobachtete er, wie Klaus sich regelrecht volllaufen ließ und immer wieder anzügliche Blicke in Richtung Manuela Hentschel warf. Als das Handgemenge losging, sah Benno in Klaus Augen etwas, das ihm gar nicht gefiel, etwas Diabolisches! Schlagartig wurde ihm übel. Die Übelkeit steigerte sich noch, als sich die beiden Kriminalbeamten im Alkoholnebel offensichtlich näher kamen. Schuld daran war auch Klaus. Er stürzte einfach jeden ins Unglück. In diesem Moment wurde ihm klar, dass er die ganzen letzten Wochen falsch lag. Er hatte sich von Klaus' Charisma blenden lassen. Er, der, solange er denken konnte, in der Redaktion des Lokalblattes arbeitete. Solide, kritisch aber stets gerecht. Dafür wurde er geschätzt. Jetzt gingen ihm immer mehr Leute aus dem Weg, das machte ihm schwer zu schaffen. Kleine politische Querelen zu bearbeiten, über Stadtratssitzungen berichten, Diskussionen anstoßen, das war sein Leben. Zu lange hatte er sich blenden lassen, damit musste jetzt Schluss sein. Sein Kommentar, ausgewogen, anklagend, aber nicht vernichtend war ein Anfang. Letzte Zweifel räumte er bei einem Besuch in seinem „Allerheiligsten" aus. Klaus musste das Handwerk gelegt werden.

Verwirrt von dem plötzlichen Gegenwind startete Klaus einen letzten Angriff, der aber an der journalistischen Mauer von Benno und Tietze scheiterte:
„Wir werden jetzt brav nachberichten, was die Polizei ermittelt hat.

Ich rufe bei der Pressestelle an und werde versuchen die Wogen ein wenig zu glätten", sagte Benno. „Mach das", antwortete Tietze. „Ist auch ganz im Sinn der Chefredaktion, die wollen die Schärfe aus dem Fall nehmen."
Klaus schnaubte: „Das werden wir ja sehen. Ich brauche den Aufmacher, das können wir doch nicht auf uns sitzen lassen."
„Vergiss es Klaus, wir machen es ab sofort, um es mit Deinen Worten zu sagen, auf unsere provinzielle Art." Tietze war ungewöhnlich hart geworden: „Mir reicht es mit den Mutmaßungen und den schwachsinnigen Duellen mit der Polizei."
„Ich bin krank, ich muss zum Arzt", fauchte Klaus und stürmte zur Tür raus.
„Vergiss nicht, dir den gelben Zettel geben zu lassen", rief ihm Tietze hinterher und erwiderte Bennos breites Grinsen.
Natürlich war Klaus in keiner Sprechstunde aufgetaucht. Was interessierten ihn schon die tölpelhaften Drohungen von Tietze. Lachhaft! Er würde seine Geschichte bekommen. Schließlich hatte er ausreichend Beziehungen. Klaus sprang in seinen Porsche, der Motor röhrte, die Landstraße wartete...

╬

Manu und Sendlinger vermieden es sorgsam, sich beim Frühstück über den Weg zu laufen. Die Scham steckte tief. Auch wenn letztlich nichts passiert war, waren sie sich doch gefährlich nahe gekommen. Manu schämte sich für den Versuch, Sendlinger überlegte, ob er bereits Ehebruch begangen hatte. Würde er den Vorfall vor seiner Frau verbergen können? Er, der zuhause das Herz auf der Zunge trug.
Getrennt voneinander, machten sie sich auf den Weg zur PI Grafenau. Manu stellte ihren Wagen ab, die Zentralverriegelung piepste und ein Polizeibeamter kam um die Ecke. In der Hand eine Bäckerei-Tüte.
„Schön, dass du Frühstück für uns geholt hast, ich habe einen Bärenhunger," bemühte sie sich gute Laune zu verbreiten.
„Wenn du Aus'zogne und Grünen Tee magst", antwortete der Kollege und Manu wäre am liebsten wieder weggefahren.
„Nein, bitte nicht", sprach sie aus, was der andere dachte.
Sie wusste, dass ihr Bender wieder vor die Nase gesetzt wurde. Aber heute schon. Gerade jetzt, nach der Nacht mit Sendlinger. Der Weißwein meldete sich hämmernd hinter der Stirn. Sendlinger, der mit

blutunterlaufenen Augen die Szene betrat machte ihr emotionales Chaos perfekt. „Bender ist da“, sagte sie.
„Scheiße“, sagte Sendlinger.
„Genau“, bestätigte der Bäckerbote.
Die Stimmung auf dem Nullpunkt betraten die Drei die PI. Das Bild, das sich ihnen bot, war geradezu grotesk. Bender stand mit Liebl feixend im Raum. Witze wurden erzählt. Auch die umstehenden Beamten lachten. Es sah nach einer fröhlichen Herrenrunde aus.
„Ah, da sind ja meine Aus'zognen, hallo ihr Lieben.“
Zum ersten Mal an diesem Tag sahen sich Manu und Sendlinger kurz an.
Genüsslich leckte sich Bender die Finger sauber, als sie eine Viertelstunde später in ihrem provisorischen Hauptquartier saßen. Bender entging nicht, dass sich die Begeisterung seiner Kollegen über seine Rückkehr in Grenzen hielt. „Schön, wie ihr euch freut, mich zu sehen“. Liebl konnte ein Grinsen nicht unterdrücken.
„Wie geht's euch denn so? Was habt ihr in den letzten Wochen so gemacht?“ Manu wünschte sich den grantigen Bender zurück.
„Aber jetzt mal im Ernst, ich habe mir das da schon mal näher angeschaut.“ Bender stand auf und spazierte zu den gesammelten Werken, die Manu sorgsam an die Wand gepinnt hatte. „Scheint sich ja um einen echt haarigen Fall zu handeln. Aber Kopf hoch, jetzt ist ja der alte Stinkstiefel wieder da.“
„Sag mal, tun die in München was in den Grünen Tee?“
„Warum?“
„Weil deine gute Laune geradezu nervtötend ist.“
„Ach echt und ich dachte, ihr könntet ein bisschen Spaß gebrauchen, so belämmert wie ihr dreinschaut.“

Bei dieser Zeitung wollte er keinen Tag länger als nötig bleiben. Nachdem Klaus – die rechte Hand am Lenkrad, die Linke mit dem Handy am Ohr - einige Bewerbungsanfragen erledigt hatte, gab er richtig Gas. Sein Ziel war Passaus bester Puff. Doch erst nahm er den Umweg über Hengersberg, rauf auf die Autobahn und mit 260 Sachen in knapp 15 Minuten bis Passau Mitte. Doch nicht einmal das verschaffte ihm Erleichterung. Klaus machte sich nicht die Mühe, seinen Wagen auf den versteckten Parkplätzen des Bordells abzustellen und stürmte durch die Tür. Die Hose zum Platzen ge-

spannt, wedelte er mit seiner Kreditkarte: „Du, du und du, mitkommen“. Er war fest entschlossen einen Monatslohn zu vervögeln.
„Hallo Klaus“, sagte die Chefin, die ansonsten keine Einwände gegen sein Auftreten hatte. „Aber übernimm dich nicht.“
Nach mehreren Stunden, die Verschnaufpausen hatte er sich mit Gin-Tonic und Champagner für die Frauen versüßt, stand er wieder auf der Straße. „Ihr kleinen Wichser in eurem Provinznest. Keine Eier in der Hose, aber mit den großen Jungs spielen wollen.“
Nachdem er seinen Adrenalinspiegel um die Hälfte gesenkt hatte, bekam Klaus Hunger.

„Liebl, ich würde Sie bitten, uns kurz alleine zu lassen, ich muss mit den beiden Kollegen etwas besprechen“. Bender fand inzwischen zu einem geschäftsmäßigen Ton zurück.
Das bedeutet nichts Gutes, schwirrte es durch Manus Kopf, sie erwartete nach Ritters die nächste Abreibung.
Doch Bender gab sich ungewöhnlich kollegial. „Wenn ich mir das so ansehe, habt ihr wirklich gute Arbeit geleistet, vielleicht könnt ihr mich auf den neuesten Stand bringen. Und bitte schaut nicht so blöd, ihr werdet euch damit abfinden müssen, dass ich wieder da bin.“
Bender lauschte den Worten Manus, die mit einigen Details von Sendlinger angereichert wurden, aufmerksam. Er stellte Verständnisfragen, unterbrach ansonsten nicht. Schließlich sagte er: „Gibt’s denn schon so was, wie ein Täterprofil?“
Manu schüttelte den Kopf: „Noch nicht, wir füttern die Kriminalpsychologen in München mit dem, was wir wissen, aber es kann Wochen dauern, bis die daraus etwas zusammenbasteln, was uns hilft.“
Ein verzwickter Fall, sein Jagdinstinkt war geweckt. Bevor es richtig losgehen konnte, musste er aber noch etwas klären. Bender bescheinigte beiden erneut gute Arbeit, betonte, dass er selbst vor den gleichen Rätseln stehen würde. Letztlich sei er aber mit Ritter übereingekommen, dass Sendlinger wieder in die Direktion nach Passau wechseln sollte. Er und Manu würden die Arbeit vor Ort übernehmen, Sendlinger dürfe sich wieder auf geregeltere Arbeitszeiten freuen. Auf lange Familienabende. Auf Wochenenden, die nur ihm und seinen Mädchen gehörten.
Ausgebootet oder nicht, das war Sendlinger egal. Er freute sich darauf, seine Familie wieder regelmäßig zu sehen. Noch mehr freute er

sich darüber, der beklemmenden Situation mit Manu zu entfliehen. Endlich würde er wieder ganz er selbst sein können.

╬

Raphael hatte eine Entscheidung gefällt. Der Polizeibeamte enttäuschte ihn maßlos. Es war ein Verstoß gegen das Gebot des Herrn.: Du sollst nicht die Ehe brechen. Der Sünder musste bestraft werden. Unumstößlich, aber nicht gleich, Raphael hatte noch so viel zu tun. „Wehe, du musst sterben, wegen der Frau, die du dir geholt hast."(1. Buch Mose 20,3) Du gehörst einer anderen, ihr hast du vor Gott die ewige Treue geschworen. Dein Fleisch war schwach, brennen sollst du in der Hölle. Raphael erschauderte beim Gedanken an das sündige Treiben, dessen Zeuge er geworden war. Herr erlöse mich und die verlorenen Seelen.
Unendliche Trauer trieb ihn um, weil alles Fleisch verderbt war. Deshalb durfte er nicht nachlassen, das Gute in der Welt am Leben zu halten und machte sich daran, die Reliquien der Sanftmut für die Ewigkeit zu erhalten. Diesen göttlichen Auftrag zu erfüllen, war seine größte Herausforderung, der er nur schwer gerecht werden konnte. Unerträglicher Gestank durchdrang seine heilige Krypta der balsamierten Körper.

╬

Während Sendlinger im heimischen Familienglück ein Fest der Liebe zelebrierte, wollten Bender und Manu den Schlachtplan für die kommenden Tage und Wochen festlegen. Doch daraus wurde erst mal nichts.
Der Waldläufer war erwacht, und wie es schien ein wildes Tier mit ihm. Er schrie, hämmerte an die Zellentür, kratzte mit den Fingernägeln den Putz von der Wand und schlug mit dem Kopf gegen den Boden. Von alldem Geschrei war nur eines sicher zu hören: „Lasst mich hier raus."
„Das kann nicht mehr so weiter gehen", sagte Manu. „Der bringt sich um."
Bender nickte, war ratlos, auch wenn ihn Liebl schon ins Bild gesetzt hatte. Der Waldläufer war demnach etwas verschroben, leicht durchgedreht, aber harmlos. Ein lieber Kerl, der in der Lage war in Tränen auszubrechen, wenn er versehentlich eine Spinne unter seinen Schu-

hen zerquetschte. Unschuldig, pochte es in Benders Gehirn. Andererseits: Der Mann schien seine Gefühle nicht im Griff zu haben, rastete völlig aus und vergaß sich dabei vollends. Was lässt den so austicken? Und wozu ist er fähig, wenn er durchdreht? Schuldig? Bender war hin und her gerissen. Da gellte ein neuerlicher Schrei durch das Polizeigebäude.
„Herr Kommissar, schnell, kommen Sie!“ Ein junger Beamter sprintete ins Zimmer, fuchtelte heftig mit den Armen, „der Gefangene, kommen Sie.“
Der Waldläufer lag regungslos in der Zellenecke, das Gesicht voller Blut. Über der Stirn klaffte eine breite Platzwunde. „Er hat sich den Schädel an der Bettkante aufgeschlagen“, schnaufte der Polizist. Der Waldläufer hatte sich selbst bewusstlos geschlagen. Bender wies zwei Polizisten an, den Mann auf das Bett zu hieven, zuzudecken und einen Arzt zu holen. „Und Sie bleiben bei ihm“, sagte er zum zweiten Polizisten. „Nicht, dass er aufwacht und sich noch mehr antut.“
Eine halbe Stunde später saß der Waldläufer auf dem Bett, wimmernd, zitternd, weinend. Der Arzt hatte ihm eine weitere Beruhigungsspritze gegeben. Der Patient wippte auf dem Bett, die Arme um die Knie verschränkt, den Kopf tief in die Oberschenkel vergraben. Bender glaubte, das Vater unser aus seinem Gemurmel heraus zu hören.
„Wie ich Ihnen in der Nacht schon gesagt habe, Sie müssen ihn hier weg bringen, ich empfehle Ihnen das Bezirkskrankenhaus, der muss in die Psychiatrie“, sagte der Arzt knapp. „So schnell wie möglich.“
„Was ist mit ihm? Können Sie sich vorstellen, dass er zu einem Mord fähig ist?“
„Bei einem solchen Ausbruch von Selbstaggression? Kann gut sein. Aber bitte, ich bin kein Psychologe.“ Der Arzt packte seinen Koffer und verschwand, nicht ohne dem Kommissar zu bedeuten, dem Waldläufer so schnell wie möglich professionelle Hilfe zukommen zu lassen. So blieb Bender zurück, blickte auf seinen Verdächtigen, der im Moment den Eindruck erweckte, als sei er das Opfer. Unschuldig? Schuldig? Bender veranlasste einen Krankentransport ins Bezirksklinikum Mainkofen.
Ob es nun der Waldläufer war oder nicht, es gab keinen Zweifel, dass Manu mit ihrer Vermutung recht hatte, sie hatten es mit einem religiös motivierten Psychopathen zu tun. Im Gegensatz zu seiner Kollegin war er einen kleinen Schritt weiter: „Was, wenn der Kerl die

Bösen tötet und mit den Guten was weiß ich anstellt?" In seine Gedanken vertieft, rührte er in der Teetasse, ohne auf eine Antwort Manus zu warten. „Vielleicht mordet er und tut dann Buße. Lass uns doch mal den Pfarrer fragen."
„Was soll daran gut sein, wenn man Menschen entführt? Und du glaubst also auch, dass es der gleiche Täter ist?"
„Zwei Morde. Zwei Verschwundene. Und das im Bayerischen Wald. Das kann doch kein Zufall sein, hier laufen nicht so viele Irre herum." Die Kirchturmglocke, auf der anderen Seite der Straße, schlug elf Mal. Ein ereignisreicher Vormittag.
Bender hoffte nur wenige Meter von der Polizeistation entfernt, erste Antworten zu bekommen. Aber erst wollte er die Tatorte inspizieren. Klopapier hatte er dabei.
In der Direktion in Passau genoss Polizeirat Ritter entspannt sein zweites Frühstück.

Was Bender glaubte an den Fundorten zu entdecken, war im selbst nicht so richtig klar. Wie kein anderer, war Bender in der Lage, diese zu lesen. Das Böse hinterließ Spuren. Keine Spuren, die Kriminaltechnikern nützlich sein würden. Botschaften, die nur er wahrnehmen konnte. Benders BMW rollte auf die Racheldiensthütte zu. Es war Anfang Mai, erst vor wenigen Tagen hatte der Wirt das Ausflugslokal wieder geöffnet und bereitete sich auf das Sommergeschäft vor. Im Gegensatz zu ihrem ersten Besuch, als Manu wenig Zeit hatte, die Schönheit dieses Ortes zu genießen, betrachtete sie ihn jetzt etwas genauer. Zwei Hütten, die aussahen, als seien sie einem oberbayerischen Wilderer-Drama entliehen, standen auf einer freundlichen Lichtung, die von hohen Bäumen gesäumt wurde. Schwere Holzbänke und Tische luden Wanderer zur Rast ein. Dahinter lag ein kleiner Weiher, auf dem noch letzte kleine Eisschollen trieben, die sich den stärker werdenden Sonnenstrahlen widersetzten. Auch kleine Schneeinseln gaben den Kampf gegen den Frühling noch nicht ganz auf. Der kündigte sich allerdings bereits an. Zwischen immergrünen Nadelbäumen erwachte die Natur aus dem Winterschlaf. Noch war es kalt und grau, doch dort, wo es die Sonne schon durch den Schatten der Bäume schaffte, zauberte sie eine wohlige Wärme auf Manus Haut. Etwas durchdringend Friedliches ging von dem Ort aus. Zusätzlich verströmte die Anwesenheit Benders

Sicherheit. Unauffällig musterte sie ihren Chef, den sie schon seit einigen Jahren kannte und der ihr im Moment wie ein Fremder vorkam. Irgendetwas an ihm war anders. Und das bezog sich nicht nur auf den Umstand, dass er in der zugegeben kurzen Zeit, in der er wieder da war, keine cholerischen Anfälle bekam. Eine natürliche Autorität ging von ihm aus, gepaart mit Alltagsweisheit und Selbstvertrauen. Das gefiel ihr. Zum ersten Mal konnte sie verstehen, dass sich seine Frau vor vielen Jahren in ihn verliebt und zwei Kinder mit ihm gezeugt hatte. Er musste, wenn man sich den Bauch wegdachte, einmal gut ausgesehen haben. Vielleicht sollte sie ihn ein-, zweimal die Woche mit ins Fitness-Studio nehmen. Als habe er ihre Gedanken gelesen, grinste Bender seine Kollegin an, als sie die wenigen Stufen, die in den Wirtsraum führten, hinaufstiegen: „Ich könnte einen kleinen Imbiss vertragen und vielleicht kann uns der Wirt ja erzählen, ob hier ab und an komische Typen auftauchen.“ Soviel zum Thema Fitness-Studio.
„So wie der Waldläufer.“
„Genau, aber das scheint mir, nach allem was du mir über ihn erzählt hast doch eher ein harmloser Spinner zu sein.“
Auch wenn Manu ahnte, dass ihr neuer – alter Chef wahrscheinlich recht hatte, ärgerte sie sich ein wenig, dass er ihren Verdächtigen so einfach beiseite wischte. Doch wieder überraschte er sie: „Obwohl du natürlich Recht hast, ganz sicher können wir nicht sein. Wir müssen uns in jedem Fall noch mal sein Umfeld ansehen und ihm auf den Zahn fühlen.“ Manu lächelte.
„Nach Grünem Tee brauche ich den wohl nicht fragen“, sagte Bender fröhlich und warf einen Blick in die Karte. Er genoss sein neues Lebensgefühl und spürte eine gewisse Leichtigkeit. Es war so viel einfacher mit Menschen umzugehen, wenn man sie nicht anraunzte. Der Wirt war zu ihnen an den Tisch gekommen, nahm die Bestellung auf und kehrte wenig später mit zwei Apfelschorlen zurück. Bender hielt ihm seinen Ausweis unter die Nase und stellte seine Kollegin vor. Wenig beeindruckt – mit dem Besuch hatte er nach dem Vorfall ohnehin gerechnet -, blieb der Wirt vor den beiden Kriminalbeamten stehen. Seine schwarzen Käferaugen stachen aus einem hellwachen Gesicht hervor, von dem ansonsten nicht viel zu sehen war. Ein mächtiger Bart, dicke Augenbrauen und eine wilde Mähne, in der sich ein kleiner Zweig verfangen hatte, gaben ihm ein Aussehen, als habe man ihn aus dem Wilderer-Streifen gleich mitgebracht. Seine Füße steckten in schweren Stiefeln, eine alte, spek-

kige Lederhose bedeckte die Beine. Breite Schultern, aufrechte Haltung und zwei Hände, groß wie Teller, er war es offensichtlich gewohnt, hart zu arbeiten. Davon zeugte auch die graue Loden-Strickjacke, die schwer mitgenommen aussah. Einzig, das rote T-Shirt, auf dem das Logo eines amerikanischen Football-Teams prangte, passte so gar nicht in das urige Erscheinungsbild. Paul Freier folgte der Aufforderung, sich zu setzen und sah Bender regungslos an.

„Sie haben ja sicher mitbekommen, was hier gestern passiert ist“, sagte Bender.

„Und?“

„Ist Ihnen in den vergangenen Tagen etwas aufgefallen? Oder jemand?“

Von draußen war das kehlige Bellen eines Hundes zu hören.

„Nix habe ich gesehen und die Leut interessieren mich nicht. Preißn in Sandalen, überkandidelte Weiber, die sonst nur von der Haustür bis zum Supermarkt wandern und dann glauben, sie könnten zum Rachel marschieren.“

Bevor Bender eine weitere Frage stellen konnte, stand Freier auf, ging zur Tür, ließ ein dröhnendes „Aus“ hören, das Bellen erstarb und der Wirt kehrte zu seinem Platz am Tisch zurück.

„Und in der Tatnacht, haben Sie da etwas gehört? Hat der Hund angeschlagen?“

„Keine Ahnung, bin nachts nicht da, wohne in Spiegelau.“

Bender fühlte leichten Groll in sich aufziehen. Das würde kein leichtes Gespräch werden. Er atmete tief ein, trank einen Schluck und sah sich in dem niedrigen Gastraum um. Einige Tische, eine kleine Theke und zu Benders Verwunderung ein Bücherregal auf dem, soweit er das von seinem Platz aus beurteilen konnte, ziemlich schlaue Bücher standen.

Bender startete einen neuen Versuch: „Kennen Sie eigentlich Benedikt Hirner?“

„Ein harmloser Irrer, der hier im Wald rumrennt, wie aus dem Nichts auftaucht und kleine Kinder erschreckt. Kommt manchmal vorbei, schnorrt ein Bier und was zu essen. Redet nicht viel.“

Na, da ist er ja in bester Gesellschaft, dachte Bender.

„Was wollt’s denn von dem?“

Manu mischte sich ein: „Den haben wir gestern hier am Tatort aufgegriffen.“

Freier ließ ein raues Lachen hören und schlug lautstark auf den Tisch.

„Der Waldläufer, dass ich nicht lache, der tut keinem was. Ist an seinem eigenen Leben verzweifelt, aber der bringt garantiert keinen um. Zuckt ja schon zusammen, wenn man ihn scharf anschaut. Der bringt garantiert keinen um!“
Bender fühlte sich bestätigt, nickte kurz. „Kannten Sie den Toten, war der schon mal hier?“
Freier blickte Bender angewidert an: „In der Zeitung stand, dass es der von dieser Braunen Bande war. Die wandern nicht, die saufen und gehen den Leuten mit ihrem Zeug auf die Nerven. Der Fendl war der Schlimmste von allen. Ein erbärmlicher Hanswurst, der auf dicke Hose gemacht hat. Der wenn hier aufgetaucht wäre, dem hätte ich den Hund auf den Hals gehetzt.“
„Wo waren Sie eigentlich?“ Freier sah Manu mit durchdringenden Augen an, die den Waldläufer wohl sofort in die Flucht geschlagen hätten.
„Daheim in Spiegelau, hab ich doch schon gesagt. Und wenn du es mir nicht glaubst, dann frag meine Frau.“ Freier pflegte die Tradition vieler Waldbewohner, sein Gegenüber grundsätzlich zu duzen. Auch ein Ausdruck dafür, dass man keine Angst vor Autoritäten hat.
„Werden wir tun“, sagte Manu und notierte sich die Adresse. Bender legte ein paar Münzen auf den Tisch und hielt Freier seine Visitenkarte hin. „ Wenn Ihnen noch was einfällt, dann rufen Sie mich an.“
Freier steckte die Karte, ohne sie eines Blickes zu würdigen in seine Hemdtasche, nahm das Geld und stand auf. Ohne seine beiden einzigen Gäste im Raum eines weiteren Blickes zu würdigen nahm er das Beil, das auf der Theke lag und ging zur Tür raus.
Auch wenn er ihr aufgrund seiner Abneigung gegen Nazis sympathisch war, sagte Manu: „Ein komischer Kauz, der müsste Dir eigentlich sympathisch sein.“
Bender lächelte: „Und besonders gesprächig ist er auch nicht. Aber ich glaube nicht, dass er was mit der Sache zu tun hat. Außerdem“, Bender zeigte auf das Bücherregal, „scheint er auch kein Dummkopf zu sein.“
Die Sonne blendete Manu, als sie wieder vor die Tür traten. Freier stand am nahen Waldrand und arbeitete mit gewaltigen Schlägen einen Holzstapel ab. Wie durch Butter trieb er das Beil durch die Holzscheite, die er zuvor auf einem Baumstumpf platziert hatte. Ein altdeutscher Schäferhund lag in unmittelbarer Nähe und beobachtete seinen Herrn aufmerksam. Bender und Manu würdigte er keines Blickes.

Eigentlich wollte sich Bender noch die Kapelle zeigen lassen, als er aber von Manu hörte, dass dies einen längeren Fußmarsch bedeuten würde, beschloss er, den Fotobeweis als völlig ausreichend zu akzeptieren. Er ließ den elektrischen Türöffner seines BMW klicken und öffnete die Fahrertür. Manu saß schon im Auto, als Freier sich umdrehte und ihnen hinterher rief: „Wenn's einen Verdächtigen brauchts, dann probiert es mal beim Giglbauer Xav." Eine weitere Angewohnheit der Waidler, den Nach- vor dem Vornamen zu nennen. Manu stieg wieder aus, Freier rührte sich keinen Millimeter von seinem Platz weg, so dass sich die beiden Beamten auf den Weg zu ihm machen mussten. Der Schäferhund hatte die stoische Ruhe seines Herrn nicht verinnerlicht, sprang auf und ging in Hab-Acht-Stellung. Ein kurzes „Platz" und der Hund war wieder ruhiggestellt, ließ nur noch ein leises Knurren hören. Bender kam dem Wald gefährlich nahe, sein Darm begann zu rumoren. Er tastete nach seinem Toilettenpapier, konnte so eine Panikattacke verhindern.
„Xaver Giglbauer, wer ist das, wie kommen Sie denn auf den?"
„Na, der heißt eigentlich Xaver Schuster." Die dritte Eigenart der Waldbewohner. Auch wenn die Sitte langsam weniger wurde, tragen noch heute viele alte Familien einen sogenannten Hausnamen, der den eigentlichen Nachnamen verdrängt. Manchmal erfährt man den richtigen Namen erst, wenn man die Todesanzeige des Betreffenden liest.
Freier wischte sich den Schweiß aus der Stirn. „Ich mag den nicht. Wohnt in Frauenau. Ein Waffennarr, der mit dem Messer rumfuchtelt und mit dem Luftgewehr auf Katzen und Vögel ballert. Knöpft sich schon mal Schwächere vor. Vor allem, wenn er gesoffen hat. Und das hat er meistens. Lässt keinen in sein Haus. Aber an jedem Sonntag hockt er brav in der ersten Reihe und lauscht dem Pfarrer."
Das sei allerdings noch kein Grund, dass er andere Leute ausbluten lasse und ihnen dann die Gesichtshaut abziehe, bemerkte Bender.
„Das weiß ich auch", raunzte ihn Freier an, „aber der Kerl ist ein Sadist, hat die armen Viecher auch schon im Wald an Bäume genagelt. Der Waldläufer hat's gesehen und mir erzählt. Und wenn er es nicht war, gehört der trotzdem eingesperrt."
„Danke", sagte Bender. Und wunderte sich für einen Moment über die erstaunlich heftige Reaktion eines Mannes, der ansonsten stoische Ruhe und gelassene Arroganz auszustrahlen schien. Aber gut, das war zumindest mal so etwas ähnliches wie eine Spur. Bender warf Manu die Schlüssel hin. „Übrigens, frag mich nicht warum,

ich finde ihn wirklich sympathisch. Fahr du.“ Dass er beim jetzt unbedingt notwendigen Mittagessen ein wenig dem Wein zusprechen wollte, verriet er nicht. Stattdessen sagte er: „Ich muss überlegen.“
Auch in Manu kreiste ein Gedanke, ein wichtiger, den sie aber noch nicht zu fassen bekam. Stattdessen ärgerte sie sich, dass ihr Chef erst mal speisen wollte, ehe er in der Lage war, weiter zu arbeiten. Der Ermittler im klassischen Sinn war er nun wirklich nicht.
Kochen konnten sie, die Bayerwaidler, dachte Bender, als er den Teller, auf dem vor wenigen Minuten noch ein Zwiebelrostbraten lag, von sich schob. Er ließ den Zweigelt in seinem Glas rotieren und informierte Manu darüber, dass er sich den Tatort am Lusen noch einmal anschauen wollte. „Zuerst müssen wir aber dem Giglbauer, oder wie heißt der, Xaver Schuster, einen Besuch abstatten.“ Und da fiel auch bei Manu der Groschen: „Mensch Schuster, jetzt fällt es mir wieder ein, ich wusste doch, dass ich den Namen kenne.“ Der Name war im Zuge der Ermittlungen gegen Kurt Spendler aufgetaucht. Die beiden schienen sich gut zu kennen. Zumindest hatte Schaller über die Telefongesellschaft herausgefunden, dass sie nicht oft aber regelmäßig miteinander telefoniert haben. Zuletzt kurz nach dem ersten Mord.
„Fein“, sagte Bender, „darauf haben wir uns Nachtisch verdient. Ich habe Bayerische Crem auf der Karte entdeckt. Und dann knöpfen wir uns den Xav mal vor.“

Nach einem fast rohen Stück Fleisch, das er im Steakhouse genossen hatte, um seinen Eiweißhaushalt zu regulieren, stürzte sich Klaus ins Passauer Nachtleben. Nicht ohne den Hintergedanken, den wieder zu deregulieren. In der dritten Kneipe, er nippte gerade am sechsten GinTonic, erspähte er ein bekanntes Gesicht. Ein Geschenk des Himmels saß nur zwei Barhocker weiter und stierte in ein leeres Whiskyglas. Ein Bulle mit drei Promille. Die Chance auf frische Informationen. „Na, Meister. Schlecht drauf heute?“
Aus trüben Augen blickte Franz Schaller auf. Ein Freund in dieser feindlich gesinnten Welt? „Hatte schon bessere Tage.“ Er rückte mit seinem Hocker umständlich näher und setzte eine Verschwörermiene auf. „Die Alte will nicht ficken und mein scheiß Chef ist auch wieder da.“
Der Anfang war gemacht. Auf ihn mit Gebrüll. „Jaja, die Weiber.

Mit ihnen ist es nichts, ohne noch weniger."
„Da sagste was. Manu will nichts mehr von mir wissen. Treibt's wohl jetzt mit anderen."
Klaus glaubte seinen Ohren nicht zu trauen. „Manu? Manu wer?"
„Kripo, wirst du nicht kennen."
„Und was ist mit deinem Chef?"
„Bender. Mann, der war in München, endlich weg. Und jetzt wieder hier. Scheiße. Der Typ ist echt zum Kotzen. Meint, ich bin sein Fiffi und ein völliger Idiot."
Bender, den kannte Klaus von der PI in Grafenau. Hier bahnte sich ein Sechser an. Tatsächlich war es keine Mühe, Schaller nach allen Regeln der Kunst auszufragen, ohne dass dieser auch nur für einen Moment Verdacht schöpfte. In Klaus reifte ein diabolischer Gedanke. Was, wenn er die ganz Brut mit einem Streich fertig machen konnte: Polizei, die Zeitung und Benno.
Manipulation, das war seine Welt. Erst einmal sorgte Klaus dafür, dass Franz' Glas frisch gefüllt wurde. „Nichts ist so wie es scheint. Über Manu kann ich dir einiges erzählen und über Bender sowieso."
Schallers Interesse war geweckt.
„Woher kennst du die, wer bist du eigentlich?"
„Ich bin der, von dem es heißt, ich mache euch ständig Schwierigkeiten. Die Wahrheit ist, dass ich in der Redaktion in Grafenau wie der letzte Dreck behandelt werde. Da geht es mir nicht anders, wie dir. Die schütten Schmutz über der ganzen Welt aus und wollen mich dafür verantwortlich machen. Dabei habe ich keine Zeile von dem Mist geschrieben, der unter meinem Namen ausgekübelt wurde. Aber weißt du was, reden wir ein anderes Mal darüber. Ruf mich an, hier hast du meine Handynummer. Prost, spülen wir's runter."
Wenig später war Schaller an der Theke eingeschlafen und Klaus erging sich in einem gedanklichen Freudentanz. Noch so ein Provinz-Idiot, dachte er und schaute sich nach weiblichem Frischfleisch um. Nur zwei Tische weiter saß eine knackige Blondine. Er verwettete seinen Arsch darauf, dass sie nicht älter als 16 war und er war sicher, dass ihr eine ereignis- und lehrreiche Nacht bevorstand.

╬

Gegen 17 Uhr saßen Bender und Manu wieder in der PI in Grafenau. Sie hatten sich noch einmal am Lusen umgesehen und auch den Tatort im Kurpark inspiziert. Keine neuen Erkenntnisse für Bender.

Auch bei Xaver Schuster waren sie nicht wirklich weiter gekommen. Zwar war er tatsächlich ein widerlicher Kerl, hatte sie auch keinen Fuß ins Haus setzten lassen, doch genügte ein Blick auf die Umgebung davor und den Typen selbst, um sich ein Bild zu machen. Fettige Haare, ihm fehlten die Schneidezähne und wenn man sich mehr als einen Meter näherte drang ein die Nase beleidigender Geruch aus seinem Mund. Zu allem Überfluss stank der ganze Kerl nach saurem Bier. Alibi konnte er keines vorweisen, aber wer sollte sich schon freiwillig mit so einem abgeben. Bender fielen die blutverkrusteten Hände auf . Wortlos führte Schuster sie in eine kleine Scheune und zeigte auf etwas, das er „sein Abendessen" nannte: „Ist mir gestern vors Messer gelaufen, nehme ich gerade aus." Bender hoffte, dass der nackte Kadaver ein Hase und keine Katze war, denn ohne den Kopf des Tieres war dies nicht zu erkennen. Das festzustellen, wäre ein Fest für die Pathologen gewesen. Doch auch wenn Bender den ekligen Kerl nur zu gern festgenommen hätte, wie sollte er daraus einen dringenden Tatverdacht basteln, der vor der Staatsanwältin stand hielt. Ein einziges Mal ließ der seine schmierige Fassade sinken. Als der Name Kurt Spendler fiel. Doch er hatte sich auch gleich wieder im Griff und nahm den beiden Beamten mit einem einzigen Satz den Wind aus den Segeln. „Nach dem was die Zeitung über den Kurt geschrieben hat, habe ich ihn angerufen." Jetzt war sicher, damit würden Sie bei der Moosbacher weder einen Durchsuchungs- und schon gar keinen Haftbefehl bekommen.
Bender konnte Dr. Gundula Moosbacher regelrecht hören: „Alles ein wenig dünn Bender, oder? Der zeigt Ihnen seinen Schlachtraum, gibt ganz unumwunden zu, einen Verdächtigen angerufen zu haben. Das ist wohl kaum das Verhalten, das man von einem von Wahnvorstellungen getriebenen Psychopathen erwartet, der seine Taten minutiös plant. Sieht mir mehr nach einem grobschlächtigen Kerl aus, der seine sadistische Ader und seine Minderwertigkeitskomplexe an Tieren auslässt. Bender, Bender, etwas mehr psychologisches Verständnis dürfte ich doch wohl auch von Ihnen erwarten." Das Blöde daran war: Bender hätte das Gleiche zu jedem gesagt, der ihn mit dieser Bitte konfrontiert hätte.
So war den Beamten nicht mehr geblieben, ihn im Auge zu behalten – darum würde sich ein Kollege kümmern müssen - und Schuster darauf hinzuweisen, sich zur Verfügung zu halten. Dieser quittierte den Befehl mit einem unverständlichen Grunzen, griff zum Messer und machte sich über den Kadaver her.

Das Gefühl einen Volltreffer gelandet zu haben, war Bender verwehrt geblieben. Der Typ war so offensichtlich sadistisch durchgeknallt, das wäre zu einfach gewesen. Trotzdem wollte er mit dem Kriminalpsychologen Dr. Heinrich Leopold reden.
„Sie haben Glück, ich war schon fast zur Tür raus, eigentlich wollte ich gar nicht mehr rangehen“, sagte dieser, als er nach zehnmaligem Läuten endlich den Hörer abgenommen hatte. Als Bender mit seiner Beschreibung von Schuster fertig war, sagte Leopold: „In der Literatur sind einige Fälle beschrieben, in denen psychopathische Killer zunächst Tiere quälen und missbrauchen, bevor sie zu Menschen übergehen. Auch wenn ich es aus der Ferne nicht mit Bestimmtheit sagen kann, so teile ich aber Ihre Ansicht, dass er zu offensichtlich agiert.“
Trotzdem beschloss Bender nach dem Telefonat, Xaver Schuster engmaschig zu überwachen.
„Also, Bewachung rund um die Uhr“, informierte er Liebl.
„Von mir aus, aber das können meine Leute nicht mehr übernehmen. Wir arbeiten ohnehin schon alle in Doppelschichten.“
„Es hilft nichts, es muss sein. Zumindest die nächsten Tage. Ich fordere einstweilen Verstärkung aus Passau an.“ Grantelnd verließ Liebl das Büro, um seinen Kollegen die Neuigkeiten zu präsentieren.
„Ich glaube, das reicht für heute, lass uns in deine Pension fahren, ich hab mir dort auch ein Zimmer gemietet. Und Hunger habe ich sowieso immer.“ Keine Einwände von Manu, die einen amüsierten Blick in Richtung seines Bauches warf.

Freitag, 23. April 2010. Gedenktag Heiliger Adalbert von Prag, tschechischer Missionar und Märtyrer.

Der Herr sieht ihn mit Wohlgefallen.

Heute vor 125 Jahren wird der belgische König Leopold II. Souverän des Freistaates Kongo. Das Land wird sein Privatbesitz und verliert jegliches Völkerrecht. Es wird in den nächsten Jahren gnadenlos ausgebeutet, bis zu zehn Millionen Menschen werden zu Tode gequält.

...und auch an diesem Tag hatte Satan die Finger im Spiel.

Nach dem Frühstück wollten sich Manu und Bender erst einmal den Pfarrer vornehmen. „Ist ja praktisch unser Nachbar."
Ralf Bender war überrascht, als er Pfarrer Gabriel Frey gegenüber stand. Dieser Mann passte so gar nicht ins Bild, das sich Bender von Priestern machte. Frey war etwa Mitte 30, hatte breite Schultern, deutliche Muskeln an den Oberarmen, die durch die Soutane hindurch immer noch beeindruckend wirkten. Er war braun gebrannt, hatte kurzgeschorene Haare – und, was Bender als erstes auffiel, ein goldenes Kreuz im linken Ohr. Zwei Dinge passten nicht zu diesem Erscheinungsbild: Erstens die Soutane, zweitens die weiche, fast mädchenhafte Stimme des Pfarrers. Als sich Bender vorgestellt hatte, führte Frey ihn und Manu durch die Kirche und die Sakristei in den angrenzenden Pfarrhof. „Mein Büro, hier können wir in Ruhe reden. Auch wenn ich nicht weiß, was die Polizei von mir wissen möchte."
Pfarrer Frey wies den beiden Kripobeamten jeweils einen Stuhl zu und setzte sich selbst mit einer umständlichen Armbewegung in seinen Sessel hinter dem Schreibtisch, der förmlich von Büchern, Heften, Broschüren und anderen Krimskrams überquoll. „Ich muss mal aufräumen, ich weiß", sagte Frey, senkte ein wenig verschämt den Blick und versuchte ein Lächeln, was ihm allerdings misslang, wie Bender befand.
„Herr Pfarrer, es geht um die Morde, die hier in dieser Gegend passiert sind", ergriff Manu das Wort. Ihr war die gesamte Umgebung unangenehm, sie wollte so schnell wie möglich wieder raus. Auch wenn sie nicht sagen konnte woran es lag. An diesem weihrauchigen Duft im Raum, an den Kerzen, die hinter dem Pfarrer an einer Art Gebetstisch brannten, an den vielen Heiligenbildern an den Wänden.

Oder waren es diese hunderte von Büchern, die in Regale eingezwängt waren und Manu das Gefühl gaben, der Raum würde von Minute zu Minute ein wenig kleiner. Seit ihrer Firmung vor 17 Jahren war sie noch genau zwei Mal in einer Kirche gewesen. Einmal als ihre Mutter nach einem Verkehrsunfall starb. Und das zweite Mal, als ihre Schwester in Halbmeile, einem keinen Wallfahrtsort in der Nähe von Deggendorf, heiratete. Wobei beide Gottesdienste für Manu ähnlich beklemmend waren – wenn auch aus unterschiedlichen Gründen.
Der Pfarrer reagierte auf die Frage nicht. Er schien eher verwirrt zu sein und sah Manu fragend an.
„Sehen Sie, wir glauben, dass diese Morde irgendwie religiös motiviert sind."
„Wissen Sie, mein Kind, Mord und Glauben haben nichts miteinander zu tun", erwiderte der Pfarrer
„Naja, wir gehen auch eher davon aus, dass der Täter in einer Art religiösem Wahn tötet." Bender fixierte den Pfarrer genau und dieser schien vor dem Blick des Kommissars zurückweichen zu wollen. Bender beobachtete, wie Frey nervös an einem Rosenkranz nestelte, der vor ihm auf dem Schreibtisch lag und ein wenig zu aufgeregt begann, die Bücher und Papiere zu sortieren. „Wir wissen aber nicht, wo wir ansetzen sollten. Vielleicht kennen Sie ja Leute, die sich, nun, wie auch immer, verdächtig gemacht haben."
Der Pfarrer schien zu überlegen, blickte auf die Bücher im Regal, seufzte. Er schüttelte aber nur den Kopf.
„Wir verstehen ja auch nicht, Herr Pfarrer, wie sich Glaube und Mord vereinen lassen. Aber der Mann hat scheinbar einen Hass auf gottlose Menschen."
Die Gesichtszüge des Pfarrers hellten sich ein wenig auf. Manu verstand diese Regung zwar nicht, hoffte aber darauf, dass der Mann langsam ein wenig gesprächiger werden könnte. Doch Frey schüttelte noch einmal den Kopf.
„Bei all dem Bösen, das da draußen in der Welt passiert, kriegt man schon manchmal so eine Wut. Aber das dürfte ich als Pfarrer eigentlich gar nicht sagen. Und da fragt sich so mancher natürlich: Warum tut Gott nichts, warum bestraft er diese Menschen nicht?" Gabriel Frey zog eine Bibel unter einem Berg Papier heraus und hielt sie den beiden Polizisten hin: „Da drinnen steht die Wahrheit, leider haben das so viele Menschen vergessen." Wieder schüttelte er den Kopf.

„Das klingt ja fast so, als würden Sie den Mörder verstehen", lächelte Bender, der genau spürte, wie verunsichert der Pfarrer im Gespräch mit Manu und ihm war.
„Nein, das natürlich nicht."
Bender blickte Frey an. Wartete eine zeitlang, um dann vom Thema ein wenig abzulenken. Er sprach ihn auf seine gut trainierte Figur an und die Muskeln an den Oberarmen.
„Ich bin zwar Pfarrer, aber ich mache natürlich etwas für meine Fitness. Zweimal die Woche gehe ich ins Studio und unten im Keller habe ich auch ein paar Hanteln. Mein Hobby, seit ich 13 Jahre alt bin." Diesmal war das Lächeln des Pfarrers echt. „Der Beruf ist schon sehr anstrengend, da brauche ich einfach etwas, wo ich richtig Dampf ablassen kann." Wie zur Bestätigung nickte Pfarrer Frey noch einmal, um dann aber wieder zu verstummen und erneut Manu und Bender fragend anzuschauen.
„Gibt es jemanden in Ihrer Gemeinde, der sich besonders auffällig benimmt oder einfach mit seiner Religiösität manchmal über das Ziel hinaus schießt?"
Frey wies darauf hin, dass er seine Schäfchen schützen müsse und deshalb dazu nur wenig sagen könne. Religiöser Wahn sei ihm jedoch noch von niemandem aufgefallen. Und alles das, was im Beichtstuhl gesagt werde, müsse er ohnehin für sich behalten. Gabriel Frey zog eine feine Grenze um sich und seinen Schreibtisch herum und er ließ keinen Zweifel daran, dass Manu und Bender außerhalb dieser Grenze waren. Manu fiel das Atmen immer schwerer, sie sah keinen Sinn mehr darin, den Pfarrer weiter zu befragen. Im Augenwinkel bemerkte sie aber, dass Bender nicht im Traum daran dachte, jetzt schon zu gehen. Er wollte den Pfarrer offensichtlich noch ein wenig unannehmlich bleiben. Manu stand auf, sah sich in dem Zimmer um.
„Wenn Sie sagen, manchmal könnten Sie wütend werden. Wie äußert sich das bei Ihnen?"
Der Pfarrer ließ den Blick wieder auf die Tischplatte fallen, räusperte sich. „Es gibt Menschen, denen möchte ich einfach mal die Meinung sagen, so gottlos wie sie leben. Aber eigentlich macht mich das alles nur traurig." Er machte eine kurze Pause, hob die Hände: „So, haben wir's nun? Tut mir leid, aber ich habe noch zu tun."
Bender stand auf, Manu wies ihn kurz auf etwas hin, folgte ihm, war schon auf dem Flur, hatte die Haustürklinke in der Hand, als Bender noch einmal nachhakte: „Da fällt mir gerade noch ein: Ihr Mesner,

fehlt der Ihnen gar nicht? Wir gehen davon aus, dass sein Verschwinden auch mit den Morden zu tun hat."
„Wie... meinen Sie, der Helmut hat etwas mit den Morden zu tun?"
„Nein, das nicht. Wir glauben eher, dass sein Verschwinden etwas mit dem Mörder zu tun hat, aber das ist nur eine Vermutung. Trotzdem: Vermissen Sie ihn nicht, möchten Sie nicht wissen, wo er ist, was mit ihm ist?"
„Ach, wissen Sie, ich bin tief enttäuscht von ihm, dass er so mir nichts, dir nichts verschwunden ist. Ich habe mittlerweile eine Nachfolgerin gefunden, auf die ich mich verlassen kann. Außerdem: Wir hatten ein schwieriges Verhältnis, der Helmut und ich. Mit meinem Vorgänger hat er über 20 Jahre zusammen gearbeitet. Ich mache halt vieles anders, da hat er mir immer Vorhaltungen gemacht, dass dem Herrn Dekan das nicht gefallen hätte, und so weiter." Der Pfarrer zuckte mit den Schultern. „Ich habe mich damit arrangiert, weil er wirklich ein gottesfürchtiger und ehrbarer Mann war."
„War?"
Der Pfarrer stutzte: „Oder ist. Natürlich hoffe ich, dass er noch lebt, nach alledem was Sie mir sagen."
Bender hatte genug gehört, folgte nun Manu in Richtung Haustüre, als ihm der Pfarrer noch hinterher lief. Ihm sei doch noch etwas eingefallen, ein Kirchenbesucher, der durch seine aufreizenden Worte auffalle: „Der redet viel von Gottes Strafe, die die Sünder ereilen wird und von der göttlichen Gerechtigkeit und dass die bösen Menschen in der Hölle schmoren werden. Manche macht er ganz verrückt damit." Dem Pfarrer selbst sei dieser Mann unangenehm, weil das Geschwafel von Himmel und Hölle seiner Meinung nach nicht mehr in die Zeit passe. Jedenfalls handele es sich bei dem Mann um einen ehemaligen Manager einer großen Firma. Auch für die Nachfolge von Helmut Schäfer habe er sich beworben. „Ein paar meiner Kollegen in den Nachbargemeinden sind ganz verrückt nach dem, setzen ihn sogar als Vorbeter und Kommunionhelfer ein. Doch für mich ist das ein Scheinheiliger, deshalb habe ich ihn abgewiesen. Außerdem verstehe ich nicht, warum einer als Kirchenlaie Karriere machen will und sich in der Stadtpfarrei bewirbt." Der Pfarrer versuchte wieder ein Lächeln und schloss die Tür hinter Bender und Manu.
„Da fühlt sich wohl einer in die Enge gedrängt."
„Erst will er nichts über seine Schäfchen sagen und dann sprudelt er wie ein Zierbrunnen", nickte Manu.

Fünf Minuten später saßen die beiden Kripobeamten nur einen Steinwurf von der Kirche entfernt in ihrem Besprechungsraum.
„Was wolltest du mir denn im Büro des Pfarrers zeigen?“
Manu surfte durch die Internetseiten eines großen Onlinebuchhandels und deutete auf den Bildschirm: „Das, das und das hat der saubere Herr Pfarrer in seinem Bücherschrank stehen.“ Manu zeigte auf drei Titel mit islamkritischen Inhalt. Bender nickte und notierte einen Namen an die Tafel, der die Liste der Verdächtigen verlängerte: Gabriel Frey. Daneben schrieb er den Namen des Scheinheiligen: Jürgen Werner.

╬

Der faulige Geschmack in seinem Mund überraschte Franz Schaller nicht, als er an diesem Morgen aufwachte. So, wie es in seinem Magen rumpelte, so fühlte sich auch sein Schädel an. Als hätte ihm die ganze Nacht über jemand mit dem Gummihammer ans Hirn geklopft und gleichzeitig Watte durch die Ohren in den Kopf gestopft. Whisky war nicht sein Getränk, definitiv nicht, das wusste er jetzt. Beim Gedanken an das hochprozentige Malzgetränk drehte sich ihm der Magen um und er torkelte in Richtung Kloschüssel. Was für ein verdammtes Leben, dachte er und übergab sich. Die „Morgen-danach-Alkohol-Depression“ überkam ihn. Kraftlos ließ er sich zur Seite fallen und blieb auf dem Boden hocken, den Rücken an die eiskalten Fliesen gelehnt. Vor seinen Augen drehten sich Bilder von Bender, von Manu und von... Was war das eigentlich mit diesem Klaus? Schaller dachte angestrengt nach, was ihm Monn am Abend zuvor alles ins Ohr geflüstert hatte.
Sie redeten über Bender, das wusste Schaller noch. Bender, das war für ihn mittlerweile so etwas wie das Sinnbild des Bösen. Immer noch spürte er die Wunden, die ihm sein Chef bei dessen Abgang zugefügt hatte. Und mit Manu lief seitdem auch nichts mehr. Wie oft versuchte er, sie zu erreichen. Doch wenn es nicht um die Arbeit ging, um diesen beschissenen Fall, dann wiegelte sie die Gespräche schnell ab. Und er saß immer nur in seinem Polizeibüro, klimperte auf der PC-Tastatur herum und wäre doch so gerne rausgefahren, wäre mitten im Geschehen dabei gewesen. Diesen Mörder wollte er fangen, er wollte es einfach nur allen zeigen, dass mehr in ihm steckt. Was sagte Monn? Nichts sei so, wie es scheint. Er habe Informationen über Bender, über Manu, über den Fall. Schaller rappelte sich

mühsam hoch, kämpfte noch ein paar Sekunden mit der Erdrotation, hielt sich am Waschbecken fest und machte sich auf, seine Kleidung von gestern zu suchen. Die Jacke lag im Flur, einfach über die Schuhe geworfen. Schaller musste nicht lange suchen, um Klaus' Visitenkarte zu finden.

Klaus Monn
Redakteur
Einfach anrufen, ich bin sofort zur Stelle

Schaller betrachtete das Kärtchen lange. Sollte er diesen Kerl wirklich anrufen. Diesen berüchtigten Schreiberling, der alles so verdrehte, dass selbst die Jahreshauptversammlung des Imkerverbands in seinen Artikeln zum Thriller mutierte. Ein Glas Wasser sollte Schaller erst einmal beim Denken helfen – und vor allem diesen feuchten Pelz im Maul hinunterspülen. Er warf einen Blick in den Kühlschrank, ob der ein passendes Frühstück bereit hielte. Doch Fehlanzeige. Allein der Blick auf einen gut gereiften Camembert reichte Schaller aus, um sich wieder auf einen Gang zur Kloschüssel einzustellen. Er schlug die Kühlschranktüre zu und machte sich auf die Suche nach einem Telefon. Schnurlos. Also spurlos verschwunden. Da, wo es hingehörte steckte es jedenfalls nicht. Schaller hatte die Angewohnheit immer und überall zu telefonieren und das Telefon dann einfach liegen zu lassen. Einmal fand er es hinter der Waschmaschine im Keller. Er hatte sich selbst Besserung gelobt – und versagt.
Unter den Kissen auf dem Sofa war die Suche beendet. Ein guter Ort, um sich gleich wieder hinzulegen. Er tippte Klaus' Nummer. Der erste Klingelton war noch gar nicht verklungen, da war Monn schon dran.
„Monn. Klaus Monn, was kann ich für Sie tun?"
Dieser Typ hatte nicht übertrieben: Sofort zur Stelle.
Schaller wollte grüßen, doch es kam nur ein Röcheln aus seinem Mund. Er räusperte sich laut, hustete, ehe ihm der erste Satz gelang: „Ja, hallo, hier ist der Schaller Franz. du weißt schon, gestern in der Bar."
„Wie geht's? Schon wieder erholt?"
Dieser fröhliche Ton des Journalisten ließ erneut Übelkeit in Schaller aufkeimen. Der hatte doch auch gesoffen, wieso war der so gut drauf? Schaller fühlte sich noch schlechter und wollte eigentlich wie-

der auflegen. Doch wie würde das aussehen?
„Naja, es ging mir schon besser." Schaller konnte nicht anders, er wollte eigentlich lügen, sah aber ein, dass ihm das nicht gelingen würde. Weil er nicht lange palavern wollte – und schon gar nicht über sein Befinden – kam er gleich zur Sache. Wie war das mit Bender, mit Manu. Was wusste Monn, was wollte er erzählen?
„Wir sollten uns treffen", sagte Monn. „Ich glaube, dass ich weiß, wer der Täter ist. Das wird der absolute Hammer. Vergiss alles, was ihr bisher an Verdächtigen habt: Heute noch kannst du den Mörder verhaften. Und deine Kollegen, vor allem dieser Bender, schauen dann blöd aus der Wäsche."
Schlagartig war Schaller voll da. Er würde den Mörder verhaften, was für eine schöne Vorstellung. In einer halben Stunde wollte er sich mit Monn treffen, im Passauer Stadtpark mit Blick auf die Donau würde seine Rehabilitation als guter Polizeibeamter einen Neuanfang nehmen.

╬

Monn rieb sich fröhlich die Hände, als das Gespräch beendet war. Er weckte die Blonde, die noch so jung aussah aber schon erstaunliche 24 Jahre alt war. „Na Süße, es ist Zeit aufzustehen und zu gehen, ich habe einen Termin."
„Ooh, nein. Ich will noch schlafen." Die Blonde schaute ihn aus müden Augen an und wollte sich noch einmal umdrehen.
„Du, dass das klar ist. Ich betreibe hier keine Pension. Also steh auf, zieh dich an und dann ab." Klaus hatte keine Lust auf Diskussionen, außerdem wollte er die Braut ohnehin nicht wieder treffen, nachdem sie letzte Nacht schon eingeschlafen war, noch bevor er richtig auf Betriebstemperatur kommen konnte. Sperrig wie eine Spanplatte und langweiliger als eine Herde betender Rentnerinnen in der Kirchenbank. Nein, raus damit. „Hopphopp, auf geht's!"
Unter lautem Protest stolperte die Frau in ihre Hose, und schon wurde sie von Klaus in Richtung Wohnungstür geschoben. Keine zwei Minuten und sie stand draußen. Monn war zufrieden, vor allem mit seiner Entscheidung, sich in Passau diese kleine Wohnung zu kaufen. 20 Quadratmeter, zwei Herdplatten, eine große Badewanne und eine noch größere Spielwiese. Mehr brauchte er für seine Freizeit in Passau nicht. Und die Kochplatte war auch nur dazu da, falls er wirklich mal eine Frau so gut fand, dass ihr noch ein Frühstücks-

Kaffee zustand. Was selten vorkam. Manu hatte hier öfter Kaffee getrunken. Und sie hatte ihn öfter aufgezogen, wegen seines Liebesnests und seinem Verbrauch an Frauen. Manu, die würde sich noch wundern.
Klaus sprang in seinen Porsche, ab in Richtung Hacklberg, den Stadtteil mit dem schönsten Blick auf die Donau.

Franz Schaller war ungeduldig. Er verzichtete auf eine Dusche, wischte sich mit ein paar Tropfen Wasser die Müdigkeit aus dem Gesicht. 20 Minuten nach dem Gespräch mit Monn saß er schon auf der Parkbank im Stadtpark, dem Treffpunkt, den sie ausgemacht hatten. Schaller tat die Luft gut, hier unter den großen Buchen. Zwischen den Blättern des dichten Waldes konnte er auf Passau hinunter blicken. Auf der Donau zog beinahe bedächtig ein Ausflugsschiff vorbei, das Deck vollgestopft mit Touristen. Bedächtig ging es auch für die Autos auf der Straße voran. Vor der Schanzlbrücke staute sich der Verkehr in alle Richtungen. Was war das für ein Hupen und Heulen der Motoren, das er gut gedämpft erahnen konnte. Schaller dachte daran, wie er zuletzt mit Manu hier spazieren gegangen war, wie sie gelacht, sich geküsst und sich unter einem Baum geliebt hatten. Er schüttelte den Kopf, um diese Gedanken wieder zu vertreiben. Der Gedanke an Manu machte ihn nur trübsinnig, das konnte er jetzt nicht gebrauchen. Und wenn ihn dieser Monn hinters Licht führen wollte. Egal, einen Versuch war es wert: Bender eins auswischen und die Achtung von Manu zurückzugewinnen, das wär's. Manu, ach immer Manu.
Da tauchte Monn schon auf. Sauber frisiert, rasiert und mit schneeweißen Augen, die nichts von den Ausschweifungen des Vorabends verrieten.
Er setzte sich neben Schaller, blickte ebenfalls auf Passau hinunter. Wie zwei Verschwörer saßen sie da, keiner sagte etwas. Fehlte nur noch das Passwort. Monn wollte nichts sagen, er wollte sich die Infos zumindest scheinbar aus der Nase ziehen lassen. Schaller wusste nicht, wie er anfangen sollte. Letztlich entschied er sich für den direkten Weg. „Was weißt du?“
Die Frage hatte ungefähr die Wirkung, die Schaller immer dann erzielte, wenn er auf die Entertaste am Computer drückte. Klaus Monn war eine Informationsmaschine, die unerlässlich Worte ausspuckte,

wenn man nur danach fragte. Für ihn gab es nichts Schöneres, als all sein Wissen, das er vor allen anderen hatte, in die Welt hinaus zu posaunen. Dabei war es ihm schnurzegal, wie weit es mit dem Wahrheitsgehalt her war. Hauptsache, die Aufmerksamkeit und Bewunderung fokussierte sich ganz alleine auf ihn. Schaller hatte also den Knopf gefunden. Dachte er. „Hör zu, das ist deine Chance“, sagte Klaus.

╬

Zur gleichen Zeit knurrte Benno der Magen. 10 Uhr, Zeit für ein zweites Frühstück. Er verließ die Redaktion und machte sich auf den Weg. Benno warf einen Blick durch das Schaufenster der Metzgerei. Genauer gesagt durch das Schaufenster und durch die Scheiben der darin stehenden Warmhaltetheke. Zwei überdimensional große Ziegelsteine, bestehend aus gepökeltem Rindfleisch, einer guten Portion fettreichem Schweinefleisch, von der Schwarte befreitem Speck, Wasser, Zwiebeln, Salz und Majoran, lachten ihn an. Zogen ihn sogar magisch an. Er betrat das Ladenlokal, sammelte in seiner Nase die altvertrauten Düfte und steuerte zielstrebig auf das Objekt seiner Begierde zu. Er nahm das Lächeln der Verkäuferin wahr, die ihn mit Vornamen begrüßte und sagte: „Wie immer“. Benno nickte, hätte er seinen Mund in diesem Moment geöffnet, die Gefahr, dass Speichel der Begierde herausrinnt, wäre zu groß gewesen. Zweimal glitt das große Messer durch die Weißmehlsemmel. Bloß kein anderes Brötchen. Keine Experimente mit Roggen, Kümmel oder gar Kürbiskernen. Verboten! Natascha – keineswegs ein russisches Mädchen, wie auch ihr Nachname Hinterdobler verriet, vielmehr ein Opfer der Geschmacksverirrung zweier Eltern, die ihr Kind im Bedarfsfall auch Pumuckel oder Paris nennen würden – Natascha also, öffnete die Klappe der Warmhaltetheke und schnitt zwei ordentliche Scheiben von einem der Fleischziegel ab und legte sie auf die untere Hälfte der Semmel. Noch während er die Münzen in die Finger von Natascha zählte, nestelte er mit der anderen Hand schon an der Verpakkung. Die erste Semmel war schneller vertilgt, als der Pfarrer bei der Messe ein Vateruser aufsagen konnte.

Die zweite Dosis seines bodenständigen Rauschmittels konnte er in Ruhe genießen. Ein Alkoholiker trinkt ja auch nur die ersten Schlucke hastig und lässt sich dann schön langsam vollaufen.

Vieles war für ein perfektes Ergebnis entscheidend. Würzig musste er sein, aber nicht zu salzig. Bissfest, aber doch geschmeidig. Ordentlich warm! All das und noch einiges mehr musste für das perfekte Geschmackserlebnis gewährleistet sein. Benno war meist ehrlich zu sich selbst und so war ihm eigentlich immer klar gewesen, dass seine Passion einer handfesten Macke gleichkam. Bis er in einem Artikel die Leser dazu aufforderte, ihm mitzuteilen, wo ihrer Meinung nach die beste Leberkäsesemmel verkauft wurde. Der Sturm der Zuschriften war grandios.

Wie ein Kaninchen, dem man eine Karotte hinhält, so empfand Klaus das Auftreten des jungen Kripobeamten. Dieser Schaller war eine Schau. Es war ihm völlig rätselhaft, wie es dieser Warmduscher in Manus Bett geschafft hatte, der hatte ja überhaupt nichts an sich, von dem sich Klaus vorstellen konnte, dass es Frauen imponierte. Jetzt galt es aber, nicht zu arrogant zu wirken, so wie es eigentlich angebracht wäre bei so einem Flummi, sondern sich selbst möglichst klein zu machen, um die Aufmerksamkeit auf das Wesentliche zu lenken. Ein Kinderspiel für Klaus, der in Gesprächen mit Informanten immer den verständnis- und rücksichtsvollen Journalisten zu geben vermochte, ohne den Hintergedanken ganz vertreiben zu können, aus dem Informanten bei nächster Gelegenheit ein dankbares journalistisches Opfer zu machen.
„Ich weiß gar nicht, wie ich es sagen soll: Der Täter ist mitten in Grafenau und ich weiß, wer es ist“, sagte Klaus verschwörerisch und bemerkte, wie in Schaller mehr als nur Interesse aufblitzte. Die Erzählungen eines Besoffenen haben ausgereicht, um die Verletzungen zu erkennen, die Schaller erlitten haben musste. Gedemütigt vom Chef, von Manu und ihren Titten links liegen gelassen und dann auch noch zum Innendienst verdonnert. Dieser Fisch musste nur gefüttert werden, um ihn dann mit voller Kraft in die freie See hinaus zu schicken. Ich füttere dich, keine Sorge.
„Weißt du, mein Kollege, der Benno Seifeld, kennst du den?“
Seifeld? Schaller überlegte, schüttelte aber dann nur den Kopf.
Klaus war zufrieden, das machte die Sache noch leichter. Egal was er ihm jetzt erzählen würde, Schaller würde es ungeprüft kaufen wie ein viel zu billiges Winterauto und nicht mal merken, dass die Karre gar keine Räder hat.
„Benno ist der Krawallmacher in unserer Redaktion, aber um sein

schönes Bild des netten Kerls von nebenan nicht zu zerstören, werden seine wild-spekulativen Artikel immer unter meinem Namen veröffentlicht. Ich kann nichts dagegen machen, bin halt noch relativ neu in der Redaktion in Grafenau."
Schaller schaute ihn fragend an, konnte mit dieser Information gar nichts anfangen. Doch langsam, dachte Klaus, nicht gleich mit der Geschichte ins Haus fallen. Erst einmal leise zum Köcheln bringen.
„Dabei ist das so ein schräger Vogel, das glaubst du nicht." Klaus erzählte Schaller davon, wie er Benno vergangenes Jahr zu Hause besucht hatte, überraschend. Benno hatte damals auf ihn ziemlich verwirrt gewirkt und wollte ihn erst nicht in die Wohnung lassen. Doch Klaus aufzuhalten war nicht leicht – also bahnte er sich einen Weg, schon alleine um seine Neugierde zu befriedigen, was denn Benno zu verstecken hatte. Sofort war Weihrauch in Klaus' Nase gedrungen und er hörte aus einem der Zimmer leise sakrale Musik spielen. Als Klaus in dieses Zimmer gehen wollte, stellte sich Benno ihm in den Weg und wies ihm stattdessen den Weg in die Küche.
„Ich konnte mir nicht vorstellen, was für ein Geheimnis er da wohl vor mir verbergen wollte, also tranken wir erst einmal ein Bier und dann gab ich vor, aufs Klo zu müssen", erzählte Klaus Schaller. Benno begann die Küche aufzuräumen und Klaus machte sich ohne Umwege zu dem verdächtigen Raum auf. Leise drückte er die Klinke, doch der Raum war abgeschlossen. Der Schlüssel steckte aber im Schloss. Fast unhörbar drang Klaus in den Raum ein und es verschlug ihm den Atem: Ein Altar, Kerzen, Weihrauch stieg aus einem Rauchfass und der CD-Player spielte gregorianische Gesänge.
„Als ich gerade wieder aus dem Raum schleichen wollte, stand Benno schon in der Tür. Erst rang er nach Luft, dann ist er völlig ausgerastet. Ich hätte hier nichts verloren, schrie er mich an, zog mich am Pullover aus dem Zimmer und schob mich aus der Wohnung. Fast war mir, als konnte er sich nur mit Mühe zurückhalten, mich zu verprügeln."
Klaus machte eine Pause, blickte Schaller an. Der erwiderte den Blick immer noch mit einem fragenden Ausdruck. Klaus war zufrieden: Die Geschichte stimmte, wenn auch der Schluss frei erfunden war. Benno hatte ihn nicht erwischt, saß ahnungslos in der Küche. Doch ein wenig Dramatik konnte der Story nicht schaden, die Klaus dem Polizisten auftischen wollte. Jetzt aber Butter bei die Fische.
„Ihr sucht doch einen religiösen Fanatiker, oder?"

„Ja, schon, aber..."
„Dann pass mal auf, es geht noch weiter." Klaus musste gar nicht mehr viel sagen, nur ein paar kleine Tatsachen verdrehen, ein paar Vermutungen anstellen und dabei so tun, als sei das alles unumstößlich zu beweisen. Er fabulierte, sich nach dem Besuch bei Benno über dessen verborgenen Aktivitäten informiert zu haben. Dabei sei er auf interessante Dinge gestoßen: Etwa, dass Benno in einem Bibelkreis integriert gewesen war, der ihn allerdings bald rauswarf, weil ihnen Benno zu extreme Ansichten vertrat. Außerdem habe er erfahren, dass Benno aus der Kirche ausgetreten sei und sich im Dunstkreis von radikal-christlichen Sekten bewege. Genaueres könne er allerdings nicht sagen, da diese Zirkel zu vorsichtig mit Informationen umgingen und er daraufhin die Nachfragerei aufgegeben habe.
„Du meinst also, das ist unser Mann?", biss Schaller endlich an. Klaus hatte genug fabuliert, nun galt es, dem Ganzen noch den Dekkel aufzusetzen.
„Und genau in der Nacht, als dieser Türke umgebracht wurde, hat Benno kein Alibi. Denn wenn er eins hätte, dann wäre das ich." Klaus erzählte von der Journalistentagung in Passau, davon wie er selbst in der Nacht nicht in seine Passauer Wohnung zurück gekehrt war, weil er bei seiner damaligen Freundin übernachtete. Benno war also alleine. Er behauptete zwar, geschlafen zu haben. „Aber als ich ihn in der Früh abgeholt habe, da war der völlig fertig, sah aus, als hätte ihn jemand durch die Hecke gezogen."
„Und der zweite Mord?"
„Genau so. Wir Kollegen sind wie an fast jedem Abend gemeinsam ins Waldesruh. Benno hat gesagt, er sei müde und wolle nach Hause. Und gestern früh war der wieder völlig fertig, da wollte er nicht einmal eine seiner geliebten Leberkäsesemmeln essen. Da ist bei mir der Groschen gefallen. Verstehst du?"
Schaller verstand. „Keine Zweifel?"
„Keine Zweifel. Du wirst jetzt sicher gleich zu deinem Chef gehen und ihm das alles erzählen, oder?"
„Nein. Ich kümmere mich selbst drum. Ich nagele den jetzt fest. Du hast es ja schon gesagt: Das ist meine Chance, wieder ganz zurück ins K1 zu kommen."
Treffer. Versenkt. Klaus nahm Schaller zum Schluss ihres Treffens noch das Versprechen ab, ihn als Informanten nicht preiszugeben. Außerdem bat er um Verständnis, dass er Benno offiziell verteidi-

gen würde. „Ich schieße nur auf Bender und die Hentschel."
Schaller verzog das Gesicht zu einem schiefen Grinsen: „Bender gerne, Manu lasse bitte da raus."
Klaus sagte: „Abgemacht", dachte aber: Letztlich kommt keiner ungeschoren davon, Manu nicht, Bender nicht und Schaller auch nicht.

╬

Im Sturzflug war Benno aus dem Leberkäshimmel gefallen, als er vernommen hatte, was Tietze in sein Handy vor Aufregung schrie. Benno versuchte das Gehörte zu verdauen. Er bekam es einfach nicht in den Kopf. Da hatte also jemand Morddrohungen an die Redaktion geschickt und damit explizit ihn und Klaus gemeint. Auch wenn er durchaus verstehen konnte, dass die Berichterstattung des Tagblatts in den vergangenen Wochen objektiv betrachtet zu Kritik Anlass gab, so hielt er diese Reaktion doch eindeutig für überzogen. Besonders in Bezug auf Benno selbst. Schließlich hatte Klaus die Hauptschuld daran gehabt, dass alles aus dem Ruder lief und die Abozahlen, die gleich nach dem ersten Mord in die Höhe schnellten, mit jedem Schmähartikel um so tiefer in den Keller rauschten. Dies führte letztlich auch dazu, dass die Chefredaktion anordnete, den Fuß vom Gas zu nehmen. In Gedanken versunken bemerkte Benno kaum, dass er sich auf dem Weg in die Redaktion befand und erschrak beinahe ein wenig, als er vor Tietzes Schreibtisch stand. Der war kreidebleich, als habe die Morddrohung ihm gegolten. Er hielt Benno den Brief, den er in eine Klarsichthülle gepackt hatte hin: „Wegen der Fingerabdrücke", sagte er. Genau dachte Benno, weil einer der mit Mord droht, mit nackten Fingern auf dem Papier herumpatscht. Er sah sich den Brief an. Irgendwie erinnerte ihn das Ganze an einen schlechten Hollywoodfilm. Mit den Schnipseln ihrer eigenen Zeitung stand geschrieben: „An Monn und Seifeld: Ihr Schmierfinken werdet für den Unrat bluten, den ihr über der Region ausgeschüttet habt. Die Messer sind gewetzt, Gott ist mein Zeuge." Während Tietze das Ganze offensichtlich sehr ernst nahm, ärgerte sich Benno zunächst darüber, dass Gott wieder einmal für irgendwelche Untaten eines Irren herhalten musste und wunderte sich gleichzeitig, dass ihn das Schreiben relativ kalt ließ.
„Damit müssen wir zur Polizei", stellte Tietze fest.
„Ja müssen wir wohl", antwortete Benno. „Aber erst muss ich Klaus anrufen. Streit hin oder her, das sollte er wissen.

╬

Klaus hob nach dem zweiten Läuten ab. Er hatte Bennos Namen auf dem Display seines Handys aufleuchten sehen. „Da schau her, der selbst ernannte Saubermann beehrt mich mit einem Anruf.
„Lass den Scheiß jetzt, ich muss dir etwas sagen. In der Redaktion ist eine Morddrohung gegen uns eingegangen. Ich dachte das solltest du wissen."
Benno war klar gewesen, dass die Mitteilung einen wie Klaus zumindest nach außen hin kalt lassen würde.
„Ach ja, hübsch, aber wenn ich ehrlich bin, interessiert mich das überhaupt nicht. Und wenn ich das sagen darf, mein lieber Benno, du hast ein ganz anderes Problem."
Benno verstand erst nur Bahnhof, doch dann kippte ihm die Kinnlade herunter. Das konnte nicht sein. Er. Mordverdacht. Fahndung. Verhaftung. Schmarrn. Grußlos legte er den Hörer auf die Gabel und war zur Tür raus, ehe Tietze „Morddrohung" hätte sagen können.
Im Auto auf dem Weg zur Dießensteinmühle bei Preying, wo sich Klaus mit ihm treffen wollte, versuchte er den Wahnsinn, der ihm gerade zu Ohren gekommen war zu ordnen. Laut Klaus hatte dieser in der vergangenen Nacht einen kleinen Alkoholzwischenfall mit einem Polizisten vom K1, der ihm vom Verdacht gegen Benno erzählte. Doch wie in Gottes Namen, war er auf ihn gekommen. Das hatte er im ersten Schock ganz vergessen Klaus zu fragen. Benno wählte erneut Klaus Nummer. Besetzt. Nochmal wählen. Besetzt. Ein drittes Mal. Wieder besetzt.
Scheiße, Klaus, leg auf und red mit mir. Nochmal wählen. Sprachbox. Klaus hatte doch tatsächlich sein Handy ausgeschaltet. „Scheiße, scheiße, scheiße", Benno schlug wie ein Verrückter auf sein Lenkrad ein. Er holte alles aus seinem alten Astra raus. Seine Kamera, sonst liebevoll gehütet, flog auf dem Rücksitz achtlos hin und her. Dann musste er eben warten, bis er Klaus traf, fünf Minuten und er war da. Und plötzlich, praktisch aus heiterem Himmel, hatte er das Gefühl, in einem bösen Traum gefangen zu sein. Und dann beschlich ihn das Gefühl, dass er gerade mächtig verarscht wurde. Noch drei Minuten bis zum Ziel. Hatte er ihm tatsächlich einen Bären aufgebunden? Benno musste über seine eigene Dummheit lachen. Klaus, der große Manipulator, hatte es doch tatsächlich geschafft ihn mit ein paar wenigen Worten völlig aus der Fassung zu

bringen. Mein ist die Rache sprach der Herr. Noch zwei Minuten, gleich würde er mehr wissen. Und dann würde er Klaus endlich einmal die Meinung geigen.

╬

Schon auf dem Weg zurück in seine Wohnung hatte sich Schallers Kater in Luft aufgelöst. Gleichzeitig war sein Selbstbewusstsein in schwindelerregende Höhen gestiegen. Er würde es Bender zeigen. Und Manu. Sie würden einsehen müssen, dass er ein guter Bulle war und der richtige Mann für Manus Bett und ihr Leben. Er hatte sich bei der Staatsanwältin angemeldet. In weniger als zwei Stunden würde sein Leben eine bedeutende, eine gute Wende nehmen. Schaller stellte sich unter die Dusche, sang ein Lied. „We are the Champions my friend." Er würde es ihnen zeigen. Und allen voran Bender. Frisch geduscht, frische Klamotten, breite Schultern, so betrat Schaller das Gebäude in dem die Staatsanwältin ihr Büro hatte.

╬

Noch eine Minute, Klaus konnte sich auf eine Gardinenpredigt freuen.

╬

Schaller betrat das Büro von Dr. Gundula Moosbacher, die nur mäßig interessiert hinter ihren Aktenbergen in seine Richtung blickte. Sie war eine attraktive Frau. Er schätzte sie auf Anfang 40. Im Moment konnte er nur ihre blonden Haare sehen, die sie zu einem schweren Zopf gebunden hatte. Doch sie war ihm schon mehrfach aufgefallen. Besonders das Business-Outfit mit einem knielangen schwarzen Rock, hochhackigen, aber nicht anstößigen Schuhen, schwarzer Jacke und einer weißen Bluse, an der zwei Knöpfe offen standen und ein ansehnliches Dekolleté erahnen ließen, kurz alles an ihr war reizend, für Franz geradezu aufreizend. Warte nur, Mäuschen, gleich wird dir dein gelangweiltes Gehabe vergehen. Und tatsächlich war die Staatsanwältin ganz Ohr, je länger Schaller berichtete.
„Schaller, woher haben Sie die Infos?"
„Von einem Informanten, den ich nicht nennen darf, das habe ich ihm versprochen."

„Aber mir können..."
„Sorry, aber keine Chance, Sie werden mir schon glauben müssen." Schaller genoss seine neue Position und sah hoch erfreut, dass Moosbacher zum Telefonhörer griff.

╬

Benno blieb mit quietschenden Reifen vor der Mühle stehen. Klaus war nicht da.

╬

Schaller verließ das Büro der Staatsanwältin. Dr. Moosbacher hatte bei Bender angerufen und ihn mit wenig schmeichelhaften Worten darauf hingewiesen, dass Schaller mehr herausgefunden hatte, als er selbst: „Während Sie durch den Bayerischen Wald irren, hat Schaller echte Indizien an Land gezogen." Schaller hatte die Schnappatmung Benders – das Telefon war auf laut gestellt - deutlich hören können.

╬

„Das kann ja wohl nicht wahr sein", schimpfte Manu, als sie zu Bennos Wohnung rasten. „Wie kann uns Franz nur so in den Rücken fallen?"
„Ich kann mir schon vorstellen warum", sagte Bender, der einerseits ebenso sauer auf Schaller war, sich andererseits aber nicht gegen die aufkeimende Freude wehren konnte, dass es sich bei ihrem Killer um einen Schreiberling handeln könnte. Ausgerechnet die Berufsgruppe, die Bender noch vor Zahnärzten am wenigsten leiden konnte. Die beiden Beamten nahmen sich nicht die Zeit, auf einen Hausmeister zu warten oder umständlich am Schloss herumzufummeln. Nachdem er zweimal mit dem Hinweis darauf, dass die Polizei da war, Bennos Namen gerufen hatte, trat Bender die Wohnungstür mit einem wuchtigen Tritt auf.
„Diese arglosen Niederbayern sind ein perfektes Ziel für Einbrecher", kommentierte er den Umstand, dass die Tür beinahe widerstandslos aus den Angeln flog. Mit gezogener Waffe durchsuchten sie die Wohnung.
Benders Fuß trat ein zweites Mal in Aktion und noch bevor sie den

Raum genauer untersucht hatten, hatte Bender schon wieder Dr. Moosbacher am Telefon.
„Schaller hat wohl recht, der Typ hat sich hier eine eigene Kapelle eingerichtet. Moment bitte..."
Manu wies Bender auf einen Lesetisch hin, auf dem eine aufgeschlagene Bibel lag.
„..Verdammt noch mal", bellte Bender ins Telefon. Hier liegt eine Bibel. Aufgeschlagen bei dem Zitat, das unser Nazifreund im Mund stecken hatte. Frau Moosbacher, wir werden jetzt erstmal in die Redaktion fahren..."
Doch die Staatsanwältin unterbrach seinen Redefluss.

╬

Schaller stolzierte durch das Gerichtsgebäude, als Klaus anrief.
„Hallo", sagte der. „Seifeld hat sich gerade bei mir gemeldet. Er will sich mit mir treffen. Bei einer alten verlassenen Mühle. Verdammt Franz, hast du was rausgelassen? Das war nicht abgemacht."
Schaller schwor unschuldig zu sein und kein Wort über ihn gesagt zu haben.
„Wie auch immer. Der klingt so merkwürdig. Ich fahr da auf keinen Fall hin." Ein perfekter Tag, dachte Klaus, als er Schaller wegdrückte.
Ohne anzuklopfen stürmte Schaller zurück in das Büro der Staatsanwältin, die gerade den Telefonhörer am Ohr hatte.

╬

„Bender, vergessen Sie die Redaktion, Schaller sagt mir gerade, dass Seifeld auf dem Weg zu einer alten Mühle sein soll. Finden Sie das?"
Bender entging der süffisante Unterton nicht.
Ein Streifenwagen vor Bender und Manu, einer dahinter, raste die kleine Kolonne durch den Bayerwald in Richtung Dießensteinmühle. Weitere Streifen, die näher am Zielort waren, wurden informiert.

╬

„Du verdammter Vollidiot." Benno hatte geschlagene zwanzig Minuten gewartet, wollte gerade in sein Auto steigen, als Bewegung in die Stille kam.

╬

„Keine Bewegung, Hände hoch“, zwei Polizisten sprangen aus dem Polizeiwagen, auf dem das Blaulicht rotierte. Reflexartig drehte sich Benno um, als würde noch jemand hinter ihm stehen.

╬

Klaus genoss einen Milchkaffee und ein Croissant in einem schmukken Passauer Café. Am Nebentisch hatte er ein Mädel entdeckt, das ebenso so süß aussah, wie sein Croissant schmeckte.

╬

Wenige Meter hinter dem Polizeiwagen war Bender mit quietschenden Reifen zum Stehen gekommen. „Hände auf den Rücken“. Bender genoss die Situation. Benno blickte in drei Polizeiläufe, drehte sich um und tat wie ihm geheißen. „Was, was, was ist hier los“, stotterte er und stöhnte laut auf, als ihm die Hände rüde auf den Rücken gedreht wurden.

╬

Ein ahnungsloser Tietze saß in seinem Büro und verfluchte den Tag. Morddrohungen gegen die Redaktion und seine beiden Redakteure waren nicht da. „Verdammt, jetzt bleibt alles an mir hängen.“ Zwanzig Minuten später lief alles aus dem Ruder. Vier Polizisten, zwei in Uniform, zwei in Zivil, stürmten die Redaktion und zeigten ihm einen Durchsuchungsbefehl.
„Was zum Teufel ist denn jetzt kaputt?“ Die Beamten ließen sich Bennos Arbeitsplatz zeigen und räumten ihn leer. Computer, Laptop, Telefon, Notizen, sogar den Inhalt des Papierkorbs nahmen sie mit. Wenig später stand nur eine traurige Birkenfeige neben seinem Schreibtisch und verlor ein Blatt. Besonders redefreudig waren die Plünderer nicht gewesen, murmelten nur irgendwas von Mordverdacht.
Das alles war zuviel für den gemütlichen Redaktionsleiter. Er wählte die Nummer der Chefredaktion und erfuhr, dass Benno auf der Flucht verhaftet worden sei. Es bestehe dringender Tatverdacht, dass

er der gesuchte Mörder sei. Tietze lachte lauthals: „Benno? Das ist der größte Schwachsinn, den ich jemals gehört habe."
Doch mehr war von seinem Chef nicht zu erfahren. Er müsse jetzt mit Klaus Monn alleine zurecht kommen. „Sehr witzig, der ist auch nicht da, seit gestern krank gemeldet." Sein Chef sicherte zu, ihm möglicherweise eine Aushilfe zu schicken. Dies sei aufgrund der angespannten Personalsituation nicht so einfach. Benno im Knast, Mordverdacht, so ein Unsinn. Tietze schüttelte unentwegt den Kopf. Auch bei der Polizei-Pressestelle in Straubing war nichts in Erfahrung zu bringen. Ebenso wenig bei der Staatsanwaltschaft. Tietze fiel Klaus ein. Vielleicht hatte der sich ja soweit beruhigt, dass er helfen konnte. Handy ausgeschaltet. So saß ein verwirrter und geschlauchter Redaktionsleiter eine Stunde vor Redaktionsschluss vor einer halbfertigen Zeitung und wusste nicht, wie er die Samstagsausgabe füllen sollte. Und doch war dies erst der Anfang einer arbeitsreichen Zeit für den Leiter des kleinen Lokalblattes.

╬

Klaus zahlte, ging zur Tür hinaus, die Sonne schien ihm ins Gesicht. Was für ein perfekter Tag.

╬

In seinem dunklen Verlies sah Raphael kein Tageslicht. Und dennoch war sein Glück vollkommen. Fendl war vernichtet, Annemarie Breitenbacher würde er ihrer Bestimmung zuführen. Preiset den Herrn, Halleluja!

Samstag, 24. April 2010. Gedenktag Heilige Salome, israelische Jüngerin.

Der Herr sieht sie mit Wohlgefallen.

Heute vor 89 Jahren greifen 400 italienische Faschisten am Bozener Blutsonntag einen Umzug des Südtiroler Gewerkschaftsbundes an. Ein Mensch lässt sein Leben, 45 werden schwer verletzt.

...und auch an diesem Tag hatte Satan die Finger im Spiel.

Das gleiche Bild wie tags zuvor. Ein Tisch, fünf Stühle: Bender, Manu, Sendlinger und Dr. Gundula Moosbacher gegen Benno. Das Verhör dauerte inzwischen mehrere Stunden. Die Luft in der Verhörkammer der PD Passau war verbraucht und es roch nach Angst und Schweiß. Leere Kaffeetassen, rot unterlaufene Augen, gähnendes Grau. Ermittler und Tatverdächtiger waren gleichermaßen erschöpft. Zum hundersten Mal wiederholte Benno zwei Sätze: „Ich habe die beiden Männer nicht umgebracht. Ich weiß nichts von den beiden verschwundenen Personen."
Ebenso oft hatte ihm vor allem die Staatsanwältin vorgehalten, was sie über Schaller erfahren hatte. „Sie haben für beide Tatzeiten kein Alibi. Und sie pflegen in Ihrer Wohnung ein seltsames Hobby."
„Wo waren Sie zu den Tatzeiten?"
„Das habe ich Ihnen doch schon tausend Mal gesagt. Ich habe geschlafen. Allein!"
„Außerdem haben wir das Bibelzitat, das dem toten Fendl im Mund steckte aufgeschlagen bei Ihnen gefunden", ergänzte Manu.
„Entschuldigen Sie bitte, ich bin Journalist, das Zitat ist mir anonym zugespielt worden, ich habe recherchiert!"
„Und Sie haben kein Alibi. Nicht für den ersten Mord und nicht für den zweiten." Moosbacher versuchte durch hämmernde Wiederholungen Benno mürbe zu machen.
Die Kraft der Indizien schien ihn zu erdrücken. Er selbst konnte die Gedanken seiner Peiniger problemlos nachvollziehen und so blieb ihm nur ständig zu wiederholen: „Sie haben keine Beweise. Sie können keine Beweise haben. Ich war es nämlich nicht."
„Die Beweise werden wir schon noch bekommen. Einstweilen ist die Indizienlage erdrückend." Gundula Moosbacher gab sich siegessicher.
„So ein Schmarrn", sagte Benno. So ein Schmarrn, dachte Bender.

Bender beobachtete Benno über die ganze Zeit des Verhörs genau. Und immer mehr beschlich ihn der Gedanke, dass etwas nicht stimmte. Die ganze Situation, Benno, seine Beharrlichkeit, sein Verzicht auf anwaltliche Hilfe und das Fehlen jeglicher Nervosität, machten ihn nachdenklich. Verstärkt wurde dieses Gefühl durch das Zucken seines linken Auges, das sich zum ersten Mal seit Wochen wieder meldete. Kein gutes Zeichen, wenn es beim Superbullen zuckte.
Im Gegensatz dazu war für die Juristin der Fall klar: Sie hatte ihren Täter, Punkt. Sie ließ Benno abführen. Auf ihn wartete jetzt eine Zelle in der Passauer JVA. Bender blieb skeptisch, Sendlinger wollte heim zu seiner Frau und Manu war froh, dass die Sache hier erst einmal zu Ende war. Sie verabschiedete sich von Bender und schickte eine SMS an Franz: „Kaffee? ;-)“

╬

So sehen Sieger aus. Franz Schaller fühlte beinahe im Minutentakt Wogen des Glücks durch seinen Körper fluten. Nicht nur, dass er innerhalb von wenigen Stunden diesen Fall lösen konnte. Auch nicht genug, dass er sich für alle Schmähungen seines Chefs Bender geradezu genial rächen konnte. Es war vor allem diese SMS von Manu. Fortuna meinte es gut mit ihm. Es tat ihm beinahe leid, dass er mit Seifelds Entlarvung auch Manu getroffen, ihre Arbeit in ein schlechtes Licht gerückt hatte.
Auch das schlechte Gewissen, Kollegenverrat begangen zu haben, schlich in ihm hoch. Er war kein Denunziant, Loyalität stand ganz oben auf seiner Agenda. Doch da war auch sein Gerechtigkeitssinn und sein sensibles Gemüt. Beides war auf's Übelste mit Füßen getreten worden. Deshalb trug auch die Eitelkeit den Sieg davon. Egal, heute war sein Tag, das wusste er. Mit einem Cappuccino auf dem Tisch, seine Erregung machte das Sitzen unbequem. Und dann kam sie.
Manu wollte ihren Kollegen in aller Öffentlichkeit zerlegen. Da saß Schaller - breites Grinsen, dämlicher Dackelblick. Sie zerriss ihn in der Luft. Vor allen Leuten. Was ihr aber gleich wieder Leid tat. Letztlich konnte sie ja verstehen, warum er in seiner verletzten Eitelkeit so gehandelt hatte. Nachdem Manus Ärger weitgehend verraucht war, entwickelte sich zu ihrer beider Überraschung ein freundschaftliches Gespräch, bei dem die Unstimmigkeiten der vergange-

nen Wochen ausgeräumt wurden. Doch etwas änderte sich für Manu grundlegend: Schaller hatte die sexuelle Anziehungskraft auf sie völlig verloren. Der Verrat, den er an ihr begangen hatte, war nicht spurlos an ihr vorüber gegangen. Sie wusste, Franz Schaller würde auf ewig ihr Freund bleiben. „Du bist für mich so etwas wie ein Bruder", sagte sie. Ein Satz, der Schaller emotional vernichtete. Er fiel von Wolke sieben auf den harten Asphalt. Sein Herz wurde dabei zerschmettert.

Sonntag, 25. April, Heiliger Markus, israelischer Märtyrer und Bischof, Begründer der koptischen Kirche

Der Herr sieht ihn mit Wohlgefallen.

Heute vor fünf Jahren kommen beim Zugunglück von Amagasaki auf der Fukuchiyama-Linie 107 Menschen ums Leben. Über 500 werden verletzt.

...und auch an diesem Tag hatte Satan die Finger im Spiel.

Wie viele anderen Neuigkeiten, die in den vergangenen Wochen aus dem Bayerischen Wald in die überregionalen Medien geschwappt waren, schlug auch die aktuelle Pressemeldung der Staatsanwalt Passau ein, wie eine Bombe. Die Mitteilung, dass der Täter gefasst und wenn auch nicht geständig, so gut wie überführt sei, ließ alle Telefone, deren Besitzer nur irgendetwas zu dem Fall sagen konnten, heiß laufen. Und auch wenn es nicht in der Pressemitteilung gestanden hatte, war ausgehend von einem Boulevardblatt schnell herumgegangen, dass es sich bei dem Täter möglicherweise um einen Kollegen gehandelt haben könnte.

Auch der Name war schon kein Geheimnis mehr. Von wegen, eine Krähe hackt der anderen kein Auge aus. Flugs schlichen besagte Krähen mit spitzer Feder durch das wieder einmal gar nicht so beschauliche Grafenau und begaben sich auf Aassuche. Ein Reporter hatte schon das polizeiliche Siegel an Bennos Wohnungstür abgerissen und machte sich am Schloss zu schaffen. Letztlich war er vom Hausmeister erwischt worden und flog mit einer niederbayerischen Rechten im Gepäck hochkant aus dem Haus.

Drohend streckte ihm der Hausmeister eben diese Rechte hinterher und schrie: „Lass dich hier bloß nicht mehr blicken du Drecksau, der Benno ist ein feiner Kerl." Von Stund an hielt ein Polizeibeamter vor der Wohnung Wache. Das Medienaufgebot sorgte dafür, dass die Einwohnerzahl in Grafenau für einige Tage dramatisch anstieg. Auch erste Tagestouristen erreichten die Stadt und wuselten zwischen Polizeibeamten und Presseleuten hin und her.

Und während Grafenauer Bürger, wenn sie nicht unbedingt aus dem Haus mussten, dieses auch nicht verließen, um nicht ständig blöde Fragen zu beantworten, verzeichneten Gaststätten und Souvenirläden ungeahnte Umsatzzuwächse. Im Rathaus, besser gesagt in der Touristinformation, ging schon das Gerücht um, dass ein findiger Reiseunternehmer, Pauschal-Horror-Touren mit Halbpension anbieten wollte.

╬

Inzwischen musste die ganze Welt bei Tietze angerufen haben. Auch seine Redaktionsassistentin war da und hatte inzwischen den Kampf gegen Kameraleute, plappernde Journalisten und neugierige Gaffer, die sich in den Redaktionsstuben breit machten, aufgegeben. „Die filmen sogar schon das Klo, auf dem Benno geschissen hat“, stöhnte Tietze seinem Vorgesetzten ins Ohr, der am anderen Ende der Leitung nur wenig Interesse für seine Probleme zeigte. Vielmehr ging es ihm darum Schaden von der Zeitung abzuwenden. „Kein Wort, kein Interview. Ich will Ihr Gesicht in keiner Fernsehsendung und in keiner Zeitung sehen.“

„Zu spät“. Tietze grinste bitter. Das Blitzlichtgewitter fuhr durch seine rotgeäderten Augen, hämmerte an seine Schädeldecke. Die Birkenfeige ließ ihre Äste traurig hängen und verlor ein paar weitere Blätter. Es war ein einziges Sterben. Unter anderem von Moral, Anstand und Empathie.

╬

Sein Werk, seine Taten. Er war der Racheengel des Herrn. Er führte der kranken Menschheit mit Macht ihr schändliches Treiben vor Augen. Die Nägel, die sich in sein Fleisch bohrten, schafften ihm keine Erleichterung. Dieses Nichts, dieser kleine Sünder genoss den Ruhm, der ihm gebührte. Das durfte nicht sein. Es war sein Werk. „MEIN WERK IM NAMEN DES HERRN“, schrie er in die Finsternis seines Verließes. „Ich will euch zeigen, wen ihr fürchten sollt: Fürchtet den, der über das Töten hinaus noch die Macht hat, in die Hölle zu werfen. Ja, sage ich euch, den fürchtet.“ (Lukas: 12,5). „Wer mich aber verleugnet vor den Menschen, der wird verleugnet werden vor den Engeln des Gottes“ (Lukas: 12,9).

╬

Am Tag nach der Café-Episode mit Schaller war Manu mit sich und der Welt im Reinen. Sie hatte losgelassen. Zweimal. Zwei Männer, von denen sie dachte, sie würden ihr gut tun. Das war ein Irrtum gewesen. Sie brauchte niemanden, um sich an ihm festzuhalten. Im Gegenteil, es kam ihr jetzt so vor, als hätten sich die beiden Männer an ihr festgehalten, gar festgesaugt. Sie fühlte sich frei, selbstbestimmt und unbeschwert. Ein Gefühl, das sie auf dem Weg zur Staatsanwaltschaft genoss. Dort würde sie sich mit Bender und Moosbacher zur Abschlussbesprechung treffen. Derart aufgeräumt konnte sie endlich wieder klar denken.

╬

Es musste etwas passieren. Gleich. Die Zeit drängte und nichts hatte er vorbereitet. „Nichts, gar nichts, verflucht noch mal". Raphael zuckte zusammen, erschrak über seinen Fluch und huldigte Gott, den Herrn. Vergib mir, dein Diener ist verzweifelt. Ich erkenne die Zeichen nicht, was soll ich tun? Raphael kasteite sich, ertrug den Schmerz, bis er drohte in Ohnmacht zu fallen. Stunden der Verzweiflung, Stunden des Schmerzes und dann sah er klar: Der Herr forderte weitere Opfer von ihm. Nur gut, dass er seine Liste hatte und alle in Grafenau so gut kannte. Er las die Namen auf seinem Zettel, wurde schnell fündig. Es musste alles in einer Nacht passieren, nächstes Wochenende. Vorfreude durchströmte ihn, freudige Erregung, Enthusiasmus!: Keinen Tag länger würde er die Schmach erdulden, er war Raphael der Todesengel, er war Raphael der Racheengel des Herrn.

╬

Während Tietze immer noch mit Telefon und aufdringlichen Journalisten kämpfte, schwebte – wer hätte es gedacht – Klaus zur Tür herein. „Mann was läuft denn hier für eine Scheiße. Benno verhaftet? Mord? Bullshit! Was machen wir denn jetzt?" Klaus wusste genau, was passieren würde und platzierte Tietze genau da, wo er ihn haben wollte.

Tietze hätte sauer sein sollen, war aber froh endlich eine helfende Hand in der Redaktion zu haben. „Dich schickt der Himmel, kannst dich gleich an den PC setzen und arbeiten."

„Wir machen es genauso, wie du es immer machst: Eine kleine Lästerrunde über die Polizei, etwas Verteidigung für Benno und das Ganze gewürzt mit unseren Ermittlungs-Leistungen, die der Polizei bei der Tätersuche immer wieder Feuer unter dem Hintern gemacht hatten. Das kannst du doch, oder?"

Tietze legte nach und tat genau das, was Klaus wollte. Der Redaktionsleiter übernahm seinen Part: „Die Pressekonferenz gestern war ja der reine Witz."
Tietze schüttelte den Kopf, denn es war nicht viel gewesen, was die Polizei zu erzählen hatte, als man sich in den frühen Abendstunden der Presse stellte. „Dringender Tatverdacht, anonymer Hinweis, kein Alibi, verdächtige Gegenstände in der Wohnung. Dass ich nicht lache. Das soll für eine Verhaftung reichen? Klaus, wir müssen Benno da rauspauken. Dir fällt schon was ein", sagte er.
„Was ist das für ein Wisch? Ist das die Morddrohung, wegen der mich Benno vorgestern angerufen hat?" Klaus deutete auf einen Zettel auf Tietzes Tisch.
„Ja, genau. Was hast du Benno eigentlich gesagt? Der ist ja wie vom Donner gerührt aus der Redaktion gestürmt."
Wie immer fiel es Klaus nicht schwer, eine schlüssige Lüge aus dem Ärmel zu schütteln. „Ich hab ihm gesagt, was ich dir jetzt auch sage: Lang wird es mich hier nicht mehr geben."

Bender rührte gelangweilt in seiner Kaffeetasse, während Oberstaatsanwältin Moosbacher über den gelungenen Abschluss des Falles schwadronierte. Manu konnte es in Benders Gesicht lesen, er glaubte nicht an Bennos Schuld. Doch zwischen Gundula Moosbacher und ihre Selbstherrlichkeit passte kein Blatt Papier. Und sie selbst wusste auch nicht, warum sie zweifeln sollte. Die Fakten, besser gesagt waren es im Moment Indizien, lagen klar auf dem Tisch. Abgesehen davon war das der überzeugendste Verdächtige, den sie in den ganzen letzten Wochen dingfest machen konnten. Und, waren nicht alle Psychopathen nach außen ganz normale Typen?
„Auch wenn es Ihre Freude ein wenig trübt. Eigentlich haben wir nur ein paar Indizien, handfeste Beweise sind in meinen Augen nicht dabei." Bender rührte immer noch im Kaffee, blickte der Juristin aber direkt ins Gesicht. „Wenn Sie mich fragen, sollten wir weiter ermitteln."
„Sie werden weiter ermitteln. Es gibt immer noch die Vermissten. Da sollten wir auch den Seifeld noch einmal in die Mangel nehmen. Wir sind ja wohl ausnahmsweise einer Meinung, dass diese Taten in einem Zusammenhang stehen. Nachdem Ihre großen Suchaktionen in den Wäldern und Seen nichts gebracht haben, müssen wir leider

davon ausgehen, dass diesen Leuten etwas zugestoßen ist. Gut wäre, wenn Sie diesmal etwas gründlicher arbeiten und zu schnellen Ergebnissen kommen könnten. Und, werter Herr Hauptkommissar: Ihre Zweifel teile ich nicht. Ich werde noch diese Woche Anklage erheben."

„Arrogante Kuh", schimpfte Bender, als die Audienz bei Moosbacher beendet war. „Und dann dieses Arschloch Schaller."

Manu erzählte Bender von ihrem Treffen mit Schaller und dessen Beweggründen. Doch der Hauptkommissar hörte nicht richtig zu, wollte sich seine schlechte Laune nicht verderben lassen.

„Warum glaubst du, dass der Seifeld unschuldig ist? Es spricht doch alles gegen ihn."

Alles? Und wenn sie ihn mit dem Messer in der Hand gefunden hätten: Seifeld ist niemals ein Mörder. Und schon gar kein Psychopath.

„Ehrlich, Manu: Glaubst du, dass du zwei Monate ermittelst und nichts herausfindest? Und dann flüstert dem Schaller ein Vögelchen den Namen des Mörders ins Ohr. Das ist doch Quatsch, ein abgekartetes Spiel. Da will dem Seifeld jemand eins reinwürgen."

Auch wieder wahr, dachte Manu und fühlte sich geehrt, nicht selbst in die Reihe der Dilettanten aufgenommen worden zu sein. „Vielleicht lenkt der Täter ja auch von sich selbst ab."

Bender schüttelte den Kopf. Er war zwar in keinster Weise Fachmann auf dem Gebiet der Kriminalpsychologie, aber in seinen vielen Jahren als Bulle hatte er gelernt: Auch Psychopathen suchen die Anerkennung. Wer solche Taten begeht, möchte zwar nicht unbedingt gleich gefasst werden. Doch sie alle hatten eine Botschaft. Und jeder sollte wissen, sie kam von ihnen.

╬

Hunger. Als wenn Benno keine anderen Probleme hätte. Doch es half nichts: Hunger. Er dachte an die Pizzeria in der, nur zwei Haustüren weiter, die beste Pasta der Stadt zubereitet wurde. Überhaupt war diese Theresienstraße eine sonderbare Ansammlung verschiedenster Gebäude. Sie befand sich am Eingang zur Altstadt - dem schönsten und ältesten Teil Passaus - startete in der Fußgängerzone. Es folgte die Sankt Matthäus Kirche, das Büro der Tierschutzbewegung Ostbayern, ein Szenelokal und besagte Pizzeria. Mittendrin saß Benno. In der Justizvollzugsanstalt. Abgeschnitten von der heilen Welt und von Pasta. Den Gefängnisfraß rührte er nicht an. Noch nicht, dachte

Benno und überlegte, wie lange er wohl hinter Gittern bleiben würde. Konnte es wirklich sein, dass er für diese schrecklichen Verbrechen verantwortlich gemacht würde? Unvorstellbar. Wie sollte er da wieder rauskommen. Alleine schaffte er das nie. Mein Gott, er hatte ja noch gar keinen Anwalt. Aber wen? Mit so vielen hatte er in seiner Laufbahn schon zusammengearbeitet. Welcher davon konnte ihm jetzt helfen?

Montag, 26. April, Heiliger Rafael Amáiz Barón, spanischer Trappist und Mystiker

Der Herr betrachtet ihn mit Wohlgefallen

Heute vor 68 Jahren reißt ein Unglück im Steinkohlebergwerk Benxihu in der Mandschurei, China, 1549 Menschen in den Tod. Es ist das bisher schwerste Bergunglück aller Zeiten.

...und auch an diesem Tag hatte Satan seine Finger im Spiel

„Und wenn Sie mich noch hundert Mal fragen, ich war es nicht.“ Benno sah sich wieder Bender, Manu, Schaller und Moosbacher gegenüber. Die Staatsanwältin gab einfach nicht auf. Assistiert von dem jungen Polizisten, den sie Schaller nannten, feuerte sie eine Salve nach der anderen auf ihn ab. Fast hätte er lauthals zu lachen begonnen, so skurril kamen ihm die Vorhaltungen vor. Er verstand es selber nicht, aber langsam machte ihm die Sache Spaß. „Hören Sie doch einfach Ihr Tonband ab, dann kann ich meine Stimmbänder schonen.“ Bender grinste, Benno wurde mutiger. So beklemmend die Atmosphäre in dem engen Verhörraum war, so lächerlich wirkte die Szene auf ihn. Eine vor Hass geifernde Staatsanwältin, ein eilfertiger Beamter und Bender, der sich während des Verhörs nicht nur zurückhielt, sondern offensichtlich auf seiner Seite war. „Ich könnte jetzt eine Pizza vertragen, Frau Staatsanwältin.“ Moosbacher am Rande des Nervenzusammenbruchs.
„Sind sie völlig verrückt geworden?“ Bender bekam das Grinsen nicht mehr aus dem Gesicht. Allmählich erinnerte das alles an eine Komödie. Und Benno setzte noch einen drauf: „Prosciutto e funghi, per favore, dann erzähle ich Ihnen gerne alles noch mal. Oder Sie hören das Band ab, während ich esse.“
„Sie...“, dann ging die Tür auf.
Legerer grauer Anzug, rosa Hemd und italienische Edeltreter, Bender erkannte sofort, was für ein Zeitgenosse da zur Tür hereingerauscht kam und freute sich auf den nächsten Akt.
„Schreien Sie meinen Mandaten nicht an.“
Moosbachers Gesichtszüge drohten zu entgleiten.
„Herrmann mein Name, zwei ‚r‘, ein ‚mann‘. Ich möchte jetzt mit Herrn Seifeld alleine sprechen. Und wenn ich das so sagen darf, eine Pause würde Ihnen gut tun, Frau Kollegin, nehme ich an? Ich deute Ihr Schweigen als Zustimmung. Wie gesagt, ich würde mich jetzt

gerne auf den aktuellen Stand bringen und dafür erst einmal alleine mit meinem Mandanten sprechen. Husch, husch, sonst werde ich ungemütlich."

Benno hielt sich den Bauch vor Lachen.

Während Moosbacher völlig perplex und überrumpelt klein beigab und die Kriminalbeamten mit einer Kopfbewegung zum Gehen aufforderte, dachte Bender: So stopft man also der das Maul.

„Das war das 1:0 und Sie erzählen mir jetzt, wie wir das 2:0 schießen." Nachdem Benno erfahren hatte, dass Hermann Herrmann, ein gewitzter Advokat aus Regensburg, auf Tietzes Intervention von der Verlagsleitung beauftragt worden war, seinen Fall zu übernehmen, begann er seine Geschichte, die eigentlich gar keine war, zu erzählen. Herrmann hörte aufmerksam zu, machte Notizen, fragte nach und verabschiedete sich schließlich mit den Worten: „Keine Angst Herr Seifeld, Sie sind hier schneller draußen, als die Frau Staatsanwältin ‚Anklage' sagen kann." Herrmann ging, ein JVA-Beamter betrat schweigend den Raum. Vor der Tür vernahm Benno Stimmengewirr.

„Verehrte Kollegin, Sie haben gar nichts gegen meinen Mandanten in der Hand. Ein paar windige Indizien, das kann doch nicht Ihr Ernst sein." Moosbacher wollte den Mund aufmachen, kam aber nicht dazu etwas zu sagen: „Lassen Sie mich ausreden. Was haben Sie dem Haftrichter erzählt, dass er diesen Unsinn unterschrieben hat? Ich würde Ihnen dringend empfehlen, meinen Mandanten sofort freizulassen, sonst..."

„Was bilden Sie sich überhaupt ein, Benno Seifeld steht unter dringendem Mordverdacht. Ihr Auftritt ändert daran gar nichts."

„Das werden wir ja noch sehen, Sie hören von mir. Nur für den Fall, dass Sie vorhaben, meinen Mandanten weiter zu verhören: Ich habe ihm empfohlen ab sofort gar nichts mehr zu sagen. Erst einmal muss ich die Akten einsehen." Während etwas später der Motor seines Q7 ansprang, dachte Herrmann, dass es mehr brauchte, als sein forsches Auftreten, um Seifeld da rauszuhauen.

╬

„Ja, den habe ich gebraucht, wie Fußpilz", schimpfte Dr Moosbacher, als sie mit den Beamten im Besprechungsraum saß. „Das ist die gleiche Kanaille, wie dieser Klaus Monn. Die Staatsanwältin knallte die Zeitung, seit sie ihr heute Morgen in die Finger gekom-

men war, zum gefühlten hundertsten Mal auf den Tisch. Bender konnte sich erneut ein Grinsen nicht verkneifen und schrieb Monn ein paar Sympathiepunkte gut. Manu verlor für einen Moment ihre neu gewonnene Selbstsicherheit und auch Sendlinger sah nicht, dass Schaller in seinem Stuhl ein wenig kleiner wurde.
Klaus Monn hatte ganze Arbeit geleistet: Er sprach sowohl der Polizei, als auch der Staatsanwaltschaft jegliches fahnderische Können ab, zerriss die Indizien in tausend Teile.
Eine besondere Breitseite im Artikel lautete: „Ein absolut lächerlicher Vorgang, einen guten, integeren Kollegen, einer solchen Tat zu bezichtigen. Nur weil Benno Seifeld seinen Glauben aktiv lebt und zu den vermeintlichen Tatzeiten kein konkretes Alibi hat, ihn zum irren Massenmörder zu stempeln, ist – und es gibt kein anderes Wort dafür – dilettantisch."
„Woher weiß der überhaupt so viel?", fragte Moosbacher in die Runde.
„Schaller, vielleicht fährt Ihr Informant ja zweigleisig und hat noch ein paar Euros rausgeschlagen? Geben Sie mir schon den Namen."
Schaller blieb stumm.
„Die Ratte Schaller und das Vögelchen verstehen sich offenbar prächtig", stellte Bender fest.

╬

Am späten Nachmittag zog es Bender beinahe magisch zur Racheldiensthütte. Von dem Ort und dem Wirt ging eine ungeheure Kraft aus, die er sogar körperlich spüren konnte. Paul Freier ruhte in sich selbst, war geradezu sein Gegenpart. Um so mehr freute es ihn, als er bei seiner Ankunft ein Lächeln im Gesicht des Wirtes zu erkennen meinte. Bender setzte sich wortlos auf die Bank neben der Eingangstür. Ebenso wortlos reichte ihm Freier wenige Minuten später ein Bier, setzte sich neben ihn, nickte kurz und nahm einen tiefen Schluck aus seinem Glas, das er ebenfalls mitgebracht hatte. Bender tat es ihm gleich.
„Ärger?"
„Wollen wir tauschen?"
Schweigen. Und dann: „Habt ihr eueren Mörder endlich?"
„Der Waldläufer ist im Narrenhaus. Eingesperrt haben wir einen Journalisten, der es garantiert nicht war. Dein Giglbauer killt Viecher. Der ekelerregende Sadist hat zwar einen gewaltigen Sprung in

der Schüssel, aber unser Killer ist der auch nicht. Jede Wette."
„Und was ist mit diesem Spendler, von dem du mir erzählt hast?"
„Ach, komm: Ein halbstarker Kleinkrimineller, der seine Freundin schlägt und sich mit Nebenbuhlern prügelt. Sei mir nicht böse, der ist zu solchen Taten intellektuell doch gar nicht fähig."
Paul Freier nickte anerkennend, als habe er sich diese Antwort erhofft. „Ich bringe dir noch ein Bier."
„Genau."
Noch bevor Freier das Bier hinstellte, sagte Bender halb zu sich, halb zum Wirt: „Einen habe ich noch. Mein heißester Kandidat. Jürgen Werner."
„Ganz ein schräger Typ."
„Das hat mir ein Kollege schon erzählt." Bender wiederholte, was Liebl bei seinen Recherchen über Werner herausgefunden hatte. Im Grafenauer Land war er als ruchloser, skrupelloser Geschäftsmann bekannt. Jahrelang steckten überall seine Finger drin, wenn die Möglichkeit bestand, Geld zu verdienen. Er war in Immobiliengeschäfte genauso verwickelt, wie er mit den Ersparnissen anderer Leute spekulierte. Zuletzt hatte er Ende der 1990-er Jahre eine Firma aufgebaut, die voll auf die IT-Branche setzte. Der damals 42-Jährige schaffte es sogar, mit einer von ihm entwickelten Software so viel Geld zu verdienen, dass sein Unternehmen an der Börse notiert wurde. Fortan warb er bei allen, deren Namen er einigermaßen gerade aussprechen konnte, in seiner AG in Aktien zu investieren. Er versprach Gewinnaussichten, die den Anlegern wahre Schwindelattacken der Geldgier bescherten. Und tatsächlich: Die Kurse stiegen stetig und folglich butterten die Leute noch mehr Kohle in neue Aktien. Es war vor zehn Jahren, da war der Hype vorbei: Die IT-Blase an den Börsen platzte weltweit, die Aktienkurse fielen ins Bodenlose. Noch bevor die Anschläge auf das World Trade Center in New York die Börsen zum Einsturz brachten, waren die Aktien des Unternehmens am Nullpunkt angelangt: 0,003 Cent war der letzte Kurswert, der sich nie mehr erholen sollte.
Die Folgen waren überall zu sehen: Die Aktionäre mussten zusehen, wie abertausende ihrer Euros im Gulli des Börsenhandels versickerten. Unter Bankern lautete der Lieblingswitz dieser Tage: Sagt der Kundenberater zum Kunden: „Ich habe eine gute und eine schlechte Nachricht für Sie. Die Gute: Ihr Geld ist nicht weg; die Schlechte: Es gehört jetzt einem anderen." Erspartes war weg, wie ausgelöscht. Tausende andere verführte Werner mit der Vermittlung von Krediten,

für den Bau von Häusern, für Autos, Urlaube, Luxus. Wie gesagt: Überall hatte er seine Finger drin und wer mit ihm zu tun hatte, der durfte heute um noch eine Schippe mehr arbeiten, um die Verluste wieder mit Schweiß und Fleiß auszugleichen. Privatinsolvenzen pflasterten seinen Weg.
Natürlich: Er verbreitete die Aura des gescheiterten Geschäftsmanns. Scheinbar. Doch Liebl erzählte auch von den Gerüchten, dass Werner noch vor dem großen Crash sämtliche Aktien verkauft haben soll – mit exorbitanten Gewinnen, wie aus der Gerüchteküche hochbrodelte. Gewissheit gab es nicht. Zumindest aber schien Werner alles andere als arm zu sein: Er wohnte in einem großen Haus in Klingenbrunn, einem Ort in der Nähe von Grafenau, hatte einen dicken BMW in der Garage stehen, der allerdings mit einem Düsseldorfer Kennzeichen verschleierte, wer denn nun der tatsächliche Eigentümer war. Er trug ausschließlich fein gewebte, dunkelgraue Anzüge, weiße Hemden und Sommer wie Winter einen passenden Schal dazu. Nur eines hatte er nie bei sich: Bargeld. Irgendwie wirkte er wie alter Adel, der alles verloren hatte und doch den äußeren Schein wahren wollte, den dieser Hauch von nobler Arroganz umwehte.
„Das war damals alles groß in der Zeitung", wusste Freier. „Die haben geschrieben, dass der Werner völlig pleite ist. Sein Spezl von der Bank, mit dem er seine krummen Geschäfte gemacht hat, ist dagegen völlig ungeschoren aus der Nummer heraus gekommen. Der sitzt übrigens in Grafenau und dreht den Leuten Kredite an."
„Ach ja. Wie heißt der?"
„Bergmann."
Nach dem dritten Bier besiegelte Freiers Schäferhund die Freundschaft der beiden Männer indem er seinen Kopf auf Benders Schoß legte. Weitere drei Bier später griff Bender zum Telefon und bat Manu mit schwerer Zunge ihn an der Racheldiensthütte abzuholen.

Das Rauchfass schwang kaum merklich hin und her. Der Weihrauch der daraus emporstieg erfüllte den Raum mit dem Heiligen Duft des Herrn. Wie jeden Tag genoss Raphael die Stunden der Ruhe, des absoluten Friedens, wenn er hingebungsvoll die Utensilien reinigte, die er für sein großes Werk benötigte. Immer wieder murmelte er beseelt von seiner großen Aufgabe: Ich bin Raphael, Racheengel des Herrn. Ich bin Raphael, Todesengel des Herrn.

Einmal Salat, frisches Gemüse oder wenigstens einen Apfel essen. Ein bisschen Abwechslung von den täglichen Fleischorgien. Er stand ja auf Fleisch, keine Frage. Aber bei Xaver Schuster gab es nur totes Tier, in jeder erdenklichen Form. Als Salami, zum Frühstück, als Braten zu Mittag, als kalter Braten zu Abend. Geräuchert, gekocht, gebraten. Hase, Reh, Tauben – nur das, was einem Wilderer vor die Flinte oder in die Falle läuft. Und er wollte gar nicht so genau wissen, was er ihm sonst noch so alles vorsetzte. Je länger Kurt Spendler bei seinem Freund Unterschlupf fand, desto mehr ging dieser ihm sprichwörtlich auf den Sack. Nachts träumte Kurt inzwischen von Grünzeug, er hätte ein Vermögen dafür ausgeben können. Konnte er aber nicht. Er hielt sich konsequent in seinem Versteck auf, das ihm sein Freund verschafft hatte. Vor ein paar Tagen, als die Polizei aufgetaucht war, wurde es eng. Doch Xaver war cool geblieben. Trotzdem hatte sich die Lage verschärft. Nach dem ungebetenen Besuch waren mehrfach Spaziergänger vor dem Haus aufgetaucht. Wieder konnte Kurt Spendler die Bullen zehn Meilen gegen den Wind riechen. Kein Wunder, dachte er, so einen Typen, wie den Xaver würde ich auch überwachen. Schließlich ging er nicht gerade schonend mit seinen vierbeinigen Opfern um. Und auch sein Äußeres war nicht Vertrauen erweckend. Wenn ich ihn nicht so lange kennen würde könnte ich glatt glauben... Spendler schob den Gedanken beiseite. Dazu war Xaver schon intellektuell nicht in der Lage.
Wie aufs Stichwort betrat Xaver Schuster den Raum und sah ihn aus dumpfen, glanzlosen Augen an. An ihm haftete ein widerwärtiger, metallischer Geruch von totem Fleisch, trockenes Blut klebte an den Händen, dazu speckige Jeans und fleckiges T-Shirt.
„Sag mal Xav, was ist bei dir eigentlich schief gegangen?"
„Hä, was los?"
„Naja, schau dich doch mal an. Schräg drauf warst du ja schon immer. Aber jetzt, vor dir kann man sich echt fürchten. Und bitte besorge mal etwas anderes als immer nur diese Drecksviecher!"
„Ah, wieso? Schmeckt dir meine Küche nicht mehr? Aber ich hab da was für dich: Vorhin ist mir eine Wildsau über den Weg gelaufen. Das wird ein Fest."
„Hast du schon mal was von Gemüse gehört?"
„Vergiss es, das Zeug krieg ich nicht runter. Ich mag Salat nur, wenn er von der Wildsau gefressen wurde. Hahahahaha!" Schuster schüttelte es vor Lachen, das mehr wie ein tiefes, kehliges Grunzen klang. Nicht ums Verrecken würde der Wilderer für sein Essen Geld be-

zahlen. Spendler fragte sich, wie Anfang des 21. Jahrhunderts ein Wilderer noch ungeschoren sein Unwesen treiben konnte. Jeden Tag war der Kerl im Wald, und jeden Tag kam er mit Frischfleisch am Haken zurück. Vor allem nachts war er mitunter stundenlang unterwegs. Am Morgen hing wieder ein Stück Fleisch über seiner Schulter. Alleine beim Gedanken, bald wieder von dem Zeug essen zu müssen wurde es Spendler übel. Es half nichts mehr, er musste hier weg.

Inzwischen war klar, dass die Polizei ihn nicht mehr wegen der sonderbaren Mordfälle suchte. Auch wenn es ihm um den Türken nicht leid tat. Der hatte seine Frau gevögelt. Dafür hasste er ihn. Und Petra auch. Mit der wollte er aber wieder alles klar machen. Überhaupt: Die Nähe einer Frau, er konnte dieses Mönchsdasein nicht mehr ertragen. Xavers Pornosammlung kannte er auswendig. Doch da waren immer noch die Drogengeschichten. Dafür würden sie ihn einbuchten. Deswegen war er auch vor dem Bullen abgehauen, noch bevor er wusste, worum es eigentlich ging. Vielleicht sollte er wirklich nach Tschechien, da gab es wenigstens ein paar Nutten, die für ihn auch mal für kleines Geld die Beine breit machten. Für ein paar Gramm Gras oder eine Nacht in einem warmen Hotelbett ließen die sich bereitwillig hernehmen. Und die Sache mit den Schulden würde er schon regeln. Schließlich war es ja wohl Berufsrisiko, die Ware von den Bullen abgenommen zu bekommen. Das würden die Tschechen bestimmt auch so sehen. Und immerhin hatte er bis zu diesem Tag immer gute Arbeit abgeliefert. Kurt zündete eine Zigarette an und schaute Xaver Schuster zu, wie er ein Rehgulasch zubereitete.

„Sag mal, Xav, was machst du eigentlich immer stundenlang in deiner Hütte? Hast du da ein Weib vor mir versteckt oder was?"

„Weiber? Leck mich am Arsch, die brauche ich nicht." Damit waren Gespräche dieser Art auch schon wieder beendet, ehe sie angefangen hatten.

Spendler wollte sich die dubiosen Räumlichkeiten in der Hütte längst näher anschauen, der Gedanke daran, dort aber nichts anderes als die Kadaver und stinkenden Felle erlegter Tiere zu finden, hielt ihn letztlich immer wieder davon ab. Er hatte ohnehin schon genug von diesem modrigen Geruch, den sein Freund pausenlos verströmte. Manchmal spielte seine Phantasie verrückt und er stellte sich Xaver vor, wie er mit Fellen bekleidet um die getöteten Tiere tanzte und irgendwelche wilden Rituale zelebrierte.

Mittlerweile traute er ihm alles zu, wollte aber auch nicht weiter dar-

über reden, weil alle seine Fragen ohnehin sofort niedergebügelt wurden.
Hier gab es keine Perspektive mehr. Der einzige Versuch, die Aufmerksamkeit der Polizei von sich abzulenken, brachte letztlich auch nichts, besser gesagt, war wirkungslos verpufft. Schließlich galt er ja nicht mehr als Verdächtiger in dem Mordfall. Stundenlang saßen Xaver und er am Küchentisch und bastelten aus Zeitungsartikeln Drohbriefe. Morddrohungen gegen die Redakteure in Grafenau, um diese einzuschüchtern. Den saublöden Artikel über seine Petra und die Angst die sie vor ihm haben würde – er würde ihn sein Leben lang nicht vergessen, das schwor er sich bei Gott. Xav half ihm bereitwillig, legte dabei sogar einen derartigen Eifer an den Tag, dass es Spendler manchmal ein wenig gruselte. Er drängte darauf, spinnerte Formulierungen und Sprüche zu verwenden, vor allem religiöse Anspielungen schienen seinem Freund Xaver richtig Freude zu bereiten. Spendler gab diesen Phantastereien nach, einfach nur, um nicht auch noch mit Schuster ins Streiten zu kommen. Der hatte sich wirklich sehr verändert, seit ihrer gemeinsamen Zeit, als sie um die Häuser strichen, den Mädchen nachstellten und sich mit kleinen Gaunereien das Leben ein wenig angenehmer machten. Hauptsächlich ging es dabei um kleine Diebstähle, manchmal auch um Gelegenheits-Deals mit Haschisch oder Koks, das sie an Jugendliche genau so verkloppten, wie an Studenten und gutverdienende Leute in der überschaubaren „High Society" der Stadt. Dabei spielten sie immer die Rolle der bösen Jungs: Keiner mochte sie, aber alle wollten gerne was von ihnen haben. Bis sich Xaver Schuster auf diesen ehemaligen kleinen Bauernhof zurück zog und mehr und mehr in ein Leben als Eremit abtauchte. Sie verloren den Kontakt zueinander, bis – ja bis ihn Schuster anrief, dass er eine lustige Geschichte über Spendler in der Zeitung gelesen habe. Lustig? Kurt Spendler konnte darüber nicht lachen, auch jetzt nicht, Wochen danach.
Wieder kroch ihm der Geruch von angebratenem Wild in die Nase. Es war genug. „Xav, ich hau ab."
„Ja."
„Dann haben wir nur noch das Problem, dass ich den Bullen, der vor dem Haus herumlungert, umgehen muss."
„Der ist nicht mehr da."
„Wie kommst du denn da drauf?"
„Ist mir heute Nacht gefolgt. Das nervt. Hab ihm eins übergebraten und ihn am Waldrand an einen Baum gefesselt."

„Ja, spinnst du denn komplett? Wann war das?"
„Vorhin halt, als ich mit der Sau heimgegangen bin. Wollte nicht, dass er sie mir abnimmt."
„Ja und was glaubst du, wie lange die Bullen brauchen, bis sie dahinterkommen, dass du das warst. Die werden hier alles auf den Kopf stellen, da kannst du drauf wetten."
„Mir egal, ich habe keine Angst vor denen."
Xaver Schuster wurde langsam sauer, weil ihn Spendler dauernd nur anschnauzte. Das würde er sich nicht mehr lange gefallen lassen.
„Du vielleicht nicht, aber ich habe keinen Bock im Bau zu landen. Scheiße, ich muss weg und zwar sofort."
Kurt Spendler packte seine wenigen Sachen, holte das Motorrad aus der Garage hinter dem Haus und fuhr in Richtung Bayerisch Eisenstein. Das geklaute Nummernschild war zwar bestimmt heiß, aber er musste darauf hoffen, dass er die Grenze unbehelligt passieren konnte. Er war sich ziemlich sicher, dass die Bullen seine Spuren in Xavers Haus finden würden, aber noch hatte er einen Zeitvorsprung. Der sollte reichen. In Klattau hatte er ein paar Freunde, vielleicht würde er dort für einige Zeit untertauchen können. Und was Vernünftiges essen. Auf der Fahrt ins Tschechische ließ er die Tage seines Aufenthalts noch einmal Revue passieren. Auch wenn jetzt dieser Journalist wegen der Morde im Knast saß, was wenn Xaver...? Doch dann verwarf er den Gedanken wieder. So blöd wie der war, ne, keine Chance. Da vorne kam die Grenze. Und auch wenn die Zollkontrollen im zusammenwachsenden Europa längst abgeschafft waren, war dies ein spannender Moment, der seine ganze Aufmerksamkeit erforderte. Wieder einmal war er den Häschern entkommen. Alles in allem, auch wenn in letzter Zeit einiges schief gegangen war, ein Glückspilz war er trotzdem. Und dann sah er ein paar Meter weiter bereits die ersten roten Lämpchen leuchten.

╬

Im Moment sah es nicht gut aus für Benno. Die von Dr. Moosbacher formulierten Beschuldigungen machten seinem Anwalt schwer zu schaffen. Auch wenn es nicht mehr als ein Indizienprozess werden würde, vieles sprach gegen Seifeld. Herrmann begann die Namen seiner Zeugen, die er befragen und vor Gericht aufrufen wollte auf einen Zettel zu kritzeln. Klaus Monn stand an erster Stelle.

Klaus schlief lange aus. Gegen elf Uhr stand er auf, drückte auf die blinkende Taste seines Anrufbeantworters. Außer ein paar Kollegen, die etwas von ihm wissen wollten – er würde sie später zurückrufen – war nur noch Tietze drauf. Ein paar Mal. Wollte wohl seine Autorität spielen und Chef raushängen lassen. Klaus lächelte. Der konnte ihn mal. Er hatte keine Lust das Redaktionsbüro, das den Mief der Provinz aus jeder Wandpore verströmte, zu betreten. Jetzt würde er sich erst mal ein ordentliches Frühstück gönnen. Dann würde man sehen. Vielleicht ein bisschen Passau oder besser noch Regensburg. Ja, das war ein guter Plan. Klaus machte sich nicht die Mühe, Tietzes Durchwahl zu benutzen. Er fand es genüge völlig, Maria Bescheid zu geben.

Was hatte Kurt gesagt, bevor er abgehauen war? Er solle auch verschwinden, wenn er nicht im Knast landen wolle. Warum sollten sie ihn einsperren? Nur weil er dem Polizisten ein bisschen auf den Kopf geklopft hatte. Das war ja wohl nicht der Rede wert. Dafür würde doch niemand eingesperrt. Und die Briefe? Ach die Briefe, die waren ja nur ein Spaß. Dafür würde man auch nicht eingesperrt. Und klar hatte er Kurt bei sich wohnen lassen. Er war doch sein Freund. Auch wenn er in den letzten Tagen ganz schön nervte. Aber jetzt war er ja weg. Niemand wusste, dass er da gewesen war. Nein, dafür würden sie ihn nicht einsperren. Und wenn sie es doch versuchten? Er würde sich nicht einsperren lassen, dafür würde er schon sorgen. Seine rechte Hand umschlang den Griff des blutigen Messers etwas fester.

Mit besorgter Miene betrat Liebl das Büro. „Ralf, ich will ja nicht den Teufel an die Wand malen, aber ich erreiche Müller nicht.“
„Wen?“
„Unseren Posten am Haus von Kurt Spendler. Er meldet sich nicht.“
„Scheiße, hast du eine Streife hingeschickt?“
„Ja, ist schon unterwegs.“
„Halte uns auf dem Laufenden, wir fahren auch hin.“

Gerhard Müller erwachte mit einem gewaltigen Brummschädel. Er war von hinten niedergeschlagen worden. Von wem wusste er deshalb nicht. Aber wer sollte es schon gewesen sein. Er hatte Xaver Schuster im Wald verschwinden sehen. War ihm hinterhergegangen, verlor ihn aber. Einige Zeit irrte er noch im Wald umher, beschloss aber dann, zum Haus zurückzugehen und Meldung zu machen. Gerade war er aus dem Wald heraus, als es schwarz um ihn herum wurde. Jetzt saß er gefesselt und geknebelt an einem Baum. Der Knebel hinderte ihn daran, die endlose Aneinanderreihung von Flüchen laut in diesen Vormittag hinauszuschreien. Müller zerrte an den Fesseln. Doch keine Chance, die Knoten rührten sich keinen Millimeter. Stattdessen gruben sie sich tief und schmerzhaft in seine Handgelenke. Die musste ein echter Profi angelegt haben. Dann blickte er auf seine Beine. Seine Fußknöchel waren mit Kabelbindern zusammengeschnürt.

Als Manu und Bender Schusters Haus erreichten, war der Polizeiwagen schon vor Ort. Ein Beamter stand mit einem Megafon vor dem Grundstück und rief nach Xaver Schuster. Der zweite Beamte schlich ums Haus. Ein weiterer Polizeiwagen, ein Polizeibus sowie nach und nach sieben Feuerwehreinsatzfahrzeuge kündigten mit Sirenengeheul lautstark ihre Ankunft an. In dem darauffolgenden Gewimmel hätte Xaver Schuster leicht unerkannt verschwinden können.

„Was ist denn jetzt los?“ Bender und Manu blickten fassungslos auf das Chaos. Der Beamte mit dem Megafon konnte sich ein Grinsen nicht verkneifen.

„Tja, das passiert, wenn eifrige Bürger die Feuerwehr rufen und nicht dazusagen, was genau los ist.“

„Ich verstehe nur Bahnhof.“

„Da wird wohl jemand den Feuerwehrnotruf angerufen haben, weil er unseren Wagen vor dem Haus gesehen hat. Ich wette, Sie werden bei einem der Nachbarhäuser den Verursacher finden. Wenn der keine genauen Angaben macht, sondern nur verlautbaren lässt, dass in der Straße etwas passiert ist und auflegt, gibt es so einen Massenauflauf.“

„Sorry, aber ich verstehe es immer noch nicht.“

„Weil man in der Einsatzzentrale nicht weiß, was passiert ist, werden

die Spezialfahrzeuge verschiedener Ortsteil- und Dorffeuerwehren alarmiert, um für alle Eventualitäten gerüstet zu sein."
„Aha. Und wird man die auch wieder los?"
„Ich kümmere mich darum."

╬

Gerade als sich Bender und Manu dem Haus nähern wollten, erreichte sie die Nachricht, dass der Kollege gefesselt, geknebelt und mit einer riesen Beule am Kopf gefunden worden sei. Ansonsten gehe es ihm gut.
„Gott sei Dank", murmelte Manu.
„Ja, aber trotzdem werden wir uns den Burschen jetzt vorknöpfen. Gefahr in Verzug, da brauchen wir auch nicht auf das Okay meiner Passauer Freundin warten. Aber Vorsicht. So wie ich den Typ kenne, ergibt sich der nicht kampflos."
Bender bedeutete zwei Beamten, den hinteren Teil des Hauses abzusichern, zwei weitere sollten einen Blick auf die Scheune haben. Als sich Ralf Bender und Manuela Hentschel dem Wohnhaus näherten, dabei den Namen von Xaver Schuster riefen und Bender mit gezogener Pistole bedeutete, dass er als erster ins Haus stürmen würde und ihn Manu sichern sollte, ging eben diese Scheune in Flammen auf.

╬

Die Sirenen zweier Feuerwehrlöschwagen, die noch nicht in ihren Garagen zurück waren und jetzt doch noch einen Einsatz haben würden, waren zu hören, als sich Bender und Manu gerade von dem Schock der Feuerexplosion erholten. In diesem Moment wurde die Haustür aufgerissen und Xaver Schuster stürmte mit wutverzerrtem Gesicht, schreiend und mit gezogenem Messer aus dem Haus. Die Aktion eines Verzweifelten, der wohl aufgrund des Massenauflaufs in Panik geraten war, die Scheune anzündet und dann die Flucht nach vorne antrat. Manu, an dem Schuster schon vorbeigestürmt war, zielte mit ihrer Pistole auf die Beine des Flüchtenden, doch Bender schrie: „Nicht!"
Zum Erstaunen aller stellte er sich Schuster in den Weg. Dieser rannte, der Raserei nahe, auf ihn zu. Mit einer eleganten Bewegung, die man dem korpulenten Kommissar nicht im Traum zugetraut

hätte, wich dieser aus, ließ ein Bein stehen, über das Schuster stolperte. Bender warf sich auf den Gestürzten, blendete die ekelerregenden Düfte, die er verströmte, aus. Und während die Feuerwehr sich daran machte, ein Übergreifen der Flammen auf das Wohnhaus zu verhindern, saß Schuster in Handschellen im Wagen des Notarztes, der den tiefen Schnitt im Bein behandelte, den sich Schuster beim unkontrollierten Sturz mit seinem eigenen Messer zugefügt hatte.
„Mensch, Ralf, ich bin beeindruckt“, sagte Manu.
„Das hättest du deinem übergewichtigen Kollegen jetzt nicht zugetraut. Wenn ich ehrlich bin, ich mir eigentlich auch nicht. Aber da sind wohl ein paar verschüttete Qualitäten wieder zu Tage getreten.“
Bender wendete sich an den Notarzt: „Ist er vernehmungsfähig?“
„Ich glaube schon.“

Mittwoch, 28. April, Heilige Valeria von Mailand, Märtyrerin

Der Herr sieht sie mit Wohlgefallen.

Heute vor 117 Jahren wird in Frankreich die Fahrradsteuer eingeführt, mit der auch Automobile und Motorräder besteuert werden – andere Staaten ziehen bald nach.

...und wieder hatte Satan die Finger im Spiel.

56, 57, 58, Raphael zählte wie immer die Stufen hinab in sein Verließ. Es gab ihm Sicherheit, erfüllte ihn ganz. Er musste sich konzentrieren, es war noch so viel zu tun. Sein Engel erwartete nun bald die Erlösung, nur noch kurze Zeit und sie würde gen Himmel fahren. Er beneidete sie und schämte sich gleichzeitig für seine Eifersucht. Seine Zeit war noch nicht gekommen. Er musste der treue Diener des Herrn sein. Unerschütterlich in der Brandung stehen. Das Böse vernichten, das Gute erlösen. Nur noch wenige Tage und er würde wieder eine Seele retten. Raphael betrat den Raum, in dem eine schwächer werdende Annemarie Breitenbacher leise wimmernd auf ihren Tod wartete. Sie war so schön, sie war so rein. Unter ihrem dünnen Gewand zeichneten sich deutlich ihre Brustwarzen ab. Raphael widerstand der Versuchung und betete. Plötzlich begann Annemarie Breitenbacher zu husten. Es war eher ein Röcheln. Er legte ihr die Hand auf die Stirn. Sie hatte Fieber, hohes Fieber. Das Röcheln wurde heftiger, Annemarie Breitenbacher spuckte Blut. Raphael sprang verwirrt auf und lief kopflos in dem feuchtkalten Raum umher. Er war noch nicht vorbereitet, sie war noch nicht vorbereitet. Sie durfte noch nicht. Annemarie Breitenbacher schrie einmal, zweimal, dann war sie still. Raphael geriet in Panik. Er kniete sich vor die sterbende Frau und beobachtete wie sich ihr Brustkorb kaum merklich hob und senkte. Der Puls war schwach, es würde nicht mehr lange dauern, das wusste er. Er wusste es von seinem ersten Engel. Herr, oh Herr, was soll ich tun. Ist sie bereit, oh Herr, sag mir, was soll ich tun? „Dem Herrn, eurem Gott, sollt ihr nachfolgen, ihn fürchten, seine Gebote beobachten, auf seine Stimme hören, ihm dienen und ihm die Treue anhangen" (5. Mose 13/5).

Bender liebte es, früh aufzustehen und eine kleine Runde spazieren zu gehen, ehe er sich von Ernst das Frühstück bereiten ließ. Vor allem mochte er es, Ernst bei der Arbeit zuzusehen. Er beneidete den Wirt um dessen Job. Gerade so wie jetzt, wo er in Seifelds Verhaftung noch keinen Fortschritt erkennen wollte, spürte Bender vor allem in den Morgenstunden eine gehörige Portion Neid. Er schaute Ernst zu, wie dieser seine sich täglich wiederholende Prozedur abarbeitete. Zuerst wurde die Kaffeemaschine eingeschaltet, eine dieser modernen Vollautomaten in der Gastronomie, auf die der Wirt besonders stolz war, wie er Bender einmal erzählte. Ähnlich wie die Kräuter im Garten liebte Ernst Kaffee – und vor allem hasste er die abgestandene Plörre, die einem in zu vielen Gasthäusern vorgesetzt wurde. Kaffee, der stundenlang in seiner Kanne vor sich hin gebrutzelt wurde, bis er nur noch nach verbrannten Bohnen schmeckte. Bender musste an den Morgen nach dem ersten Mord denken, als er in einer Bäckerei eine Tasse Kaffee bestellt hatte – und genau dieses Gesöff vorgesetzt bekam, von dem Ernst einen Horror zu haben schien.

Wenn die Kaffeemaschine lief, holte Ernst die frischen Semmeln, die der Bäcker täglich gegen fünf Uhr vor der Eingangstür in einem großen Sack abstellte. Er ging damit in die Küche und Bender hörte, wie die Schranktüren quietschten, Ernst die Semmeln in ein Körbchen legte. Die Kühlschranktüre hörte man sich öffnen und wieder schließen, dann das Klappern von Geschirr und Besteck.

Bender hätte viel darum gegeben, mit Ernst zu tauschen, oder wenigstens einen Job zu haben, bei dem man einfach nur seine festen Rituale abarbeitete, ohne groß nachdenken zu müssen. In seinem Beruf gab es ebenfalls viele eingespielte Tätigkeiten, doch die entscheidenden Schritte waren nur möglich, wenn es gelang, das Puzzle aus Fragen und Antworten, aus Tatzeiten und Alibis, aus Motiven und dem eigenen Bauchgefühl in eine Reihe zu bringen. Schwerstarbeit. In diesem Fall schienen die Ermittlungen fast abgeschlossen zu sein, Benno Seifeld wurde vor drei Tagen verhaftet, saß in U-Haft und die Staatsanwältin wollte den Fall so schnell wie möglich in den Aktenschrank legen. Doch Benders Zweifel wurden nicht kleiner. Instinktiv spürte er, dass ein paar Teile dieses Puzzles überhaupt nicht passen wollten. Er fürchtete vielmehr, dass sie schon sehr bald wieder von ihrem Mörder hören würden. Bender schüttelte es bei dem Gedanken, was er seinen Opfern antat. Und er wollte gar nicht erst wissen, wie es den Vermissten ging. Doch dieser Gedanke, der sich

in seinem Kopf zu Worten geformt hatte, war natürlich Unsinn. Nichts wäre ihm lieber gewesen, als zu wissen, was mit den Vermissten geschehen war. Dann bekäme er vielleicht auch eine heißere Spur auf den Täter. Deshalb waren Manu und er noch einmal nach Grafenau gekommen, in der Hoffnung, neue Spuren zu finden. Sie hatten sich zunächst vorgenommen, auf den Spuren des Redakteurs zu forschen. Schließlich konnte es ja sein, dass er falsch lag und Seifeld doch ihr Mann war. Oder Xaver Schuster? Dann könnten sie vielleicht das mögliche Versteck finden. Und wenn nicht. „Ja, was dann?“, sagte Bender laut. Nicht nur der Mörder, der ganze Fall war monströs. So gut wie keine Spuren. Tatverdächtige, die einer näheren Betrachtung nicht standhielten und das merkwürdiger Weise immer wieder auftauchende Thema Religion.
Bender sah dem Wirt zu und ließ seinem Selbstmitleid freien Lauf: Wie einfach war es da doch, für seine Gäste Frühstück zu bereiten. Kaffee kochen, den Tisch decken, Wurst, Käse, Butter, Marmelade anrichten und alles servieren. Fertig. Immer gleich, jeden Tag.
Tatsächlich hatte Ernst die Angewohnheit, wie ein Uhrwerk die Aufgaben in der immer gleichen Reihenfolge zu erledigen. Kurz nach dem Geschirrklappern erschien er wieder im Gastraum, jonglierte das Tablett mit zwei Gedecken, einem großen Brotkorb und einem kleinen Väschen mit immer frischen Blumen zu Bender an den Tisch. Es war 6.30 Uhr – das Frühstück fertig. Pünktlich auf die Minute. „Der Kaffee ist gleich soweit“, sagte Ernst. Immer dieser Satz, jeden Morgen. Geredet wurde ansonsten nichts, außer Bender eröffnete ein Gespräch, worauf dieser aber in den frühen Morgenstunden zumeist verzichtete. Er genoss die Ruhe, den frischen Tag und die Hoffnung auf Fortschritte im Rahmen ihrer Ermittlungsarbeit. Und es schien, als wäre es Ernst ebenfalls lieber, ungestört seiner Arbeit nachgehen zu können. Erst wenn alles serviert war, setzte sich Ernst manchmal zu Bender an den Tisch, eine große Tasse Kaffee in der Hand und nickte seinem Gast freundlich zu. „Lass es dir schmecken.“
Nie fragte er nach dem Stand der Ermittlungen, nie wollte er Details von Benders Arbeit wissen. Und wenn der Kommissar darüber reden wollte, hörte Ernst aufmerksam zu, wog den Kopf oder versuchte, Benders Fragen zu beantworten, wenn dieser ihn über Grafenau und die Leute hier ausfragte. Für den Kommissar gehörten diese Minuten zu den schönsten Momenten des Tages, vor allem, weil ihm anders als all die Verdächtigen Ernst nie auswich und auf beinahe alles eine Antwort wusste. Es schien, als würde er wirklich alles und jeden

in der Region kennen. Ernst und Paul Freier würden sich wohl bestens verstehen, dachte Bender. Die gleiche stoische Ruhe, die Gelassenheit desjenigen, dem das Leben und die Menschen nichts mehr vormachen können. Wie Paul war Ernst ein Hiesiger, also im Bayerischen Wald geboren und aufgewachsen. Bei seinen Großeltern. Auch nichts Ungewöhnliches. Es kam im ländlichen Bayerischen Wald häufiger als man meinen würde vor, dass junge Mütter, die ohne einen Mann dastanden, ihre Kinder bei den Großeltern parkten, um in die Arbeit zu gehen oder um das Leben in Dorfdiscos und auf Zeltfesten zu genießen. Die Besuche wurden weniger, rissen ganz ab, irgendwann kamen dann nur noch Karten mit: „Mami hat Dich lieb" und schließlich gar nichts mehr. Ernst erzählte dies ohne Bitterkeit. Schließlich hatte er seine Großmutter, die er bis zu ihrem Tod pflegte, abgöttisch geliebt.
Fünf, manchmal zehn Minuten saßen die beiden Männer alleine in der Gaststube, tranken ihren Kaffee. Dann erst kam Manu, die gerne ein wenig länger schlief und nur ein kleines Frühstück mit einer Tasse Kaffee und einer Butterbreze nahm. Wenn sie in der Tür erschien, stand Ernst auf, drückte auf den Knopf für frischen Kaffee und holte in der Küche die bereits vorbereitete Breze. „Magst du heute noch etwas Müsli?", fragte er, wenn er Manu die Breze servierte. Auch dieser Satz, ein Stereotyp, jeden Morgen. Meistens winkte Manu ab, aber heute schien ihr der Sinn danach zu stehen: „Gerne, eine große Schale und hast du vielleicht frische Bananen oder Erdbeeren dazu?" Ernst nickte und verschwand wieder in der Küche. Es schien beinahe so, als könne er Gedanken lesen. Und das, bevor die betreffende Person diesen Gedanken überhaupt gefasst hatte.
„Er ist schon eine Marke, unser Ernst", sagte Bender und versuchte zu lächeln. Was ihm nur leidlich gelang. Der Fall schlug ihm auf den Magen, vor allem befürchtete er, dass ihm die Zeit davon lief. „Seifeld ist der Falsche", sagte er, mehr in den Kaffee hinein, als zu Manu.
„Dass du dir da so sicher bist. Aber mir ist das auch alles zu einfach, zu glatt", Manu hatte die Angewohnheit, die Butterbreze in kleine Stücke zu schneiden, was Bender zunächst missmutig beobachtet, woran er sich aber mittlerweile gewöhnt hatte.
„Die Moosbacher will ihn festnageln, die ist für alles andere blind", Bender schlürfte den Kaffee in sich hinein und biss genussvoll in eine Semmelhälfte, die er dick mit Leberkäse belegt hatte.

„Ernst, wie viele Psychopathen gibt es in Grafenau?“
„Mich eingeschlossen?“
„Ja, klar.“
„An jeder Hausecke einen, und ein paar verstecken sich am Dachboden.“
„Hörst du Manu? An jeder Hausecke, und alle sind verdächtig. Benno Seifeld ist kein Psychopath. Mein Gott, nur weil er ein bisschen betet zu Hause, da hätte ich meine Oma, Gott hab sie selig, auch schon längst einsperren müssen.“
Bender ging in Gedanken noch einmal alles durch, was er über Seifeld wusste. Alles das, was die Staatsanwältin als so großartige Indizien betrachtete, sah der Kommissar mit gespalteten Gefühlen. Kein Alibi in der ersten Tatnacht – aber Seifeld war in Passau bei dieser Journalistentagung. Sicher hätte er in der Nacht zum Lusen und wieder zurück fahren können – aber mit welchem Auto?
Soviel Bender von den Verhören mit Seifeld wusste, war dieser mit Klaus Monn unterwegs, sein eigenes Auto habe in Grafenau vor der Wohnung gestanden. Das klang glaubhaft, war aber schwer nachzuprüfen, denn wer würde sich daran erinnern können, ob Seifelds klappriger Astra ausgerechnet in dieser Nacht da gestanden hatte oder nicht? Andererseits, wäre der Aufenthalt in Passau ein beinahe perfektes Alibi, wenn er der Täter wäre und er sich einen Zeugen beschafft hätte. Dies sprach allerdings auch für seine Unschuld. Denn warum sollte er sich ein Alibi besorgen wollen, wenn er keine Tat vorgehabt hätte. Bender wurde es von den ganzen Konjunktiven schwindelig.
Auch für die zweite Mordnacht hatte Seifeld kein Alibi – aber tausend andere Menschen in Grafenau waren wohl zu dieser Zeit auch in ihrem Bett gelegen, allein und niemand hätte es bestätigen können. Auch hier galt: Es sprach in Benders Augen eher für Seifelds Unschuld, dass er kein Alibi hatte. „Unser Täter geht so gerissen vor, hinterlässt kaum Spuren, der hat sich garantiert abgesichert“, sagte er zu Manu. Nein, Benders Zweifel wuchsen, je mehr er sich mit Seifeld beschäftigte.
Und schließlich: Schallers geheimnisvoller Informant. Die Staatsanwältin stützte sich auf anonyme Informationen. Wertlos, solange es keine handfesten Beweise gab. Und die gab es nicht: An den Leichen wurden keine Spuren gefunden, die mit Seifeld in Einklang zu bringen wären. Und auch in seiner Wohnung gab es außer der Bibel und dem Altar nichts Ungewöhnliches. Keine Spuren im Notebook

des Redakteurs, keine Notizen oder sonstigen Hinweise auf die Mordopfer oder die Vermissten. „Ernst, noch einen Kaffee bitte, schmeckt richtig gut." Bender nickte dem Wirt zu, der gerade dabei war, Bier- und Getränkeflaschen in die Kühlfächer der Theke zu füllen.

„Ralf, ich weiß nicht, ob du dich da in etwas verrennst."

„Was meinst du?" Bender sah Ernst Gallbauer fragend an.

„Ich kenn den Seifeld nun auch schon ein paar Jahre. Ganz sauber ist der Junge nicht. Eher so etwas wie ein Außenseiter. Das fällt zwar nicht gleich auf, weil er beruflich mit vielen Leuten zu tun hat. Freunde hat der aber eher nicht. Wenn, dann hängt er mit Ferdinand, dem Redaktionsleiter, rum."

„Du meinst also?"

„Kategorisch ausschließen würde ich ihn jedenfalls nicht. Aber sag mal, was war denn das mit dem Giglbauer für eine Aktion."

Bender brauchte einen Moment um den Namen zuzuordnen. „Woher weißt du das denn schon wieder?"

„Na hör mal, wir sind in Grafenau, das war ein Großereignis."

„Tut mir Leid, dazu kann ich dir im Moment nichts sagen."

Weitere 15 Minuten saßen Bender und Manu da, sagten nichts. Jeder hing seinen Gedanken nach und beide hatten das nicht zu verdrängende Gefühl, dass das nächste Unheil nicht lange auf sich warten lassen würde.

╬

Das Gespräch mit der Oberstaatsanwältin war wieder einmal äußerst unbefriedigend verlaufen. Einigkeit bestand zwischen beiden, dass Xaver Schuster zwar ein Sadist war, den Polizisten niedergeschlagen und Kurt Spendler versteckt hatte, aber als Täter wohl nicht in Frage kam. Bender brachte der weitere Gesprächsverlauf auf die Palme. Dr. Moosbacher behandelte ihn wie einen Schuljungen. Er solle endlich anfangen die Vermissten zu suchen und Ergebnisse vorlegen. Sie habe darüber hinaus die Kollegen Sendlinger und Schaller beauftragt, Seifeld noch einmal zu verhören. „Ausgerechnet den Schaller", schimpfte Bender.

„Der hat im Gegensatz zu Ihnen wenigstens ein paar Ergebnisse geliefert."

Bender kochte immer noch vor Wut, räumte widerwillig seinen Schreibtisch auf, nicht ohne noch einmal alle bisher gesammelten Erkenntnisse zu überprüfen. Einen uniformierten Kollegen schickte er zum Bäcker, Aus'zogne holen. Seit dem Frühstück waren schon wieder zwei Stunden vergangen, Bender trank bereits die sechste Tasse grünen Tee. Der Beamte kam mit der Tüte Krapfen zurück. „Hier ist auch noch ein Brief für Sie gekommen." Bender ließ ihn achtlos liegen, machte sich über die Tüte her. Das Kauen half ihm beim Nachdenken. Er sah sich im Raum um. Überall fand er Zettel mit Namen und Fragezeichen versehen. Nicht den geringsten Anhaltspunkt gab es in Sachen Vermisste. Sie waren tatsächlich spurlos verschwunden. Bender war ratlos. Er nahm den Brief, riss den Umschlag auf und atmete tief durch. Nicht schon wieder ein Bekennerschreiben. Mühsam fingerte er aus einer Schublade einen Schnellhefter mit der krakeligen Aufschrift „Bekennerschreiben" hervor. Bender hatte ihnen bislang nicht viel Bedeutung beigemessen – schließlich füllte sich der Ordner in den vergangenen Wochen mit 36 Briefen, von 36 unterschiedlichen Verfassern, wie leicht festzustellen war. 36 Geständnisse. Alle anonym. Und jetzt noch einer. Bender nahm sich den Ordner noch einmal vor.
Manu kam, er schob ihr die Hälfte der Schreiben zu. „Wir haben gerade noch einen bekommen. Lass sie uns nochmal überprüfen."
Sie nickte, setzte sich auf ihre Seite des Schreibtisches und vertiefte sich in die Lektüre. Wie es Bender angewiesen hatte, legte sie zwei Stapel an: Einen mit Briefen, die ihrer Meinung nach wertlos waren. Einen mit solchen, die man sich noch einmal genauer vornehmen wollte. Bender machte es mit seinen Briefen ebenso. Nach etwa einer halben Stunde waren sie jeweils durch und tauschten erst einmal die „wertlos"-Stapel, um die Briefe gegenzulesen. Manu hatte 17 Briefe aussortiert, Bender 16. Nichts darin deutete darauf hin, dass es sich um den tatsächlichen Mörder handeln könnte – darin waren sich die Ermittler einig. Teilweise endeten diese mit „Hochachtungsvoll" oder „Mit freundlichen Grüßen".
Blieben vier Briefe übrig. Ein Computerausdruck, einer war mit einer offensichtlich verstellten Handschrift geschrieben, einer aus großen Buchstaben geklebt, die eindeutig von einem Boulevardblatt stammten, und einer war mit Schreibmaschine geschrieben, bei der das „e" leicht schief stand und das „n" ein wenig nach unten versetzt war. Manu setzte sich neben Bender und sie breiteten die vier Briefe vor sich aus.

Der handschriftliche Brief zitierte viel aus der Bibel, vor allem aus dem Alten Testament. Für die beiden Beamten war das leicht zu erkennen, weil der anonyme Autor die entsprechenden Bibelstellen angegeben hatte. Was allerdings besonders auffiel, war die emotionale Kälte, mit der der Brief verfasst wurde. Darin wurden die beiden Mordopfer als Sünder bezeichnet, deren Tötung es nicht wert sei, von der Polizei verfolgt zu werden. Die Morde wurden dargestellt, als würde man ein altes, durchgerostetes Auto in die Schrottpresse schieben. Die beiden Morde wurden minutiös geschildert und auch die Tatzeiten waren genau angegeben. Der Briefschreiber schloss mit den Worten: „Tod allen Sündern, im Fegefeuer sollen sie schmoren."
Nur eines störte die Ermittler: Die Namen der Opfer waren falsch geschrieben, die Tatzeiten konnten nicht stimmen, da sie jeweils für den Tag angegeben wurden, als die Zeitungen von den Morden berichteten. „Ich weiß nicht", murmelte Bender. „Eher nicht."
Der zweite Brief war der aktuelle. Mit Schreibmaschine geschrieben, war er an Präzision nicht zu überbieten. „Ich bin Raphael, Todesengel des Herrn", lasen die Beamten. „Raphael, hm", Bender zog es den Brustkorb zusammen. Er gab Manu den Brief, sie soll ihn laut vorlesen.
„Ich bin Raphael, Racheengel des Herrn. Ich bin hier, um die verderbte Seele der Menschheit zu erlösen. Denn seht, der Herr ist wunderbar und seine Taten sind groß. Nur das Fleisch des Menschen, es ist schwach. Unwürdig, auf Erden zu leben und unwürdig, mit ihren Fratzen des Bösen Gottes Angesicht zu beleidigen.
Ich bin Raphael, Todesengel des Herrn. Ich werde die erlösen, die seinen Namen ehren. Ich werde die erlösen, die Gottes Herrlichkeit auf Erden preisen und der Welt das Gute schenken. Ihrer ist das Himmelreich.
Ihr armseligen Würmer könnt die Weisheit des Herrn nicht schauen, seinen Diener nicht verstehen, der ich bin. Ohne Gottes Wort zu sehen, sucht ihr nach dem Bösen und findet doch nur falsche Pfade. Sucht nicht nach dem Bösen, sucht nach dem, der ich bin. Sucht nach dem Engel, der die Herrlichkeit Gottes auf die Erde bringen will. In seinem Namen, in seinem Auftrag. Legt euer Schicksal in die Hand Gottes, so wie ich das unwürdige Fleisch eines Sünders in sie gelegt habe, und ihr werdet verstehen. Hört meine Worte, denn ich werde euch die Augen öffnen, auf dass ihr sehen könnt.
Ich bin Raphael, Racheengel des Herrn. Ich bin Raphael, Todesengel des Herrn."

Beim letzten Satz versagte Manu beinahe die Stimme, immer wieder musste sie sich räuspern. Lange saßen sie beide da und schwiegen. Raphael, ging es ihnen durch den Kopf. „Schau mal im Computer, was du über Raphael findest“, sagte Bender.

╬

„Das ist ja interessant“, Manu drehte den Bildschirm so, dass Bender ebenfalls lesen konnte, was sie gefunden hatte. In der Bibel gebe es zwar keinen Todesengel, doch werde in der christlichen Tradition immer wieder dem Engel Raphael die Funktion des Todesengels zugeschrieben. Er sei es, der die Menschen ins Jenseits begleitet oder sie sogar richtet. Der Erzengel Raphael war im Buch Tobit im Alten Testament Begleiter von Tobias, dem Sohn des Tobit. Raphael heilte den alten Tobit von dessen Blindheit – und Tobit ist der Patron der Totengräber.
„Raphael“, sagte Bender noch einmal.
„Das ist heftig, lieber Himmel“, Manu nahm den Brief noch einmal zur Hand, ein kalter Schauer lief ihr über den Rücken. „Glaubst du, das ist er?“
„Seifeld hat das jedenfalls nicht geschrieben, dazu ist der Junge zu schlicht gestrickt.“
„Auffällig ist für mich auch, dass in diesem Brief die Morde nicht detailliert beschrieben werden. Er hält sich nicht mit den Grausamkeiten auf. Sind es keine für ihn?“
„Genau,“ antwortete Bender. Er sah sich in seinem Zweifel bestätigt.
Sie nahmen sich den Computerausdruck vor. Eine elegische Abhandlung über die Welt, das Böse darin und die Falschheit der Menschen. Nur durch das Gebet könne die Sünde bereinigt werden, und wer nicht bete, der müsse mit der Strafe Gottes rechnen. Auch dieser Briefschreiber bezog sich in seinen Ausführungen auf Gott, der am jüngsten Tage über die Seelen richten werde. „Selig sind, die da hungern und dürsten nach der Gerechtigkeit, denn sie sollen satt werden“, zitierte der Briefschreiber aus der Bergpredigt. „Der Tod dieser Sünder ist gerecht für alle, die an Gott glauben.“ Es sei nicht nötig, Tränen der Trauer für die Getöteten zu vergießen, denn die irdische Strafe sei nur der Göttlichen am Jüngsten Tage zuvor gekommen. Aber auch für sie gelte: „Oh Herr, gib ihnen die ewige Ruhe, das ewige Licht leuchte ihnen, Amen.“

„Amen", wiederholte Manu. „Krank ist das, Bender. Richtig krank."
Der vierte Brief, aus Zeitungsschnipseln geklebt, bezog sich auf die Vermissten: „Ihr könnt sie nicht finden, denn ich habe sie verschwinden lassen. Und wenn ihr sie sucht, dann geht ins goldene Moor, wo ihre Körper bis in die Ewigkeit versunken sind. Bald werden ihnen die nächsten folgen."
„Liebl", Bender machte sich gar nicht die Mühe aufzustehen, um nach dem Kollegen zu rufen. Wozu auch, er kam sofort zur Tür herein und bevor er so richtig im Raum war, fragte ihn Bender schon: „Wo gibt es hier ein goldenes Moor?"
„Keine Ahnung, habe ich noch nie gehört."

╬

Die Suche nach dem goldenen Moor zog sich, niemand in der Polizeiinspektion wusste, worum es hier gehen könnte. Bender kam auf die Idee in der Nationalparkverwaltung anzurufen. Dort müsste man ja wissen, wo sich dieses goldene Moor versteckt. Bender wurde mit dem Pressesprecher verbunden, ein komisches Gefühl für den Kommissar, der diesen Leuten eigentlich nicht traute – denn wer mit der Presse zu tun hat, könnte schließlich selbst längst vom Sensationsvirus angesteckt worden sein. Doch der Mann erwies sich als äußerst sachlich, kannte freilich auch kein goldenes Moor, hatte aber nach ein paar Sekunden doch eine Idee. „Es gibt einen Goldwaschplatz, direkt am Rand eines Hochmoores", sagte der Forstbeamte. „Bei Riedlhütte, das Große Filz, vielleicht ist das mit goldenem Moor gemeint. Ja, ganz sicher, dort wurde früher Gold gewaschen."
Bender reichte diese Information aus, er nahm sich vor diesen Platz in Augenschein zu nehmen. Ohnehin musste er raus, ein paar Schritte gehen, laufen, sich bewegen. Die Arbeit am Schreibtisch setzte dem Hauptkommissar arg zu. Täglich kamen neue Hinweise und alle mussten abgearbeitet werden. Unzählige Telefonate fesselten ihn und seine Kollegen an die Schreibtischstühle. Das hatte schlimme Schmerzen im Rücken zur Folge, vor allem sein Genick schien kurz vor dem Einrosten zu stehen. Abends konnte sich Bender manchmal kaum mehr bewegen, so verspannt war er. Wie gut, dass er bei Ernst im Waldesruh wohnte. Dieser hatte immer eine Lösung parat. Als Bender wenige Tage zuvor bei einem abendlichen Bier über die Schmerzen klagte, wusste Ernst Rat: „Gott hat uns einen wunderbaren Garten voller Medizin geschenkt", sagte er – und Bender rem-

pelte ihn in die Seite und bedeutete dem Wirt, in seiner Gegenwart nicht von „Gott“ zu sprechen, weil ihn das nur allzusehr an seinen Mörder erinnerte. „Entschuldige“, murmelte Ernst dann nur, „verstehe schon. Warte, ich hab da was für dich und dein deppertes Kreuz.“
Und war in seinem Gewächshaus verschwunden, um kurz danach mit zwei kleinen braunen Fläschchen zurück zu kommen. „Kampferöl“, streckte er Bender eine der Flaschen entgegen. „Wenn du nachher ins Bett gehst, reibst du dir den Nacken und die Stellen, die dir weh tun damit ein. Das wirkt Wunder, glaube mir. Und morgen früh, bevor ich dir meinen bekannt köstlichen Kaffee vor die Nase stelle, nimmst du Arnika, hier in dieser Flasche. Leicht einreiben und du turnst in der Inspektion wie Eberhard Gienger in seinen besten Tagen. Und du solltest auch etwas gegen den hier tun“, sagte Ernst und klopfte auf Benders beachtlichen Bauch. Ernst lächelte, stellte Bender die Flaschen hin. Dieser blickte nur missmutig auf die Wundermittel, nahm sich aber vor, sie tatsächlich wie angeordnet zu verwenden.
Während Bender nun an das goldene Moor dachte, spürte er seinen Rücken kaum mehr. In Gedanken zog er den Hut vor seinem Wirt Ernst, der ihm mit Kampfer und Arnika geholfen hatte. „Der Kerl hat's drauf“, sagte er laut vor sich hin. Worauf Manu natürlich sofort reagierte: „Wer hat's drauf? Weißt du etwas, was ich auch wissen sollte?“
„Ach, ich habe gerade an Kampferöl gedacht und an Ernst und an die Rückenschmerzen, die ich nicht mehr habe.“
„Kampferöl. Deine Probleme möchte ich haben.“
„Komm, wir gehen ins goldene Moor. Da finden wir vielleicht ein paar Leichen.“
„Scherzkeks. Du willst ja nur mit mir allein im Wald sein, gib es doch zu.“
„Das wäre einem alten Mann mit gekrümmtem Rücken zu viel, glaub mir“, Bender verstand die Aufforderung zum auflockernden Flirt durchaus, wäre sogar selbst für eine kleine Aufheiterung des tristen Ermittleralltags dankbar gewesen, dachte aber gleich wieder an seine Ex-Frau. Er würde sie anrufen, sobald sie wieder vom goldenen Moor zurück waren. „Aber weißt du was, meine liebe Manu: Vielleicht finden wir ja Gold. Früher sollen sie da ganz schöne Mengen aus dem Bach gewaschen haben, hat mir der Forstmann gesagt.“
„Na dann, lass uns losziehen Trapper Ralf, pack die Schaufel auf

dein Pferd und auf nach Klondike. Aber du weißt schon, mein Lieber, dass dieser Ausflug völlig für die Katz sein wird. Dieser Brief war doch nur Schmarrn. Ich setze auf Raphael, nicht auf das goldene Moor."
„Recht so. Aber ich will mir nichts vorwerfen lassen. Komm jetzt. Wahrscheinlich hat unser Raphael keine Spuren auf dem Brief hinterlassen. Auf den anderen wurde ja auch nichts gefunden. Aber damit sollen sich die Kriminaltechniker beschäftigen."
25 Minuten später standen sie vor einer großen Holzhütte, mitten im Wald, umgeben von kleinen Hügeln, die sich links und rechts vom Wanderweg fast wie ein zusammengeschobenes Tischtuch wellten.
„Der Goldwaschplatz", sagte Bender, der die Fahrt nutzte, um sich bei dem Nationalpark-Pressesprecher telefonisch noch ein paar Informationen über diesen Ort zu holen. Bis vor etwa 100 Jahren seien hier Goldwäscher gewesen, die aus den Bachläufen große Beute machten. Das Gold – teilweise sollen es faustgroße Nuggets gewesen sein (was Bender bezweifelte) – wurde an die Glashütte im angrenzenden Ort Riedlhütte verkauft, die dieses brauchte, um rotes Glas einzuschmelzen, das so genannte Goldrubin-Glas. Dafür sei diese Glashütte berühmt gewesen, glänzende Weinrömer seien hier produziert worden, hochwertigste Handarbeit. Aus der Zeitung wusste der Kommissar aber, dass diese Glashütte vor wenigen Wochen für alle Zeiten die Tore geschlossen hatte. Wo einst knapp 1000 Menschen beschäftigt waren, wo seit dem Jahr 1450 Glas produziert wurde, drohte jetzt eine Industrieruine heimisch zu werden.
Bender war fasziniert davon, dass in roten Gläsern Gold verborgen sein soll und ließ sich gerne von solchen Informationen ein wenig vom Fall ablenken. Gold sei zwar heute nicht mehr zu finden, doch für die Touristen sei der Goldwaschplatz ein äußerst spannender Abenteuerplatz, wo sie unter Anleitung ihr Glück versuchen konnten. Reich geworden sei aber noch keiner der Urlauber, scherzte der Forstmann.
Der Goldplatz, das angrenzende Moor jedenfalls war für Bender so etwas wie der ideale Ort, um jemanden unbemerkt verschwinden zu lassen. Im Umkreis von mehreren hundert Metern war kein Wohnhaus zu sehen, das Moor war von einem Wald umwachsen, der jeden Einblick verwehren würde. Außerdem führte ein Holzbohlenweg durch das wild wuchernde Gras, es roch nach Torf, nach Wasser und ganz leicht nach einem Gas, das Bender nicht einordnen konnte. Er hatte einmal gelesen, dass ein Hektar Hochmoor im Jahr ungefähr so

viel Kohlendioxid ausstößt, wie ein Mittelklasseauto. Aber riecht das? Bender war von diesem Ort so fasziniert, dass er sogar sein delikates Waldproblem vergaß. „Meinst du, dass man hier einen Menschen versenken kann, so wie beim Hund von Baskerville?“ Bender deutete auf die großen Pfützen, die sich mitten im Gras zeigten.
„Weiß nicht, ich glaube nicht, dass es einer alleine schafft, die hierher zu schleppen. Überleg mal, wie weit wir vom Auto weg sind – und nirgendwo ein Weg oder eine Straße, die hierher führt. Außerdem müsste er ganz schön weit von diesem Holzweg runter, bis er bei den Pfützen ist.“ Sie trat vorsichtig vom Steg hinunter in die feuchte Wiese und spürte schnell, wie der Untergrund nachgab. „Da würden wir Spuren sehen. Wenn du da einen Menschen rüberträgst, bleibst du irgendwann stecken.“ Manu blieb bei ihrem Zweifel. „Es ist ein interessanter Ort hier und wenn du was von Baskerville sagst, wird mir direkt mulmig. Aber nein, ich glaube nicht daran.“ Die Grasnarbe war unverletzt, soweit die beiden Beamten blicken konnten. Nein, dass hier ihre Vermissten versenkt worden wären, sie mochten nicht daran glauben.
„Ganz schön...ich weiß nicht...mystisch dieser Bayerische Wald“ sagte Bender, den die Landschaft tief beeindruckte. „Da denkt man immer, die Hinterwaidler und die Sache mit dem Fuchs und dem Hasen...aber dabei steckt hier so viel Geschichte und Abenteuer dahinter.“
Manu musste fast lachen, als sie Benders kleine Liebeserklärung an den Bayerischen Wald hörte. „Junge, Junge. War denn München so schlimm?“
„Frag mich nicht. Städter. Unerträglich.“
„Kriminaltechnik?“
„Ruf du an, ich schau mich hier noch ein bisschen um.“
Der knorrige, immer misslaunige Bender schien sich langsam in Luft aufzulösen, oder zumindest gegen eine viel weichere, sensiblere Art ausgetauscht zu werden. Manu ließ sich beinahe jeden Tag aufs Neue von ihrem Chef überraschen, der sich zu einem echten Partner entwickelte. Nicht einmal hatte er ihr Vorwürfe wegen ihrer Ermittlungen gemacht, als er in München war. Wenn sie über den Fall redeten, hörte er ihr aufmerksam zu, nickte meist und versuchte nicht – so wie es früher Standard war – die Haare in der Suppe zu finden. Im Gegenteil: Er teilte seine Gedanken mit ihr. Keine Spur mehr von Chef-Gehabe. „Bender, ehrlich. Seit du wieder da bist, arbeite ich richtig gern mit dir. Auch wenn wir nicht weiter kommen.“

„Ja, Danke“, Bender schien verwirrt von diesem Lob. „Ich habe da eine Idee“, sagte er. „Nicht weit von hier...“
„Ich weiß“, fiel Manu ein, „dein neuer Freund auf der Racheldiensthütte. OK, fahren wir hin.“ Doch daraus wurde erst einmal nichts.

╬

Tietzes Welt brach völlig auseinander. Klar, er hatte einen Redakteur aus Passau an die Seite gestellt bekommen. Mit dem konnte er die aktuelle Ausgabe so gerade eben zusammenbasteln. Trotzdem, seine beiden Stammkräfte waren nicht mehr da. Der eine saß im Gefängnis, der andere hatte sich wieder krank gemeldet. Und zu allem Überfluss hörte er Maria, die Redaktionssekretärin, vor seiner Tür deutlich schniefen und husten. Es würde nicht mehr lange dauern und sie musste ins Bett. Auch die Kollegen anderer Zeitungen ließen ihn nicht in Ruhe. Immer wieder wollten sie Fotos, Einzelheiten über Benno, Statements von ihm, von Maria, einfach von jedem, der es noch wagte, seinen Kopf durch die Redaktionstür zu stecken. Natürlich war der Ruf seiner Redaktion in den Keller gerauscht. Die Folge: Kein Leser wollte mehr etwas mit ihnen zu tun haben. Tietze überlegte, ob er den Drohbrief in der morgigen Ausgabe thematisieren sollte. Er nahm ihn in die Hand, las ihn mehrere Male und fasste dann einen anderen Entschluss.

╬

„Ferdinand wer?“
Tietze wiederholte seinen Nachnamen und fuhr dann fort: „Ich habe Ihre Handynummer von Ihrem Grafenauer Kollegen Liebl. Er ist ebenfalls der Meinung, dass das wichtig ist.“
„Sie glauben doch nicht allen Ernstes, dass ich mich mit Ihnen unterhalte.“
Tietze war eingeschüchtert und verwirrt. Bis vor wenigen Tagen war er es gewohnt, dass ihm in seiner Stellung als Redaktionsleiter alle Herzen der Sympathie zuflogen. Er wollte schon einen Rückzieher machen und fasste noch einmal Mut.
„Hören Sie, Bender, ich kann verstehen, dass Sie auf uns nicht besonders gut zu sprechen sind. Aber ich muss Ihnen wirklich dringend etwas zeigen.“

„Ach ja?“ Bender widerstand dem Drang einfach aufzulegen.
„Ja, in der ganzen Hektik gestern ist völlig untergegangen, dass wir Morddrohungen erhalten haben.“
„Morddrohungen?“ Jetzt war Benders Neugier doch geweckt, auch wenn er sich schon denken konnte, was dahinter steckte. Schließlich hatte Schuster mit der Aussicht auf eine langjährige Haftstrafe praktisch eine Lebensbeichte abgelegt.
„Besser gesagt waren sie an Benno und Klaus, also ich meine an Seifeld und Monn gerichtet. Soll ich den Brief in der PI vorbeibringen.“
„Ich hol ihn ab“, sagte Bender knapp und legte auf.
„Wer war das?“, wollte Manu wissen, die neben Bender über die Holzbohlen stapfte.
20 Minuten später las Bender den Brief und gab gleich darauf Entwarnung.
„Wir haben einen der beiden Männer, die dies hier verfasst haben geschnappt. Der andere hat sich abgesetzt. Ich glaube auch nicht, dass die wirklich zuschlagen wollten. Die waren nur sauer, was Sie in ihrem Blatt geschrieben haben.“

Donnerstag, 29. April, Hl. Katharina von Siena, italienische Adelige, Politikerin und Theologin, Mystikerin, Jungfrau und Kirchenlehrerin

Der Herr betrachtet sie mit Wohlgefallen.

Heute vor 19 Jahren trifft der sogenannte Bangladesch-Zyklon mit Windgeschwindigkeiten von 260 km/h auf den Südosten des Landes. Die sechs Meter hohe Flutwelle reißt 138000 Menschen in den Tod, über zehn Millionen werden obdachlos.

...und auch an diesem Tag hatte Satan seine Finger im Spiel

Ralf Bender saß im Büro in Grafenau, sortierte sämtliche Unterlagen, er wusste selbst nicht, zum wievielten Mal. Er blickte auf die Pinnwand, unzählige Zettel hingen dort, keiner schien ihm im Moment weiter zu helfen. Er stand auf, nahm alles ab, was mit Benno Seifeld zu tun hatte. Was die Sache auch nicht übersichtlicher machte, schließlich spielte der Journalist in Benders Kopf ohnehin keine große Rolle.
Noch einmal ging er seine Verdächtigen durch, nahm jeden einzelnen Zettel ab, um sie neu zu sortieren. Dann pinnte er einen neuen hin. „Raphael" stand in großen Lettern drauf. Wer bist du?, sinnierte Bender, sein Auge zuckte.
Da fiel ihm ein weiterer Name ins Auge: Jürgen Werner. „Fritz, kommst du mal", rief er durch die Tür in die PI hinaus.
„Wer ist eigentlich dieser Werner, war das der bigotte Geschäftsmann?"
„Ach, der heilige Vorbeter. Über den haben wir schon gesprochen. Ja, das ist schon ein komischer Typ."
Bender erinnerte sich, dass auch der Pfarrer ihm diesen Namen genannt hatte, er wusste noch, dass er das damals als Ablenkungsmanöver betrachtete. Also ging er über die Straße, um bei Gabriel Frey nachzuhaken.
„Wie sind Sie eigentlich auf diesen Jürgen Werner gekommen, Herr Pfarrer?"
Frey zögerte. „Ich weiß nicht. Sie haben mich nach auffälligen Leuten gefragt, da ist mir der eingefallen."
„Hatten Sie dafür Anhaltspunkte?"
„Nicht direkt. Aber ein paar Tage, nachdem Sie bei mir waren, kam es zu einem Vorfall nach dem Sonntagsgottesdienst. Er hat eine ganze Menge Leute ziemlich aufgebracht mit seinen Theorien über

Gottesstrafe. Die wären fast auf ihn losgegangen, wenn ich nicht dazwischen gegangen wäre."
„Erzählen Sie."
Frey fasste die Geschehnisse zusammen und wies Bender darauf hin, dass natürlich das Gerede von Gottes Zorn und dessen gerechter Strafe völliger Blödsinn sei. „Aber dieser Herr Werner scheint gerade auf das alte Testament eingeschworen zu sein und interpretiert diese Aussagen völlig falsch. Absurd ist das."
„Und er betrachtet es sozusagen als gerecht, was den Mordopfern widerfahren ist?" Bender spürte endlich dieses Kribbeln unter den Fingernägeln, das er immer dann bekam, wenn er glaubte, eine Spur zu haben. Oft genug war das der Schritt in die richtige Richtung. Natürlich konnte er mit niemandem darüber reden, woher er seine Eingebungen hatte. Es war einfach nur dieses Gefühl, das es auslöste, sich auf einen bestimmten Verdächtigen einzuschwören. Mit kriminalistischen Techniken hatte das zwar nichts zu tun, Bender war es egal. Und wenn sie ihm bescheinigten, ein gutes Näschen zu haben, dann dachte er bei sich: Nicht Näschen, Fingerchen.
„Ja, so sieht der das. Dabei ist doch das Wesen unseres Glaubens die Nächstenliebe und das Verzeihen." Pfarrer Freys Stimme wurde bei diesen Worten beinahe feierlich, so als würde er das Vater-Unser singen.
Bender verabschiedete sich schnell, um Liebl anzuweisen, Jürgen Werner ausfindig zu machen.
Werner, Jürgen Werner, in Benders Hirn schrillten die Alarmglocken. Er starrte auf den Namen. Irgendetwas in dem Gespräch mit dem Pfarrer war der Auslöser gewesen. Was es war? Bender konnte es nicht sagen. War es vielleicht sogar der Pfarrer selbst? Bender machte einen dicken Kreis um dessen Namenszettel auf der Pinnwand. Er müsste ihn überwachen lassen, sofort. Doch wo sollte er die Leute dafür hernehmen? Dann eben Jürgen Werner, er war ohnehin Benders Kandidat.
Bender erinnerte sich an die deutliche Ansage seiner Frau. Er war Gefühlsmensch durch und durch. Sie hatte wieder einmal Recht gehabt. Sein Ruf als Superbulle gründete zu einhundert Prozent auf seinem Instinkt, ohne den er hilflos war. Das Kribbeln, die freudige Erregung, mehr war es nicht. Doch er lag selten daneben. Während die Kollegen in alle Richtungen ermittelten, tat er nichts anderes, als auf den Moment der Eingebung zu warten. Das trug oftmals zu Irritationen bei, wenn er scheinbar lustlos an einem Tatort umherschlich.

Nur seine Erfolge brachten die Kritiker stets zum Schweigen. Er war kein Superbulle, der alles im Alleingang regeln konnte. Er brauchte natürlich ein funktionierendes Team um sich herum, das echte Polizeiarbeit machte. Eines, das der Tat angemessen groß war. Manu und er vor Ort, die paar Uniformierten, Schaller und Sendlinger in Passau, das war ganz klar zu wenig. Drei Vermisste, Xaver Schuster, Gabriel Frey, Jürgen Werner – so konnte das nicht weitergehen. Er freute sich auf die Auseinandersetzung mit Ritter und Moosbacher.
„Soll ich Jürgen Werner herbestellen oder willst du ihn besuchen?"
Der Kommissar ließ sich von Liebl die Adresse geben, fragte nach Manu.
„Die habe ich heute auch noch nicht gesehen."
Bender rief die Kollegin an, sie solle gleich nach Grafenau kommen, die Ermittlungen nahmen wieder Fahrt auf.

Eine Stunde später standen die beiden Kommissare vor Jürgen Werners Haus. Toskanischer Stil, großzügig gebaut, es wollte gar nicht in die ansonsten recht schlichte Bauweise des Bayerischen Waldes passen. Von allen Seiten roch das Gebäude nach Geld, edles Pflaster führte vom Gartentor zum Eingangsbereich, der mit seinen beiden angedeuteten Säulen im Mauerwerk fast wie ein Tempel wirkte. Wo man hinblickte blühte es in allen Farben, der Frühling hatte den sauber gepflegten Garten längst erobert. Auch nach mehrmaligem Klingeln öffnete niemand die Tür.
„Der Vogel ist ausgeflogen", sagte Bender, der normalerweise nicht zu solchen Plattitüden neigte. Das Kribbeln unter den Fingernägeln ließ nicht nach, eher hatte es sich in den vergangenen zwei Stunden noch verstärkt. Sogar ein leichtes, nervöses Zittern spürte er im Brustkorb. Darauf wartete er bereits, seit er aus München in den Bayerischen Wald zurück gekehrt war, um diesen Fall zu übernehmen. Das Kribbeln, das Zittern, die nervöse Spannung auf dem Weg zum Täter. Bislang hatte er von alledem nichts gespürt. Er blickte Manu an. Sie schien nicht von derlei Gefühlen geplagt – oder sollte er lieber sagen beschenkt – zu sein. Obwohl auch sie von ihm in seinen Verdacht eingeweiht wurde und er mit ihr ausführlich über alles gesprochen hatte, was er von Jürgen Werner wusste.
„Wie wär's, fragen wir mal bei den Nachbarn", ergriff sie das Wort und war schon unterwegs in Richtung Gartentür. Bender blieb zu-

rück, wollte stattdessen lieber das Anwesen inspizieren. „Geh du, ich schau mich noch ein bisschen um."
Er ging um das Haus herum und es öffnete sich ihm der Blick auf eine große Wiese, an deren Ende sich die Bayerwald-Berge aufzutürmen schienen. Kilometerweiter freier Blick auf die Gipfel von Lusen und Rachel, auf der anderen Seite erblickte er den Zwiebelturm einer Kirche. Mitten im Garten, wo bei anderen Leuten vielleicht ein Grill oder wenigstens ein paar Liegestühle standen, entdeckte Bender ein schmiedeeisernes Kreuz auf einem kleinen Steinhaufen. Statt eines Christus war in der Mitte ein buntes Marienbild eingearbeitet, die Mutter Gottes mit ihrem Sohn auf dem Schoß. Darunter stand: „Ave Maria, du Mutter der Barmherzigkeit". Der Garten war weitläufig und mit zahlreichen Obstbäumen bepflanzt. Bender blickte sich um zum Haus und sah hinter der Terrasse erneut ein Kreuz an der Wand und daneben eine blaue Glasscheibe, die an die Wand gedübelt wurde. „Zum 50. Geburtstag. In Dankbarkeit für seine wertvollen Dienste für die Pfarrei, gewidmet Herrn Jürgen Werner. Klingenbrunn, 27. September 2007."
Bender ging zum Haus, drückte seine Nase an der Scheibe der Terrassentür platt. Er war enttäuscht von dem was er sah, obwohl er nicht wusste, was er erwartete. Er sah ein Wohnzimmer, so wie tausend andere auch. Großer Fernseher, weißes Ledersofa, wenige Möbel, allesamt aus Buchenholz. Wie wohnt eigentlich ein Mörder, der einem religiösen Wahn verfallen ist? Bist du Raphael? Bender wollte sich schon abwenden, da fiel sein Blick noch einmal auf ein kleines Ding, das auf einer Kommode lag. Was ist das?
Da kam Manu um die Ecke. „Der ist tatsächlich ausgeflogen. Drei Wochen Andalusien, Urlaub. Er scheint da unten Stammgast zu sein. Gestern ist er weg."
„Und seine Frau?"
„Die ist wohl schon vor zwei Monaten runter geflogen, die sollen dort ein Ferienhaus haben, oder irgendwo einen Wohnwagen auf einem Campingplatz, so genau wusste es der Nachbar nicht."
„Meinst du, die genehmigen uns einen Flug zum Verhör vor Ort?", versuchte Bender zu scherzen, während sie schon wieder auf dem Weg zum Auto waren. Da fiel ihm der Gegenstand auf der Kommode wieder ein. „Komm mit, ich zeig dir was."
Nun wurden zwei Nasen an der Scheibe plattgedrückt, Manu entdeckte sofort, was Bender meinte.
„Ganz klar. Mensch, Meister Spürnase. Das ist ein Elektroschocker."

„Wir müssen sofort in dieses Haus“, Bender war drauf und dran, die Terrassentür einzutreten. Manu schaffte es gerade noch, ihn zurück zu halten.
„Bender, Mann, jetzt runter vom Gas. Wir dürfen keinen Fehler machen, du kannst doch da nicht ohne Durchsuchungsbefehl rein.“
Der Kommissar musste ihr recht geben, griff stattdessen sofort zum Handy und rief Schaller in Passau an. „Franz, ich brauche alles, was du über Jürgen Werner aus Klingenbrunn herausfinden kannst. Alles. Schnell.“ Ohne eine Antwort abzuwarten drückte Bender seinen Kollegen weg und machte sich dran, noch einmal das Haus zu umrunden – vielleicht war ja irgendwo ein offenes Fenster, eine angelehnte Tür, durch die er eindringen könnte. Doch Fehlanzeige.
„Manu, ruf doch mal am Flughafen an, wann der Werner gestern geflogen ist. Und wohin.“ Die Kommissarin ließ sich mittlerweile von Benders Betriebsamkeit anstecken, auch sie war angefixt. Keine Frage, der Elektroschocker im Wohnzimmer war ein Sensations-Fund. Dennoch beobachtete sie Bender genau. Es beeindruckte sie, wie aus dem sonst so behäbigen Chef auf einmal ein geschäftiger Jäger wurde, auf den man sogar aufpassen musste. Sie war sich nicht sicher, ob er nicht doch noch eine Tür oder ein Fenster aus den Angeln treten würde, um seine Neugierde zu befriedigen. Er steckte ja neuerdings voller Überraschungen. Also behielt sie ihn im Auge, um im Zweifelsfall noch einmal rechtzeitig dazwischen gehen zu können. In der Zwischenzeit hatte sie den Flughafen längst am Telefon, doch es zog sich, bis sie zur richtigen Stelle durchgereicht wurde. Und auch jetzt war es nicht so einfach, wie sie sich das vorstellte.
„Können Sie sich legitimieren“, fragte sie eine krächzende Stimme am anderen Ende der Leitung.
„Hören Sie, es ist dringend. Aber wenn es nicht anders geht, rufen Sie im Präsidium an, die bestätigen Ihnen meine Handynummer. Aber bitte, schnell.“
Manu sah zu Bender, der mittlerweile eine Leiter gefunden hatte, auf die er kletterte, um im Obergeschoss durch ein Fenster blicken zu können. „Ralf, willst du dir jetzt den Hals brechen, oder was?“
„Interessant ist das, interessant“, war alles, was der Kommissar antwortete, ehe er die Leiter herunter kletterte und unter das nächste Fenster schob.
„Was ist denn so interessant?“
„Alles aufgeräumt. Blitzblanke Wohnung, fast steril. Von außen betrachtet. Leute gibt's!“

„Was soll daran komisch sein, wenn Leute ihre Wohnung aufräumen?“
„Ja, komisch.“
Bender war offensichtlich in einer anderen Welt, Manu ließ von ihm ab. Komisch fand sie an der Szene nur, wie zittrig und unsicher Bender auf die Leiter stieg, so als hätte er bei jedem Schritt Angst, daneben zu treten und gnadenlos abzustürzen. Höhenangst? Manu hätte es nicht gewundert, bei all den Marotten, die Bender ansonsten an den Tag legte. Jedenfalls gab er mit seinem auffälligen Bauch und den dürren Waden auf der Leiter ein fast lächerliches Bild ab.
„Manu, das musst du dir ansehen.“
Bender stakste die Leiter herab und wies Manu den Weg nach oben.
„Wahnsinn.“
Die Kommissarin blickte durch das Fenster, sah in ein großes Schlafzimmer. Weiße Möbel, Glanzlack. Die Wand geradezu übersäht von allem, was irgendwie nach Rosen aussah: Bilder, getrocknete Sträuße, ein Wandtattoo mit Rosenblättern direkt über dem Bett.
„Kitschhausen“, entfuhr es Manu. Auch das Bettzeug war in einem roten Rosenmuster gehalten. „Oh Mann, da drinnen möchte ich nicht einmal tot übernachten müssen.“ Das Bett war ungemacht, ein Kissen lag auf dem Boden daneben, die beiden Bettdecken lagen zerzaust drauf.
Manu stieg wieder herab. „Und, was hab ich jetzt gesehen? Ein ausgesuchtes Beispiel für besonders abschreckende Ehebetten?“
„Die Unordnung, Manu. Die Unordnung. Das ist gut, sehr gut.“
„Aha, lässt du mich vielleicht mal an deinen Gedankengängen teilhaben, damit ich auch was verstehe?“
„Passt schon, alles passt.“
Bender war vorerst zufrieden, wie es schien. Die beiden gingen zum Auto zurück, als Manus Handy klingelte. Flughafen.
„Wir haben es gefunden: Gestern. Direktflug nach Jerez de la Frontera. Ein Passagier musste ausgerufen werden. Jürgen Werner, das ist doch der Mann, den Sie suchen, oder?“
„Ja. Ist er dann zugestiegen?“
„Nein, das Flugzeug ist ohne ihn gestartet. Dabei hat der Mann zwei Stunden vor Abflug noch eingecheckt.“
„Vielen Dank.“ Manu wollte Bender Bericht erstatten, doch der winkte ab.
„Habe alles mitgehört, die hat laut genug ins Telefon gekrächzt. Ich sag es ja, Manu. Das ist unser Mann, der Kerl ist oberfaul.“

„Und jetzt?"
„Jetzt warten wir, was der Schaller herausfindet und dann gehen wir rein. Die Moosbacher wird wohl nicht anders können."
Der Kommissar blickte selbstzufrieden auf das Haus zurück, dachte noch einmal an das kitschige, aber unordentliche Schlafzimmer und die ansonsten perfekt aufgeräumte, fast sterile Wohnung. „Wenn die Frau schon seit zwei Monaten in Spanien ist, mit wem ist der dann im Bett gelegen? Es sind doch beide Betten durcheinander."
„Freundin. Wenn die Katze aus dem Haus ist, tanzen die Mäuse Tango, oder nicht? So ist das doch bei euch Männern."
„Aha." Bender hörte gar nicht richtig zu, weil seine Gedanken bei der Frau waren. Vor zwei Monaten nach Spanien geflogen und in der Zwischenzeit spielte ihr Mann ein doppeltes Spiel? Sex im ehelichen Schlafzimmer, und als Zeitvertreib noch ein paar Morde? Was, wenn...
„Manu, weißt du, wie die Frau heißt?"
„Nein, aber das hat Franz bestimmt schon herausgefunden. Ich ruf ihn an."
„Und dann gleich nochmal den Flughafen." Bender hatte einen neuen Verdacht.

╬

Als Schaller alle Infos über Familie Werner gesammelt hatte, schickte Bender Sendlinger zur Staatsanwältin. Er solle danach mit dem Trupp der Kriminaltechnik (KTU) kommen und mithelfen, das Haus auseinander zu nehmen.
Schallers Bericht bestätigte, was Bender schon wusste, mit einer Lücke: Offensichtlich war Werner wirklich pleite. Jürgen Werner war erfolgreicher Geschäftsmann, anscheinend aber nur bis vor ein paar Jahren. Dann begann sein langsamer Abstieg – zuerst die Firma pleite, doch es war nur eine Aktiengesellschaft. Werner schien mit einem blauen Auge davon gekommen zu sein. Aber schließlich begann er, nach und nach seinen ansehnlichen Besitz zu verscherbeln. Häuser besaß er mehrere, da er spätestens alle fünf Jahre den Heimatort wechselte und neu baute. Nach dem Auszug aus den alten Häusern vermietete er diese. Studentenwohnungen in München und Nürnberg gehörten ihm, die er ebenfalls vermietet hatte. Vor zwei Jahren verkaufte er die ersten Häuser, Grundstücke und schließlich auch die Studentenwohnungen. In Chiclana an der andalusischen At-

lantikküste gehörte ihm ein Feriendomizil. Und das Haus in Klingenbrunn war erst vor zwei Monaten unter den Hammer gekommen und wurde versteigert. Zum 1. Juli musste Jürgen Werner mit seiner Familie das Haus verlassen haben. Kurz: Die Fassade stand noch, aber das Gebäude dahinter war bereits komplett eingebrochen.
Auch Manus zweites Gespräch mit dem Flughafen München war aufschlussreich. Innerhalb der letzten sechs Monate war auf den Namen Beate Werner kein Flug gebucht. Bender ging bei der Recherche auf Nummer sicher und ließ sämtliche Flughäfen überprüfen – Nürnberg, Salzburg, Linz, Prag, Augsburg. Nichts. Etwa zwei Stunden nachdem Manu und Bender auf der Leiter gestanden waren, war sicher: Beate Werner ist nirgendwohin geflogen, zumindest nicht unter ihrem richtigen Namen. Auch sie musste noch in der Nähe sein, genau wie ihr Mann.
„Wo haben sie sich verkrochen?“, sagte Bender, als er von Sendlinger die Mitteilung erhielt, er dürfe jetzt ins Haus. Der Durchsuchungsbefehl war da, die Kriminaltechniker und Sendlinger auf dem Weg.
Bender wollte nicht warten. „Ich brech jetzt die Tür auf.“ Voller Bewunderung sah er oft in Fernsehkrimis zu, wenn die geschickten Kommissare eine Kreditkarte aus der Hosentasche zogen und damit Türen aufhebelten. Ihm war diese Fähigkeit verwehrt geblieben. Er musste entweder die Schultern einsetzen – was sehr weh tat – oder Türen eintreten, wobei er sich auch einmal schwer verletzt und das Knie so verdreht hatte, dass er zwei Monate lang humpelte. Seitdem hatte er immer ein Brecheisen im Kofferraum seines Dienstautos dabei. Damit machte er sich an der Haustüre zu schaffen. Erfolgreich.
„Ralf, wir fassen nichts an, ja? Keine Spuren, das überlassen wir der KTU.“ Bender konnte nur schwer dem Drang widerstehen alles umzudrehen und zu betatschen. Als ob es ihn der Lösung eines Falles näher brachte, wenn er Vasen in Regalen gerade rückte oder das Ablaufdatum des Frischkäses im Kühlschrank überprüfte.
„Jaja, ich weiß“, sagte er genervt und machte sich sofort auf den Weg ins Schlafzimmer, das ihn magisch anzog. Er ging durch die Tür, blieb stehen und blickte sich lange um. Alles war so, wie er es vom Blick durch das Fenster in Erinnerung hatte. Das Zimmer passte nicht ins Gesamtbild des ansonsten penibel aufgeräumten Hauses. Am Schrank standen einige Bodenschubläden offen, was man vom Fenster aus nicht sah. Unterwäsche und Socken waren darin, einige

davon lagen davor verstreut am Boden. Sie sahen verstaubt aus, so als ob sie schon länger da lagen. Der Wecker auf einem der Nachttische war stehen geblieben. Neun Minuten vor Acht. Und es stank. Bender ging langsam um das Bett. Vorsichtig beugte er sich darüber, roch an der Bettdecke und an der Matratze. Ein kurzes Stirnrunzeln, dann schob er seine Nase noch ein wenig näher heran. In dem Moment kam Manu zur Tür herein, was den Kommissar zurück schrekken ließ. Sie sah ihn nur lächelnd an, ohne ein Wort zu sagen. Was auch nicht nötig war, schließlich sprach seine offensichtliche Verlegenheit ohnehin Bände. „Ich, ich...das Bett da, da stimmt was nicht."
Bender hatte sich wieder gefangen.
„Sonst etwas Auffälliges?"
Bender schüttelte den Kopf.
Manu zog ihn aus dem Zimmer und ging mit ihm zwei Türen weiter. Eine Art Kinderzimmer, auch das war unaufgeräumt. Abgetragene Wäsche lag herum, Socken, Herrenunterhosen, Hosen, Handtücher. Es roch nach Schweiß und es muffelte. „Sieht so aus, als ob hier noch jemand wohnt", sagte Manu und deutete auf das Badezimmer, zu dem es in dem Zimmer eine Verbindungstür gab – ebenso wie auf der anderen Seite vom Schlafzimmer aus.
„Haben die Kinder?"
„Nein, soviel Franz mir gesagt hat, gibt es keine Kinder. Überhaupt haben die keine Verwandtschaft in der Nähe, die sind ja erst vor ein paar Jahren in den Bayerischen Wald gezogen." Während sie auf den Durchsuchungsbefehl warteten, hatte Manu ihre Hausaufgaben gemacht und alles gelesen, was ihr Schaller an Information auf's Smartphone gemailt hatte. Jetzt waren die Fakten im Kopf.
„Ralf, definitiv. Es gibt offiziell bestimmt niemanden, der hier wohnt, außer dem Ehepaar Werner natürlich."
„Wo bleiben denn die Techniker? Ich will jetzt Ergebnisse", Bender wurde ungeduldig.
„Was hast du eigentlich im Bett gerochen?", Manu konnte sich die Frage nun doch nicht verkneifen.
„Ungewöhnlich. Wie das stinkt."
Bender war schon wieder auf dem Weg zurück ins Schlafzimmer, das für ihn so etwas wie der zentrale Ort der Erkenntnis zu sein schien. Kaum war er darin verschwunden, kam er schon wieder zurück.
„Mensch, ich hab ja ganz vergessen. Wir brauchen eine Großfahndung nach Werner."

„Hab ich doch längst gemacht. Schaller hat schon ein Foto auf den Server gelegt, alles läuft Bender, mach dir keine Sorgen. Riech du nur weiter mit deinem Spürnäschen.“
„Mädel, das hier ist nicht lustig. Frag mich nicht, woher ich das weiß, aber wir bewegen uns hier im Haus eines Mörders. Und je schneller wir was herausfinden, um so größer sind die Chancen, dass wir ihn kriegen, bevor er noch jemandem die Haut abzieht.“

╬

Der schwarze BMW gehörte ihm eigentlich nicht mehr, deshalb ließ ihn Jürgen Werner tags zuvor einfach am Münchner Flughafen stehen. Stattdessen setzte er sich in die S-Bahn und fuhr zum Hauptbahnhof. Zu Hause in Klingenbrunn – oder das, was bisher sein zuhause war – konnte er nicht mehr bleiben, nachdem ihn die Nachbarn immer öfter nach seiner Frau fragten, die sie nach zwei Monaten vermissten. Die Erklärung, sie sei in Spanien, taugte ein paar Wochen lang als Ausrede, aber so lange war sie noch nie alleine weg und langsam häuften sich die Gerüchte im Dorf, sie habe ihn verlassen. Also gab er vor, ihr nachzureisen, verließ das Haus und ließ alles zurück, was ihm ohnehin nicht mehr gehörte. Außerdem machten ihn die Ermittlungen der Polizei zusehends nervöser, was den Entschluss unterzutauchen festigte.

╬

„Geht zuerst ins Schlafzimmer, nehmt alles auseinander“, wies Bender die Kriminaltechniker an, als sie nach einer für ihn gefühlten Ewigkeit in Klingenbrunn eintrafen.
„Ist das ein Tatort?“
„Weiß ich nicht. Auf jeden Fall ist hier was zu finden, ganz sicher.“ Bender war ein wenig abgelenkt, Manu und Sendlinger verwirrten ihn. Es sah so aus, als würden sie sich bewusst aus dem Weg gehen. War sie im oberen Stockwerk, ging er nach unten. Ging sie runter, stieg er wieder die Treppe hoch.
„Habt ihr Streit?“
Sendlinger versuchte, der Frage auszuweichen. „Wer hat Streit?“
„Du und Manu.“
„Nein. Sag mal, was ist mit diesem Haus. Ist Werner der Mörder?“
„Warum geht ihr euch die ganze Zeit aus dem Weg?“

„Ist er nur verdächtig, oder weißt du mehr?“
„Ihr habt euch doch prima verstanden, bei den Ermittlungen. Aber mir fällt schon lange auf, dass ihr nicht miteinander redet. Was ist los?“
„Nichts ist los. Sagst du mir jetzt endlich, was wir hier machen?“
Sendlinger war es unangenehm, wollte so schnell wie möglich das Thema wechseln, weil er wusste, Bender nicht lange hinhalten zu können. Außerdem spürte er schon lange den Drang, mit jemandem darüber zu sprechen, was er aber bislang vermeiden konnte. Am schwersten war es, wenn er mit seiner Frau alleine war, da lag es ihm oft auf der Zunge. „Schatz, ich muss dir was sagen“, aber es ging nicht. Die Angst, alles zu verlieren war zu groß – und schließlich wusste er selber immer noch nicht, ob die Küsse in der Waldesruh nun schon fremdgehen waren, oder einfach nur ein alkoholbedingter Unfall, den er gerade noch verhindern konnte. Auch mit Manu konnte er nicht darüber sprechen, weil er nicht wusste, ob sie vielleicht irgendwie verletzt oder gekränkt war. Obwohl es so ausgesehen hatte, als ob auch ihr die Situation zu mulmig geworden war. Nein, er war noch nicht so weit. Außerdem, was war, wenn Manu doch mehr für ihn fühlte, als ihm angenehm sein konnte? Sendlinger wandte sich einem der Kriminaltechniker zu, der sich gerade mit dem Ehebett der Werners beschäftigte.
„Was besonderes?“
„Sieht so aus, als ob das Bett schon seit Wochen nicht mehr benutzt worden wäre“, sagte dieser.
„Wie kommst du drauf?“
„Keine frischen Spuren, aber genaueres kann uns erst das Labor sagen.“
Benders Interesse galt nun auch wieder dem Bett. „Seit längerem? Was heißt das?“
„Schon mehrere Wochen vermute ich“, sagte der Techniker. „Aber wie gesagt, warten wir auf die Laborergebnisse in ein, zwei Tagen. Lasst mich jetzt machen, damit wir fertig werden. Habt ihr nichts anderes zu tun?“
Bender und Sendlinger gingen die Treppe hinab. Manu kam ihnen entgegen. „Wir haben uns den Elektroschocker genauer angesehen“, sagte sie. „Das ist nicht die Tatwaffe. Anderes Fabrikat.“
„Das sagt gar nichts“, wendete Bender ein. „Der kann genauso gut mehr als eines von den Dingern haben. Ich bleibe dabei, das ist das Haus eines Mörders.“

„Hast du dafür brauchbare Fakten?“ Sendlinger zweifelte offensichtlich an Benders Urteil, auch wenn er wusste, dass der Hauptkommissar nur selten irrte.
„Warte ab, alles was wir brauchen, werden wir hier finden. Lässt sich herausfinden, wo er das Teil gekauft hat?“
„Wahrscheinlich, aber das dauert“, antwortete Sendlinger. „Schaller kann sich ja schon mal in Werners Computer wühlen. Vielleicht hat er ihn online bestellt.“
Die Flughafenpolizei meldete sich bei Manu. „Am Flughafen? Im Parkhaus. Gute Arbeit, danke. Moment noch.“ Sie wendete sich wieder Bender zu, vermied es dabei auffällig, Sendlinger anblicken zu müssen. „Sie haben Werners Auto gefunden. Es steht offensichtlich immer noch am Flughafen.“ Bender nickte, Sendlinger ging ohne ein Wort in Richtung Treppe zurück: „Lassen Sie den Wagen in die KTU bringen. Ja, nach München, das geht schneller. Das hat oberste Priorität, geben Sie das bitte den Kollegen weiter. Danke nochmal.“

╬

Sein Engel, sie war so schön. Der Herr würde sie mit großen Freuden in seine Heerschar aufnehmen. Sie war rein. Raphael konnte den Weg nicht mit ihr gehen. Seine große Aufgabe war noch nicht vollbracht. Er musste weiter durch den Sumpf der Unkeuschheit waten, das Laster ausrotten und die, die gottgefällig waren von ihrer irdischen Hülle befreien. Er war Raphael, Racheengel des Herrn. Er war Raphael, Todesengel des Herrn.

╬

„Sag mal, was ist eigentlich mit euch los?“ Bender versuchte es diesmal bei Manu, mehr über sie und Sendlinger herauszufinden.
„Warte hier, gleich“, sagte sie und rannte Sendlinger hinterher, den sie am Ende der Treppe einholte. „Bertram, komm mit ins Bad, auf ein Wort.“
Sendlinger zögerte, folgte ihr aber dann doch.
„Hör mal, Bender stellt schon dauernd blöde Fragen. Was machen wir?“ Manu ging es offensichtlich wie ihrem Kollegen, die Sache war ihr unangenehm.
„Weißt du, mir macht unser Techtelmechtel ganz schön zu schaffen.

Ich weiß nicht, ich wollte das doch nicht. Meine Frau, die Kinder..." Sendlinger war überfordert von der Situation.
„Hör mal, wir sind erwachsen. Fast hätten wir Mist gebaut, aber wir haben es ja gerade noch gemerkt. Also Schwamm drüber. Wir hätten nicht so viel trinken sollen."
„Gott sei Dank."
„Was?"
„Siehst du das genauso wie ich. Das schlechte Gewissen bringt mich fast um, ich wollte doch meiner Frau nicht untreu sein."
„Es ist ja nichts passiert, Bert. Nichts, wofür wir uns schämen müssten. Untreue sieht anders aus, das weißt du doch auch."
„Ja, aber. Ich kann mit meiner Frau nicht darüber reden, ich habe Angst, dass sie mich dann verlässt."
„Sendlinger, du bist schon eine besonders treue Seele, deine Frau kann wirklich glücklich sein, so einen Kerl zu haben. Komm, vergiss es, wir haben einfach nur zu viel getrunken."
Bender kam ins Bad. „Was ist jetzt mit euch?"
„Nichts, Ralf. Was soll schon sein? Vielleicht waren wir zu lange alleine in Grafenau, da geht man sich schon mal auf die Nerven." Manu klang überzeugend, Sendlinger nickte nur heftig.
„Die kann einem schon auf die Nerven gehen. Rund um die Uhr hat sie mich eingespannt für diese Ermittlungen, keine Freizeit hat sie mir gegönnt." Sendlinger war wieder auf dem Damm.
Bender war zufrieden. Er kannte Sendlinger und dessen hingebungsvolles Familienleben. Wenn es jemanden gab, den er ab und an beneidete, dann war es sein alter Kollege. „Leute, gehen wir. Ich glaube, ich habe alles gesehen, was uns weiterhelfen könnte."
Als die drei Kommissare im Auto in Richtung Grafenau unterwegs waren, arbeitete die KTU in Werners Haus auf Hochtouren. Was sie dort alles zu Tage förderten, würde Benders Ansehen in Polizeikreisen neuen Rückenwind geben. Andererseits wurden die Probleme dadurch nicht weniger. Im Moment sogar eher mehr.

„Frau Dr. Moosbacher, Sie müssen doch wohl zugeben, dass Jürgen Werner unser Hauptverdächtiger sein muss. Der Seifeld war's nicht, lassen Sie den endlich raus."
Die Staatsanwältin zeigte sich wenig beeindruckt von Benders forschem Auftreten.

„Bender, Sie können sich hier aufführen, so viel Sie wollen. Haben Sie den Werner, nein haben Sie nicht. Haben Sie seine Frau? Nein, haben Sie auch nicht. Wenn ich ehrlich bin haben Sie nichts außer einem handelsüblichen Elektroschocker, der bei den bisherigen Opfern gar nicht verwendet wurde. Ich sage es Ihnen jetzt ein letztes Mal. So lange Sie mir nichts Handfestes anbieten können, bleibt Seifeld da, wo er ist. Fast bereue ich es schon, Ihnen die Haussuchung genehmigt zu haben. Ich empfehle Ihnen sich endlich darum zu kümmern, wo die vermissten Personen abgeblieben sind. Spätestens dann, davon bin ich überzeugt, haben wir Seifeld überführt."
Bender war sprachlos, er konnte einfach nicht glauben, wie borniert diese Frau war. Er würde das alles nicht auf sich beruhen lassen. Wenn nötig würde er in diesem Fall alleine weiter ermitteln.

╬

Obwohl Bender ein gutes Gefühl hatte, konnte er längst nicht von Euphorie sprechen. Dazu war noch zu viel offen. Ein neuer Verdächtiger, doch der war verschwunden. Solange Jürgen Werner nicht im Vernehmungszimmer sitzen würde, so lange wäre es fatal gewesen, sich alleine auf ihn zu konzentrieren.
Außerdem quälte Bender der Gedanke an die Vermissten. Es gab keine Spur, weder vom Mesner, noch von Frau Breitenbacher. Alle Befragungen, die die Grafenauer Polizisten bisher führten, waren Sackgassen. Niemand hat etwas gesehen, niemand hatte auch nur die geringste Idee, wo die beiden sein könnten. Es war zum Verzweifeln.
Wie konnte es sein, dass in einer Kleinstadt wie Grafenau Menschen einfach verschwinden, ohne dass jemand etwas davon mitbekommt. Aus Passau kannte er diese Probleme, wie die Menschen einfach wegschauen, wenn sich auf der Straße unangenehme Dinge abspielen. Aber hier, auf dem Land?
Über Schäfers Gewohnheiten konnte offensichtlich niemand etwas sagen, außer dass er bei den Gottesdiensten andächtig in der ersten Reihe saß und unauffällig seine Arbeit im Gotteshaus verrichtete. Was er privat machte, ob er Freunde hatte, Verwandte, Menschen, die er regelmäßig besuchte: Nichts. Was blieb, war die Hoffnung auf einen Zufall – oder darauf, dass die Vermissten einfach wieder auftauchten. Woran Bender allerdings nicht glauben mochte.
Sie mussten Jürgen Werner ausfindig machen, so schnell wie mög-

lich. Vielleicht würden sie von ihm die Antworten bekommen. Vielleicht.

╬

Vom Hauptbahnhof fuhr Werner gestern mit der U-Bahn weiter zum Kolumbusplatz. Ganz in der Nähe kannte er ein leer stehendes Haus, in dessen Sanierung er noch investieren wollte, ehe ihm die finanziellen Mittel endgültig ausgingen. Seit ein paar Jahren stand das Objekt leer, wartete auf einen Investor. Hier würde er erst einmal untertauchen. Er fand das Haus so vor, wie er es in Erinnerung hatte: Dürftig mit Bauzäunen abgesperrt, ein paar Fenster im Erdgeschoss waren längst zerborsten, das ideale Versteck. Mit nichts ausgestattet als einem Schlafsack, ein wenig Kleidung zum Wechseln und einer Kreditkarte, von der er wusste, dass sie noch nicht gesperrt sein konnte, suchte er einen Weg ins Haus. Staub, Schutt und Abfall empfingen ihn im Treppenhaus, in das er durch die nicht abgesperrte Eingangstüre kam – das Schloss war aufgebrochen und war nicht mehr repariert worden. Es roch nach Schweiß, nach Alkohol und kaltem Rauch. Werner ging in den ersten Stock, eine Wohnungstür stand offen. Er schaute vorsichtig hinein, sah auf dem Flur und in einzelnen Räumen alte Matratzen liegen, Schlafsäcke, schmutziges Campinggeschirr. Er war nicht allein. Egal, unter ein paar Obdachlosen würde er noch weniger auffallen.
Er ging wieder zurück zur Straße, suchte einen Supermarkt. Dort kaufte er einen Campingkocher, Eintöpfe in Dosen, Getränke und noch ein paar Kleinigkeiten, um für ein paar Tage versorgt zu sein. Zurück in seinem Unterschlupf überlegte er, wie er unerkannt zwischen München und dem Bayerischen Wald pendeln könnte. Es gab noch einiges zu tun.

╬

Wann würde die Polizei endlich erkennen, worum es hier ging? Wie Blinde liefen sie ihren Verdächtigen nach, ohne auch nur eine Sekunde über die Botschaft nachzudenken. Warum liest er in den Zeitungen immer nur von den Ermordeten? Ermordete? Gerächte sind sie, die Strafe des Herrn haben sie erfahren, weil sie in ihrem Leben gefehlt haben. Nicht einmal, nicht siebenmal, sieben mal hundertmal haben sie gefehlt. Warum liest er in den Zeitungen nichts von den Erlösten? Wieso wird nicht geredet von den Guten, von denen, die gottgefällig ein Leben in Demut führten? Sie, die Leuchttürme Gottes in einer dunklen, sündigen Welt. Es schien ihm fast, als wären sie den Menschen gleichgültig. Als würden sie deren Großmut, deren edle Gottesfurcht nicht anerkennen, nicht einmal erkennen. Raphael spürte es, es war noch nicht genug. Er musste weitere Zeichen setzen. Er musste die Botschaft seines Herrn in die Welt hineintragen, damit sie abkehre vom Weg der Verderbnis.

╬

Wieder nichts. Die Flughafenpolizei hatte in der Zwischenzeit jeden Stein umgedreht, und fand doch keinen Hinweis auf den Verbleib von Jürgen Werner. Die Dame am Schalter, an dem dieser eingecheckt hatte, konnte sich an den freundlichen Herrn erinnern.
Um 14.27 Uhr war Werner am Tag davor in das Parkhaus eingefahren. Alle Passagierlisten der Flüge, die in München seitdem gestartet waren, wurden überprüft. Der Name Werner tauchte nirgends auf. Seine Spur verlor sich um 14.58 Uhr – als er den Check-in-Schalter verlassen hatte.
Von Franz Schaller wurde Bender informiert, dass auch die spanische Polizei in Jerez de la Frontera bereits eingeschaltet wurde. Sehr schnell hatte die heraus gefunden, dass die Familie Werner ein Ferienhaus in Chiclana besessen hatte, etwa 100 Kilometer von Jerez entfernt, direkt an einem Golfplatz. Dieses Haus wurde allerdings im Januar von einem Österreicher gekauft. Es handelte sich um eine Art deutsche Siedlung, in der sich hauptsächlich Rentner und Aussteiger ein Domizil am Atlantik angeschafft hatten. Die ersten Befragungen ergaben zwar, dass man dort die Familie Werner kenne, allerdings schon seit dem vergangenen Herbst nicht mehr gesehen habe.
Bender erschien es unwahrscheinlich, dass Werner unerkannt nach Spanien kommen konnte – jedenfalls nicht mit dem Flugzeug. Er wies Schaller an, die spanischen Kollegen zu bitten, weiterhin die Augen offen zu halten. Allerdings versprach er sich davon wenig.
Er hielt es nicht aus in Grafenau, auch wenn er wusste, dass er nichts tun konnte, setzte er sich erneut ins Auto und fuhr zurück zu Werners Haus. Vielleicht hatte die Spurensicherung wenigstens etwas Griffiges zu bieten.

Ich habe sie geliebt, wirklich geliebt. Und was hat sie getan? So lange sie mit neuen Klamotten, einem schicken Auto und den Flügen nach Spanien bei Laune zu halten war, war sie ein Traum. Doch als das finanzielle Glück zerbarst, war es schwer geworden, sie ruhig zu halten. Immer nur Vorwürfe. Immer nur „kauf mir das", „ich möchte jenes" und „wo fliegen wir eigentlich dieses Jahr in Urlaub hin?" Er konnte es nicht mehr ertragen. Warum hat sie nicht die wahren Werte geschätzt? Warum hat sie nicht gelernt, von seinem Weg, dem Weg zu Gott, der ihm neue Zufriedenheit schenkte? Warum hat sie ihn immer nur belächelt und gesagt: „Gott kauft mir keinen Kaviar." Nein, aber Jesus hat mit fünf Broten und zwei Fischen fünftausend Männer mit ihren Frauen und Kindern satt machen können und es blieben noch zwölf Körbe voll Essen übrig. Warum vertraute sie nicht in die Worte des Herrn?
Sie fehlte ihm. Trotzdem.

╬

„Habt ihr was?" Bender war ungeduldig. Wenigstens ein Hinweis, wo Jürgen Werner sein könnte, hätte ihm schon gereicht. Stattdessen führte ihn einer der Kriminaltechniker ins Schlafzimmer, zog wortlos die Decke vom Bett und deutete auf das Laken.
„Sehen Sie das?"
„Nein, was?"
„Die kleinen Flecken, da." Der Mann deutete noch einmal auf das Laken. „Das ist Fliegenschiss."
„Toll."
„Ja. Ich meine, ich kann jetzt noch nichts sagen, aber wir haben das hier gefunden, hier waren auffällig viele Stubenfliegen unterwegs. Und wir haben noch ein paar andere Flecken gefunden im Bett, könnte Blut sein. Das muss erst untersucht werden."
Bender blickte immer noch ein wenig ratlos drein, sah sich den Fliegendreck auf dem Bettlaken an, schüttelte den Kopf. „Und was sagt uns das jetzt?"
„Es ist nur eine Vermutung", sagte der Kriminaltechniker. „Jedenfalls deutet die Spurenlage darauf hin, dass hier, also im Bett, eine Leiche gelegen hat. Und zwar mindestens eine Woche. Man riecht's auch, oder?"
Soweit die Kriminaltechniker es mit den Mitteln direkt am Tatort bestimmen konnten, befand sich im Fliegenkot Blut. „Ob es von einem

Menschen stammt, müssen wir erst sehen." Dies deutete darauf hin, dass eventuell eine Leiche von Fliegen befallen worden sei – üblicherweise die ersten Gäste, die sich an einem toten Körper gütlich tun.
„Schicken Sie das Zeug sofort ins Labor, ich will so schnell wie möglich Ergebnisse", sagte Bender und verließ das Haus, um selbst bei den Nachbarn nach besonderen Beobachtungen zu fragen.
Eines war ihm klar: Diese Spur war brandheiß.

╬

Den Nachbarn war gar nichts aufgefallen. Frau Werner war eine unauffällige Zeitgenossin, die nur wenig Kontakt zur Nachbarschaft suchte. Sie lebte sehr zurück gezogen, man wusste nur, dass sie häufig an den Wochenenden in den Audi stieg, vollgepackt mit Koffern und wohl im Laufe der vergangenen Jahre jedes Wellness-Hotel im Umkreis von 100 Kilometern aufgesucht hatte. Um den Garten kümmerte sich ein Landschaftspfleger, einmal die Woche kam eine Putzfrau – allerdings nicht mehr, seit Werners Frau vor etwa zwei Monaten nach Spanien gereist war.
Die Putzfrau konnte ebenfalls nichts zur Erhellung des Falles beitragen. „Wenn ich im Haus war, hat die Dame nur selten mit mir gesprochen, und wenn, um mir Aufträge zu erteilen", sagte sie zu Bender. Wenn die Werners verreisten, sei es üblich, dass sie nicht mehr ins Haus kam, außer zur Pflege der Pflanzen. Da aber Jürgen Werner da war, sei auch dies nicht nötig gewesen. Die Werners führten eine harmonische Ehe, obwohl von Liebe nicht mehr viel zu spüren war. „So ist das halt, wenn man jahrelang verheiratet ist", sagte sie. Aufgefallen war ihr lediglich, dass Frau Werner in den letzten Monaten häufig sehr genervt war und unzufrieden wirkte. „Man hat gemerkt, dass es mit den Finanzen nicht mehr so gut aussieht. Ich hab mich schon nach einer neuen Putzstelle umgesehen."
Bender fragte sie noch nach dem Kinderzimmer, das er unaufgeräumt vorgefunden hatte.
„Ja, das ist eigentlich das Gästezimmer, aber seit zwei Jahren schläft dort Herr Werner. Getrennte Schlafzimmer, wissen Sie. Aber da bin ich nie drin, das will er nicht."

Mit der Kreditkarte seiner österreichischen Bank, bei der er noch ein paar Euro in Reserve hatte, ging Jürgen Werner zur Autovermietung. Er holte sich einen Kleintransporter, für ein paar Tage. 500 Euro würde das insgesamt kosten. Viel Geld, für einen, der alles verloren hatte. Doch es musste sein. Er wollte in den nächsten Tagen in den Bayerischen Wald fahren. Noch ein paar Dinge regeln.

╬

Manu Hentschel nutzte die Zeit während Benders Abwesenheit, um in Grafenau etwas über Jürgen Werner zu erfahren, der, wie sie schnell herausgefunden hatte, bekannt wie ein bunter Hund war. Vor allem rund um die Kirche schien er stets anzutreffen gewesen zu sein, sonntags besuchte er zumeist den Gottesdienst in Grafenau. Dabei sei er auch öfter mit Helmut Schäfer im Gespräch gewesen, habe diesem manchmal auch in der Sakristei geholfen.
Und auch Annemarie Breitenbacher und Jürgen Werner hätten einiges miteinander zu tun gehabt, weil dieser es als seine Aufgabe sah, sozial Schwachen zu helfen. Manchmal habe er sogar den Lieferwagen gefahren, mit dem für die Tafel Lebensmittel von den Supermärkten eingesammelt wurden. Dabei habe er sich allerdings nie in den Vordergrund gedrängt, sondern immer nur betont, es sei seine Aufgabe als Christ, Menschen in Not zu helfen. So hätten er und Annemarie Breitenbacher sozusagen geschäftsmäßige Verbindungen gehabt. Der stellvertretende Vorsitzende der Tafel wusste, dass Breitenbacher Werner nicht in der Vorstandschaft haben wollte, aber dessen Hilfsdienste gerne annahm.

╬

In Klingenbrunn schaffte Bender einen weiteren Durchbruch. Eine Nachbarin wusste, dass Jürgen Werner vor etwa sechs Wochen angefangen hatte, im Garten zu graben. Sie habe sich gewundert, warum er im März ein riesiges Loch aushob. „Der hat mit dem gefrorenen Boden gekämpft, wie ein Verrückter. Auf einmal hat er mitten in der Nacht das Loch wieder zugeschüttet."
Keine halbe Stunde später waren die Steine beseitigt, die Erde darunter ausgehoben und die Kriminaltechnik fand eine verweste Frauenleiche. Beate Werner. Sie war offensichtlich erwürgt worden, der Kehlkopf war gebrochen.

╬

So wütend wie Seifelds Anwalt Herrmann aus Moosbachers Büro gestürmt kam, so wütend wollte Bender hinein. Es ging ihm gehörig auf die Nerven, dass dieses Frauenzimmer allen Argumenten gegenüber verschlossen war. Doch heute würde er sie mit dem, was er ihr gleich erzählen würde, in Erstaunen versetzen. Doch er täuschte sich gewaltig. Statt ihm eine Audienz zu gewähren, machte sie nur eindeutige Handzeichen, als er ins Zimmer trat. Er sollte gefälligst verschwinden. Sie verlieh ihren Gesten verbal Gewicht: „Bender, Sie kann ich im Moment nun wirklich nicht gebrauchen.“
Offensichtlich führte sie ein wichtiges Telefongespräch, denn im nächsten Moment vergaß sie Bender und murmelte ein „Entschuldigung“ in den Hörer. Der Abgespeiste blieb neugierig vor der Tür stehen, ließ diese einen Spalt breit offen und wischte den Anflug eines schlechten Gewissens beiseite. Frau Dr. Moosbacher wurde offensichtlich nach allen Regeln der Kunst zusammengefaltet. Mehrmals ließ sie ein atemloses, „Ja Herr Dobler“, „Nein, Herr Dobler, „Selbstverständlich, Herr Dobler“ hören. Jemand war mit ihrer Arbeit offensichtlich ganz und gar nicht einverstanden. Eine tiefe Zufriedenheit durchströmte Bender. Auf dem Gang traf er Moosbachers Sekretärin. Beiläufig sagte er: „Wollte mit ihrer Chefin reden, hat aber offensichtlich keine Zeit für mich.“
„Kein Wunder, wenn der Generalstaatsanwalt anruft, muss alles andere hinten anstehen.“
Diese Worte waren Balsam in Benders Ohren.

Sonntag, 2. Mai, Heiliger Boris I., bulgarischer Fürst, Mönch und Nationalheiliger

Der Herr sieht ihn mit Wohlgefallen.

Heute vor zwei Jahren fegt der Zyklon Nargis über die Küste Myanmars und das Landesinnere. Zehntausende Menschen werden in den Tod gerissen.

...und auch an diesem Tag hatte Satan die Finger im Spiel.

Boris Bergmann hatte eine für seine Verhältnisse überragende Woche hinter sich. Für eine große Bank arbeitete er als Außendienstler im Bayerischen Wald, seine Aufgabe war es, den Menschen sinnlose Geldanlagen zu verkaufen. Riskante Papiere, wenig Gewinnaussichten, aber wenn er einmal von Prozentzahlen, erreichbaren Profiten und schweren Zinschancen fabulierte, konnte er seine Kundschaft zumeist überzeugen. Manchmal drückte ihn ein wenig das schlechte Gewissen – doch mit seinem Arbeitgeber und dessen Vorgaben im Rücken verkaufte er, was gefordert wurde. Nur die wenigsten profitierten tatsächlich von seinen Ratschlägen, er wusste es. Und sein Ruf war auch nicht mehr der Beste, auch das war ihm klar. Deshalb wurde es immer schwieriger. Noch glich er das aus: Mit einem gewinnenden Lächeln, einem außerordentlich gepflegten Äußeren, einem wohligen Duft mit leichter Moschus-Note, in den er sich gewohnheitsmäßig hüllte und ein paar lockeren Witzen, die er bereits so gut drauf hatte, dass er zumeist aufrichtig selber darüber lachen konnte. Einstudierte Gespräche, bei denen er seine Opfer mit Fragen bombardierte, deren Antworten er zuvor schon kannte: „Reden wir über das Wichtigste, das Sie zur Absicherung des Alters brauchen. Was könnte das sein?"
„Sie meinen wohl Geld."
„Ja, genau. Und wie sieht es damit aus, da könnte man doch jederzeit mehr davon haben, oder?"
„Ja, klar."
„Ich habe da was für Sie..."
Vor allem alleinstehende Damen fielen seinem Charme zum Opfer – legten ihr Erspartes an, von dem sie zumeist nur noch klägliche Reste zurück erhielten. Doch zwischen Unterschrift und dem Ergebnis lagen immer ein paar Jahre. Die Zeit, von der Bergmann lebte.
Er hatte ein stattliches Haus etwas außerhalb von Grafenau, große Fensterflächen, einen ausladend großen Garten, der von einem Land-

schaftsgärtner gestaltet worden war und einen dicken Geländewagen in der Garage. Keine Frau. Keine Kinder. Nur wechselnde Liebschaften, die sich aber nie länger als ein, zwei Jahre bei ihm hielten. Er wusste warum: Zuerst kam die Arbeit, dann der Golfclub und zuletzt die Freundin, deren Hauptaufgabe es war, ihm zur Verfügung zu stehen, wenn ihm danach war. Das war normal. Machten doch alle so.

Es war Sonntagabend, es spielte sich das immer gleiche Ritual ab. 20 Uhr Tagesschau. 20.15 Uhr Tatort. 21.45 Uhr das Sportzeug und die Laufschuhe anziehen, raus in den Wald, eine Stunde, manchmal eineinhalb joggen. Ganz leicht, ohne Eile. Der iPod schmetterte Gitarren-Riffs von Metallica oder Guns n' Roses ins Ohr. Die letzten Züge des Wochenendes genießen, ehe am Montag wieder der Verkaufsalltag begann.

Es konnte nicht mehr lange dauern. Wie oft hat dieser Sünder überall herum erzählt, dass ihm der Sonntagabend so heilig sei. Heilig! Was erlaubte sich dieser Menschenverführer eigentlich, diesen Begriff in den Mund zu nehmen. Raphael kannte so viele Leute, die von ihm hinters Licht geführt worden waren, die er um das Ersparte gebracht hatte. Du sollst nicht begehren deines Nächsten Hab und Gut – und dieser Mann nahm sich einfach von jedem soviel, wie er selbst für ein schönes Leben in Saus und Braus brauchte. Ich bin der Racheengel des Herrn und ich werde dafür sorgen, dass du deine Sünden noch auf Erden büßen werdest. Du bist kein armer Sünder, du bist ein Frevler. Du bist nicht würdig, die Verheißungen des Himmelreiches zu schauen. „Denn das wisst und merkt euch: Kein Unzüchtiger oder Unreiner oder Habsüchtiger, was so viel wie Götzendiener ist, hat Anteil am Reiche Christi und Gottes. Niemand verführe euch mit leeren Sprüchen; denn um diese Dinge willen kommt der Zorn Gottes über die Kinder des Ungehorsams" (Epheser 5/5-6).

Raphael kauerte hinter einem Felsen. Der Wald war still, es war kurz nach 22 Uhr. Er würde kommen, ganz bestimmt.

„She's got eyes of the bluest skies, as if they thought of rain, I hate to look into those eyes and see an ounce of pain", Boris Bergmann sog die würzige Waldluft und den Song in sich auf, schmetterte ihn mit Herzenslust vor sich hin, wohl wissend, dass niemand seine basslastige Stimme hören würde. Und hörte selbst die Laufschritte nicht, die ihn schon seit einiger Zeit verfolgten. Er dachte an den Polizeiruf 110, den er gerade gesehen hatte. War ihm zu langweilig.
Besser war der Tatort eine Woche zuvor. Blutgeld. Es ging um einen Bankangestellten, der ein Doppelleben führte. Zwei Ehefrauen in zwei Städten und keine wusste von der anderen. Was für ein Leben, dachte Bergmann und fragte sich, ob er das selber auch auf die Reihe bekommen würde.
„Sweet child o' mine", sang er den Refrain und wollte gerade die Geschwindigkeit ein bisschen erhöhen, als er neben sich einen zweiten Läufer spürte. Er stockte, blieb stehen.
„Was machst du denn hier, seit wann bist du unter die Jogger gegangen?"
Statt einer Antwort erntete er nur einen kühlen Blick, ein kurzes Schulterzucken. Dann durchfuhr Bergmann ein gewaltiger, brennender Schmerz. Er spürte, wie ihm die Beine versagten und er auf den Boden sackte.

╬

„Ich bin Raphael, der Racheengel des Herrn. Und du wirst schon in ein paar Stunden in der Hölle schmoren."

╬

Als Boris Bergmann wieder bei Sinnen war, lag er auf dem Waldboden. Seine Hand- und Fußgelenke waren mit Kabelbindern gefesselt. Er wollte um Hilfe schreien, doch durch den dicken Knebel in seinem Mund drangen nur dumpfe, erstickte Laute. Egal, wer würde ihn hier schon hören?
Da sah er ein Auto auf sich zukommen, das sich langsam einen Weg durch tiefe Traktorenspuren suchte. Direkt vor seiner Nase blieb der Wagen stehen.
Der „Racheengel" zerrte ihn am Auto vorbei, und wuchtete ihn in den Kofferraum. Da fielen Bergmann zwei Namen ein: Yussuf Ökdan. Helmut Fendl. Er kannte sie beide. Er wusste, was ihnen zu-

gestoßen war. Angst fuhr ihm in den Magen und irgendwo an seinem Körper hörte er die Kopfhörer seines iPods leise rauschen: „Knock, knock, knocking on Heavens Door“. Er? Er ist der Mörder? Das kann nicht sein.

Montag, 3. Mai, Heiliger Philippus, römischer Apostel und Märtyrer

Der Herr sieht ihn mit Wohlgefallen.

Heute vor 99 Jahren: In einer Matratzenfabrik in Jacksonville, Florida, bricht ein Feuer aus. Man glaubt, es mit ein paar Eimern Wasser unter Kontrolle halten zu können, doch es breitet sich schneller aus als erwartet. In der Folge zerstört die Feuersbrunst über 3500 Häuser und über 10.000 Menschen werden obdachlos.

...und auch an diesem Tag hatte Satan die Finger im Spiel.

Keine sechs Stunden später war ein junges Pärchen gerade auf dem Weg zu einem Schäferstündchen im Wald. In der Nähe des Brudersbrunn griff der junge Mann seiner Schönen unter die Bluse, als er ein paar Meter entfernt einen nagelneuen Nike-Laufschuh hinter einem Baum hervorlugen sah. „Warte", sagte er und sah nach. Was er entdeckte, würde er in seinem Leben nicht mehr vergessen. Da lag ein toter Mann in nagelneuer Sportkleidung. Leblos. Und ohne Gesicht.

╬

Zur gleichen Zeit: Raphael konnte nicht klar denken. Die Zeitnot saß ihm im Nacken. Es gab noch so viel zu tun. Doch er war auch euphorisch, weil seine göttliche Tat so problemlos gelungen war. Boris Bergmann lag am Brudersbrunn. Was für ein schöner Ort. Nur war er diesem Sünder nicht so gnädig, wie einst dem Erbauer dieser Kapelle.

╬

Vor über 200 Jahren beschloss Bauer Ambros Roth aus Schlag, wegen einer schweren Krankheit hier sein Leben zu beenden. Er wollte sich in der Ohe ertränken. Der Versuch scheiterte, der Bauer wurde wieder gesund. Aus Dankbarkeit stiftete er am Brudersbrunn die Kapelle zur heiligen Dreifaltigkeit. Später entwickelte sie sich zu einem Wallfahrtsort, von Grafenau aus wurde ein Kreuzweg errichtet. Viele kamen hierher, um Gott um Heilung zu bitten.

Raphael liebte diese Kapelle und versäumte es fast keinen Sonntag, den schönen Weg von Grafenau hierher auf sich zu nehmen, um zum Herrn zu beten. „Denn du bist meine Zuversicht, Herr, Herr, meine Hoffnung von meiner Jugend an." (Psalm 71,5).
Raphael wischte seine Gedanken an diesen herrlichen Ort beiseite. Noch im Morgengrauen musste er sein Tagwerk vollenden. Es war noch eine Seele, die auf Rettung hoffen durfte. Die Seele eines wunderbaren Menschen. Michael Weindl war ein gottesfürchtiger Mensch, er musste ein gottesfürchtiger Mensch sein. Und ein Mensch, der alles Vertrauen in den Herrn setzte. Sonst hätte er dem Herrn niemals dieses wunderbare Geschenk machen können, ein kleines Kind aus den Fluten der Ilz zu retten. Es war ein fünfjähriger Junge, der zu nah am Wasser spielte, ausrutschte und in die reißenden Fluten der Schneeschmelze fiel. Zufällig war Weindl nur wenige Meter entfernt, um zu fischen. „Du bist ein Jünger Petri und du hast ihm alle Ehre erwiesen", dachte Raphael, als er Michael Weindl aussuchte. Er sollte erlöst werden. Dieser Mann sprang in die Fluten und er schaffte es in letzter Sekunde den Jungen aus dem Wasser zu ziehen. Er kämpfte um das Leben des Kindes, das nicht mehr bei Bewusstsein war, presste ihm das Wasser aus der Lunge, ehe es endlich wieder den ersten Atemzug machte. Du hast Leben gerettet. Ich werde deine Seele retten. Ich bin Raphael, Todesengel des Herrn.
Der Fischer war genau da anzutreffen, wo Raphael es erwartet hatte. Es würde ein schöner Tag werden. Weindl saß mit seiner Angel am Ufer des Großarmschläger Stauweihers. Neben sich eine Thermoskanne und eine Brotzeitdose. „Was für ein gottgefälliges Bild du abgibst", dachte Raphael als er sich vorsichtig näherte. Es war so still hier, Gottes Gnade lag wie dieser stille See vor den beiden Männern. Raphael griff nach dem Elektroschocker. „Herr verzeih mir, dass ich deinem Diener diese Wunden zufügen muss", betete er lautlos. Er hasste es, wenn sie mit Brandwunden vor den Erlöser treten mussten. Doch bisher hatte Raphael Glück. Er sah es mit Wohlgefallen, dass die Wunden rechtzeitig heilten. „Du?", sagte Michael Weindl, der aufgeschreckt von dem leisen Knacken eines Astes, hinter sich gesehen hatte. Als Raphael sein Gegenüber Sekunden später niederstreckte, hoffte er, auch diesmal werde dem Antlitz des Herrn die Unreinheit der Verbrennung erspart bleiben.

Polizeiaufgebot, Krankenwagen, Feuerwehr und Scheinwerfer, die den Tatort wieder einmal taghell erscheinen ließen. Der einzige Unterschied, es war noch mehr Presse vertreten, als in den Wochen zuvor. Es musste innerhalb der Polizei offensichtlich einen Maulwurf geben, der die Presse informierte. Inzwischen war das Stimmengewirr international geworden und überforderte Polizei-Presseleute, die in weiser Voraussicht gleich mit zum Tatort gekommen waren, ihr Schulenglisch herauskramten und lautstark Dolmetscher forderten, die sich mit der Meute verständigen konnten. Da und dort flatterte das Band, das den Tatort absperren sollte, bereits achtlos im Wind.

„So, wie die hier rumtrampeln wird das nix mit der Spurensuche", sagte einer der Ermittler, der kopfschüttelnd neben Bender stand. Doch der war mit seinen Gedanken ganz woanders. Er verstand einfach nicht, warum auch von diesem Tatort nichts ausging. Er konnte keine Emotionen erschnüffeln, es juckte nicht unter den Fingernägeln und auch das Bauchkribbeln stellte sich nicht ein. Er wünschte sich den ganzen Menschenauflauf auf den Mond. Nur ein paar Minuten mit dem Tatort allein, vielleicht wäre es dann anders gewesen.

„Haben wir schon die Reste vom Gesicht gefunden?", fragte Manu in der Hoffnung, es fielen nicht gleich drei Kamerateams über sie her, möglichst leise in die Runde. „Da drüben ist eine Kapelle, ich wette..."

Die Journalisten, die losgespurtet waren, konnten von einigen beherzten Polizisten gerade noch daran gehindert werden, auch die letzten Spuren in den Boden zu stampfen. „Es wurde geflucht, der Gott der Pressefreiheit angerufen und erste Personalien wegen Beamtenbeleidigung aufgenommen.

„Das ist ein Tollhaus", sagte Bender und stapfte davon.

╬

Zwei Herzen schlugen in Benders Brust. Zum einen hasste er die Ausgangslage. Raphael hatte erneut zugeschlagen. Doch Seifeld war unschuldig. Er konnte die Freude darüber, dass er Recht gehabt hatte, nicht verhehlen.

Wie damals, nach der überzogenen Show, die ihm Bender vor dessen Abschied nach München geliefert hatte, saß Schaller auf seinem Stuhl. Die Nachmittagssonne schickte einen schwachen Strahl durch das Fenster in Moosbachers Büro. Der unglückliche Beamte blickte

voller Demut in die Runde. Die Staatsanwältin, Ritter, Manu, Sendlinger, Bender – alle prügelten auf den jungen Beamten ein, der ihnen die Blamage mit Seifeld eingebrockt hatte.
„Komm schon, Schaller, du hast Mist gebaut, wieder einmal. Jetzt sei wenigstens Kerl genug und sag uns, welches Arschloch dir den Mist erzählt hat. Oder soll ich es dir sagen?“ Bender blickte von ganz weit oben auf seinen jungen Kollegen herab.
Schaller schluckte. Dr. Gundula Moosbacher sah Bender überrascht an. Der erste Blickkontakt, seit sie in diesem Zimmer waren. Bender war schon klar warum. Du weißt wohl nur zu gut, dass du dich selber auch nicht mit Ruhm bekleckert hast.
„Es war dieser Klaus Monn, diese Sau vom Tagblatt, stimmt's?“
Schaller nickte schuldbewusst, Dr. Moosbacher klappte den Mund auf und wieder zu: „Bender woher...“, stammelte sie.
„Ach, kommen Sie schon, da muss man doch wirklich nur eins und eins zusammenzählen. Und vielleicht ein wenig ermitteln. Das sollten Sie übrigens auch mal versuchen, Frau Staatsanwältin. Nicht nur be- sondern auch entlastendes Material suchen. Frau Hentschel“, Bender nickte in Manus Richtung, „hat das für uns übernommen. Es war nicht schwer herauszufinden, dass die beiden beruflich meist im Doppelpack unterwegs waren. Die sind zusammengehangen, wie die Kletten, anfangs auch privat. Als Monn mit seiner Berichterstattung immer gewissenloser wurde, kam es zum Streit. Und ich brauche keinen Kriminalpsychologen, um zu wissen, dass Typen wie Monn auf Rache aus sind.“
Außerdem, referierte Bender weiter, habe Tietze in der zweiten Mordnacht noch bei Seifeld angerufen, weil der nicht mit in die Kneipe gegangen war. Tietze sei verzweifelt gewesen, weil ihn die Situation in der Redaktion völlig überforderte. Er musste mit einer Vertrauensperson darüber reden. Geschlagene zwei Stunden dauerte das Gespräch.
„Damit schied er für diese Tatnacht schon mal aus. Oder wie hätte er gegen 22 Uhr nach Hause gehen, dann einen derart aufwändigen Mord begehen und schließlich zwei Stunden mit seinem Chef telefonieren sollen? Wir wissen zwar, dass Fendl schon einige Stunden tot war. Aber Seifeld hätte vor oder nach dem Telefonat zur Racheldiensthütte fahren, den Toten ausladen, hinauf zur Kapelle und wieder zurück gemusst. Das ist unmöglich.“
„Aber warum hat er nicht, warum haben Sie nicht...“, stammelte die Staatsanwältin.

„Seifeld nicht, weil sie ihn dermaßen unter Druck gesetzt haben, dass ihm das wahrscheinlich nicht mehr eingefallen ist und ich nicht, weil Sie mir ja doch nicht zuhören.“ Dr. Moosbacher wollte widersprechen, doch Bender schnitt ihr das Wort ab: „Ich darf Sie nur an unsere Unterredungen in den letzten Wochen erinnern.“
Bender richtete sich an Schaller: „Franz, was ich nicht verstehe: Wie konntest du gerade auf diesen Kerl herein fallen? Wir wissen doch alle, dass der das Papier nicht wert ist, auf das seine blasierten Lügengeschichten gedruckt werden.“
„Ja, wieso. Ihr habt doch auch gesagt, dass da was dran sein könnte, als ihr die Wohnung von Seifeld gesehen habt. Und Sie, Frau Staatsanwältin, Sie haben doch den Haftbefehl ausgestellt, weil alles so eindeutig war, oder?“ Schaller verteidigte sich verzweifelt.
„Hätten Sie mir gesagt, wer der Informant war, dann wäre ich auf diesen Verdacht bestimmt nicht derart eingestiegen“, wehrte sich Moosbacher. Diese Demütigung war neu für sie: Die Schmähartikel über die Polizei und ihre eigene Rolle. Dilettantismus, Aktionismus, Ahnungslosigkeit – das waren nur ein paar der Begriffe, die den Journalisten in diesem Zusammenhang einfielen. Nicht ganz zu unrecht, wie sich die Staatsanwältin eingestehen musste. Und jetzt auch noch Benders süffisante Überheblichkeit.
Sie versuchte sich zurück ins Spiel zu bringen und ging zum Gegenangriff über: „Das geht Sie alle an: Was bisher zur Aufklärung des Falles beigetragen wurde, ist lächerlich. Sie laufen seit Monaten einem wahnsinnigen Mörder hinterher und haben nichts, aber auch gar nichts heraus gefunden. Und ich muss mir dann öffentlich Vorwürfe machen lassen.“ Und von meinem Chef, dachte sie.
Manu zuckte hoch, wollte etwas sagen, doch Bender hielt sie zurück. Das war die Chance auf die er gewartet hatte.
„Was erwarten Sie eigentlich? Wir sind rund um die Uhr dran, die Kollegin Hentschel wohnt seit Wochen in einer Pension in Grafenau, verzichtet auf ihre Freizeit und wir arbeiten praktisch rund um die Uhr. Wir haben unsere Hausaufgaben gemacht. Wenn Sie Ergebnisse wollen, dann müssen Sie auch etwas dafür tun und zwar sofort.“
Verächtlich blickte er Moosbacher direkt in die Augen, lehnte sich gefährlich weit vor, so dass er ihr über den Schreibtisch gebeugt richtig nahe kam.
„Es ist eine Schande, wie wir in Grafenau arbeiten müssen. Sie lassen uns da herumstochern, setzen uns in die Polizeiinspektion, geben

uns nicht einmal die nötigen technischen und personellen Hilfsmittel, die wir brauchen und dann klagen Sie, dass wir nichts weiter bringen."
Bender kam in Fahrt, sprang auf und stützte sich mit beiden Händen an der Tischplatte ab. Je näher er der Staatsanwältin kam, um so weiter rückte sie mit dem Stuhl zurück. Das Zucken seines Auges, fand sie, gab ihm eine besonders bedrohliche Note.
„Wir machen die Drecksarbeit, kämpfen gegen einen Psychopathen an und wenn wir nach Hilfe fragen, nach einer SOKO oder wenigstens ein paar Beamten, dann hören wir von Ihnen nur ein ‚Nein'".
Jetzt wollte Ritter seinen Untergebenen bremsen, doch der ließ ihn nicht zu Wort kommen und entlud den Frust der ganzen letzten Wochen über Dr. Moosbacher und Ritter.
„Wenn wir so weiter machen, dann jagen wir in einem Jahr dem Mörder immer noch hinterher, der meuchelt in der Zwischenzeit munter weiter und lacht sich über uns ins Fäustchen."
Manu lehnte sich zurück, Sendlinger schwankte zwischen grimmiger Zustimmung und Bewunderung. Der alte Haudegen hatte soeben einen Krieg angezettelt – oder dafür gesorgt, dass jetzt richtig Bewegung in die Ermittlungen kam. Er hatte die Staatsanwältin und Ritter bei der Ehre gepackt und so ganz nebenbei seine Kollegen bedingungslos verteidigt.
Manu blickte Bender von der Seite an, sah wohl seinen Kampf gegen das zuckende Auge, bemerkte aber, dass er ansonsten Herr der Lage war.
„Herr Bender, was erlauben Sie sich", versuchte Dr. Moosbacher einen neuerlichen Angriff, wie sie es während ihrem Studium im Wahlfach angewandte Psychologie gelernt hatte. Doch Bender gab die Zügel nicht aus der Hand.
„Ich erlaube mir gar nichts. Ich will Ihnen nur sagen, wenn Sie Ergebnisse wollen, brauchen wir eine schlagkräftige Truppe. Wir haben vier Morde und drei Vermisstenfälle. Wie lange soll das noch so weitergehen? Ich will einen Stab in Grafenau, mit dem ich arbeiten kann. Ich will Polizeipräsenz in dieser Stadt und ich will, dass die Botschaft beim Mörder ankommt. Hören Sie, wir müssen die Leute schützen und das können Frau Hentschel und ich nicht alleine mit ein paar uniformierten Kollegen regeln, die auch noch ein Tagesgeschäft zu erledigen haben."
Dr. Moosbacher schwieg. Jetzt betroffen. Polizeirat Ritter mischte sich ein: „Bender, was wollen Sie denn jetzt mit einer SOKO. Wie

Sie ja zurecht sagen, haben Sie einen Hauptverdächtigen. Jetzt wird Ihre Arbeit darin bestehen, diesen ausfindig zu machen."
„Auf die Gefahr hin, hier der Spielverderber zu sein: Ich glaube nicht, dass Jürgen Werner unser Mann ist."
Dr. Moosbacher schnappte nach Luft: „Bender, sind Sie denn von allen guten Geistern verlassen. Seit Tagen nerven Sie mich, ich soll den Seifeld rauslassen, weil es der Werner war und jetzt kommen Sie mir so."
„Das stimmt nicht so ganz, wenn Sie sich erinnern, habe ich erst vor ein paar Tagen versucht mit Ihnen darüber zu reden. Aber Sie waren ja damit beschäftigt, sich mit Seifelds Anwalt zu duellieren. Was ich Ihnen zu sagen hatte, hat sie nicht mehr interessiert. Schließlich mussten sie ja am Telefon..." Er brach ab. Dr. Moosbacher wurde rot. „Woher...", keuchte sie kaum hörbar. Bender überging es einfach und offensichtlich hatte niemand von diesem sehr intimen Moment besonders Notiz genommen. Er konnte die Staatsanwältin nicht besonders leiden, aber sie jetzt hier vor allen bloß zu stellen, das war nicht sein Stil. Nicht mehr.
Doch eine kleine Spitze konnte er sich trotzdem nicht verkneifen: „Im Gegensatz zu Ihnen treten wir nicht auf der Stelle. Nach den Erkenntnissen, die wir in den letzten Tagen gesammelt haben, sage ich Ihnen: Der Werner passt nicht ins Bild. Der hat seine Frau umgebracht. Das war es."
In einer betreten schweigenden Runde ergriff Ritter als erster wieder das Wort: „Welche Erkenntnisse denn?"
„Der Typ ist ein Sonderling, keine Frage. Genau das macht ihn aber auch zum beliebten Beobachtungsobjekt. Praktisch jeder in der Nachbarschaft weiß etwas über ihn, er wird zu jeder Tages- und Nachtzeit gesehen. Man könnte sagen, er steht unter lückenloser Überwachung. Warum sonst hätten wir seine Frau so schnell gefunden. Außerdem: Er mordet gewöhnlich unentdeckt, entführt Menschen, die wir nicht finden und dann geht er so ein extremes Risiko ein und verscharrt seine Frau vor den Augen der ganzen Nachbarschaft im Garten?"
„Bender, es ist wie immer mit Ihnen. Nur Theorien, sonst nichts. Aber irgendwann wird sie auch Ihr zugegeben feines Gespür mal im Stich lassen", sagte Ritter.
Bevor Bender platzte, übernahm Manu: „Herr Ritter wir sollten doch wohl nicht den gleichen Fehler machen, wie in den zurückliegenden Wochen. In schöner Regelmäßigkeit haben wir einen Verdächtigen

und wenig später verläuft die Spur im Sand. Auch wenn Jürgen Werner immer noch ein heißer Kandidat ist, müssen wir einfach in alle Richtungen ermitteln. Und so wie Ralf schon gesagt hat, können wir das einfach nicht alleine leisten. Um ordentlich arbeiten zu können, muss das Team aufgestockt werden. "
„Ist Ihnen allen eigentlich gar nicht aufgefallen, dass ich von drei Vermissten gesprochen habe?" Bender sah in verdutzte Gesichter. „Heute Vormittag hat sich eine verzweifelte Ehefrau in Grafenau gemeldet. Ihr Mann, der frühmorgens gern zum Angeln geht, ist nicht nach Hause zurückgekehrt."
Polizeirat Ritter hatte genug gehört, er wusste, was jetzt zu tun war. Bender und Hentschel hatten Recht, auch wenn er das niemals zugegeben hätte: „Bender, ich habe Sie nicht aus München zurück geholt, um mich von Ihnen beschimpfen zu lassen. Aber gut, Sie bekommen mehr Leute, ich werde Ihnen aus Passau welche zuteilen lassen. Allerdings will ich Ihnen eines klar machen: Viel Zeit haben Sie nicht, ich will diesen Mörder so schnell wie möglich hinter Gitter sehen. Ansonsten wird Ihr Auftritt hier und heute Konsequenzen haben."
Bender fuhr herum. Manu hielt ihn zurück, ehe er das, was sie gerade erreicht hatten, mit einem cholerischen Anfall wieder kaputt machen würde.
„Vielen Dank Herr Ritter. Lassen Sie uns in Grafenau ein Team von Spezialisten zusammenstellen: Ich habe das Gefühl, die Schlinge zieht sich langsam zu." Sie stand auf, zog Bender aus dem Raum. Sendlinger folgte ihnen. Schaller hielt ein paar Meter Abstand, war schließlich auch zur Tür raus.
„Das ist es, was ich an Bender so schätze. Er ist zwar ein furchtbarer Hitzkopf und schert sich nichts um Autoritäten. Aber er hat ein untrügliches Näschen und er stellt sich bedingungslos vor seine Kollegen. Und die halten zu ihm. Haben Sie das mitbekommen. Nicht mal den Kollegen Schaller hat er vor unseren Augen fertig gemacht. Guter Mann, guter Mann", endete Ritter etwas zerstreut. Mit den Gedanken war er schon bei den Lachskanapees, die es später im Rahmen des Hausmusikabends im ritterschen Anwesen geben sollte. Dr. Gundula Moosbacher blätterte ziellos und gedankenverloren in ihren Akten. Dann rief sie ihre Sekretärin und gab ihr eine Anweisung, die ihr gar nicht schmeckte. Aber sie musste sich eingestehen: Bender war zwar ein grober Klotz, trotzdem hatte er Anstand. Und das war mehr als sie von anderen sagen konnte.

Für das Ermittlerteam begann das Spiel von Neuem. „Ralf, da hast Du aber gerade hoch gepokert. Das mit dem Jürgen Werner hätte auch gewaltig in die Hose gehen können."
„Nein, weil ich Recht habe."

╬

Schwer zu sagen, wie lange er schon auf der Pritsche lag und die Ereignisse der vergangenen Wochen Revue passieren ließ. Benno fühlte sich in seiner Rolle nicht einmal unwohl, schließlich wurde er in seiner Zelle durch nichts abgelenkt – sah man von den gelegentlichen Verhören ab, in denen er mehr und mehr das Gefühl bekam, der Kommissar hielt ihn ohnehin nicht für den Mörder. Also war es gar nicht so wichtig, an die eigene Verteidigung zu denken.
Vielmehr beschäftigte sich Benno seit Tagen ausschließlich mit Theorien, Szenarien, möglichen Verdächtigen. Er durchforstete in Gedanken alle Kontakte, Personen, mit denen er beruflich zu tun hatte, Ereignisse, Auffälligkeiten, denn: Benno war überzeugt, er würde den Mörder kennen, hatte bestimmt schon mit ihm zu tun. Und noch ein Gefühl beschlich ihn und er wusste nicht warum: Der Täter, im Alltag ein normaler Mensch, würde ihm wahrscheinlich sogar sympathisch sein. Religiosität, egal wie stark ausgeprägt, fundamentalistisch oder pervertiert, sah man den Menschen nicht an, wenn sie es verbergen wollten. Er war ja selbst ein gutes Beispiel dafür. Zumindest bis vor ein paar Tagen gewesen. Leichtes Unbehagen stieg in ihm auf.
Benno grübelte still vor sich hin, fixierte dabei einen Fleck an der Zimmerdecke. Wohl ein Insekt, das an den Putz geklatscht worden war, dachte er. Da fiel ihm Klaus ein. Der Kollege. Ein unangenehmes Gefühl machte sich in ihm breit. Schlagartig bildete sich ein Klos in seiner Brust, der auf Hals und Lunge drückte und die Atmung deutlich verflachte. Verblüffend und verwirrend zugleich, wie sehr ihn alleine der Gedanke an Klaus aufwühlte, während ihm die U-Haft und die Verhöre gar nichts ausmachten. Schon gar nicht mehr, seit dem ersten Auftritt seines Anwalts. Von da an hielt sich Benno – zumindest aus juristischer Sicht – für unverletzbar.
Die Haft, die Polizisten, die speckige Zelle, nichts davon konnte Benno so sehr aus dem Gleichgewicht bringen, wie dieser eine Gedanke an Klaus. Ob er...? Nein, so kalt und ehrlos er auch erschien, ein Mörder war er nicht. Oder?

Benno wehrte sich gegen den Gedanken, der allerdings weitergaloppierte, jetzt da er schon die Sporen bekommen hatte. Zumindest hätte Klaus die Gelegenheiten gehabt und für die fraglichen Tatzeiten waren dessen Alibis ähnlich schwach, wie seine eigenen. Vor dem ersten Mord angeblich eine wilde Nacht mit einer jungen Schönen. Und vor dem zweiten Mord? Benno erinnerte sich, wie er selber früh nach Hause gegangen war und es Klaus noch zu Ernst ins Waldesruh zog. Zumindest was das anbelangte, schien alles möglich zu sein. Klaus? Benno beschloss, den Verdacht für unwahrscheinlich zu halten, ihn aber dennoch nicht ganz zu verbannen.
Und dann war noch etwas in dieser Nacht. Etwas für sich selbst Unbedeutendes. Benno kam nicht drauf, was es war. Er wusste auch nicht, dass ihm dieses Ereignis, dieser kleine Anruf von Tietze, den Gefängnisaufenthalt wahrscheinlich erspart hätte.
So hatte er aber Zeit, seinen Gedanken weiter freien Lauf zu lassen. Auf der Liste der Heiligsten in der Region, wer würde da ganz oben stehen? Der Pfarrer von Grafenau? Ein frommer Mann, gewiss. Aber Benno wusste, in dessen Vergangenheit lagen dunkle Schatten – wenn er auch geflissentlich darüber schwieg, was er als junger Journalist im Rottal in Erfahrung gebracht hatte. Egal. Nein, keiner der Pfarrer die Benno kannte kämen als Nummer 1 in Frage.
Heiligkeiten, besser gesagt Scheinheiligkeiten, finden sich ohnehin eher im gemeinen Volk, vielleicht im Schatten der Pfarrer und Kirchtürme.
Jürgen Werner zum Beispiel. Der Vorbeter vom Dienst. Benno würde den Moment nie vergessen, als er vor Jahren am Friedhof vor dem Sarg seiner Mutter stand und plötzlich von Werner in den Arm genommen und auf die Wange geküsst wurde. Ein so abgründiger Ekel schüttelte ihn damals, dass er für Momente die Trauer ganz vergaß und stattdessen mit der Wut gegen Werner kämpfte. Der klassische Mörder, ging es Benno durch den Kopf. Frömmelnd, betend, salbungsvollen Schmalz in der Stimme und vielen als ungnädiger Betrüger bekannt. Der hat ja schon zwei Gesichter, ohne dass man überhaupt versucht, hinter die Fassade zu blicken. Ja, der vielleicht Heiligste in der ganzen Region. Und der dubioseste Heilige zugleich. Aber Mord? Verstümmelung? Benno konnte sich nicht vorstellen, gegen jemanden so eine Abneigung haben zu können, um ihm diese Gräueltaten zuzutrauen. Trotzdem, irgendjemand musste es ja gewesen sein. Er nahm sich fest vor, bei einem weiteren Verhör einmal beiläufig den Namen Jürgen Werner fallen zu lassen.

Benno wurde müde. Gerade fielen ihm die Augen zu, da hörte er das Schloss klappern und Bender kam herein. Grußlos sagte er: „Herr Seifeld, Sie können gehen."
Benno sah ihn verwundert an. „Schön, dass Sie es eingesehen haben. Woher der plötzliche Sinneswandel." Bender konnte sich über die Coolness seines Gegenübers nur wundern. „Der Killer hat wieder zugeschlagen."
Benno nickte. „Brauchen Sie mich noch oder bin ich jetzt ganz frei?"
„Sie können machen was Sie wollen, es besteht kein Verdacht mehr. Bender musste sich um den freundschaftlichen Ton nicht bemühen, als er das sagte. „Bitte, Herr Seifeld, ich möchte mich bei Ihnen entschuldigen. Ich habe nie daran geglaubt, dass Sie unser Mörder sind."
„Ja, ich weiß."
„Gibt es etwas in Ihren Recherchen, mit dem Sie uns trotzdem weiterhelfen können? Meine Kollegin hat zum Beispiel herausgefunden, dass ihr Redaktionsleiter in der Nacht, als der zweite Mord geschehen war, bei Ihnen angerufen hat."
Benno klatsche sich an die Stirn: „Natürlich, Tietze und seine Probleme, das habe ich völlig vergessen."
Bender sah den Journalisten beinahe flehend an, erntete aber nur ein Schulterzucken. Bennos Akku war leer. Die Vorfreude hatte ihn Jürgen Werner längst schon wieder vergessen lassen, alle Gedankenspiele waren wie weggewischt. Wenn alles gut lief war er in wenigen Stunden in Italien, hielt ein Glas Sangiovese in Händen, und würde sehnsüchtig auf sein Saltimbocca alla Romana warten.
Er wollte, er musste vergessen. Weg von diesen Morden. Weg von der Polizei. Weg von Klaus. Monn, und schon wieder spürte Benno den Klos ım Hals.

╬

Bennos Zellentür war noch nicht wieder richtig ins Schloss gefallen, als sich Bender auf dem Weg nach Grafenau befand. Unterwegs telefonierte er mit Liebl, wies ihn an, bei den örtlichen Immobilienbüros, den Banken oder wer sonst noch Räume in Grafenau vermietete nach einem geeigneten Objekt zu fragen.
„Wir brauchen Platz, eine möglichst schnelle Internetverbindung und... Ach, weißt du was, ruf bei Schaller an, der kennt die technischen Details."

Tatsächlich war in Windeseile unweit der Polizeiinspektion eine geeignete Wohnung gefunden worden. Und während die Räume professionell eingerichtet wurden, traf sich das Kernteam ein letztes Mal im provisorischen Büro in der PI. Auch Sendlinger und Schaller waren dabei. Bender blickte einigermaßen zufrieden in die Runde. Das lag daran, dass bereits drei weitere Kriminalbeamte zu ihnen gestoßen waren. Das lag aber auch an den Aus'zognen, die auf dem Tisch ihren verführerischen Duft verbreiteten.
„So, Herrschaften", sagte Bender, nachdem er sich die letzten Krümel von seinem Hemd gewischt hatte, „ihr habt Ritter gehört. Er will Ergebnisse, sonst reißt er uns die Köpfe ab. Wir werden ab sofort jeden Quadratmeter in und um Grafenau umgraben, um unserem Mann auf die Schliche zu kommen."
„Woher willst Du eigentlich wissen, dass es ein Mann war," fragte Manu. Einer der neuen Kollegen flüsterte einem zweiten Neuen etwas zu laut einen Witz zu: „Sagt eine Emanze zur anderen: Reich mir doch mal die Salzstreuerin."
Manu sah sich den Witzbold an. Typ Lederjacke und Goldkettchen und das dünne Haar auf der bereits deutlich sichtbaren Glatze kunstvoll verteilt. „Oh, mein Gott, sagte sie, „wir haben einen Dinosaurier im Team." Damit waren die Fronten geklärt, Freunde würden sie nicht werden.
„Ruhe", forderte Bender. „Darf ich euch Dr. Heinrich Leopold vorstellen. Er hat anhand unserer Aussagen und mittels des „Bekennerbriefes Raphael" ein Täterprofil erstellt. Demnach suchen wir einen Mann mittleren Alters. Die Sprache im Bekennerbrief scheint einen jugendlichen Mann und die Art der Vorgehensweise, sowie der Kraftaufwand, der bei der Beseitigung der Leichen notwendig war, eine Frau auszuschließen. Klar ist, es handelt sich um religiös motivierte Taten. Aber vielleicht übernehmen Sie selbst Herr Doktor."
Eleganter Anzug, dachte Manu, als sich Dr. Leopold erhob. Er nahm seine randlose Brille ab und ließ die Finger der anderen Hand lässig durch sein volles Haar gleiten. Dr. Leopold räusperte sich kurz und zeigte zwei Reihen strahlend weiße Zähne. Er bat um eine kleine Vorstellungsrunde. Der stoppelige Dreitagebart gab ihm in Verbindung mit der offensichtlich durchtrainierten Figur einen fast verwegenen Ausdruck: „Unser Mörder könnte möglicherweise die zehn Gebote abarbeiten. ‚Du sollst keine anderen Götter neben mir haben', würde auf unseren Moslem Ökdan passen, ‚Du sollst den Namen des Herrn nicht missbrauchen' können wir Fendl zuschrei-

ben. Immerhin stammen die Schmierereien an der Kirchenmauer eindeutig von ihm. Und: ‚Du sollst nicht begehren Deines Nächsten Hab und Gut', passt ganz gut auf Bergmann. Fragen bis hier hin? Ja, Frau Hentschel."
„Können Sie etwas zu den Vermissten sagen, etwas über die mögliche Motivation?"
„Dazu wollte ich gerade kommen. Ich bewege mich dabei natürlich etwas im Bereich der Spekulation. Aber anhand der Art, wie die Leichen zugerichtet waren und an welchen Orten er sie abgelegt hat sowie aus dem Bekennerbrief, der aus meiner Sicht zu einhundert Prozent vom Täter stammt, kann ich sagen, dass er die großen Gesten liebt. Er mag es theatralisch. Er ist stolz auf seine Taten, will nicht, dass ein anderer seine Lorbeeren einfährt. Nicht umsonst hat er diesen eindeutigen Brief geschickt, kurz nachdem Seifeld verhaftet wurde."
Die versammelte Runde sah Dr. Leopold gespannt und schweigend an. Dieser fuhr fort: „Raphael hat offensichtlich einen göttlichen Auftrag. Wie gesagt, bestraft er diejenigen, die er für böse hält. Und damit zu den Vermissten. Ein Mesner, eine Wohltäterin und vielleicht ein Lebensretter. Alles Personen, die Gutes getan haben. Und wie wir wissen", der Kriminalpsychologe deutete auf den Brief, „will er die vom irdischen Jammertal befreien und zu Gott führen. Ich glaube, dass er dabei auch irgendein Ritual anwendet."
„Ein tödliches?" Es war eher eine rhetorische Frage von Bender.
„Ich fürchte ja."
„Und wen genau suchen wir jetzt, können Sie uns dazu auch was sagen?", mischte sich Manus neuer Freund ein.
„Es steht außer Frage, dass es sich bei Raphael um eine multiple Persönlichkeit handelt. Die Art und Weise, wie er vorgeht lässt darauf schließen, dass er ein Pedant, zumindest aber sehr ordentlich ist. Ich kann nicht ausschließen, dass er zu Wutausbrüchen neigt, aber wahrscheinlicher ist er ein unauffälliger Typ, vielleicht sogar beliebt und in der Gesellschaft integriert. Das würde auch erklären, warum es bisher keine Spur von ihm gibt."
„Na prima, damit ist wahrscheinlich jeder Mann zwischen 35 und 50 im Umkreis von 200 Kilometern verdächtig." Langsam ging Bender der neue Kollege auch auf die Nerven.
„Willkommen in unserer Welt", sagte Bender und wendete sich wieder dem Kriminalpsychologen zu.
„So wie ich das sehe agiert er im Alltag auch nicht besonders reli-

giös, sonst wäre er wie unsere anderen Verdächtigen wahrscheinlich schon einmal aufgefallen."
„Das würde ich auch so sehen, vielleicht geht er sonntags ganz brav in die Kirche, aber ansonsten: Keine Auffälligkeiten, würde ich sagen. Es könnte auch sein, dass er mit seinem Verhalten von der Tat abzulenken versucht. Ich weiß, das ist ein Widerspruch. Schließlich möchte er auch nicht, dass anderen seine Taten zugeschrieben werden. Es ist eine Art Zwickmühle. Er wird sich offenbaren, davon bin ich überzeugt. Aber bevor er seine Aufgabe erfüllt hat, möchte er nicht geschnappt werden."
„Wenn das mit den zehn Geboten stimmt, könnte das bedeuten, dass er letztlich zwanzig Menschen töten will", sagte Manu. Dr.Leopold nickte. Entsetzen machte sich in der Runde breit und Bender wies Schaller an, die zehn Gebote zu googeln. Wenig später erschienen sie auf Schallers Laptop.
„Du meine Güte, wie sollen wir denn einen finden, der Vater und Mutter nicht ehrt", stöhnte Sendlinger.
„Oder einen, der seines Nächsten Weib begehrt", ergänzte Manu und Sendlinger durchzuckte es wie ein Blitz.
„Da müssen wir wohl die Hälfte aller Bürger beschützen", bestätigte Bender und ergänzte: „Bleibt uns also nach wie vor nur die Tätersuche."
Die Stimmung unter den Kriminalbeamten war wieder einmal auf dem Tiefpunkt.
Die Analyse von Dr. Leopold war niederschmetternd. Und sie waren quasi wieder am Nullpunkt angelangt.
Zum wievielten Mal?, seufzte Bender.
„Eins noch", sagte der Kriminalpsychologe. „Ich schätzte, dass es sich um jemanden handelt, der einigermaßen frei über seine Zeit verfügen kann. Also jemand, der selbständig ist oder arbeitslos."
Nachdem sich Dr. Leopold mit dem Versprechen verabschiedet hatte, jede neue Erkenntnis, die ihm angetragen wurde, in sein Profil einzuarbeiten, ergänzte Bender: „Wir sollten uns zunächst mal auf Männer konzentrieren, die alleinstehend sind. Wenn wir davon ausgehen, dass er alleine handelt, dürfte es ziemlich schwer sein, sein Treiben vor einer Lebensgefährtin zu verbergen."
„Wir können das ganze vielleicht noch weiter einschränken und uns die vorknöpfen, die in freistehenden Häusern wohnen, Schuppen, Ferienhäuser oder ähnliches haben. Schließlich braucht Raphael Platz", schlug Manu vor.

„Sehr gut, dann sieht es ja gar nicht mehr ganz so düster aus.“, schloss Bender
„Wie soll die SOKO denn überhaupt heißen, fragte Schaller.
„Raphael“, antworteten Bender und Manu gleichzeitig.

╬

Aufgabenverteilung: Zunächst mussten Sie den letzten Verdächtigen, den sie hatten unter die Lupe nehmen. Zwei der neuen Kollegen wurden angewiesen, Pfarrer Gabriel Frey zu überwachen. Chauvi-Kommissar Sebastian Fredl wurde beauftragt, sich noch einmal im Umfeld der Ermordeten umzuhören. Schaller verabschiedete sich in das neue Büro, seinen Arbeitsplatz checken. Ohne vernünftigen Internetanschluss sei er aufgeschmissen. „Habe gehört, dass das digitale Zeitalter im Bayerischen Wald noch nicht überall angekommen ist“, murmelte er.
Manu war froh, mit Sendlinger und Bender alleine zu sein. So konnte sie aussprechen, was ihr ziemlich unangenehm war.
„Ralf, ich weiß, es wird dir nicht gefallen, was ich dir zu sagen habe.“ Bender, der gerade nach einem weiteren Krapfen greifen wollte, sah sie interessiert an.
„Nachdem, was uns Dr. Leopold gerade erzählt hat, drängt sich mir ein schlimmer Verdacht auf.
„Ach ja“, Benders Spannung wuchs, er vergaß den Krapfen.
„Ich weiß, er ist dein Freund, aber findest Du nicht auch, dass Paul Freier ziemlich genau in das Täterprofil passt?“
„Was?“
„Ach komm schon, Paul hat uns schon zwei Verdächtige präsentiert. Wollte er von sich ablenken? Das Alter stimmt, er verhält sich unauffällig, kennt jeden, kann seine Zeit weitgehend frei einteilen und Platz hat er auch.“
„Ach hör schon auf. Das ist doch Unsinn. Dann müsstest du dir Ernst auch vornehmen.“
„Das habe ich vor“, nickte Manu. „Ich will mir wirklich nicht mehr vorwerfen lassen, wir hätten jemanden oder etwas übersehen.“

╬

Auf dem Weg zur Racheldiensthütte schwieg Bender hartnäckig. Auch wenn er Manu insgeheim Recht geben musste, so wurmte es ihn doch, dass sie sein Urteilsvermögen dermaßen in Frage stellte. Schließlich war er mit Paul Freier befreundet. Eigentlich die perfekte Tarnung, durchzuckte es ihn.

╬

„Herr, Dein Wille geschehe", sagte Raphael. Er wollte, dass auch seine Engel verstünden. Sie brauchten keine Angst zu haben. Ihr Jammern, ihr Leiden war unnötig. Doch Raphael hatte Verständnis, sah Michael Weindl mitleidsvoll an. Wie er sich wand, wie er wimmerte und um Hilfe bettelte. Bald war es gut. Auch Jesus Christus hatte in der Nacht am Ölberg, als Judas ihn verraten hatte, Angst verspürt. Dann betete er und ein Engel gab ihm neue Kraft. „Vater, Dein Wille geschehe." So sprach Jesus: „Meine Seele ist betrübt bis in den Tod. Mein Vater, wenn dieser Kelch nicht vorüber gehen kann, ohne dass ich ihn trinke, so geschehe Dein Wille" (Matthäus 26/38, 42).

Dienstag, 4. Mai, Heiliger Florian von Lorch, römischer Beamter, Märtyrer und Schutzpatron (katholisch)

Der Herr sieht ihn mit Wohlgefallen.

Heute vor einem Jahr: 44 Menschen fallen im Südosten der Türkei dem Massaker von Mardin zum Opfer. Unter den Getöteten befinden sich sechs Kinder. Die Mörder stürmten eine Hochzeitsgesellschaft um Blutrache zu nehmen.

...und auch an diesem Tag hatte Satan die Finger im Spiel.

„Ich-mache-dieses-Arschloch-fertig." Mit jedem Wort drosch Bender das Tagblatt erneut auf die Tischplatte.
„Geht nicht, Pressefreiheit", schüttelte Manu resigniert den Kopf.
„Das ist mir wurst, der Typ braucht eine Abreibung, wenn ich ihn sonst schon nicht kriegen kann."
„Bender", sagte Manu vorwurfsvoll, fand aber gleichzeitig Gefallen an diesem Gedanken. Damit wären ihre wildesten Fantasien der Zeitrechnung ‚nach-Klaus' in Erfüllung gegangen.
Grund für den ungezügelten Wutausbruch war ein Kommentar von Klaus Monn. Sein Abschiedsgeschenk an den Bayerischen Wald. Aber das wusste Bender noch nicht. Wieder einmal hatte der Märchenerzähler ganze Arbeit geleistet und den Schock-Zustand in dem sich Grafenau, besser gesagt das ganze Umland befand, nachdem Bergmann ermordet worden war, für seine Zwecke genutzt. Genüsslich zerlegte er die Polizeiarbeit, wies auf die Unfähigkeit der Exekutive hin, die es sogar fertig brachte, einen unbescholtenen Bürger wie Benno Seifeld einzusperren. Klaus sparte auch nicht an Häme für die Staatsanwältin. Der einzige Grund, warum Bender nicht sofort losgestürmt war, um ihm eine Tracht Prügel zu verpassen. Wenigstens war die ebenfalls in ihre Schranken verwiesen worden. Doch alles in allem standen sie da, wie die Vollidioten. Das wusste Bender, um so schlimmer, dass es ihnen auch noch ständig unter die Nase gerieben wurde.

╬

„So, Tietze, das war's", Klaus saß geradezu provozierend mit einer Arschbacke auf dem Schreibtisch seines ehemaligen Redaktionsleiters. Das linke Bein ließ er fröhlich baumeln, das rechte gab ihm

Halt. Er blickte auf Tietze herab. Ein Bild mit Symbolcharakter dachte Klaus. Die alte Ordnung war wieder hergestellt. Tietze, die etwas naive Landpomeranze, die kleinkarierte Gemeinderatssitzungen zu Lokalaufmachern schrieb und er. Ja, er hatte es wieder einmal geschafft. Ein angesehenes Boulevardblatt in Köln hatte ihn zum Chefreporter gemacht. Das war der Sprung auf der Karriereleiter, den er sich erträumte. Und in ein zwei Jahren würde er dort ankommen, wo er hingehörte: Ganz oben. Nur diesmal würde ihm kein Fehler mehr unterlaufen. Egal ob Bayerischer Wald, Harz oder Eifel, keine zehn Pferde würden ihn mehr in eine Kuhkacke verseuchte Provinz bringen. Lieber würde er sich dem Killer freiwillig als Opfer zur Verfügung stellen.

„Aber keine Angst, so ganz werden wir uns ja nicht aus den Augen verlieren. In ein paar Wochen hab ich ein paar Tage frei, dann komme ich, um meine Bude auszuräumen. Im Moment geht's nicht. Die wollen mich unbedingt sofort haben. Und außerdem werde ich die Vorgänge hier immer im Auge behalten. Wird schon noch die eine oder andere gute Story für mich rausspringen. Stell dir vor, was die in der Chefetage zu mir gesagt haben: ‚Sie sind ja jetzt ein Experte für den Bayerischen Wald'." Klaus lachte lauthals und Tietze wäre ihm am liebsten an die Gurgel gegangen, so viel unverhohlener Spott steckte in den letzten Worten.

╬

Bender legte den Hörer auf und es war, als hätte er eine Gehirnwäsche bekommen. Aus einem trübsal blasenden wütenden Elend war ein gutgelaunter, geradezu euphorischer Mann geworden.

„Jetzt habe ich dich, Bursche."

Während er mit Manu im Schlepptau zum Auto rannte, klärte Bender sie über den Grund für seinen Gemütswandel auf. Dr. Moosbacher hatte sich im Angesicht der unerträglichen Situation dazu entschieden, Klaus Monn aus dem Verkehr ziehen zu lassen. Irreführung der Polizei, falsche Verdächtigung, üble Nachrede, irgendetwas, sagte sie zu Bender, würde man ihm schon anhängen können.

╬

Klaus stand bei Maria, um sich mit ein paar überheblichen Sprüchen zu verabschieden, als die Tür aufging, besser gesagt aufflog.

„Monn, Sie sind verhaftet." Bender ließ die Handschellen baumeln. Klaus sah ihn leicht amüsiert an. „Was...?", doch weiter kam er nicht. Bender packte Monn bei der Schulter und drehte ihn mit einem Ruck um.
„Tun Sie mir den Gefallen und leisten Widerstand," flüsterte ihm Bender ins Ohr, als er dessen Arm am Rücken verdrehte und ihm die Handschellen anlegte. Klaus Monn schrie auf, Tietze, der aus seinem Büro geeilt kam, sah die Szene mit Abscheu. Er konnte diesen ganzen Wildwestscheiß nicht mehr ertragen. Alles was er wollte war, dass Benno zurückkam, dieser verdammte Killer endlich gefasst wurde und irgendwann wieder Ruhe einkehren würde. Maria weinte.
„Was soll denn das hier werden?", raffte sich Tietze zu einer Frage, gerichtet an Manu, auf. Während er Bender lieber nicht ansprechen wollte, weil der gerade nicht so aussah, als wolle er Fragen beantworten. Manu stand etwas abseits und beobachtete die Szene scheinbar emotionslos. In ihrem Inneren tanzte allerdings ihr Racheteufel wie ein Derwisch.
„Lassen Sie mich los, ich will mit meinem Anwalt sprechen, aaah. Sie brechen mir den Arm, das wird Ihnen noch leid tun."
Bender wusste, dass er unverhältnismäßig handelte, doch er konnte nicht anders. Manu hatte sich schneller wieder im Griff, legte eine Hand auf Benders Arm, um ihn runterzuholen.
„Komm gehen wir."
„Sagt mir jetzt endlich jemand, was hier los ist?", jammerte Tietze.
„Ja...", mehr brachte Monn nicht raus. Der Schmerz, Bender hielt den Arm in der verrenkten Position fest im Griff, hatte ihm Schweißperlen aufs Gesicht getrieben.
Manu tat Tietze den Gefallen. Es gab für sie keinen Grund, ein Geheimnis daraus zu machen: „Ihr sauberer Kollege war es, der Benno Seifeld bei unseren Kollegen und der Staatsanwältin angeschwärzt hat. Mehr können wir im Moment noch nicht sagen."
„Ja, aber das werden wir schon noch erfahren", drohte Bender und schob Monn zur Tür hinaus. Tietze hätte ihm vorher am liebsten noch eins in die Fresse gehauen.

Klaus Monn verweigerte jede Aussage, so lange sein Anwalt nicht dabei war. Und es würde Stunden dauern, bis der aus München angereist kam. Bender lief im Büro auf und ab, wie ein eingesperrtes

Tier. Mehrmals mussten ihn Manu und Liebl daran hindern, einfach in die Zelle zu stürmen und dem Redakteur ein paar Knochen zu brechen. Auch Dr. Moosbacher war nach Grafenau gekommen. Sogar Sendlinger ließ es sich nicht nehmen, die Show zu genießen. Und während Moosbacher im Moment eine seltsame Verbundenheit mit Bender spürte, saß Franz Schaller mit gesenktem Haupt und zwischen den Beinen hilflos baumelnden Armen auf einem Stuhl etwas abseits.

Die Abreibungen und dazu der mitleidige Blick von Manu, das war einfach zuviel für ihn. Ich werde kündigen, dachte er und hatte es zu seiner eigenen Verwunderung laut ausgesprochen. Moosbacher nickte, Manu nickte und Bender blieb abrupt stehen.

„Das könnte dir so passen Franz. Einfach aus dem Staub machen. So leicht kommst du mir nicht davon. Wenn ich mit dir fertig bin, bist du entweder ein Superbulle oder du kannst in der Passauer Altstadt Strafzettel schreiben." Bender ignorierte das Erstaunen um ihn herum. In all seiner Wut, weil er in dem Fall keinen Millimeter vorankam, wusste er doch, er hatte an Schallers blödem Fehler einen gehörigen Anteil. Mehr konnte er im Moment aber nicht für ihn tun. Schaller brachte ein schwaches Lächeln zustande. Sieh an, dachte Bender, der Junge ist nicht so dumm wie ich dachte, hat den kleinen Wink verstanden.

„Ich weiß gar nicht, was Sie von mir wollen, ich habe nur meiner Pflicht als Bürger genüge getan." Monns Überheblichkeit war zurückgekehrt.

Er saß neben seinem Anwalt in dem engen Verhörraum. Die Gegenseite war mit Moosbacher, Bender und Schaller bestückt. Alle anderen mussten von draußen zuschauen. Schaller hatte den eindeutigen Auftrag die Klappe zu halten und nur zu antworten, wenn er gefragt wurde.

„Außerdem wird mein Mandant eine Dienstaufsichtsbeschwerde gegen Sie anstrengen", sagte Professor Dr. jur. Waldemar Schlippler, dem Monn von der unsanften Behandlung Benders erzählt hatte. Wie zur Bestätigung rieb er sich die Handgelenke und zog ein schmerzverzerrtes Gesicht.

„Polizeigewalt gegenüber Verdächtigen, wir leben doch nicht im Mittelalter", schob der Anwalt nach. Bender hatte Lust seine Be-

handlung an beiden Männern, die ihm gegenüber saßen, auszuprobieren.
„Aber jetzt klären Sie mich doch bitte einmal darüber auf, was Sie meinem Mandaten überhaupt vorwerfen.“
Klaus Monn wollte etwas sagen, doch ein scharfer Blick genügte, um ihn zum Schweigen zu bringen. Offensichtlich hatte er auch die Anweisung bekommen, nur zu reden, wenn er gefragt wurde.
Dr. Gundula Moosbacher ergriff das Wort: „Ihr Mandant hat einen Kollegen wissentlich falsch beschuldigt. Wir gehen davon aus, dass er damit von sich ablenken wollte.“
Sie wendete sich an Monn, knallte einen Zettel vor ihm auf den Tisch. „Wo waren Sie zu den verschiedenen Tatzeiten.“
Dr. Schlippler nahm den Zettel an sich: „Mit Verlaub, Frau Kollegin, das ist doch lächerlich. Damit kommen Sie niemals durch.“
Das weiß ich selbst du arroganter Heini, dachte Moosbacher und sagte stattdessen: „Wir werden sehen.“
„Mein Mandant hatte ausreichend Hinweise, dass sein Kollege in die Angelegenheit verwickelt ist. Sie sollten ihm dankbar sein, dass er nicht mit Scheuklappen durchs Leben rennt. So wie ich das sehe, planen Sie einen kleinkarierten Feldzug gegen einen Journalisten, der von seinem Recht der kritischen Berichterstattung Gebrauch gemacht hat. Ich wiederhole mich, wir leben nicht mehr im Mittelalter, Pressefreiheit ist ein Grundrecht. Die Alibis für die Tatzeiten werden wir selbstverständlich nachliefern. Sie werden verstehen, dass dies einige Zeit in Anspruch nimmt. Für den Moment sehe ich keinen Grund, warum Sie meinen Mandanten weiter festhalten sollten.“
Dr. Moosbacher sah ihre Felle davonschwimmen. Schaller glotzte blöd und Bender war kurz davor durchzudrehen. Doch auch er war Polizist genug, um zu verstehen, dass er für den Moment verloren hatte.
„Verpissen Sie sich, ich kann Ihre Visagen nicht mehr sehen.“ Keine Regung im Gesicht des Anwalts, Monn grinste breit.
Sendlinger kam zur Tür rein: „Tätlicher Angriff gegen einen Beamten. Es gibt ungefähr 20 Zeugen, die gesehen haben, dass Sie mich vor einigen Wochen in der Lokalität Waldesruh angegriffen haben.
„Aber das ist doch..“, sagte Monn und wieder ausgebremst.
Sendlinger hatte die plötzliche Eingebung gehabt, als ihm klar wurde, dass in der jetzigen Situation weder der Redaktionsleiter des Tagblattes und schon gar nicht Benno Seifeld für ihren Kollegen aussagen würden.

Monn ließ alle Vorsicht fahren: „Verdammte Scheiße, sie waren voll wie ein Haus, ein Wunder, dass Sie sich an den Abend überhaupt erinnern können, Sie kleiner Pisser."
„Geständnis und Beamtenbeleidigung", triumphierte Bender.
Der Anwalt nahm die Brille ab und rieb sich die Augen. „Das können Sie niemals aufrecht erhalten."
„Wieso?!, ihr Mandant hat doch gerade ein Geständnis abgelegt", mischte sich Dr. Gundula Moosbacher ein. „Herr Sendlinger, ich muss Sie rügen, weil Sie mir das bisher nicht gesagt haben."
„Es tut mir Leid Frau Staatsanwältin, aber meine Anzeige ist wohl in der Aufregung dieses Falles untergegangen." Sendlinger pokerte hoch. Bender liebte ihn dafür.

╬

Nachdem Monns Anwalt gegangen war und er selbst wieder in der Zelle saß kehrte in der Runde der Ermittler Ernüchterung ein. Ritter sagte zwar zu, Sendlingers Anzeige zurück zu datieren, aber auch das reichte nicht. Länger als bis zum nächsten Morgen würden sie Klaus Monn nicht einsperren können. Um das zu realisieren hätte Dr. Moosbacher die Ankündigung seines Anwaltes nicht gebraucht.
Die Staatsanwältin fasste zusammen: „Wir haben ein Arschloch, das, und da sind wir uns wohl einig, nicht unser Serienkiller ist. Wir können uns an ihm schadlos halten und unsere Wunden lecken. Aber Fakt ist: Unser irrer Mörder läuft immer noch frei rum. Monn kommt spätestens morgen hier raus und was haben wir dann?"
Dr. Gundula Moosbacher sah in frustrierte Gesichter.

Mittwoch, 5. Mai 2010. Gedenktag, Heiliger Godehard von Hildesheim, deutscher Abt und Bischof (evangelisch, katholisch)

Der Herr sieht ihn mit Wohlgefallen.

Heute vor 168 Jahren brennt Hamburg. Das Feuer, das am Haus Nummer 44 in der Deichstraße am Nikolaifleet beim Zigarrenmacher Cohen gelegt wird, kann nicht unter Kontrolle gebracht werden. Die Stadt brennt drei Tage lang. 1700 Häuser fallen den Flammen zum Opfer, 51 Menschen sterben, 20000 werden obdachlos.

...und auch an diesem Tag hatte Satan die Finger im Spiel.

Gegensätzlicher hätten Gemütszustände nicht sein können. Monn sah aus, als habe er die Nacht im Wellnessbereich eines Fünf-Sterne-Hotels geschlafen, die in der Polizeistation anwesenden Beamten so zerknirscht, als hätten sie in der Zelle genächtigt. Doch es half nichts, wieder einmal mussten sie einen Verdächtigen gehen lassen und diesmal einen, den sie alle am liebsten ins tiefste Kellerloch verbannt hätten. Der Journalist grinste und warf Manu ein paar neckische Blicke zu. Dann drehte er den Kopf in die andere Richtung und sah Bender. Er hatte später nicht mehr sagen können, welcher Teufel ihn ritt. Irgendwie war es ein Reflex gewesen, als er die rechte Faust hob und seinem Intimfeind Bender den Mittelfinger zeigte. Als erster reagierte Liebl, der direkt neben Klaus Monn stand.

╬

Bender konnte die Schmerzensschreie noch hören, als er, Liebl, Manu und zwei weitere Polizeibeamte in Ritters Büro saßen. Der Polizeipräsident wusste nicht so recht, wie er die Situation anpacken sollte. Schreien? Ins Gewissen reden? Fragen stellen und abwarten? Er sagte: „Klaus Monn behauptet steif und fest, dass Sie, Liebl, ihm den Finger gebrochen haben. Was um Gottes Willen..." Weiter kam er nicht.

„Das ist doch Unsinn", fiel ihm Bender ins Wort. „Dieser Monn lügt, wenn er das Maul aufmacht." Heftiges Kopfnicken in der Runde.

„Der eitle Pfau ist durch die Polizeiinspektion stolziert wie Hans-guck-in-die-Luft und hat dabei die lose Stelle im PVC-Boden übersehen." Erneut heftiges Kopfnicken.

„Monn behauptet aber, er habe Ihnen gegenüber eine beleidigende

Geste gemacht und dann habe Liebl, der neben ihm stand, ihm den..."
Wieder unterbrach Bender: „Wem wollen Sie jetzt glauben, diesem ekelhaften Typen oder uns. Wir alle können beschwören, dass Klaus Monn, als er mir den Mittelfinger zeigte, stolperte, hinfiel und sich den Finger dabei wohl gebrochen haben muss." Bender sah jeden seiner Kollegen einzeln an, alle nickten.
„An dem machen wir uns doch nicht die Finger schmutzig", sagte Manu. Nicht mehr, dachte sie.
„Ich würde Ihnen ja gerne glauben, warten wir den Untersuchungsbericht aus dem Krankenhaus ab. Ich habe ihn angefordert, der Arzt müsste gleich zurückrufen." Wenig später läutete Ritters Telefon.
„Das wird er sein. Frau Hentschel, meine Herren..."
Ritter wies zur Tür und war wenig später allein im Raum.
„Danke, Leute", sagte Liebl in die Runde. „Das könnte meinen Kopf kosten. Aber ich musste diesem Saukerl einfach eine Abreibung verpassen. Wie der dir den Mittelfinger hingehalten hat, ist bei mir eine Sicherung durchgebrannt."
„Was soll's, lass ihn doch klagen", meinte Manu. „Es wird immer seine Aussage gegen die von uns stehen. Er hat keine Chance, diesmal nicht."
Ein letztes gemeinschaftliches Kopfnicken. Die Verbrüderung war perfekt.

Notizblöcke wurden mit Befragungen gefüllt, Pfarrer Gabriel Frey engmaschig überwacht. Keine Spur von Jürgen Werner. Die SOKO lief auf Hochtouren. Bender setzte für den kommenden Tag, 10 Uhr, eine große Besprechung an.

„Ich bin auf Sie angewiesen, Sie aber nicht auf mich, merken Sie sich das." Ritter konnte sich ein Grinsen nicht verkneifen. Der große Humorist Karl Valentin hatte ziemlich genau ausgedrückt, was er empfand. Dieser Bender war ein Störfaktor und scherte sich einen Dreck darum. Er, Ritter, ließ seinem besten Beamten alles durchgehen, weil, ja warum eigentlich? Ganz einfach, weil er jeden Fall lösen konnte. Mit traumwandlerischer Sicherheit. Ritter fiel eine Szene ein, die er vor kurzem im Passauer Theater beobachtet hatte.

Eine junge Frau hatte in der Spielpause wohl so etwas ähnliches wie Hunger verspürt. In jedem Fall saß sie eine Reihe vor ihm und verzehrte eine Käsesemmel. Mit Essen, dachte Ritter, hatte dies allerdings nicht viel zu tun gehabt. Die Frau nagte mehr an ihrer Semmel, als dass sie aß. Nach zehn Minuten war immer noch mehr als die Hälfte des Teiglings übrig. Schwer zu verstehen, für jemanden, der mehr als drei Kaubewegungen für überflüssig hielt. Und was tat sie jetzt: Sie klappte ihre Semmel auf, holte den Käse heraus, ließ die Kohlenhydrate unauffällig in ihrer Tasche verschwinden und nagte an der Käsescheibe.
So war Bender auch. Er hatte alles, Verdächtige, Indizien, Fakten, alles, und was machte er. Er ließ es in seiner Tasche verschwinden und nagte an seinen Gedanken, die er mit niemandem teilte. Und was war der Erfolg davon? Aus für Ritter unerfindlichen Gründen war die Frau irgendwann satt und Bender hatte wieder einmal einen Fall gelöst. Darauf konnte sich Ritter verlassen.
Das bescherte ihm ein ruhiges Leben, die übergeordneten Stellen waren zufrieden. Ritter konnte sich seinen kulturellen und gesellschaftlichen Verpflichtungen widmen. Zumindest hatte er sich bisher immer darauf verlassen können. Und jetzt? Diesmal? Dieser Fall hatte eine andere Dimension. So viele Tote. Und Vermisste. Sprengten diese Dimensionen die Fähigkeiten seines besten Beamten? War er ausgebrannt?
Diese Frage ängstigte Ritter. Trotz aller Fehler, die in diesem Fall gemacht worden waren, er konnte sich nicht vorstellen, dass ein anderer SOKO-Leiter den Fall hätte lösen können. Zumal das Team doch ziemlich zusammengeschweißt war.
Und auch wenn Ritter nicht glaubte, dass sich dieser Monn den Finger bei einem selbst verursachten Sturz gebrochen hatte – für wie blöd halten die mich eigentlich – so empfand er doch fast väterliche Freude, dass sich alle schützend hinter Liebl stellten. Und weil auch der Arzt zumindest nicht ausschließen konnte, dass der Redakteur gestürzt war, würde die Rasselbande wohl mit ihren Falschaussagen durchkommen. Ein nachsichtiges Lächeln umspielte Ritters Lippen. Er entschloss sich dazu, weiter auf Bender zu vertrauen.
Sicher würde bald wieder Ruhe einkehren. Keine Anrufe mehr von aufgebrachten Landräten und Bürgermeistern. Bei den kulturellen Höhepunkten, bei deren Gästelisten er einen Stammplatz hatte, musste er dann nicht mehr unangenehme Fragen beantworten. Die Gespräche würden sich wieder nur um die Kunst drehen.

Trotzdem würde er noch einmal streng sein und Bender den Ernst der Situation klar machen müssen. Ritter blickte auf seinen Schreibtisch und sah die beiden Theaterkarten. Gleich morgen, würde er mit Bender reden, gleich morgen. Doch heute stand Othello auf dem Programm.

╬

Sah der Finger scheiße aus. Wie ein Pimmel, der weiß angemalt in den Himmel ragte und nach Frischfleisch Ausschau hielt. Klaus Monn würde diesen Liebl, wenn es sein musste bis zum obersten Gerichtshof verklagen. Die Hände am Lenkrad seines Porsches, der über die Landstraße jagte, deutete sein eingegipster Finger auf die Straße vor ihm, als wollte er ihm etwas wichtiges zeigen. Ab 120 km/h konnte er richtig gut denken. Was hatte sein Anwalt gesagt. Es würde schwierig werden, den Polizisten dran zu kriegen, wenn die Zeugen alle zusammenhalten. „Wenn ich ehrlich sein darf, Sie haben sich in den letzten Monaten im Bayerischen Wald nicht gerade Freunde gemacht. Und wenn die Polizei zusammenhält, steht deren Aussage gegen die Ihre. Und so abstrus die Geschichte auch ist, ich fürchte, das sieht nicht gut aus." So ein ausgemachter Blödsinn, dachte Monn. Damit würden, damit durften sie einfach nicht durchkommen. Sein Finger tanzte aufgeregt wie ein weißgetünchtes Ausrufezeichen hin und her. Ein „gelber Zettel" flatterte auf dem Beifahrersitz. Er würde ihn nicht brauchen. Im Gegensatz zur Redaktion des Tagblatts, aus der er mehrmals geflüchtet war, um sich krankschreiben zu lassen, wollte er an seinem neuen Arbeitsplatz sofort zur Tat schreiten. Es würde eine Geschichte über Polizeiwillkür, deren Unfähigkeit und Brutalität. Anhand des Täters und seines eigenen Falles würde er außerdem beweisen: Im Bayerischen Wald geht es zu wie in der Steinzeit. Dort lebten keine Menschen, sondern wilde Tiere. Schade nur, dachte er, dass er über Benno jetzt nicht noch einmal seinen ganzen Spott ausgießen konnte. Das musste warten. Doch der richtige Zeitpunkt würde schon noch kommen.

Donnerstag, 6. Mai, Geburtstag Heinrich II, deutscher Kaiser, von Papst Eugen III. im Jahr 1146 heilig gesprochen

Der Herr sieht ihn mit Wohlgefallen.

Heute vor 73 Jahren fängt das Luftschiff Hindenburg in Lakehurst Feuer und stürzt ab. 36 Menschen sterben...

...und auch an diesem Tag hatte Satan die Finger im Spiel.

Bender blickte anerkennend in die Gesichter von zehn Kriminalbeamten, die mit ihm an einem großen Tisch versammelt waren. Es war der erste große Ergebnisbericht der SOKO, die scheinbar seit der Gründung rund um die Uhr arbeitete. Zwei schlechte Nachrichten gab es vorneweg: Von Jürgen Werner fehlte nach wie vor jede Spur. Einen weiteren direkten Tatverdacht gab es nicht.
Schmerzhaft für die Polizei war eine weitere Erkenntnis, die man gewinnen konnte. Die Befragungen in Grafenau führten zwei Beamte zu den Pfarrern im Umland, bei denen sie sich noch einmal nach besonders religiösen Männern erkundigten. Keiner konnte ihnen weiterhelfen. Dennoch gab einer eine Kleinigkeit zu Protokoll, die zumindest im Fall Fendl ein bisschen Licht ins Dunkel brachte.
Am Morgen, als Fendl an der Racheldiensthütte gefunden wurde, fand Pfarrer Frey die rote Inschrift an der Kirchenmauer: „Gott ist tot". Er habe damals keine Anzeige erstattet, sagte den Polizisten etwas von „irrgeleiteten Schäfchen und der Pflicht des Verzeihens, so wie es Papst Johannes Paul II. vorgelebt hat."
Außerdem fand der Pfarrer direkt unter der Inschrift eine Spraydose, die er in den Keller räumte. Die beiden Polizisten nahmen die Spraydose in Gewahrsam, ließen sie auf Fingerabdrücke überprüfen – und fanden Fendls darauf.
„Herrgott, das darf doch nicht sein. Den hat sich der Mörder direkt vor unserer Nase geschnappt", sagte Bender. „Besser gesagt: Vor euerer Nase", und zwinkerte dabei Manu zu, die in ihrem Stuhl ein bisschen tiefer rutschte.
„Wahrscheinlich mitten in der Nacht, sonst wäre das jemandem aufgefallen", verteidigte sie sich.
„Ist schon gut, Manu, kein Vorwurf. Es gibt keine Zeugen, die etwas gesehen haben, das habt ihr ja alles sauber ermittelt."

„Trotzdem. Es scheint so, als würde sich der Mörder völlig frei bewegen, der fühlt sich absolut sicher. Ökdan überfiel er im Kurpark, Fendl wahrscheinlich auf dem Kirchenplatz. Das ist ein Grafenauer, hundertprozentig. Zumindest einer, der hier rumlaufen kann, ohne aufzufallen."
Die SOKO klapperte nach dem Fund der Spraydose noch einmal die gesamte Nachbarschaft ab, doch rund um die Kirche hatte niemand etwas gesehen oder gehört. Lediglich der Pfarrer wusste noch zu berichten, dass er im Beichtstuhl eine Schnapsflasche gefunden habe, am gleichen Morgen. Diese habe er aber längst entsorgt.
Franz Schaller hatte tief gerötete Augen, als er seine Ergebnisse vorstellte. Es schien, als sei er in den letzten drei Tagen nicht vom Computerbildschirm gewichen. Er googelte kreuz und quer durch den Bayerischen Wald und machte einzelne Gehöfte ausfindig, Ausflugslokale, einsame Hütten – alles, was dem Täter als Versteck oder sicherer Rückzugsort dienen könnte. Herausgekommen war dabei eine Liste von etwa 290 Gebäuden in einem Umkreis von zehn Kilometern um Grafenau. Rund 150 davon hatten in den vergangenen Tagen bereits Besuch von der Polizei bekommen, doch Verwertbares gab es auch hier nicht.
Die Polizisten sprachen mit Bauersfamilien, mit alleinstehenden älteren Damen, mit Nürnbergern und Münchnern, die hier ein Wochenend-Domizil hatten – und oft genug stießen sie auf verlassene Hütten und Häuser, in denen längst kein Mensch mehr für Ordnung sorgte.
Immerhin: In einer Waldlichtung wurde ein 25-jähriger Student ausfindig gemacht, der dort rund um eine Hütte ein veritables Cannabis-Feld pflegte.
Etwas außerhalb von Grafenau wurde ein Bauer dabei erwischt, wie er Gülle in den Bach kippte.
In Neuschönau fanden zwei Beamte ein junges Paar vor, das beim Anblick des Polizeiautos sofort das Heil in der Flucht suchte, indem es in den Wald lief und sich dort auf einem Hochstand versteckte. Schnell waren sie gestellt und haben gestanden, dass sie die etwa 20 Festmeter Brennholz, die sie vor dem Haus aufgeschichtet hatten, im Laufe der vergangenen Monate von fremden Grundstücken geklaut hatten.
„Ja", lächelte Bender, „zu viel Polizeipräsenz steigert die Kriminalitätsrate ins Unermessliche. Die armen Teufel zählen zu Raphaels stillen Opfern, von denen sonst wohl niemand etwas erfahren hätte."

Immerhin, einen 17-jährigen Fahrschüler und dessen Vater ließen die Beamten unbehelligt, obwohl sie den Jungen beim Schwarzfahren erwischt hatten. In der Sicherheit ihrer abgeschiedenen Wohnlage nutzte der Vater die Gelegenheit, seinen Sohn auf der knapp einen Kilometer langen Zufahrtsstraße zum Haus in die Geheimnisse des Autofahrens einzuweihen.
„Recht so“, kommentierte Bender.

╬

Es gefiel ihm. Der Herr würde ihn schützen und wenn sie ihm noch so viel Polizei auf den Hals hetzen würden. Niemals könnten sie ihn in seinem Werk behindern, er musste nur vorsichtig sein. Dann würde ihn der Herr beschützen. Es war noch so viel zu tun. Bald. Er war Raphael, Racheengel des Herrn. Er war Raphael, Todesengel des Herrn.
Im kalten Verließ schwanden Weindls Kräfte. Der Fischer würde bald heimgehen, zu Petrus und den seinen. „Ohne ihn gesehen zu haben, liebt ihr ihn, ohne ihn jetzt zu schauen, glaubt ihr an ihn, in unsagbarer und strahlender Freude werdet ihr frohlocken, wenn euch die Vollendung eures Glaubens beschieden sein wird: Das Heil der Seelen." (1. Petrusbrief/8-9).

╬

Kommissar Klaus Danzer konnte an der Besprechung nicht teilnehmen. Er stand mit einem Zivilauto hinter der Kirche, so dass er sehen konnte, wenn Gabriel Frey mit dem Auto den Pfarrhof verließ. Seit ein paar Tagen wurde der Geistliche überwacht, zumeist war Danzer an vorderster Front. Was er sich zunächst als spannende Abwechslung vorstellte, entwickelte sich zu einer endlos-seichten Zeitvernichtung: Besuch im Altenheim, Besuch im Krankenhaus, dann ein 90. Geburtstag eines ehemaligen Stadtrats, dazwischen Gottesdienste, Andachten, Hausbesuche bei Kranken und Alten. Fast schon spaßig war als Frey gestern in Richtung Lusen gefahren war. Eine willkommene Abwechslung an frischer Luft und ein echter Gipfelgenuss obendrein. Ein Segen für Danzers Körper, denn vom ewigen Sitzen im Auto hatte er schon ganz steife Glieder.
Es war kurz nach zwölf Uhr, da verließ der Pfarrer mit seinem schwarzen Ford Kuga die Garage. Wieder eine Fahrt ins Altenheim,

dachte Danzer. Der Herr Pfarrer wird bekocht und genährt, und ich sitze draußen im Auto und kann an einer lauwarmen Cola saugen. Die Welt ist ungerecht.
Doch es kam anders. Gabriel Frey fuhr nicht ins Altenheim, fuhr nicht zum Mittagessen. Die Fahrt führte in Richtung Schönberg, dann Innernzell, schließlich weiter Richtung Deggendorf. Es sollte ein etwas größerer Ausflug werden. Danzer blieb dran. Auf die Autobahn, A3, Regensburg, dann A93, dann Ingolstadt. Der Pfarrer lenkte seinen Geländewagen zielsicher durch die Stadt, um schließlich in der Mercystraße zu parken. Danzer beobachtete, wie ein Mann aus einem Haus kam, den Pfarrer umarmte, küsste und beide Arm in Arm im Haus verschwanden.
„Herr Kommissar, ich bin jetzt in Ingolstadt. Der Pfarrer ist hierher gefahren. Zu einem Mann, mehr weiß ich auch nicht. Er hat einen kleinen Koffer dabei, sieht aus, als würde er hier übernachten."
Bender regelte die Sache schnell: Er verständigte die Kollegen vor Ort, die sollten die Beschattung übernehmen. Danzer war erleichtert, als er wieder auf die A93 in Richtung Heimat bog. Zuvor hatte er allerdings am Türschild noch den Namen des Mannes gecheckt, den Frey besuchte.
Bender ordnete die neuen Informationen. Dann sehnte er sich plötzlich nach der Racheldiensthütte und seinem Freund Freier. Auch das kurze Verhör, das er auf Drängen Manus mit ihm führen musste, hatte keine Kerbe in die beginnende Männerfreundschaft geschlagen. Sie sprachen nicht über den Fall, schon gar nicht über Mord und Totschlag – es ging um die einfachen Dinge des Lebens: Wieviel Knoblauch verträgt ein guter Schweinebraten, ist es besser die Knödel mit geröstetem Brot zu füllen oder sie so zu belassen, wie sie sind? Soll man Gurken für den Salat schälen? Was bleibt vom Bayerischen Wald übrig, wenn es die Jungen immer mehr in die Städte zieht, weil sie hier keine qualifizierten Jobs finden? Gibt es Gott, und wenn ja, warum tut er nichts gegen die Ungerechtigkeit in der Welt? Philosophie für den Hausgebrauch. Belangloses. Hauptsache frische Luft in den Lungen, das Pfeifen der Vögel in den Ohren und ein schönes, kühles, dunkles Weißbier für die Kehle. Und sogar Grünen Tee gab es mittlerweile – immer frisch aufgebrüht. Die kleinen Gespräche und die angenehme Atmosphäre halfen, den Kopf frei zu kriegen.
Bender spürte, wie ihm die Gedanken entglitten, zog sich wieder selbst zurück in die Büro-Realität. Also: Pfarrer Frey zu Besuch bei

einem gewissen Holger Hofer. Es dauerte ein wenig, bis Bender alle Anhänge der E-Mail gesichert und geöffnet hatte, die ihm die Ingolstädter Kollegen innerhalb weniger Minuten über diesen Hofer schickten. Hofer war alles andere, als ein unbeschriebenes Blatt. Fünf Jahre Gefängnis wegen Totschlags. Vor 13 Jahren war das, an einem Samstagabend bei einem Diskobesuch in Pfarrkirchen. Hofer hatte Streit mit einem Kumpel, es ging um eine Frau. Alkohol war im Spiel. Eifersucht. Und ein jederzeit gewalttätiger Hofer, wie es in der Akte vermerkt ist. Ein Mann, der schnell die Faust sprechen ließ, wenn es zum Streit kam. Einer, der lieber hinlangte, als lange zu diskutieren. Und damals, am 18. Oktober 1997, drehte Hofer offensichtlich völlig durch. Faustschläge, Fußtritte, Würgegriffe – alles setzte er damals ein, um einem Nebenbuhler seine Vorrechte an einer Frau deutlich zu machen. Er schien nicht zu bremsen gewesen zu sein, denn zum Schluss war der junge Mann tot. Hofer hatte ihn zuletzt weggestoßen und der Jugendliche fiel unglücklich auf die Bordsteinkante. Soweit der Polizeibericht von damals.
Bender druckte alle Unterlagen aus, setzte sich ins Auto, ab in Richtung Racheldiensthütte. Dort würde er in Ruhe weiterlesen. Auf jeden Fall war eines klar: Der Pfarrer hatte da einen äußerst interessanten Bekannten. Auch wenn Hofer laut Unterlagen seit damals nicht mehr auffällig geworden sei. Im Gegenteil. Er machte gleich nach dem Knast die Meisterschule, entpuppte sich als gewissenhafter Arbeiter und führte jetzt im Stadtteil Mailing eine kleine Metzgerei – einen richtigen Handwerksbetrieb im alten Stil, wie man ihn in der Region nur noch selten fand.

╬

Die Polizisten in der Audi-Stadt hatten früh zu tun. Schon vor fünf Uhr ging das Licht in Hofers Wohnung an, kurz darauf verließen die beiden Männer das Haus. Sie fuhren geradewegs zur Metzgerei. Die Beamten beobachteten, wie sich Hofer und Frey umzogen, auch der Pfarrer stieg in die weiße Metzgerkleidung, hängte sich eine ausladend weite Kunststoff-Schürze um und machte sich daran, eine Rinderhälfte zu bearbeiten. Fein säuberlich fuhr er mit dem Messer unter das Fell des Tieres, löste die Haut und zog sie nach und nach ab. Keine größere Anstrengung war dem Pfarrer durch die offene Schlachthof-Tür anzumerken, durch die die Polizisten die Arbeit der beiden Männer verfolgten. Sehr sorgfältig arbeitete dieser, fing

schließlich an, das tote Tier zu zerlegen. Dabei unterhielten sich die beiden Männer ständig.
Einer der Polizisten griff zum Handy, rief Bender an: „Ihr Pfarrer arbeitet hier in der Metzgerei dieses Hofer. Er geht sehr geschickt mit dem Messer um, das muss ich schon sagen. Gerade hat er eine Kuh enthäutet und zerlegt.“

╬

Bender hatte sich inzwischen tief in den Fall Hofer eingelesen. Seit er aus dem Gefängnis entlassen wurde, führte er ein völlig normales Leben. Und noch eines las Bender aus der Akte über den Mann: Unter den Zeugen des Vorfalls in Pfarrkirchen befand sich – Gabriel Frey.

╬

„Beobachtet die Männer weiter und versucht zu hören, was sie reden“, war alles, was Bender zu dem oberbayerischen Kollegen sagte.
Und so wagten sich die beiden Beamten bis an die Schlachthof-Tür heran. Aber es waren nur Wortfetzen, die sie registrierten. Die beiden Männer sprachen während der Arbeit über die Polizei, man hörte die Worte Mord, Rache und immer wieder von „Gottes Wille“. Mehr war nicht heraus zu finden. Was hauptsächlich daran lag, dass Hofer mit einer Art Kreissäge ein Schwein zerteilte.
Auffallend war nur, dass die beiden Männer – in völligem Kontrast zu der Umgebung, in der sie sich befanden – einen sehr zärtlichen, liebevollen Umgang miteinander pflegten. Immer wieder lächelten sie sich an, es gab Berührungen, Umarmungen. Als die beiden Männer dann abends wieder in die Wohnung zurück kehrten und gegen 22 Uhr das Licht gelöscht wurde, war für die Polizisten klar: Ein schwules Pärchen.

Freitag, 7. Mai, Heiliger Domnius von Split, syrischer Märtyrer und Bischof (katholisch)

Der Herr sieht ihn mit Wohlgefallen.

Heute vor elf Jahren wird während des Kosovokrieges die chinesische Botschaft in Belgrad von NATO-Bomben getroffen. Vier Menschen sterben, mehr als 15 werden verletzt.

...und auch an diesem Tag hatte Satan die Finger im Spiel.

„Herr Pfarrer, wie sehen Sie das: Werden Sünder von der Kirche hart genug bestraft?"

Gabriel Frey saß auf seinem Schreibtischstuhl, den Blick gesenkt. Er blätterte ziellos in einem Buch, das vor ihm lag, schien nach Worten zu suchen. Er versuchte, seine Gedanken zu ordnen.

Was hat der Kommissar gesagt: Sie waren ihm von Ingolstadt bis hierher in sein Büro gefolgt. Hatten ihn belauscht wie einen Verbrecher.

„Was wollen Sie eigentlich von mir?"

Bender kannte diesen Satz. Oft gehört und immer hatte er die gleiche Bedeutung: Die Leute fühlten sich in die Enge gedrängt und waren kurz davor, die Fassung zu verlieren. Würde der Pfarrer diesem Druck standhalten? Bender bohrte weiter.

„Sehen Sie. Wir haben vier Morde, allesamt grausam und drei davon mit religiösen Motiven. Sind wir uns da einig?"

„Ich weiß es nicht, wenn Sie es behaupten, wird es wohl so sein."

Bender stand auf, ging auf und ab, griff ab und an ins Bücherregal, las kurz ein paar Zeilen. Ging dann zum Fenster, blickte hinaus, wog den Kopf, sah den Pfarrer an und schnaufte tief durch.

„Wie stehen Sie eigentlich zu Mord? Wie würden Sie jemanden bestrafen, der jemanden umgebracht hat?"

„Was soll das jetzt. Ich bin doch kein Richter, ich bin Pfarrer. Gott der Herr wird für eine gerechte Strafe sorgen."

„Soso. Gott der Herr. Ist es nicht so, dass der Mensch manchmal ein bisschen nachhelfen muss, wenn es um Gottes Willen geht?"

„Du sollst nicht töten. So einfach ist das. Was wollen Sie von mir?"

„Was haben Sie bei Holger Hofer gemacht?"

Der Geistliche rutschte ein wenig tiefer in seinen Sessel, sah verstört zum Fenster hinaus. Dann blickte er Bender an, wich dem Blick des Kommissars aber gleich wieder aus. Holger Hofer, worum geht es hier eigentlich?

Der Kommissar blätterte wieder in einem Buch, Frey sagte erst einmal nichts.
„Holger Hofer ist ein Totschläger."
„Ist er nicht, es war ein Unfall." Frey griff in eine Schublade, kramte darin herum. Öffnete eine weitere und fingerte eine Zigarettenschachtel heraus. Eine ständig greifbare Notration, die er hin und wieder für seine Nerven brauchte. Jetzt zum Beispiel. „Was hat das alles mit Holger zu tun? Sie kommen zu mir ins Pfarrbüro, fragen mich über Mord aus, fragen mich nach Holger und ich habe das Gefühl, wir bewegen uns da in eine äußerst unerfreuliche Richtung."
Der Pfarrer schien sich gefangen zu haben, ging zum Gegenangriff über. „Lassen Sie ihn in Ruhe, er hat mit Ihren Geschichten hier nichts zu tun."
Ralf Bender spürte die Verletztheit, spürte auch die angespannte Nervosität, die der Pfarrer zwar gut überspielte, aber eben nicht ganz.
„Sie waren bis heute morgen zu Besuch bei ihm. Ist er Ihr Freund, sind Sie ein Paar?"
Wieder zuckte der Pfarrer zusammen. „Ach, was haben Sie doch für eine armselige Phantasie, Herr Kommissar."
Bender erinnerte Frey an den Totschlag, berichtete ihm von den Beobachtungen der Ingolstädter Kollegen und fragte schließlich direkt: „Sie können recht gut mit einem Metzgermesser umgehen, Sie treffen sich mit einem vorbestraften Totschläger und Sie werden jedesmal nervös, wenn wir über die Mordfälle bei uns sprechen. Herr Pfarrer, wo waren Sie, als die Morde in und um Grafenau geschehen sind?"
Der Pfarrer sprang auf, deutete mit dem Finger auf Bender: „Sie, Sie, ich..."
Er nahm die Zigarettenschachtel, feuerte sie quer durch den Raum, lief hinaus, schlug die Tür zu, um gleich wieder zurück zu kommen. „Was bilden Sie sich eigentlich ein? Suchen Sie Ihren Mörder und lassen Sie mich und Holger in Ruhe, hören Sie. Lassen Sie uns in Ruhe. Wir haben genug gelitten."
„Wo waren Sie, als die Morde geschahen?"
„Ich, ich habe doch versucht ihn abzuhalten, aber es ging nicht. Er war nicht zu bremsen. Wie oft mache ich mir Vorwürfe deswegen, wie oft möchte ich diese Schuld los werden. Es geht nicht. Es ist immer da. Und jetzt kommen Sie daher und rühren das alles wieder auf. Lassen Sie mich, gehen Sie."
Bender setzte sich auf den Besucherstuhl, nahm ein Gebetbuch, blät-

terte darin, blickte kurz zum Pfarrer und bedeutete ihm mit dem Kopf, sich wieder zu setzen.
„Was rühre ich auf?“
„Diese Sache in Pfarrkirchen. Da fällt dieser Kerl einfach auf die Bordsteinkante. Und ich habe Holger nicht zurückgehalten, ich konnte ihn nicht zurückhalten. Das war mir eine Lehre, das wird mir nie wieder passieren. Aber er hat gebüßt dafür, schwer gebüßt. Und ich habe meine Schuld auch gebüßt, ich bin Pfarrer, habe mein Leben dem Glauben, der Kirche und Gott gewidmet um all das wieder gut machen zu können, was damals passiert ist.“ Pfarrer Frey standen die Tränen in den Augen, die pure Verzweiflung.
„Wo waren Sie bei den Morden?“
„Wo war ich, na bei meinem Bruder war ich, da wo Sie mich scheinbar am Wochenende überwachen lassen haben.“
Bruder? Holger Hofer war der Bruder des Pfarrers? Wieso steht davon nichts in den Akten? „Er ist Ihr Bruder?“
„Halbbruder. Mein Vater ist bei einem Unfall ums Leben gekommen, als ich noch nicht einmal geboren war.“
Bender war diese Wendung unangenehm. Offensichtlich hatte er die Passage in den Akten überlesen.
„Haben Sie und Ihr Bruder etwas mit den Morden zu tun?“
„Nein, nein, nein. Es war ein Unfall. Holger hat niemanden getötet und ich natürlich auch nicht. Du sollst nicht töten, verstehen Sie das, Herr Kommissar. Du sollst nicht töten.“
Frey stand auf, öffnete die Türe und wies den Kommissar hinaus. Keine Sekunde länger wollte er mehr mit diesem Mann reden. „Gehen Sie. Und wenn Sie wieder mit mir sprechen wollen, dann müssen Sie mich vorladen. Hierher können Sie kommen, wenn Sie einen Priester brauchen, ansonsten will ich Sie nicht mehr sehen.“
„Das lässt sich nachprüfen. Sie hören von uns.“

„Und, war er's?“
Bender ging wortlos zur Pinnwand, nahm den Zettel mit Freys Namen ab und warf ihn in den Papierkorb. „Scheiße, Manu. Wieder ein Verdächtiger weniger. Hast du wenigstens was Neues?“
„Ich hab das Frühstück verlängert und mich ein wenig mit Ernst unterhalten.“
„Und?“

„Der Mann ist Kräuterpapst, kennt Gott und die Welt, jeder mag ihn. Ich übrigens auch. Wenn ich es nicht besser wüsste würde ich sagen er ist unser Mann."
„Manu, du gehst mir auf die Nerven. Erst war's Paul, und jetzt Ernst. Hast du was gegen einsame Wölfe?"
„Jeder kann es sein. Mir wird diese Gegend langsam unheimlich."

Sonntag, 9. Mai, Namenstag Mutter Theresa

Der Herr sieht sie mit Wohlgefallen.

Heute vor neun Jahren kommen bei einer Panik im Fußballstadion von Accra (Ghana) 126 Menschen ums Leben.

...und auch an diesem Tag hatte Satan die Finger im Spiel.

Alarm in der Polizeiinspektion 21, München, Stadtteil Au. Ein Obdachloser war gekommen, mit einer Zeitung in der Hand, das Foto von Jürgen Werner auf Seite 1. „Ist das der brutale Bayerwald-Mörder?", lautete die Schlagzeile darüber. Er habe ihn gesehen, genauer gesagt sogar gesprochen. In der Schlotthauerstraße, in einem leeren Gebäude. „Er ist vor ein paar Tagen aufgetaucht, hat sich breit gemacht. Mir ist er gleich aufgefallen, weil er mit zwei Tüten voller Zeug aus dem Supermarkt gekommen ist. Das ist keiner von uns." Heute früh habe er den Mann auf der alten Zeitung wieder erkannt. Die Polizisten verloren keine Zeit. Es war 10.23 Uhr, als sie in das Haus in der Schlotthauserstraße eindrangen. Hinauf in den ersten Stock – aber der Gesuchte war nicht da. Nur der leere Schlafsack, ein paar Reste vom Frühstück – Dosenravioli, die noch warm waren. Gleichzeitig war eine Streife ein paar Straßenzüge weiter bei der Marienkirche unterwegs. Da sahen sie ihn, wie er gerade das Portal öffnete. Als er sich auf der Kirchenbank niederlassen wollte, wurde Jürgen Werner verhaftet. In seiner Jackentasche steckte eine Zeitung, mit seinem Bild vorne drauf.

╬

Er spürte Unheil. In jedem seiner Atemzüge lag Unheil, in jedem Geräusch, das er vernahm lag Unheil. Noch lange nicht war er am Ziel angelangt, doch sein Plan, sein göttlicher Plan funktionierte nicht. Mit wachsendem Unmut dachte er an Helmut Schäfer, dessen fortschreitende Verwesung er nicht aufhalten konnte. Er konnte diesen heiligen Leib nicht konservieren, was er auch machte. Und jetzt? Er hatte keine Möglichkeit mehr, diese sterbliche Hülle zu retten.

„Sie haben ihn. Vor zehn Minuten wurde Jürgen Werner in München verhaftet. Und ratet mal wo."
„Liebl, das ist kein Ratespiel, sag schon."
„Betend auf einer Kirchenbank."
„Die sollen ihn sofort nach Passau bringen. Sofort."
„Schon unterwegs, die Moosbacher hat das bereits veranlasst. Wahnsinn Ralf, wie bist du dem auf die Schliche gekommen?"
„Wie haben die Kollegen ihn gefunden?"
„Ein Obdachloser hat ihn gesehen und gemeldet."
„OK, ruf die Kollegen in München an. Die sollen dem Mann eine Eintrittskarte für das Volksbad spendieren. Und warte, ein Essen sollen sie ihm auch noch zahlen, was weiß ich, vielleicht im Biergarten. Ach was, ich rufe selber an."

Es schien, als würde Jürgen Werner den beiden Kommissaren gar nicht zuhören.
„Sie haben Ihre Frau umgebracht."
„Nein." Das war das erste Wort, das ihm zu entlocken war.
„Aber natürlich, die Spuren sind eindeutig."
„Meine Frau ist in Spanien. Im Urlaub."
„Nein, ist sie nicht. Halten Sie uns für bescheuert. Wir haben ihre Leiche im Garten gefunden." Bender hatte die Nase voll. Scheinbar prallte alles an Jürgen Werner ab. Bender wurde laut, schrie ihn an, hielt ihm vor, dass man ihm alle Taten nachweisen würde. Keine Reaktion.
Dann versuchte es Manu, einfühlsam, verständnisvoll. „Wenn Sie gestehen, wirkt sich das positiv auf das Urteil aus. Sie können nichts mehr verlieren, nur noch gewinnen. Vertrauen Sie mir." Immer noch keine Reaktion.
Themawechsel: Bender holte die Fotos der geschändeten Leichen aus dem Akt und breitete sie vor Werner aus. Der schaute weg.
„Schauen Sie sich das an. Schauen Sie, das sind Ihre Opfer. Sie sind Raphael."
„Bin ich nicht, ich habe nichts damit zu tun. Ich möchte etwas zu trinken, bitte. Und eine Zigarette, darf ich hier rauchen?"
„Sie bekommen etwas zu trinken, aber erst erzählen Sie uns, wieso Sie Ihre Frau umgebracht haben. Und warum Sie diese Leute hier getötet haben. Und dann erzählen Sie uns, wo die vermissten Perso-

nen sind. Dann bekommen Sie Ihre Zigarette.“ Bender glaubte, den Mann bald soweit zu haben.
Doch der kauerte sich zusammen und fing an zu beten. „Gegrüßet seist du Maria voll der Gnaden, der Herr ist mit dir...“
„Hören Sie auf damit. Reden Sie jetzt.“
„...du bist gebenedeit unter den Frauen und gebenedeit ist die Frucht deines Leibes, Jesus Christus.“
Jürgen Werner schaltete sich förmlich ab. Bender ließ den Mann in eine Zelle bringen.
„Beobachtet ihn, nicht dass mir der auch noch durchdreht.“

„Wir haben sie gefunden. Sie haben sie erwürgt und dann im Garten begraben.“
„Ich habe sie geliebt.“
„Und deshalb haben Sie sie ermordet?“
„Sie hat immer nur geredet. Geredet, gefordert, gestänkert. Ich habe das nicht mehr ausgehalten.“
Jürgen Werner hatte sich in der kurzen Zeit in der Zelle offensichtlich gefangen. Nichts war mehr zu sehen von diesem in sich gekehrten, betenden Mann. Er saß aufrecht im Stuhl und erzählte Bender und Manu von der Nacht des 7. März.
„Beim Abendessen hat sie mir immer nur Vorhaltungen gemacht. So schön sei ihr Leben gewesen und ich hätte alles zerstört. Wie solle sie leben können, ohne Geld, ohne neue Kleider, ohne, ohne, ohne. Sie hat mich wahnsinnig gemacht.“ Sogar als sie zu Bett gegangen waren, habe sie weiter auf ihn eingeredet, durch das Bad hindurch von Schlafzimmer zu seinem Zimmer. „Ihre Stimme wurde immer kreischender, immer unerträglicher. Da bin ich aufgestanden, bin rüber gegangen und habe ihr das Kissen vor das Gesicht gedrückt. Sie hat um sich geschlagen, fast wäre sie mir entkommen. Da habe ich mich auf sie drauf geworfen und habe ihr so lange den Hals zugedrückt, bis sie still war. Ich wollte doch nur, dass sie endlich still ist. Dann habe ich sie zugedeckt, bin nieder gekniet und habe das Gegrüßet seist du Maria für sie gebetet. Oh Herr, gib ihr die ewige Ruhe. Dann war es still. Es war so still, wie seit 24 Jahren nicht mehr. Friedlich lag sie da.“
„Und dann haben Sie sie einfach liegen gelassen. Tagelang.“
„Ich wusste nicht, was ich machen sollte. Da kam mir die Idee, dass

ich ihr ein Monument für die Ewigkeit baue, dass ich sie im Garten beerdige. Sehen Sie, sie hat sich so sehr Kinder gewünscht, aber das war uns nicht gegönnt. Also habe ich ihr eine Ruhestätte geschaffen, wie sie nur einer Mutter würdig ist."
Bender setzte sich neben Manu, direkt gegenüber von Jürgen Werner. Er schwieg, wartete. Doch es kam nichts mehr. Also holte er erneut die Bilder hervor, breitete sie wieder vor Jürgen Werner aus.
„Das sind Ihre Opfer, diese Leute haben Sie auch umgebracht."
„Nein, damit habe ich nichts zu tun."
„Und die Vermissten, was ist mit denen? Haben Sie denen auch ein Grab geschaufelt, so wie Ihrer Frau?"
„Ich habe damit nichts zu tun. Gott, der Herr, ist mein Zeuge."

Bender ließ Werner fürs erste in Untersuchungshaft bringen und rief sein Team zusammen. „Ich will, dass jeder Schritt, den der Kerl seit dem 7. März gemacht hat, nachvollzogen wird", lautete sein klarer Arbeitsauftrag.

Dienstag, 11. Mai 2010. Gedenktag Heiliger Kyrill von Saloniki, Byzantiner Missionar und Mönch.

Der Herr sieht ihn mit Wohlgefallen.

Heute vor 25 Jahren bricht im Stadion von Bradford (Yorkshire) aus heiterem Himmel eine Feuersbrunst los. 56 Menschen sterben, 265 werden zum Teil schwer verletzt.

...und auch an diesem Tag hatte Satan die Finger im Spiel.

In der Zwischenzeit hatte Dr. Breitenbacher – wie bei der Polizei angekündigt – einen privaten Ermittler beauftragt. Und dieser verstand sein Handwerk offensichtlich. Innerhalb weniger Tage hatte er Dinge herausgefunden, von denen er glaubte, dass sie die Polizei nicht wusste.

Fassungslos blickte der Universitätsprofessor im Ruhestand auf den Report, den er von dem Privatermittler erhalten hatte, der die schmerzvollen Fakten enthielt, die bereits in den Ermittlungsakten der Polizei standen.

Seit geraumer Zeit hatte sich seine Frau offensichtlich mit Trennungsgedanken getragen, wollte aus ihrem spießigen Leben ausbrechen. Natürlich war sie 20 Jahre jünger als er, das war ihm immer bewusst gewesen. Auch dass sie alles andere als unattraktiv war, war nicht von der Hand zu weisen. Mehr als einmal hatte er sich bestens darüber amüsiert, wenn bei offiziellen Anlässen andere Männer sie ganz unverhohlen anstarrten. Doch er hatte sich nichts daraus gemacht, im Gegenteil, es gefiel ihm.

Auch jetzt, da er 68 Jahre alt war, wäre ihm nie im Traum eingefallen, dass seine Frau eigene Zukunftspläne schmiedete. Warum hatte er nicht gemerkt, dass ihre Liebe schwand?

Dr. Breitenbacher fiel eine psychologische Weisheit ein, die er mal irgendwo aufgeschnappt hatte: Männer glauben immer, dass alles in Ordnung ist und fallen dann aus allen Wolken, wenn die Frau auf einmal weg ist. Die Warn-Signale, die Frauen aussenden, etwas für die Beziehung zu tun, bemerken sie in ihrer grobschlächtigen Selbstzufriedenheit nicht. Hatte Annemarie ihre Unzufriedenheit angedeutet? Er konnte sich nicht erinnern.

Sicher war ihrer beider Leben immer auf ihn fokussiert gewesen, aber schließlich hatte er einen schwierigen Job zu erledigen, der ihn voll und ganz forderte. Und auch nach seiner Pensionierung hielten

ihn Vereine, in denen er sich engagierte, die Kommunalpolitik – er saß für die „Roten" im Stadtrat – auf Trab.
Er war stets der Meinung, dass Annemarie das Leben an seiner Seite genoss. Seit die beiden Kinder studierten und nur noch sporadisch mit schmutziger Wäsche und hungrig, wie streunende Katzen nach Hause kamen, war auch die Hausarbeit eher ein Klacks, dachte Dr. Breitenbacher. Deswegen hatte sie sich ja nette kleine Hobbys gesucht und unter anderem den Vorsitz bei der Tafel übernommen. War ihr das denn nicht genug? Wie konnte sie ihr gemeinsames Leben so mit Füßen treten? Jetzt wo er noch so viel vorhatte. Er wollte reisen, Museen besuchen und in die Oper nach München. Das wollte sie doch auch, oder?
Offensichtlich nicht. Breitenbacher las, dass der Detektiv den Mann ausgemacht hatte, der seine Annemarie um den Finger wickelte. 43 Jahre alt, Wildlederjackentyp mit Cabrio und Hang zum Amüsement! Dr. Breitenbacher zündete sich eine Zigarre an. Sofort fiel ihm ein, dass seine Frau den Qualm hasste. Mehrfach war es darüber zum Streit gekommen. Wenn sie ihn bat, das Rauchen auf einen Raum zu beschränken, fühlte er sich in seiner persönlichen Freiheit eingeschränkt und nahm den Stumpen sogar mit ins Schlafzimmer.
Als sie damit gedroht hatte, ihn zu verlassen, weil sie die ganze Situation, seinen Chauvinismus nicht mehr aushielt, hatte er sie beschwichtigt und versprochen, sich zu bessern. Doch letztlich setzte er sich immer durch, vergaß seine Versprechungen schon wenige Tage darauf und ging erneut auf Konfrontation.
„Hast du Miststück dir jetzt so ein dämliches Weichei gesucht, das nach Deiner Pfeife tanzt?" Ungekannte Eifersucht, angefeuert vom Rotwein, machte sich in ihm breit. „Wie kannst du mir das antun."
Zu allem Überfluss hatte auch der Mistkerl, der seine Frau jetzt vögelte, nichts über ihren Verbleib sagen können. Zwei Tage vor ihrem Verschwinden hatte er sie zum letzten Mal gesehen.
Warum, fragte er sich wieder und wieder, hatte er nicht gemerkt, dass die Beziehung aus dem Ruder gelaufen war. Dr. Breitenbacher dachte nach. Wann hatte er das letzte Mal mit seiner Frau geflirtet, liebevolle Gespräche geführt, Zärtlichkeiten ausgetauscht.
Er erinnerte sich an einen Abend vor circa einem halben Jahr. Da mussten sie das letzte Mal Sex gehabt haben. Solange war das her. Er konnte es selbst nicht glauben. Nicht, dass er impotent war. Im Gegenteil, der Anblick junger Frauen machte ihn immer noch scharf. Aber seine Frau? Irgendwann war es einfach zur Routine geworden,

uninteressant. Er hatte sich keine allzu großen Gedanken darüber gemacht, schließlich war das doch in jeder Beziehung so, oder? Genauso war es mit ihren Gesprächen. Er hörte eher gelangweilt zu, wenn sie ihm von ihren Tagen oder Abenden erzählte, von ihren Aktivitäten und Problemen. Meist las er Zeitung oder irgendein Buch und gab nur kurze, unkonzentrierte Kommentare von sich. Schließlich interessierte sie sich auch nicht für seine Probleme, für das, was ihn bewegte.

Ihre Gespräche hatten sich zuletzt auf die alltäglichen Probleme beschränkt. Wer geht einkaufen, wer bringt den Brief auf die Post? Oft war es wegen diesen Nichtigkeiten zum Streit gekommen oder er war einfach aufgestanden und gegangen. Spätestens dann, wenn sie ihren Lieblingssatz sagte: „Dich interessiert doch einen Scheißdreck, wie es mir geht."

Dr. Breitenbacher sprach seinen letzten Gedanken laut uns: „Verdammt noch mal, dich hat mein Leben doch auch nicht mehr interessiert!" Wenn er ehrlich war, stimmte das nicht so ganz. Sie hatte ihm stets sehr wohl zugehört, Anteil an seinem Leben genommen und ihm den Rückhalt gegeben, den er brauchte. Es hatte auch in den letzten Monaten noch Abende gegeben, an denen sie ihn mit einem opulenten Abendessen überraschte, Risotto mit Hühnerleber kochte, sein Leibgericht, Kerzen anzündete und versuchte ihn nach allen Regeln der Kunst zu verführen.

Doch auch dann hatte ihre Zweisamkeit stets ein unerfreuliches Ende genommen. Annemarie hatte von den Kindern geredet, die sie vermisste, er davon, dass die unfähigen Kollegen im Stadtrat falsche Entscheidungen trafen. An einem dieser Abende und das war, wie ihm bewusst wurde, noch keine sechs Monate her, hatten sie ebenfalls Sex gehabt.

Und jetzt, sein Hass schlug in Selbstmitleid um. Jetzt hatte sie ihn einfach fallengelassen. Trotzig zog Dr. Breitenbacher an seiner Zigarre, die zuvor achtlos im Aschenbecher lag. Sofort bekam er ein schlechtes Gewissen.

Dieser letzte Abend, dieser ultimativ letzte Abend, an dem sie im gemeinsamen Ehebett gelegen hatten (längst war es ihm zur Gewohnheit geworden auf der Ottomane in seinem Arbeitszimmer zu schlafen), es gab nicht mehr als mechanischen Sex. Er fand seine Befriedigung, mehr oder weniger. Als er später aufs Klo ging, sah er, dass seine Frau mit wachen Augen auf dem Rücken lag. Tränen liefen ihr über die Wangen.

„Nichts“ war ihre Antwort auf die Frage, was sie habe. Dr. Breitenbacher gab sich mit der Antwort zufrieden und kehrte nicht mehr ins Ehebett zurück. Die Nachrichten im Fernsehen, seine Zeitung und seine Ottomane übten einen größeren Reiz auf ihn aus.
Das Selbstmitleid wurde kleiner, sein schlechtes Gewissen meldete sich. Er wehrte sich dagegen. Es war doch alles in Ordnung gewesen. Schließlich hätte sie ihm sagen müssen, wenn ihr etwas fehlte. Dr. Breitenbacher drückte die Zigarre aus, als wolle er seiner Annemarie ein Zugeständnis machen. Endlich. Doch zu spät. Ihm wurde klar, dass er sein Leben lebte, seine Frau für sein Wohlergehen instrumentalisierte.
Bilder tanzten vor seinen Augen. Seine Frau, seine liebe Frau, wie sie lachte. Ein eingeschworenes Team waren sie damals, als noch alles in Ordnung war. Nächtelang redeten sie. Sie waren sich näher gewesen, als sich andere Menschen hätten jemals sein können. Träume waren damals in greifbare Nähe gerückt. Annemarie und er gegen die ganze Welt. Kein Problem. Sie hatten niemanden sonst gebraucht.
Und dann kamen die Kinder, die wundervollen Kinder. Sie wuchsen zu tollen Menschen heran. Es war nicht sein Verdienst gewesen. Das wurde ihm schmerzhaft bewusst. Sie, Annemarie war für alle da gewesen. Sie hatte die Kinder groß gezogen. Hatte sein Leben bequem gemacht. Sie hatte alles über ihn gewusst. Alles über seine Stärken. Und seine Schwächen. Sie hatte einen Sieger aus ihm gemacht. Und er? Er war ein Schwein gewesen. Das schlechte Gewissen schnürte ihm den Hals zu. Doch es war noch nicht zu spät, er konnte noch alles zum Guten wenden, Wenn sie ihn ließ.
Doch dazu musste er sie finden. Er würde alles tun, einfach alles, um sie zu finden. Egal, wo sie war, Dr. Breitenbacher würde seine Frau finden und er würde alles gut machen. Er würde ihr den Himmel auf Erden bereiten. Nie mehr sollte sie unter seinem Ego zu leiden haben. Dr. Breitenbacher suchte nach einer Visitenkarte.

╬

Ah, Raphael genoss den Frieden, der ihn durchfloss. Er konnte sich wieder ganz und gar seiner Aufgabe widmen. Er war der Racheengel des Herrn. Kein Zweifel mehr. Der kleine Sünder, dieser mickrige Redakteur, war aus dem Gefängnis, aus seinem Leben verschwunden. Er hatte mit seiner jüngsten großen Tat im Namen des Herrn dafür gesorgt. Er, er allein war Raphael, der Racheengel. Und doch. Er würde ein weiteres Exempel statuieren müssen. Er musste der Welt zeigen, dass Raphael seine Aufgabe noch nicht beendet hatte. Es war noch so viel zu tun. „Ich bin Raphael, Racheengel des Herrn.“

╬

Und er war Raphael, Todesengel des Herrn. So schön war diese wunderbare Frau dann doch noch entschlafen. Gott, der Herr, hatte sie gewiss in die Heerschar seiner Engel aufgenommen. Früher, als Raphael es erwartet hatte. Doch es war gut. Sie war aufgestiegen, entleibt aller irdischen Versuchungen, derer sie Zeit ihres Lebens auf wunderbare Weise entsagt hatte. „Und wir erkannten und glaubten die Liebe, die Gott an uns erweist. Gott ist Liebe, und wer in Liebe bleibt, der bleibt in Gott, und Gott bleibt in ihm." (1. Brief des Johannes, 4, 16)". Jetzt musste Raphael für dieses Mal nur noch vollenden, was er wenige Tage zuvor begonnen hatte. Denn schon wartete der nächste Heilige auf die Erlösung. Raphael sah mit Wohlgefallen, dass er sich inzwischen immer besser auf die Balsamierung verstand. Im Gegensatz zu Helmut Schäfer, dessen Körper ihm entglitten war, waren die sterblichen Überreste der Frau Breitenbacher beinahe perfekt erhalten. Und wieder nahm er eine Spritze und machte sich ans Werk.

╬

Als Manu und Bender an Breitenbachers Haustür läuteten, ließ der gerade seinen Hilferuf an die Presse los. Erst nach dem dritten Läuten öffnete er die Tür und sah in zwei Augenpaare, deren Besitzer wohl staatstragende Dinge mitteilen wollten. Bevor sie dies tun konnten, sagte er schwach: „Ich weiß Bescheid.“

╬

Selbstmitleid gepaart mit Arroganz, genau die Art von Typen, die Manu nicht leiden konnte.
Es war verständlich, dass Dr. Breitenbacher einen Detektiv beauftragte, seine Frau zu finden. Während er den betrogenen Ehemann gab, konnte Manu verstehen, warum seine Frau geflüchtet war. Und dann die Aussage, er könne seine Probleme selber regeln. Mit wel-

cher Selbstherrlichkeit er auf die Hilfe der Polizei verzichtete, war unerträglich.

„Glaubst du, dass er wenigstens auf unseren Rat hört, und sich still verhält?“

„Niemals“, sagte Bender.

Donnerstag, 13. Mai 2010. Gedenktag. Heiliger Servatius von Tongern, armenischer Bischof.

Der Herr sieht ihn mit Wohlgefallen.

Heute vor 10 Jahren verursacht eine Explosion in der Feuerwerksfabrik von Enschede den Tod von 23 Menschen. 947 Personen werden verletzt, 1500 Häuser werden beschädigt oder zerstört.

...und auch an diesem Tag hatte Satan die Finger im Spiel.

So leicht war es also ins Fernsehen zu kommen. Die Seite drei einer deutschlandweit erscheinenden Tageszeitung hatte Dr. Breitenbacher schon am Morgen bekommen. „Annemarie komm nach Hause, ich verzeihe dir", lautete die Schlagzeile. Der Universitäts-Professor, der sich in den 68 Jahren seines Lebens niemals hätte vorstellen können, dass er den Boulevard instrumentalisieren würde, saß in hoffnungsvoller Erwartung vor dem Bildschirm. Das Telefon fest umklammert. Endlich war es 20.15 Uhr. „Nach nur einem Spot geht's weiter", flimmerte über den Bildschirm. Gezeigt wurde die Werbung für eine Damenbinde. Ein smarter Moderator mit der Ernsthaftigkeit der Sendung angepassten Seitenscheitel und gedecktem Anzug rührte in der Mitleidstrommel. Es lief ein kleiner Film. Erst eine Einstellung von Grafenau. Der Stadtplatz, einfache Menschen, die ein Loblied auf Annemarie sangen, wurden interviewt. Dann ein Schwenk auf das Haus. In das Haus hinein. Dr. Breitenbacher saß auf seiner Ottomane. Verzweifelter Blick. Werbung. Für Bier, Geschirrspülmittel, Zahnpasta...

Dann wieder Dr. Breitenbacher. Er hielt Fotos aus glücklichen Tagen in der Hand. Erster Schultag seiner Kinder, Urlaub in Südfrankreich. Familienfeste. Das war der Preis, den Dr. Breitenbacher an den Teufel bezahlen musste. Und er tat es gerne. Er würde alles tun, um seine Annemarie zurückzubekommen.

Der Ton des Interviewers, der mit ihm in seinem Arbeitszimmer saß, war heuchlerisch. Dr. Breitenbachers Angst war echt. Besorgt sprach er in die Kamera, sprach in den Orbit, dass er alles wisse und alles verzeihen würde, er hatte nur eine Bitte: „Annemarie, komm zurück zu mir!" Eine Telefonnummer wurde eingeblendet. Dr. Breitenbacher wartete darauf, dass sein Telefon läutete. Gnadenlos lief der mediale Seelenstriptease weiter. Das Telefon läutete. Er machte einen kleinen Luftsprung. Es war eine Freundin Annemaries, die die Sen-

dung auch sah und ihm sagen wollte, dass sie seine Frau auch vermisst. Er drückte sie weg. Das Telefon läutete wieder. Ein Freund, der ihm Mut machen wollte. Weggedrückt. Noch ein Anruf. Weggedrückt. Anruf. Weggedrückt. Gefühlte tausend Mal.
So viel Hoffnung hatte er gehabt, als die Sendung aufgezeichnet wurde. So bitter wurde er enttäuscht...

Raphael war noch nie so verzweifelt gewesen. Still saß er vor dem Leichnam von Annemarie Breitenbacher, blickte auf sie. Voller Ekel und angewidert. „Warum bist du eine so falsche Schlange?" Raphael schrie die tote Frau an, war kurz davor, ihr ins Gesicht zu schlagen. Doch im letzten Moment zuckte er zurück, machte das Kreuzzeichen und bat den Herrn um Vergebung für seine Unbeherrschtheit.
Konnte man sich denn auf überhaupt nichts mehr verlassen. Diese gütige, gottesfürchtige Frau: Eine Ehebrecherin? Scheidung? Sie wollte weg von ihrem Mann? Wie konnte diese Frau so unkeusch sein, wie konnte sie sich so versündigen? Nein, nein, das durfte Raphael nicht gut heißen, das durfte er ihr nicht durchgehen lassen. „Warum, warum nur?", wieder schrie der die aufgebahrte Leiche an. Er musste raus hier, raus aus dem Verlies, seine Wut in die Welt hinaus schreien. Wie konnte diese Sünderin nur seinen göttlichen Plan so durchkreuzen? Wie konnte diese Frau so geschickt so ein Doppelleben führen? Er kannte nur die gute, gläubige, gütige Frau, die sich rührend um die Tafel kümmerte. Wie konnte sie ihr zweites Gesicht – ihre ganz eigene Fratze des Bösen – wie konnte sie dieses Gesicht so verbergen?
Raphael brauchte einen Plan. Jetzt und sofort. Hier neben dem Heiligen Helmut Schäfer konnte sie nicht bleiben und die geheiligten Hallen verunreinigen mit ihrer sündigen Vergangenheit. Auf keinen Fall konnte sie hier bleiben, würde doch bald auch sein Petrijünger die heilige Ruhe finden. Sie erwartete ein anderes Schicksal. Diese Leiche musste weg, so schnell wie möglich musste sie hier weg. Und alle sollten es sehen, dass er diese Sünderin erkannt hatte und dass er nicht davor zurückschrecken würde, sie an den Pranger zu stellen. Alle sollten sehen, wie sie sich am Wort Gottes vergangen hatte.
Wohin? Du teuflischer Luzifer, ihr Dämonen und Satane, was ist das nur für eine Welt, die ihr geschaffen habt. Überall lauert nur Schmutz, Sünde, Verderbtheit! Lieber Gott, mein Gott: Wie soll ich das alles

für dich reinigen? Wie soll ich deiner Größe und Macht gerecht werden? Wie soll dein ergebener Diener Raphael den Glauben und die Rechtschaffenheit in diese Welt zurück bringen? Herr, hilf mir.

Freitag, 14. Mai 2010. Gedenktag, Heiliger Victor von Siena, römischer Soldat und Märtyrer

Der Herr sieht ihn mit Wohlgefallen.

Heute vor 1046 Jahren: Papst Johannes XII. wird einer mündlichen Überlieferung zufolge vom Ehemann einer Geliebten erschlagen.

...und auch an diesem Tag hatte Satan die Finger im Spiel.

Es war lange nach 2 Uhr morgens, ehe in Grafenau Ruhe eingekehrt und niemand mehr auf der Straße unterwegs war. Raphael stand mit seinem Transporter in der Schusterbeckstraße auf dem Parkplatz über der Sparkasse, nur wenige Meter vom Stadtplatz entfernt, und wartete. Immer noch hatte er sich nicht beruhigt, schmiedete Pläne, wie er den Fehler wieder gut machen könnte. Er brauchte einen guten Menschen, den er dem Herrn opfern konnte. Es durfte ihm kein weiterer Fehler passieren, um die göttliche Fügung nicht durcheinander zu bringen. Diese vermaledeite Frau in seinem Kofferraum hatte sein ganzes Werk in Gefahr gebracht. Die Ausgewogenheit des Tuns – die Vernichtung des Bösen im Einklang mit dem Erhalt des Guten – war empfindlich gestört worden. Und Raphael war darauf nicht vorbereitet. Er wollte etwas Ruhe einkehren lassen, sich erholen und sammeln, ehe die nächste Tat in Gottes Namen auf dem Plan stand. Doch nun? Er musste schnell handeln. Noch war keiner ausgesucht, den er vor Gott erlösen mochte. Welche gute Seele wartete, Raphael wusste es noch nicht.

Voller Argwohn dachte er an diese Breitenbacher. Der Herr selbst hat ihm den Weg zu ihr gewiesen, was hatte er da nur falsch verstanden? Er stieg aus dem Auto und schlich durch einen engen Fußgängerweg zum Stadtplatz, lugte ums Eck. Raphael wusste, wie riskant es war. Doch es musste sein: Die Sünderin musste mitten in der Stadt allen gezeigt werden. Sehet, so geht es jenen, die fehlen. Der Tod soll ihre Strafe sein, und der Abscheu der Menschen beim Anblick ihres Todes soll ihnen in der Hölle auf der Haut brennen. Sehet, die Sündigen. Ihrer ist nicht das Himmelreich, sondern die Qualen des Fegefeuers.

Als Totenkleidung für den Leichnam hatte Raphael einfache Kartoffelsäcke gewählt, die er zu einem langen, würdelosen Kleid zusammen genäht hatte. In Höhe der Brust hatte er in großen, roten

Buchstaben „SÜNDE" geschrieben. Das war genug, die Leute würden das verstehen. Wer sündigt, wird die Pein der Strafe schneller erfahren, als ihm lieb sein kann. Er öffnete den Kofferraum, blickte noch einmal um sich. Er hatte nicht viel Zeit. Er hob den Leichnam aus dem Wagen, nahm ihn über die rechte Schulter und lief zum Brunnen am Stadtplatz. Er setzte die tote Frau auf den Boden, lehnte sie an den Brunnen, so, dass sie von der freien Fläche in der Mitte des Platzes von überall zu sehen war. Er wollte ihre Hände wie zum Gebet falten, doch dann sah er, dass dies Frevel wäre. Und so legte er ihr die Hände in den Schoss, mit ausgebreiteten Handflächen.
Raphael hörte, wie ein Auto den Stadtberg herunter fuhr. So schnell er konnte rannte er weg, versteckte sich hinter einer Telefonzelle, die in einer kleinen Gasse stand. Nein, das konnte doch nicht sein. Die Polizei. Ein Streifenwagen. Er wirbelte herum und rannte zwischen den Häusern in die Scharrerstraße. Er sah, wie der Polizeiwagen am Parkplatz, direkt vor dem Brunnen stehen blieb. Sie haben sie entdeckt. Herr, ich muss weg. Hilf mir, gib mir die Kraft.
Raphael fiel sein Auto ein, das er auf der anderen Seite des Platzes abgestellt hatte. In der Nebengasse, sicher. Aber was ist, wenn die gleich alles absuchen? Zum Auto konnte er nicht, der Weg führte direkt an den Polizisten vorbei. Er sah, wie diese hektisch zum Auto zurückliefen, telefonierten. Gleich würde hier die Hölle losbrechen. Die Hölle!
Er wusste keinen anderen Ausweg und rannte den Berg hinauf bis zur Kirche. Völlig außer Atem horchte er, ob sich schon was bewegte. Nichts. Ruhe. Es war mitten in der Nacht, in der Polizeiinspektion waren nur noch ein oder zwei Mann. Die anderen beiden waren bei der Leiche. Raphael hatte noch ein bisschen Zeit. Jetzt nahm er allen Mut zusammen und rannte zur Kirche, über die Straße, an der Polizeiinspektion vorbei und die nächste Straße den Berg wieder hinunter. Er sah sein Auto auf dem Parkplatz oberhalb der Sparkasse – nur einen Steinwurf von der Polizei entfernt. Zuerst aber noch einmal nachschauen: Was machen die beiden Polizisten? Vorsichtig schlich er am alten Rathaus entlang und lugte in Richtung Stadtplatz. Die beiden Beamten standen da und warteten.
Jetzt, nur noch wenige Sekunden, dann musste er weg sein. Raphael rannte zum Auto, schob es vorsichtig aus dem Parkplatz, so dass es von alleine den restlichen Berg hinunter lief. Über die Straße, links noch den Venusberg hinunter, bis das Auto zum Stehen kam. Jetzt ließ er den Motor an, die Polizei würde ihn von hier nicht mehr hören

können. Er gab Gas, rauschte in Richtung Freyunger Straße und raus aus der Stadt.
Fünf Minuten später war Raphael zu Hause. Er stellte den Lieferwagen in die Garage, war völlig erschöpft. „Lieber Gott, ich danke dir", und schlief ein.

Eineinhalb Stunden nach dem grausigen Fund war der Grafenauer Stadtplatz mitten in der Nacht in gleißendes Licht getaucht. Bender, der sofort verständigt wurde, ließ den kompletten Platz absperren, unzählige Kriminaltechniker sammelten alles ein, was sie am Boden fanden. Nichts sollte ihnen entgehen, hatte sich Bender vorgenommen, jede verdächtige Faser wollte er fein säuberlich in Plastiktüten verpackt im Gewahrsam der Polizei wissen. Er selbst setzte sich auf eine der Bänke, mit direktem Blick auf den Leichnam. Was führst du uns hier vor? Was willst du uns sagen? Bender blickte auf die schäbige Kleidung der Toten und die roten Buchstaben: SÜNDE. Raphael, schoss es ihm durch den Kopf.
So recht mochte das Bild jedoch nicht passen. Bender betrachtete die tote Frau, vor allem die ausgebreiteten Hände, aus denen er so etwas wie „hier bin ich nun und kann nicht anders" las. So viele Botschaften, dachte der Kommissar, und ich weiß überhaupt nichts damit anzufangen. Noch kribbelte nichts. Sünde. Das war nachvollziehbar. Die Frau schien ihrem Mann gehörig die Hörner aufgesetzt zu haben und ein neues Leben anfangen zu wollen. Ehebruch. Hast du sie dafür bestraft? Inmitten des lebhaften Treibens am Stadtplatz fühlte sich Ralf Bender alleine gelassen. Nur er, die Leiche und Raphael.
Obwohl sich Bender noch nicht einmal sicher sein konnte, dass hier Raphael die Hände im Spiel hatte. Schließlich passte nichts zu den Bildern von den drei Leichenfundstellen zuvor. Abgesehen davon, dass dieser Leichnam nicht geschändet worden war, passte auch sonst nicht viel zusammen. Annemarie Breitenbacher – und dass sie es war, darin waren sich alle anwesenden Polizisten aus Grafenau mit Bender einig – wurde bereits vor Wochen vermisst gemeldet. Alle anderen waren gleich nach der Tat öffentlich zur Schau gestellt worden. Auch den Fundort mochte Bender nicht in eine Reihe mit den bisherigen stellen: Himmelsleiter, Racheldiensthütte, Bruders-brunn. Stadtplatzbrunnen. Nur dieses eine Wort „Sünde", das passte.

Mit nur diesem einen Wort hat der Mörder das Signal gegeben, dass es hier um Religion geht, um Gott, um...Bender fröstelte. Er ließ die Leiche zudecken und blickte um sich.
An allen zehn Eingängen zum Stadtplatz drängten sich Menschen. Es war vier Uhr morgens und es schien, ganz Grafenau sei auf den Beinen. Die stille Post funktioniert, dachte Bender und wies zwei Beamte an, ein Polizeiauto so vor dem Brunnen zu parken, dass die Leute keinen Blick auf Annemarie Breitenbacher werfen konnten. Die Sensationsgier der Leute beantwortete Bender jedoch die letzte Frage, die er sich gestellt hatte: War das Raphael? Ja, war die Antwort. Da war sich der Kommissar sicher. Denn nichts war dem Zufall überlassen worden. Zeichen setzen, Aufmerksamkeit erregen. Es war kein stiller Mörder, dieser hatte eine Botschaft. Die Leiche war eine Botschaft, das Arrangement am Stadtplatz auch. Die vielen Schaulustigen gehörten dazu. Sie gehörten zu dem teuflischen Plan. Bender war davon überzeugt: Annemarie Breitenbacher sollte als Sünderin an den Pranger gestellt werden.
Er sprach mit einem Arzt, der herbeigerufen wurde, da die Gerichtsmediziner erst gegen sechs Uhr erwartet wurden. Bender war nicht wohl bei dem Gedanken, dass sich das polizeiliche Schauspiel noch Stunden hinziehen würde. „Können Sie mir etwas sagen, wie sie gestorben ist?“
Der Arzt schüttelte nur den Kopf. „Sehr schwer zu sagen, Verletzungen hat sie keine, soweit ich das sehen konnte.“
„Kein Schnitt an der Halsschlagader?“
„Nein. Aber ich bin mir sicher, dass die Frau schon ein paar Tage tot ist. Genaueres kann Ihnen aber nur der Pathologe sagen, ich...“, er hob entschuldigend die Schultern. „Ach, eines ist mir noch aufgefallen: Ihr Geruch hat mich an mein Studium erinnert, fragen Sie mich aber bitte nicht warum, ich weiß es nicht.“
Ein paar Tage tot. Dieser Satz kreiste in Benders Kopf. Warum hast du sie tagelang aufbewahrt, bevor du sie mir hierher gelegt hast? Da tauchte Manu auf, die sich bis dahin hauptsächlich damit beschäftigt hatte, die Dinge zu begutachten, die von den Kriminaltechnikern eingesammelt wurden. „Die ist schon seit Tagen tot“, dachte Bender laut, als er Manu kommen sah.
„Meinst du, das war wieder Raphael?“
„Ja, obwohl nur wenig passt.“
„Kann es ein Trittbrettfahrer gewesen sein?“
„Möglich, aber ich kann mir nach wie vor nicht vorstellen, dass es

zwei solche Monster in Grafenau gibt."
„Warum hat er sich so lange Zeit gelassen? Seit Tagen tot. Was war eigentlich in den letzten Tagen los?" Manu war anzumerken, dass ihr noch immer der Schlaf in den Gliedern saß.
Bender war hellwach. „Das ist vielleicht ein Ansatz."
„Was?"
„Was war in den letzten Tagen los, vor allem müssen wir uns fragen, was ist passiert, seit Annemarie Breitenbacher vermisst gemeldet wurde."
„Ein bisschen viel, nicht wahr? Seifeld verhaftet und wieder freigelassen, weil wir einen weiteren Mord hatten, ein weiterer Vermisster und jetzt das hier", sie deutete auf die zugedeckte Leiche.
Bender in Gedanken versunken, hörte ihr gar nicht richtig zu. Sie war eine Heilige, als sie verschwand. Und als tote Sünderin sitzt sie jetzt hier. Erst die Ermittlungen haben das Bild der Frau in der Öffentlichkeit gewandelt. Die Wohltäterin wurde zur Ehebrecherin. Die gläubige Christin hatte einen Geliebten, wollte ihren Ehemann verlassen. Oh Raphael, wie muss dich das erschüttert haben. Bender stutzte bei diesem letzten Gedanken. „Manu, das ist es, das ist die Verbindung." Ohne eine Antwort abzuwarten, rannte er in einen VW-Bus der Polizei, setzte sich auf die Rückbank und schrieb etwas auf einen Zettel. Manu folgte ihm.
„Schau: Die drei Toten, die wir gefunden haben, das waren in den Augen des Mörders allesamt Sünder. Gleichzeitig sind Leute verschwunden, die beinahe als Heilige verehrt wurden, rechtschaffene Bürger, gottesfürchtige Leute – oder zuletzt unser Angler, der Lebensretter."
Manu blickte auf den Zettel mit sechs Namen, links die drei der Mordopfer, rechts die drei der Verschwundenen. Auch der Name Breitenbacher stand dort.
„So. Und jetzt tritt der Herr Professor im Fernsehen auf und macht alles zunichte. Die Breitenbacher ist keine Heilige, sie führt ein Doppelleben. Sie passt nicht mehr. Sie muss weg, ausradiert werden."
Bender strich den Namen Breitenbacher mit wilden Bewegungen durch, bis er nicht mehr zu lesen war. „Raphael muss übergeschäumt sein vor Wut. Als er seinen Fehler bemerkte, hat er sie entsorgt. Und zwar so, dass alle es sehen: Annemarie Breitenbacher ist eine Sünderin." Bender legte den Stift weg, lehnte sich zurück.
„Das ist doch was", freute sich Manu, die begriffen hatte, was Bender meinte.

„Naja, Manu. So ist es nun auch wieder nicht. Wir haben immer noch keine Ahnung, wer dieser Raphael ist."
Die beiden Kommissare gingen zurück zum Leichnam, deckten ihn ab und betrachteten das Bild noch einmal. Armselig saß die tote Frau da, die fette Inschrift auf dem Sackleinen an der Brust, rot leuchtend und unübersehbar. Die ausgebreiteten Hände, die jämmerliche Haltung. „Willkommen im Mittelalter", sagte Manu. „Willkommen am Pranger."
Da hörten die beiden Beamten einen größeren Tumult am oberen Ende des Stadtplatzes, lautes Geschrei, ja fast schon Geheul. „Ich will sie sehen, ist sie es? Ich will hier durch, Annemarie...". Dr. Breitenbacher, auch er hatte mittlerweile mitbekommen, dass sich am Stadtplatz etwas tat. Bender lief hin, half den Beamten, die Breitenbacher zurück halten wollten.
„Herr Doktor, bleiben Sie ruhig. Es gibt hier nichts für Sie zu sehen, glauben Sie mir."
„Ist sie es? Herr Kommissar: Ist das meine Frau?" Tränen standen Breitenbacher in den Augen und seine Stimme überschlug sich mehrmals.
„Ich kann Ihnen dazu im Moment nichts sagen. Verstehen Sie doch. Wir melden uns später bei Ihnen."
„Also ist sie es", Dr. Breitenbacher ließ sich durch nichts mehr aufhalten, stieß die beiden Beamten zur Seite, die ihm den Weg blokkierten, drückte auch Bender weg und lief zum Brunnen. Der Leichnam seiner Frau war immer noch unbedeckt. Breitenbacher rannte auf sie zu, erkannte sie. Mit einem lauten, jaulenden Schrei stürzte er und schlug der Länge nach hin. Er streckte die Hand aus und bekam einen Fuß seiner Frau zu fassen. So blieb er liegen. Heulend, schluchzend, Blut rann ihm aus der Nase und schwarzer Dreck verschmierte sein Gesicht. „Annemarie", schrie er mehrmals. Ansonsten war es am Stadtplatz absolut still, es schien, als würde keiner der Schaulustigen es wagen, zu atmen. Selbst Bender und Manu waren völlig erstarrt. Ein Blitz rief sie wieder zurück ins Geschehen. Bender schaute sich um, wo kam das her. Da sah er ihn: Klaus Monn packte gerade seine Kamera wieder in die Fototasche.

╬

Der Mord an Bergmann hatte Monn einen gewaltigen Strich durch die Rechnung gemacht. Kaum war er an seinem neuen Arbeitsplatz

in Köln angekommen, lautete sein erster Chefreportereinsatz, eine Hintergrundstory über die Vorfälle im Bayerischen Wald zu schreiben. Jetzt war er wieder da. Nicht mehr lange, dachte er an diesem Abend, als er im Fond eines alten Passat Kombi von der treusorgenden Ehefrau eines anderen stieg, die er gerade beglückt hatte. Spaß empfand er nicht dabei, nur die Zufriedenheit, die Dame von einem unschuldigen Kegelabend mit ihren Freundinnen direkt ins Sexabenteuer mit einem Unbekannten entführt zu haben. „Tschau“, sagte er, kraxelte aus dem Auto und stieg in seinen Porsche, den er direkt daneben abgestellt hatte. Die Tränen in den Augen der Frau sah er natürlich nicht mehr.
Eine oder zwei Stunden kurvte er mit seinem Auto noch kreuz und quer durch das Grafenauer Land, er fand seit Tagen keine Ruhe mehr. Er fühlte sich wie ein wildes Tier, das man eingesperrt hatte. Die Fesseln der Provinz wurde er einfach nicht los und so tigerte er durch die Gegend und fand den Ausgang nicht. Als er gerade auf der Umgehungsstraße von Lichteneck in Richtung Grafenau unterwegs war, bemerkte er die blinkenden Blaulichter in der Stadtmitte. Es wird doch nicht schon wieder...? Monn trat das Gaspedal so heftig durch, dass das Heck des Porsche auszubrechen drohte. Zwei Minuten später stand er am unteren Ende des Stadtplatzes. Er sah Bender, der am Brunnen saß und etwas anstarrte, konnte aber nicht erkennen, was das war.
Weil er nicht durch die Absperrung konnte, musste er sich einen Weg suchen. Er lief den Berg hinunter zur Redaktion, hinein in den Kurpark, eine lange Treppe hinauf zum Rathaus und schließlich durch eine kleine Gasse zurück zum Stadtplatz, den er nun seitlich von der Mitte aus betrachten konnte. Er war völlig außer Atem, unendliche fünf Minuten war er fast ausschließlich gesprintet, um ja nichts zu versäumen. Da sah er eine Gestalt am Brunnen hocken, ziemlich tot. Scheiße, er hatte keinen Fotoapparat dabei. Also,nochmal zum Auto, neuer Anlauf.
Als er zurückkam, gab es fast kein Durchkommen mehr, so dicht gedrängt standen die Leute inzwischen hinter der Absperrung. Doch Klaus arbeitete sich durch. „Rüpel“, hörte er den einen oder anderen rufen und er antwortete, indem er seine Ellbogen noch ein bisschen energischer einsetzte. Da stand er nun in der ersten Reihe, inzwischen war der Leichnam zugedeckt. Mist.
Er schaute sich um, und es dauerte nicht lange, da hatte er sein Opfer schon gesehen, keine zwei Meter von ihm entfernt. Bernd, der junge

Polizist. Monn wusste, dass dieser ihn längst gesehen haben musste, schließlich kämpfte er krampfhaft dagegen an, in seine Richtung zu blicken. Abwarten, lange hält der nicht durch. Er spürte es. Da. Bernd blickte in seine Richtung, die beiden Augenpaare fanden sich und leichte Röte stieg ins Gesicht des Polizisten. Wie armselig, dachte Monn, zwinkerte ihm zu und winkte ihn mit zwei Fingern zu sich. Bernds Körper sträubte sich, aber schließlich ging er doch zu Monn. Er konnte sich seinem Charisma nicht entziehen.
„Hallo, na dass du da bist, wundert mich überhaupt nicht."
„Wer ist der Tote? Weißt du was?"
„Na, weiß nicht, das darf ich dir doch nicht sagen."
„Bernd, wer sollte je davon erfahren, dass du mit mir geredet hast?"
Der Polizist sah sich um, blickte in dutzende Gesichter von Schaulustigen, schaute sein Gegenüber an. „Nein, ich kann nicht."
„Na gut. Dann machen wir halt das Ja-Nein-Spiel."
Bernd schüttelte nur den Kopf und wollte wieder zurück auf seine Position, doch Monn hielt ihn am Ärmel zurück. „Also, sag schon: Ein neues Mordopfer, oder?"
Bernd nickte kaum sichtbar und hasste sich für diese Schwäche.
„Gut. Ein Mann?"
Kopfschütteln.
Eine Frau also. Die nächste Schlagzeile würde ihm niemand streitig machen, soviel war sicher. Allerdings war die Uhrzeit denkbar beschissen, schließlich waren die Zeitungen schon gedruckt und alle Konkurrenz hatte von nun an den ganzen Tag Zeit, den Vorsprung einzuholen, den er sich jetzt herausarbeiten konnte. Er brauchte eine Sensation, er brauchte etwas Einzigartiges. Ein Foto, das sonst keiner hat. Die Tote zum Beispiel. Bernd stand immer noch da, Klaus ging zum neuerlichen Angriff über.
„Sag mal, ich bräuchte ein Foto von der Toten."
„Bist du verrückt, ich kann doch die Frau Doktor nicht fotografieren für dich." Der Polizist merkte es für den Bruchteil einer Sekunde zu spät, sah schon das Triumphlächeln in Monns Gesicht.
„Frau Doktor, wie? Warte mal, ist das am Ende die Breitenbacher?"
Bernd ließ die Arme hängen wie ein Schuljunge, den man beim Abschreiben erwischt hat. „Von mir hast du es nicht", winselte er noch, doch Monn hörte ihn schon gar nicht mehr. In ihm arbeiteten längst alle Systeme an der Operation Schlagzeilen und Sensationen. Er beobachtete wie Bender und Manu miteinander sprachen, sich in ein Polizeiauto zurückzogen und eifrig diskutierten. Da war einiges in

Bewegung, und der Jäger war mitten drin. Zumindest so mitten drin, wie es die Absperrbänder zuließen. Da hatte er die Idee: Er blätterte in den Kontakten auf seinem iPhone, fand die Nummer sofort und rief an. Es dauerte, bis jemand abhob. „Bitte, bleiben Sie jetzt ganz ruhig. Ihre Frau wurde gefunden. Sie ist tot. Am Stadtplatz.“ Klaus drückte die Beenden-Taste, packte den Fotoapparat aus und wartete. Mit Freude sah er zu, wie Bender und Manu zurück zur Breitenbacher gingen. Noch mehr Freude bereitete es ihm, als sie die Decke wegzogen und den Leichnam wieder freilegten. Da begann der Tumult am oberen Ende des Stadtplatzes, er hörte Dr. Breitenbacher schreien und überprüfte noch einmal, ob der Blitz geladen, die Kamera richtig eingestellt war. Es würde nur ein Foto geben, das war ihm klar. Er sah zu, wie Breitenbacher die Polizisten beiseite warf, wie er zum Brunnen lief und stürzte, als er gerade um das Polizeiauto herumlief, das den Blick zum Leichnam verdecken sollte. Nicht für Klaus, sein Blickwinkel war ideal. Was sonst. Gerade als Breitenbacher den Fuß seiner Frau zu fassen bekam, den Kopf leicht anhob und sein ganzer Schmerz aus ihm heraus brach, da drückte Klaus ab. Sofort stürzten zwei Polizisten auf ihn zu, versuchten ihm die Sicht zu versperren. Klaus kontrollierte am Display das Foto. Es war perfekt. Blut, Tränen, Tod. Er packte die Kamera ein, da sah er Bender auf sich zustürzen.
„Ich sage es dir, der Himmel stehe dir bei, wenn ich dieses Bild in der Zeitung sehen muss.“
„Herr Kommissar, ich mache nur meine Arbeit.“
„Scher dich zum Teufel.“
Wäre Monn nur ein bisschen sensibler gewesen, hätte er gespürt, wie sich in der Menge um ihn herum Verbrüderung mit dem Kommissar breit machte.
Bender ließ von ihm ab, ging zu einer Gruppe von Polizisten und fuchtelte wild mit den Armen. Kurz darauf schwärmten die Beamten aus und drängten die Schaulustigen noch weiter zurück, hinein in die Wege und Straßen, die zum Stadtplatz führten, bis keiner mehr freien Blick auf die Szene hatte. Monn war es egal, er hatte ohnehin was er brauchte. Zufrieden ging er zu seinem Porsche, ließ noch einmal die Reifen quietschen und fuhr nach Hause.

Dr. Breitenbacher hatte kein Auge zugemacht. Er erlebte ein Gefühlschaos zwischen Hoffen und Bangen. Nachdem die Mitleidsanrufe gestern weniger geworden waren und schließlich ganz aufhörten, blieb das Telefon schließlich stumm. Breitenbacher beruhigte sich mit der Aussicht, dass konkrete Hinweise erst in den kommenden Tagen eingehen würden. Trotzdem saß er da und starrte auf den Apparat, als ob er dadurch den entscheidenden Anruf beschleunigen könnte.
Stundenlang bekämpfte er sogar den stärker werdenden Harndrang, bis auch das nicht mehr möglich war. Als er endlich pinkeln ging, klingelte das Telefon tatsächlich. Verzweifelt versuchte er, den Wasserstrahl zu unterdrücken, lief mit geöffneter Hose zum Telefon und nahm ab.
Eine ihm fremde Männerstimme. Alles war ihm jetzt egal, so wie er war sprang er ins Auto, fuhr in Richtung Stadtplatz, kam allerdings nicht weit, weil sich die Autos bis zur Kirche hinauf stauten. Er ließ den Wagen mit laufendem Motor stehen, rannte den Stadtberg hinunter. Als sich ihm zwei Polizisten in den Weg stellten, konnte er nicht mehr anders und schrie.

Dr. Breitenbacher war einfach liegen geblieben, alle Kraft schien aus seinem Körper gewichen zu sein. Manu kümmerte sich um ihn, während sie auf den Rettungswagen warteten, der sofort alarmiert wurde. „Ich habe sie so geliebt und konnte es ihr nicht zeigen“, sagte er zur Kommissarin, die sich zu ihm auf den Boden gesetzt hatte und ihm durch die Haare strich. Die dachte dabei an ihren Vater, der nach einer schweren Krebserkrankung schon vor 15 Jahren gestorben war. Breitenbacher tat ihr leid, jetzt fühlte sie mit ihm.
Es dauerte lange, bis der Sanka den Weg durch die Menge der Schaulustigen fand. Zwar waren diese weit zurück gedrängt worden, trotzdem schien niemand nach Hause gehen zu wollen. Die ganze Hauptstraße am Stadtberg herunter musste Auto für Auto zur Seite gefahren werden, um dem Rettungswagen die Durchfahrt zu ermöglichen. Erst nach einer halben Stunde waren die Sanitäter am Ziel. Als sie Breitenbacher auf die Trage legten, warf dieser noch einen letzten Blick auf die Decken, unter der die Leiche seiner Frau längst wieder verborgen war. „Ich liebe dich“, flüsterte er noch einmal und schlief – vollgepumpt mit Beruhigungsmitteln - ein.

Manu suchte Bender, fand ihn auf dem Rücksitz des VW Bus. „Was für ein armer Teufel", sagte sie und deutete auf den abfahrenden Sanitätswagen.
„Lauter arme Teufel", sagte Bender, scheinbar immer noch in Gedanken versunken.
„Weißt du, was ich mir dir ganze Zeit schon überlege: Wenn die Breitenbacher seit Tagen tot ist, dann gilt das wohl auch für die anderen Vermissten. Siehst du das auch so, Ralf?"
„Ja, soweit bin ich auch schon. Was ist das für ein Mensch? Sag mir, was ist das für ein Mensch, der so etwas tut?"
„Ich weiß es nicht. Ein Psychopath, ein Menschenhasser. Wir brauchen unseren Psychologen."
„Der ist schon unterwegs, ich hab ihn angefordert, er soll sich das hier anschauen", Bender zeigte mit einer kurzen Kopfbewegung in Richtung Brunnen. „Verdammt noch mal, der Mörder spielt mit uns Katz und Maus und wir wissen nichts."
„Das ist es ja: Wir können uns so viele Gedanken machen wie wir wollen, wir stochern immer im Leeren."
„Wir wissen, wie er sich seine Opfer aussucht: Leute, die er für böse hält, werden ermordet, geschändet und an mystischen Orten abgelegt. Leute, die er für gut hält, entführt er und...macht weiß der Teufel was mit ihnen. Was soll das? Offensichtlich tötet er die auch, aber was macht er mit ihnen?"
„Er behält sie, irgendwie. Das mit dem Doppelleben von der Breitenbacher hat er gestern erfahren, aber tot ist sie schon länger. Es wäre interessant zu wissen, wie sie gestorben ist."
Bender nickte nur: „Warten wir auf den Gerichtsmediziner, der müsste sowieso bald da sein."

╬

Er spürte jeden Knochen im Körper, als er endlich aufwachte. Schweiß rann ihm von der Stirn und sofort fiel ihm die Situation am Stadtplatz ein, als die Polizisten auftauchten und er flüchten musste. Raphael ging ins Haus, duschte. Er machte sich Kaffee, doch eine große Unruhe tobte in ihm. Alles ist aus dem Lot, das Gleichgewicht muss wieder hergestellt werden. Er war gefangen, zwischen dem Hass auf Annemarie Breitenbacher und der Lücke, die sie in seinem Plan hinterlassen hat.
Er ging in sein Schlafzimmer, dort bewahrte er seine heilige Liste auf.

Es musste schnell gehen. Heute, vielleicht morgen schon. Jedenfalls bald. Er musste einen Menschen erlösen, musste den beiden Heiligen im Verlies den Dritten hinzufügen. Gott, der Herr, würde es nicht gut heißen, wenn der Racheengel keinen Ausgleich finden würde. Raphael las die Liste. An einem Namen blieb sein Blick heften. „Oh du Glücklicher", sagte er und hob die Hände weit über den Kopf. „Raphael wird dich erlösen und du wirst die Dankbarkeit Gottes erfahren."
Er überlegte, ob er sofort zuschlagen sollte. Doch er besann sich eines Besseren, schließlich hatte er auch noch seine Arbeit zu tun. Die Strategie bisher war doch so erfolgreich: Bloß nicht auffallen. Auch wenn es ihm schwer fiel, er verschob die Erlösung auf den Nachmittag.

╬

Dr. Hans Gersch hielt sich nicht lange mit Smalltalk auf, als er von Ralf Bender am Stadtplatz begrüßt wurde. Sofort nahm er den Leichnam in Augenschein. Bender stand neben ihm, wollte Bericht über alles, was dem Gerichtsmediziner auffiel. „Der Kollege hat Recht, sie ist schon mindestens fünf Tage tot", sagte Gersch.
„Gibt es Zeichen von äußerer Gewalt?"
„Das kann ich so noch nicht sagen. Aber sehen Sie die Verfärbung der Haut? Vielleicht war sie nierenkrank. Das kann ich Ihnen aber alles erst nach der Obduktion sagen."
„Der Arzt, den wir hinzugerufen hatten, sagte etwas von einem komischen Geruch, der ihn an sein Studium erinnere?"
„Ja, Formalin."
„Was bedeutet das?"
„Keine Ahnung. Normalerweise wird Formalin benutzt, um Körperteile zu konservieren. Aber wie gesagt, Genaueres erst nach der Obduktion." Dr. Gersch war offensichtlich etwas genervt, nicht in Ruhe Punkt für Punkt seines Arbeitsplans abarbeiten zu können. Bender ließ jetzt ohnehin von ihm ab, es gab wieder eine neue Erkenntnis. Den Leichnam konservieren. Aufbewahren. Das Böse vernichtet er. Das Gute bewahrt er auf. Für sich. Bender stellte sich vor, wie der Mörder Tote aufbahrt, sie anbetet und versucht, die Körper für die Ewigkeit zu erhalten. Oder will er sie nur für eine gewisse Zeit erhalten, um sie dann vorzuführen, einzusetzen? Aber wie?
„Wie schnell können Sie mir Ergebnisse liefern?", wandte er sich noch einmal an den Gerichtsmediziner.

„Zwei, drei Tage wird es schon dauern."
„Nein, ich brauche das alles früher. Wir haben keine Zeit zu verlieren."
„Wenn Sie mich endlich in Ruhe arbeiten lassen, kann ich Ihnen zumindest bis heute Abend sagen, wie sie gestorben ist."

╬

Bender berichtete Dr. Leopold in allen Einzelheiten, was sie bisher an neuen Erkenntnissen sammeln konnten.
„Sie haben Recht, das hier ist das pure Mittelalter", war dessen erster Kommentar. Er betrachtete die Bilder, die die Polizei vom Fundort der Leiche machte, danach begutachtete er den Stadtplatz. „Der ideale Pranger. Er führt sein Opfer vor, will, dass alle sehen, dass sie eine Sünderin ist."
„Was bedeutet das?"
Statt einer Antwort bekam Bender nur ein Schulterzucken und der Psychologe setzte sich auf die Bank, auf der Stunden zuvor der Kommissar ebenso still versunken nachdachte. Bender selbst kam sich in diesem Moment hilflos, beinahe sinnlos vor. Es gab im Moment nichts zu tun. Das setzte ihm seit Wochen zu: Statt in der Ermittlungsarbeit weiter zu kommen, blieb der Polizei bislang nichts anderes, als nach jeder neuerlichen Tat neue Erkenntnisse zu sammeln und sich dem Mörder selbst trotzdem keinen Schritt nähern zu können. Es gab keine Idee und selbst die Verdächtigen, die man bisher hatte, waren eigentlich gar nichts wert. Religiöse Eiferer, das war ihr einziger Anhaltspunkt. Jeder könnte ein solcher sein, ohne dass man davon wusste – so wie Benno Seifeld mit seinem Altar in der Wohnung, von der die Polizei auch nur durch eine Intrige erfuhr. Etwas Beruhigung verschaffte es Bender, dass er in der Nacht die Polizisten angewiesen hatte, alle Schaulustigen möglichst unauffällig zu fotografieren. Er würde sich viel Zeit dafür nehmen müssen, diese Fotos zu betrachten. Vielleicht war ja darauf etwas zu finden – es konnte gut sein, dass sich der Mörder unter die Menge gemischt hatte.
„Wir haben ein Problem", fuhr der Psychologe mitten in Benders Gedanken. „Wenn Ihre Annahme stimmt, dann steht der Mörder jetzt unter gehörigem Druck."
„Was meinen Sie?"
„Er hat sich in der Frau getäuscht, die Heilige wurde in seinen Augen zur Hure. Er hat uns drei geschändete Leichen präsentiert und gleich-

zeitig hat er die aus seiner Sicht Guten entführt und bei sich behalten. Davon hat er aber nur noch zwei."
Bender begriff sofort, Manu auch: „Das heißt also, er wird sich jemanden holen."
„Ja", bestätigte der Psychologe. „Und ich bin mir ziemlich sicher, dass das schneller passieren wird, als uns lieb ist. Gestern hat er vom Doppelleben der Frau erfahren und er hat sich ihrer sofort entledigt – und das auf denkbar spektakuläre Weise. Ich glaube, der tobt im Moment und hat seinen nächsten Plan längst gefasst. Es würde mich nicht wundern, wenn Sie heute schon eine Vermisstenmeldung bekommen würden."
„Was können wir tun?"
„Ich fürchte nichts. Außer sie finden in den kommenden Stunden heraus, wer ihr Mörder ist."
Manu und Bender blickten sich an, resigniert und hoffnungslos. Die Leiche der Annemarie Breitenbacher war bereits auf dem Weg zur Gerichtsmedizin, die Absperrbänder wurden abgenommen, der Stadtplatz wieder frei gegeben.
Manu war noch immer beeindruckt von Breitenbachers Auftritt. „Weißt du Ralf, was die Ironie des Ganzen ist? Er hat seine Frau behandelt wie einen billigen Lumpen. Erst als er dahinter gekommen war, dass sie einen Geliebten hat und erst als er sie tot hier liegen sah, wurde ihm bewusst, wie sehr er sie geliebt hat. Und letztlich trägt er sogar Schuld daran, dass sie so enden musste."
Es war bereits zehn Uhr morgens. Die beiden Kommissare fuhren in ihr Domizil ins Waldesruh, wo auf dem Tisch im Gastraum das Frühstück auf sie wartete.
„Wo wart ihr denn heute schon?", fragte sie der Wirt. „Ich wollte gerade den Tisch abräumen."
„Frag nicht, bring mir lieber eine Kanne Kaffee", antwortete Bender nur und ließ sich in den Stuhl fallen. „So, ab sofort können wir warten, was als nächstes passiert."
„Was ist denn passiert?", fragte Ernst nach.
„Die Hölle. Und ich fürchte, heute noch wird der Mörder das nächste Kapitel aufschlagen."
Ernst blickte verständnislos.
„Naja, wir fürchten, dass heute oder in den nächsten Tagen wieder jemand entführt wird."
„Aha", sagte Ernst nur, schüttelte den Kopf und zog sich in die Küche zurück, um kurz darauf mit dem Kaffee zurück zu kehren.

„Sagt mal, habt ihr schon einmal überlegt, einen richtigen Beruf zu ergreifen?“, fragte er die beiden Kommissare.
„Was denn zum Beispiel? Wirt? Wer nichts wird, wird Wirt, heißt es doch, oder?“
Bender und Manu hatten sich gestärkt, als sich Ernst Gallbauer mit seinem Kaffee zu ihnen setzte. „Jetzt sagt doch mal, was ist denn passiert?“
Nachdem Bender berichtet hatte, sagte er: „Du kennst doch hier jeden. Ist dir nie jemand aufgefallen, der sich merkwürdig verhält. Ein Sonderling, der nicht viel beachtet wird.“
„Ralf, ich muss Dir doch nicht erzählen, dass man selten hinter die Fassade eines Menschen blicken kann. Ich kenne da nur eine Ausnahme: Betrunkene.“

Sonntag, 16. Mai 2010. Gedenktag, Heilige Gemma Galgani, italienische Jungfrau und Mystikerin

Der Herr sieht sie mit Wohlgefallen.

Heute vor 78 Jahren: Auf der Rückreise seiner Jungfernfahrt fängt der französische Luxusdampfer „Georges Philippar" Feuer und brennt aus. 54 Menschen lassen ihr Leben.

...und auch an diesem Tag hatte Satan die Finger im Spiel.

„Und du stehst im Regen und du wirst nicht nass, es regnet an dir vorbei", Bender hörte das Grönemeyer-Lied schon zum zehnten Mal in Folge, und er stellte sich immer wieder Raphael vor, einen von Selbstmitleid zerfressenen Menschen, mit dem man einfach nur Mitleid haben müsste – wenn er nicht ein grausamer Mörder wäre. Zumindest war das eine dünne Vorstellung, die Bender inzwischen von Raphael hatte. Es war sein größtes Problem, dass er sich kein rechtes Bild dieses Mannes machen konnte. So verbrachte er die Mittagspause mit dem Kriminal-Psychologen Dr. Heinrich Leopold, ließ sich alle möglichen Facetten dieses Individuums auseinander setzen, nur um zu dem Ergebnis zu kommen, dass auch der Psychologe keine eindeutige Antwort wusste. Schließlich präsentierte ihm dieser mehrere Profile, die auf den Serienmörder zutreffen könnten. „Kann sein, dass er zurückgezogen lebt, ein Versager vielleicht, der es nie schaffte, sich der Autorität der Eltern zu entziehen und seine Defizite nun mit Machtspielen ausgleicht." Oder aber es handelte sich um einen nach außen völlig normal erscheinenden Mitbürger, vielleicht sympathisch, sogar hilfsbereit. „Ein Mensch, der sich eine Parallelwelt gebildet hat und dort eine Art zweites Ich auslebt." Die wahrscheinlichste Variante war es für Dr. Leopold, es mit einem Menschen zu tun zu haben, der andere für seine eigene Fehlbarkeit bestrafte. „Mit Sicherheit ist er schizophren, vielleicht sogar eine multiple Persönlichkeit, die schnell und kontrolliert zwischen seinen verschiedenen Charakteren wechseln kann." Sicher war nur die große Religiosität, doch der Psychologe war überzeugt, dass diese nur für Leute erkennbar war, die näher mit dem Mörder zu tun hatten – Familie, enge Freunde. „Aber ich fürchte, er hat keine Familie oder sie könnte zerbrochen sein. Denn er versucht offensichtlich, eine gewisse Ordnung herzustellen, ohne dass seine Opfer etwas mit ihm persönlich zu tun hätten."

„Aber es fällt doch auf, wenn jemand religiös ist", sagte Bender. „Leute, die beten, oft in der Kirche sind oder häufig von Gott sprechen, die sind gläubig, das ist für jeden erkennbar. Aber die Religiosität, von der wir hier sprechen, liegt weit tiefer, ist zwanghaft. Sie müssen das so sehen. Wenn ein Alkoholiker im Wirtshaus Bier trinkt, fällt das nicht weiter auf, damit reiht er sich in ein normales Sozialverhalten ein und er wird auch versuchen, möglichst viele Gelegenheiten zu haben, mit anderen gemeinsam zu trinken. Schwieriger wird es zu Hause: Da versteckt er Schnapsflaschen in der Klospülung und versucht sein ständiges Trinken zu verheimlichen. So ähnlich müssen sie es sich auch hier vorstellen."
„Ein Süchtiger also?"
„Gewissermaßen, ja. Und wie ein Süchtiger wird er nie zufrieden sein und die Spirale könnte immer enger werden."
„Ein Religions-Junkie?"
„Und noch etwas scheint mir bedeutsam, lesen Sie das mal."
Dr. Leopold reichte ihm einen Zettel. Die Überschrift über dem Artikel aus „Psychologie heute" lautete: „Ein strafender Gott macht sogar Ungläubige aggressiv." In der Folge hieß es: „Gewalttätige Rachefantasien aus religiösen Schriften wie der Bibel oder dem Koran machen Menschen nachweislich aggressiver. Es ist daher durchaus plausibel, dass schon allein die regelmäßige Lektüre solcher aggressiver Passagen aus legitimierten heiligen Büchern den Nährboden für gewalttätigen religiösen Fanatismus schafft. Der amerikanische Psychologe Brad Bushman von der Universität von Michigan und sein Team wiesen nun nach, dass sich sogar ungläubige Versuchsteilnehmer vom Zorn eines gewaltbereiten Gottes mitreißen lassen."
Nachdem Bender den Artikel zu Ende gelesen hatte, sah er sein Gegenüber verwirrt an?
„Sie sehen, die Lektüre der Bibel kann durchaus Gefahren bergen. Zusammengefasst: Wenn das Handeln nicht auf der eigenen, sondern auf der Verantwortlichkeit Gottes ruht, ist man durchaus bereit, bei Bestrafungen noch eine Schippe draufzulegen. Das kann sich bis hin zu religiösem Wahn steigern. Ich möchte noch einen Kollegen zitieren: „Religion ist häufig Thema von Wahn, das kann sich steigern bis zur Vorstellung, Gott zu sein."[4]

Bender erreichte eine SMS von Manu, der Gerichtsmediziner sei da, mit den Ergebnissen der Obduktion von Annemarie Breitenbacher. „Kommen Sie mit?“, fragte er Dr. Leopold und sie eilten in Benders Büro.

╬

„Ihr Mörder ist ein Dilettant“, eröffnete der Pathologe das Gespräch. „Aber dazu später.“
Er beschrieb ausführlich, dass Annemarie Breitenbacher einige Tage vor ihrem Fund getötet worden sei, „das heißt, eigentlich wurde sie nicht aktiv getötet. Die Frau ist verdurstet. Ein multiples Organversagen hat zu ihrem Tod geführt.“ Der Gerichtsmediziner berichtete, dass Magen, Darm und Blase völlig geleert gewesen seien. „Die Leiche weist alle Hinweise auf Dehydrierung auf, ein Musterbeispiel geradezu, lehrbuchmäßig.“
„Dann hat er sie also irgendwo eingesperrt und gewartet, bis sie tot war?“
„Nein, so einfach hat er es sich nicht gemacht. Die Frau war mehrere Tage, leicht gefesselt auf dem Rücken gelegen, der Körper weist entsprechende Druckmale auf.“
„Also ein elender Tod.“
„Wie man es sieht. Früher im Studium hat ein Professor einmal zu mir gesagt, man könnte sich keinen besseren Tod als das Verdursten wünschen. Durst ist anfangs nicht das, was man sich wünschen würde. Aber je länger es dauert, um so verwirrter wird man, bekommt von seiner Umwelt und seinem Siechtum nichts mehr mit, weil das Gehirn nicht mehr ausreichend mit Blut versorgt wird. Und zum Schluss dämmert man vor sich hin und schläft irgendwann gänzlich ein. Also eigentlich, wenn man so will, ein schöner Tod.“
Der Pathologe berichtete weiter, dass der Mörder seinem Opfer zwar nichts zu essen und trinken gegeben habe, dafür aber sehr sorgfältig auf die Körperpflege geachtet habe. „Er muss die Sterbende häufig gewaschen haben, und das am ganzen Körper, zumindest weist die Haut eine gute Pflege auf. Feuchtigkeitscremes und der ganze Waffenschrank einer gegen das Altern ankämpfende Frau haben dafür gesorgt, dass ihre Haut immer noch ganz gut aussah.“
„Was hat das zu bedeuten?“
„Ich glaube, er wollte einfach nur einen schönen Körper behalten.“
„Wie kommen Sie darauf?“

„Nun, wie wir schon am Fundort festgestellt haben, roch die Frau stark nach Formalin. Und tatsächlich: Der Mörder hat versucht, den Leichnam zu balsamieren und den Verfall aufzuhalten, beziehungsweise, sie sogar entsprechend zu präparieren. Allerdings, wie ich eingangs schon erwähnte, er ist ein Dilettant. Ich bin davon überzeugt, spätestens im Sommer wäre ihm die Dame unter der Hand weggefault, wie Fallobst." Weiter erläuterte er, dass sich der Mörder sein Wissen um die Konservierung von Leichen dürftig aus Fachliteratur zusammen gelesen haben musste, dazu die bekanntesten Mittelchen zusammen gerührt habe, „aber er hat das alles ohne Sinn und Plan gemacht. Also nach einem Balsamierungs-Profi müssen Sie gewiss nicht suchen."
„Trotzdem ist das natürlich hochinteressant", sagte der Psychologe. „Er wollte also die Frau tatsächlich konservieren. Da er geglaubt haben musste, dass sie ein Gutmensch sei, wollte er sie also aufbewahren, wahrscheinlich für seinen großen Moment, wie immer der auch aussehen sollte."
„Was meinen Sie, mit großem Moment?"
„Wahrscheinlich wollte er die Frau Breitenbacher – und wahrscheinlich auch die anderen Entführungsopfer – vorführen, als gute Beispiele für ein gläubiges Leben oder so etwas in der Art. Als Vorbilder. Dazu mussten sie natürlich einigermaßen propper aussehen."
„Also, ich hatte schon frischere Leichen am Tisch, nach Meister Propper sah die Dame nicht mehr aus." Der Mediziner lächelte verlegen, als er bemerkte, wie alle anderen ihn ziemlich irritiert anblickten. Er beschloss, ein wenig vorsichtiger zu werden, Pathologen-Humor war schließlich nicht jedermanns Sache. Doch in diesem Fall war er geradezu euphorisch, er konnte nichts dagegen tun. Es war eine der spektakulärsten Leichen, die er seit vielen Jahren gesehen hatte. Grund genug für ihn, seine ganze Riege von Medizin-Studenten in der Pathologie antanzen zu lassen, er wollte auch ihnen diesen Körper nicht vorenthalten. Eine wahre Fundgrube für seinesgleichen.
„Gibt es irgendwelche Anzeichen für Sex? Hat er sich an der Leiche vergangen?", fragte der Psychologe, der wegen der unbekümmerten Art des Pathologen um seine Konzentration rang.
„Nein, nichts dergleichen."
„Eigentlich logisch, das wäre ja eine Todsünde, Sex mit einer Toten", dachte der Psychologe laut nach.
„Was meinen Sie?", hakte Bender nach.

„Ich denke nur darüber nach, was er mit seinen konservierten Leichen macht. Also für Sexspielchen missbraucht er sie jedenfalls nicht. Das wäre ja immerhin ein Grund, sie zu konservieren."
„Wie krank ist das denn?", mischte sich Manu ein.
„Ihr Mörder ist krank, ich dachte in dem Punkt wären wir uns längst einig."
„Diese Spekulationen überlasse ich gerne Ihnen", sagte der Gerichtsmediziner. „Aber ich habe mir das Beste für den Schluss aufgehoben, sozusagen als dramaturgischen Höhepunkt."
„Machen Sie es nicht so spannend", wurde Bender langsam ärgerlich.
„In den Atemwegen und der Lunge des Opfers habe ich auffällig viele Pilzsporen gefunden, der kleine, schwarze Teufel. Und eine Lungenentzündung hatte sie auch. So wie es aussieht, wurde das Opfer in einer schimmligen Wohnung, aber viel wahrscheinlicher in einem feuchten Keller eingesperrt. Sie müssen nur noch danach suchen, dann haben Sie Ihren Mörder", sagte er und zwinkerte Bender zu, der das allerdings mit einem unverständlichen Grunzen zu ignorieren versuchte.
„Gut, dass es von solchen Kellern nicht all zu viele gibt, wahrscheinlich nur in jedem zweiten oder dritten Haus in der Gegend. Das schränkt unseren Verdächtigenkreis gehörig ein", ätzte Bender.
„So, mehr kann ich Ihnen nicht sagen", schloss der Gerichtsmediziner, nicht ohne noch einen Wunsch zu äußern: „Theoretisch könnte ich die Leiche jetzt freigeben, aber ich würde sie gerne noch ein wenig behalten."
„Wozu soll das gut sein?", fragte Bender.
„Sie ist fabelhaft, für meine Studenten ein Lehrbeispiel, wie man es selten findet."
Bender wurde schlecht bei dem Gedanken, wie sich Scharen von Studenten über Annemarie Breitenbachers sterbliche Überreste beugten und sich an ihr zu schaffen machten. Der zweite Pranger quasi, nach dem am Luitpoldbrunnen in Grafenau. „Also beim besten Willen, guter Mann, haben Sie noch alle Tassen im Schrank. Die Frau ist ein Mordopfer und ihr Mann hat ein Anrecht darauf, sie in Würde bestatten zu können. Also sehen Sie, dass Sie die Dame so schnell wie möglich nach Grafenau bringen lassen."
Könnten die balsamierten Leichen so etwas wie Reliquien sein? Manu erinnerte sich an einen historischen Roman aus der Zeit um das Jahr 1000, als in England gerade die Christianisierung begann.

Die religiösen Eiferer der damaligen Zeit trugen die sterblichen Reste von Heiliggesprochenen wie Trophäen umher. Sie berichtete Bender und dem Psychologen von ihrer Vermutung. „Ja, stimmt, es könnte sein, dass er so ‚seine' Heiligen verehrt", meinte Dr. Leopold. „Und irgendwann präsentiert er sie uns dann", ergänzte Bender.

╬

Rastlos, verschwitzt und hektisch, so hatte Raphael die Feierabende in den Tagen nach Annemarie Breitenbacher verbacht. Immer wieder war ihm ihr Name durch den Kopf gerast, die Schmach, gerade bei ihr versagt, die Hinweise des Herrn vielleicht falsch gedeutet zu haben. Es hatte etwas geschehen müssen, damit der Herr ihm den Fehlgriff verzieh. Doch der Plan war durcheinander, die Erlösung war aus dem Lot geraten.
Und dann wurde die Ordnung doch schnell wieder hergestellt. Wie einfach war es, ihn zu erlösen, der allem irdischen Tand abgeschworen und ein gottgefälliges Leben im Wald führte. Der Waldläufer freute sich als er ihn, seinen Erlöser sah. Nur ein leichtes Erstaunen huschte über sein Gesicht, als er vom Stromschlag getroffen zu Boden sank.
Jetzt stand Raphael vor dem Haus seines nächsten Opfers, wartete. Er wusste, bald würde er heraus kommen und sich einen Zigarette anzünden. Würde die laue Abendluft genießen und nicht ahnen, dass sein Tod schon auf ihn wartet. Er würde den Ehebrecher bestrafen müssen, es gab kein Zurück.

╬

„Schatz, es war köstlich." Bertram Sendlinger stand vom Abendessen auf, drückte seiner Frau einen Kuss auf die Wange und nahm seine Töchter in den Arm. „Meine Schätzchen, es ist Schlafenszeit", sagte er. „Schnell ab und Zähneputzen, dann erzähle ich euch noch eine schöne Geschichte." Seit Bender zurück gekommen war, hingen die Mädchen wie Kletten an ihrem Vater, mochten ihn am liebsten gar nicht mehr aus den Augen lassen. So sehr Sendlinger selbst litt, als er seinen Dienst hauptsächlich in Grafenau absolvierte, so sehr hatte er auch seinen Kindern gefehlt. Mit traurigen Augen sahen sie ihn an, wenn er nach kurzen Besuchen zu Hause wieder abfuhr oder von Manu abgeholt wurde. „Weint nicht, meine Süßen", sagte er dann und drehte sich schnell um, weil er selbst mit den Tränen kämpfte. Um so schöner war es, seit er in Passau Innendienst machte und täglich gegen 18 Uhr zu Hause auftauchte. Gemeinsame Spieleabende, manchmal ein wenig Fernsehen mit den Kindern und vor allem Geschichten erzählen – so versuchte Sendlinger die Scharte wieder auszuwetzen, die in den kleinen Kinderseelen entstanden war. „Na, das ging aber schnell", empfing er seine Mädchen in deren Kinderzimmer, die eiligst die Zähne geputzt hatten und nun erwartungsvoll auf eine Geschichte warteten. Sendlinger mochte es nicht, ihnen aus Büchern vorzulesen. Die Gebrüder Grimm waren ihm zu brutal – kinderfressende Wölfe, giftspritzende Hexen und mordende Räuberhorden passten nicht in sein Erziehungsmodell. Viel lieber erzählte er ihnen Geschichten, die ihm selber einfielen, spontan. Oft genug wusste er am Anfang selber noch nicht, wie sie enden würden. Auch für ihn ein spannender Prozess. Heute ging es um das Gummibärchenland, in dem – so wollte es seine Phantasie – die Gummibärchen streng nach Farben getrennt in eigenen Bereichen lebten. Mehr noch: Der Kontakt untereinander war ihnen strengstens verboten.

Raphael sah, dass im Haus nach und nach die Lichter ausgingen. Die Frau sah er in der Küche werkeln, vom Vater und den Kindern keine Spur. Raphael kamen Zweifel, er vermutete, dass sein Opfer die Kinder zu Bett bringen würde. In aller Fürsorge. War es Recht, ihn zu bestrafen? Raphael dachte an die vielen Verfehlungen, die er schon beobachtet hatte. Er dachte daran, wie die fleischliche Lust den Willen der Menschen zerfraß, wie die Aussicht auf ein sündiges Abenteuer Männer zu Tieren machte. So hatte er es auch bei diesem Mann beobachtet, der neben der Wollust auch noch der Völlerei für schuldig zu erklären war. Alkohol lässt die Hemmungen fallen, Raphael wusste das nur zu gut. Lässt vergessen, dass man zu Hause einem Menschen die ewige Treue geschworen hat. Bis dass der Tod euch scheidet. Auch dieser Mann hatte damals ja gesagt vor Gott, hatte einen Eid abgelegt. Gott hatte ihnen die Liebe geschenkt, die der Mensch nicht mit Füßen treten darf. Und der Herr sieht es nicht gerne, wenn die Menschen fehlen. Kann man das verzeihen? Raphael schauderte bei dem Gedanken, dass die Familienliebe, die er hinter den Mauern vermutete, und der Fehltritt, von dem er wusste, nicht zusammen passten. Wie kann ein solcher Familienvater die Ehe brechen? Wie kann er das Glück der Familie so schändlich behandeln und die Gebote Gottes für flüchtige fleischliche Lust missachten? Ja, es war Recht. Raphaels Plan war Recht. Er musste bestraft werden, denn er hat gesündigt vor Gott, dem Herrn.

╬

Die Gummibärchen hatten inzwischen Frieden untereinander geschlossen. Bertram Sendlinger drückte seinen Kindern noch einen Kuss auf die Wangen, zog die Decken ein Stück hoch, ließ nur noch ein Schlummerlicht leuchten und verließ das Kinderzimmer. Er freute sich auf seine Zigaretten, doch zuerst hatte er noch etwas anderes vor.

╬

Jetzt sah er ihn, hinter einem Fenster im ersten Stock. Er beugte sich nach unten, löschte das Licht. Raphael sah, wie sich bunte Punkte über die Decke in diesem Zimmer bewegten und es wurde ihm klamm ums Herz. Wie sehr hätte er sich gewünscht, einen Vater gehabt zu haben, der ihm Geschichten erzählte, der für ihn da war und ihn in eine Zauberwelt entführte. Wie sehr hätte er sich diese Liebe gewünscht, die er von seinen Eltern nie bekommen hat. Dieser Mann war edel und gut, das spürte Raphael. Er spürte eine nicht zu bändigende Liebe für den Mann aufkeimen, die sein Herz ergriff. Wie gottgefällig er sich um seine Kinder kümmerte. Raphael stellte sich vor, wie der Mann sie in den Arm nahm, sie vielleicht küsste, ihnen durch das Haar strich. Und die Kinder wissen nichts von der Sünde, nichts von der fleischlichen Lust, die ihren Vater besitzt, die ihn einnimmt, ihm die Sinne vernebelt. Raphael wusste wohl, dass es Ausrutscher im Leben gibt, wusste wohl, dass auch er gefehlt hatte. In Situationen, in denen sein Fleisch schwächer war, als die Liebe zu Gott. Er dachte an den Tadel, den seine Großmutter über ihn hernieder ließ. Der Mensch ist fehlbar, der Mensch ist ein Sünder. Herr, warum führst du mich zu diesem Sünder, warum trägst du mir diese Last auf, ihn seinen Kindern zu entreißen. Sie können nichts dafür, sie kennen nur ihren liebevollen Vater, der sie umsorgt und beschützt. Und doch war er ein Sünder. Raphael sah, wie im Erdgeschoss das Licht ausging und kurz darauf, unweit des Kinderzimmers eine kleine

Lampe angemacht wurde. Die Frau geht zu Bett, dachte Raphael. Sie liebte ihren Mann, Raphael wusste es. Er hatte es gesehen, damals in Passau, als er sie beobachtete. Er sah ihre Blicke, wie sie voller Gefühl die ihres Mannes erwiderten, ihr Lächeln, wenn er mit ihr sprach. Es rührte ihn, als er beobachtete, wie sich im Gehen immer wieder ihre Hände suchten, leichte Berührungen nur, er meinte sogar ein kleines Zucken in beiden bemerkt zu haben, wenn sich ihre Haut berührte. Er sah, wie sie sich nach solchen Berührungen kurz anblickten, lächelten und gemeinsam ihren Weg weiter gingen. Nie hätte er sich vorstellen können, dass dieses Band zu durchtrennen sein könnte. Dass der Mann eine andere Frau nehmen würde, nur um seine Lust zu befriedigen. Und sie? Ahnte sie etwas, hat er ihr womöglich seine Schande gebeichtet? Und wenn sie ihm verziehen hätte, wäre es dann richtig, sein Vergehen zu rächen, ihn die Folgen seiner Sünde spüren zu lassen? Wer kann schon in einen Menschen hinein sehen, außer Gott. Und war es nicht Gott, der ihn hierher geführt hat, der ihm das Zeichen gegeben hat, Sühne zu suchen. Gott allein, in seinem unendlichen Ratschluss, hat Raphael zu diesem Haus geführt. Es war sein Auftrag, den er als Racheengel des Herrn zu erfüllen hatte. Seine Zweifel schwanden. Bald wird mein Moment kommen. Ich bin Raphael, Racheengel des Herrn.

Sendlinger ging in die Küche, holte sich eine Flasche Bier aus dem Kühlschrank und schenkte sich ein Glas voll. Dann ging er in sein Büro, setzte sich an den Schreibtisch und holte einen dicken Leitz-Ordner aus dem Regal.
Er hatte ein ungutes Gefühl, so eines, von dem man nicht weiß, woher es kommt. Es musste mit dem Fall zu tun haben -. und hier in diesem Ordner hatte Sendlinger alle Zeitungsbeiträge über die Mordserie im Bayerischen Wald akribisch abgeheftet. Er ging noch einmal alles durch, von Anfang an.

Seit einiger Zeit war der Mann nicht mehr zu sehen. Das Licht im elterlichen Schlafzimmer war längst erloschen. Gleich musste er kommen, so wie er es jeden Abend machte.
Raphael war oft genug da, hatte immer wieder beobachtet, wie sich

die Abende abspielten. 21.21 Uhr – gleich würde er zur Terrassentür herauskommen und sich eine Zigarette anzünden. Der Moment der Wahrheit. Der Augenblick des Racheengels.

╬

Die Fratze des Bösen, Helmut Fendl, zuletzt Annemarie Breitenbacher und der neuerliche Mord an einem Bankangestellten. Wo liegen die Gemeinsamkeiten? Eine halbe Stunde las Sendlinger, dachte angestrengt nach und las wieder. Nur eine Erkenntnis blieb ihm: Es geschah immer am Wochenende, spätestens am Wochenanfang. Gegen Mitte der Woche passierte nie etwas. Der Mörder, der nur am Wochenende Zeit hat? Heute war Sonntag – schlägt er heute wieder zu?

╬

Es war 23.12 Uhr. Raphael wurde immer ungeduldiger, die Zeit schien ihm davon zu laufen. Warum kam er heute nicht heraus, was tat er noch so lange? Kein Fernseher läuft, auf der Rückseite des Hauses war kein Licht in den Zimmern zu sehen. Raphael wagte es nicht, auf die andere Seite des Hauses zu gehen, schließlich könnte er den Mann verpassen. Er wartete. Um sich die Zeit zu vertreiben fing er an zu beten. Was hatte das zu bedeuten? Hatte er die Zeichen des Herrn falsch interpretiert? Sollte es gar nicht sein, dass er Sendlingers Tat rächte. Vielleicht wollte ihm der Allmächtige nur zeigen, wie beiläufig die Sünde des Ehebruchs geschehen kann und dass es sein Auftrag sei, das zu bestrafen. Aber nicht bei diesem Mann, der doch für seine Lieben das letzte Hemd opfern würde. Raphael wusste das, glaubte es zu wissen. Er dachte angestrengt an jenen Abend zurück, an dem er das Verderben beobachten musste. Was hatte er gesehen? Wie sich der Mann und die junge Frau angesehen hatten, wie ihre Blicke immer tiefer wurden, die Sehnsucht ihre Gesichter zu wollüstigen Grimassen verzerrte. Dann waren sie gegangen, haben die Tür zum Korridor verlassen, der zu den Zimmern im Waldesruh führte. Was sich dahinter abspielte, konnte er nicht sehen. Er konnte es nur vermuten und es zog ein eiskalter Schauer über seinen Rücken, wenn er sich vorstellte, wie der Penis dieses Mannes in die Frau eindrang, wie sie sich wälzten, küssten, aneinander vergingen. Ja, vergingen. Sie haben sich an Gott versündigt und an der Würde des Menschen vergangen, mit ihrem schändlichen Tun. Je mehr er darüber nachdachte, um so mehr breitete sich eine wohlige Lust in ihm aus. Raphael schalt sich dafür, schämte sich vor seinem Herrn. Nie hatte er diese fleischliche Lust mit einer Frau erlebt, weil es ihm nicht gegönnt war, die Richtige für den Bund des Lebens zu finden. Weil er sie nicht finden konnte, wenn er doch sein Leben Gott geweiht hatte. Er ist mein Hirte, er wird mich leiten. Gott der Herr ist das Leben und der Tod, ihm kann ich vertrauen. Er herrscht über das ewige Leben und er wird mir das Paradies schenken. Und doch: Von der Macht des Fleisches blieb auch er nicht gefeit. Er hatte sich oft genug dafür gegeißelt, nachdem er Hand an sich gelegt hatte, um dem Druck Erleichterung zu verschaffen. Ohne es selbst zu merken, grub sich seine Hand immer tiefer in die Hosentasche und er begann, an seinem Geschlecht zu reiben. Als er es spürte, wuchs ein unendlicher Zorn in ihm. Ein Zorn, an dem nur dieser Mann die Schuld trug, der hinter diesen Mauern den liebevollen Familienvater spielte. Ich bin Raphael, ich werde die Tat rächen.

╬

Sendlinger spürte, wie ihm die Augen langsam schwer wurden. Er dachte an seine Frau, die längst schlief. Zeit für die Zigarette – die einzige, die sich Sendlinger täglich zugestand. Ansonsten rauchte er nicht, was ihm manchmal schwer fiel. Vielleicht wäre es einfacher, auch auf diese eine zu verzichten, dachte er manchmal. Aber nein. Er war Genussmensch, und so viel Genuss musste einfach sein. Er öffnete die Terrassentür, saugte die Luft ein, die nach Blüten und Erde roch und zündete sich die Zigarette an.

╬

Endlich. Da war er. Spät aber er war da.. Raphael tastete nach dem Elektroschocker. Er schlich vorsichtig zur Hausecke, war nur noch zwei Schritte von Sendlinger entfernt. Dieser nahm gerade den ersten Zug, als Raphael ansetzte, um ihn anzuspringen.

╬

„Hey, was machst du denn hier?“ Sendlinger drehte sich verwundert um.

Raphael war wie vom Donner gerührt. Hat er ihn gesehen? Er zog sich einen Schritt zurück.

╬

„Hallo Schatz, ich kann nicht schlafen. Kommst du?“ Sendlingers Frau stand in der Terrassentür, nahm ihren Mann am Arm und zog ihn ins Wohnzimmer.
„Ja, gehen wir ins Bett.“

╬

Ein, zwei Minuten waren wohl vergangen, bis Raphael es endlich wagte, laut auszuatmen. Er blickte auf die Uhr, 23.37 Uhr. Gedankenlos lief er über den Rasen, sprang über eine Hecke und ins Auto. Nur weg. Herr, warum hast du mir diese Prüfung auferlegt?
Er fuhr los, noch einmal an Sendlingers Haus vorbei, sah, wie das Licht im Schlafzimmer erlosch. Oh Herr, ich habe gefehlt. Herr, warum hast du mir diese Prüfung auferlegt? Herr, ich bin nur ein Diener in deinem Weingarten, ich bin nur ein Mensch, der deine Herrlichkeit und Weisheit nicht begreifen kann. Du hast mich nicht gewarnt, du hast mich hierher geführt. Wolltest Du nicht, dass ich ihn bestrafe?
Was mache ich falsch? Ich genüge dir nicht mehr, deshalb mache ich Fehler, deshalb verstehe ich deine Zeichen nicht mehr. Annemarie Breitenbacher, wie konnte ich ihre wahre Seele so verkennen? Und jetzt Sendlinger. Wie konnte ich so fehlen, wie konnte ich falsch Urteil über ihn ablegen, wo du ihn doch noch nicht in die Höllenfeuer verbannen wolltest. Jetzt sitze ich hier, und du schickst mir kein Wort, kein Zeichen, keinen Hinweis. Herr, ich liebe dich. Herr, ich bin für dich und durch dich und mit dir. Lass mich nicht allein.
Raphael wusste, er hatte nicht viel Zeit, um darüber nachzudenken. Er hatte noch so viel zu tun in dieser Nacht und der Zwischenfall bei Sendlinger hat alles aus dem Konzept gebracht. Dabei hatte er noch eine Seele zu retten, einen guten Menschen zu Gott zu führen. Der Tempel der Liebe musste weiter gebaut werden, die Erlösung musste ihren Lauf nehmen. Die Frau, die er noch diese Nacht zu Gott holen würde, hatte es verdient. Wieder und wieder hatte er ihr Leben durchleuchtet, hat sie beobachtet, nach Schwächen gesucht und doch nichts gefunden. Sie war ein Engel, eine Heilige. Eine Frau, die ihren

schwerkranken Mann sieben Jahre lang gepflegt hatte, bis in den Tod. Die sich keine freie Minute mehr gönnte, um für ihren Liebsten da zu sein. Die dem Fleische abgeschworen hatte, weil ihr die ewige Treue wichtiger war. Kein Fehl und kein Tadel war in ihrem Leben zu finden. Und jeden Sonntag, wenn ihr Mann noch schlief, ging sie zum Frühgottesdienst, betete zu Gott, betete für ihren Mann und für die Erlösung seiner geschundenen Seele. Er hatte sie oft gesehen, sogar oft mit ihr gesprochen und er teilte die Tränen mit ihr, die sie für ihren Mann vergoss und er teilte die Liebe mit ihr, die sie für ihren Mann empfand. Der Herr wird sie reich belohnen.
Doch es war eine schwere Aufgabe. Raphael hatte nur eine Chance, an die Frau heran zu kommen. Er musste sie im Schlaf überraschen, musste sie aus dem ehelichen Haus entführen, in dem sie nun alleine lebte und das sie nur selten verließ. Wie zu Lebzeiten ihres Mannes sah man sie nur noch am Sonntag am frühen Morgen und wenn sie einmal in der Woche zum einkaufen fuhr.
Ansonsten lebte sie zurück gezogen und die einzigen glücklichen Momente in ihrem Leben waren es, wenn die Kinder mit ihren Familien zu Besuch kamen. Frau, das hast du nicht verdient, dachte Raphael. Die Erlösung ist nah.
Er schlich durch die Terrassentür ins Haus, wusste schon vorher, dass diese offen sein würde. Die Frau lebte ohne Angst. Er stand vor ihrem Bett, sah sie in tiefem Schlaf vor sich. Mit einem glücklichen, zufriedenen Gesicht. Er dachte an ihr Leben in Bescheidenheit, an ihren festen Glauben.
Auf dem Nachtkästchen stand das Foto ihres Mannes, eines aus besseren Tagen. Es schien, als würde er sie anlächeln, voller Liebe ihren Schlaf beobachten und schützend neben ihr wachen. Raphael erschauderte.
Wieder kam ihm Sendlinger in den Sinn, wieder dachte er an den Moment, als dessen Frau auf die Terrasse kam und ihn in den Arm nahm. Wie er seine Zigarette wegwarf und ihr still ins Haus folgte. Wahrscheinlich würden sie jetzt friedlich nebeneinander im Bett liegen, Körper an Körper, eins mit sich, im Reinen mit der Welt. Unzertrennlich.
Herr, ich bin dein Diener und doch: Kann ich tun, was du von mir erwartest?
Die Frau im Bett atmete tief durch, streckte sich, drehte sich auf die andere Seite. Und da erkannte Raphael, was zu tun sei. Er drehte sich langsam um, schlich aus dem Schlafzimmer und wieder hinaus in

den Garten. Herr ich danke dir. Mein Vater, ich werde dich nicht noch einmal enttäuschen. Ich weiß jetzt, ich bin hier nicht am rechten Ort. Noch nicht.
Raphael fuhr nach Hause, nahm sich eine Flasche Wein aus dem Kühlschrank. Mit einem kleinen Kreuz in der rechten Hand, dem Bild der Mutter Gottes vor Augen und der Erinnerung an die vergangene Nacht, nahm er den Entschluss Gottes in Demut an. „Herr, ich Raphael, Racheengel des Herrn. Ich werde deinen Auftrag erfüllen. Ich werde die Wirrungen der letzten Wochen verarbeiten, hilf mir, wieder den rechten Weg zu finden." Es war eindeutig: Es war an der Zeit, den göttlichen Auftrag ruhen zu lassen, er musste wieder im vollen Besitz seiner Kräfte sein, er musste wieder ganz klar sehen. Nur so konnte er den göttlichen Auftrag vollenden.

Samstag, 5. Juni 2010. Gedenktag Heiliger Bonifatius, angelsächsischer Schutzpatron (katholisch).

Der Herr sieht ihn mit Wohlgefallen.

Heute vor 34 Jahren bricht der Teton-Staudamm in Idaho. Elf Menschen und 13000 Nutztiere finden den Tod.

...und auch an diesem Tag hatte Satan seine Finger im Spiel

„Dass du dich noch hierher traust, du Drecksau. Du Lügner, Betrüger, elender Verräter!" Und wieder erntete Benno nicht mehr, als dieses süffisante Grinsen. Der Typ war hoffnungslos, Benno wendete sich angewidert ab.

╬

Erneut zwei Seelen, wie sie unterschiedlicher nicht sein konnten. ‚Du sollst nicht falsch Zeugnis reden', murmelte Raphael. Doch das konnte nicht sein, der Herr hatte ihm ein eindeutiges Zeichen gegeben. Er sollte still halten. Die Zeit des Rachengels war noch nicht wieder gekommen, oder?

╬

„Da will man nur in Ruhe einen trinken und trifft stattdessen auf dich mickrigen Wurm." Am Rücken seines ehemaligen Kollegen prallten die Worte ab. Regungslos. Eine nicht zu verzeihende Beleidigung. Nein, mein Freund, das kannst du nicht aussitzen. Klaus schnappte sich einen Stuhl, Benno spürte dessen unerträgliche Nähe. 30 Zentimeter, zwischen Klaus Nase und seinen Schulterblättern. Fluchtinstinkte. Klaus war in sein energetisches Schutzfeld eingedrungen. Negative Vibrationen. Cool bleiben, dieses Mal würde er nicht nachgeben. „Ernst, bring mir noch ein Bier." Adrenalin pulsierte. Benno versuchte es zu unterdrücken, Klaus ließ seinem freien Lauf. Ein Mal, ein fürchterlich finales Mal sollte der Schlappschwanz erfahren, was er wirklich von ihm hielt, er wollte ihm an den Kopf werfen, was er ausgeheckt hatte, um ihn zu demütigen. „Na, wie war's im Knast?"

Bennos Mauer des Schweigens hielt, noch. Das Grinsen, diese Überheblichkeit, die aus jeder Pore tropfte, die böse Aura, die Klaus umgab, all das spürte Benno körperlich. Doch die letzten Wochen unter der warmen Sonne Apuliens waren nicht ohne Wirkung geblieben. Jetzt ruhte er in sich, hatte seine Mitte wieder gefunden. Und so trank Benno sein Weißbier. Tiefe Schlucke in gleichmäßigen Intervallen. Er sah dem Bierschaum zu, wie er am Glas entlang lief und schließlich eine kleine Pfütze auf dem Bierdeckel bildete.

Klaus bestellt Gin Tonic. Saugte an der Zitronenscheibe und spie einen Kern in Richtung Benno. Die Eiswürfel klackerten an Bennos Ohren. „Wichser“, flüsterte Klaus. „Schlappschwanz“, ein wenig lauter. „Ich hab dich in den Knast gebracht und weißt du was, das war der verdammt beste Tag, den ich in dieser scheiß Provinz hatte“, zu laut.

„Herr du stellst deinen Diener auf eine harte Probe.“ Konnte dies wirklich sein? Verstand er die Zeichen richtig? „Und dass ich bei dem Übermaß der Offenbarungen mich nicht überhebe, wurde mir ein Stachel gegeben ins Fleisch, ein Engel des Satans, dass er mich mit Fäusten schlage, damit ich mich nicht überhebe. Dessentwegen bat ich dreimal den Herrn, er möge ablassen von mir.(2. Korinther 12/7-8)“

Mit jedem Drink ging Klaus Stimme ein wenig weiter nach oben. Er schleuderte Bosheiten an Bennos Rücken und musste mit wachsender Verzweiflung feststellen, dass sie ihre Wirkung verfehlten, im Gegenteil abprallten und scheinbar auf ihn selbst zurückgeschleudert wurden. Selbstsicherheit wich beginnender Hysterie. Wie konnte sein Opfer diese Gemeinheiten ignorieren? Wieso ging sein Plan nicht auf? Niemand widersetzte sich seinem Willen. Niemand. Und schon gar nicht dieser minderwertige Zwerg, den er von der ersten Minute ihrer beider Bekanntschaft an Marionettenfäden herumgeführt hatte. Es war die Stunde seines Triumphs, die Krönung seines siegreichen Feldzugs, die mit Demütigung und totaler Vernichtung enden sollte. Klaus wollte Benno brechen. Er sollte kriechen. Ein sich unter seiner Macht windender Wurm. Doch es war, als würde er auf einen Boxsack eindreschen, der nicht mehr tut als gelangweilt hin und her zu pendeln. Wer war nun der Jäger? Wer das gehetzte Wild? Mit jeder Minute Passivität wuchs seine Wut.

╬

Auch Raphaels Unmut wuchs. Die Zeichen, sie waren doch deutlich. Sollte der Herr wirklich eine weitere Prüfung fordern? Dann war es gut. Er war Raphael, der Racheengel des Herrn. Er war Raphael, der Todesengel des Herrn.

╬

Von einer Sekunde auf die andere entspannten sich Bennos Gesichtszüge. Klaus konnte ihm nichts anhaben. Nicht mehr. Er war der Sieger. Klaus hatte verloren. „Ernst, bring mir doch bitte noch ein Bier. Und ihm noch einen Gin Tonic. Der geht auf mich."
Benno demütigte ihn. Ihn! Klaus. Die Kneipe leerte sich zusehends. Ernst warf sich das Geschirrtuch, mit dem er die verwaisten Tische abwischte über den Rücken, ging hinter die Theke, die Bestellung ausführen. Zeitlupentempo! Der letzte Rest aus der Ginflasche ging seine Liasion mit den Eiswürfeln ein. Die Zitronenscheibe tauchte durch das Tonic-Water an die Oberfläche. Ernst drehte die Weißbierflasche einmal, zweimal, die Hefe am Boden löste sich und gab der goldgelben Flüssigkeit im Glas ihr trübes Aussehen. Als wäre es das Startzeichen für einen Amoklauf, rempelte der drittletzte Gast des heutigen Abends Klaus beim Vorbeigehen an. Gerade als Ernst das Bier auf den Tisch stellte und Klaus seinen Drink in die Hand drückte. Noch nie war im Waldesruh Alkohol in dieser Geschwindigkeit durch Mund, Rachen, Hals und Speiserohre in den Magen geschüttet worden. Klaus sprang auf. Trat den Stuhl, über den er sich die letzten Minuten gelehnt und Bosheiten versprüht hatte, zur Seite und war rasend vor Zorn. Der Alkohol schlug mit derselben Wucht gegen seine Hirnzellen. Klaus wankte, fand seinen Halt aber schnell wieder. Er baute sich vor Bennos Rücken auf. „Steh auf du verdammtes Arschloch und kämpfe." Sein vermeintlicher Kontrahent konnte ein Lachen nicht unterdrücken. „Du Sau, du verdammte Sau, ich hab dich fertig gemacht. Ich hab dich nur benutzt. Jede Minute nur benutzt. Du hast gemacht was ich dir gesagt habe. Ich habe den Bullen gesteckt, dass du ein verdammter katholischer Irrer bist. Ich war es, verstehst du, ich! Tietze, du, die ganze verdammte Zeitung,

die Bullen, Manu, die Fotze, ihr habt mein Spiel gespielt, mein Spiel. Ich habe die Regeln gemacht. Mein Spiel. Ihr seid nur die dämlichen Bauern. Alle! Und ich kann euch fertig machen! Alle! Jeden einzelnen. Steh endlich auf du Arschloch und schau mir ins Gesicht."

╬

„Rächt euch nicht selbst, Geliebte, sondern gebt Raum dem Zorngericht, es steht ja geschrieben: Mein ist die Rache, ich will vergelten, spricht der Herr (Römer, 12/19)" Und ich bin Dein Werkzeug, Herr. Racheengel des Herrn. Todesengel des Herrn.

╬

Raserei, Blutrausch, Klaus warf sich auf Benno. Frontalangriff. Doch Benno war darauf gefasst. Ein Zucken seiner Schulter, eine kleine Bewegung und er war auf den Beinen. Sein Angreifer fasste ins Leere. Fiel. Knallte auf den Tisch, an dem Benno gerade noch gesessen hatte. Mit leichtem Bedauern sah Benno, dass sein Glas zerbarst, mit Genugtuung, dass offensichtlich ein Zahn in Klaus' Mund brach. Blut floss, eine Scherbe hatte sich in Klaus' Backe gebohrt. Benno dachte an den Film ‚wie ein wilder Stier'. Ging auch tragisch aus. Klaus war Kafkas Käfer, lag auf dem Rücken, blutüberströmt. Beinahe hätte Benno ihm die Hand gereicht. Doch der Käfer schaffte es selbst, stand blutüberströmt vor seinem Schicksal. Ein weiterer Angriff. Benno wehrte ihn ab. Mit Leichtigkeit. Ungeahnte Kraft durchströmte ihn. Fassungslos blickte sich Klaus in der leeren Kneipe um. Er hatte verloren, seinen Meister gefunden. Die Erkenntnis traf ihn wie ein Faustschlag, löste Fluchtgedanken aus. Ernst, der Wirt, der Beobachter, tastete mit langen Fingern nach seinem Werkzeug. Es war da, alles war gut.

╬

Nachdem Klaus die Tür des Waldesruh hinter sich zugeschlagen hatte, verspürte Benno Harndrang. „Ernst, gibt's noch ein Bier?", fragte er, während er sich zum Klo bewegte.
„Klar, ich muss nur schnell den Irren einholen. Wenn der heute abhaut, sehe ich meine Kohle nie mehr." Benno nickte und der Wirt war zur Tür raus.

Draußen stand Klaus, ließ einen spitzen Schrei hören. Die kalte Nachtluft hatte den Nerv seines abgebrochenen Zahns gereizt. Gleich schreist du nicht mehr dachte Raphael und klopfte Klaus auf die Schulter. „Ernst, hau bloß ab, ich kann euch Bayerwald-Gesindel nicht mehr sehen."
Statt eine Antwort zu bekommen sah Klaus in ein wutverzerrtes Gesicht, spürte einen kurzen Schmerz, die Beine sackten weg und dann spürte er nichts mehr.

╬

Raphael musste sich beeilen. Auch wenn es schon zwei Uhr morgens war, konnte er nicht riskieren entdeckt zu werden.
Er verschnürte Klaus, knebelte ihn, warf ihn sich über die Schulter und trug ihn um das Gebäude ins Gewächshaus. In weniger als zehn Minuten war er zurück im Gastraum.

╬

Benno sammelte gerade die Scherben auf, Tisch und Stühle standen schon wieder an ihrem Platz.
„Und, hast Du deine Kohle bekommen, siehst ja ganz abgekämpft aus?"
„Nein, bin ihm noch nachgelaufen, aber der war mitsamt seinem Rausch schon weg."
„Bring doch mal einen Lappen, um die Sauerei hier wegzuwischen und ein Weißbier hast du mir auch noch versprochen." Der Racheengel war fürs Erste zufrieden, der Todesengel verschwand. Ernst schenkte zwei Bier ein.
„Dem hast du ja heute sauber den Schneid abgekauft, hätte ich dir gar nicht zugetraut. Wie hast du das mit dem nur ausgehalten?"
Benno konnte den Stolz nicht ganz verbergen. Ja, wie?, fragte sich Benno. Beide Männer saßen für einen Moment schweigend am Tisch, hingen ihren Gedanken nach. „So einen Kerl kannst du nur ertragen, wenn du einen festen Anker hast."
„Hat er dich deswegen einen katholischen Irren genannt?"
Benno war beeindruckt: „Du hast ja genau zugehört." Bis vor ein paar Wochen, wahrscheinlich noch vor ein paar Stunden wäre ihm diese Frage unangenehm gewesen. Vorbei, er wollte, nein er brauchte sich nicht mehr zu verstecken. Benno begann von seinem Schrein

zu erzählen, von den vielen Stunden, die er in dem Raum verbrachte, sich so von der Außenwelt abschottete.
„Du wirst lachen, immer wenn ich ihn nicht mehr ausgehalten habe, habe ich gebetet, das hat mir geholfen."
Der Todesengel horchte auf.

╬

Klaus war aus seiner Starre erwacht, konnte weder Arme noch Beine bewegen. Ihm tat alles weh, die Fesseln, die Schnittwunde und der Knebel drückte auf den abgebrochenen Zahn. Durch die unerträglichen Schmerzen hindurch versuchte er einen klaren Gedanken zu fassen. Von Striemen an Hand und Fußgelenken hatte die Polizei gesprochen, alle Ermordeten waren schnell und unauffällig verschwunden. Der Elektroschocker durchzuckte ihn ein Gedankenblitz. Und dann waren die Bullen davon ausgegangen, dass es sich um jemanden handeln musste, der die Gegend und die Menschen bestens kennt. Die schreckliche Erkenntnis kroch langsam an die Oberfläche. Eine Träne rann über Klaus' blutende Wange. Doch er wollte sich nicht ergeben, wand sich wie ein Wurm, versuchte durch den Knebel zu schreien. Mehr als ein erbärmliches, ersticktes Röhren kam dabei nicht heraus. Benno, schoss es ihm durch den Kopf, er muss mich hören. Klaus spürte etwas an seinen Beinen und es gab nach. Klaus trat zu. Ein Hocker, auf dem ein schwerer Blumentopf stand kippte krachend um. Er hielt den Atem an. Nichts geschah.
Und dann traf ihn die Erkenntnis, wie Thors Donnerhall. Was hatte Ernst gezischt, als er ihn zu Boden streckte. Klaus erstarrte zum zweiten Mal in dieser Nacht.
„Ich bin Raphael, Racheengel des Herrn."

╬

„Hast du den Krach gehört?"
„Ja, werden wieder ein paar streunende Katzen gewesen sein. Eine Plage."
„Wie Klaus", lächelte Benno. „Aber wenn ich ehrlich bin, kann ich ihn gar nicht hassen. Irgendwie tut er mir leid. Die ganze Zeit schon. Sein ständiger Drang über die Zeitung Müll in die Welt zu tragen. Anfangs fand ich seine Spürnase toll, besser gesagt sein Geschick zu manipulieren. Dabei habe ich gar nicht gemerkt, dass er auch

mich eine Zeitlang im Griff hatte. Sei es drum, auch wenn du mich für verrückt hältst: Ich glaube, dass jeder nur die Summe seiner negativen und positiven Erfahrungen ist. Das ist natürlich keine Entschuldigung für Verhalten oder Taten, aber das macht es für mich leichter damit umzugehen. Und außerdem, wie stünde es mir zu über ihn zu richten. Verantworten muss er sich an höherer Stelle." Benno bekreuzigte sich.

So ein ehrliches Gesicht, dachte Raphael und hörte unangenehme Worte aus dem dazugehörigen Mund: „Sag mal Ernst, ganz was anderes, du kennst doch hier bei uns jeden. Wahrscheinlich noch besser als ich. Zu mir kommen sie, wenn sie in der Zeitung stehen wollen, zu dir, wenn sie Probleme haben. Glaubst du, der Mörder ist einer aus der Gegend? Und was mich noch die ganze Zeit umtreibt: Was ist seine Motivation? Die verschwundenen Personen haben ja wohl auch mit den Vorfällen zu tun. Ich habe mir in meinem selbstgewählten Exil pausenlos den Kopf darüber zerbrochen. Der Kerl mordet nicht nur, der will uns etwas sagen. Kannst du dir vorstellen, was das sein könnte?"

Raphael meldete sich, stieß an den Elektroschocker, doch Ernst gab nicht nach, noch nicht. Es fehlte noch ein wenig bis zur Gewissheit. Benno, inzwischen bierselig, merkte nicht, dass er keine Antwort bekam.

„Vielleicht hat er ja wenigstens die verschwundenen Personen verschont. Waren doch alles feine Menschen. Ja genau, je länger ich darüber nachdenke, geschieht nur den Menschen, die Böses getan haben, etwas. Wenn ich es recht überlege, stimmt das auch nicht. Der Türke, wie hat er geheißen, Ökdan, oder? War ein netter Kerl. Hat viel mit Mädchen rumgemacht. Aber das ist ja wohl das Privileg der Jugend. Und die Breitenbacher. Nur weil sie es bei ihrem geltungssüchtigen Gatten nicht mehr ausgehalten hat, ist sie ja kein schlechter Mensch, oder?"

Raphael wurde nervös: Siehst du nicht die Zeichen.

„Du siehst in allem das Gute", sagte Ernst.

„Erwischt", antwortete Benno und blickte mit glasigen Augen auf die Uhr. „Schon verdammt spät, wenn Tietze die Zeitung morgen nicht allein machen soll, muss ich langsam los. Ich zahl dann mal. Nicht, dass du mir auch noch hinterher rennen musst."

Ihn jetzt gehen lassen, Ernst wusste, das konnte er nicht tun. Raphael sprach: „Der Herr sieht ihn mit Wohlgefallen."

Erneut brach ein Blumentopf, Benno hörte es nicht mehr.

Sonntag, 6. Juni 2010. Geburtstag Georges Anawati, ägyptischer Dominikaner, Priester und Islamwissenschaftler.

Der Herr sieht ihn mit Wohlgefallen

Heute vor 29 Jahren entgleist in Indien ein Zug über dem Bagmati-Fluss. 268 Menschen kommen ums Leben.

...und auch an diesem Tag hatte der Satan seine Finger im Spiel

Ein weiterer Tag im Leben der beiden Ermittler begann in dem Gastraum, in dem alle Spuren der letzten Nacht beseitigt waren. Kaffeeduft hing verführerisch im Raum. Das Frühstücksei war wie jeden Morgen zur genau richtigen Zeit aus dem kochenden Wasser genommen worden. Bender sah mit großem Vergnügen zu, wie Ernst an der Theke einen perfekten Grünen Tee zubereitete.
„War ja noch ganz schön was los", sagte Manu. „Ich wollte schon nachsehen kommen."
Ernst lächelte. Es bereitete ihm eine nicht zu erklärende Freude von dem Streit zwischen Benno und Klaus zu erzählen.
„Und Klaus hat sich einen Zahn ausgeschlagen und als Verlierer das Schlachtfeld verlassen? Großartig. Da tut es mir ja doppelt Leid, dass ich nicht runtergekommen bin."
Bender dagegen hatte geschlafen wie ein Murmeltier. War nur einmal aufgewacht, als es unter seinem Fenster schepperte. Doch seine Decke hatte sich viel zu perfekt um seinen Körper geschmiegt, so dass er wenige Sekunden später wieder in Morpheus Armen entschwunden war. Der Kommissar nahm einen letzten Schluck, griff nach einem Aus'zognen, den er immer mit auf den Weg nahm.
„Wenigstens sind sie nicht betrunken nach Hause gefahren." Manu deutete auf die Autos der beiden Redakteure, die außer dem Polizeiwagen die einzigen Fahrzeuge auf dem Parkplatz waren.
„Dann wollen wir mal, ich spüre, das wird heute ein guter Tag." Dieser und die kommenden wurden die vielleicht schrecklichsten in seinem Leben.

╬

In den Räumen der SOKO Raphael herrschte schon rege Betriebsamkeit als Bender und Manu ankamen.

„Gerade ist ein Anruf von der Redaktion reingekommen, dieser Seifeld ist nicht zur Arbeit erschienen."
Manuel Meier hieß der Beamte, der die bemitleidenswerte Aufgabe hatte, das – wie es bereits genannt wurde – Vermisstentelefon zu bedienen.
Täglich gingen gefühlte eintausend Anrufe ein. Mütter, die ihre Kinder vermisst meldeten, weil sie zehn Minuten zu spät aus der Schule kamen, besorgte Bürger, die ihren Nachbarn schon seit mehreren Tagen nicht mehr gesehen hatten und so weiter. Kurz gesagt stand beinahe jeder Landkreisbürger unter ständiger Bewachung. Sogar der Bürgermeister war von einer besorgten 80-Jährigen als vermisst gemeldet worden. Er hatte sich zu Ehren ihres runden Geburtstages angesagt, war auf einer Sitzung aufgehalten worden und eine halbe Stunde zu spät gekommen. Selbst der bereits anwesende Pfarrer war beunruhigt gewesen.
Seit einigen Wochen gab es am Ende des Stadtplatzes einen neuen Handyladen. Und der verzeichnete phänomenale Umsatzzuwächse. Jeder, der sich ab und an unbeaufsichtigt bewegte, wurde mit einem Mobiltelefon ausgestattet.
Die Zeiten, in denen man Vermisstenmeldungen bei der Polizei erst nach ein paar Stunden oder Tagen ernst nahm, waren allerdings auch schon lange vorbei. Zähneknirschend bewilligte Ritter seinem „Ex-Lieblingsbullen" zwei weitere Streifenwagen. Die taten praktisch den ganzen Tag nichts anderes, als Vermisste zu suchen, die meistens schon wieder aufgetaucht waren, bevor die Beamten überhaupt bei den besorgten Anrufern ankamen.
„Lieber einmal zu viel, als einmal zu wenig", war der Satz, den die Polizisten inzwischen nicht mehr hören konnten.
Doch in Bezug auf Seifeld winkte Bender ab. „Wundert mich nicht, dass der nicht auf der Arbeit erschienen ist, der wird seinen Rausch ausschlafen", informierte er die Kollegen über das, was er beim Frühstück erfahren hatte. Besonders die Stelle, als Klaus sich einen Zahn ausschlagen und dann blutend das Lokal verlassen hatte, sorgte für allgemeine Beifallsbekundungen, die einer Laola-Welle gefährlich nahe kamen.
„Die sollen mal jemanden in seine heilige Bude schicken, da werden sie ihn laut schnarchend finden."
„Auf die Idee ist die Redaktion selbst gekommen. Da ist er nicht. Das Bett ist unberührt. Wir haben eine Streife hingeschickt."
„Die sollen auf dem Klo nachsehen, auf seinem Sofa, vielleicht hat

er es mit zwei Promille im Schädel nicht mehr bis ins Bett geschafft. Hat er `ne Freundin, zu der er gewackelt sein könnte? Auf dem Parkplatz vor der Kneipe steht nämlich noch sein Auto. Ruf doch mal bei der Redaktion an, ob er eine hat, bei der er ab und zu mal einen wegsteckt."
„Bender, ich hör wohl nicht richtig", sagte Manu mit gespieltem Entsetzen. Dabei hatte sie längst an dem etwas flapsigen Bender Gefallen gefunden. Vielmehr, als an dem alten grantigen, der er früher war. Obwohl, so ganz konnte er sein altes Fell nicht ablegen. Bender eben. Ein bisschen hiervon, ein bisschen davon und vor allem ein guter Bulle. Auch wenn er selbst in den letzten Wochen mehrfach daran gezweifelt hatte. Zu mau waren die Ermittlungsergebnisse. Vielmehr gab es sie gar nicht. Alle Spuren verliefen weitgehend im Sand und der irre Mörder trieb weiter sein böses Spiel. Manu erinnerte sich an die Gespräche, die sie beide mit dem Kriminalpsychologen geführt hatten. Das gab ihnen zwar eine ziemlich genaue Vorstellung darüber, wie der Täter tickt und dass es sich dabei wahrscheinlich um einen im täglichen Leben völlig unauffälligen Zeitgenossen handeln müsste, aber wie sollten sie alle Landkreisbürger überwachen? Und was, wenn er gar nicht im Landkreis wohnte? Manu sah aus den Augenwinkeln, dass Meier hektisch in ihre und in Benders Richtung winkte. In der anderen Hand hielt er den Telefonhörer. Er stellte den Lautsprecher an: „...seit einer Stunde verabredet, aber er ist hier nicht aufgetaucht. Ich hab doch nicht den ganzen Tag Zeit. Dann muss er sein Zeug halt dalassen. Ich fahre jetzt auf jeden Fall wieder heim. Meine Frau wollte schon eine Vermisstenanzeige aufgeben." Bender verdrehte die Augen. Klack. Eingehängt.
„Wer war das, um was ging es?"
„Das war der ehemalige Vermieter von unserem Freund Monn. Der wollte heute morgen den Schlüssel für sein Häuschen abgeben, noch ein paar Sachen mitnehmen und auf Nimmerwiedersehen verschwinden. Nur ist er nicht aufgetaucht. Die Wohnung ist unberührt." Wenig später meldeten die beiden Streifenbeamten, die zu Benno geschickt worden waren, dass die Wohnung leer sei.
„Die Autos stehen noch vor der Kneipe, also müssen wir dort zu suchen anfangen."
„Sollen wir die Streife hinschicken?", fragte Meier.
„Ne, lass mal, das machen wir selbst. Mir kommt das komisch vor. Immerhin hatten die beiden einen handfesten Streit. Und außerdem würde ich diesem Monn zum Abschied noch gerne ein paar passende

Worte sagen.“ Manu nickte, sie freute sich ebenfalls darauf, ihm die Sätze entgegen zu schleudern, an denen sie die letzten Wochen wieder und wieder gefeilt hatte. Nur Bender durfte da nicht dabei sein. Das hätte wohl sogar ihm die Schamesröte ins Gesicht getrieben. Außerdem wusste immer noch niemand von ihrer kurzen heftigen Verbindung mit dem Teufel. Es würde sich schon eine Chance ergeben Klaus alleine zu packen. Vorausgesetzt, Bender ließ noch etwas übrig von ihm.

„Und Ernst sollten wir auch noch mal befragen, vielleicht kann er uns weiterhelfen.“ Bender hatte eine kurze, wohlige Vision, in der seine Lieblingsleckereien eine bedeutende Rolle spielten.

„Hey, Bender, nimm dein Handy mit, nicht, dass dich noch einer als vermisst meldet.“

„Witzbold“, antwortete Manu für ihren Kollegen. „Ich bin doch bei ihm, da wird ihm schon nichts passieren.“ Ein Irrtum!

╬

Beide Autos waren leer und es sah von außen auch nicht so aus, als habe dort jemand seinen Rausch ausgeschlafen. Der Gastraum war ebenfalls leer. Das Frühstück stand noch so auf dem Tisch, wie sie es vor rund zwei Stunden zurückgelassen hatten. „Ernst, bist du da?“ Bender sah in der Küche nach, Manu auf den Toiletten im Keller. Nichts.

„Vielleicht ist er hinten in seinem Gewächshaus, der alte Alchimist.“ Einem alten Reflex folgend rieb sich Bender die Stelle am Rücken, an der er über Jahre immer wieder hässliche Schmerzen gehabt und die Ernst mit einer selbst gemixten Salbe in wenigen Tagen sprichwörtlich weggezaubert hatte.

Auch das Gewächshaus war leer. In Manus Nase explodierten die Gerüche von Blumen, Gräsern und Kräutern, die in dem gläsernen Raum, der einer dreiköpfigen Familie als Wohnung gereicht hätte, dicht an dicht standen. Bender schlenderte durch das Gewächshaus, strich dabei mit einer Hand über die Pflanzen, die entlang der engen Gänge standen. Vor einem Hochbeet Pfefferminze blieb er stehen. Der ätherische Duft tat ihm gut. „Ernst scheint nicht da zu sein, lass uns doch mal den Weg entlang fahren, den die beiden im Normalfall gegangen sein müssen. Vielleicht liegen sie irgendwo am Straßenrand. Der Monn könnte auch bei einem Arzt sein oder im Krankenhaus. Mein Gott, wie mich diese Fummelarbeit aufregt. Das ist doch

ein Job für Schaller, der soll alle Ärzte, Zahnärzte und Krankenhäuser im Umkreis abtelefonieren." Ein bisschen Piesacken musste schon noch sein, auch wenn sein großer Groll gegen den Kollegen längst verflogen war.
Bender und Manu verließen das Gewächshaus. Manu gab einige telefonische Instruktionen und schlurfte dann hinter Bender her. Bei diesem strahlenden Sonnenschein hatte sie es nicht besonders eilig zurück ins Auto zu kommen. Fast hätte sie Bender vorgeschlagen, den Wirt an der Racheldiensthütte zu besuchen. In ihren Augen seltsame, aber durchaus entspannte Stunden. Vor allem seit ihr die beiden Busenfreunde ihren kurzzeitigen Ermittlungsehrgeiz verziehen hatten.
„Was?", sagte Manu.
„Was, was?", fragte Bender
„Du nuschelst", ich habe nicht verstanden, was du gerade in dich hineingemurmelt hast. Würdest du mich bitte an deiner Ermittlungsarbeit teilhaben lassen."
„Ach, ich hab nur die ganze Zeit das Gefühl, dass wir etwas übersehen."
„Sehr witzig, das ist seit Wochen mein vorherrschendes Gefühl."
„Nein, das meine ich nicht, hier, genau hier übersehen wir etwas."
„Und was soll das sein?"
„Wenn ich es doch nicht weiß, ist eben so ein Gefühl."
„Die Bullennase juckt?"
„Genau."

‡

Wie er hierher gekommen war, daran konnte sich Benno nicht wirklich erinnern. Hatte er geschlafen? War er ausgeknockt worden? Wie lange? Ein böser Kater tobte durch seinen Kopf, eine Beule pochte an seiner Stirn, beides machte es ihm schwer, seine Gedanken zu sortieren. Alles war in Ordnung gewesen, als er in der Kneipe saß, der Sieg über Klaus, das innige Gespräch mit Ernst. Ernst, Ernst, Ernst. Benno versuchte seine Position zu ändern, Fesseln schnitten schmerzhaft in die Handgelenke. Der Sack, der Knebel, beides nahm ihm die Luft zu atmen. Benno versuchte sich zu erinnern.
Ernst. Benno wollte zahlen und war aufgestanden, wollte das Geld aus der Vordertasche seiner Hose kramen. Dann war da dieser stechende Schmerz und er war kurzzeitig weggetreten. Ernst. Als er

wieder aufgewacht war, hatte er einen Knebel im Mund, gefesselte Arme und einen Sack über dem Kopf. Ernst. Jemand hatte ihn vor sich hergeschubst. Er kannte die Stimme, auch wenn sie seltsam klang. Seltsam und doch vertraut. Wie der monotone Singsang des Pfarrers in der Kirche. Ernst.

War es Ernst? Die Stimme. Ja, es war Ernst. War er es wirklich? Das konnte nicht sein. Hatte jemand ihr intensives Gespräch genutzt und sich unbemerkt in das Lokal geschlichen? War Klaus zurückgekommen, um sich zu rächen? Ja, Klaus musste es gewesen sein. Benno hatte seinen Namen durch den Knebel gebrüllt und musste feststellen, dass nicht mal für seine Ohren etwas Hörbares dabei herauskam. Benno war Treppen hinabgestoßen worden, ein unerträglicher Gestank hatte ihm entgegengeschlagen.

Klaus. Der Psychopath war Klaus gewesen. Er hatte ein doppeltes, nein, ein dreifaches Spiel gespielt. Die ganze Zeit. Mit einem Mal wurde alles klar. Die Finten, die Klaus eingefädelt hatte. Die Ablenkungsmanöver in den Zeitungsartikeln. Alles machte einen Sinn. Nicht er hatte gestern gewonnen. Klaus war es, der einen Sieg auf der ganzen Linie eingefahren hatte.

Benno lag auf seinem unbequemen Lager. Ernst, wo war Ernst? Teilte er sein Schicksal? War er auch hier? Benno wurde ganz ruhig, versuchte etwas zu hören. Ein Atmen, einen erstickten Schrei, irgendetwas. Er begann zu beten.

Und dann durchdrang ein markerschütternder Schrei die Stille seines nasskalten Gefängnisses.

Schaller rief an. Klaus Monn war unauffindbar. Bender wollte sagen, dass er sich von ihm auch keine bessere Antwort erwartet hatte, ließ es aber.

„Monn ist nirgendwo aufgetaucht."

„Und Seifeld auch nicht, verdammtes Chaos", sagte Manu.

„Ach, du Scheiße!"

„Genau", antwortete Manu.

„Manu, was hast du gerade gesagt?"

„Äh, genau?"

„Nein, das meine ich nicht."

„Verdammt, ich habe keine Ahnung."

„Du hast von einem Chaos geredet."

„Ja, und?"
„Der Frühstückstisch im Gastraum war nicht abgeräumt."
„Ja, und?"
„Ernst ist ein echter Ordnungsfanatiker, normalerweise kann er es doch gar nicht erwarten, bis wir aufgestanden sind, damit er abräumen kann. Und in der Küche hat es auch nicht gerade ausgesehen, als wäre Herr Saubermann am Werk gewesen."
„Bender, was willst du mir sagen."
„Ernst hat es offensichtlich verdammt eilig gehabt, nachdem wir weg waren."
„Jaaha, und?"
„Sein Auto steht aber noch im Carport hinterm Haus, weggefahren ist er also noch nicht."
Die Reifen quietschten, als Bender auf der schmalen Straße bei voller Fahrt die Handbremse zog und eine polizeischulbuchmäßige Drehung hinlegte. Er platzierte das mobile Martinshorn auf dem Dach seines BMWs und fuhr mit Vollgas in Richtung Waldesruh. Perfekter Name, dachte Bender.
Tausende Kieselsteine stoben ärgerlich davon, als Bender den Wagen auf dem Parkplatz des Gasthauses zum Stehen brachte.
„Ins Gewächshaus", schrie er fast.

Klaus baumelte kopfüber über einem Edelstahlbottich. Er blickte auf Füße, dann auf eine Mönchskutte und versuchte in das Gesicht seines Peinigers zu blicken. Ein großes Kreuz versperrte ihm die Sicht. Ernst, schrie Klaus. Eine Antwort bekam er nicht.

„Was verdammt noch mal ist denn los?" Manu rannte hinter Bender her, der für seine Statur eine erstaunliche Schnelligkeit an den Tag legte. Im Gewächshaus kamen sie zum Stehen. Bender eilte weiter, schlaftrunkene Gedanken an einen fallenden Blumentopf, an einen zweiten fallenden Blumentopf schlichen sich in sein Bewusstsein.
„Würde Ernst seine geliebten Pflanzen hier sterben lassen?" Manu verstand gar nichts. Bender erklärte ihr, dass er vielfach den Ausführungen von Ernst gelauscht hatte. Er sprach von seinen Pflanzen, wie von Kindern. Er hegte sie, er pflegte sie. Mehrfach hatte Bender,

bevor er seine Salbe in Empfang genommen hatte, gesehen, wie liebevoll er mit ihnen umgegangen war.
Bender fiel ein Wortwechsel mit dem Wirt der Racheldiensthütte ein, der ihn mehr als die Ausführungen des Kriminalpsychologen beeindruckt hatte. „Du suchst nach einem Ordnungsfanatiker, nach einem, der es nicht leiden kann, wenn sich an seinem Weltbild etwas verändert. Schau mich an, ich brauche meine Hütte, meinen Holzstapel, meinen Hund, meine Frau und ich brauche sogar die Touristen, die versuchen mit Stöckelschuhen den Rachel zu erklimmen. Das gibt mir Sicherheit. Die Sicherheit zu funktionieren. Wenn dieses, nenne es Weltbild, aus den Fugen gerät, werde ich ungemütlich. Dein Mörder wird auch ungemütlich, auf eine perverse Art, zugegeben. Suche nicht nach jemandem mit einem Messer zwischen den Zähnen. Suche nach einem Biedermann. Sieh es mal so: Alles was er will, ist die Ordnung, seine Ordnung wieder herzustellen."
All das fiel Bender jetzt wieder ein, Manu hatte mit ihren Verdächtigungen gegen Paul beinahe Recht gehabt. Es war ein Wirt, ein Ordnungsfanatiker. Manu hatte sich nur in einem Punkt geirrt. Es war Ernst, nicht Paul. Er sagte zu Manu: „Der lässt hier nicht zwei zerbrochene Blumentöpfe liegen."
Manu tastete nach ihrer Waffe, beide näherten sich mit bedächtigen Schritten den beiden Töpfen. Manu fiel sofort auf, dass Erde, Pflanzen und Scherben nicht so dalagen, wie man es erwartet hätte. Jemand hatte den Dreck teilweise beiseite geschoben. Bender sah es sofort.

╬

Klaus spürte, wie seine Sinne schwanden. Langsam gingen die Lichter aus. Dann war er tot. Raphael begann sein Ritual, Bennos stand noch bevor.

╬

Der schwere Ring, Bender zog daran und die Falltür ging auf. Das Ermittlerpärchen sah sich kurz an. Angst stand in beide Gesichter geschrieben. Langsam stiegen sie die Stufen hinab. Manu hielt sich ein Taschentuch vor die Nase.
Sie erreichten die letzten Stufen. „Ruf Verstärkung."
„Kein Netz."

„Scheiße."
Bender sah Manu an. Im schummrigen Licht der schwachen Glühbirne konnte er ihr Gesicht kaum erkennen. Manu ging es nicht anders, doch sie wusste, was ihr Chef wollte. „Vergiss es, ich lass dich hier unten nicht alleine, keine zwei Minuten."
Bender wollte autoritär werden, überlegte es sich anders. Die Stimmung hier unten war grauenvoll.
„Das müssen die Kellergewölbe einer alten Burg sein. Mein Gott, was passiert hier unten."
Durch die modrige Feuchtigkeit der Kellerräume schlich ein Geruch den Bender kannte. Er musste nicht lange überlegen. Es roch nach Tod und Verderben. Vom kleinen Vorraum, in den die Steintreppe mündete, zweigte nur ein Gang ab. Bender übernahm die Führung. Mit gezogenen Pistolen schlichen sie an der Mauer entlang. Sie erreichten eine Tür. Bender lehnte sich an die Wand und gab Manu ein Zeichen. Die tastete nach der Klinke der schweren Eichentür und drückte sie nach unten.

Was war das? Raphael meinte ein Geräusch zu hören. Unsinn, hier unten trieben sich nur Ratten rum, niemand würde sein Verließ jemals entdecken. Der Keller der alten Burg war völlig in Vergessenheit geraten. Während die Ruinen oberhalb der Grasnarbe immer wieder das Interesse von Heimatpflegern oder neugierigen Touristen weckten, kannte niemand dieses Verließ. Auch er war nur durch Zufall darauf gestoßen, als er vor 25 Jahren das Fundament für sein Gewächshaus legte. Auf einmal blickte er in ein Loch, das dem zahnlosen Maul eines Riesen ähnelte. Natürlich hatte er niemandem davon erzählt. Welch ein Glück für ihn, für Gott, für die Sünder, die Heiligen und so für die ganze Menschheit. Es war das erste Zeichen, das der Herr ihm gegeben hatte. Lange noch hatte Raphael gebraucht, bis er alle Zeichen verstanden hatte, bis er wusste, was zu tun war.
„Ich bin Raphael, Racheengel des Herrn, ich bin Raphael, Todesengel des Herrn."
Er vergaß das Geräusch, das er eben gehört hatte, widmete sich wieder Klaus und murmelte, als ob dieser ihn hätte noch hören können: „Du sollst nicht falsch Zeugnis reden."

Beinahe geräuschlos schwang die Tür auf. Manu und Bender zielten in den dunklen Raum. Keine Regung. Das fahle Licht, das vom Gang in den Raum fiel, reichte nicht aus um Genaueres zu erkennen. Wie gerne hätte Bender jetzt eine Taschenlampe dabei gehabt. Manu fand einen Lichtschalter. Die Pistolen im Anschlag drehte sie an der antiquierten Vorrichtung. Ein leises „Klack". Eine schwache Birne leuchtete auf und brannte mit einer leisen Explosion sofort durch. Der kurze Moment der Erleuchtung hatte aber genügt um zu sehen: Der Raum war leer. Schweiß kroch Bender über das Gesicht. „Weiter", flüsterte er.

Auf der gegenüberliegenden Seite des Ganges war eine zweite Tür. Gleiche Prozedur. Diesmal hielt die Glühbirne stand. Wieder nichts. Auch dieser Raum war leer. Manu hielt die Spannung nicht mehr aus. Sie überkam der unzähmbare Drang, zu schreien. Sie wollte Klarheit, Ernst oder wer auch immer hier unten sein mochte, sollte sich blicken lassen. Ruckartig drehte sie sich zu Bender und schlug dabei mit der Pistole gegen die Holztür. In dem Moment hörten sie es beide. Manu erstarrte und sah aus wie die Hauptdarstellerin eines Bildes von Edvard Munch.

╬

Benno versuchte gegen seinen Knebel anzuschreien. Mehr als erstickte Laute bekam er nicht heraus. Unaufhörlich suchte er mit den Beinen den Boden nach Ernst ab.

╬

Raphael drehte den Hahn auf. Die zähe rote Flüssigkeit ergoss sich in die Kanne. Aus der Leiche, die noch leicht hin- und herschaukelte, glotzten ihn zwei leere, seelenlose Augen an.

╬

Bender fing sich als Erster wieder. Er deutete stumm mit dem Kopf in Richtung der Tür, aus der das Geräusch gekommen war. Sie war nur wenige Meter entfernt. Diesmal presste sich Manu an die feuchte Wand, ein kleines Rinnsal Wasser floss ihren Rücken hinunter und potenzierte ihre Panik um ein Vielfaches. Bender atmete tief durch und griff nach der Türklinke.

Die schwere Tür schwang mit erstaunlicher Leichtigkeit auf. Weder Bender noch Manu hatten Zeit, die grauenvolle Szene zu erfassen, geschweige denn, sie zu begreifen. Vor einem Bottich hockte eine Gestalt, die in ihrer Kutte nicht zu erkennen war. Zwei Schüsse peitschten ohne Vorwarnung durch das Verließ.

╬

Raphael hatte sich doch nicht geirrt. Seit mehr als zwei Jahrzehnten bewegte er sich durch sein Verließ. Er kannte jedes Geräusch, das durch die Räume schlich. Er wusste, wie sich das Trippeln von Ratten anhört, wie das Stöhnen der Sünder und Heiligen, die er hierher brachte. Jemand war da draußen, jemand, der keinen Zutritt hatte. Doch wie konnte das sein? „Herr, welche Prüfung erlegst du mir auf?" Keine Zeit zu überlegen. Raphael musste schnell handeln. Nachdem er den Hahn des Bottichs wieder geschlossen hatte, griff er nach dem großen schweren Kreuz. Dann schwang die Tür auf und zwei Schüsse knallten durch die heilige Stille.

╬

„Scheiße!“ Die Gestalt war mit einem katzengleichen Satz zur Seite gesprungen, die Schüsse hatten den kalten Stahl des Bottichs durchschlagen. Noch bevor einer von beiden etwas hatte sagen können, war Ernst mit einem einzigen Sprung bei Bender und schlug mit dem Kreuz zu. Der Getroffene fiel um wie ein Stein und riss Manu mit sich. Ernst trat ihr die Pistole aus der Hand und stieg dann mit aller Kraft in ihre Magengrube. Instinktiv hatte sie jeden Muskel ihres durchtrainierten Körpers angespannt und so die Wirkung des Tritts abgeschwächt. Während sie nach Luft rang, stürmte Ernst aus dem Keller. Die Sekunden, die Manu brauchte um auf die Beine zu kommen, verliefen quälend langsam. Sie erreichte den Treppenabsatz und sah nur noch zwei Sohlen, die durch das Loch ins Gewächshaus verschwanden und dann knallte die Falltür zu. Manu stürmte nach oben. Schwere Gegenstände kratzten über den Boden über ihr. Als sie oben ankam, stemmte sie sich gegen die Tür, doch sie ließ sich keinen Spalt weit öffnen. Manu schrie ihre ganze Verzweiflung heraus. Ernst war weg.

Raphael stand schwer atmend vor der Falltür. Schwere Pflanzentöpfe verhinderten, dass sie geöffnet werden konnte. Der Versuch, sie von unten aufzudrücken war nutzlos. Das wusste er. Doch er verstand nicht, verstand die Zeichen nicht, die der Herr ihm gegeben hatte. Sollte er etwa zurückgehen und auch diese beiden Beamten beseitigen? Das konnte er nicht. Bender würde nicht ewig bewusstlos sein und diese Hentschel war ja offensichtlich schon wieder auf den Beinen. Zähes Biest. Sie hatten Waffen. Das war zu gefährlich. Außerdem würden sie doch sicher Verstärkung angefordert haben. Oder etwa nicht? Raphael schlich geduckt durch das Gewächshaus und erwartete jeden Moment einen Kampf. Doch er hörte keine Stimmen, die ihn zum Aufgeben zwingen wollten. Waren sie auf dem Weg zu ihm? Er musste weg. Gut, dass er für diesen Fall detaillierte Vorbereitungen getroffen hatte. Der Herr hatte ihm auch diesen Weg bereitet.

╬

Manu gab ihren hoffnungslosen Kampf auf. Sie warf einen Blick auf ihr Handy. Das grüne Display leuchtete in der relativen Dunkelheit tröstlich auf, verschmolz aber sogleich mit dem fahlen Licht der Umgebung: „Kein Netz." Manu musste zu Bender. Der lag immer noch bewusstlos auf dem Boden. Sie packte ihn bei den Schultern und schüttelte ihn.
„Bender, wach auf, Ernst ist weg und wir sind hier unten eingesperrt." Und dann blickte Manuela Hentschel in das Kellerverließ. Erst jetzt erkannte sie das ganze Ausmaß, das sich hier in schrecklicher Gewissheit vor ihr ausbreitete. Nie mehr würde sie der Mensch sein können, der sie noch vor einer Stunde war. Ihr Blut gefror.

╬

„Wenn sich die beiden Kollegen nicht melden, dann müssen wir eben den aktuellen Stand abfragen. Nicht, dass Bender und Manu verloren gegangen sind."
„Unkraut vergeht nicht. Und so ein gewaltiger Körper, wie der von Bender geht nicht verloren."
Im Hauptquartier war man bester Laune. „Bei Manu geht nur die Mailbox ran."
„Bei Bender auch."

„Die beiden werden doch nicht.“ Breites Grinsen in vier Polizistengesichtern.
„Meinst du, wir sollen sie suchen lassen?“
„Lieber nicht, ich habe keine Lust, Benders schlechte Laune abzubekommen, weil wir ihn kontrollieren. Die werden sich schon melden. Und wenn nicht, dann probieren wir es halt in einer halben Stunde noch mal.“

╬

Benno war in einen erschöpften traumlosen Dämmerzustand gefallen. Doch plötzlich war er wieder hellwach. Vor der Tür hatte es einen Tumult gegeben. Er warf sich mit aller Kraft hin und her, versuchte erneut gegen seinen Knebel anzuschreien.

╬

Raphael konnte sein Glück kaum fassen. Offensichtlich waren die beiden tatsächlich alleine gekommen. Ohne die Kollegen zu informieren. Raphael setzte ein zufriedenes Lächeln auf. Die Wege des Herrn sind unergründlich. „Und ich bin Raphael, Racheengel des Herrn. Ich bin Raphael, Todesengel des Herrn." Seine Mission war noch nicht beendet.

╬

„Du“, Ernst Gallbauer schrie beinahe. „Du hälst jetzt das Maul! Ich brauche einen kühlen Kopf, um uns von hier wegzubringen. Ich habe alles geplant. War mir schon klar, dass du uns irgendwann in Schwierigkeiten bringen würdest. Du und dein Gott. Ihr Zwei habt jetzt mal Pause. Ich muss uns in Sicherheit bringen.“

╬

Manu brauchte fast zehn Minuten um das Grauen, das sich vor ihr ausbreitete zu begreifen. „Klaus?“, sagte sie, als könne er sie hören. „Klaus, das habe ich nicht gewollt.“ Die Blutkanne war umgefallen, eine rote Lache breitete sich aus und kroch immer noch weiter auf sie zu. Panisch zog sie Bender aus dem Raum und zog die Tür zu. Bender regte sich, seine Lebensgeister kehrten langsam zurück. „Wo ist

er?", war das Erste was er sagte, nachdem er sich wieder einigermaßen unter Kontrolle hatte.
Manu glotzte Bender an, als habe sie nicht verstanden, was er sagte. „Wo ist er?", wiederholte Bender. Manu deutete auf die Tür. Ernst war wie ausgelöscht, sie konnte nur an das grauenvolle Bild im Verließ denken. Bender öffnete die Tür ein zweites Mal, blickte hinein und musste sich übergeben.

╬

Ernst hatte alles dabei, was er brauchte. Vorsichtig fuhr er seinen Wagen aus dem Carport. Der Kies unter den Rädern knirschte leise, als er langsam in die Straße einbog. Er hielt noch einmal an und blickte sich um. Das Waldesruh lag so friedlich da. Die Sonne blinzelte durch das Blattwerk der großen Bäume, die den Parkplatz säumten. Die Scheiben seines Glashauses glitzerten wie Diamanten. Seine Pflanzen, ja, sie würden ihm fehlen. Noch einige Momente genoss Ernst das Idyll, das er hier mit viel Liebe geschaffen hatte. Das Telefon läutete. Er hatte es auf dem Tisch vor dem Kneipeneingang liegen gelassen. Er schalt sich selbst für diese Nachlässigkeit. Obwohl niemand ihm, Ernst, den alle so mochten, das Telefon klauen würde. Das Läuten erstarb. Ernst schaltete das Radio an, legte den ersten Gang ein und fuhr wieder los.

╬

Bender verfiel in hektische Betriebsamkeit. Er zog Manu weg von der grauenvollen Szene, hinauf zum einzigen Ausgang. Doch auch er konnte ihn nicht öffnen. Er war zu geschockt, zu verzweifelt und zu fertig um einen Kraftausdruck zu verwenden. Er setzte sich und versuchte gegen die Kopfschmerzen anzudenken.

╬

„Also, langsam geht es mir auf die Nerven, dass sich die beiden nicht melden. Ruf doch mal im Waldesruh an, vielleicht haben es sich die Kollegen bei einem Mittagessen gemütlich gemacht."
„Geht keiner ran."
„Dann versuch's verdammt noch mal auf den Handys."
„Mailbox!"

„Jetzt reicht es mir aber. Schick die Streife los, die sollen sich da oben mal umschauen.“
„Die können gerade nicht. Suchen eine vermisste Frau. Ihr Mann hat sich gemeldet, weil sie seit einer Stunde nicht vom Einkaufen zurück ist.“
„Langsam drehen hier alle durch. Mich eingeschlossen. Dann fahre ich jetzt mal hin.“

╬

„Wir müssen etwas finden, mit dem wir diese Falltür aufbekommen.“ Und auch wenn er selbst nicht daran glaubte, ergänzte Bender: „Vielleicht gibt es ja noch einen anderen Ausgang“. Schweren Schrittes traten sie wieder den Weg nach unten an. Manu zuckte bei jedem Geräusch zusammen, hatte sich aber ansonsten wieder einigermaßen im Griff, auch wenn noch immer das Bild des grotesken Grinsens mit der Zahnlücke durch ihren Kopf tanzte. Diesmal, ohne Vorsicht walten zu lassen, öffnete Bender die Tür, die gegenüber des Schlachtraums lag. Er warf einen kurzen Blick hinein.
„Auch nur so ein leeres Loch,“ schimpfte er und wollte die Tür schon wieder schließen.
„Da“, sagte Manu und deutete in die Ecke, die nicht in Benders Sichtfeld lag. Er öffnete die Tür ganz und sah es auch. Dort bewegte sich etwas.
„Hallo, wer ist da“, sagte er etwas blöde und bekam ein ersticktes Grunzen zur Antwort. Beine zappelten. Benders Kopfweh war beinahe unerträglich. Sie näherten sich.
Manu begriff zuerst. „Das muss Seifeld sein.“

╬

Mit heftigen Zügen sog Benno die Luft ein. Seine Lungen genossen für einen Moment den Sauerstoff, ehe er unkontrolliert zu husten begann, weil er gleichzeitig atmen und reden wollte.
„Klaus, Klaus, Klaus.“
„Ja, wir wissen es bereits.“
„Nein, so hören Sie doch, Klaus ist der Mörder.“

Konstantin Breitkreuz hatte den Kollegen Liebl mit auf die Fahrt zum Waldesruh genommen.
„Sie kennen sich hier besser aus“, lautete die Begründung. Sie hielten am Straßenrand bei einem Rentner, der hingebungsvoll seine Einfahrt fegte. Auf die Frage, ob ihm etwas aufgefallen sei, schüttelte er mürrisch den Kopf. Breitkreuz gab Liebl ein Zeichen weiterzufahren, als der Alte ohne Einleitung sagte: „Vorhin ist hier so ein Verrückter durchgerast, nachdem er da unten mitten auf der Straße eine Drehung hingelegt hat.“
„Wann war das?“
„Was weiß ich?“
„Mensch Sepp, es ist wichtig, versuch Dich zu erinnern.“
Sepp stützte sich auf seinen Besen und blickte in den Wagen. „Ja der Liebl ist auch dabei. Was habt’s es denn so wichtig. Fehlt euch einer?“
„Jetzt red schon.“
„Is ja gut. Vor einer Stunde, können auch schon eineinhalb sein. Ich schau doch nicht auf die Uhr, nur weil hier so ein Irrer durchrauscht. Geht mich doch nix an. Ich kümmere mich nur um meine Angelegenheiten.“ Liebls Blick drückte ‚Wer es glaubt’ aus, Breitkreuz ahnte Böses. Als sie zum Waldesruh kamen und Benders Wagen mit offenen Türen schief auf dem Parkplatz stand, forderte er sofort Verstärkung an. Mit gezückten Pistolen stiegen sie aus dem Wagen.
„Benders Schlüssel steckt.“
Im Haus war niemand. Breitkreuz konnte die Sirenen schon hören, als sie hinter das Haus eilten.

╬

Benno konnte es immer noch nicht glauben, dass Klaus tot war und Ernst der Mörder sein sollte. Um sicher zu gehen, wollte er die Leiche sehen, wurde aber mit aller Kraft daran gehindert. Bender wollte mit Benno gemeinsam versuchen die Falltür anzuheben. Sie standen auf der obersten Stufe und drückten mit aller Kraft gegen die Holzbretter. Sie schafften es einen Spalt zu öffnen.
„Machen Sie weiter, vielleicht schaffen wir es.“

Ernst hatte den Bayerischen Wald so gut wie hinter sich gelassen. Nachdem der Nachrichtensender im Radio 30 Minuten lang keine Fahndungsmeldung rausgegeben hatte, schaltete er auf Volksmusik um. Es war ihm egal. Gleich war er da, die erste Etappe würde dann hinter ihm liegen. Wenn sie ihn jetzt erst suchen würden, würden sie ihn nicht mehr finden.

╬

„Ralf, Manu, seid ihr da?“
Die drei Gefangenen brüllten sich die Seele aus dem Leib.
„Hier, wir sind hier.“
Breitkreuz und Liebl schoben die schweren Pflanzentöpfe zur Seite und öffneten die Falltür.
„Mein Gott, wie seht ihr denn aus? Was ist denn passiert?“
„Der Wirt ist unser Mann, er ist abgehauen, schickt sofort eine Großfahndung nach Ernst Gallbauer raus.“

╬

Die Scheiben des Glashauses waren großflächig eingeschlagen. Kaum ein Kraut, das noch heil an seinem Platz stand. Die Feuerwehr hatte Licht im Verließ gemacht. Große Scheinwerfer leuchteten die Treppe, den kleinen Raum und den Gang aus. Während sich einige Sanitäter um Manu und Benno kümmerten, gab Hauptkommissar Bender schon wieder Anweisungen. Ein gefüllter Leichensack wurde durch das Falltürloch gehievt und in einen Sarg gehoben. Manu erschauderte bei diesem Anblick. Auch die ersten Pressevertreter versuchten schon zum Tatort vorzudringen, wurden aber rigoros daran gehindert.
„Wer um Himmels Willen hat die denn schon wieder angerufen?“, schimpfte Manu.
Benno wies sie auf die Vorhänge hinter Wohnzimmerfenstern hin. Immer wieder tauchten dort neugierige Gesichter auf. Das Wetter hatte sich der abscheulichen Szene angepasst. Aus sprichwörtlich heiterem Himmel zogen dicke schwarze Wolken auf. In einiger Entfernung begann es zu blitzen, das Donnergrollen kam stetig näher, einzelne dicke Tropfen verursachten erste kleine Wasserexplosionen auf dem aufgeheizten Boden und dann goss es in Strömen. Eine gespenstische Stimmung, entsprungen einem Edgar Allan Poe Roman.

Und doch stand den Untersuchungsbeamten die fürchterlichste Entdeckung erst noch bevor. Der wahre Grund für den fürchterlichen Gestank, der sich auch durch das Eindringen frisch gewaschener Regenluft nicht vertreiben ließ.

Kurz vor Straubing hörte Raphael die Durchsage im Radio. Sie suchten ihn. „Zu spät", ein friedvolles Lächeln umspielte seine Lippen.

Als hätten sie eine düstere Vorahnung, traute sich niemand die Türen, die im Verließ bisher geschlossen waren, zu öffnen. Benders hämmernde Kopfschmerzen drohten ihm das Hirn zu zertrümmern. Angst beschlich ihn, als er zum zweiten Mal die Treppen ins Verließ hinabstieg. Diesmal war es taghell, der Anblick nicht weniger beängstigend. Grünspan hatte sich an die Felsen gelegt, überall tropften Rinnsale in kleine Pfützen auf dem Steinboden. Vierbeinige Gestalten der Nacht hutschten, ob der unerwarteten Helligkeit, panisch von einer Ecke in die andere. Bender meinte Knochenreste zu sehen. Mit jedem Meter, den er sich im Gang vortastete, wurde der Gestank unerträglicher. Zwei Räume waren leer gewesen. Hinter der vorletzten Tür verbarg sich ein kathedralenähnlicher Raum. Bender staunte. Fast empfand er für die perfide Perfektion so etwas wie Bewunderung. Der Raum, der geschwängert von Weihrauch, eine seltsam friedvolle Stimmung verströmte, sperrte aus für ihn unerfindlichen Gründen auch den Gestank aus. Sogar die beiden Polizeibeamten, die ihm zitternd gefolgt waren entspannten sich. Bender fasste neuen Mut, redete sich und seinen Kollegen ein, dass es so schlimm jetzt nicht mehr kommen könne. Der jüngere Polizist lächelte erleichtert. Er wusste nicht, dass Bender einem schrecklichen Irrtum erlegen war.

Noch während er die Meldung im Radio hörte, stellte Raphael den Motor seines Wagens ab. Die letzten drei Kilometer würde er zu Fuß gehen. Der Regen, der ganz plötzlich eingesetzt hatte, kam im zugute. So nahm – dachte er - niemand davon Notiz, dass er die Kapuze seiner Jacke über den Kopf und das Gesicht zog. „Der Herr sorgt für die seinen." Er passierte die Schranke des Campingplatzes, auf dem er seit mehr als zehn Jahren einen kleinen Wohnwagen besaß. Ab und an kam ein alter Bekannter und verbrachte seinen Urlaub hier. Natürlich hatte er jemanden gewählt, der im weit entfernten Nürnberg wohnte. Der musste für seine Urlaubsaufenthalte nichts bezahlen. Das Geld, das der Stellplatz kostete, schickte Raphael nach Nürnberg, so dass sein Freund die Gebühren immer bar bezahlen konnte. Der hatte im Gegenzug dafür zu sorgen, dass der Platz rund um den Wohnwagen in Ordnung und das kleine Motorrad, das im Vorzelt stand immer gut in Schuss war. Raphael öffnete die Tür des Wohnwagens und hatte das Rasierzeug aus seinem Rucksack geholt, bevor er vor dem Spiegel in dem kleinen Bad stand.

╬

„Noch dieser eine Raum und dann nichts wie raus hier", sagte Bender und sah seine beiden Kollegen aufmunternd an. Wieder lächelte der jüngere.

╬

Dort, wo die Sonne aufgrund des jahrelangen Bartwuchses im ansonsten braunen Gesicht nichts ausrichten hatte können, schmierte Raphael sorgfältig Bräunungscreme. Die hatte er selbst gemixt. Eigentlich für eine junge Frau, die sich einmal verzweifelt an ihn wendete, weil die chemischen Mittel der Industrie hässliche Ausschläge verursacht hatten. Raphael blickte zufrieden in den Spiegel. Kaum zwanzig Minuten hatte es gedauert, um aus einem knorrigen Waidler einen unauffälligen Jedermann zu machen. Auch die grauen Haare waren kurz, schwarz gefärbt und mit Gel nach hinten an den Kopf geklebt. Eilig zog sich Ernst Gallbauer um. Jeans, T-Shirt, Turnschuhe, Lederjacke und dann natürlich der Sturzhelm. Gallbauer traf letzte Vorbereitungen, schloss sorgfältig die Tür des Wohnwagens ab, schob das Motorrad aus dem Vorzelt und zog den Reißverschluss zu. Den Sturzhelm hatte er unter den Arm geklemmt. Er musste einfach einige Meter den Fahrtwind pur auf seinem Gesicht genießen.

Das Lächeln erfror. In seiner jugendlichen Unschuld würde es nie wieder auf dem Gesicht des jungen Polizeibeamten zu sehen sein. Noch Jahre später würde psychologisches Fingerspitzengefühl von Nöten sein, um das Trauma, wenn es schon nicht zu vertreiben war, so doch wenigstens in die hintersten Winkel des Hirns zu verbannen. Fassungslos blickte auch Bender auf das Grauen, das sich ihm offenbarte. Drei Leichen lagen da, aufgebahrt. Während die Gesichter seltsam friedlich und unversehrt mit leeren Augen an die Kerkerdecke starrten, faulte das Fleisch an ihren Körpern. Maden labten sich gierig an dem toten Fleisch. Bei einer Leiche hatten sie bereits ganze Arbeit geleistet und weitestgehend Sehnen, Muskeln und Knochen freigelegt. Der ganze Raum mit seinen Flaschen, Skalpellen, Büchern und Spritzen erinnerte an Dr. Frankensteins Labor. In silbernen Nierenschalen schwammen rote, faulige Massen. Es stank. „Ich mach dich fertig Du Sau,“ schrie Bender, als sein Verstand wieder menschliche Gedanken fabrizieren konnte.

╬

Schon einmal hatte er dieses unscheinbare Äußere angenommen. Als er vor fünf Jahren unter dem großen Protest seiner Grafenauer Freunde, Kunden und Kneipenbesucher vier Wochen Urlaub machte, war er in Richtung Osteuropa verschwunden. Einerseits eine unerträgliche Zeit, weil er stets fürchtete, sein Geheimnis konnte entdeckt werden. Doch die gute Frau mit dem grünen Daumen, die seine Kräuter pflegte, erstarrte jedes Mal vor Ehrfurcht, wenn sie sein Gewächshaus betrat und tat nur genau das, was er ihr aufgetragen hatte. Es war nicht schwer, jemanden zu finden, der ihm einen gefälschten Ausweis besorgte. Als er zurück in Grafenau war, waren seine Haare kürzer gewesen und der Bart spross erst wieder, doch alle waren so froh über seine Rückkehr, dass niemand die Veränderung aufgefallen war. Am Eingang des Campingplatzes blieb Raphael kurz stehen, winkte freundlich der gelangweilten Platzaufsicht in ihrem antiquierten Häuschen zu, die ihn nur blöde anglotzte, setzte den Helm auf und fuhr los. Ob sie sein Auto schon entdeckt hatten? Stefan Schmid, so hieß er jetzt, konnte der Versuchung nicht widerstehen, er musste einfach nachsehen.

Selbst die hartgesottensten Gerichtsmediziner, die aus München gerufen worden waren, konnten mit dem Anblick nur schwer umgehen. Einer hatte versucht eine Leiche anzuheben. Die brach auf und ein weißes wimmelndes Meer ergoss sich über den Boden. Es dauerte Stunden, bis die erbärmlichen Überreste von Helmut Schäfer, Michael Weindl und dem Waldläufer aus dem Kerker geschafft und in provisorische Särge verfrachtet waren. „Dieser verdammte Scheißkerl hat versucht, die Leichen einzubalsamieren", sagte einer der Ärzte zu Bender, der zwar kreidebleich war, aber gefasst zuhörte. „Es wird Tage dauern, um diese Sauerei zu analysieren. Wobei ich nicht glaube, dass sich daraus noch vernünftige Erkenntnisse ziehen lassen. Herr Kommissar", schloss der Mediziner grimmig, „tun Sie mir einen Gefallen und ziehen Sie dieses Monster aus dem Verkehr."

╬

Als Stefan Schmid um die Ecke bog und sich dem Parkplatz näherte, auf dem er seinen Wagen abgestellt hatte, sah er zwei Polizeibeamte, die dort schon standen. Er fuhr langsamer und sah, wie einer zum Polizeiwagen eilte und telefonierte. „Nicht schlecht die Herren", feixte Stefan Schmid. „Aber nicht gut genug." Er beschleunigte wieder und war ein Augenzwinkern später weg.

╬

Natürlich hatte das gesammelte Polizeiaufgebot nicht gereicht, um die Presse völlig auszublenden. Tröpfchenweise drang die Wahrheit an die Oberfläche. Bundesweit läuteten in den Redaktionsstuben die Telefone. Journalisten, Fotografen, Radio- und Fernsehteams wurden losgeschickt. Grafenau würde ein weiteres Mal das totale Medienchaos erleben. Bender war es egal, Manuela Hentschel war es egal, allen, die das Grauen erlebt hatten, war es egal. Und dann erreichte Bender die Nachricht, dass das Auto von Ernst Gallbauer auf einem Parkplatz in der Nähe von Straubing gefunden worden war.

╬

Stefan Schmid brauchte keine Landkarte, kein Navigationsgerät. Er wusste genau, wo er hin musste. Bis Regensburg und weiter in Richtung Weiden war er auf der Autobahn gefahren, nahm dann in

Schwandorf die Ausfahrt und fuhr nach wenigen Kilometern auf der Landstraße in eine Verkehrskontrolle. Polizeibeamte hatten Fotos in der Hand. Meines, dachte Raphael, Panik überkam ihn nicht. Auch als er den Helm abnahm nicht. Eine kurze Kontrolle und einen strengen Blick später – auch Führerschein und Fahrzeugpapiere waren perfekt – war er auf dem Weg nach Auerbach und zurück auf der Autobahn. Bayreuth war seine nächste Zwischenstation. Von dort waren es mit dem Zug nur rund sechs Stunden bis Hamburg. Langsam bekam Stefan Schmid Hunger.

╬

Eine Spur, ein Hinweis, irgend etwas musste doch zu finden sein. Bender hatte den Parkplatz inzwischen zum x-ten-Mal abgesucht. Blinder Aktionismus, schließlich hatte die Spurensicherung schon jedes Blatt umgedreht und in jedem noch so kleinen Winkel nachgesehen. Nichts, gar nichts. Keine noch so kleine Spur, die er verfolgen konnte. Es war zum Verrückt werden.
Monatelang waren sie im Dunkeln umhergeirrt. Keine Spur führte sie in die richtige Richtung. Und jetzt hatten sie den Fall praktisch geklärt, wussten, wer der Mörder war, wussten, wo die verschwundenen Personen waren und wussten doch gar nichts. Ernst Gallbauer war vom Erdboden verschwunden. Verschluckt, als hätte ihn der Teufel höchst persönlich hinabgezogen und von der Erde gelöscht.
Mehr als einmal raunzte Bender die Beamten der Spurensicherung an, die in dem, weit um den Pkw abgesperrten Bereich ihr Bestes taten Ergebnisse zu liefern.
Doch auch sie fanden nichts und hörten sich mit versteinerten Mienen die Beschimpfungen Benders an. Manu war es schließlich, die ihm mit einem festen Griff um den Unterarm den Rotschleier von den Augen nahm.
„Ja was haben wir denn da, haben die Streifenhörnchen vielleicht etwas verloren?“. Bender blickte auf eine Gruppe halbwüchsiger Rotznasen, die mit ihren Skateboards die Szene beobachten. Der Rotschleier wollte zurückkehren, als Manu gerade noch rechtzeitig das Wort ergriff: „Na wohl auf den Kopf gefallen“, witzelte sie und meinte damit nicht nur den dümmlichen Ausspruch.
„Das kannste aber laut sagen. Der Typ hätte mich fast über den Haufen gefahren. Mich hat’s voll vom Brett gehauen. Ist einfach weitergefahren, als hätte er mich nicht gesehen“, sagte ein Junge mit

deutlichen Hautabschürfungen an den Armen und im Gesicht.
„Ist raus aus dem Auto, hat sich ne Kapuze übergestülpt und war weg. Der hat nicht mal gehört, dass wir ihm hinterher gebrüllt haben."
„Welcher Typ denn?"
„Na der, dem das Auto gehört, das ihr in die Mangel nehmt."
Der Bursche hatte seinen Satz noch nicht fertig gesprochen, da hing er mit seinem T-Shirt schon an Benders Faust.
„He langsam, ich hab doch gar nichts gemacht."
„Wo ist er hin, wie hat er ausgesehen", schrie Bender. „Wo verdammt noch mal ist er hin?"
„Mann, du bist drauf."
Der verängstigte 16-Jährige deutete in eine Richtung und Bender schüttelte ihn: „Wohin genau?"
Wieder war es Manu, die Bender zur Raison bringen musste. Er ließ den Jungen los, wies Manu an, ihn genau zu befragen und marschierte los.

Stefan Schmid kaute genüsslich an seinem Sandwich, das er sich am Bahnhof in Nürnberg vor wenigen Minuten gekauft hatte. Die paar Minuten Zeit, die er zum Einkaufen brauchte, waren ihm geblieben, ehe er in den ICE nach Hamburg umgestiegen war. Er verbrannte sich ein klein wenig die Finger an dem Plastikbecher, der bis zum Rand mit heißem Kaffee gefüllt war. Er genoss diesen Schmerz sogar ein bisschen. Dagegen bedauerte er, dass das ‚Klack, klack" der alten Züge, wenn sie über die Schienen ratterten nicht mehr zu hören war. Die neuen ICEs rauschten geradezu lautlos durch die Landschaft und ließen Bahnhöfe unbeachtet links liegen, auf denen nur der Regional-Express hielt. Stefan Schmid blickte aus dem Fenster und beobachtete den Sonnenuntergang, der sich blutrot über den Horizont senkte. BLUTROT, dachte er und sog die friedliche, fast weihevolle Stimmung in sich auf. Er war ein wenig ärgerlich, als das unvermeidliche „Die Fahrkarten bitte" ertönte, beruhigte sich aber gleich wieder, als der Kontrolleur nur kurz auf seine Fahrkarte sah, ihm ohne Argwohn ins Gesicht blickte und einen schönen Aufenthalt in Hamburg wünschte. Stefan Schmid wollte sich schon wieder dem langsamen Sterben des Tages widmen, als der Kontrolleur im Plauderton sagte: „Sie müssen sich unbedingt ‚König der Löwen' anschauen. Ich war

mit der ganzen Familie da. War zwar sündhaft teuer, aber so ein Erlebnis gönnt man sich ja nicht jeden Tag, oder!?" Raphael überlegte, ob Schwatzhaftigkeit eine Sünde war, Ernst Gallbauer kramte in seinem geistigen Kräuterlexikon, ob es einen Wirkstoff gab, mit dem man schwitzende Bahnbeamte zum Schweigen bringen konnte. Stefan Schmid allerdings nickte nur unverbindlich und murmelte: „Danke für den Tipp."
Ermutigt von der Zustimmung fuhr der Zugbegleiter fort: „Und die große Hafenrundfahrt, die müssen Sie unbedingt machen und danach ein Fischbrötchen..."
„Entschuldigen Sie bitte..."
„Ja gleich..."
„Entschuldigen Sie bitte..."
„Ja gleich, Sie sehen doch, dass ich mich gerade unterhalte. Also, die Fischbrötchen..."
„Entschuldigen Sie bitte, welches ist denn die nächste Station."
Ungehalten drehte sich der Fahrkartenknipser zur Nervensäge um, sah auf seine Uhr, raunzte ein genervtes: „Würzburg" und wollte sich wieder seinem Gesprächspartner widmen. Stefan Schmid war auf's Klo verschwunden.

╬

Sie war zu Ende. Die verdammte Straße war einfach zu Ende. Gallbauer konnte überall hin abgehauen sein. In eine der Seitenstraßen, mit einem abgestellten Auto, mit einem Motorrad, ja sogar mit dem Fahrrad oder zu Fuß. In jedem Fall war er bereits über alle Berge. Ich werde Dich kriegen und wenn es das Letzte ist, was ich tue, dachte Bender grimmig und griff nach dem Telefonhörer. Was die Bewohner der umliegenden Häuser in diesem Moment noch nicht wussten. Sie würden heute Abend noch vor Beginn der Tagesschau Besuch von Polizeibeamten bekommen, die ihnen ein Foto unter die Nase halten und die immer gleichen Fragen stellen würden: „Kennen Sie diesen Mann, haben Sie ihn heute hier gesehen?"

╬

Stefan Schmid widmete sich wieder der Aussicht. Während der Fahrt durch das hessische Bergland versperrten allerdings zahlreiche Tunnel den Blick auf die Landschaft und als er das Weserbergland und den Harz passierte, war es dunkel. Er ließ die Gedanken schweifen und fühlte eine tiefe Zufriedenheit. Er hatte keinen Fehler gemacht. Bald war er in Hamburg, seiner zweiten Zwischenstation. Danach noch ein kurzer Stopp auf dem Friedhof von Lübeck. Er musste einfach das Grab der frommen Marianne Bachmeier sehen. Mit ihr und mit seiner Großmutter hatte vor 15 Jahren alles angefangen. Und mit dem Verließ, das er fand, als er das Fundament seines Gartenhauses errichtete. „Drei Zeichen hat der Herr gesendet. Und der Herr sprach: ‚Siehe, ich komme bald und mein Lohn mit mir, einem jeden zu geben, wie seine Werke sind'", sagte Raphael und Stefan Schmid ließ es zu. Bald würde er verschwunden sein, seine letzten Spuren verwischt. Stefan Schmid sah noch einmal aus dem Fenster und dann war er eingeschlafen.

╬

Bender fuhr mit Manu zurück nach Grafenau. Irgendetwas musste im Waldesruh doch zu finden sein. Auch Gallbauers Nachbarn wurden befragt. Doch so, wie es dem Monster gelungen war Bender, Manu und Sendlinger zu täuschen, war er auch sonst nirgendwo aufgefallen. Ein netter, hilfsbereiter Mann, der mehr gab als er nahm. Etwas schweigsam vielleicht aber waren das nicht alle Waidler.
Nachdem - Bender fiel kein passenderes Wort ein - das Schlachtfeld im Verlies einigermaßen beseitigt worden war, nahm sich die Spurensicherung das Haus vor. In den privaten Räumen war nichts Auffälliges zu finden. Schließlich reichte ihm einer der Spurensucher doch eine transparente Tüte, darin ein Zettel; eine Todes-Liste, auf der, Bender stockte der Atem, unter anderem Sendlingers Name stand. „Du sollst nicht ehebrechen", war dahinter in fahriger Schrift notiert. Bender reichte Manu die Liste, die kreidebleich wurde.
„Ich will es gar nicht so genau wissen", flüsterte Bender, der sofort begriff. „Aber ich kann es euch nicht ersparen. Ruf ihn an, er soll herkommen."
Sendlinger und Manu drucksten herum. Schließlich begann Sendlinger zu jammern und zu flehen. Seine Frau dürfe das niemals erfahren. Und außerdem sei doch gar nichts passiert. Manu klärte ihren Chef schließlich auf, dass man sich im Alkoholnebel näher gekommen war, aber schließlich im wahrsten Sinne des Wortes die Kurve noch bekommen hatte. „Gallbauer hat uns wohl im Gastraum gesehen, aber nicht mitbekommen, dass wir dann doch in unsere eige-

nen Zimmer verschwunden sind." Bender schüttelte den Kopf, ließ es aber auf sich beruhen. Doch die beiden passten in das Puzzle, das er inzwischen zusammengesetzt hatte. Das würde ein langes Gespräch mit dem Kriminalpsychologen und ein noch längeres mit dem Wirt von der Racheldiensthütte nach sich ziehen, denn: Bei allem was er jetzt wusste, er stand trotzdem immer noch am Anfang: Dieser Kerl, er war einfach nicht zu fassen.

Montag, 7. Juni 2010. Geburtstag Salim Ghazal. Libanesischer Bischof und Kämpfer für den Dialog zwischen Christen und Muslimen.

Der Herr sieht ihn mit Wohlgefallen

Heute vor 178 Jahren rafft eine Cholera-Epidemie in Quebec, Kanada, 6000 Menschen dahin.

...und auch an diesem Tag hatte der Satan seine Finger im Spiel.

Es war bereits nach fünf Uhr morgens, als Bender Grafenau verließ. Er hatte seit über 24 Stunden nicht mehr geschlafen. Manu setzte er an einem Autoparkplatz bei Deggendorf ab, wo sie von ihrer Schwester abgeholt wurde. Sie hatte sich einen freien Tag wahrlich verdient. Während der wenigen Kilometer, die ihm bis Straubing blieben, wurde die Sehnsucht nach Aus'zognen beinahe übermächtig. Doch eine Pause wollte er sich nicht gönnen. Seine miese Laune, die Aggressivität, half ihm, hellwach zu bleiben. Bender blickte in müde Gesichter, als er das provisorisch eingerichtete Soko-Büro im Straubinger Polizeipräsidium betrat. Die Magnetwände, Flipcharts und Schreibtische quollen über vor Notizen mit Zeugenaussagen. Bis spät abends waren Anwohner rund um den Ort an dem Gallbauer zuletzt gesehen worden sein musste – wenn ihn überhaupt einer gesehen hatte – befragt worden. Und dann hatte man die Aussagen sortiert und katalogisiert. Bender setzte sich und ließ den Blick im Raum umherschweifen.

Stefan Schmid hatte sich die ganze Nacht rastlos durch Hamburg bewegt. Er wollte nicht auffallen, nicht verweilen, nicht das Risiko eingehen, in ein Gespräch oder gar einen Streit verwickelt zu werden. Er wollte unsichtbar bleiben. Das Ticket für die Vogelfluglinie von Hamburg nach Kopenhagen hatte knapp 130 Euro gekostet. „130 Euro ins Vergessen, großer Gott, ich danke dir", dachte Stefan Schmid, als er an Deck der Fähre stand, die der Zug das kurze Stück durch die Meerenge des Fehmarnbelt nutzte. Er lauschte dem aufgeregten Kreischen der Möwen, die auf Futter hofften. Er sog die salzige Meeresbrise in sich auf, Glückshormone durchströmten seinen Körper. Er war ganz bei sich, kein bisschen müde. Gott, der Herr, hat mich für meine Taten reich belohnt, jubilierte Raphael.

Bender rieb sich die brennenden Augen. Eine Ader platzte und färbte das Weiß des rechten Auges rot. Ein Beamter stürmte ins Büro: „Herr Bender, ein Anruf. Es ist dringend."
Als Bender wieder auflegte, war seine Müdigkeit verflogen. Nachdem die Grafenauer Untersuchungsbeamten die Spurensuche in der Nacht abgebrochen hatten, waren sie seit sechs Uhr wieder im Dienst. Keine zwanzig Minuten später war eine Spezialeinheit unterwegs. Auftrag: Eine Bombe im Bierkeller entschärfen. Offenbar hatte Gallbauer vorgehabt, seine Spuren zu vernichten, indem er das ganze Haus in den Grafenauer Himmel blasen wollte. Die Menge an Sprengstoff hätte dazu leicht ausgereicht, nur ein Konstruktionsfehler hatte verhindert, dass die Ladung losging, als der Beamte die Tür zum Bierkeller öffnete. Aber wie, fragte sich Bender, passte das in das Täterprofil von Ernst Gallbauer? Wieso nahm er in Kauf, dass wahllos Menschen getötet wurden? Vielleicht brauchte er zunächst einmal keinen Psychologen. Er rief die Nummer des einzigen Geistlichen an, den er kannte.

╬

Pfarrer Gabriel Frey hatte schlecht geschlafen. Apokalyptische Träume hatten ihn die ganze Nacht verfolgt. Lustlos stemmte er sich vom Boden ab. Auch seine sonst so gestählten Oberarmmuskeln kamen nicht in Fahrt. Mehr als dreißig Liegestütze wollten einfach nicht gelingen. Er hatte kein freundliches Wort für seine Köchin, die ihm sein gesundes Frühstück wie gewohnt zubereitete.
„Martha, ich bin heute Morgen für niemanden zu sprechen", sagte er und rührte lustlos in seinem Müsli. Sein Bruder fiel ihm ein. Er würde ihn bald wieder besuchen. Ein schöner Gedanke, der ihm Kraft gab und ihm ein kleines Lächeln erlaubte. Dieses erstarb sofort, als Martha mit dem Telefon in der Hand an seinen Tisch trat.
„Ich habe Ihnen doch gesagt..."
„Es ist dieser Kommissar, er sagt, es sei wichtig." Frey atmete tief durch und nahm den Hörer in die Hand.
Nach einem wenig freundlichen Wortwechsel zu Beginn ihres Gesprächs ließ sich Frey von Benders bestimmten Ton einschüchtern. Außerdem behagte ihm der Gedanke, dass der Kommissar seine Hilfe brauchte. „Also gut, sagen Sie schon, was sie wollen."
Es war, als erlebte er die Albträume der vergangenen Nacht ein weiteres Mal. Der sanftmütige Ernst Gallbauer? Solche Taten? Im

Namen Gottes? Warum eigentlich, schoss es ihm durch den Kopf, muss der Name Gottes immer für derartige Abscheulichkeiten missbraucht werden. Nachdem er Benders Bericht atemlos zu Ende gehört hatte, überkam ihn ein heftiger Würgereiz. Die letzte Frage Benders kreiste wild in seinem Kopf: „Warum will er wahllos Leute in die Luft sprengen? Das macht doch keinen Sinn."
„Ich brauche etwas Zeit, ich rufe Sie zurück", hatte er geantwortet. Er saß mit hängenden Schultern vor seinem Frühstück und versuchte einen vernünftigen Gedanken zu fassen, holte eine Bibel, schob Teller und Tasse achtlos zur Seite und schlug das Buch an einer zufälligen Stelle auf. Propheten sprachen von Verderben. Frey blätterte weiter: Gottes Engel straften unwürdige Sünder. Blättern. Er starrte auf Psalm 44,23: „Ja, deinetwillen mordet man uns die ganze Zeit, sind wir den Schlachtschafen gleichgeachtet."
Tod und Verderben, wo er auch las.

Bender war unzufrieden. Wieder musste er warten, bis er Antworten bekam. Andererseits musste er dem Pfarrer die Zeit wohl geben, das Gehörte zu verdauen, um sich einige vernünftige Gedanken machen zu können. Hier im Büro konnte er nicht ruhig sitzen bleiben. Interpol war informiert, inzwischen wurden alle Grenzen peinlich genau kontrolliert, auch jeder deutsche Polizeibeamte wusste, nach wem er Ausschau zu halten hatte. Bahnhöfe wurden unter die Lupe genommen, Flughäfen überwacht. Bender griff sich eine der Wurstsemmeln, die auf einem Teller inmitten der Aufzeichnungen lagen und machte sich zu dem Planquadrat auf, in dem Gallbauer verschwunden war.

„Der Herr ist mein Hirte", dachte Raphael, Stefan Schmid lächelte dazu. Mehrfach hatte er inzwischen seine Papiere vorgezeigt, amüsiert beobachtet, wie statt seiner andere Personen abgeführt worden waren. Vorhin auf der Fähre und gerade im Zugabteil von der dänischen Polizei. Viel Ähnlichkeit haben sie mit Ernst Gallbauer nicht, dachte er. Ihm wünschten sie nach einem eingehenden Blick in seine Papiere einen guten Tag und gingen weiter. Kopenhagen war nicht mehr weit.

Der Campingplatz war der einzige Ort, auf dem die Polizei mit ihrer Befragung am gestrigen Tag nicht mehr fertig geworden war. Bender sah auf sein Handy, ob er einen Anruf versäumt hatte und ging dann in das muffige Büro des Platzes. Die Wände waren wohl seit der Eröffnung nicht mehr gestrichen worden. Der Raum verströmte den Charme eines Bahnhofklos und hinter einer abgewetzten Holztheke saß eine ungepflegte Gestalt, die dem kalten Rauch, der in der Luft hing, eifrig neuen Qualm hinzufügte.
Grußlos sagte Bender: „Haben Sie den schon mal gesehen?"
Ohne einen Blick darauf zu werfen, sagte die unförmige Frau: „Keine Ahnung, kenne ich nicht." Der Geruch nach billigem Cognac stieg ihm in die Nase.
„Schauen Sie es sich gefälligst an", Wut keimte in Bender auf.
Immer noch lustlos: „Kann sein."
„Was heißt, kann sein, wenn Sie mir keine vernünftige Antwort geben, ich kann auch anders."
„Ist ja gut, kein Grund gleich sauer zu werden." Die Frau nahm das Bild und sah es genauer an. „Ja, ich glaub schon, der ist hier gestern reinspaziert. Hab den noch nie gesehen. Wollte ihn ja auch noch aufhalten und fragen, wo er hin will. Aber mein Rücken, verstehen Sie. Und der verdammte Ischias. Rausgehen hab' ich ihn aber nicht gesehen."
Benders Herz machte einen Freudensprung. Und dann durchzuckten heiße und kalte Blitze seinen Körper. Was wenn...
Bender stürmte aus dem Büro und schrie: „Stehen bleiben, keine Türen öffnen." Doch es war zu spät, die gewaltige Explosion, die den Campingplatz erschütterte riss ihn fast von den Beinen.

Manuela Hentschel gab der Schaukel einen weiteren Schubs, freute sich an dem „höher, noch höher Tante Manu" und dachte zufrieden an die üppig gedeckte Kaffeetafel, die sie gleich erwarten würde.
„Komm sofort her, es ist etwas Schreckliches passiert", war alles was Bender sagte und so alle gutbürgerlichen Träume mit einem Schlag zerstörte. Manu schaltete das Handy aus, lieh sich das Auto ihrer Schwester. Auf dem Weg nach Straubing wurde sie über das Radio informiert, was passiert war: „..wie die Polizei mitteilt sind bei der Explosion zehn Menschen verletzt worden, drei davon schwer. Ein Polizeibeamter wurde getötet. Die Polizei geht davon

aus, dass der Vorfall in Zusammenhang mit der monströsen Mordserie im Bayerischen Wald steht..."

╬

Bender saß in sich zusammengesunken auf einer Bank vor dem Campingplatzbüro, als Manu ihn entdeckte. Er sah aus, als sei er in den letzten Stunden um zwanzig Jahre gealtert. Die Wangen waren eingefallen, graue Gesichtsfarbe, blickte er sie aus leeren Augen an.
„Warum ist mir das nur so spät eingefallen? Nur eine Minute früher und der junge Kollege könnte noch leben."
„Es war nicht deine Schuld", versuchte ihn Manu zu trösten.
„Nicht meine Schuld, nicht meine Schuld", schrie er. „Es ist verdammt noch mal meine Schuld, dass wir diesen Wichser nicht zu fassen kriegen. Der lacht uns aus. Ist uns immer einen Schritt voraus." Benders Handy klingelte. Er gab es an Manu weiter.
„Herr Pfarrer, was..."
Bender riss ihr den Hörer aus der Hand.
„Wo ist ihr scheiß Gott, wenn man ihn braucht", brüllte er ins Telefon. „Wissen Sie, was der Täter hier für eine Schweinerei angerichtet hat? Ich scheiße auf ihren Gott."

╬

Es war ein herrlicher Tag. Die Sonne strahlte mit Stefan Schmid um die Wette. Er fuhr mit einem gerade gekauften Fahrrad am Ufer des Öresunds entlang. Die schneeweißen Strände hatten etwas von Italien. Übermütige Teenager nutzten die Sonne, um sich am Strand zu kabbeln oder um Volleyball zu spielen. Gleich würde er einen Zwischenstopp in diesem wunderbaren Louisiana Museum für Moderne Kunst einlegen. Es gab dort direkt am Meer einen kleinen Park, in dem große Skulpturen standen. Der richtige Ort, um ein wenig zu träumen und die Seele baumeln zu lassen.

╬

„Verdammt noch mal, Ritter, das können Sie nicht machen. Ich muss diesen Hurensohn erwischen." Bender flehte seinen Chef an, der eigens aus Passau zum Tatort in Straubing gekommen war.
Doch Ritter blieb hart: „Bender, wir brauchen in diesem Fall keinen

Ermittler mehr. Sie haben trotz allem ordentliche Arbeit geleistet. Das gilt natürlich auch für sie." Ritter nickte in Manus Richtung. „Wer weiß, wen dieser geisteskranke Wirt sonst noch getötet hätte."
„Einen Polizisten zum Beispiel", Bender lachte bitter."
„Werden Sie nicht zynisch", sagte Ritter. „Der Fall ist gelöst. Was uns jetzt noch fehlt ist der Täter selbst. Und da sind alle Hebel in Bewegung gesetzt. Spannen Sie aus. Nehmen Sie ein paar Wochen Urlaub. Wenn ich das sagen darf: Sie haben ihn bitter nötig."
„Ich brauche keinen Urlaub, ich will endlich dieses Monster hinter Gittern sehen". Doch Ritter blieb hart, so dass sogar Dr. Gundula Moosbacher, die ebenfalls nach Straubing gekommen war, ein wenig Mitleid mit Bender hatte.

Geschichtsträchtiges Helsingor, dachte Stefan Schmid. Hier stand Schloss Kronburg, Schauplatz von Shakespeares Hamlet, hier ruhte Holger Danske, der große dänische Krieger, den er aus einem Märchen von Hans Christan Andersen kannte. Stefan Schmid frischte auf der Toilette eines Lokals seine Maskierung auf und freute sich auf die kurze Überfahrt ans andere Ufer. Dann hatte er Helsingborg in Schweden erreicht und damit auch die vorletzte Station seiner Flucht. „Vor den Ungläubigen", sagte Raphael.

Seit seiner Rückkehr aus München hatte sich Bender nicht mehr so beschissen gefühlt. Mit dem einzigen Unterschied, dass der Bayerische Wald jetzt nicht mehr sein Feind war. So schrecklich die Erlebnisse der letzten Wochen auch waren, empfand er eine tiefe Sehnsucht. Und ganz speziell nach einem bestimmten Ort. Er wollte den Tag noch mit Anstand hinter sich bringen, eine Nacht in irgendeinem Straubinger Hotel verbringen und sich dann am nächsten Tag auf seine ganz eigene Spurensuche begeben. Bis zum späten Abend brachten die Ermittler einiges in Erfahrung. Offensichtlich hatte in den zurückliegenden Jahren mehrfach ein Mann aus Nürnberg in dem Wohnwagen seine Ferien verbracht. Im Campingplatz-Büro wusste man nicht viel über ihn. Er zahlte seine Jahrespacht immer pünktlich und bar. Der Name, den er bei der Platzwärterin angegeben hatte, lautete, Bender sog Luft tief in die Lungen, Ernst Gall-

bauer. Auch die Kopie des Ausweises, die in den Akten hinterlegt war, gehörte dem Wirt vom Waldesruh. Eine frühere Mitarbeiterin, die von der Polizei ausfindig gemacht wurde, bestätigte, dass Ernst Gallbauer vor rund zehn Jahren den Stellplatz mit dem Wohnwagen dauergepachtet hatte. Die aktuelle Platzwärterin, die den Schock der Explosion mit reichlich Cognac zu verdauen versuchte, lallte die Beamten bei der Befragung nur noch an, so dass sie zur Sicherheit in eine Ausnüchterungszelle gesteckt wurde. Man wollte später noch einmal sein Glück versuchen. „Das wird meine letzte Tat sein," sagte Bender und zu Manu: „Du kommst dann bitte mit." Hentschel nickte. Wie sich herausstellte, hatte einer der Dauercamper den Namen des anonymen Mieters parat. Während eines Grillabends hatte der sich in Bierlaune verraten. Josef Breit aus Nürnberg. Die Beamten der Frankenmetropole konnten den unauffälligen Mann ohne Schwierigkeiten ausmachen, baten ihn von seinem Arbeitsplatz – einem Biosupermarkt - ins Präsidium. Doch leider konnte der nicht viel Erhellendes beitragen. Er kannte Ernst Gallbauer von einem Urlaub im Bayerischen Wald. Er sei sofort von dessen Kräuterkenntnissen überwältigt gewesen. Aus dem gemeinsamen Interesse heraus habe sich dann eine solide Freundschaft entwickelt. Deshalb habe er auch immer wieder einige Wochenenden auf dem Campingplatz verbracht. Gallbauer habe ihm erklärt, dass es quasi unmöglich sei, einen Dauercampingplatz zu erhalten, deswegen habe er ihn sich bei Zeiten gesichert. „Ich will ja nicht immer im Bayerwald hocken", soll er gesagt haben. Weil er aber sein Lokal und vor allem seinen Kräutergarten nicht alleine lassen könne, sollte er, Josef Breit, ab und zu nach dem Rechten sehen. Ein Freundschaftsdienst, bei dem er das Angenehme mit dem Nützlichen verbinden konnte. Deshalb habe er auch nicht viel nachgefragt. „Wer hat schon was gegen geschenkten Urlaub."
Josef Breit hatte den Nürnberger Beamten noch von einem Motorrad erzählt, das stets im Vorzelt gestanden hatte. Auch an das Saisonkennzeichen konnte er sich erinnern. „Hab ja oft genug draufgeglotzt, wenn ich abends allein im Vorzelt saß. Was, wenn ich das sagen darf, nicht allzu häufig vorkam."
„Haben wir Überreste davon gefunden?", wollte Bender wissen. Die Ergebnisse sind noch nicht komplett ausgewertet. Aber ich denke, Motorradteile wären uns aufgefallen."
„Schaller gib sofort eine Fahndung raus." Franz Schaller, der mit dem restlichen Kernteam ebenfalls vorübergehend in Straubing Stel-

lung bezogen hatte, sah Bender auffordernd an.
„Bitte“, sagte dieser und schaffte ein schwaches Lächeln. Tatsächlich dauerte es nur knapp zwei Stunden, bis das Zweirad gefunden worden war.
„In Bayreuth auf dem Hauptbahnhof, na toll.“ Bender stand vor einer großen Deutschlandkarte im Büro des Straubinger Präsidiums. „Das schränkt die Möglichkeiten natürlich ein. Flughafen Leipzig, Nürnberg, sogar München. ICE-Verbindung. Autobahnkreuze und die Grenzübergänge nach Osteuropa in unmittelbarer Nähe. Und er hat mehr als einen Tag Vorsprung. Meine Herrschaften, wir suchen die Nadel nicht im Heuhaufen, sondern im Heustadel.“ Das „wir“ gab Bender einen Stich und ihm fiel ein, dass er ja jetzt raus war aus der offiziellen Fahndungsarbeit. „Besser gesagt Ihr, oder noch besser: die Anderen“, korrigierte er sich also: „Mein Chef hat mich kaltgestellt. Und euch wird er auch nicht mehr lange brauchen. Die Soko Raphael hat ausgedient.“ Bender und Manu blickten in betreten dreinschauende Gesichter, als sie den Raum verließen, um ein letztes offizielles Verhör zu führen.

╬

Lange Zeit hatte sich Ernst Gallbauer auf diese Situation, seine Flucht, vorbereitet.
Vor sehr langer Zeit, als alles seinen Anfang nahm. Er war noch nicht einmal zwölf Jahre alt gewesen. Luzie Neubauer aus der Parallelklasse war von einem schweren Ast getroffen worden, der bei stürmischen Wetter von einem Baum brach. Mehrere Wochen war die kleine Bestie im Krankenhaus verschollen. Das war die gerechte Strafe dafür, dass sie ihn ein kleines, fettes Muttersöhnchen genannt hatte.
Dabei lebte er gar nicht bei seiner Mama. Die hatte den ledigen Buben an ihre Mutter abgegeben und war einem amerikanischen GI, nachdem dessen Zeit in Deutschland rum war, nach Amerika gefolgt. Nie mehr hatte er etwas von ihr gehört.
Großmutter, wie Ernst sie ehrfurchtsvoll nannte, war dagegen eine rechtschaffende Frau gewesen. Mit ihr betete er jeden Abend – „Luzie Neubauer soll ihre gerechte Strafe bekommen“ – mit ihr ging er sonntags zum Gottesdienst. Und während Großvater anschließend im Dorfwirtshaus die karge Lohntüte versoff, saß Ernst in der Küche, sah Großmutter zu, wie sie Knödel drehte und ihm die Welt erklärte.

Er mochte die einfachen Kittelschürzen, in die sich die hagere Frau kleidete. Die dicke braune Strumpfhose, die sie auch im Sommer nicht ablegte, den streng nach oben gebundenen Dutt, der wie ein grauer Ball auf ihrem Kopf tanzte. Und ihre Hände, runzelig und rau, sie endeten in ein paar schwarzen Fingernägeln, die aber meist nach Gallseife und Sauberkeit rochen, konnten so zärtlich sein, wenn sie über seine Wange strichen.
Großmutter sprach in der Küche von der Verderbtheit der Welt, davon, dass eines Tages die Engel auf die Menschheit niedergehen und vernichten würden. „Die Geduld unseres Schöpfers ist erschöpft", sagte sie. „Denn sein ist die Rache."
Und auch wenn Ernst zunächst nicht alles verstand, was sie zu ihm sagte, sich häufig sogar fürchtete, wenn sie von dem zornigen Rachegott sprach, so merkte er doch schnell: Es war ein Vorteil für ihn, heftig zu nicken und sie mit treuen Augen anzusehen.
Und wenn er sagte, er wolle ganz brav sein und dem guten Gott keinen Ärger machen, so bekam er meistens eine süße Belohnung aus der Keksdose.
Diese stand ganz oben auf einem Schrank, den er nicht erreichen konnte. Es war auch dieses süße Schatzkästchen, das ihn den Zorn Gottes erstmals hatte spüren lassen. Der Tag, an dem sich seine Wahrnehmung für immer veränderte. Die Kiste, die er auf den Stuhl gestellt hatte, um an die Dose zu gelangen war abgerutscht und er mit lautem Gepolter auf den Boden gestürzt. Die Schmerzen, die der Sturz verursacht hatte waren nichts im Vergleich zu dem Gürtel, dessen Schnalle sich in die Haut seines nackten Hinterns und Rückens grub. Mit einem stechenden Blick, der für sich allein Schmerzen bereiten konnte, ließ Großmutter den Riemen wieder und wieder hinabfahren und wiederholte dabei in monotonem Singsang: „Du sollst nicht stehlen."
Nachdem sie ihr grausiges Werk vollbracht hatte, nahm die Großmutter eine Hand voll Salz und ließ es über die Wunden rieseln. Die Schmerzensschreie trieben den Großvater ins Wirtshaus und waren für die Nachbarn Anlass zu bösartigen Tuscheleien. Wimmernd lag Ernst auf seinem Bett und wartete auf die Erlösung. Großmutter saß steif neben ihm auf der Bettkante, wippte gleichmäßig hin und her, ließ den Rosenkranz durch ihre Finger gleiten und betete um Vergebung für Ernst.
Schließlich stand Großmutter auf, holte eine Schüssel mit lauwarmen Wasser, einen sauberen Waschlappen und fing ebenso hinge-

bungsvoll, wie sie zuvor noch gebetet hatte, an, seine Wunden zu versorgen. Dabei redete sie leise, beschwor ihn, so etwas Böses nicht mehr zu tun. Endlich brachte die Heilsalbe etwas Linderung und das Brennen ließ nach.
Von diesem Tag an hasste er seine Großmutter. Er hasste sie über alle Maßen. Und er liebte sie, er liebte sie über alle Maßen. Nachts, wenn er sich in den Schlaf weinte und später, als nur noch Tränen der Wut über seine Wangen liefen, überlegte er, wie er sie umbringen würde.
Im gleichen Moment schimpfte er sich für den bösen Gedanken. Und doch wurde seine Wut, sein Hass immer übermächtiger. Wenn doch nur der Herr ein Zeichen senden würde, eines das ihm den rechten Weg zeigen würde.
Irgendwann bekam er ein altes Buch der Hildgard von Bingen in die Finger. Ernst lernte, welche Kräutermixturen seine Schmerzen stillten, wie er die Striemen, die Großmutter in regelmäßigen Abständen erneuerte, verschwinden lassen konnte. Die Schläge der Großmutter wurden so etwas wie eine Sucht für ihn. Er brauchte den Schmerz, immer dann, wenn er ihre Zärtlichkeiten nicht mehr ertrug, wenn ihm die Harmonie zwischen ihnen beiden drohte, den Schädel zu zerreißen.
Großvater war irgendwann gestorben. Der einzige Mensch, für den er trotz all seiner Fehler so etwas wie Zuneigung verspürte. Vom Schlag getroffen sank er in der Dorfkneipe zwischen dem fünften und sechsten Weißbier vom Stuhl. Einige Zeit lag er noch sabbernd wie ein kleines Kind, nicht ansprechbar und in Windeln in der kleinen Kammer, die Großmutter für ihn eingerichtet hatte. Seine letzten trüben Tage verbrachte er im Krankenhaus. Eines Morgens war er tot und wenig später unter der Erde.

╬

Großmutter wurde nicht krank, sie wurde alt und immer verbitterter. Die Tage der Harmonie waren irgendwann ganz verschwunden und als er zu alt und zu stark wurde, ihn zu schlagen, wurde aus ihr eine alte geifernde Hexe. Ernst ertrug sie mit engelsgleicher Geduld. Ein Umstand, der ihm in Grafenau zu vielen Sympathien verhalf. Und so kam er eines Tages auf die Idee, ein Lokal zu eröffnen. Die Menschen strömten schon damals zu ihm, verrückt nach den Kräutern und Tinkturen, die er ihnen mixte und die Linderung verschafften,

seelische und körperliche Wehwehchen heilten. Und auch sein Lokal, das er in dem kleinen Grafenauer Nachbarort eröffnete, war schnell ein beliebter Treffpunkt geworden. In seiner Nähe fühlten sich die Menschen wohl. Und er verstand es von Anfang an, sein wahres Ich zu verbergen. Ernst Gallbauer, der Gutmensch. So sahen sie ihn. So gab er sich ihnen gegenüber.
Großmutter, inzwischen 96 Jahre alt, war immer seltener in die Wirtsstube gekommen und schließlich ganz auf ihrem Zimmer geblieben. Jetzt lag sie nur noch in ihrem schmalen Bett und war der Willkür ihres Ziehsohnes ausgesetzt. Der traktierte sie mit Gebeten und Schlägen.

Die Campingplatzaufsicht, die in einer Zelle ihren Rausch ausgeschlafen hatte, konnte nichts zu dem Fall beitragen. Außer sinnlosem Gestammel und wilden Vermutungen kam nichts aus dem nach Fäulnis stinkenden Mund heraus. Bender drehte sich angewidert um und verließ mit Manu den Raum. Er resignierte. Das hier war alles eine Nummer zu groß für ihn. Der Passauer Superbulle musste sich eingestehen, dass Gallbauer zu gewieft für ihn war. „Wo steckst du?", sagte er mehr zu sich selbst. Manu nahm ihn in den Arm, sie trösteten sich gegenseitig. Dann blickte sie ihm lange in die Augen und sagte: „Chef, werden wir ihn jemals kriegen?"

Mitte August im Jahr 1986 grub Ernst Gallbauer hinter dem Haus das Fundament seines Gewächshauses. Längst waren Fensterbänke und Tische zu klein geworden. Die Nachfrage nach seinen Kräutern stieg ständig und verschaffte ihm einen ansehnlichen materiellen Wohlstand. Nachdem er bereits mehrere Schichten Erde abgetragen hatte, stieß sein Spaten gegen etwas Metallisches. Ein Stück Schrott, hier vergraben und vergessen, dachte er. Doch er täuschte sich. Es war, wie sich herausstellte, eine Falltür. Sofort war ihm klar, dass er den Eingang zu einem Verließ gefunden hatte. Das Gelände auf dem seine Pension stand, lag im Bereich einer alten Burgruine. Ernst sah sich argwöhnisch um. Er musste dieses Geheimnis unbedingt für sich behalten. Sorgsam schob er die Falltür wieder mit Erde zu. Erst, als das Glashaus schon stand, wagte er die Tür zu öffnen. Modrige Kälte

schlug ihm entgegen, sein Herz raste vor Aufregung. Was mehr, als Ratten würde er dort unten finden?
Abends besuchte er Großmutter, die trotz der Pflege des Krankenhilfsdienstes, trotz der Magensonde, über die sie ernährt wurde, langsam zu verhungern schien. Sie sah dabei so friedlich aus, dass es Ernst erschien, als leide sie nicht. Ja, er war sich sicher, dass sie nicht litt. Er schlug ihr mitten ins Gesicht. Sie musste leiden. Sie hatte es verdient. Zumindest musste sie sterben und zwar bald. Er schlug ihr noch einmal ins Gesicht.
Und dann, am 17. September 1996 schickte der Herr ein weiteres Zeichen. Gallbauers Hausarzt, der Großmutter dreimal in der Woche besuchte, vergaß eine Spritze auf dem Nachtkästchen. Ernst Gallbauer verstand sofort. Und es war so einfach gewesen. Er hatte sich eine Ader am Fuß gesucht und Großmutter Luft gespritzt. Fünfmal zog er den Kolben aus der Spritze und drückte ihn wieder hinein. Der Teufel war tot. Der Arzt stellte den Totenschein aus. „Herzversagen“, lautete sein finales Urteil, das er nicht mit lästigen Untersuchungen untermauerte. Und der Herr schickte an diesem Tag noch ein Zeichen. Marianne Bachmeier, die den Peiniger und Mörder ihres Kindes im Gerichtssaal erschossen und bis zuletzt in einem Hospiz gearbeitet hatte, starb. Ein guter Geist, ein gottgefälliger Racheengel, der an den Tisch des Herrn berufen wurde. Ernst Gallbauer liebte diese Vorstellung.
Einige Jahre später las er im Buch Tobit, von Raphael, dem „Heiler des Herrn". Und er las: „Alle, die dich hassen, seien verflucht, gesegnet alle, die dich lieben, in Ewigkeit" (Tobit: 13/14). Und er war Raphael, Heiler des Herrn. Er wollte die Welt vom Bösen heilen, er würde die erlösen, die gottgefällig gelebt hatten. Er war Raphael, Racheengel des Herrn. Er war Raphael Todesengel des Herrn. Raphael machte sich ans Werk.

╬

Der Zug ruckelte über die Gleise, Stefan Schmid blickte schläfrig im Wagon umher. Gleich würde er sein Ziel Östersund erreicht haben. Eine kleine Stadt im Herzen Schwedens, in der er sich verstecken konnte. Hier würde er nicht auffallen. Die Bremsen der Lok quietschten, als der Zug in den Bahnhof einfuhr. Stefan Schmids Reise war zu Ende. Er öffnete die Tür. Draußen ging eine ältere Frau vorbei. Sie hielt ein schreiendes Kind an der Hand. Stefan Schmid konnte sehen,

wie sie die Hand des Kleinen quetschte. Der Bub schrie immer mehr. Und dann holte die alte Frau aus und schlug ihn fürchterlich. Links, rechts, einmal, zweimal, dreimal, so lange, bis jemand eingriff.
„Ich bin Raphael, Racheengel des Herrn. Ich bin Raphael, Todesengel des Herrn."

EPILOG

Die Sonne schien warm auf die kleine Terrasse an der Racheldiensthütte. Bender streichelte gedankenverloren den Kopf des Schäferhundes, der inzwischen auch ihm ein treuer Freund war.
Vier Wochen waren vergangen, seit Ernst Gallbauer spurlos verschwunden war. Bender rechnete nicht damit, dass sie ihn noch finden würden.
„Wer weiß, vielleicht hilft euer Kollege Zufall ja doch noch", sagte Paul Freier, als habe er Benders Gedanken gelesen.
Bender antwortete nicht, griff stattdessen nach seinem Weißbier und nahm einen tiefen Schluck. Es war so friedlich, so perfekt, Bender wünschte sich, er könnte hier bis in alle Ewigkeit sitzen bleiben. Doch längst bestimmte der Alltag wieder den Tagesablauf. Nach zwei Wochen Urlaub war er in die Direktion nach Passau zurückgekehrt. Weiterhin als Leiter des K1. Manu, Sendlinger und Schaller machten sein Team komplett. Zwei-, dreimal war er mit seiner Frau ausgegangen und ihm war, als habe sie signalisiert, es könnte doch noch einmal etwas werden mit ihnen.
„Die Hoffnung stirbt zuletzt", sagte er.
„Was", fragte Paul.
„Ach nichts, ich träume nur ein bisschen."
„Sag mal, Bender, was ist eigentlich aus dem Journalisten geworden, den ihr aus dem Verließ gerettet habt."
„Benno Seifeld?" Bender konnte sich ein Lächeln nicht verkneifen. Nach all den Jahren, in denen er seinen Hass auf Medienschaffende immer weiter kultiviert hatte, war ihm doch tatsächlich einer über den Weg gelaufen, den er sympathisch fand. Auch deswegen, weil er den Fall in der regionalen Presse ohne jede Effekthascherei abgearbeitet hatte. Sogar das Hintergrundgespräch, das die beiden führten, war vertraulich geblieben und Seifeld nahm die Anregung Benders auf, den Grafenauer Pfarrer einmal zu interviewen.
Dies hatte Bender nach der Bombenexplosion, die nicht in sein Täterprofil passte, auch getan. Frey hatte ihm mehrere Bibelstellen gezeigt, in denen es um Rache an denen ging, die den nicht gefälligen Gottesweg gingen und deshalb bestraft werden mussten.
„Wer nicht für mich ist, ist gegen mich", sagte Gabriel Frey. „Auf den Fall bezogen, sind also alle, die versuchen, den Fall zu lösen und

dem selbsternannten Rächer auf die Spur zu kommen, Feinde des Herrn", hatte er ergänzt.
„Der Seifeld hat sich schnell von seinem Schrecken erholt. Nur in Grafenau wollte er nicht bleiben. Sind wohl zu viele Erinnerungen damit verbunden. Und zu viele Finger, die auf ihn zeigen. Hat jetzt einen Redaktionsleiterposten in Regen übernommen."
Ein Wagen näherte sich und hielt an dem kleinen Parkplatz, der letzten Haltestelle für Fahrzeuge. Näher kam man auf Rädern nicht an den See heran. Dennoch hatte Bender die wilde Schönheit des Sees schon mit eigenen Augen gesehen. War er anfangs eher lustlos hinter Paul hergetrottet, zog ihn der See, der Wald und die ganze Atmosphäre inzwischen in seinen Bann.
Er konnte sogar den Waldläufer verstehen, der sich einst für ein Leben in diesen Wäldern entschieden hatte. Lange Zeit sah es nicht so aus, als könne dieser in sein kleines Häuschen zurückkehren. Nachdem ihn der Aufenthalt in der Arrestzelle der Grafenauer PI nahezu in den Wahnsinn trieb – die Ärzte sprachen von psychischer Dekompensation – war er mit Beruhigungsmitteln und nach einigen Therapiegesprächen soweit wieder hergestellt, dass er in sein gewohntes Umfeld zurückkehren konnte. Alles hätte für ihn gut sein können und dann hatte ihn Raphael geholt.
Manu stieg aus dem Wagen, winkte den beiden Männern, die auf der Bank vor der Hütte saßen und kam näher.
„Die passt schon", sagte Paul. Bender nickte.
„Hallo ihr zwei", sagte sie und hob die Katze hoch, die gerade auf den Tisch gesprungen war. „Bender, hast du mal ne Minute, ich muss dir was sagen."
Paul wollte aufstehen, doch Bender hielt ihn fest.
„Red nur, wird schon kein Staatsgeheimnis sein."
„Also gut, wir haben einen Anruf von den tschechischen Kollegen erhalten. Sie haben Kurt Spendler in einem Abbruchhaus tot gefunden. Sieht nach einer Hinrichtung aus. Zumindest hat er ein großes Loch im Kopf. Der Schuss muss aus nächster Nähe abgefeuert worden sein."
„Tja, da hat er sich wohl mit den falschen Leuten angelegt."
Eigentlich, so dachte er, haben wir in den letzten Monaten nichts erreicht. Gut, der Horror war gebannt, Ernst Gallbauer aus ihrem Blickfeld verschwunden.
Doch genau das bereitete ihm Probleme. Der monströse Wirt saß nicht etwa in der geschlossenen Abteilung einer Psychiatrie, sondern

lief frei herum und würde, da war Bender sicher, weiterhin Unheil verbreiten. Wie viele Menschen würden noch sterben müssen, ehe er dingfest gemacht war? Wie viele Monns, Ökdans und Breitenbachers mussten diese unvorstellbaren Qualen noch erleiden?
Beim Namen Breitenbacher spürte er einen Stich im Herz. Nicht nur, dass Gallbauer das Leben von Annemarie Breitenbacher auf so entsetzliche Art genommen hatte. Auch ihr Mann, der einst so stolze und selbstsichere Dr. Breitenbacher war nur noch ein Schatten seiner selbst. Ein geistiges und körperliches Wrack. Als er ihn das letzte mal gesehen hatte, war er in zerschlissenen Kleidern, gramgebeugt über den Stadtplatz geschlichen und hatte unaufhörlich vor sich hingemurmelt.
Das Schlimmste für Bender war, dass daran nicht nur der Mord an seiner Frau schuld war. Die Boulevardmedien, die Dr. Breitenbacher glaubte für sich instrumentalisieren zu können, drehten den Spieß um und traten sein sowie das Ansehen seiner Frau mit Füßen. Sie machten aus der Heiligen eine Hure, zogen den Geliebten ins Rampenlicht, veröffentlichten widerliche Details und da, wo die Wahrheit nicht spannend genug war, wurde mit Spekulation und manipulativen Fragen nachgeholfen. Sogar seine Tochter wurde nicht verschont. Nachdem sie alles besudelt, einen gebrochenen Mann zurückgelassen hatten, verließen sie das Schlachtfeld, um sich einem neuen zuzuwenden.
Bender schüttelte sich, seufzte tief und griff nach seinem Bierglas.
„Bender, wenn ich dich mitnehmen soll, müssen wir dann los."
Paul Freier grinste und auch Bender brachte ein müdes Lächeln zustande. Es war nicht zu übersehen, dass seine Kollegin über beide Ohren verliebt war, auch wenn Bender nicht verstehen konnte, wie sie sich in diesen Typen derart vergucken konnte. Eine belesene Brillenschlange. Einer, der die Abende mit Literatur und den Urlaub in der Toskana oder in den Museen der Welt verbringt. Blass, dünn und unsportlich. Bender schüttelte den Kopf. Vielleicht waren es aber ja gerade die Gegensätze, dachte er, als sie schon wieder auf dem Weg nach Passau waren.
„Was findest du an dem Typen?", fragte er ganz direkt.
Manu bekam rote Ohren, wusste sofort, wen er meinte: „Bender, das geht dich gar nichts an. Aber, wenn du es genau wissen willst: Ich weiß es auch nicht. Ich mag ihn, er tut mir gut und das ist mehr, als das, was man von den meisten Kerlen sagen kann."
Bender wollte den Mund aufmachen.

„Mehr gibt's dazu nicht zu sagen und so lange wir nicht im Büro auf deinem Schreibtisch rummachen, will ich darüber weder von dir noch von sonst irgend jemandem mehr einen Kommentar hören", würgte ihn Manu ab, die keine Lust auf weitere Erklärungen hatte. Bender hob entschuldigend die Arme und ließ sich dann in den Sitz zurückfallen.
Der BMW rauschte an Tittling vorbei, als Bender den Anruf von Sendlinger entgegennahm. Zwei Minuten später sah er zu Manu hinüber, die ihn ebenfalls kurz ansah.
„Tja, meine Liebe, euer gemütlicher Feierabend muss wohl noch ein wenig warten."
Manu verstand nicht.
Doch Bender sorgte für Aufklärung: „An der Donauschleuse am Kachlet wurde gerade eine männliche Leiche mit einem Messer in der Brust aus dem Wasser gezogen."

BEGRIFFE und ORTE

Waidler: Die Einheimischen im Bayerischen Wald bezeichnen sich selbst als Waidler – es handelt sich also um die „Eingeborenen“

Bärwurz: Der Schnaps des Bayerischen Waldes. Gebrannt wird er aus der gleichnamigen Wurzel, die vor allem im Raum zwischen Rachel und Lusen sowie am Arber wild wächst. Alternativ kann man ihn auch selbst zubereiten, indem man eine Bärwurz in klaren Schnaps (Korn) legt und ziehen lässt.
Bärwurz hat ein eigenes, unverkennbares Aroma – das irgendwo zwischen Anis und Lakritz einzuordnen ist.

Du (Schafkopf): Schafkopf ist ein bayerisches Kartenspiel. Beim Du (auch: Tout) muss der Spieler alle Stiche machen. Gespielt wird mit dem Bayerischen Blatt – in den Farben Eichel, Grün, Herz und Schellen.
So betrachtet ist also ein „Eichel sticht“ ein Solo-Spiel, bei dem Eichel Trumpf ist.
Ein Spiel ist gewonnen, wenn der Spieler mindestens 61 Augen (Punkte) gesammelt hat.

Aus'zogne: Aus'zogne werden aus dem gleichen Teig zubereitet wie Berliner. Nur werden sie nicht zu Kugeln geformt und mit Konfitüre gefüllt.
Der Aus'zogne – also „Ausgezogene“ – wurde früher traditionell von den Bäuerinnen so zubereitet: Der Teigling wurde mit beiden Händen genommen und kreisrund über das Knie gezogen. So entstand ein dicker, runder Teigrand und eine dünne Teighaut in der Mitte. Der Teigling wird dann schwimmend in heißem Fett gebacken.
Mit Puderzucker bestreut ist der Aus'zogne – auch Krapfen genannt – eine absolute Köstlichkeit.

Lusen: Mit 1373 Metern der dritthöchste Berg des Bayerischen Waldes. Er liegt im Gebiet des Nationalparks Bayerischer Wald, direkt an der Grenze zu Tschechien.

Rachel: Mit 1454 Metern der zweithöchste Berg des Bayerischen Waldes, der ebenfalls im Nationalpark Bayerischer Wald liegt. Beliebter Ausgangspunkt für Wanderungen auf den Gipfel, zum Rachelsee und zur Rachelkapelle ist die Racheldiensthütte, die bequem mit den Bussen des öffentlichen Nahverkehrsnetzes zu erreichen ist.

Grafenau: Die älteste Stadt des Bayerischen Waldes, die bereits seit dem 14. Jahrhundert die Stadtrechte besitzt, weil sie eine wichtige Station für die Salzhändler war, die das Salz vom Salzkammergut und Bad Reichenhall nach Böhmen brachten.
Grafenau hat etwa 8500 Einwohner und liegt im Landkreis Freyung-Grafenau.

Glasarche: Dieses gläserne Kunstwerk steht auf dem Weg zum Lusen. Das Schiff besteht aus 480 einzelnen Glasscheiben, die zum Rumpf zusammen gesetzt wurden. Es ruht auf einer riesigen Hand aus Eichenholz.
Geschaffen wurde das Werk im Jahr 2003 von Ronald Fischer, Hubert Stern und weiteren Glaskünstlern aus dem Bayerischen Wald.
Die hölzerne Hand schufen die tschechischen Holzbildhauer Thomas Indra und Libor Kusdas.

QUELLEN

[1] Aus: „Gewissenlos, die Psychopathen unter uns“
von Dr. Robert D. Hare, Seite 30
[2] Aus: „Gewissenlos, die Psychopathen unter uns“
von Dr. Robert D. Hare, Seite 83
[3] Aus: „Gewissenlos, die Psychopathen unter uns“
von Dr. Robert D. Hare, Seite 84
[4] Dr. Wolfgang Dillo, Facharzt für Psychiatrie und Psychotherapie, Oberarzt an der medizinischen Hochschule Hannover in Bild-Online

Die Fakten und Daten der Kapitelüberschriften wurden allesamt dem Informations-Giganten wikipedia.de entnommen.

DANKE

Der besondere Dank der Autoren gilt den zahlreichen Helferinnen und Helfern, den Probelesern, den Ratgebern und allen, die zum Gelingen des Buches beigetragen haben. Vor allem seien genannt:

Klaus Döhler – für die fotografische Umsetzung der gewünschten Umschlaggestaltung
Christine Walter – für das Lektorat und die guten Tipps
Klaus Pickel – dem Pressesprecher der Polizeidirektion Straubing für seine wertvollen Hinweise und Tipps zur polizeilichen Arbeit. Gleichzeitig geht an ihn die Entschuldigung, dass wir uns die schriftstellerische Freiheit genommen haben, die Ermittler auch auf etwas unübliche Weise arbeiten zu lassen
Marina Johanna Pongratz – Internistin in Passau, für ihre Hinweise zu ein paar medizinischen Tatsachen, die man nicht außer Acht lassen sollte
Florian Schon – für den Internet-Trailer, den er für uns gedreht hat und der auf www.edition-golbet.de zu bewundern ist.
Amelie Frimberger – für die Illustration auf Seite 3
Ludwig Hirsch – Liedermacher aus Österreich, der uns mit seinem Album „Bis zum Himmel hoch" (1982) und dem darauf zu hörenden Epos „Im Anfang" zu diesem Buch inspiriert hat.

Und vor allem bedanken wir uns bei allen, die das Buch gekauft haben und jetzt in Händen halten. Möge Raphael Ihnen gewogen sein und Sie verschonen.